LA MALÉDICTION DES ANGES

DANIELLE TRUSSONI

LA MALÉDICTION DES ANGES

Traduit de l'anglais (États-Unis) par Vincent Hugon

Fleuve Noir

Titre original :
Angelology

ISBN : 978-2-265-08904-4

À Angela

L'angéologie, qui fait partie des disciplines originelles de la théologie, trouve son incarnation en la personne de l'angéologue, dont le domaine de compétence recoupe tant l'étude théorique des systèmes angéliques que leur accomplissement prophétique à travers l'histoire humaine.

Grotte des gorges du Diable, massif des Rhodopes, Bulgarie

Hiver 1943

Les angéologues examinèrent le corps. Celui-ci était intact, inaltéré, son épiderme aussi souple qu'un parchemin huilé. Ses yeux aigue-marine fixaient les cieux. Des boucles blondes cascadaient sur son front haut et ses épaules sculpturales, formant une auréole de cheveux dorés. Même sa tunique blanche, taillée dans un matériau métallique scintillant, qu'aucun des angéologues n'aurait su identifier précisément, était immaculée, comme si la créature était morte dans une chambre d'hôpital parisien et non dans les profondeurs de la terre.

Ils n'auraient pas dû être surpris de découvrir l'ange ainsi préservé. Ses ongles, nacrés comme l'intérieur d'une huître, le long abdomen dépourvu de nombril, la translucidité troublante de l'épiderme – tout était tel qu'ils se l'étaient figuré, jusqu'à la position des ailes. Et pourtant, cette créature leur semblait trop ravissante, trop vivante comparée aux êtres qu'ils avaient jusqu'alors exclusivement étudiés dans des bibliothèques confinées, penchés sur des reproductions de tableaux du Quattrocento étalées telles des cartes devant eux. Ils avaient rêvé de ce spectacle toute leur vie. Même si aucun d'entre eux ne l'aurait admis, ils redoutaient secrètement de tomber sur un cadavre monstrueux, décharné, tout en os, semblable à ceux exhumés lors de fouilles archéologiques. Au lieu de quoi, ils se trouvaient devant des mains fines et délicates, un nez aquilin, des lèvres roses figées en un baiser. Réunis autour du corps, ils l'observèrent, dans l'expectative, comme s'ils s'attendaient à ce qu'il cligne des yeux et s'éveille.

LA PREMIÈRE SPHÈRE

Méditez bien cette histoire,
Ô vous qui briguez la gloire
De guider votre âme aux cieux :
Des yeux sonder le Tartare,
C'est livrer au gouffre avare
Son bien le plus précieux.

Boèce
La Consolation philosophique

Couvent Sainte-Rose, vallée de l'Hudson, Milton, État de New York

23 décembre 1999, 4 h 45

Évangéline s'éveilla avant le lever du soleil, alors que le troisième étage était encore sombre et silencieux. Sans un bruit, afin de ne pas déranger les sœurs qui avaient prié pendant la nuit, elle rassembla ses chaussures et ses vêtements, puis se dirigea pieds nus jusqu'à la salle de bains collective, pour s'y habiller. Debout devant le miroir, à demi endormie, elle avisa par la fenêtre les jardins du couvent couverts de brume matinale. La vaste cour enneigée s'étirait jusqu'à la berge de l'Hudson, bordée par un lacis d'arbres dénudés. Sainte-Rose était bâti périlleusement près du fleuve, si près qu'à la lumière du jour, il semblait y avoir deux couvents, l'un sur terre, l'autre ondoyant dans l'eau, symétriques – illusion seulement rompue par les péniches en été et, en hiver, par les dents de glace de la rive. Évangéline contempla l'Hudson qui s'écoulait, ourlant le blanc pur de la neige d'un large ruban noir que le soleil du matin ne tarderait pas à revêtir d'or.

Elle se pencha au-dessus du lavabo de porcelaine et s'aspergea le visage d'eau froide, dissipant les vestiges de son rêve. Elle ne se souvenait pas du songe lui-même, uniquement de l'impression qu'il lui avait laissée – un résidu d'appréhension qui lui voilait les idées, une inexplicable sensation de solitude et de confusion. Elle se dépouilla de son épaisse chemise de nuit en flanelle et frissonna de froid. Debout, dans sa culotte et son maillot de corps blancs en coton (les sous-vêtements standard de Sainte-Rose, commandés en gros et distribués aux sœurs deux fois par an), elle examina d'un œil critique ses jambes et ses bras fins, son ventre plat, ses cheveux noirs ébouriffés, le pendentif sur son sternum. La glace lui renvoyait le reflet d'une jeune femme ensommeillée.

Dans un nouveau frisson, Évangéline se tourna vers ses vêtements. Elle possédait cinq jupes noires identiques, sept cols roulés noirs pour l'hiver, sept chemisiers noirs à manches courtes pour l'été, un pull noir en laine, quinze ensembles de sous-vêtements blancs en coton et autant de collants noirs : rien de plus, ni de moins, que nécessaire. Elle revêtit son col roulé noir, ajusta fermement son bandeau sur son front par-dessus ses courts cheveux bruns et épingla son voile noir. Elle enfila une paire de collants en nylon, puis une jupe en laine noire qui lui descendait jusqu'aux genoux et qu'elle boutonna et lissa d'un geste inconscient. En quelques secondes, son individualité s'était effacée derrière l'identité de sœur Évangéline, sœur franciscaine de l'Adoration perpétuelle. Chapelet en main, la métamorphose était totale. Elle jeta sa chemise de nuit dans une panière dans un coin de la salle de bains, prête à affronter le reste de la journée.

Cela faisait une demi-décennie déjà que sœur Évangéline observait une heure de prière tous les matins à 5 heures – depuis qu'elle avait achevé sa formation et prononcé ses vœux à l'âge de dix-huit ans. Elle vivait à Sainte-Rose depuis qu'elle avait douze ans et les lieux lui étaient aussi familiers que le caractère d'un ami cher. Elle connaissait par cœur l'itinéraire matinal à travers l'enceinte de l'établissement. Elle aurait pu rejoindre la chapelle les yeux fermés. La main sur la balustrade en bois, elle dévala les étages, effleurant à peine le sol lorsqu'elle négociait les paliers. Le couvent, ombré de bleu et sépulcral, était toujours désert à cette heure-là, mais sitôt le soleil levé, Sainte-Rose se mettait à bourdonner de vitalité, de labeur et de ferveur telle une ruche gorgée de prières et de dévotion jusqu'en ses moindres alvéoles. Le silence prenait fin et les sœurs insufflaient vie aux cages d'escaliers, aux pièces communes, à la bibliothèque, à la cafétéria et aux centaines de cellules grandes comme des placards.

Au rez-de-chaussée, Évangéline s'engagea dans le grand couloir central, l'épine dorsale du couvent. Aux murs étaient accrochés des portraits d'abbesses depuis longtemps décédées ou de religieuses distinguées, ainsi que des divers avatars du couvent lui-même. Depuis leurs cadres, les regards fixes de ces centaines de nonnes rappelaient à Évangéline (ainsi qu'à toutes les sœurs qui passaient devant pour aller prier) qu'elle appartenait à une noble et vénérable Société matriarcale au sein de laquelle toutes – les vivantes comme les défuntes – étaient liées par une mission commune.

Au risque d'être en retard, Évangéline marqua une pause au milieu du couloir, où était exposé, dans un cadre doré, le portrait de Rose de Viterbe (1235-1252), la sainte patronne du couvent, les doigts entrelacés, en prière, la tête entourée d'un nimbe de lumière évanescent. La vie de sainte Rose avait été de courte durée. Dès son troisième anniversaire, les anges avaient commencé à lui chuchoter à l'oreille et à l'exhorter à transmettre leur message auprès de tous ceux qui l'écouteraient. Rose avait obéi et connu le martyre très jeune, après avoir prêché la bonté de Dieu et de ses anges dans un village impie qui l'avait condamnée à mort pour sorcellerie. Les villageois l'avaient attachée à un bûcher auquel ils avaient mis le feu, mais, à la profonde consternation de la foule, au lieu de brûler, Rose était restée dans l'écheveau des flammes pendant trois heures, à converser avec les anges, enveloppée de langues de feu qui léchaient son corps. Selon certains, elle aurait été protégée par les anges qui, drapés autour d'elle, l'auraient recouverte d'une armure protectrice translucide. Elle avait fini par périr dans le brasier, mais grâce à cette intervention miraculeuse, son corps était demeuré inviolé et sa dépouille inaltérée avait continué à faire l'objet de processions dans les rues de Viterbe des siècles après sa mort, sans que son corps d'adolescente trahisse la moindre trace de son supplice.

Évangéline se remémora l'heure et se détourna du tableau. Elle se hâta de gagner l'extrémité du couloir, où une grande porte en bois décorée de bas-reliefs de l'Annonciation séparait le couvent de l'église. D'un côté, la simplicité du couvent ; de l'autre, la majesté de l'église. Évangéline franchit le seuil, abandonnant le couloir moquetté, et ses chaussures résonnèrent sur le marbre rose pâle veiné de vert. Il suffisait d'un pas, mais le changement était immédiat, de l'atmosphère (lourde d'encens) à la qualité de la lumière (saturée de bleu à cause des vitraux). Le plâtre blanc des murs faisait place à la pierre taillée. Le plafond s'envolait. L'œil s'accoutumait au foisonnement doré du néo-rococo. En quittant le couvent, Évangéline se délestait de ses engagements terrestres de vie communautaire et de charité et pénétrait dans la sphère du divin, celle de Dieu, de Marie et des anges.

Lors de ses premières années à Sainte-Rose, l'abondance de figures angéliques à l'intérieur de l'église *Maria Angelorum*, Marie-des-Anges, lui avait d'abord paru excessive. Elle trouvait cette imagerie trop étouffante, trop omniprésente, trop chargée, avec ses créatures qui emplissaient chaque coin et recoin de l'église, ne laissant que peu d'espace au reste. Le dôme central était liseré de séraphins ; des archanges en marbre supportaient les quatre extrémités de l'autel. Des auréoles, des trompettes, des harpes et de petites ailes dorées étaient incrustées dans les colonnes ; des visages de *putti* ramassés comme des chauves-souris vous fixaient avec un regard hypnotique depuis le bord des bancs. Même si elle savait que l'opulence de l'église Marie-des-Anges était un hommage au Seigneur, une offrande, un symbole de leur dévotion, Évangéline préférait secrètement la fonctionnalité prosaïque du couvent. Lors de sa formation, elle avait toujours éprouvé une certaine réprobation à l'égard des sœurs fondatrices, se demandant pourquoi elles n'avaient pas employé pareille fortune à meilleur escient. Mais, comme tant d'autres choses, ses objections et ses prédilections personnelles avaient évolué après sa prise d'habit, comme si cette cérémonie avait opéré chez elle une subtile métamorphose à la suite de laquelle elle avait adopté une forme nouvelle, plus unifiée. Et après cinq années en tant que sœur professe, la jeune fille qu'elle était autrefois avait presque entièrement disparu.

Elle s'arrêta pour tremper l'index dans le bénitier, se signa et traversa l'étroite basilique néo-romane, en passant devant les quatorze stations du chemin de croix entre les rangées de bancs en chêne rouge et les colonnes de marbre. Comme il faisait sombre à cette heure, Évangéline suivit la large allée centrale de la nef jusqu'à la sacristie, où l'on rangeait les calices, les cloches et les habits sacerdotaux dans des placards entre les messes. Elle s'immobilisa devant une porte au fond de la pièce et prit une profonde inspiration, les yeux fermés, comme pour se préparer à une hausse de luminosité, puis abaissa la poignée en laiton glacé, le cœur battant.

La chapelle de l'Adoration s'ouvrit devant elle, envahissant son champ de vision. Les parois scintillaient d'or, comme l'intérieur d'un œuf de Fabergé. La chapelle privée des sœurs franciscaines de l'Adoration était pourvue d'un haut dôme central et d'énormes vitraux qui recouvraient chaque paroi. La pièce maîtresse de cet oratoire était une série de verrières bavaroises serties au-dessus de l'autel et représentant la hiérarchie des anges : la première sphère, celle des Séraphins, des Chérubins et des Trônes ; la seconde, celle des Puissances, des Vertus et des Dominations ; la troisième, celle des Principautés, des Archanges et des Anges. À elles trois, elles constituaient le chœur céleste, la voix collective des cieux. Chaque matin, sœur Évangéline détaillait ces figures flottant dans un ciel de verre chatoyant et s'efforçait de les imaginer dans leur splendeur originelle, rayonnant d'une lumière pure qui irradiait d'elles comme une onde de chaleur.

Le regard d'Évangéline se posa sur les sœurs Bernice et Boniface, qui s'adonnaient quotidiennement à l'adoration de 4 à 5 heures du matin, agenouillées devant l'autel. Les deux religieuses égrenaient avec lenteur et méticulosité leur chapelet de sept dizaines dont les grains en bois gravé cliquetaient à l'unisson, appliquées à prononcer la dernière syllabe de chaque prière avec le même soin que la première. À toute heure du jour et de la nuit, deux sœurs en habit, côte à côte dans la chapelle, articulaient en synchronie leurs prières successives, telles des siamoises unies par un même but devant l'autel de marbre blanc, sur lequel se dressait, enfermé dans l'ostensoir doré ciselé d'étoiles, l'objet de leur dévotion – une blanche hostie suspendue au milieu d'une explosion d'or.

Les sœurs franciscaines de l'Adoration perpétuelle priaient ainsi chaque minute de chaque heure depuis le jour où l'abbesse fondatrice avait instauré la pratique au début du XIXe siècle. Près de deux cents ans plus tard, la tradition perdurait et cette chaîne de prière perpétuelle était la plus longue et la plus ancienne au monde. Pour ces religieuses, le passage du temps était rythmé par les génuflexions et le cliquetis des grains de chapelet, ainsi que par les trajets quotidiens du couvent à la chapelle de l'Adoration. Heure après heure, elles se présentaient par paire, se signaient et s'agenouillaient humblement devant le Seigneur. Elles priaient à la lueur du petit matin ; elles priaient à la lueur des cierges. Elles priaient pour la paix, pour la grâce, pour la fin des souffrances humaines. Elles priaient pour l'Afrique, l'Inde, la Chine, l'Europe et les Amériques. Elles priaient pour les morts comme pour les vivants. Elles priaient pour ce monde en perdition.

Se signant de conserve, les sœurs Bernice et Boniface quittèrent la chapelle dans leur long habit dont la jupe noire – de coupe plus traditionnelle que la tenue post-Vatican II de sœur Évangéline – traînait lourdement sur le sol de marbre poli, cédant les lieux aux deux religieuses suivantes.

Évangéline se laissa tomber à genoux sur le coussin de mousse du prie-Dieu, encore tiède, qu'avait occupé sœur Bernice. Dix secondes plus tard, sœur Philomena, la compagne de prière d'Évangéline, la rejoignit et elles poursuivirent ensemble cette prière débutée des générations plus tôt et relayée par chacune des nonnes de l'ordre en une perpétuelle chaîne d'espoir. Une petite pendule dorée, dont les rouages et les engrenages cliquetaient avec une douce régularité sous une cloche en verre, sonna cinq fois. Le soulagement envahit Évangéline : tout était comme il se devait sur la Terre comme au Ciel. Elle baissa la tête et se mit à prier. Il était exactement 5 heures.

Quelques années auparavant, Évangéline avait été affectée au poste d'assistante de sœur Philomena, la bibliothécaire de Sainte-Rose. C'était, à n'en pas douter, un emploi peu prestigieux, moins en vue que d'autres au Bureau des missions et du recrutement, et moins gratifiant que les bonnes œuvres. Comme pour mieux souligner la nature subalterne de sa fonction, le bureau d'Évangéline était situé dans la partie la plus vétuste du couvent, au rez-de-chaussée, en dehors de la bibliothèque, dans un local ouvert à tous les vents dont les huisseries dataient de la guerre de Sécession et où les canalisations fuyaient – combinaison propice à l'humidité, aux moisissures et aux rhumes de cerveau à répétition en hiver. Évangéline avait d'ailleurs souffert à plusieurs reprises, au cours des mois précédents, de difficultés respiratoires qu'elle attribuait aux courants d'air.

Ce qui sauvait toutefois cette pièce, c'était la vue. La table de travail d'Évangéline, placée devant une fenêtre, donnait sur l'Hudson et le nord-est des jardins. En été, les carreaux qui dégoulinaient de condensation, créaient l'illusion qu'il régnait dehors une touffeur de forêt tropicale ; en hiver, les vitres givraient et vous vous attendiez presque à apercevoir une colonie de pingouins se dandinant. Évangéline grattait la fine pellicule de glace avec son coupe-papier et regardait les péniches qui flottaient sur le fleuve et les trains de marchandises qui le longeaient. Depuis sa chaise, elle distinguait aussi l'épaisse muraille de pierre qui entourait le parc, tel un ouvrage de fortification impénétrable protégeant les sœurs de l'extérieur. Vestige du XIXe siècle, où les nonnes vivaient complètement coupées du monde séculier, cette enceinte était encore un édifice fondamental dans leur imaginaire. Haut d'un mètre vingt et épais de soixante centimètres, le mur formait un robuste rempart entre le profane et le sacré.

Comme la majorité du courrier de Sainte-Rose concernait la collection d'images angéliques, dont le catalogue était conservé à la bibliothèque, toute la correspondance du couvent passait sous les yeux d'Évangéline. Tous les jours, après son heure de prière, le petit déjeuner et la messe matinale, elle allait récupérer au Bureau des missions le courrier du jour, le fourrait dans un sac en coton noir et regagnait son bureau pour le dépouiller.

Évangéline s'installait devant la fenêtre, à sa table de travail bancale. Celle-ci ne disposait d'aucun tiroir et était loin d'avoir le lustre du secrétaire en acajou de sœur Philomena, mais elle était large, bien rangée et accueillait toutes les fournitures habituelles. Et chaque matin, après avoir remis en place le calendrier qui lui servait de sous-main, arrangé ses crayons et rentré proprement ses cheveux sous son voile, Évangéline se mettait au travail. Une fois les lettres classées suivant un système rigoureux (par date, d'abord, puis alphabétiquement, par nom de famille), elle répondait à toutes les requêtes au brouillon, avant d'aller taper la version définitive à la machine à écrire électrique, sur le papier à lettres officiel du couvent, dans le bureau de sœur Philomena, plus chaleureux, qui s'ouvrait directement sur la bibliothèque.

C'était une activité paisible, méthodique et régulière, trois caractéristiques qui correspondaient bien à Évangéline. Du haut de ses vingt-trois ans, avec ses grands yeux verts, ses cheveux sombres, son teint pâle et son tempérament contemplatif, elle aimait à croire que son apparence et son caractère étaient déjà bien arrêtés. Quand, après avoir prononcé ses vœux définitifs, elle avait choisi l'uniforme qu'elle porterait le reste de sa vie, elle avait opté pour des vêtements sombres sans fioritures, à l'exception de son pendentif, une petite lyre en or suspendue à une chaîne, qui avait appartenu à sa mère, Angela Valko Cacciatore. Bien qu'exquise, cette amulette n'avait qu'une valeur purement sentimentale pour Évangéline. C'était sa grand-mère, Gabriella Lévi-Franche Valko, qui lui avait remis ce collier après le décès d'Angela. Lors de l'enterrement, Gabriella avait entraîné sa petite-fille jusqu'à un bénitier dans lequel elle avait plongé le pendentif, avant de l'accrocher autour du cou d'Évangéline et de révéler à sa petite-fille une lyre identique sous ses vêtements. « Promets-moi de la porter en permanence, jour et nuit, comme Angela. » Gabriella prononçait le nom de sa fille avec une intonation mélodieuse, avalant la première syllabe et insistant sur la seconde, à la française. Évangéline adorait l'accent de sa grand-mère et avait appris à l'imiter à la perfection dès l'enfance. Au même titre que ses parents, Gabriella n'était guère plus qu'un poignant souvenir pour Évangéline. Mais la sensation, bien réelle, du pendentif sur sa peau lui conférait l'illusion d'un lien tangible avec sa mère et sa grand-mère.

Elle soupira et étala le courrier du jour devant elle. Il était temps de se mettre au travail. Elle choisit une enveloppe, la décacheta avec la lame en argent de son coupe-papier, lissa la lettre sur la table et lut. Elle comprit aussitôt que ce n'était pas une missive ordinaire. Elle ne commençait pas, comme la majeure partie de la correspondance du couvent, par complimenter les sœurs pour la prière qu'elles perpétuaient depuis deux siècles, pour leurs nombreuses œuvres de charité ou pour leur attachement à l'idéal de la paix dans le monde. Elle ne comportait pas non plus de don ni de promesse de legs. Elle débutait abruptement, par une requête :

> *À qui de droit :*
>
> *Au cours de mes recherches pour le compte d'un client privé, j'ai appris que Mme Abigail Aldrich Rockefeller, la bienfaitrice des arts, avait peut-être eu une brève relation épistolaire avec mère Innocenta, abbesse du couvent Sainte-Rose, durant les années 1943-1944, quatre ans avant le décès de Mme Rockefeller. J'ai récemment découvert une série de lettres de mère Innocenta suggérant que toutes deux se connaissaient. N'ayant trouvé aucune référence à cette relation dans les ouvrages spécialisés consacrés à la famille Rockefeller, je vous écris pour savoir si la correspondance de mère Innocenta a été archivée. Le cas échéant, j'aimerais solliciter la permission de venir la*

consulter au couvent. Soyez assurée que je serai respectueux de votre temps et que mon client est disposé à prendre en charge toutes les dépenses encourues.

En vous remerciant par avance pour votre assistance,

Bien à vous,

V. A. Verlaine

Évangéline parcourut la lettre à deux reprises, puis au lieu de la mettre de côté comme elle l'aurait fait à l'accoutumée, elle se rendit sur-le-champ dans la bibliothèque glacée où, après avoir allumé la cheminée au centre de la pièce, elle préleva une feuille de papier à lettres dans la ramette posée sur le secrétaire de sœur Philomena, l'inséra dans la machine à écrire et, avec une véhémence inhabituelle, répondit :

Cher M. Verlaine,

En dépit du grand respect du couvent Sainte-Rose pour les recherches historiques, notre politique actuelle est de refuser tout accès à nos archives ou à notre collection d'images angéliques dans le cadre d'investigations privées ou à des fins de publication. Veuillez accepter nos plus sincères excuses.

Que Dieu vous bénisse.

Évangéline Angelina Cacciatore, SFAP

Évangéline signa au bas de la page, y apposa le tampon officiel des sœurs de l'Adoration perpétuelle, puis la glissa dans une enveloppe. Après avoir tapé l'adresse new-yorkaise à la machine, elle timbra la missive et la posa en équilibre au bord d'une table de la bibliothèque, au sommet d'une pile de courrier qu'elle devait apporter au bureau de poste de New Paltz.

Sa réponse pouvait sembler sèche, mais sœur Philomena avait donné à Évangéline l'instruction explicite d'interdire tout accès aux archives aux chercheurs amateurs, dont le nombre semblait croître depuis quelques années par suite de l'engouement du mouvement New Age pour les anges gardiens et consorts. De fait, six mois auparavant, Évangéline avait déjà empêché l'intrusion d'un car affrété par un groupe de ce genre. Il lui déplaisait de se livrer à pareille discrimination, mais les sœurs tiraient une certaine fierté de leurs anges et elles n'appréciaient guère l'image que projetaient sur leur mission solennelle ces dilettantes avec leurs cristaux et leurs cartes de tarot.

Évangéline considéra la pile de courrier avec satisfaction. Elle le posterait cet après-midi même.

Soudain, quelque chose dans la demande de ce M. Verlaine lui parut étrange. Elle tira la lettre de la poche de sa jupe et la relut : Mme Rockefeller « avait peut-être eu une brève relation épistolaire avec mère Innocenta, abbesse du couvent Sainte-Rose, durant les années 1943-1944 ».

La date retint l'attention d'Évangéline. Un événement notable s'était produit à Sainte-Rose en 1944, un événement vraiment incontournable dans l'histoire du couvent. Évangéline s'avança entre les tables en chêne cirées et agrémentées de petites lampes de lecture et se dirigea jusqu'à une porte coupe-feu noire en métal au fond de la bibliothèque. Tirant un trousseau de clefs de sa poche, elle déverrouilla les archives. Se pouvait-il que la demande de ce M. Verlaine ait un rapport avec les événements de l'année 1944 ? s'interrogea-t-elle en poussant le battant.

Compte tenu de la quantité de documents que renfermaient les archives, l'espace qui leur était dévolu était dérisoire. L'étroite pièce était garnie d'étagères métalliques sur lesquelles des boîtes de rangement s'alignaient selon un système simple et ordonné. Les coupures de presse étaient classées dans des cartons du côté gauche de la pièce, la correspondance du couvent et les objets personnels (lettres, journaux intimes, dessins, etc.) des sœurs défuntes sur la droite. Chaque carton était daté et rangé chronologiquement sur les rayons. Les archives débutaient en 1809, année de fondation du couvent, et s'achevaient en 1999, l'année en cours.

Évangéline connaissait bien la teneur des articles de journaux, car sœur Philomena lui avait confié la tâche de plastifier les fragiles coupures. Après tant d'heures à les redécouper, les fixer à l'adhésif et les archiver dans des cartons sans acide, elle se souvenait parfaitement de la catastrophe de 1944 : au début de l'année, en plein hiver, un incendie avait dévasté la majeure partie des étages supérieurs du couvent. Évangéline se rappelait une photographie jaunie du bâtiment au toit dévoré par les flammes et de la cour enneigée remplie de vieilles autopompes Seagrave et de centaines de nonnes en habit de serge, semblable à celui que portaient encore les sœurs Bernice et Boniface, qui contemplaient leur demeure en feu.

Évangéline avait entendu les récits des aînées du couvent. Par une froide journée de février, les nonnes tremblantes de froid avaient assisté, depuis les jardins enneigés, à la destruction de leur couvent par le feu. Un groupe de téméraires était retourné dans le bâtiment par l'escalier de l'aile est – seul accès encore épargné – et s'était mis en devoir de jeter autant de sommiers, de bureaux ou de draps que possible par les fenêtres du troisième étage, dans l'espoir de sauver les biens les plus précieux de la communauté. Le coffret métallique contenant la collection de stylos encre des sœurs s'était fracassé en touchant le sol gelé, propulsant en l'air un assortiment d'encriers qui, en retombant, avaient explosé comme des grenades dans de grandes gerbes d'encre rouge, noire ou bleue semblables à des hématomes dans la neige. La cour n'avait pas tardé à être jonchée de ressorts tordus, de matelas trempés, de tables brisées et de livres abîmés par la fumée.

En quelques minutes, le feu s'était propagé à l'aile principale du couvent, engouffré dans les ateliers d'artisanat, se nourrissant de rouleaux de mousseline noire et de coton blanc de la salle de couture, réduisant en cendres les ouvrages d'aiguille et de dentelle que les sœurs avaient entreposés dans l'atelier de broderie en vue de la vente de charité de Pâques, avant de gagner l'atelier d'art floral, rempli de jonquilles, de narcisses et de roses en papier crépon de toutes les couleurs de l'arc-en-ciel. La buanderie, immense local occupé par des essoreuses et des machines à repasser industrielles au charbon, avait été complètement anéantie par l'incendie. En se brisant, les bouteilles d'eau de Javel avaient encore alimenté le feu et saturé tous les étages inférieurs de vapeurs toxiques. Cinquante habits en serge lavés de frais avaient été consumés en un instant. Lorsque, en fin d'après-midi, le brasier s'était réduit à un lourd panache de fumée, Sainte-Rose n'était plus qu'une masse de poutres fumantes et de zinc grésillant.

Consciente que l'incendie avait dû faire l'objet d'articles jusque vers le milieu de 1944, Évangéline empoigna les trois boîtes correspondantes, les empila et les emporta dans son bureau froid et inhospitalier pour passer leur contenu en revue, refermant la porte des archives d'un coup de hanche.

D'après un article circonstancié découpé dans un quotidien de Poughkeepsie, le feu avait démarré quelque part au troisième étage, puis s'était répandu dans tout le couvent. Un cliché noir et blanc à gros grain montrait les poutres de la charpente, réduites à l'état de charbon de bois, avec pour légende : « Un couvent de Milton ravagé par un incendie. » En parcourant le texte, Évangéline apprit que six religieuses, dont mère Innocenta, l'abbesse qui avait peut-être été en correspondance avec Abigail Rockefeller, étaient mortes asphyxiées.

Évangéline prit une profonde inspiration et frissonna à la pensée de son cher foyer en proie aux flammes. Elle ouvrit le carton suivant et survola une liasse de coupures de presse plastifiées. Selon un article du 15 février, les sœurs avaient emménagé dans le sous-sol du couvent durant la reconstruction, dormant sur des lits de camp et se lavant dans la cuisine afin de pouvoir prendre part aux réparations. Elles avaient maintenu leur rituel de prière dans la chapelle de l'Adoration, épargnée par le feu, s'acquittant de leurs dévotions toutes les heures comme si de rien n'était. Au bas de la page, Évangéline tiqua à la lecture du passage :

« Malgré la destruction quasi totale du couvent lui-même, une généreuse donation de la famille Rockefeller devrait permettre aux sœurs franciscaines de l'Adoration perpétuelle de rebâtir à neuf le couvent Sainte-Rose et l'église Marie-des-Anges. »

Évangéline rangea les coupures dans leur carton respectif et les remit à leur place dans les archives. Elle se faufila ensuite vers le fond de la pièce et y dénicha une boîte sur laquelle était inscrit « Divers 1940-1945 ». Si mère Innocenta avait eu des contacts avec une figure aussi illustre qu'Abigail Rockefeller, c'était là que ces lettres devaient être conservées. Évangéline posa le carton par terre et s'accroupit sur le linoléum froid. Elle découvrit toutes sortes de documents – factures pour du tissu, du savon, des cierges, un programme des festivités de Noël 1941 au couvent, diverses lettres échangées par mère Innocenta et le diocèse concernant l'arrivée de novices –, mais à sa grande déception, rien d'intéressant.

Il se pouvait, raisonna-t-elle en rangeant, que les lettres aient été classées ailleurs. Il y avait encore plusieurs cartons dans lesquels elle pouvait chercher – ceux intitulés « Courrier des missions » ou « Œuvres de bienfaisance à l'étranger » étaient particulièrement prometteurs – et Évangéline était sur le point de s'attaquer à une autre boîte quand elle avisa une enveloppe pâle sous une pile de factures de fournitures pour l'église. Elle l'en retira et constata que le pli était adressé à mère Innocenta. L'adresse de l'expéditeur, rédigée d'une écriture élégante, était : Mme A. Rockefeller, 10, 54e Rue Ouest, New York. Évangéline sentit le sang lui monter à la tête. C'était la preuve que ce M. Verlaine avait raison : il existait bel et bien un lien entre mère Innocenta et Abigail Rockefeller. Évangéline jeta un coup d'œil circonspect à l'intérieur de l'enveloppe, puis la tapota. Une fine feuille de papier pelure défraîchi en tomba.

14 décembre 1943

Très chère mère Innocenta,

Je vous écris avec de bonnes nouvelles à propos de notre entreprise dans les Rhodopes, où nos efforts ont, à tous égards, été couronnés de succès. Vos conseils ont été précieux pour le bon déroulement de l'expédition, et j'ai le sentiment que ma contribution personnelle n'a pas été inutile non plus. Célestine Clochette arrivera à New York début février. Vous recevrez de plus amples informations sous peu. Bien à vous,

A. A. Rockefeller

Évangéline considéra la feuille qu'elle avait entre les mains. Cela défiait l'entendement. Pourquoi une personnalité telle qu'Abigail Rockefeller aurait-elle écrit à mère Innocenta ? Quelle était cette « entreprise dans les Rhodopes » ? Et pourquoi la famille Rockefeller avait-elle financé la restauration de Sainte-Rose après l'incendie ? Ça n'avait aucun sens. À la connaissance d'Évangéline, les Rockefeller n'étaient pas catholiques et ils n'avaient aucun rapport avec le diocèse. Contrairement à d'autres grandes familles de l'Âge doré comme les Vanderbilt, les Rockefeller n'avaient pas d'intérêts majeurs dans les parages. Néanmoins, il devait forcément y avoir une explication à une donation aussi généreuse.

Évangéline replia la lettre d'Abigail Rockefeller et la fit disparaître dans sa poche. Elle sortit des archives et s'aperçut que la bibliothèque était surchauffée à cause du feu de cheminée. Elle préleva sa réponse à M. Verlaine sur la pile de courrier en attente d'être posté et alla jusqu'à l'âtre. Tandis qu'une flamme commençait à lécher le bord de l'enveloppe, laissant une mince trace noire sur le papier de coton rose, l'image du martyre de Rose de Viterbe surgit dans l'esprit d'Évangéline – la vision fugace d'une jeune fille élancée indifférente au bûcher déchaîné – et disparut aussitôt, comme emportée dans une volute de fumée.

Ligne A, station de Columbus Circle, New York

Les portes automatiques s'ouvrirent et une bouffée d'air glacial s'engouffra dans le train. Verlaine remonta la fermeture Éclair de son manteau et descendit sur le quai, assailli par une reprise reggae de « Vive le vent » interprétée par deux musiciens à dreadlocks. La mélodie se mêlait à la chaleur et aux mouvements des centaines de voyageurs qui se pressaient sur l'étroite plateforme. Verlaine suivit la foule et gravit une volée de marches sales. Comme il approchait de la surface couverte de neige, ses lunettes à fine monture dorée s'embuèrent et ce fut à tâtons qu'il s'abandonna à l'étreinte glacée de l'après-midi hivernal.

Ses verres désembués, Verlaine constata que les courses de Noël battaient leur plein – du gui était suspendu à la sortie de la bouche de métro et un père Noël peu enjoué agitait une cloche en laiton, un seau émaillé rouge destiné à recueillir des dons pour l'Armée du Salut à côté de lui. Des décorations lumineuses zébraient de rouge et de vert les réverbères. Verlaine consulta la date sur sa montre, au milieu des passants qui se pressaient autour de lui, vêtus d'écharpes et d'épais manteaux pour résister au vent gelé. Il se rendit compte avec surprise qu'il ne restait plus que trois jours avant Noël.

Chaque année, des hordes de touristes fondaient sur New York pour les fêtes, et chaque année, Verlaine se jurait d'éviter le centre-ville pendant tout le mois de décembre et de faire retraite dans la quiétude feutrée de son studio de Greenwich Village. Il avait ainsi réussi à traverser les ans sans vraiment prendre part aux festivités de Noël à Manhattan. Ses parents vivaient dans le Midwest et lui expédiaient chaque année un colis, qu'il ouvrait en bavardant au téléphone avec sa mère, mais l'esprit de Noël n'avait guère de prise sur lui. Le 25 décembre, il sortait prendre un verre avec des amis, puis légèrement grisés par les Martini, ils allaient voir un film d'action. Au fil du temps, c'était devenu une tradition, et il entendait bien l'honorer cette année encore. Il avait tellement travaillé au cours des derniers mois qu'un peu de détente lui ferait du bien.

Verlaine se fraya un chemin à travers la cohue, dans la neige fondue qui collait à ses vieux richelieus éraflés. Les raisons pour lesquelles son client avait insisté pour qu'ils se retrouvent à Central Park plutôt que dans un restaurant discret et douillet le dépassaient. Si ce projet n'avait pas été aussi important – et, à vrai dire, sa seule source de revenu du moment –, il aurait insisté pour rendre son rapport par la poste, point barre. Mais ce dossier avait nécessité plusieurs mois de recherches et il était impératif qu'il expose ses conclusions de manière appropriée. En outre, Percival Grigori exigeait qu'on suive ses ordres à la lettre. S'il lui avait donné rendez-vous sur la Lune, Verlaine aurait dû se débrouiller pour y aller.

Verlaine attendit que la chaussée se dégage. Face à lui, au sommet d'une colonne en marbre au centre de Colombus Circle, se dressait une imposante statue de Christophe Colomb, qui scrutait le panorama nébuleux de la ville, encadrée par les silhouettes tourmentées des arbres dénudés de Central Park. Verlaine avait toujours trouvé ce monument laid, maniéré, tape-à-l'œil et déplacé. Pourtant, en traversant, il avisa sur le socle un ange en pierre qui tenait au creux de ses doigts un globe terrestre en marbre. Il était si réussi qu'il semblait sur le point de se détacher du monument et de s'envoler au-dessus du grouillement des taxis dans les cieux enfumés de Central Park.

De l'autre côté de l'avenue, le parc n'était qu'un dédale d'allées enneigées et d'arbres nus. Verlaine dépassa un vendeur de hot-dogs qui se réchauffait les mains au-dessus de son chariot, des nourrices qui poussaient des landaus et un kiosque à journaux. Les bancs à la lisière de Central Park étaient déserts. Nulle personne sensée n'aurait eu l'idée d'aller s'y promener par un après-midi pareil.

Verlaine jeta un nouveau coup d'œil à sa montre. Il était en retard. D'ordinaire, ça ne lui faisait ni chaud ni froid : c'était presque devenu une habitude. Cette tendance, il l'imputait à son tempérament bohème. Seulement cette fois, la ponctualité importait. Son client était du genre à compter les minutes, voire les secondes. Verlaine rajusta sa cravate, une Hermès bleue des années 1960 à fleurs de lys jaunes, qu'il avait achetée aux enchères sur eBay. Dans les situations où il ne savait pas à quoi s'en tenir ou lorsqu'il redoutait de paraître mal à l'aise, il était en effet enclin, en vertu d'un réflexe pervers inconscient dont il s'apercevait toujours trop tard, à choisir les vêtements les plus excentriques de sa garde-robe. La chose était particulièrement gênante pour les rendez-vous amoureux et les entretiens d'embauche, auxquels il se présentait souvent affublé d'oripeaux dépareillés et criards, comme s'il sortait d'un cirque. Et à l'évidence, la rencontre avec Percival Grigori le rendait nerveux : en plus de sa cravate classique, il arborait une chemise rouge mille-raies, un veston en velours côtelé blanc, un jean et ses chaussettes Snoopy préférées, offertes par une ex. Il s'était vraiment surpassé.

Il resserra les pans de son manteau, soulagé de pouvoir se retrancher derrière ce rempart neutre de laine gris clair et inspira une grande bouffée d'air glacé. Les doigts crispés sur son dossier, comme s'il craignait que le vent ne le lui arrache des mains, il s'enfonça dans Central Park au milieu des flocons tourbillonnants.

Sud-ouest de Central Park, New York

À l'écart de la ruée des acheteurs, au cœur d'un îlot de tranquillité glaciale, une silhouette fantomatique patientait sur un banc. Grand, pâle, fragile comme de la porcelaine, Percival Grigori se confondait presque avec la neige qui tournoyait. Il tira un carré de soie blanche de la poche de son manteau et eut une violente quinte de toux. Sa vision vacilla et se brouilla sous l'effet des spasmes successifs, puis recouvra sa clarté. Des gouttes de sang bleu vif se détachaient sur le mouchoir, tels des saphirs dans la neige. Il ne pouvait plus se voiler la face. Son état s'était gravement détérioré ces derniers mois. Il jeta le carré de soie ensanglanté par terre. Son dos le démangeait tant que le moindre mouvement était un supplice.

Percival consulta sa montre, une Patek Philippe en or massif. Il avait eu Verlaine au téléphone la veille, dans l'après-midi, afin de confirmer la rencontre et il s'était montré très clair sur l'heure – midi pile. Il était 12 h 05. Agacé, Percival se laissa aller contre le dossier du banc et tapota le sol gelé de sa canne. Il avait horreur d'attendre, et à plus forte raison un subalterne aussi bien rémunéré. Leur conversation téléphonique de la veille avait été succincte, terre à terre, laconique. Percival détestait parler affaires au téléphone – il se méfiait de ce moyen de communication –, mais il avait dû se retenir de demander des détails sur les découvertes de Verlaine. Percival et sa famille disposaient de renseignements approfondis sur des dizaines de couvents et d'abbayes répartis sur tout le continent, et pourtant, Verlaine affirmait être tombé sur des informations inédites.

Lors de leur première entrevue, Percival avait pris Verlaine pour un jeune ambitieux fraîchement émoulu d'une école de commerce, qui spéculait sur le marché de l'art. Verlaine avait les cheveux noirs et bouclés, en bataille, il portait un costume dépareillé et cultivait l'autodérision. Comme tant d'hommes de cet âge-là, il jouait les originaux ; tout chez lui, de sa tenue à son attitude, avait quelque chose d'adolescent, de fantasque, comme s'il se cherchait encore – guère le genre d'individu à travailler au service de sa famille. Diplômé d'histoire de l'art, Verlaine était peintre et enseignait à temps partiel à l'université, tout en louant ses talents à des sociétés de ventes aux enchères ou en tant que consultant afin de boucler les fins de mois. Il se considérait, semblait-il, comme un artiste, statut pour lui manifestement incompatible avec la ponctualité – même s'il s'était par ailleurs révélé des plus compétents.

Enfin, Percival aperçut le jeune homme qui se hâtait vers lui.

— Désolé du retard, monsieur Grigori, s'excusa-t-il à bout de souffle, sitôt parvenu au banc.

Il tendit la main à Percival, qui la lui serra sèchement.

— Si j'en crois ma montre, dont la précision ne saurait être mise en doute, vous avez sept minutes de retard. Si vous souhaitez continuer à travailler pour nous, à l'avenir, soyez à l'heure, le sermonna Percival, en plongeant son regard dans celui de Verlaine, qui ne lui parut guère contrit. Que diriez-vous de marcher ? proposa-t-il, désignant l'allée.

— Pourquoi pas ? acquiesça Verlaine, avant de lorgner vers la canne de Percival. Mais nous pouvons aussi rester assis ici, si vous préférez. Vous serez peut-être mieux.

Percival se leva et s'enfonça dans Central Park en suivant le trottoir enneigé sur lequel cliquetait l'extrémité métallique de sa canne. Il n'y avait pas si longtemps, à l'époque où il était aussi beau et vigoureux que Verlaine, il aurait été indifférent au vent et au froid. Il se souvenait d'une promenade dans Londres, durant l'hiver 1814, alors que la Tamise avait gelé. Il avait marché des kilomètres dans un vent polaire, aussi à l'aise que s'il était resté au chaud. Il n'était pas le même, à l'époque – il était à l'apogée de sa jeunesse et le moindre refroidissement ne le paralysait pas de douleurs. Désormais, ce n'était plus que l'amour-propre qui le poussait de l'avant, en dépit des élancements dans ses jambes et ses articulations.

— Vous avez quelque chose pour moi, reprit Percival sans lever les yeux.

— Comme promis, confirma Verlaine, une mèche bouclée dans les yeux, avant de lui présenter avec un geste théâtral l'enveloppe qu'il avait à la main. Voici les parchemins sacrés.

Percival marqua un temps d'arrêt, déconcerté par ce trait d'humour, et soupesa l'enveloppe, aussi grande et lourde qu'une assiette.

— J'espère fortement pour vous que vous avez de quoi m'impressionner.

— Je pense que vous serez satisfait. Comme je l'ai indiqué au téléphone, mon rapport commence par retracer l'histoire du couvent Sainte-Rose. Il comprend des portraits de plusieurs religieuses, un récapitulatif de la philosophie de l'ordre franciscain, des notes sur l'inestimable fonds documentaire et pictural de la bibliothèque et un résumé des activités missionnaires à l'étranger. J'ai dressé un catalogue de mes sources et je vous ai joint des photocopies de tous les documents originaux.

Percival ouvrit l'enveloppe et passa en revue son contenu d'un air absent.

— Ce sont là des renseignements plutôt banals, déclara-t-il avec dédain. Je ne vois pas ce qui a bien pu attirer votre attention sur cette communauté.

Soudain quelque chose attira son regard. Il retira de l'enveloppe une liasse de feuilles dont le vent froissa les bords lorsqu'il les déplia, révélant une série d'études du couvent – plans des étages, des tourelles, de l'étroit passage reliant le couvent à l'église et du grand couloir du rez-de-chaussée.

— Des dessins d'architecture, dit Verlaine.

— De quoi s'agit-il ? s'enquit Percival, en se mordant la lèvre tandis qu'il survolait les pages.

La première était datée du 28 décembre 1809.

— Pour autant que je puisse en juger, ce sont les croquis originaux de Sainte-Rose, estampillés et approuvés par l'abbesse fondatrice du couvent.

— Couvrent-ils l'intégralité de l'enceinte ? interrogea Percival en les inspectant de plus près.

— Ainsi que l'intérieur des bâtiments.

— Où avez-vous mis la main dessus ?

— Je les ai déterrés dans les archives du comté. Personne n'avait l'air de savoir comment ils avaient échoué là et on ne s'apercevra sans doute jamais de leur disparition. Au terme de quelques recherches, j'ai établi qu'ils avaient été transférés au siège du comté après un incendie au couvent.

Percival dévisagea Verlaine avec une légère expression de défi.

— Et qu'est-ce qu'ils ont de spécial ?

— Ce ne sont pas n'importe quels plans, répondit Verlaine. Regardez ça.

Il désigna à Percival l'esquisse au crayon à peine visible d'une structure octogonale au-dessus de laquelle était écrit : « Chapelle de l'Adoration ».

— Ce dessin est des plus intéressants. Il est dû à une personne douée d'un excellent sens des proportions et de la profondeur. Le bâtiment est si précisément représenté, si détaillé, qu'il tranche avec les autres.

Percival contempla le croquis. La chapelle avait été esquissée avec minutie – l'autel et l'entrée avaient bénéficié d'un soin particulier ; au centre d'une série de cercles concentriques figurait un sceau doré évoquant un œuf dans un cocon protecteur en papier de soie. Percival feuilleta les plans et constata qu'il apparaissait sur chaque page.

— Dites-moi, demanda-t-il à Verlaine en posant un doigt sur ce cachet, quel est ce symbole, d'après vous ?

— Je me suis aussi posé la question. (Verlaine plongea une main à l'intérieur de son manteau pour en ressortir une seconde enveloppe.) Je me suis livré à quelques recherches.

C'est une reproduction d'une pièce thrace du Ve siècle avant J.-C. Elle a été découverte lors de fouilles archéologiques financées par des Japonais, dans l'est de la Bulgarie, qui était alors le cœur de la Thrace et un haut lieu de la culture. L'original est au Japon, je n'ai trouvé que cette reproduction.

Il ouvrit l'enveloppe et remit à Percival la photocopie d'un agrandissement de la pièce.

— Ce sceau a été apposé sur ces dessins plus d'un siècle avant les fouilles, ce qui est pour le moins incroyable. D'après mes informations, c'est un motif unique pour une pièce thrace. Alors qu'à l'époque, la plupart étaient frappées à l'effigie de divinités mythologiques telles qu'Hermès, Dionysos ou Poséidon, celle-ci arbore un instrument de musique : la lyre d'Orphée. Plusieurs pièces thraces sont exposées ici au Metropolitan Museum of Art, dans les galeries grecques et romaines, si ça vous intéresse. Je suis allé y jeter un coup d'œil. Malheureusement, il n'y en avait aucune de semblable à celle-là. C'est la seule de son genre.

Grigori s'appuya sur le pommeau en ivoire glissant de sueur de sa canne, tentant de réprimer sa contrariété. Il neigeait toujours ; de gros flocons humides voltigeaient entre les branches des arbres et atterrissaient sur le trottoir. De toute évidence, Verlaine n'avait pas l'air de comprendre à quel point Grigori se moquait de ce sceau et de ces dessins.

— Fort bien, lâcha Grigori en se redressant autant que possible et en dévisageant son interlocuteur d'un air sévère. Qu'avez-vous d'autre ?

— D'autre ? répéta Verlaine, désarçonné.

— Ces plans sont des curiosités amusantes, mais anecdotiques, exposa Percival avec un geste condescendant. Si vous avez mis au jour des éléments établissant un lien entre Abigail Rockefeller et ce couvent, j'imagine que vous avez dû essayer de vous y rendre ? Quels résultats de ce côté-là ?

— J'ai adressé une lettre à Sainte-Rose hier. J'attends la réponse.

— Vous attendez ? se récria Percival avec irritation.

— J'ai besoin de leur autorisation pour accéder aux archives.

Verlaine trahit une légère hésitation, une pointe de perplexité, et ses joues rosirent. Grigori se focalisa sur son trouble avec une suspicion rageuse.

— Je refuse toute attente. Êtes-vous en mesure de me fournir des renseignements susceptibles d'intéresser ma famille – ce pour quoi je vous ai accordé des délais et des moyens amplement suffisants –, oui ou non ?

— Je ne peux rien faire de plus sans avoir accès au couvent.

— Dans combien de temps cela vous semble-t-il envisageable ?

— Ça ne va pas être facile. Même si on m'autorise à entrer, il me faudra peut-être des semaines avant de tomber sur quelque chose de tangible. Je prévoyais d'effectuer le déplacement après le nouvel an. Ce genre de démarche prend du temps.

Grigori replia les plans et les restitua à Verlaine, les mains tremblantes. Maîtrisant son énervement, il tira une enveloppe remplie d'argent de la poche intérieure de son manteau.

— Qu'est-ce que c'est ? demanda Verlaine.

Il jeta un coup d'œil à l'intérieur et, à son grand étonnement, y trouva une liasse de billets de cent dollars tout neufs. Percival lui posa une main sur l'épaule, savourant la chaleur humaine à la fois étrange et excitante dont s'accompagnait ce contact.

— Ce n'est pas la porte à côté, concéda Percival, en entraînant Verlaine vers Columbus Circle, mais je suis certain que vous y serez avant la tombée de la nuit. Cette prime tiendra lieu de dédommagement. Nous poursuivrons cette discussion une fois que vous vous serez acquitté de votre mission et que vous m'aurez apporté confirmation d'un lien entre Abigail Rockefeller et cette communauté.

Couvent Sainte-Rose, Milton,
État de New York

Évangéline passa devant la salle de télévision et gagna l'extrémité du couloir du troisième étage, où une porte délabrée en acier donnait sur un escalier vermoulu. Avec précaution, en raison de la fragilité du bois, elle gravit les marches, suivant la courbe du mur de brique suintant, jusqu'à ce qu'elle débouche au sommet d'une étroite tourelle circulaire qui dominait l'enceinte du couvent. C'était le seul élément architectural des étages supérieurs du couvent originel qui ait survécu. Accolée à la chapelle de l'Adoration, elle abritait un escalier en colimaçon qui s'élevait jusqu'au troisième étage et reliait ainsi directement les cellules des sœurs à la chapelle. Conçu à l'origine afin de faciliter les dévotions nocturnes des religieuses, il avait depuis longtemps été abandonné au profit de l'escalier central qui, lui, jouissait de l'avantage d'être chauffé et éclairé. Et, bien que l'incendie de 1944 ait épargné la tourelle, une odeur de fumée subsistait dans les chevrons, comme s'ils avaient retenu leur souffle après avoir inhalé les denses émanations goudronneuses. L'électricité n'avait jamais été installée et la seule lumière disponible était celle qui sourdait de l'est par une série de fenêtres en ogive fermées par d'épais vitraux artisanaux, de sorte que, même en ce milieu de journée, la plate-forme sommitale baignait dans une pénombre glacée, tandis que les vitres subissaient les assauts incessants du vent du nord.

Évangéline posa les mains contre le verre froid. Au loin, un soleil anémique éclairait les ondulations des collines. Même lors des journées les plus ensoleillées de décembre, le paysage semblait voilé, comme si la lumière filtrait à travers une lentille à la focale déréglée. En été, une profusion de soleil s'accrochait aux arbres chaque après-midi, conférant aux frondaisons un éclat chatoyant que le jour hivernal, si lumineux soit-il, ne pouvait égaler. Un mois ou peut-être cinq semaines plus tard, les feuilles terre d'ombre, rouges, orange et jaunes se reflétaient dans le miroir bruni du fleuve en un patchwork bigarré, et Évangéline aimait à imaginer les New-Yorkais en excursion, de retour de la cueillette des pommes ou des citrouilles, contemplant les splendides ramées à bord des trains qui longeaient la rive est du fleuve. Mais en ce 22 décembre, les arbres étaient nus et les coteaux enneigés.

Il était rare qu'Évangéline se réfugie ainsi dans la tourelle, une fois ou deux par an tout au plus, quand ses pensées prenaient un tour qui l'isolait trop du reste de la communauté et la forçaient à se mettre en quête d'un endroit à l'écart pour réfléchir. Il n'était pas dans l'ordre des choses de se soustraire au groupe pour ruminer, et Évangéline se reprochait souvent son acte pendant plusieurs jours. Néanmoins, elle ne parvenait pas à s'en abstenir complètement. À chaque visite, elle le constatait : son esprit se faisait plus léger, et ses idées, plus claires, plus lucides à mesure qu'elle grimpait les marches, se précisaient encore, une fois qu'elle contemplait le couvent d'en haut.

Debout devant la fenêtre, Évangéline se remémora le rêve qui l'avait réveillée ce matin-là. Sa mère lui était apparue et s'était adressée à elle d'une voix douce dans une langue qu'Évangéline ne comprenait pas. La peine qu'elle avait ressentie lorsqu'elle avait essayé de se rappeler la voix de sa mère ne l'avait pas quittée de la matinée, mais exceptionnellement, elle ne s'en était pas fait grief. Après tout, il était naturel qu'elle songe à cela : l'anniversaire d'Angela Valko Cacciatore était le 23 décembre.

Évangéline n'avait que des souvenirs épars de sa mère – ses cheveux blonds, ses yeux gris, le son harmonieux de sa voix alors qu'elle parlait au téléphone dans un français rapide, la fumée de sa cigarette dans le cendrier en verre remplissant l'air d'entrelacs évanescents, ou son ombre démesurée, silhouette diaphane se mouvant sur le mur de leur appartement du 14e arrondissement de Paris.

Quand Luca, le père d'Évangéline, était venu chercher sa fille à la sortie de l'école, le jour où Angela Valko Cacciatore était morte, il se trouvait seul à bord de leur Citroën DS rouge, ce qui était inhabituel. Les parents d'Évangéline partageaient la même vocation – vocation dont elle n'avait pas mesuré les risques jusqu'alors – et ils se déplaçaient rarement l'un sans l'autre. Évangéline remarqua tout de suite que son père avait pleuré – ses yeux étaient gonflés et son teint cireux. Après qu'elle eut pris place sur la banquette arrière, rajusté son manteau et bouclé sa ceinture de sécurité, son père lui avait annoncé que sa mère les avait quittés.

— Elle est partie ? s'était exclamée Évangéline, éperdue de désespoir, s'efforçant de comprendre ce qu'il voulait dire. Où ça, elle est partie ?

Son père avait secoué la tête, comme si la réponse n'avait aucun sens.

— Elle nous a été enlevée, avait-il lâché.

Plus tard, en apprenant qu'Angela avait été kidnappée et tuée, Évangéline était restée interdite par le choix des mots de son père. Sa mère n'avait pas simplement été enlevée : elle avait été assassinée, les privant de sa présence, de même que le monde est privé de lumière quand le soleil s'abîme derrière l'horizon.

C'était seulement une fois sortie de l'enfance, lorsqu'elle s'était mise à comparer son âge à celui d'Angela, qu'Évangéline avait mesuré combien sa mère était morte jeune. À dix-huit ans, Angela avait rencontré Luca Cacciatore ; au même âge, Évangéline avait prononcé ses vœux. À vingt-trois ans, l'âge actuel d'Évangéline, sa mère et son père s'étaient mariés. Et Angela avait trente-neuf ans quand elle avait été tuée. En comparant la chronologie de leurs existences, Évangéline s'appuyait sur la vie de sa mère tel un pied de glycine s'enroulant autour d'un treillage. Elle avait beau essayer de se persuader qu'elle s'en était bien tirée sans mère, que son père avait fait de son mieux, tous les jours, à chaque instant, elle ressentait l'absence d'Angela.

Évangéline était née à Paris. Son père, sa mère et elle vivaient ensemble dans un appartement à Montparnasse. Le plan de leur domicile était gravé dans la mémoire d'Évangéline de façon aussi exacte que si elle y avait dormi la veille. Le logement était un dédale de pièces communicantes pourvues de hauts plafonds à caissons et d'immenses fenêtres qui emplissaient l'espace d'une lumière grise granuleuse. La salle de bains était anormalement spacieuse – au moins aussi vaste que les installations collectives de Sainte-Rose. Évangéline revoyait les vêtements de sa mère, suspendus au mur – une robe de printemps légère et un foulard en soie d'un rouge éclatant, noué autour de la tige d'une patère, au-dessous desquels était disposée une paire de sandales en cuir verni, habillant une femme invisible. Une baignoire en porcelaine occupait le centre de la pièce, trapue et ramassée, pareille à un animal, la babine dégoulinante d'eau, campée sur ses pattes griffues.

Évangéline était aussi très attachée à un autre souvenir, qu'elle se repassait en boucle dans son esprit tel un film. Il s'agissait d'une promenade avec sa mère, l'année où celle-ci était morte. Angela la tenait par la main et avançait si vite sur le trottoir et les pavés qu'Évangéline devait presque courir pour rester à sa hauteur. C'était le printemps – du moins Évangéline le supposait-elle, vu la profusion de fleurs colorées dans les jardinières aux fenêtres des immeubles.

Angela avait été nerveuse tout l'après-midi. Serrant la main de sa fille, elle était entrée dans une cour – celle d'une université sans doute, s'était imaginé Évangéline d'après l'imposant portique en pierre et la multitude de gens qui y bavardaient. Le bâtiment paraissait extraordinairement ancien, mais il en allait de même pour tout à Paris, comparé aux États-Unis. Une chose était cependant certaine : Angela cherchait quelqu'un dans la foule. Elle tirait Évangéline à travers la cohue et lui pressait si fort la main pour lui intimer de se dépêcher que la petite fille avait des fourmis dans les doigts. Enfin, une dame d'âge mûr s'était avancée à leur rencontre et avait embrassé Angela sur les deux joues. Elle avait les cheveux noirs et les mêmes traits finement ciselés que la mère d'Évangéline, mais légèrement adoucis par l'âge. La fillette avait reconnu sa grand-mère, Gabriella, avant de se rappeler qu'elle n'avait pas le droit de lui parler. Angela et Gabriella s'étaient disputées quelque temps auparavant, ce qui était fréquent, et Évangéline savait qu'il valait mieux ne pas se retrouver prise entre elles. C'était seulement des années plus tard, quand sa grand-mère était venue vivre aux États-Unis, qu'Évangéline en avait appris davantage à son sujet.

Évangéline était toujours frustrée, car son souvenir le plus clair de cette promenade était ridiculement prosaïque : il s'agissait du cuir luisant des bottes marron que sa mère portait par-dessus un jean délavé. Pour quelque inexplicable raison, Évangéline se les rappelait dans leur moindre détail – leur talon rainuré, la fermeture Éclair qui remontait le long du mollet jusqu'au genou, le son de leurs semelles sur le trottoir –, mais elle était absolument incapable de se souvenir de la forme de la main de sa mère ou de la ligne de ses épaules. L'essentiel s'était volatilisé dans les brumes du temps.

Mais ce qui tourmentait le plus Évangéline, c'était de ne plus se remémorer le visage de sa mère. D'après les photos, Angela était mince et cachait souvent ses cheveux sous un béret, à la garçonne, comme les actrices françaises des années 1960. Mais sa mère était si différente selon les clichés qu'Évangéline avait du mal à reconstituer sa physionomie. De profil, son nez semblait fin, ses lèvres pincées. De trois quarts, elle avait des pommettes hautes et saillantes, semblables à celles d'une Asiatique. Et de face, ses grands yeux gris éclipsaient tout le reste. Elle avait le sentiment que les traits de sa mère changeaient suivant l'éclairage et la position du photographe, sans rien laisser de solide.

Son père avait toujours refusé d'évoquer Angela après le décès de celle-ci. Quand Évangéline le questionnait, il n'était pas rare qu'il se détourne comme s'il n'avait rien entendu. Mais quand il débouchait une bouteille de vin pour le dîner, il arrivait qu'il lui fasse quelque alléchante confidence sur Angela – sur son habitude de passer la nuit dans son laboratoire et de ne rentrer à l'appartement qu'au lever du jour ; sur son aptitude à s'absorber dans son travail au point d'abandonner livres et notes n'importe où ; sur son désir de s'installer un jour au bord de l'océan, loin de Paris ; ou sur le bonheur que sa fille lui avait procuré. Quand Évangéline interrogeait son père de la sorte, quelque chose en lui s'ouvrait, comme pour accueillir un spectre porteur de douleur et de réconfort à parts égales. Haïssant et chérissant le passé, Luca paraissait à la fois goûter chaque apparition du fantôme d'Angela et s'efforcer de se convaincre qu'il n'existait pas. Évangéline était certaine qu'il n'avait jamais cessé d'aimer Angela. Il ne s'était pas remarié et n'avait que peu d'amis aux États-Unis. Pendant de nombreuses années, il avait téléphoné chaque semaine, des heures durant, à Paris en français, langue si belle et si chantante aux oreilles d'Évangéline qu'elle restait dans la cuisine rien que pour écouter la voix de son père.

Elle avait douze ans quand Luca l'avait emmenée à Sainte-Rose pour la placer chez les religieuses qui étaient devenues ses tutrices et lui avaient transmis leurs convictions alors que la foi, si précieuse soit-elle, lui paraissait inatteignable. Avec le temps, elle avait d'ailleurs pris conscience que son père accordait plus de prix à l'obéissance qu'à la ferveur, à la diligence qu'à la créativité, à la retenue qu'aux effusions. Elle s'était installée dans la routine avec abnégation. Elle avait oublié sa mère, sa grand-mère et son enfance.

Son père avait continué à lui rendre visite souvent. Assis avec elle dans la salle commune de Sainte-Rose, figé sur le canapé, il l'observait avec intérêt, comme si Évangéline était le sujet d'une expérience dont il guettait le résultat ou comme s'il regardait dans un télescope à travers lequel, moyennant quelque effort, il avait une chance de discerner les traits de son épouse bien-aimée. Mais en réalité, Évangéline ne tenait guère de sa mère ; elle était le portrait craché de Gabriella, même si son père préférait ignorer cette ressemblance. Il était décédé trois ans auparavant, mais toute sa vie durant, il avait eu la certitude que sa fille ressemblait à un fantôme.

Évangéline serra son pendentif jusqu'à ce que la pointe aiguë de la lyre s'enfonce profondément dans la paume de sa main. Elle devait se dépêcher – il fallait qu'elle retourne à la bibliothèque, sinon les autres sœurs risquaient de se demander où elle avait disparu. Chassant ses parents de ses pensées, elle reporta son attention sur l'instant présent.

Elle se pencha et passa la main sur le grossier briquetage de la tourelle jusqu'à ce qu'elle décèle un jeu à peine perceptible dans la troisième rangée en partant du sol. Elle glissa le bout du doigt sous la brique descellée et la souleva pour la retirer du mur. Elle la posa par terre, extirpa de la cavité une étroite boîte métallique, et le simple contact du métal froid l'apaisa, comme si sa matérialité démentait le caractère intangible de ses souvenirs.

Évangéline ôta le couvercle de la boîte et en sortit un petit carnet relié en cuir, dont le fermail avait la forme d'un angelot gracile en or. Son œil était figuré par un saphir et lorsque Évangéline pressa les ailes, le carnet s'ouvrit sur ses genoux. Le cuir était râpé, la reliure assouplie par l'usage. Le mot ANGÉOLOGIE était frappé en lettres d'or sur la première page. Évangéline feuilleta le carnet, survolant des cartes réalisées à la main et des notes griffonnées à l'encre de couleur, ponctuées de dessins d'anges et d'instruments de musique dans les marges. Une partition musicale occupait les feuillets centraux. Des exégèses bibliques et historiques noircissaient de nombreuses pages et le dernier quart du carnet foisonnait de chiffres et de calculs cabalistiques. Il avait jadis appartenu à sa grand-mère et c'était Évangéline qui en avait hérité. Elle caressa la couverture, déplorant de ne pas être à même de déchiffrer les secrets qu'il renfermait.

Elle tira du rabat arrière de la couverture une photographie de sa mère et de sa grand-mère, bras dessus bras dessous. Le cliché avait été pris l'année de la naissance d'Évangéline – celle-ci avait déterminé, d'après la date inscrite en bordure, que sa mère était enceinte de trois mois à l'époque, même si sa grossesse n'était pas du tout visible. Angela et Gabriella paraissaient heureuses. Évangéline aurait tout donné, accepté n'importe quel marché pour être à nouveau avec elles.

Elle eut soin d'afficher une mine enjouée et fit de son mieux pour dissimuler ses pensées lorsqu'elle regagna la bibliothèque. Le feu s'était éteint et un courant d'air frisquet en provenance de la cheminée en pierre chatouillait le bas de sa jupe. Évangéline récupéra un cardigan noir sur sa table de travail et le mit sur ses épaules, puis revint vers le milieu de la pièce rectangulaire. Au lieu de fermer le conduit de cheminée et d'arrêter ainsi le vent coulis, Évangéline prit l'une des bûches de pin noueux empilées sur l'étagère à bois, la déposa sur les chenets et enflamma du papier au-dessous. Puis, attrapant les poignées en cuivre du soufflet, elle attisa le feu de quelques adroites bouffées jusqu'à ce qu'il prenne.

En dépit de sa fascination pour le carnet de sa grand-mère, Évangéline n'avait guère étudié les grands textes sur les anges qui avaient fait le renom de Sainte-Rose dans le domaine de la théologie. Certains d'entre eux, parmi lesquels des études sur la représentation des anges dans l'histoire de l'art et des ouvrages pointus contenant des copies modernes de systèmes angéologiques médiévaux ou des analyses sur le rôle des anges dans l'univers selon Thomas d'Aquin et saint Augustin, faisaient partie du fonds depuis la fondation du couvent en 1809. Plusieurs essais sur l'angélomorphisme étaient aussi disponibles dans les rayons, même s'il s'agissait de travaux érudits qui n'intéressaient qu'un nombre restreint de sœurs – surtout parmi les plus jeunes qui, à vrai dire, ne se passionnaient guère pour les anges. L'angéologie moins institutionnelle était aussi représentée – même si la communauté voyait d'un mauvais œil le mouvement New Age –, à travers divers livres sur le culte des anges, tant dans l'Antiquité que dans le monde contemporain, et sur le phénomène des anges gardiens. De nombreux ouvrages d'art remplis d'illustrations étaient aussi consultables, dont un splendide volume de tableaux d'Edward Burne-Jones, qu'affectionnait particulièrement Évangéline.

Mais dans l'ensemble, elle avait des préoccupations plus prosaïques et préférait, par exemple, éplucher la liste des œuvres de bienfaisance locales gérées par les sœurs, telles que la banque alimentaire de Poughkeepsie, le groupe d'étude en faveur de la paix dans le monde de Milton ou la collecte annuelle de vêtements de Sainte-Rose, en collaboration avec l'Armée du Salut, qui disposait d'antennes de Woodstock à Red Hook. Bien sûr, comme toutes les nonnes ayant prononcé leurs vœux à Sainte-Rose, Évangéline possédait une connaissance élémentaire des anges. Elle savait que leur création était antérieure à celle du monde et que leurs voix résonnaient déjà dans le vide lorsque Dieu façonna le ciel et la terre (Genèse 1, 1-5). Les anges étaient immatériels, éthérés, luminescents et pourtant, ils s'exprimaient en langue humaine – l'hébreu d'après les théologiens juifs, le grec ou le latin d'après les chrétiens. S'il n'existait qu'une poignée d'exemples d'angélophanie – Jacob luttant avec un ange (Genèse 32, 24-30), la vision d'Ézéchiel (1, 1-14), l'Annonciation (Luc 1, 26-38) –, en ces instants merveilleux, divins, le voile arachnéen qui séparait le ciel de la terre se déchirait et l'humanité entrapercevait la majesté de ces créatures célestes. Évangéline s'interrogeait souvent sur ces rencontres entre anges et humains, semblables à la caresse du vent sur la peau, lors desquelles le matériel et l'immatériel se frôlaient. En définitive, elle était parvenue à la conclusion qu'il était aussi vain d'appréhender les anges par la pensée que de recueillir de l'eau avec une passoire. Pourtant, les sœurs de Sainte-Rose n'en persévéraient pas moins dans cet effort, comme en attestaient les centaines et les centaines de livres sur le sujet qui s'alignaient sur les rayonnages de leur bibliothèque.

À la surprise d'Évangéline, sœur Philomena vint se joindre à elle devant le feu. Tassée sous l'effet de l'ostéoporose, Philomena était aussi ronde et tavelée qu'une poire. Dernièrement, Évangéline avait commencé à s'inquiéter pour la santé de sa supérieure, qui s'était mise à oublier ses rendez-vous ou à perdre ses clefs. Mais l'effectif de Sainte-Rose avait si radicalement décliné depuis les réformes de Vatican II que les nonnes de la génération de Philomena – les sœurs aînées, comme les surnommaicnt les plus jeunes – étaient contraintes d'exercer leurs fonctions jusqu'à un âge avancé, et sœur Philomena paraissait particulièrement surmenée et anxieuse. En un sens, Vatican II avait privé la vieille garde de son droit à la retraite.

À titre personnel, Évangéline estimait certes que ces évolutions avaient été bénéfiques à de nombreux égards – il lui avait ainsi été loisible de choisir un uniforme confortable au lieu du traditionnel habit franciscain et de jouir d'une éducation moderne à l'université voisine de Bard College, où elle avait obtenu un diplôme de philosophie et d'histoire. À l'inverse, les idées des sœurs aînées semblaient figées dans le temps. Mais, si étrange que cela puisse paraître, Évangéline professait souvent des opinions tout aussi conservatrices que ces religieuses qui s'étaient forgé leurs convictions à l'ère Roosevelt, durant la Grande Dépression et la Seconde Guerre mondiale. Évangéline avait, par exemple, le plus grand respect pour les positions de sœur Ludovica, la doyenne du couvent, âgée de 104 ans, qui lui enjoignait souvent de s'asseoir à côté d'elle pour écouter ses récits du temps jadis.

— Il n'était pas question de laisser faire, de disposer librement de son temps et autres billevesées, psalmodiait sœur Ludovica, voûtée dans son fauteuil roulant, tandis que ses mains frêles tremblotaient dans son giron. On nous envoyait enseigner dans des orphelinats ou des écoles paroissiales avant même que nous maîtrisions la matière ! On travaillait toute la journée et on priait toute la nuit. Nos cellules n'étaient pas chauffées. On se lavait à l'eau froide et on dînait de flocons d'avoine et de patates ! Comme parfois nous n'avions pas de livres, j'avais mémorisé tout *Le Paradis perdu* de John Milton afin de pouvoir réciter ce texte splendide à ma classe : « L'infernal Serpent. Ce fut lui dont la malice, animée d'envie et de vengeance, trompa la mère du genre humain : son orgueil l'avait précipité du Ciel avec son armée d'anges rebelles, par le secours desquels, aspirant à monter en gloire au-dessus de ses pairs il se flatta d'égaler le Très-Haut, si le Très-Haut s'opposait à lui. Plein de cet ambitieux projet contre le trône et la monarchie de Dieu, il alluma au ciel une guerre impie et un combat téméraire, dans une attente vaine[1]. » Et les enfants, est-ce qu'ils retenaient ? Bien sûr ! Aujourd'hui, ça me peine de le dire, mais l'enseignement, c'est rigolade et compagnie.

Nonobstant leurs vastes divergences de point de vue, les sœurs formaient une famille harmonieuse. Elles étaient plus préservées des vicissitudes du monde extérieur que les séculiers. Le terrain et les bâtiments de Sainte-Rose avaient été achetés comptant vers la fin du XIXe siècle et, quoique tentées de moderniser leurs pénates, les sœurs n'avaient jamais emprunté sur hypothèque. Elles cultivaient des fruits et des légumes dans les jardins, leur poulailler produisait quatre douzaines d'œufs par jour et leurs garde-manger débordaient de conserves. Le couvent était bien protégé, pourvu d'abondantes réserves de médicaments et de nourriture, parfaitement aménagé pour répondre aux besoins spirituels et intellectuels de ses occupantes. Pour plaisanter, les sœurs affirmaient parfois que si un second déluge venait à s'abattre sur la vallée de l'Hudson, elles n'auraient qu'à verrouiller les lourdes portes en acier à l'avant et à l'arrière du bâtiment et à calfeutrer les fenêtres pour pouvoir continuer à prier pendant les longs mois qui suivraient, en autarcie dans leur arche personnelle.

— Pourriez-vous m'aider ? demanda sœur Philomena.

Elle entraîna sa cadette vers son bureau, où, penchée audessus de son plan de travail dans son habit dont les manches chauve-souris effleuraient le clavier de la machine à écrire, elle se lança dans une série de recherches. Le manège n'avait rien d'inhabituel, car sœur Philomena était quasi

1. Traduction de François-René de Chateaubriand.

aveugle, d'épaisses lunettes lui mangeaient la majeure partie de la figure, et Évangéline lui prêtait souvent main-forte pour retrouver des objets cachés sous son nez.

— Je serai heureuse de vous venir en aide, si vous me dites ce que vous cherchez, proposa Évangéline.

— Nous avons dû recevoir une lettre concernant notre collection d'images angéliques. Un jeune homme de New York – un chercheur ou un consultant, quelque chose de ce genre – a téléphoné à mère Perpetua. Il prétend nous avoir écrit. Ça vous dit quelque chose ? Si sa requête m'était parvenue, je sais que je m'en souviendrais. Mère Perpetua tient à s'assurer que la politique de Sainte-Rose soit bien respectée. Elle souhaite que nous répondions immédiatement.

— La lettre est arrivée aujourd'hui, indiqua Évangéline.

Sœur Philomena la dévisagea avec de grands yeux humides derrière ses verres de lunettes.

— Vous l'avez lue ?

— Bien entendu. Je dépouille le courrier dès qu'il arrive.

— S'agissait-il bien d'une demande d'information ?

Évangéline n'avait pas l'habitude d'être questionnée d'aussi près sur son travail.

— Pour être exact, répliqua-t-elle en croisant les bras sur sa poitrine, ce monsieur recherchait des renseignements précis sur mère Innocenta et souhaitait consulter nos archives.

L'expression de Philomena s'assombrit.

— Avez-vous répondu ?

— Oui, je lui ai adressé la réponse type, déclara Évangéline, omettant de signaler qu'elle avait détruit la lettre avant de l'expédier.

Cet acte de duplicité était si contraire à sa nature qu'elle fut troublée par l'aisance avec laquelle elle mentait à Philomena.

— Je sais que nous interdisons tout accès à nos archives aux chercheurs amateurs, poursuivit-elle. J'ai bien spécifié que c'était notre politique officielle. Et j'ai évidemment été très polie.

— Fort bien, approuva Philomena, sans lâcher Évangéline des yeux. Nous n'avons pas vocation à ouvrir nos portes à tous les étrangers. Mère Perpetua nous a donné l'instruction expresse de rejeter toute demande d'information.

Évangéline ne fut guère étonnée d'apprendre que mère Perpetua s'intéressait autant à leur collection. Leur abbesse était une figure lointaine et revêche qu'Évangéline croisait rarement, une femme aux idées bien arrêtées et au style énergique, que les sœurs aînées admiraient pour sa frugalité, mais détestaient pour son modernisme – celle-ci ayant (en vain) tenté de les persuader d'adopter certaines des réformes les plus anodines de Vatican II et de troquer leur lourd habit en laine contre un autre plus léger.

Comme Évangéline tournait les talons, sœur Philomena se racla la gorge pour signifier qu'elle n'en avait pas fini.

— Je travaille aux archives depuis de nombreuses années, mon enfant, et j'ai mûrement pesé chaque requête. J'ai éconduit maints chercheurs importuns, écrivains ou pseudo-religieux. Le rôle de gardien du temple est une lourde responsabilité. Veillez à me communiquer toute correspondance sortant de l'ordinaire.

— Entendu, balbutia Évangéline, décontenancée par la ferveur de sœur Philomena. Mais je me posais quand même une question, ma sœur, ajouta-t-elle, cédant à la curiosité.

— Oui ? s'enquit Philomena avec méfiance.

— Mère Innocenta avait-elle quoi que ce soit de notable ?

— De notable ?

— Quelque chose susceptible d'éveiller l'intérêt d'un consultant privé ?

— Ma chère, j'ignore totalement ce qui peut motiver ce genre de personne, lui opposa sœur Philomena avec agacement en raccompagnant Évangéline jusqu'à la porte. On pourrait penser qu'il existe assez de tableaux, sculptures et autres dans le monde pour occuper indéfiniment n'importe quel historien de l'art. Et pourtant, l'attrait de notre collection d'images angéliques semble irrésistible. On ne saurait être trop prudent, mon enfant. Vous voudrez bien m'informer de toute nouvelle demande à l'avenir ?

— Naturellement, certifia Évangéline, le cœur battant.

Sœur Philomena dut percevoir le désarroi de sa jeune assistante, car elle se rapprocha jusqu'à ce qu'Évangéline puisse sentir l'odeur vaguement minérale qui se dégageait d'elle – du talc ou de la crème contre l'arthrite, peut-être – et prit les mains de sa cadette, les réchauffant entre ses doigts potelés.

— Allons, aucune raison de vous inquiéter. Nous ne nous laisserons pas faire. Les importuns auront beau insister, ils trouveront toujours porte close ici.

— Je suis certaine que vous avez raison, ma sœur, acquiesça Évangéline avec un sourire, malgré sa stupéfaction. Merci de votre sollicitude.

— Je vous en prie, mon petit, fit sœur Philomena avec un bâillement. Si vous avez besoin de moi, je serai au troisième étage pendant le reste de l'après-midi. Il est presque l'heure de ma sieste.

Sitôt seule, Évangéline s'enfonça dans un abîme de culpabilité et de spéculation. Elle regrettait sincèrement d'avoir dupé sœur Philomena de la sorte, mais elle était aussi interloquée par l'étrange réaction de sa supérieure à propos de cette lettre et par son intense désir de tenir tout visiteur à l'écart de Sainte-Rose. Une telle virulence lui paraissait excessive, même si Évangéline appréciait la nécessité de protéger l'atmosphère calme et contemplative qu'elles s'efforçaient toutes d'entretenir. Mais qu'est-ce qui lui avait pris de mentir de façon aussi éhontée et inexcusable ? Car c'était ce qu'elle avait fait – elle avait abusé l'une de ses aînées. Et malgré cette transgression, sa curiosité demeurait intacte. Quelle était la nature de la relation entre mère Innocenta et Abigail Rockefeller ? Que voulait dire sœur Philomena quand elle avait parlé de ne pas « ouvrir leurs portes à tous les étrangers » ? Quel mal pouvait-il y avoir à partager leur magnifique collection de livres et d'images ? Qu'avaient-elles à dissimuler ? Au cours de toutes les années qu'Évangéline avait passées à Sainte-Rose – près de la moitié de son existence –, elle n'avait rien remarqué d'insolite. Les sœurs franciscaines de l'Adoration perpétuelle menaient des vies exemplaires.

Évangéline plongea une main dans sa poche et en sortit la lettre d'Abigail Rockefeller. L'écriture était fleurie et déliée – les yeux d'Évangéline glissaient avec aisance sur les courbes et les creux des lettres manuscrites. « Vos conseils ont été précieux pour le bon déroulement de l'expédition, et j'ai le sentiment que ma contribution personnelle n'a pas été inutile non plus. Célestine Clochette arrivera à New York début février. Vous recevrez de plus amples informations sous peu. Bien à vous, A. A. Rockefeller. »

Évangéline relut le texte une fois de plus, s'efforçant d'en discerner le sens. Puis elle replia avec soin la fine feuille de papier et la replaça dans sa poche, consciente qu'elle ne pourrait pas reprendre ses activités habituelles tant qu'elle n'aurait pas élucidé le lien entre Abigail Rockefeller et Sainte-Rose.

5e Avenue, Upper East Side, New York

Percival Grigori trompa l'attente devant l'ascenseur en égrenant les secondes d'une série de coups secs contre le sol avec l'extrémité métallique de sa canne. Le hall lambrissé de chêne de son immeuble – un opulent édifice d'avant-guerre avec vue sur Central Park – lui était si familier qu'il y prêtait à peine attention. La famille Grigori occupait le dernier étage depuis plus d'un demi-siècle. Naguère, il eût peut-être relevé la déférence du portier, les somptueuses orchidées qui décoraient l'entrée, l'encadrement de l'ascenseur habillé d'ébène poli et de nacre ou la cheminée dont la lumière et la chaleur rejaillissaient sur le sol en marbre. Mais Percival Grigori n'avait à l'esprit que la douleur qui grippait ses articulations et les craquements de ses genoux à chaque pas. Enfin, les portes de l'ascenseur s'ouvrirent. Comme il pénétrait dans la cabine en boitant, Percival Grigori entrevit son reflet voûté dans les surfaces en cuivre poli. Il détourna promptement le regard.

Parvenu au douzième étage, il se hâta de traverser le vestibule en marbre et de déverrouiller la porte de l'appartement familial. Aussitôt, le spectacle de son intérieur – mélange d'antiquités, d'objets modernes, de bois verni et de verre scintillant – l'apaisa et la tension qui lui nouait les épaules se dissipa. Il jeta ses clefs sur un coussin en soie disposé au fond d'un saladier en porcelaine de Chine, se débarrassa de son épais manteau en cachemire sur une chaise et s'engagea dans une galerie dallée de travertin qui desservait de vastes pièces – un salon, une bibliothèque, une salle à manger pourvue d'un lustre vénitien à quatre étages. Une large baie vitrée donnant sur le parc mettait en scène le ballet chaotique de la tempête de neige.

À l'autre extrémité de l'appartement, un imposant escalier incurvé conduisait à l'étage de sa mère. Levant les yeux, Percival distingua un groupe d'amis de cette dernière dans le grand salon. Des invités se présentaient quasiment tous les jours à l'heure du déjeuner ou du dîner pour de petits raouts impromptus lors desquels sa mère siégeait entourée de sa cour d'amis et de voisins favoris. C'était un cérémonial auquel elle avait peu à peu pris goût, essentiellement en raison du pouvoir qu'il lui conférait : elle choisissait ses hôtes, les enfermait dans son antre lambrissé de bois sombre et abandonnait le reste du monde à sa tristesse et à sa morosité. Cela faisait des années qu'elle ne sortait plus qu'en de rares occasions, exclusivement de nuit et en compagnie de Percival ou de sa sœur. Ce système lui convenait si bien et l'assiduité des membres de son cercle était telle que la réclusion ne lui pesait guère.

Discrètement, pour ne pas se faire remarquer, Percival se réfugia dans une salle de bains au bout du couloir et verrouilla en silence la porte derrière lui. En une succession de gestes rapides, il se dépouilla de sa veste en laine sur mesure et de sa cravate en soie, qu'il laissa choir sur le carrelage en céramique. Les doigts tremblants, il défit les six boutons nacrés de sa chemise, l'ôta et se dressa de toute sa hauteur face à la glace fixée au mur.

Il passa une main sur sa poitrine, bardée de lanières de cuir. Ce harnais compliqué qui lui emmaillotait le torse formait un réseau de courroies qui, quand elles étaient toutes attachées, évoquaient un corset noir. Les sangles étaient si tendues qu'elles mordaient dans sa chair. Quelle que soit la façon dont il s'y prenait, les lanières le serraient toujours trop. Suffoquant, Percival détacha les courroies les unes après les autres, faisant coulisser les sangles dans les boucles en argent jusqu'à ce que, après une dernière traction, le harnais tombe sèchement sur les carreaux.

Son torse nu était lisse, dépourvu de mamelons ou de nombril, sa peau si pâle qu'elle semblait de cire. Percival Grigori contempla son reflet – ses épaules, son long menton, les courbes sculpturales de son torse –, puis orienta ses omoplates vers le miroir. Deux fragiles excroissances osseuses poisseuses de sueur, déformées par la pression du corset, saillaient de sa colonne vertébrale. Avec un mélange d'incrédulité et de chagrin, il constata une fois de plus que ses ailes, autrefois amples et puissantes, recourbées comme des cimeterres dorés, s'étaient complètement étiolées. Au milieu de son dos, leurs os atrophiés, noircis par la maladie, sur lesquels subsistaient à peine quelques plumes flétries, pointaient de deux plaies à vif à cause du frottement, figés dans un sang bleu gélatineux. Pansements, toilettes répétées – les soins les plus intensifs ne parvenaient ni à cicatriser ces ulcères, ni à soulager ses souffrances. Pourtant, il pressentait que la véritable torture commencerait seulement quand il aurait perdu ses ailes, car il ne subsisterait alors plus rien de tout ce qui le distinguait des autres et inspirait l'envie.

Les premiers symptômes de son mal s'étaient manifestés dix ans auparavant. De légères traces de moisissure étaient apparues sur la face interne du rachis et des barbes de ses plumes – un champignon vert phosphorescent qui s'était développé tel du vert-de-gris sur du cuivre. Percival avait supposé qu'il s'agissait d'une simple infection. Il s'était fait nettoyer et lustrer les ailes, exigeant qu'on lui oigne chaque plume d'huile – mais le chancre avait survécu. En quelques mois, son envergure s'était réduite de moitié. Le chatoiement d'or patiné de ses ailes s'était éteint. Il les avait escamotées jusque-là sans mal, rétractant en douceur son majestueux plumage dans les sillons situés de part et d'autre de sa colonne vertébrale, de sorte que ses ailes étaient indétectables. Bien que solides, leur structure leur conférait les propriétés visuelles d'un hologramme. À l'instar des anges eux-mêmes, les ailes des Nephilim étaient des objets physiques affranchis des lois de la matière, qu'il leur était loisible de déplier à travers des épaisseurs de vêtements avec la même aisance que dans l'air.

Mais depuis qu'il ne réussissait plus à les replier du tout, elles lui rappelaient en permanence sa décrépitude. Terrassé par la douleur, il ne parvenait plus à voler. Sa famille, alarmée, s'était adressée à des spécialistes, qui avaient confirmé les pires craintes des Grigori. Percival avait contracté une affection dégénérative qui sévissait parmi les leurs. D'après les prédictions des médecins, ce serait d'abord ses ailes, puis ses muscles qui dépériraient. Percival se retrouverait confiné au fond d'un fauteuil roulant et, une fois ses ailes entièrement décomposées, leurs racines dissoutes, il mourrait. Ses années de traitement avaient ralenti l'évolution du mal, mais ne l'avaient pas enrayée.

Percival tourna le robinet et s'aspergea le visage d'eau froide afin de faire tomber la fièvre qui s'était emparée de lui. Le harnais l'aidait à conserver le dos droit, tâche de plus en plus difficile à mesure que ses muscles s'affaiblissaient. Depuis que ce corset lui était devenu nécessaire, quelques mois plus tôt, ses douleurs n'avaient cessé d'empirer. Il ne s'était jamais habitué à la morsure du cuir ou des boucles pareilles à des rasoirs sur sa peau, à la brûlure des chairs à vif. Bon nombre des leurs choisissaient de vivre retirés du monde lorsqu'ils étaient touchés par la maladie. Percival, lui, se refusait à ce sort.

Il se saisit de l'enveloppe de Verlaine, la soupesa à nouveau, avec satisfaction, et l'éventra posément, avec la jouissance d'un chat achevant un oiseau pris au piège, avant d'étaler les pages sur le marbre du lavabo et de dévorer le dossier dans l'espérance d'y découvrir des renseignements utiles. Le compte rendu des recherches de Verlaine était détaillé et exhaustif – quarante pages de texte en simple interligne formant, bout à bout, une dense colonne de caractères noirs –, mais il ne contenait rien de neuf.

Grigori rangea les documents dans l'enveloppe, prit une profonde inspiration et enfila à nouveau son harnais. Les lanières lui posèrent moins de difficultés, car il avait retrouvé des couleurs et ses mains ne tremblaient plus. Une fois rhabillé, il constata que tout espoir de recouvrer une apparence présentable était vain. Ses vêtements étaient froissés et tachés de sueur, ses cheveux lui retombaient dans les yeux en une houppe blonde désordonnée, ses yeux étaient injectés de sang. Sa mère serait horrifiée de le voir en aussi piteux état.

Se passant une main dans les cheveux, Percival sortit de la salle de bains. Le tintement de verres en cristal entrechoqués, les accents d'un quatuor à cordes et les rires stridents des amies de sa mère enflèrent à mesure qu'il gravissait l'escalier. Il fit halte avant d'entrer dans la pièce pour reprendre son souffle – le moindre effort l'exténuait.

Sa mère aimait à tenir salon telle une comtesse, et les fleurs, les domestiques et les ragots abondaient toujours chez elle, mais la réception en cours était de plus grande ampleur que Percival ne s'y attendait, car elle rassemblait plus d'une cinquantaine de personnes. Les invités se massaient sous un plafond en porte-à-faux et la vive clarté que prodiguait d'ordinaire la verrière était atténuée par la neige. Les murs de l'étage supérieur étaient agrémentés de tableaux accumulés par les Grigori au cours des cinq derniers siècles. La plupart étaient des toiles de maîtres repérées dans des musées ou chez des collectionneurs, auxquelles avaient été substituées des copies d'experts, tandis que les originaux rejoignaient le patrimoine privé des Grigori pour leur plaisir personnel. La conservation de ces peintures requérait un soin méticuleux – atmosphère contrôlée, techniciens d'entretien spécialisés –, mais pareille collection en valait la peine. Elle comprenait plusieurs œuvres de maîtres hollandais, quelques pièces de la Renaissance et diverses estampes du XIXe siècle. Un mur entier, au milieu du salon, accueillait le célèbre triptyque de Jérôme Bosch, *Le Jardin des délices terrestres*, représentation délicieusement déviante du Paradis et de l'Enfer. Percival avait grandi avec le spectacle de ses figures grotesques, et le panneau central, décrivant la vie sur terre, l'avait très tôt édifié sur les mœurs humaines. Il avait toujours été particulièrement fasciné par les inquiétants instruments de musiques – les luths ou les tambours à divers stades de dissection – figurant sur le panneau de l'Enfer. Le musée du Prado, à Madrid, en exposait une reproduction parfaite, personnellement commandée par le père de Grigori.

Les doigts crispés sur le pommeau en ivoire de sa canne, Percival se fraya un chemin parmi l'assemblée. D'habitude, il tolérait stoïquement ces sauteries, mais en l'occurrence, au vu de son état, il redoutait de ne pas réussir à traverser la pièce. Il adressa un signe de tête au père d'un ancien camarade de classe qui faisait partie des intimes de la famille depuis des siècles et se tenait à l'écart de la cohue, exhibant ses ailes d'un blanc immaculé. Percival esquissa un sourire à l'intention d'un mannequin avec qui il avait un jour dîné – une ravissante créature aux yeux d'un bleu cristallin, issue d'une famille suisse réputée. Elle était bien trop jeune pour avoir des ailes et il était impossible de juger si elle était bien née, mais elle descendait d'une famille puissante et de vieille souche. Avant que Percival soit frappé par la maladie, sa mère avait tenté de le convaincre d'épouser cette jeune femme. Un jour, elle serait certainement une personnalité influente au sein de leur société.

Si Percival arrivait à supporter leurs relations de bonne extraction – c'était, après tout, dans son propre intérêt –, il n'avait que mépris pour les nouvelles fréquentations de sa mère, un amalgame de financiers et de magnats des médias, des parvenus qui étaient entrés dans ses bonnes grâces. Bien qu'ils ne soient pas comme les Grigori, la majorité d'entre eux s'en rapprochaient assez pour appréhender le délicat équilibre d'égard et de discrétion indispensable pour servir la famille. Tous tendaient à se presser autour de sa mère et à la couvrir de compliments afin que, *noblesse oblige**, celle-ci les réinvite le lendemain.

S'il n'avait tenu qu'à Percival, ils auraient mené des existences bien plus confidentielles, mais sa mère ne supportait pas la solitude. Il la soupçonnait de s'entourer de distractions afin de fuir la terrible vérité – à savoir que les leurs avaient perdu leur place dans l'ordre des choses. La situation

* En français dans le texte *(N.d.T.)*. Tous les mots en italique suivis d'un astérisque sont en français dans le texte original.

et la prospérité des Grigori reposaient sur des alliances conclues des générations auparavant, ainsi que sur tout un réseau d'amis et d'accointances qui, sur le Vieux Continent, était pleinement et inextricablement lié à l'histoire de leur famille. À New York, ce réseau était encore en grande part à créer.

Près des baies vitrées, éclairée par le petit jour, Otterley, la sœur cadette de Percival, regardait dans le vague. Elle était de taille moyenne (un mètre quatre-vingt-dix), mince, moulée dans une robe très décolletée, mais conforme à ses goûts. Ses cheveux tirés en arrière étaient rassemblés en un chignon austère et ses lèvres étaient maquillées d'un rose vif un peu trop juvénile, même pour elle. Naguère éblouissante, Otterley avait dilapidé sa jeunesse en un siècle de fêtes et de liaisons malavisées qui l'avaient laissée tout aussi diminuée que la fortune familiale. À deux cents ans révolus, parvenue à l'âge adulte, malgré ses efforts pour le dissimuler, elle avait une peau qui lui donnait l'aspect d'un mannequin en plastique. Quoi qu'elle fasse, elle ne recouvrerait jamais la beauté qui était la sienne au XIXe siècle.

Avisant Percival, Otterley s'approcha nonchalamment de son frère, lui prit le bras et le guida à travers l'assistance tel un invalide. Tous les regards se focalisèrent sur elle. Ceux qui n'avaient pas encore eu l'occasion de traiter avec elle la connaissaient parce qu'elle représentait la famille au sein de divers conseils d'administration ou en raison de son agenda mondain surchargé. Amis ou simples relations, tous la redoutaient et nul ne pouvait se permettre de la contrarier.

— Où te cachais-tu ? s'enquit-elle, plissant les yeux avec une expression reptilienne.

Elle avait grandi à Londres, où résidait toujours leur père, et son limpide accent britannique se chargeait d'une causticité particulière quand elle était irritée.

— J'ai du mal à imaginer que tu te sois sentie seule, répondit Percival en parcourant l'assistance des yeux.

— On n'est jamais seul, avec mère, riposta Otterley, acerbe. Ses réceptions sont de semaine en semaine plus recherchées.

— J'en déduis qu'elle doit être dans les parages.

Le visage d'Otterley se durcit.

— La dernière fois que je l'ai aperçue, elle donnait audience sur son trône.

Ils longèrent une longue paroi vitrée qui invitait à planer au-dessus de la cité brumeuse et enneigée. Des Anakim – la caste de serviteurs qu'employaient les Grigori et toutes les bonnes familles de Nephilim – s'avançaient au-devant d'eux, puis s'écartaient. « Champagne, Monsieur ? Madame ? » Tout de noir vêtus, les Anakim étaient plus petits et plus fluets que leurs maîtres. Outre leurs uniformes, la mère de Percival et d'Otterley exigeait qu'ils arborent leurs ailes déployées afin qu'on les distingue mieux des hôtes, du fait de la différence marquée d'envergure et de forme de leurs organes. Alors que les invités de race pure possédaient des ailes puissantes pourvues de plumes, celles des Anakim étaient des membranes nervurées d'un gris opalescent, fines comme du film plastique. En raison de la structure de leurs ailes, qui ressemblaient à celles des insectes, les Anakim volaient avec des mouvements vifs et précis et étaient capables d'une grande précision. Ils avaient de grands yeux jaunes, de hautes pommettes et la peau pâle. Durant la Seconde Guerre mondiale, Percival avait vu un essaim de ces créatures s'abattre sur un convoi de réfugiés qui fuyaient les bombardements de Londres. Elles avaient mis les malheureux en pièces. Ce jour-là, Percival avait compris pourquoi les Anakim avaient la réputation d'être capricieux et imprévisibles, tout juste dignes d'être exploités.

À chaque pas, Percival identifiait des amis ou des connaissances, une flûte de champagne en cristal à la main. Les conversations se dissolvaient dans l'air en une sorte de brouhaha continu. Il surprit des bribes de discussions sur des vacances, des yachts ou des entreprises financières, sujets aussi caractéristiques des amis de sa mère que le chatoiement des diamants ou leurs rires pétillant de cruauté. De toutes parts, les regards se posaient sur lui, détaillant ses chaussures, sa montre, s'attardant sur sa canne, avant de le reconnaître, à la vue d'Otterley, comme Percival Grigori III, l'héritier de la fortune des Grigori.

Enfin, ils arrivèrent devant leur mère, Sneja Grigori, étendue sur son divan préféré, un magnifique et imposant meuble néogothique dont le bâti en bois était décoré de serpents sculptés. Sneja avait pris du poids depuis qu'ils avaient emménagé à New York plusieurs décennies plus tôt et ne portait plus que d'amples tuniques flottantes, drapées sur elle en ondulations soyeuses. Elle avait éployé derrière elle ses ailes duveteuses et bariolées, disposées de façon à obtenir le meilleur effet, comme si elle exhibait les joyaux de la couronne. Leur luminosité aveuglait presque Percival ; chaque plume chatoyait comme une feuille de papier aluminium coloré. Ces ailes, qui faisaient la fierté de la famille, représentaient l'apogée de sa beauté et la preuve de la pureté de sa filiation. La grand-mère maternelle de Percival était elle-même douée d'ailes multicolores de plus de onze mètres d'envergure – des dimensions telles qu'on n'en avait plus vu depuis un millénaire. La rumeur voulait qu'elles aient servi de modèle à celle des anges de Fra Angelico, Lorenzo Monaco et Botticini. Leurs ailes, avait un jour expliqué Sneja à Percival, étaient le symbole de leur sang, de leur rang et de leur statut de premier plan parmi leurs pairs. Savoir les mettre en valeur était source d'autorité et de prestige, et c'était pour Sneja une déception majeure que ni Otterley, ni Percival ne lui aient fourni un héritier susceptible de faire honneur à la famille.

D'où l'agacement de Percival à l'encontre d'Otterley, qui s'obstinait à cacher ses ailes. Au lieu de les arborer comme il se devait, elle persistait à les garder pliées dans son dos comme une vulgaire hybride et non comme la descendante de l'une des plus éminentes familles de souche angélique des États-Unis. La faculté de rétracter ses ailes était certes d'une grande utilité, notamment au sein d'une assemblée hétérogène – c'était même elle qui leur permettait d'évoluer au sein des sociétés humaines sans qu'ils soient démasqués. Mais en privé, ne pas dévoiler ses ailes était une offense.

Sneja Grigori salua Otterley et Percival en leur offrant sa main à baiser.

— Mes chérubins ! s'exclama-t-elle de sa voix profonde avec un vague accent germanique, reliquat de son enfance autrichienne chez les Habsbourg.

Elle s'interrompit et plissa les paupières, examinant le collier d'Otterley, un solitaire rose sphéroïdal serti sur une monture ancienne.

— Quelle pièce exceptionnelle ! s'émerveilla-t-elle, comme étonnée de découvrir un tel bijou autour du cou de sa fille.

— Tu ne le reconnais pas ? demanda Otterley d'un ton détaché. C'est un pendentif de grand-mère.

— Vraiment ? se récria Sneja, soulevant le diamant entre son pouce et son index afin de faire jouer la lumière sur ses facettes. Je devrais m'en souvenir, mais il m'est tout à fait inconnu. Tu l'as pris dans mes appartements ?

— Non, répondit Otterley du bout des lèvres.

— Il ne viendrait pas plutôt de la chambre forte ? intervint Percival.

Otterley eut un rictus et décocha à son frère un regard de reproche.

— Ah, voilà qui explique le mystère, lâcha Sneja. Cela fait si longtemps que je n'y suis pas allée que j'ai complètement oublié ce qu'il y avait à l'intérieur. Est-ce que tous les bijoux de ma mère sont aussi resplendissants que celui-là ?

— Ils sont tout bonnement magnifiques, mère, affirma Otterley, mal à l'aise, car cela faisait des années qu'elle se servait dans la chambre forte à l'insu de Sneja.

— J'adore en particulier celui-là. J'effectuerai peut-être une visite nocturne à la chambre forte un de ces soirs. Il est temps que je procède à un inventaire.

Sans hésiter, Otterley détacha le collier et le déposa dans la main de Sneja.

— Il t'ira à ravir, mère.

Sans attendre la réaction de Sneja – ou peut-être pour masquer son dépit de renoncer à un joyau pareil, Otterley tourna les talons et se fondit dans la foule.

Sneja leva vers la lumière le pendentif, qui se mua en une boule de feu liquide, puis le laissa tomber dans son petit sac de soirée en perles. Elle se retourna vers Percival, comme pour le prendre à témoin de sa victoire.

— C'est assez drôle, lui avoua-t-elle. Otterley est persuadée que j'ignore qu'elle me vole des bijoux depuis vingt-cinq ans.

Percival s'esclaffa.

— Tu ne l'as jamais mise au pied du mur. Sinon, elle aurait arrêté depuis longtemps.

Sa mère balaya sa remarque d'un geste, comme un moucheron.

— Je suis au courant de tout ce qui se passe dans cette famille, lui assura-t-elle en ajustant sa position sur le divan afin que le galbe de son aile capte mieux la lumière. Je sais même que tu ne prends pas convenablement soin de toi. Tu dois te ménager, manger et dormir davantage. Tu ne peux pas continuer au même rythme qu'avant. Il est temps de songer à l'avenir.

— C'est précisément ce que je fais, objecta Percival, agacé que sa mère s'obstine à le régenter comme au premier siècle de son existence.

— Je vois, fit Sneja, jaugeant le degré d'exaspération de son fils. Tu avais un rendez-vous aujourd'hui...

— Je m'y suis rendu, comme convenu.

— Et tu es ici avec cet air revêche pour m'informer de tes progrès. L'entrevue n'a pas eu les résultats escomptés ?

— Est-ce jamais le cas ? ironisa Percival, même si sa déception était manifeste. Mais j'admets que j'espérais beaucoup de celle-ci.

— Oui, acquiesça Sneja, qui regardait ailleurs. Comme nous tous.

— Viens, dit Percival, prenant la main de sa mère pour l'aider à se relever du divan. J'aimerais discuter seul à seul avec toi.

— Ne pourrions-nous pas discuter ici ?

— Allons, lui opposa Percival en considérant l'assistance avec répulsion, c'est totalement impossible.

Sous les regards captivés de son public d'admirateurs, Sneja quitta son divan avec ostentation et étendit ses ailes avant de les replier sur ses épaules telle une cape. Percival l'observa, parcouru par un frisson de jalousie. Les ailes de sa mère étaient splendides, lustrées, fournies, en pleine santé. Elles présentaient un délicat dégradé, des petites plumes rosées de leur extrémité aux longues rémiges chatoyantes au voisinage du dos. Jadis, les ailes de Percival étaient encore plus grandes, plus effilées et plus impressionnantes que celles de Sneja, ses plumes semées d'or semblables à des dagues affûtées étincelantes. Il ne pouvait poser les yeux sur sa mère sans rêver à une hypothétique guérison.

Sneja Grigori marqua une pause, afin de laisser ses hôtes admirer ses attributs célestes, puis, avec une grâce qui paraissait toujours merveilleuse à Percival, les rétracta dans son dos avec l'aisance d'une geisha refermant son éventail en papier de riz.

Percival descendit l'escalier monumental en donnant le bras à sa mère. La table de la salle à manger, couverte de fleurs et de porcelaine, était dressée, dans l'attente des invités. Un cochon de lait rôti était disposé au milieu des bouquets, une poire dans la gueule, les flancs prédécoupés en tendres rubans de chair rose. Par les fenêtres, Percival apercevait des passants qui se dépêchaient, noirs, minuscules, tels des rongeurs luttant contre le vent glacial, alors qu'il régnait chez lui une atmosphère chaude et douillette. Un feu brûlait dans la cheminée et la rumeur des conversations assourdies mêlées à une musique douce leur parvenait de l'étage supérieur. Sneja s'installa sur une longue banquette rembourrée.

— Maintenant, dis-moi : qu'est-ce que tu veux ? reprit Sneja, à l'évidence plus qu'agacée d'être ainsi arrachée à sa fête.

Elle préleva une cigarette dans un étui en platine et l'alluma.

— Si c'est encore une histoire d'argent, tu devras t'adresser à ton père, Percival. Je ne vois pas comment tu fais pour le dépenser aussi vite, soupira-t-elle, avant de se corriger, avec un sourire indulgent. À vrai dire, j'en ai bien une vague idée. Mais c'est avec ton père qu'il te faudra négocier.

Percival piocha une cigarette dans l'étui de sa mère, qui lui offrit du feu. Il inspira une bouffée et se rendit aussitôt compte que c'était une erreur. Il avait les poumons en feu. Il fut pris d'une quinte de toux. Sneja lui tendit un cendrier en jade afin qu'il puisse éteindre sa cigarette.

— Ma source s'est révélée décevante, exposa-t-il, une fois qu'il eut repris son souffle.

— Je te l'avais prédit.

— La découverte qu'il prétend avoir faite ne nous est d'aucune utilité.

Sa mère haussa un sourcil.

— De quoi s'agit-il au juste ?

Percival lui relata en détail l'entretien, décrivant l'excitation ridicule suscitée chez Verlaine par les dessins architecturaux d'un couvent du nord de l'État et son intérêt tout aussi horripilant pour les vicissitudes des pièces antiques. Sa mère, qui faisait glisser ses longs doigts blancs comme de la craie sur une table vernie à la laque, s'interrompit brutalement, stupéfaite.

— C'est formidable, finit-elle par articuler. Tu es vraiment convaincu qu'il n'y a là rien d'utile ?

— Comment ça ?

— Dans ta hâte d'identifier les contacts d'Abigail Rockefeller, tu as complètement perdu de vue la situation dans son ensemble, expliqua Sneja en écrasant sa cigarette pour en allumer une autre. Ces plans sont peut-être exactement ce que nous cherchons. Montre-les-moi, j'aimerais les examiner.

— J'ai dit à Verlaine de les garder, avoua Percival, avant de se rendre compte que cette bévue allait la mettre en rage. Nous avons exclu Sainte-Rose des sites potentiels après l'attaque de 1944. Il ne restait plus rien du couvent après l'incendie. Tu ne penses quand même pas que quelque chose ait pu nous échapper ?

— J'aurais souhaité m'en assurer par moi-même, répliqua Sneja sans prendre la peine de dissimuler sa déconvenue. Je suggère que nous nous rendions là-bas sur-le-champ.

Percival sauta sur cette occasion de se faire pardonner.

— Je suis déjà sur le coup, affirma-t-il. Mon investigateur est en ce moment même en route pour Sainte-Rose afin de vérifier la nature de ses découvertes.

— Ton investigateur... est-il l'un d'entre nous ?

Percival considéra un instant sa mère, réfléchissant à la conduite à tenir. Sa mère serait furieuse d'apprendre qu'il avait accordé une telle responsabilité à Verlaine, qui n'appartenait pas à leur réseau d'informateurs.

— Je connais ton point de vue sur les intervenants extérieurs, mais il n'y a rien à craindre. Il a fait l'objet d'une enquête approfondie.

— Je n'en doute pas, persifla Sneja en exhalant la fumée de sa cigarette. Comme d'autres, par le passé.

— L'époque est différente, argua Percival, pesant ses mots avec soin, déterminé à ne pas se laisser démonter par les critiques de sa mère. Il n'est plus aussi facile de nous tromper.

— Oui, tu as raison, l'époque est différente, l'admonesta-t-elle. C'est une ère de liberté et de confort, une ère affranchie de tout risque pour nous, une ère de prospérité sans précédent. Nous sommes libres d'agir à notre guise, de circuler comme il nous plaît, de vivre comme nous le souhaitons. Mais c'est aussi une époque où même les meilleurs d'entre nous se sont ramollis et sont devenus complaisants. Une époque de déclin et de dégénérescence. Ni toi, ni moi, ni les pitoyables créatures réunies dans mon salon ne sommes à l'abri d'être démasqués.

— Tu estimes que j'ai fait preuve de négligence ? s'emporta Percival malgré ses efforts pour se dominer.

Il se saisit de sa canne, prêt à partir.

— Je ne vois pas comment il pourrait en être autrement vu ton état, le cajola Sneja. Otterley t'épaulera.

— Otterley œuvre pour notre cause depuis moins longtemps que moi, souligna Percival.

— Ton père et moi nous y consacrions bien avant toi. De même que mes parents, bien avant ma naissance, et leurs parents avant eux. Tu n'es que l'un des maillons d'une longue chaîne.

Percival tapota le plancher du bout de sa canne.

— Il me semble que mon état confère une nouvelle urgence à la situation.

Sneja baissa les yeux vers la canne.

— Certes, ta maladie investit notre quête d'un sens nouveau. Mais ton obsession de trouver un remède t'aveugle. Otterley n'aurait jamais dédaigné ces dessins, Percival. Elle serait même déjà au couvent pour corroborer leur exactitude. Vois le temps que tu as perdu ! Et si ton inconséquence nous coûtait l'objet que nous recherchons ?

— Dans ce cas, je mourrai.

Sneja Grigori plaça une main blanche et douce sur la joue de Percival. La femme frivole qui se prélassait sur son divan s'était métamorphosée en une figure hiératique remplie d'ambition et d'orgueil, qualités qu'il admirait et enviait à la fois.

— Cela n'arrivera pas. Je ne le permettrai pas. Maintenant, va te reposer. Je me charge de ce M. Verlaine.

Percival se leva et, appuyé sur sa canne, quitta la pièce avec lourdeur, en claudiquant.

Couvent Sainte-Rose, Milton, État de New York

Verlaine gara devant Sainte-Rose sa Renault 5 achetée d'occasion à l'époque où il était étudiant. Un portail en fer forgé barrait l'allée menant au couvent, de sorte que Verlaine n'eut d'autre choix que d'escalader l'épais mur de pierre qui entourait la communauté. Le couvent ressemblait à ce que Verlaine s'était imaginé : isolé, paisible, tel un château endormi sous l'emprise d'un sortilège. Des arcs et des tourelles néogothiques se détachaient sur le ciel gris ; des grappes protectrices de bouleaux et de conifères touffus s'élevaient de toutes parts. De la mousse et du lierre prenaient d'assaut les murs de briques, comme si la nature, insatiable, était lancée dans une lente campagne d'annexion de l'édifice. L'Hudson s'écoulait le long de la berge prise par la neige et la glace à l'autre bout des jardins.

Alors qu'il longeait un sentier pavé enneigé, Verlaine frissonna. Depuis son départ de Central Park, il éprouvait une sensation de froid bizarre et oppressante qui ne l'avait pas quitté de tout le trajet jusqu'à Milton. Il avait eu beau pousser le chauffage à fond, ses mains et ses pieds étaient demeurés gourds. Il ne s'expliquait pas l'effet que ce rendez-vous avait eu sur lui ni pourquoi il avait été aussi ébranlé de découvrir à quel point Percival Grigori était malade. Son employeur avait quelque chose d'étrange et d'inquiétant, mais Verlaine ne parvenait pas à déterminer de quoi il s'agissait. Le jeune homme était doté d'une solide intuition – il était capable d'en deviner long sur une personne en quelques minutes et il revenait rarement sur ses premières impressions. Or, dès leur première rencontre, Grigori avait provoqué chez lui une violente réaction physique, et en sa présence, Verlaine se sentait chaque fois amoindri, vidé, comme privé de chaleur.

Leur rendez-vous de la mi-journée était le second et, selon toute vraisemblance, serait aussi le dernier. Si Verlaine lui-même ne mettait pas un terme à leur arrangement – ce qu'il s'empresserait de faire, si ce déplacement se déroulait comme prévu –, il était très probable que Grigori ne fasse pas de vieux os. Sa peau était si livide que Verlaine distinguait des réseaux de veines bleues sous son épiderme translucide. Les yeux de Grigori brûlaient de fièvre et il tenait à peine debout avec sa canne. Il était aberrant qu'il soit hors de son lit et, à plus forte raison, dehors en plein blizzard pour discuter d'un couvent de Milton.

Toutefois, il était plus aberrant encore d'envoyer Verlaine à Sainte-Rose avant d'avoir accompli tous les préparatifs requis. Il s'agissait là d'une conduite impulsive et peu professionnelle – tout à fait le type de comportement auquel il aurait dû s'attendre de la part d'un collectionneur d'art exalté tel que Grigori. La procédure habituelle était d'obtenir une autorisation préalable avant de se rendre dans une bibliothèque privée, d'autant que l'accès à celle-ci s'annonçait plus délicat que d'ordinaire. Verlaine se représenta une salle minuscule, vieillotte, pleine de fougères en pot et d'huiles hideuses d'enfants et d'agneaux – le genre de décoration immonde que seules des religieuses pouvaient trouver charmante. La bibliothécaire, une créature noueuse et renfrognée, sévère, avec une mine de papier mâché, avait vraisemblablement dans les soixante-dix ans et n'entendait rien à la collection d'images sur laquelle elle veillait. Il était peu probable que la beauté et le plaisir, les deux choses qui rendaient la vie supportable, aient une place à Sainte-Rose – même si, bien sûr, Verlaine n'avait jamais mis les pieds dans un couvent. Il était issu d'une famille d'universitaires et d'agnostiques qui gardaient leurs convictions pour eux, comme si évoquer leur foi aurait été fatal à celle-ci.

Il gravit les larges marches en pierre de l'entrée du couvent et frappa à une porte en bois. Il recommença une fois, deux fois, puis chercha une sonnette, un interphone ou un quelconque dispositif destiné à attirer l'attention des nonnes, mais ne trouva rien. Agacé, il contourna le bâtiment et sortit de sa poche intérieure les plans architecturaux, qu'il inspecta dans l'espoir de dénicher une autre entrée.

Prenant pour repère la rivière, il constata que l'entrée principale aurait dû être au sud de l'édifice, alors qu'en réalité, elle se situait à l'est, face au portail. D'après le plan, l'église et la chapelle auraient dû se trouver derrière l'étroit corps de logis, au fond du terrain. Or, à moins qu'il ait mal interprété ces plans, la configuration des lieux était totalement différente. Curieux, Verlaine fit le tour du couvent, comparant ses contours de brique à ceux couchés à l'encre sur le papier. Rien à voir. Au lieu de deux constructions distinctes, il avait devant lui un énorme édifice constitué d'un patchwork de briques anciennes et récentes, comme si les deux bâtiments avaient été découpés en morceaux et recombinés en un collage de maçonnerie surréaliste.

Ce qu'en retirerait Grigori, Verlaine l'ignorait. Ils s'étaient rencontrés dans une salle des ventes où Verlaine travaillait de temps à autre, à l'occasion de la mise aux enchères de tableaux, de meubles, de livres et de bijoux ayant appartenu aux célèbres familles de l'Âge doré. Parmi les lots figuraient un service d'argenterie d'Andrew Carnegie, un ensemble de maillets de croquet à dorures gravés aux initiales de Henry Flagler et une statuette de Neptune en marbre provenant des Breakers, le manoir de Cornelius Vanderbilt II, à Newport. C'était une petite adjudication et les offres étaient plus basses que prévu. Percival Grigori avait attiré l'attention de Verlaine en se livrant à des enchères élevées sur plusieurs objets ayant jadis appartenu à Laura « Cettie » Celestia Spelman, l'épouse de John D. Rockefeller.

Verlaine en savait assez sur la famille Rockefeller pour se rendre compte que ces lots n'avaient rien de spécial. Pourtant, Grigori tenait absolument à les obtenir, et les objets avaient été adjugés bien au-dessus de leur prix de réserve. Plus tard, à l'issue des enchères, Verlaine s'était approché de Grigori pour le féliciter. Ils s'étaient mis à discuter des Rockefeller et la conversation s'était poursuivie autour d'une bouteille de vin dans un bar de l'autre côté de la rue. Grigori avait été ébloui par les connaissances de Verlaine sur la famille Rockefeller et, après avoir exprimé sa curiosité pour les recherches de celui-ci sur le MoMA, lui avait proposé d'en prolonger certains aspects pour son propre compte. Grigori avait pris le numéro de téléphone de Verlaine et l'avait recontacté peu après.

Verlaine avait une affection particulière pour la famille Rockefeller, car il avait rédigé sa thèse de doctorat sur la création du Museum of Modern Art, qui devait son existence au patronage visionnaire d'Abigail Aldrich Rockefeller. Au départ, il s'était orienté vers l'histoire de l'art en raison de son goût pour le design. Il avait d'abord suivi quelques cours à la Columbia University, puis d'autres, et pour finir, il s'était aperçu qu'il se passionnait plus pour les idées à l'origine du modernisme – le primitivisme, la rupture avec la tradition, la primauté du présent sur le passé – que pour le design moderne et s'était attaché à la figure de celle qui avait contribué à bâtir l'un des plus grands musées d'art moderne du monde, Abigail Rockefeller. Verlaine avait conscience, et son directeur de thèse le lui rappelait souvent, qu'il n'avait pas l'étoffe d'un universitaire. Il était incapable de codifier la beauté, de la réduire à des théories ou des notes de bas de page. Il préférait les couleurs éclatantes à vous couper le souffle d'un Matisse à la rigueur intellectuelle des formalistes russes. Loin d'adopter une approche plus intellectuelle de l'art, il avait au contraire, au fil de ses études, appris à apprécier les modalités de la création.

Au cours de la rédaction de sa thèse, il s'était pris d'admiration pour Abigail Rockefeller et, après des années de recherches sur le sujet, il était devenu un expert mineur sur les relations de la famille Rockefeller avec le monde de l'art. Une partie de sa thèse était parue l'année précédente dans une prestigieuse revue universitaire d'histoire de l'art, ce qui lui avait valu un contrat de chargé de cours à Columbia.

Si tout se déroulait comme il l'espérait et si les astres étaient favorables, il remanierait sa thèse afin de la rendre plus accessible et la publierait. Sous sa forme actuelle, elle était inexploitable. Au fur et à mesure de ses recherches, sa documentation était devenue un fouillis d'informations, de faits et d'anecdotes biographiques. Verlaine possédait des centaines de documents numérisés sauvegardés sur son ordinateur et, il ne savait trop comment, Grigori avait réussi à le persuader de lui soumettre, à des fins personnelles, des doubles de tous les renseignements, comptes rendus et autres ressources qu'il avait accumulés. Verlaine tenait ses dossiers pour exhaustifs, aussi avait-il été surpris de découvrir que, durant les années dans lesquelles il se spécialisait, celles où Abigail Rockefeller se consacrait à la création du MoMA, elle avait entretenu une correspondance avec le couvent Sainte-Rose.

Il avait mis au jour ces lettres lors d'une expédition au Centre des archives Rockefeller quelques mois plus tôt. Il avait accompli le trajet jusqu'à Sleepy Hollow, pittoresque bourgade pavillonnaire située le long de l'Hudson, au nord de Manhattan, à vingt-cinq minutes de voiture. Les archives étaient hébergées dans une vaste demeure en pierre perchée sur une colline dominant un terrain d'une dizaine d'hectares et ayant autrefois appartenu à Martha Baird Rockefeller, la seconde épouse de John D. Rockefeller. Verlaine avait garé sa Renault, pris son sac à dos et gravi les marches, émerveillé par la richesse de cette famille et sa propension infinie à s'entourer de belles choses.

Une archiviste avait vérifié l'identité de Verlaine, qui avait présenté sa carte de la Columbia University, où apparaissait clairement son statut de chargé de cours, puis elle l'avait conduit à la salle de lecture du premier étage. Grigori le payait bien – une journée de recherches représentait un mois de loyer pour Verlaine – et il avait donc pris le temps de goûter la tranquillité des lieux, le parfum des livres et le système de classement méthodique des ressources pendant que l'archiviste lui rapportait plusieurs cartons de documents de la grande annexe climatisée en béton qui jouxtait la maison. Les archives d'Abigail Rockefeller se subdivisaient en sept rubriques : correspondance d'Abby Aldrich Rockefeller, documents personnels, collections d'œuvres d'art, œuvres philanthropiques, papiers de la famille Aldrich Greene, mort d'Abby Aldrich Rockefeller et dossiers de Mary Ellen Chase (la biographe d'Abigail Rockefeller). Chacune comptait des centaines de documents. Il lui faudrait des semaines pour faire le tri dans un tel volume de papier. Il s'était mis à l'ouvrage, multipliant notes et photocopies.

Avant d'effectuer le déplacement, il avait relu tout ce qu'il pouvait sur Abigail Rockefeller, à l'affût d'éléments susceptibles de l'aider, d'un détail inédit qui n'aurait pas encore été abordé par d'autres historiens de l'art moderne. Il avait compulsé diverses biographies et en connaissait un rayon sur son enfance à Providence, dans l'État de Rhode Island, sur son mariage avec John D. Rockefeller Jr. et sur sa vie au sein de la bonne société new-yorkaise. Il avait décortiqué des descriptions de dîners, des portraits de ses cinq fils et de sa fille indisciplinée, mais tout cela était bien insipide comparé à la passion d'Abigail Rockefeller pour l'art. Bien que leurs existences respectives eussent difficilement pu être plus différentes – Verlaine habitait un studio et menait une vie papillonnante et financièrement précaire de professeur à temps partiel, alors qu'Abby Rockefeller avait épousé l'un des hommes les plus riches du XXe siècle –, il éprouvait une certaine affinité avec elle. Il avait l'impression de comprendre ses goûts et sa mystérieuse attirance pour l'art moderne. Mais il ne devait guère y avoir d'aspects de la vie personnelle d'Abby Rockefeller qui n'aient été examinés un bon millier de fois. Il était peu probable qu'il découvre quoi que ce soit d'original pour Percival Grigori. S'il venait à toucher le gros lot et à tomber sur quelque bribe de renseignement utile à son employeur, ce serait un formidable coup de chance.

Verlaine avait donc fait l'impasse sur les liasses de lettres et de documents qui avaient déjà été dépouillés par d'autres chercheurs et, rayant les dossiers de Chase de sa liste, s'était attaqué au carton se rapportant aux acquisitions d'œuvres d'art et à l'administration du MoMA – la série III, collections d'œuvres d'art. Mais, même après des heures à parcourir des inventaires d'œuvres achetées, données, prêtées ou vendues, des catalogues d'estampes japonaises ou chinoises et d'art populaire américain, ou des commentaires de marchands d'art sur la collection Rockefeller, il n'avait rien déniché d'exceptionnel.

Finalement, Verlaine avait rapporté les cartons de la série III et demandé à l'archiviste ceux de la série IV, œuvres philanthropiques. Il n'y avait aucune raison concrète à cela, mis à part que ces pièces étaient peut-être les seules qui n'aient pas été disséquées sous toutes les coutures, car il s'agissait pour l'essentiel de pages de comptabilité arides. Toutefois, dès qu'il avait commencé à les passer en revue, Verlaine avait constaté que, malgré la sécheresse du sujet, la voix d'Abigail Rockefeller transparaissait et l'intriguait presque autant que ses goûts en matière de peinture. Puis, au bout d'une heure, il avait exhumé une étrange série de cinq lettres enfouies entre des relevés d'actes de donation, soigneusement pliées dans leurs enveloppes d'origine, sans annotations ni addenda. Et quand il s'était reporté à l'inventaire des documents de la série, il s'était rendu compte que ces lettres n'y figuraient pas. Et pourtant elles étaient bien là, jaunies par le temps, douces et poussiéreuses, poudreuses au toucher comme les ailes d'un papillon.

Verlaine les avait dépliées et aplaties sous la lampe afin de voir plus clair. Il avait immédiatement saisi pourquoi elles n'étaient pas référencées : elles n'avaient aucun rapport direct avec la famille d'Abigail Rockefeller, sa vie sociale ou ses activités artistiques. Elles ne rentraient dans aucune catégorie précise. Ce n'était même pas Abigail Rockefeller qui les avait écrites, mais une dénommée Innocenta, l'abbesse d'un couvent de Milton, ville dont il n'avait jamais entendu parler, mais qui, s'avisa-t-il en consultant un atlas, n'était qu'à quelques heures de route de New York, au bord de l'Hudson River.

L'étonnement de Verlaine s'accrut encore à la lecture de ces missives. Innocenta avait une écriture désuète, tout en pattes de mouches, avec des consonnes pincées décrivant de grandes boucles et des chiffres tracés à l'européenne, manifestement à la plume. D'après ce qu'il en ressortait, mère Innocenta et Abby Rockefeller partageaient le même intérêt pour les œuvres religieuses et les activités de bienfaisance, comme on pouvait s'y attendre de la part de deux femmes dans leurs situations respectives. Le ton d'Innocenta, empreint de déférence et d'humilité, se faisait de plus en plus chaleureux à chaque lettre, suggérant une relation épistolaire régulière. Même si ce n'était pas explicitement dit, Verlaine avait l'intuition qu'une œuvre d'art religieux se cachait là-dessous et que ces lettres étaient la clef de l'énigme. S'il réussissait à les comprendre, elles pouvaient être un précieux atout pour sa carrière.

Prestement, avant que l'archiviste ait le temps de s'en apercevoir, il avait glissé les lettres dans la poche intérieure de son sac à dos. Dix minutes plus tard, il fonçait vers Manhattan, la correspondance volée étalée sur les genoux. Pourquoi avait-il dérobé ces lettres ? Il n'en savait rien, il désirait seulement tirer au clair le secret qu'elles recelaient. Il aurait dû faire part de cette découverte à Grigori – après tout, c'était lui qui avait financé cette expédition –, mais dans la mesure où il n'avait guère d'éléments concrets à lui fournir, Verlaine avait résolu de remettre la chose à plus tard, une fois qu'il aurait élucidé leur sens.

Il compara à nouveau les plans architecturaux dont il était si fier aux bâtiments qu'il avait devant lui, complètement déconcerté. Des rais de lumière hivernale tombaient sur les croquis. Les ombres anguleuses de la façade du couvent et des bouleaux s'étiraient sur la neige. La température chutait rapidement. Verlaine releva le col de son manteau et se lança dans un second tour de l'édifice dans ses richelieus détrempés. Grigori avait raison sur un point : la seule manière d'en apprendre davantage sur le lien entre Abigail Rockefeller et Sainte-Rose était de pénétrer dans le couvent.

À mi-parcours environ, Verlaine remarqua une volée de marches gelées et, se cramponnant à la rampe métallique pour ne pas glisser, les descendit jusqu'à une arche en pierre barrée par une porte. Il tourna la poignée, constata que l'entrée n'était pas verrouillée et se retrouva dans un passage sombre qui sentait la pierre humide, le bois pourri et la poussière. Il referma derrière lui et s'enfonça dans le couvent.

Bibliothèque du couvent Sainte-Rose, Milton, État de New York

Lorsque des visiteurs se présentaient, c'était à Évangéline que les sœurs confiaient la tâche d'assurer l'interface entre l'univers du profane et du sacré. En raison de son allure jeune et moderne, qui faisait défaut aux autres sœurs et avait la faculté de mettre les gens à l'aise, c'était souvent à elle que revenait la charge d'expliquer le fonctionnement de la communauté aux non-initiés. Les visiteurs s'attendaient à être accueillis par une nonne en habit, avec un voile noir et d'austères chaussures montantes, une bible dans une main et un chapelet dans l'autre – une vieille femme sur le visage de laquelle se lisait toute la tristesse du monde – et, au lieu de cela, ils se retrouvaient face à Évangéline. Jeune, jolie, pleine d'esprit, elle avait tôt fait de tordre le cou aux clichés et de rompre l'image de rigueur du couvent grâce à une plaisanterie ou un commentaire sur l'actualité. Tout en escortant leurs hôtes dans le dédale des couloirs, elle faisait valoir la modernité de leur communauté et son ouverture aux idées nouvelles. En dépit de leur mise traditionnelle, soulignait-elle, c'était en Nike que ses aînées effectuaient leur promenade matinale le long du fleuve en automne et en sandales qu'elles désherbaient les plates-bandes en été. L'aspect extérieur importait peu. C'étaient l'observance d'usages instaurés deux siècles auparavant, la perpétuation et le respect de rituels propres, avec une inflexible persévérance, qui comptaient. Et lorsque les séculiers étaient intimidés par le silence des couloirs, la régularité des prières ou l'apparente similitude des sœurs, Évangéline avait le don de nimber tous ces attributs d'une aura de normalité.

Cet après-midi-là, néanmoins, son attitude fut bien différente – jamais jusqu'alors elle n'avait été aussi surprise d'apercevoir quelqu'un sur le seuil de la bibliothèque. C'était un bruissement à l'autre bout de la salle qui avait attiré son attention. Quand elle s'était retournée, elle avait avisé dans l'encadrement de la porte un jeune homme qui la considérait avec un extraordinaire intérêt. Elle était restée foudroyée de stupeur. La tension s'était aussitôt accumulée dans ses tempes, se traduisant par un trouble de la vision et un bourdonnement dans les oreilles. Elle s'était redressée, endossant inconsciemment le rôle de gardienne de la bibliothèque, et avait fait face à l'inconnu.

Elle avait le pressentiment qu'il s'agissait de l'homme dont elle avait lu la lettre le matin, même s'il paraissait étrange de le reconnaître ainsi. Elle s'était représenté ce M. Verlaine comme un professeur rabougri et grisonnant, en réalité ce dernier était bien plus jeune qu'elle l'avait supposé. Ses lunettes à fine monture dorée, sa chevelure noire indisciplinée et son expression indécise lui conféraient un air juvénile. Qu'il ait réussi à s'introduire dans le couvent et, plus incroyable encore, à atteindre la bibliothèque sans être intercepté par l'une des sœurs relevait du mystère. Évangéline ignorait si elle devait lui réserver un bon accueil ou au contraire réclamer de l'assistance pour le raccompagner vers la sortie.

Elle rajusta sa jupe avec soin, résolue à accomplir son devoir à la lettre, puis, posant sur Verlaine un regard froid, s'avança dans sa direction.

— Puis-je vous être d'un quelconque secours, monsieur Verlaine ? lâcha-t-elle d'une voix étrange, qui semblait lui parvenir de très loin.

— Vous savez qui je suis ? s'étonna-t-il.

— Ce n'est pas bien difficile à deviner, répliqua Évangéline, d'un ton plus cinglant qu'elle l'aurait souhaité.

— Dans ce cas, vous devez être au courant, balbutia Verlaine en rougissant, signe de timidité qui incita malgré elle Évangéline à se radoucir. Je me suis entretenu au téléphone avec une certaine Perpetua, me semble-t-il, afin de solliciter l'accès à votre bibliothèque pour des recherches. J'ai aussi écrit une lettre pour convenir d'une visite.

— Je m'appelle Évangéline. C'est moi qui ai reçu votre courrier et je suis donc parfaitement au fait de son contenu. J'ai aussi été informée de votre conversation avec mère Perpetua, mais à ma connaissance, vous n'avez nullement été autorisé à accéder à la bibliothèque. En fait, je vois mal comment vous avez pu aboutir ici, en particulier à cette heure de la journée. Je conçois qu'on puisse s'égarer dans une zone interdite au public le dimanche – les fidèles sont conviés à célébrer la messe avec nous et il est déjà arrivé que des curieux s'aventurent dans les parties privées pour jeter un coup d'œil – mais en plein après-midi... Je suis surprise que vous n'ayez croisé aucune autre sœur sur le chemin de la bibliothèque. En tout état de cause, vous allez devoir vous signaler au Bureau des missions – c'est la procédure habituelle pour tous les visiteurs. Nous ferions mieux de nous y rendre sur-le-champ ou au moins d'en parler avec mère Perpetua, juste au cas où il y aurait...

— Je suis navré, l'interrompit Verlaine. Je sais que ma conduite est déplacée et que je n'aurais jamais dû entrer sans autorisation, mais j'espérais que vous seriez en mesure de m'aider à me tirer d'une fâcheuse situation. Je ne suis pas ici pour vous créer des problèmes.

Évangéline dévisagea Verlaine un moment, comme pour jauger sa sincérité.

— Votre présence ne pose aucun problème que je ne puisse résoudre, monsieur Verlaine, affirma Évangéline, avant de désigner une table près de la cheminée. Je vous en prie, asseyez-vous et dites-moi en quoi je peux vous être utile.

— Merci, fit Verlaine en s'installant face à Évangéline. Comme je vous l'expliquais dans ma lettre, j'essaie de trouver la preuve qu'Abigail Rockefeller et l'abbesse de

Sainte-Rose entretenaient une correspondance durant l'hiver 1943.

Évangéline hocha la tête.

— Bien. Je n'y ai pas fait allusion dans ma lettre, mais j'écris actuellement un livre sur Abigail Rockefeller et le Museum of Modern Art – enfin, je suis en train de remanier ma thèse de doctorat dans l'espoir de la faire éditer. J'ai lu presque tous les ouvrages parus sur le sujet, ainsi que de nombreux documents inédits, et il n'est nulle part question du moindre lien entre les Rockefeller et le couvent Sainte-Rose. Comme vous pouvez l'imaginer, la correspondance que j'ai mise au jour pourrait constituer une découverte importante, du moins dans ma partie. C'est le genre de percée qui pourrait transformer mes perspectives de carrière du tout au tout.

— Voilà qui est très intéressant, lui assura Évangéline, mais j'ai peine à voir ce que je peux faire pour vous.

— Laissez-moi vous montrer quelque chose.

Verlaine fouilla dans la poche intérieure de son manteau et plaça une liasse de feuilles sur la table. Chaque page était remplie de dessins qui, à première vue, ne semblaient être qu'une série de rectangles et de formes circulaires, mais qui, après plus ample examen, se révélèrent des croquis de bâtiment. Verlaine les lissa de la main et exposa :

— Voici les plans architecturaux de Sainte-Rose.

Évangéline se pencha par-dessus la table pour avoir une meilleure vue.

— Ce sont les originaux ?

— Tout à fait, confirma Verlaine, en retournant les pages les unes après les autres pour faire voir à Évangéline les diverses ébauches. 1809. Signés et datés par la fondatrice du couvent.

— Mère Francesca, souffla Évangéline, fascinée par l'ancienneté et la minutie des plans. C'est elle qui a fait bâtir Sainte-Rose et institué notre ordre. Elle a personnellement créé la chapelle de l'Adoration.

— Sa signature figure sur chaque page.

— C'est tout naturel, déclara Évangéline. C'était une sorte d'esprit universel – elle a dû exiger de viser les plans elle-même.

— Et regardez, poursuivit Verlaine en étalant les feuilles sur la table. Il y a même une empreinte digitale.

Évangéline s'approcha encore. En effet, le papier jauni était taché d'un petit ovale d'encre baveux, aussi tarabiscoté et compact que le cœur d'un vieil arbre. Se pouvait-il que ce soit mère Francesca qui l'ait laissé ?

— Vous avez étudié ces dessins de près.

— Il y a quand même une chose que je ne comprends pas, confessa Verlaine en se laissant aller contre le dossier de sa chaise. L'agencement des bâtiments ne correspond pas à ces plans. J'ai effectué un petit tour, de l'extérieur, et j'ai observé des différences fondamentales. Notamment concernant l'emplacement du couvent sur le terrain.

— Effectivement, acquiesça Évangéline, si profondément absorbée dans les plans qu'elle en avait oublié toute méfiance à l'égard de Verlaine. Les bâtiments ont été remis à neuf et reconstruits. Tout a été chamboulé après le feu qui a rasé le couvent.

— L'incendie de 1944.

Évangéline haussa un sourcil.

— Vous êtes au courant ?

— C'est la raison pour laquelle ces dessins ne sont plus à Sainte-Rose. Je les ai trouvés aux archives du comté au milieu des plans d'autres vieux bâtiments. Sainte-Rose a obtenu un permis de construire en février 1944.

— Vous avez reçu l'autorisation d'emporter des plans conservés dans des archives publiques ?

— Je les ai seulement empruntés, se défendit Verlaine, penaud.

Il fouilla parmi les pages et en tendit une à Évangéline. Il s'agissait d'une esquisse fidèle de la chapelle de l'Adoration. L'autel, les statues et la forme octogonale étaient rendus à la perfection, identiques à l'original qu'elle avait sous les yeux tous les jours. Apposé au centre du dessin, figurait un sceau doré, que Verlaine indiqua de l'ongle.

— Savez-vous à quoi correspond ce cachet ?

Évangéline inspecta le sceau doré au centre de la chapelle de l'Adoration.

— C'est à peu près l'emplacement de l'autel. Mais ce n'est pas tout à fait exact.

Elle observa Verlaine avec un intérêt renouvelé. Si elle l'avait d'abord pris pour un simple opportuniste venu piller leur bibliothèque, elle discernait désormais chez lui l'innocence, la candeur d'un adolescent jouant à la chasse au trésor. Elle ne savait pas pourquoi, mais elle éprouvait de la sympathie à son égard. Et elle entendait bien n'en rien laisser paraître.

Pourtant, comme s'il avait perçu ce changement, Verlaine se mit à la fixer plus franchement, derrière ses lunettes aux verres sales, comme s'il la détaillait pour la première fois.

— Qu'est-ce que c'est ? s'enquit-il, sans la quitter des yeux.

— Quoi ?

— Votre collier... précisa-t-il, tendant la main.

Évangéline se déroba, manquant de renverser sa chaise de crainte que Verlaine ne la touche.

— Excusez-moi, bafouilla-t-il, c'est juste que...

— Je ne peux rien vous dire de plus, monsieur Verlaine, lança Évangéline d'une voix blanche.

— Une seconde, plaida Verlaine. Votre pendentif...

Il désigna à nouveau le sceau doré au centre de la chapelle de l'Adoration.

— La lyre, reprit Verlaine. Vous voyez ? C'est la même.

Les doigts tremblants, Évangéline défit le fermoir et déposa avec soin sur la page son collier dont la chaîne en or resplendissait telle la traîne d'une comète. Le pendentif de sa mère était la réplique du sceau doré.

Évangéline tira de sa poche la lettre d'Abigail Rockefeller à mère Innocenta qu'elle avait dénichée dans les archives et la posa sur la table. Elle ignorait quel était le rapport entre le sceau et son collier, mais la possibilité que Verlaine puisse lui en apprendre plus la poussa à partager sa découverte avec lui.

— Qu'est-ce que c'est ? fit-il en ramassant la lettre.

— Peut-être allez-vous pouvoir me le dire.

Toutefois, tandis que Verlaine lissait le papier froissé et parcourait la missive du regard, Évangéline fut brusquement assaillie d'un doute. Se remémorant l'avertissement de sœur Philomena, elle se demanda si elle n'était pas en train de trahir l'ordre en divulguant ce document à un inconnu. Elle avait le sentiment angoissant de commettre une grave erreur. Mais elle se borna à scruter avec avidité son expression pendant qu'il lisait.

— Cette lettre confirme l'existence d'un lien entre Innocenta et Abigail Rockefeller, exposa enfin Verlaine. Où l'avez-vous dénichée ?

— J'ai un peu farfouillé aux archives ce matin après avoir pris connaissance de votre requête. Il ne faisait pour moi aucun doute que vous vous trompiez. J'étais certaine qu'il n'y aurait rien dans nos archives sur une profane comme Mme Rockefeller, et *a fortiori* aucun écrit attestant d'une correspondance entre elle et mère Innocenta – il est tout bonnement extraordinaire qu'il subsiste la moindre preuve matérielle. À la vérité, c'était pour établir que vous aviez tort que je me suis rendue aux archives.

Verlaine considérait toujours la lettre, et Évangéline se demanda s'il l'avait entendue. Enfin, il extirpa de sa poche un bout de papier sur lequel il nota son numéro de téléphone.

— Vous dites que vous n'avez trouvé qu'une seule lettre d'Abigail Rockefeller ?

— Oui, confirma Évangéline. Celle que vous avez sous les yeux.

— Pourtant, toutes celles d'Innocenta étaient des réponses. Cela signifie qu'il doit encore y en avoir cinq, voire six rédigées par Abigail Rockefeller quelque part dans vos archives.

— Vous pensez sincèrement que j'aurais pu passer à côté ?

Verlaine lui tendit son numéro de téléphone.

— Au cas où vous en trouveriez d'autres, pourriez-vous m'appeler ?

Évangéline prit le morceau de papier, sans savoir quoi répondre. Même si elle trouvait ce qu'il recherchait, il lui serait impossible de téléphoner.

— J'essaierai, dit-elle finalement.

— Merci, lâcha Verlaine avec un regard empreint de gratitude. D'ici là, ça vous dérangerait si je faisais une photocopie de celle-ci ?

Évangéline récupéra son collier, le rattacha autour de son cou et entraîna Verlaine vers l'entrée de la bibliothèque.

— Venez.

Elle le guida jusqu'au bureau de Philomena et préleva dans une ramette de papier à lettres officiel de Sainte-Rose une feuille qu'elle remit à Verlaine.

— Vous pouvez la recopier si vous voulez.

Verlaine prit un stylo et s'attela à la tâche. Une fois son travail achevé, Évangéline sentit qu'il désirait lui poser une autre question. Elle le connaissait depuis dix minutes à peine et elle discernait déjà les mécanismes de sa pensée.

— D'où vient ce papier ? s'informa-t-il.

Évangéline prit à son tour une feuille de l'épais papier rose sur le secrétaire de sœur Philomena et l'étudia. Le haut de la page foisonnait de roses et d'anges baroques, qu'elle avait déjà vus des milliers de fois.

— C'est notre papier à lettres standard. Pourquoi ?

— C'est le même que celui dont s'est servi Innocenta pour écrire à Abigail Rockefeller, expliqua Verlaine en saisissant une autre feuille pour l'examiner de près. De quand date ce motif ?

— Je ne me suis jamais posé la question, répliqua Évangéline, mais il doit remonter à presque deux siècles. Les armoiries de Sainte-Rose ont été créées par l'abbesse fondatrice.

— Pourrais-je... ?

— Je vous en prie, acquiesça Évangéline, décontenancée par l'intérêt de Verlaine pour un article aussi banal. Prenez-en autant que vous le souhaitez.

Il attrapa quelques feuilles, les plia et les glissa dans sa poche.

— Merci, répéta Verlaine avec un sourire à l'adresse d'Évangéline – le premier depuis le début de leur conversation. Vous n'êtes sans doute pas supposée m'aider de la sorte.

— À vrai dire, j'aurais dû prévenir la police dès que je vous ai aperçu.

— Comment pourrais-je vous remercier ?

— Vous pouvez partir avant d'être découvert, dit Évangéline en le raccompagnant jusqu'à la porte. Et si, par hasard, une autre sœur vous repère, vous ne m'avez jamais rencontrée et vous n'avez jamais mis les pieds dans la bibliothèque.

Couvent Sainte-Rose, Milton, État de New York

La neige s'était encore accumulée pendant que Verlaine était à l'intérieur du couvent. Elle voilait le ciel, se déposait sur les branches sveltes des bouleaux et masquait le chemin pavé. Les yeux plissés, Verlaine essaya de distinguer dans la pénombre sa Renault 5 bleue garée derrière le portail en fer forgé, mais il n'y avait pas assez de lumière et il ne parvenait pas à pénétrer l'épais rideau de flocons. Derrière lui, le couvent avait déjà disparu dans la brume ; devant lui, rien d'autre que le néant vertigineux. Faisant de son mieux pour ne pas glisser sur la glace fraîchement formée, Verlaine se dirigea vers le mur d'enceinte.

L'âpreté de l'air dans ses poumons, vivifiante, ajoutait encore à son euphorie. À son grand ravissement, il avait réussi. Évangéline – il n'arrivait pas l'appeler sœur Évangéline, il y avait chez elle quelque chose de trop envoûtant, de trop énigmatique, de trop féminin pour une religieuse – l'avait non seulement laissé entrer dans la bibliothèque, mais elle lui avait fourni exactement ce qu'il cherchait. Après avoir lu de ses propres yeux la lettre d'Abigail Rockefeller, il avait la certitude que cette illustre mécène et les sœurs de Sainte-Rose collaboraient à quelque projet. Ce bilan satisferait certainement Grigori et, plus important encore, étaierait ses futures recherches personnelles. Il n'aurait pu rêver mieux, hormis qu'Évangéline lui confie l'original de la lettre – ou plusieurs originaux correspondant aux réponses d'Innocenta qu'il possédait.

Face à lui, derrière le portail, des phares percèrent le brouillard neigeux, et un 4 × 4 Mercedes d'un noir mat se gara à côté de sa voiture. Verlaine se réfugia d'instinct dans un fourré de pins qui le déroba à la lumière crue des phares. Entre les arbres, il vit un homme coiffé d'un bonnet descendre du véhicule, suivi par un blond plus grand et armé d'un pied-de-biche. La sensation d'oppression glacée que Verlaine avait éprouvée un peu plus tôt dans la journée, et dont il se remettait tout juste, revint. Dans l'éclat des phares, les deux inconnus étaient d'une pâleur aveuglante et leurs silhouettes gigantesques paraissaient extraordinairement menaçantes. Le contraste entre ombre et clarté creusait leurs orbites et leurs joues, conférant à leurs visages l'aspect rigide de masques de carnaval. C'était Grigori qui les envoyait – Verlaine le sut dès qu'il posa les yeux sur eux. Mais pourquoi ? La question le dépassait.

À l'aide du pied-de-biche, le plus grand débarrassa d'abord l'une des vitres de la Renault de la neige qui s'y était accumulée, puis, dans une démonstration de violence qui fit sursauter Verlaine, abattit le pied-de-biche, fracassant le verre. Avec des gestes rapides et précis, l'autre déblaya les débris, glissa une main à l'intérieur et déverrouilla la portière. Ils fouillèrent la boîte à gants et le coffre, qu'ils ouvrirent de l'intérieur. À la vue des deux hommes qui fourrageaient dans ses affaires, éventraient son sac de sport et transportaient ses livres – dont il avait emprunté bon nombre à la bibliothèque de la Columbia University – dans le 4×4, Verlaine prit conscience que Grigori avait dû les charger de voler sa documentation.

Une chose était sûre : il ne rentrerait pas à New York dans sa Renault. S'efforçant de mettre autant de distance que possible entre lui et les hommes de main, Verlaine s'éloigna à quatre pattes au milieu des bouquets de conifères, dans la neige qui crissait sous son poids, les narines pleines de l'odeur piquante de résine. S'il restait à couvert dans les bois et réussissait à retrouver le sentier sombre menant au couvent, il avait une chance de s'échapper sans se faire remarquer. À la lisière des arbres, il se redressa, haletant, les vêtements maculés de neige ; il avait devant lui une bande déboisée entre le fleuve et la forêt. Il n'avait d'autre choix que de s'y aventurer pour la traverser. Son seul espoir était que les deux géants soient trop occupés à désosser sa Renault pour l'apercevoir. Il s'élança en direction de l'Hudson et ne se risqua à jeter un coup d'œil derrière lui qu'une fois sur la berge. Au loin, les deux hommes de Grigori étaient remontés dans leur 4 × 4. Mais ils ne repartaient pas. Ils attendaient Verlaine.

Le bord du fleuve était gelé. Verlaine considéra ses richelieus complètement trempés et ressentit une bouffée de colère et d'amertume. Comment allait-il rentrer chez lui ? Il était paumé au milieu de nulle part. Les larbins de Grigori lui avaient piqué ses cahiers, ses dossiers, tout ce sur quoi il travaillait depuis des années, et en prime, ils montaient la garde à côté de sa voiture. Comment Verlaine était-il censé retourner chez lui au milieu de la neige et du verglas, avec ses chaussures glissantes ?

Il entreprit de se frayer un chemin en direction du sud, le long du fleuve, en faisant attention à ne pas tomber, et ne tarda pas à aboutir au pied d'une clôture en fil de fer barbelé. Elle devait marquer la limite des terres de Sainte-Rose – chétif prolongement de l'épais mur d'enceinte –, mais pour lui, c'était encore un obstacle supplémentaire et alors qu'il enjambait la clôture, il déchira son manteau sur une pointe.

Il ne constata qu'il s'était entaillé la main sur les barbelés qu'après avoir repris sa marche sur une route de campagne obscure et enneigée. Il faisait si noir qu'il ne discernait pas la plaie, mais elle lui sembla profonde – assez peut-être pour nécessiter des points de suture. Il retroussa la manche ensanglantée de sa chemise, ôta sa cravate Hermès préférée et se confectionna un bandage serré.

Il avait un sens de l'orientation calamiteux et, du fait de la visibilité quasi nulle et de sa totale méconnaissance des petites villes du bord de l'Hudson, il n'avait aucune idée d'où il se trouvait. La circulation était faible. Lorsque des phares apparaissaient au loin, il abandonnait le bas-côté gravillonné pour se dissimuler derrière les arbres en lisière de forêt. Il y avait des centaines de routes dans les parages, mais il ne pouvait s'empêcher de redouter de croiser les hommes de Grigori, qui devaient désormais le rechercher d'arrache-pied. Il avait la peau gercée et crevassée à cause du vent, les pieds engourdis et sa main l'élançait tellement qu'il fit halte pour l'examiner. Il rajusta sa cravate par-dessus la blessure et admira avec un détachement hébété l'élégance avec laquelle la soie absorbait et retenait le sang.

Après ce qui lui parut des heures, il tomba sur une route craquelée à deux voies, plus large et plus passante. Il se tourna vers la direction probable de Manhattan et se remit en route, cheminant sur l'accotement gelé dans le vent mordant. Le trafic s'intensifia peu à peu. Des camions aux remorques décorées de publicités ou chargées d'équipement lourd, des monospaces, des berlines compactes le dépassaient à toute allure. Les gaz d'échappement mélangés à l'air glacé formaient une épaisse soupe toxique pénible à respirer. Entre la route qui s'étirait sans fin, la rudesse du vent et la monotonie du paysage, il avait le sentiment d'avoir pénétré dans une œuvre d'art post-industrielle cauchemardesque. Il pressa le pas, scrutant les véhicules, à l'affût d'une voiture de police, d'un car ou de tout autre moyen de transport susceptible de le soustraire au froid. Mais la circulation s'étendait en une caravane aussi inexorable qu'indifférente. Pour finir, Verlaine tendit le pouce.

Dans un tourbillon de gaz d'échappement tièdes, un semi-remorque ralentit et s'immobilisa une centaine de mètres plus loin dans un grincement de freins. La portière passager s'ouvrit et Verlaine courut jusqu'à la cabine illuminée. Le chauffeur, un gros bonhomme avec une longue barbe broussailleuse et une casquette de base-ball, lui adressa un regard affable.

— Où est-ce que vous allez ?

— New York, répondit Verlaine, savourant la chaleur de la cabine.

— Je ne vais pas aussi loin, mais je peux vous déposer au prochain patelin, si ça vous dit.

Verlaine enfonça sa main dans la poche de son manteau pour la cacher.

— Comment ça s'appelle ?

— Milton, répondit le chauffeur en le dévisageant. Vous avez l'air d'avoir passé une sale soirée. Grimpez.

Au bout d'une quinzaine de minutes, le camionneur s'arrêta pour laisser descendre Verlaine au milieu d'une grand-rue enneigée typique, bordée de boutiques. Les trottoirs étaient complètement déserts, comme si toute la ville hibernait. Les vitrines des magasins étaient éteintes et le parking du bureau de poste vide. Le seul signe de vie était une publicité lumineuse pour de la bière, à la fenêtre d'un bar.

Verlaine palpa ses poches, s'assurant qu'il avait son portefeuille et ses clefs. Il sortit l'enveloppe de billets qu'il avait rangée dans la poche intérieure de son veston. À son grand soulagement, il ne l'avait pas perdue. La colère le gagna à la pensée de Grigori. Comment avait-il pu travailler pour un type prêt à le faire suivre, à démolir sa voiture et à lui flanquer une trouille pareille ? Il commençait à mieux mesurer combien il avait été malavisé de sa part de s'associer avec Percival Grigori.

Appartement des Grigori, Upper East Side, New York

La famille Grigori avait racheté ce penthouse vers la fin des années 1940, à la fille criblée de dettes d'un magnat américain. C'était un vaste et splendide logement, bien trop spacieux pour un célibataire ayant une aversion pour les grandes réceptions, si bien que Percival avait presque été soulagé quand sa mère et Otterley avaient emménagé dans les étages supérieurs. À l'époque où il y habitait encore seul, il passait des heures à jouer au billard, sourd au bruissement des domestiques qui allaient et venaient derrière les portes fermées. Il tirait les épais rideaux de velours vert, tamisait les lumières et enchaînait les coups, un verre de scotch à portée de main, expédiant les boules polies au fond des blouses.

Au fil du temps, il avait réaménagé diverses pièces de l'appartement, mais il avait toujours laissé la salle de billard telle qu'elle était dans les années 1940, avec son mobilier en cuir éraflé, son poste de radio à tubes pourvu de boutons en bakélite, son tapis persan du XVIIIe siècle et ses étagères en cerisier sur lesquelles s'alignait une profusion de vieux livres poussiéreux. Ces volumes étaient avant tout décoratifs et révérés pour leur ancienneté et leur valeur. Certains, à reliure en veau, retraçaient les origines et les exploits de ses nombreux aïeux sous forme d'histoires, de mémoires, d'épopées ou de contes galants. Il s'en était fait envoyer une partie d'Europe après la guerre, mais les autres provenaient d'un respectable libraire du quartier – un vieil ami de la famille qu'ils avaient emporté dans leurs bagages de Londres et qui percevait de manière intuitive les goûts des Grigori pour les récits illustrant les conquêtes des nations européennes, la splendeur de l'époque coloniale et le rôle civilisateur de la culture occidentale.

L'odeur de la salle de billard était toujours la même, elle aussi – un mélange de savon, de cire et d'effluves de cigare. Percival avait plaisir à y passer du temps au rythme des whiskys que lui apportait la femme de chambre, une jeune Anakim formidablement discrète, qui veillait à son confort avec un savoir-faire incomparable. Elle posait un verre plein près de lui, récupérait le verre vide, puis il la congédiait d'un geste de la main et elle disparaissait dans l'instant. Il prisait particulièrement la discrétion avec laquelle elle se retirait, refermant la porte en bois à double battant avec un bruit étouffé.

Percival prit péniblement place dans un fauteuil en faisant tourner son whisky dans le verre de cristal taillé. Il plaça ses jambes avec lenteur et précaution sur un repose-pieds et repensa à sa mère et à son dédain complet pour les efforts qu'il avait fournis. Le simple fait qu'il ait ressuscité la piste Sainte-Rose aurait dû donner à Sneja foi en lui. Au lieu de quoi, c'était à Otterley qu'elle avait confié la supervision des créatures détachées au couvent.

Percival but une gorgée de scotch et essaya de téléphoner à sa sœur. Otterley ne décrocha pas et Percival consulta sa montre, agacé. Elle aurait déjà dû l'appeler.

Malgré ses défauts, Otterley était ponctuelle, méthodique et fiable en toutes circonstances – à l'image de leur père. La connaissant, elle avait dû solliciter l'avis de ce dernier pour établir un plan visant à neutraliser et éliminer Verlaine. Percival n'aurait d'ailleurs guère été surpris que leur père ait en fait tout arrangé depuis son bureau londonien, avant de confier à sa fille les ressources nécessaires pour mener à bien ses desseins. Otterley était sa préférée et, à ses yeux, elle n'avait jamais aucun tort.

Percival jeta un nouveau coup d'œil à sa montre et constata qu'il s'était à peine écoulé deux minutes. Peut-être le silence d'Otterley était-il dû à un imprévu. Peut-être leurs projets avaient-ils été contrariés. Cela n'aurait pas été la première fois qu'une situation *a priori* anodine se fût révélée un traquenard.

Il sentit ses jambes trembler et palpiter, comme si ses muscles refusaient de se détendre. Il s'octroya encore une lampée de whisky en s'efforçant de se calmer, mais rien n'avait d'effet quand il était dans un état pareil. Abandonnant sa canne, il se leva et boitilla jusqu'à la bibliothèque, sur laquelle il prit un volume ancien qu'il déposa avec douceur sur la table de billard. Le dos du livre grinça lorsqu'il l'ouvrit, comme si la reliure en veau était sur le point de craquer. Percival n'avait pas feuilleté le *Livre des générations* depuis de nombreuses années – depuis le mariage de l'un de ses cousins, à l'occasion duquel il s'était documenté sur les ascendants de la future mariée (il était toujours gênant de débarquer à un mariage sans savoir qui était qui, en particulier quand la future mariée en question appartenait à la famille royale danoise).

Le *Livre des générations* était un assemblage d'histoire, de légende, de généalogie et de prophéties concernant les siens. Tous les enfants Nephilim recevaient un volume identique à la fin de leur scolarité, en guise de brevet. Chroniques de grandes batailles, de la fondation des nations et des royaumes, des alliances et des serments de fidélité, des croisades, de la chevalerie, de quêtes ou de sanglantes conquêtes – tels étaient les grands textes des Nephilim. Percival regrettait souvent de ne pas être né en ces temps où leurs actions n'étaient pas aussi visibles, où ils étaient libres de vaquer à leurs occupations, sans craindre d'être surveillés, et où ils avaient ainsi pu accroître leur pouvoir sous couvert du silence, allant de victoire en victoire. Tout l'héritage de ses ancêtres était consigné dans ce volume.

Percival lut la première page couverte d'une liste de noms en gros caractères qui retraçait la généalogie foisonnante des Nephilim et cataloguait depuis l'époque de Noé les familles originelles dont étaient issues les principales dynasties régnantes. Les enfants de Japhet, le fils de Noé qui avait migré vers l'Europe, avaient peuplé la Grèce, la Parthie, la Russie et le nord de l'Europe, où ils avaient assis leur domination. La famille de Percival descendait directement du quatrième fils de Japhet, Yavan, qui avait été le premier à coloniser « les îles », ce qui, selon certains, désignait la Grèce, tandis que, pour d'autres, il s'agissait de la Grande-Bretagne. Yavan avait six frères, dont les noms figuraient dans la Bible, et plusieurs sœurs, dont les noms n'y figuraient pas, et tous avaient contribué à développer l'influence et le pouvoir de leur famille en Europe. À bien des égards, le *Livre des générations* était un abrégé de l'histoire du monde. Ou, comme préféraient le formuler les plus modernes des Nephilim, une illustration de la loi du plus fort.

À la lecture de ces noms, Percival mesura une fois de plus combien leur hégémonie était naguère absolue. Mais au cours des trois derniers siècles, ils avaient basculé dans le déclin. Jadis, il existait un équilibre entre humains et Nephilim. Après le Déluge, les uns et les autres naissaient en nombres à peu près égaux. Mais les Nephilim avaient toujours été attirés par les humains et le métissage qui s'était ensuivi avait entraîné une déperdition de leurs caractéristiques génétiques les plus marquées. Les Nephilim aux traits essentiellement humains étaient désormais légion, tandis que ceux doués d'attributs angéliques purs se faisaient de plus en plus rares.

Dans la mesure où il naissait des milliers d'humains pour un Nephilim, la place des rejetons humains faisait débat dans toutes les bonnes familles. D'aucuns étaient partisans de les exclure, de les rejeter dans la sphère humaine ; d'autres percevaient leur valeur, leur utilité au service de la cause commune. Cultiver de bonnes relations avec les membres humains au sein de chaque famille de Nephilim était un choix stratégique qui pouvait produire de formidables résultats. Un enfant né de parents nephilim mais dépourvu de traits angéliques engendrait parfois une progéniture nephilim. Ce n'était bien sûr pas courant, mais pas sans précédent non plus. Afin de tenir compte de cette possibilité, les Nephilim obéissaient à un système de castes, déterminé non par la fortune ou le statut social – même si ces critères étaient aussi pris en considération –, mais par les caractéristiques physiques, la naissance et le degré de ressemblance à leurs ancêtres, un groupe d'anges appelés les Veilleurs. Les humains disposaient du potentiel génétique pour mettre au monde un enfant nephilim, mais les Nephilim incarnaient l'idéal angélique, car eux seuls étaient susceptibles de développer des ailes. Et celles de Percival étaient autrefois les plus magnifiques qu'on ait vues depuis un demi-millénaire.

Il tourna les pages du *Livre des générations* et s'arrêta au hasard, vers le milieu, sur une gravure d'un noble marchand vêtu de velours et de soie, une épée levée dans une main et un sac d'or dans l'autre. Une interminable ribambelle de femmes et d'esclaves, agenouillés autour de lui, guettait ses ordres et une courtisane était lascivement étendue sur un divan à ses côtés. Caressant l'illustration, Percival lut la légende, qui décrivait le marchand comme un « gentilhomme reclus ayant envoyé des flottes aux quatre coins du monde, colonisé les déserts et civilisé les indigènes ». Tant de choses avaient changé depuis trois siècles, tant de régions du globe avaient été soumises. Ce marchand n'aurait jamais reconnu le monde dans lequel Percival vivait.

Un peu plus loin, Percival tomba sur l'un de ses passages favoris, l'histoire d'un oncle célèbre du côté de son père – Sir Arthur Grigori, un Nephilim d'une richesse et d'une renommée considérables, dont Percival se souvenait comme d'un fabuleux conteur. Né au début du XVIIe siècle, Sir Arthur avait eu la sagacité d'investir dans un certain nombre de compagnies maritimes de l'Empire britannique à leurs balbutiements. Sa foi en la Compagnie des Indes orientales lui avait rapporté des dividendes énormes, ainsi qu'en attestaient son manoir, sa résidence à la campagne, ses terres agricoles et ses appartements londoniens. Même s'il n'avait jamais directement pris part à la gestion de ses intérêts commerciaux à l'étranger, il avait effectué de nombreux voyages au long cours et amassé une vaste collection de trésors. Ses pérégrinations, et en particulier l'exploration des recoins les plus reculés de la planète, lui avaient toujours procuré un grand plaisir, mais il lui était aussi arrivé de lier l'utile à l'agréable lors de ses périples. Sir Arthur était réputé pour son aptitude quasi surnaturelle à plier les humains à sa volonté. Percival prit le livre sur ses genoux et lut :

Le navire de Sir Grigori parvint à destination quelques semaines après la tristement célèbre révolte des Cipayes de mai 1857. Des côtes à la plaine du Gange, à Meerut, à Delhi, à Kanpur, à Lucknow, à Jhansi, à Gwalior, le soulèvement se propageait, bouleversant les hiérarchies qui régissaient le pays. La crapule se retournait contre ses maîtres, tuait ou écharpait les Britanniques à coups de massue, de sabre ou de toute autre arme volée ou improvisée pouvant servir sa fourberie. À Kanpur, deux cents femmes et enfants européens avaient été massacrés en une matinée, tandis qu'à Delhi, la populace avait répandu de la poudre dans les rues jusqu'à ce qu'elles semblent couvertes de poivre. Un ahuri qui avait alors voulu allumer une cigarette avait réduit tout le monde en charpie.

Constatant que la Compagnie des Indes sombrait dans le chaos et redoutant que ses revenus en soient affectés, Sir Grigori convoqua un après-midi le gouverneur général dans ses appartements afin de discuter des mesures envisageables pour remédier à ces terribles événements. Le gouverneur général, un homme corpulent au teint rosé, se présenta à l'heure la plus chaude de la journée, entouré d'une foule d'enfants – un premier tenant une ombrelle, un second agitant un éventail, un troisième portant un verre de thé glacé sur un plateau. Sir Grigori le reçut dans une pièce aux stores fermés, à l'abri du soleil brûlant et des regards incendiaires des passants.

— Je dois dire, monsieur le gouverneur général, qu'une révolte n'est pas le meilleur accueil qui soit, commença Sir Grigori.

— Certes pas, répondit son interlocuteur en ajustant un monocle en or étincelant sur son œil bleu globuleux. Et ce n'est pas non plus le meilleur adieu qui soit.

Voyant qu'ils se comprenaient à merveille, les deux hommes délibérèrent de la situation. Ils disséquèrent pendant plusieurs heures les causes et les conséquences des troubles, puis Sir Grigori émit une suggestion :

— Il faut faire un exemple, lâcha-t-il en prenant un long cigare dans une boîte en balsamier et en l'allumant avec un briquet gravé aux armes des Grigori. Il faut que nous leur fassions peur une bonne fois pour toutes. Nous choisirons ensemble un village, et quand nous en aurons terminé avec ses habitants, il n'y aura plus de soulèvements.

Si la méthode que Sir Grigori enseigna aux soldats britanniques était bien connue des Nephilim, qui usaient depuis des siècles de techniques d'intimidation similaires, elle n'avait que rarement été employée à si grande échelle. Sous le commandement avisé de Sir Grigori, les soldats rassemblèrent toute la population du village sélectionné – hommes, femmes et enfants – sur la place du marché. Sir Grigori désigna un enfant, une fillette aux yeux en amande, à la chevelure noire soyeuse et à la peau châtaigne. Elle détailla avec curiosité cet inconnu si grand, si pâle et si longiligne, l'air de dire : « Même parmi les Anglais qui ont déjà l'air bizarre, celui-là, il sort du lot. » Mais elle le suivit quand même, avec obéissance.

Indifférent aux regards des villageois, Sir Grigori prit l'enfant dans ses bras et l'introduisit dans l'âme d'un canon chargé. La pièce d'artillerie, de fort calibre, était si longue qu'elle avala entièrement l'enfant, dont seules les mains demeurèrent visibles, cramponnées à la bouche d'acier comme à la margelle d'un puits, pour ne pas tomber.

— Allumez la mèche, ordonna Grigori.

Le jeune canonnier gratta une allumette, les doigts tremblants, et, au milieu de la foule, la mère de la fillette poussa un cri.

La détonation fut suivie de bien d'autres ce matin-là. Deux cents enfants du village – le nombre exact de Britanniques tués lors du massacre de Kanpur – furent conduits à tour de rôle jusqu'au canon. L'acier était si chaud que, quand ils enfonçaient dans le tube les petites boules de chair et de cheveux qui griffaient et se débattaient, les soldats se brûlaient les doigts. Les villageois furent forcés de regarder sous la menace des armes. À l'issue de la boucherie, les Britanniques obligèrent la population à nettoyer la place du marché. Des morceaux d'enfants pendaient des tentes, des buissons et des carrioles. Le sol était maculé de sang.

La nouvelle de ce carnage ne tarda pas à se propager aux villages voisins et, de là, à la plaine du Gange, à Meerut, à Delhi, à Kanpur, à Lucknow, à Jhansi et à Gwalior. Et, comme l'avait prédit Sir Grigori, les troubles s'apaisèrent.

La lecture de Percival fut interrompue par la voix de Sneja, penchée par-dessus son épaule :

— Ah, Sir Arthur, lâcha-t-elle.

L'ombre de ses ailes tombait sur les pages du livre.

— L'un des plus illustres de tous les Grigori et mon préféré parmi les frères de ton père, poursuivit-elle. Et quelle vaillance ! C'est lui qui a assis nos intérêts dans le monde entier. Dommage que sa fin n'ait pas été aussi glorieuse que le reste de son existence.

Sneja faisait référence à la mort triste et misérable de l'oncle Arthur, qui avait été le premier membre de la famille à être atteint par le mal dont souffrait Percival. Ses ailes autrefois magnifiques s'étaient décomposées, réduites à l'état de moignons putrides et noircis, puis au terme d'une décennie d'horribles souffrances, il avait succombé à un collapsus pulmonaire. Il avait fini ses jours avili, au supplice, terrassé par la maladie au cinquième siècle de sa vie, alors qu'il aurait dû profiter d'une retraite bien méritée. Nombreux étaient ceux qui attribuaient son affection à son commerce avec toute sorte de spécimens humains inférieurs, tels que la vermine autochtone des ports coloniaux, mais en réalité, nul ne connaissait l'origine de son mal. Tout ce qu'on savait, c'était qu'il existait peut-être un remède. Durant les années 1980, Sneja était entrée en possession des travaux d'une scientifique humaine sur les propriétés thérapeutiques de certaines formes de musique. Angela Valko, ladite scientifique, était la fille de Gabriella Lévi-Franche Valko, l'une des plus célèbres angéologues d'Europe. Ses théories constituaient le principal espoir de restituer à Percival et aux siens leur pureté angélique.

Comme à l'accoutumée, Sneja sembla lire dans les pensées de son fils.

— Malgré tous tes efforts pour entraver ta guérison, j'ai le sentiment que ton historien de l'art nous a mis sur la bonne piste.

— Vous avez retrouvé Verlaine ? s'exclama Percival en refermant le *Livre des générations* pour se retourner vers Sneja, pareil à un enfant cherchant l'approbation de sa mère. Avait-il les dessins ?

— Nous le saurons dès qu'Otterley nous contactera, lui affirma Sneja, prenant le *Livre des générations* pour le feuilleter. À l'évidence, quelque chose nous a échappé lors de notre précédent raid. Mais crois-moi, nous le trouverons. Tu seras le premier à jouir de ses vertus, mon ange. Et une fois que tu seras guéri, nous serons les sauveurs de notre espèce.

— Splendide... se réjouit Percival en se représentant l'exubérance de son plumage une fois qu'il aurait recouvré ses ailes. Je tiens à me rendre au couvent en personne. Si mon salut est là-bas, je veux y aller.

— Tu es trop faible, lui opposa sa mère. Et ivre, ajouta-t-elle en jetant un coup d'œil au verre de scotch. Laisse Otterley et ton père s'occuper de ça. Toi et moi, nous resterons ici.

Sneja déposa un baiser sur la joue de son fils et, le *Livre des générations* sous le bras, quitta la salle de billard.

Percival enrageait à la pensée d'être cloîtré à New York pendant l'un des moments les plus importants de sa vie. Il saisit sa canne, alla jusqu'au téléphone et composa à nouveau le numéro d'Otterley. Tandis qu'il patientait, il se jura une fois de plus qu'il retrouverait bientôt ses forces et sa beauté. Lorsque ses ailes auraient recouvré leur superbe, toutes les souffrances et les humiliations qu'il avait endurées feraient sa gloire.

Couvent Sainte-Rose, Milton,
État de New York

Se faufilant parmi les sœurs qui vaquaient à leurs occupations ou se rendaient à la prière, Évangéline fit de son mieux pour répondre par des sourires aux saluts et ne pas se laisser déstabiliser par les regards scrutateurs. Les démonstrations publiques d'émotion – que ce soit de plaisir, de peur, de douleur ou de remords – étaient mal vues à Sainte-Rose. Et pourtant, il était quasiment impossible de cacher quoi que ce soit. Jour après jour, les sœurs mangeaient, priaient, faisaient le ménage et se reposaient de conserve, de sorte que la plus petite trace de gaieté ou d'inquiétude chez l'une d'entre elles se communiquait à tout le groupe, telle une onde invisible. Évangéline était, par exemple, à même de deviner quand sœur Carla était contrariée – trois plis nerveux apparaissaient au coin de sa bouche. Ou quand sœur Wilhelmina avait dormi au lieu d'effectuer sa promenade matinale le long du fleuve – pendant la messe, elle avait alors un regard vitreux mal dissimulé. L'intimité n'existait pas. Vous ne pouviez qu'arborer un masque et espérer que les autres seraient trop occupées pour s'en apercevoir.

L'énorme porte en chêne qui reliait le couvent à l'église demeurait ouverte nuit et jour, telle une gigantesque gueule attendant d'être nourrie. Les sœurs passaient de l'un à l'autre à leur gré, allant et venant de la pénombre du couvent à la lumière grandiose de la chapelle. Chaque fois qu'Évangéline franchissait le seuil de Marie-des-Anges, elle avait l'impression de revenir chez elle, comme si son esprit s'affranchissait imperceptiblement des contraintes de la chair.

Tentant de se ressaisir après son face-à-face avec Verlaine, Évangéline s'arrêta devant le tableau d'affichage à côté de la porte de l'église. En sus de ses fonctions d'assistante à la bibliothèque, elle était responsable du planning de l'Adoration, ou P. A. Chaque semaine, elle reportait sur le calendrier les créneaux horaires habituels des sœurs, veillant à mettre en évidence toutes les modifications et les permutations, puis l'affichait sur le large panneau en liège, accompagné d'une liste de remplaçantes potentielles, en cas de maladie. « Ne sous-estimons pas l'importance du P. A. ! » avait coutume de dire sœur Philomena – et Évangéline était bien d'accord. Il n'était d'ailleurs pas rare que les sœurs chargées de l'adoration plus tard dans la soirée fassent un détour jusqu'au tableau en chemise de nuit et en pantoufles, un simple foulard en coton sur leurs cheveux blancs, pour y jeter un coup d'œil en consultant leurs montres, avant d'aller se coucher, confiantes en l'infaillibilité du planning qui assurait la pérennité de la prière perpétuelle de Sainte-Rose depuis deux siècles.

Ragaillardie par la satisfaction du travail bien fait, Évangéline s'écarta du P. A., plongea un doigt dans l'eau bénite et esquissa une génuflexion. Elle traversa l'église, réconfortée par la familiarité de ces actions, et le temps qu'elle atteigne la chapelle, elle s'était rassérénée. À l'intérieur, les sœurs Divinia et Davida, compagnes de prière entre 15 et 16 heures, étaient agenouillées devant l'autel. Évangéline s'installa au fond, en ayant soin de ne pas les déranger, tira son chapelet de sa poche, commença à l'égrener et ne tarda pas à trouver son rythme.

Pour Évangéline, qui s'efforçait toujours de porter sur ses pensées un regard objectif et incisif, la prière était l'occasion de procéder à son examen de conscience. Lors de ses premières années à Sainte-Rose, bien avant qu'elle ait prononcé ses vœux, elle avait l'habitude de se réfugier dans la chapelle de l'Adoration plusieurs fois par jour, dans le seul but de disséquer ses souvenirs, réminiscences crues et effrayantes qu'elle s'appliquait à refouler. Pendant des années, ce rite l'avait aidée à oublier.

Mais la discussion de cet après-midi avec Verlaine l'avait profondément ébranlée. Les questions de ce dernier lui avaient rappelé, pour la deuxième fois de la journée, un événement auquel elle aurait souhaité ne plus jamais repenser.

Après la mort de sa mère, Évangéline et son père avaient quitté la France et émigré aux États-Unis, où ils avaient emménagé à Brooklyn, dans un appartement exigu donnant sur une voie ferrée. Parfois, le week-end, ils prenaient le train tôt le matin et allaient passer la journée à Manhattan. Une fois là-bas, ils ne prenaient jamais le taxi ni le métro. Ils marchaient. Pâté de maisons après pâté de maisons, ils traversaient les avenues et Évangéline contemplait les chewing-gums incrustés dans les interstices du trottoir, les porte-documents ou les sacs d'achats, le mouvement incessant des passants qui se rendaient à des déjeuners, des rendez-vous ou des réunions, et dont les existences trépidantes étaient si différentes de la vie paisible qu'elle partageait avec son père.

Elle avait huit ans lorsqu'ils étaient arrivés aux États-Unis. Contrairement à son père, qui peinait à s'exprimer en anglais, Évangéline avait rapidement appris la langue, s'imprégnant de ces sonorités nouvelles. Sa maîtresse de cours préparatoire lui était venue en aide pour la prononciation du redoutable « th », dont le son se figeait sur la langue d'Évangéline comme une goutte de cire, la gênant pour communiquer ses pensées. Mais elle avait rabâché sans relâche les *this*, les *that*, les *the* et les *them* jusqu'à ce qu'elle les articule correctement et, une fois cette difficulté surmontée, elle s'était retrouvée dotée d'une élocution aussi claire et parfaite que les petits Américains. Quand ils étaient tous les deux, Évangéline et son père parlaient soit italien, la langue maternelle de son père, soit français, la langue maternelle de sa mère, comme quand ils habitaient encore en Europe. Bien vite, cependant, Évangéline avait succombé à une boulimie d'anglais aussi primaire que le besoin de nourriture ou d'amour et, en public, n'avait bientôt plus répondu à l'italien mélodieux de son père que dans son bel anglais tout neuf.

Durant son enfance, elle n'avait jamais soupçonné que leurs sorties à Manhattan puissent être autre chose que de simples excursions. Son père se bornait à promettre à Évangéline de l'emmener au manège de Central Park, à leur restaurant préféré ou au musée d'Histoire naturelle, pour admirer l'énorme baleine suspendue au plafond. C'était seulement trois ans avant son départ pour Sainte-Rose qu'elle avait pris conscience que leurs escapades avaient pour véritable finalité des rencontres entre son père et divers contacts – échanges de documents dans Central Park, conversations à voix basse dans un bar près de Wall Street ou déjeuners avec des tablées de diplomates étrangers qui s'exprimaient à toute vitesse dans des dialectes inintelligibles et discutaient le bout de gras en buvant du vin. Jusqu'alors, elle n'avait jamais compris le métier de son père, ni l'importance accrue que ce dernier y attachait depuis la mort de son épouse. Évangéline croyait simplement qu'il l'emmenait à Manhattan pour lui faire plaisir.

Cette illusion s'était brisée un après-midi, l'année de ses neuf ans. La journée était radieuse et le vent frisquet annonçait les premières rigueurs de l'hiver. Au lieu de se diriger vers une destination donnée, comme d'ordinaire, ils avaient emprunté à pied le pont de Brooklyn, avançant en silence entre les épais câbles métalliques. Au loin, le soleil glissait sur les gratte-ciel de Manhattan. Ils avaient parcouru des kilomètres, jusqu'à Washington Square, où son père avait insisté pour qu'ils se reposent un moment sur un banc. Son comportement avait paru des plus étranges à Évangéline. Visiblement nerveux, il avait allumé une cigarette, les mains tremblantes. Évangéline le connaissait assez pour savoir que le moindre tic – crispation des doigts, tremblement des lèvres – trahissait chez lui un abîme d'angoisse, mais elle n'avait fait aucune remarque.

Son père était bel homme quand il était jeune. Sur les photographies prises en Europe, ses cheveux frisés noirs lui recouvraient un œil et il portait toujours des vêtements impeccables et bien coupés. Mais cet après-midi-là, tremblotant sur ce banc dans un parc, il était soudain apparu vieux et fatigué à Évangéline. Il avait tiré un mouchoir de sa poche de pantalon et s'était épongé le front. Mais il avait gardé le silence. En ouvrant la bouche, elle aurait dérogé à un accord implicite entre eux, à un mode de communication silencieux qu'ils avaient adopté après la mort d'Angela. Ils vivaient dans le respect tacite de leur solitude mutuelle. Son père ne lui aurait jamais révélé ce qui le tracassait. Il ne se confiait pas à elle. Peut-être était-ce à cause de cette attitude qu'elle avait prêté une attention particulière aux plus petits détails, ce jour-là ; peut-être était-ce parce que les événements qui allaient suivre lui parurent marquants qu'elle les avait revécus jusqu'à les graver dans sa mémoire. En tout état de cause, elle se rappelait chaque instant, chaque mot, chaque geste, chaque impression.

— Viens, lui avait-il dit en rangeant le carré de tissu dans sa veste, avant de se lever brusquement, comme s'ils étaient en retard.

Les feuilles crissaient sous les souliers vernis d'Évangéline – son père tenait absolument à ce qu'elle s'habille de façon appropriée pour une petite fille, si bien que sa garde-robe se composait de blouses d'écolière, de jupes plissées, de blazers sur mesure et de coûteuses chaussures importées d'Italie, vêtements qui la distinguaient de ses camarades de classe en jean et tee-shirt, chaussés des dernières tennis à la mode.

Évangéline et son père pénétrèrent dans un quartier pauvre parsemé de réclames colorées en italien. Évangéline reconnut aussitôt les lieux – ils étaient déjà venus à plusieurs reprises à Little Italy par le passé. Le voisinage lui était familier.

Ils s'arrêtèrent face à un café devant lequel des tables métalliques étaient disposées sur le trottoir. Prenant Évangéline par la main, son père l'entraîna à l'intérieur, dans une salle bondée, où ils furent assaillis par une bouffée de vapeur chaude et parfumée. Les murs étaient constellés de clichés d'Italie en noir et blanc dans des cadres dorés. Au comptoir, des hommes buvaient des *espresso*, le journal étalé devant eux et la casquette rabattue sur les yeux. Une vitrine remplie de desserts attira le regard d'Évangéline et elle se planta devant, affamée, dans l'espoir que son père lui offre l'un de ces gâteaux agencés comme des bouquets sous des lampes de faible intensité. Avant qu'elle ait eu le temps d'ouvrir la bouche, un homme contourna le comptoir, s'essuya les mains sur un tablier rouge et serra celle de son père comme s'ils étaient de vieux amis.

— Luca ! s'exclama-t-il avec un sourire chaleureux.

— Vladimir, répondit le père d'Évangéline avec la même chaleur.

Évangéline en déduisit qu'ils devaient en effet être de vieilles connaissances, car son père ne s'abandonnait que rarement à des manifestations publiques d'affection.

— Allez, vous mangerez bien quelque chose, lança Vladimir en anglais avec un fort accent.

Il tira une chaise pour le père d'Évangéline.

— Rien pour moi, répondit ce dernier, avant de montrer du doigt Évangéline qui s'asseyait. Mais je crois que ma fille louche sur les *dolci*.

À la grande joie d'Évangéline, Vladimir la laissa choisir ce qu'elle voulait dans la vitrine et elle opta pour un petit gâteau couvert de glaçage rose et décoré de fleurs en pâte d'amande d'un bleu délicat. Tenant l'assiette comme si celle-ci risquait de se casser entre ses mains, elle gagna une haute table en métal et s'assit, les souliers calés derrière les pieds de la chaise de bar. Vladimir lui apporta un verre d'eau et la pria d'attendre sagement là pendant qu'il discutait avec son père. Vladimir lui semblait centenaire – ses cheveux étaient tous blancs, son visage ridé –, mais il avait un côté espiègle et une expression de connivence. Il adressa un clin d'œil à Évangéline et elle comprit que les deux hommes avaient des questions à régler.

Évangéline obtempéra de bon cœur et plongea sa cuillère dans le gâteau fourré d'épaisse crème au beurre et aux marrons. Le père d'Évangéline était strict sur leur alimentation – il ne gaspillait pas son argent en extravagances –, de sorte qu'Évangéline n'était pas habituée aux mets aussi riches. Les pâtisseries étaient des friandises exceptionnelles et elle se mit en devoir de manger aussi lentement que possible, pour faire durer le plaisir. Elle oublia la salle chaude, le brouhaha des clients et le soleil qui brunissait le sol. Elle n'aurait vraisemblablement pas pris garde non plus à la conversation de son père si celui-ci n'avait pas fait preuve d'une telle véhémence. Elle était à côté de la devanture vitrée, tandis que les deux hommes étaient assis quelques tables plus loin, assez près tout de même pour qu'elle entende.

— Je n'ai pas le choix, il faut que je les voie, lâcha son père en allumant une cigarette. Cela fait plus d'un an qu'Angela a été enlevée.

Il était si exceptionnel qu'il prononce le nom de son épouse qu'Évangéline se figea.

— Ils ne peuvent pas te cacher la vérité, déclara Vladimir.

Le père d'Évangéline tira longuement sur sa cigarette.

— Oui, j'ai le droit de comprendre ce qui s'est passé, acquiesça-t-il, surtout vu le soutien que j'ai apporté à Angela durant ses recherches, quand elle retournait au labo en plein milieu de la nuit. Le stress pendant sa grossesse. J'étais là depuis le début. Je l'ai soutenue dans ses décisions. Moi aussi, j'ai consenti des sacrifices. Et Évangéline aussi.

— Bien sûr, convint Vladimir, avant d'appeler le serveur pour commander du café. Tu as le droit de savoir. Tout ce que je te demande, c'est de te poser la question : est-ce que ces réponses valent les risques qu'il te faudra encourir pour les obtenir ? Réfléchis à ce qui pourrait se produire. Tu es en sécurité ici. Tu as commencé une nouvelle vie. Ils t'ont oublié.

Évangéline fixait son assiette en espérant que son père ne remarque pas son intérêt pour leurs propos. Il n'évoquait jamais avec sa fille ni la vie, ni la mort d'Angela. Mais quand Évangéline se pencha en avant pour en entendre davantage, elle déséquilibra la table, le verre d'eau s'écrasa par terre, et les glaçons se répandirent sur le plancher. Surpris, les deux hommes se tournèrent vers Évangéline. Elle s'efforça de dissimuler sa honte en essuyant l'eau sur la table avec une serviette, puis baissa le nez vers son gâteau, comme si de rien n'était. Avec un regard de reproche, son père se détourna et reprit sa discussion, sans se rendre compte que ses efforts de discrétion ne faisaient qu'exciter la curiosité de sa fille.

— Si tu y tiens vraiment, ils les détiennent à l'entrepôt, révéla Vladimir après un profond soupir. On m'a prévenu hier soir, poursuivit-il à voix si basse qu'Évangéline arrivait à peine à entendre. Il y en a trois, une femelle et deux mâles.

— Capturés en Europe ?

— Dans les Pyrénées, précisa Vladimir. Ils sont arrivés tard hier soir. Je voulais me rendre sur place, mais, pour être honnête, je n'en ai plus le cœur. Nous nous faisons vieux, Luca.

Le serveur posa deux *espressos* devant eux. Le père d'Évangéline but une gorgée du sien.

— Ils sont encore en vie, oui ?

— En pleine forme, lui assura Vladimir, en secouant la tête. Apparemment, ce sont des créatures effrayantes – d'une grande pureté. J'ignore comment on a réussi à les transporter jusqu'à New York. Par le passé, il aurait fallu un navire et un équipage complet pour les amener ici aussi rapidement. Il aurait été quasiment impossible de maîtriser des spécimens de pure souche comme ceux-là. Je n'aurais pas cru la chose faisable.

— Angela avait une connaissance plus détaillée de leurs capacités physiques que moi, exposa Luca, les mains croisées devant lui, en regardant par la vitrine ensoleillée, comme s'il s'attendait à ce que son épouse apparaisse dans la rue. C'était le sujet de sa thèse de doctorat. Mais il me semble que le consensus est que les Illustres sont en voie d'affaiblissement, même les spécimens les plus purs. Peut-être sont-ils aujourd'hui si amoindris qu'il est devenu plus aisé de les faire prisonniers.

Vladimir s'approcha de lui, les yeux écarquillés.

— Tu veux dire qu'ils seraient en voie d'extinction ?

— Pas exactement, nuança le père d'Évangéline. Mais il a été avancé qu'ils perdaient en vigueur. Leurs forces diminuent.

— Mais comment est-ce possible ? s'étonna Vladimir.

— Angela affirmait qu'un jour, leur sang se diluerait dans le sang humain. Qu'ils finiraient par nous être trop semblables, trop humains, pour conserver leurs particularités physiques. Il s'agirait d'une forme de régression : ils se seraient reproduits bien trop souvent avec des spécimens inférieurs – des humains.

Il éteignit sa cigarette dans un cendrier en plastique et avala une autre gorgée d'*espresso*.

— La survie de leurs caractéristiques angéliques est limitée dans le temps et compromise par le métissage. Un jour, leur humanité prendra le dessus et tous leurs enfants naîtront avec des attributs « inférieurs » – espérance de vie réduite, vulnérabilité aux maladies, sens moral. Leur seul espoir serait de renouveler leur fond angélique pur, ce qui, comme nous le savons, est au-delà de leurs capacités. Ils sont rongés par leur humanité. Angela se demandait même si les Nephilim ne commençaient pas à ressentir des émotions comme les êtres humains. La compassion, l'amour, la bonté, tout ce par quoi nous nous définissons, est peut-être en train de poindre chez eux. Ils considèrent même cela comme une grande faiblesse.

Vladimir se laissa aller contre le dossier de sa chaise et croisa les bras sur sa poitrine, songeur.

— Leur disparition n'est pas exclue, ajouta-t-il finalement. Mais comment dire ce qui est possible et ce qui ne l'est pas ? Leur simple existence défie l'entendement. Et pourtant, nous les avons vus, toi et moi. Ils nous ont tant pris.

Vladimir plongea son regard dans celui de Luca, qui se laissa à son tour aller en arrière sur sa chaise.

— D'après Angela, le système immunitaire des Nephilim réagissait mal aux produits chimiques et aux polluants d'origine humaine. Selon elle, ces composés synthétiques tendaient à altérer les structures cellulaires héritées des Veilleurs et occasionnaient des cancers mortels. Une autre de ses hypothèses était que l'évolution de leur régime alimentaire au cours des deux derniers siècles avait perturbé leur métabolisme et affectait leur reproduction. Angela avait beau avoir étudié plusieurs individus affligés de maladies dégénératives qui réduisaient considérablement leur durée de vie, elle n'était parvenue à aucune conclusion définitive. Nul ne connaît la cause exacte de ces phénomènes, mais quelle qu'elle soit, les Nephilim sont prêts à tout pour trouver un remède.

— Tu sais très bien quel est le remède, murmura Vladimir.

— En effet, et c'est pour cela qu'Angela avait entrepris de mettre à l'épreuve tes spéculations musicologiques afin de déterminer s'il existait des corrélations biologiques. Je crois qu'elle était à deux doigts d'une découverte monumentale et que c'est la raison pour laquelle on l'a éliminée.

Vladimir joua avec sa tasse.

— La musicologie céleste n'est pas une arme. Ses applications sont, au mieux, hypothétiques et, en tout cas, démesurément dangereuses. Angela était bien placée pour le savoir.

— Elles sont peut-être démesurément dangereuses, répliqua le père d'Évangéline, mais songe aux conséquences s'ils trouvaient un antidote à leur dégénérescence. Si nous les en empêchons, ils perdront leurs spécificités angéliques et se rapprocheront des hommes. Ils connaîtront la maladie et ils s'éteindront.

— Je doute que la crise soit de cette ampleur, objecta Vladimir en secouant la tête. Ce serait prendre nos désirs pour des réalités.

— Peut-être, concéda Luca.

— Et quand bien même, qu'avons-nous à y gagner ? Et ta fille ? Pourquoi mettre ton bonheur en péril pour des supputations ?

— Au nom de l'égalité. Si Angela avait vu juste, nous serions en passe d'être libérés de leur perfide emprise sur notre civilisation. Pour la première fois de l'histoire moderne, nous serions maîtres de notre destin.

— Un rêve merveilleux, reconnut Vladimir, mélancolique. Mais chimérique. On ne décide pas de son destin.

— Peut-être Dieu a-t-il pour dessein de les affaiblir lentement, poursuivit le père d'Évangéline, sans prêter attention à Vladimir. Puis de les éradiquer d'un coup, d'un seul.

— Ça fait longtemps que j'ai perdu tout intérêt pour les desseins de Dieu, lui opposa l'autre d'un ton las. Et toi aussi, Luca.

— Inutile d'essayer de te convaincre de reprendre du service ?

Vladimir dévisagea le père d'Évangéline un moment, comme s'il pesait ses mots.

— Dis-moi la vérité : était-ce sur mes théories musicologiques qu'Angela travaillait quand ils l'ont enlevée ?

Évangéline changea de position sur sa chaise pour mieux distinguer le visage de son père et constata avec surprise qu'il avait les larmes aux yeux.

— Elle planchait sur une théorie génétique du déclin des Nephilim. Sa mère, que je tiens elle aussi pour responsable, parrainait l'essentiel de ses recherches, dénichait des fonds et l'encourageait dans cette voie. Gabriella devait penser que c'était ainsi qu'Angela serait le plus en sécurité au sein de la Société – pourquoi l'aurait-elle incitée à s'enfermer dans des salles de classe ou des bibliothèques, sinon parce que cela lui semblait plus prudent ? Angela participait à l'élaboration de modèles en laboratoire, sous la supervision de sa mère, bien entendu.

— Tu tiens vraiment Gabriella pour responsable de l'enlèvement ?

— Comment dire qui sont les responsables ? Angela aurait été en danger n'importe où. En tout cas, sa mère n'a pas su la protéger. Mais je me pose la question chaque jour. Est-ce Gabriella qui était en faute ? Est-ce moi ? Aurais-je pu empêcher ce qui est arrivé ? Ai-je eu tort de la laisser poursuivre ses recherches ? Voilà pourquoi, mon vieil ami, il faut que j'aille voir ces créatures. Si quelqu'un peut comprendre cette maladie, cette obsession morbide pour la vérité, c'est bien toi.

Soudain, le serveur se planta devant la table de la petite fille et lui boucha la vue. Elle était si occupée à écouter qu'elle en avait complètement oublié son gâteau à moitié entamé, dont la crème se répandait dans l'assiette. Le serveur débarrassa la table, épongea ce qui restait de l'eau qu'elle avait renversée et emporta la pâtisserie inachevée avec une cruelle promptitude. Le temps qu'Évangéline se tourne à nouveau vers les deux hommes, Vladimir avait allumé une autre cigarette. Le siège de son père était vide.

S'avisant de son désarroi, Vladimir lui fit signe de s'approcher. Évangéline sauta de sa chaise, à la recherche de son père.

— Luca m'a demandé de te garder en son absence, lui exposa-t-il avec un sourire bienveillant. Tu ne t'en souviens peut-être pas, mais on s'est déjà vus quand tu étais toute petite – ta mère t'avait emmenée dans nos locaux, à Montparnasse. J'ai bien connu Angela, à Paris. Nous avons brièvement travaillé ensemble et nous étions très bons amis. Crois-le ou non, mais avant de consacrer mes journées à faire des gâteaux, j'étais un savant. Attends un peu, je vais te montrer une photo d'Angela.

Sitôt que Vladimir eut disparu dans l'arrière-salle du café, Évangéline se précipita jusqu'à la porte et sortit. À deux rues de là, au milieu de la foule, elle entrevit la veste de son père. Sans une pensée pour Vladimir ou ce que son père dirait s'il la repérait, elle s'élança entre les piétons, les boutiques, les supérettes, les voitures stationnées, les éventaires de fruits et légumes. Au premier carrefour, elle manqua de trébucher sur un chien en laisse en traversant la rue. Son père se trouvait toujours devant elle.

Il tourna à un coin de rue en direction du sud. Dans ses souliers vernis qui lui comprimaient les orteils, Évangéline le suivit longtemps, à travers tout Chinatown, puis au milieu de bâtiments industriels toujours plus nombreux.

Son père s'arrêta à l'extrémité d'une ruelle miteuse, jonchée de détritus, où il frappa à la porte d'un grand entrepôt en tôle ondulée. Perdu dans ses pensées, il ne remarqua pas Évangéline qui se dirigeait vers lui. Elle était presque assez près pour l'appeler quand la porte s'ouvrit et qu'il entra. Tout se produisit si vite… Évangéline resta figée.

Elle poussa la lourde porte et s'engagea dans un couloir poussiéreux. Elle gravit un escalier avec précaution, répartissant bien son poids, afin de ne pas alerter son père, ni toute autre personne terrée dans les profondeurs de l'entrepôt. Au sommet des marches, elle s'accroupit, le menton sur les genoux, priant pour qu'on ne la découvre pas. Ces dernières années, son père avait tout fait pour la tenir à l'écart de ses activités professionnelles. Il serait furieux s'il s'apercevait de sa présence.

Il fallut quelque temps à Évangéline pour que ses yeux s'accoutument à cet espace clos et sombre. Le vaste entrepôt était désert, à l'exception d'un groupe d'hommes rassemblés devant trois cages grandes comme des voitures, suspendues par des chaînes en acier aux poutres métalliques du plafond. Chacune était occupée par une créature évoquant un oiseau dans un cube grillagé. L'une d'entre elles était folle de rage – elle s'agrippait aux barreaux et hurlait des obscénités à ses geôliers. Les deux autres, inertes au sol, étaient maussades et atones, comme si elles avaient été droguées ou rouées de coups.

Évangéline les observa plus attentivement. Les créatures prisonnières étaient complètement nues, mais du fait de la texture de leur peau, pareille à une membrane luminescente dorée, elles semblaient revêtues de lumière à l'état pur. L'une d'elles était une femelle – elle avait des cheveux longs, de petits seins et des hanches plus larges. Les deux autres étaient des mâles. Longilignes et imberbes, le torse plat, ils étaient plus grands que la femelle et mesuraient au moins soixante centimètres de plus qu'un adulte humain de taille moyenne. Les barreaux des cages étaient maculés d'une substance scintillante semblable à du miel, qui dégoulinait lentement le long du métal et gouttait par terre.

Luca, bras croisés, se tenait avec deux autres hommes, face aux cages. Ils avaient l'air d'effectuer une sorte d'expérience scientifique. L'un des deux collègues de son père tenait un bloc-notes, l'autre un appareil photographique. Sur un grand tableau lumineux étaient affichées trois séries de radios de la cage thoracique et des poumons, d'un blanc spectral, qui se détachaient sur un fond gris terne. À proximité, sur une table, était disposé du matériel médical – des seringues, des bandages et de nombreux instruments qu'Évangéline n'aurait su nommer.

La femelle continuait à arpenter sa cage et à invectiver ses ravisseurs en arrachant ses cheveux blonds. Ses mouvements étaient si puissants qu'à chacun d'entre eux, les chaînes qui retenaient la cage grinçaient et gémissaient comme si elles allaient se rompre. Puis la créature se retourna brutalement et Évangéline n'en crut pas ses yeux. Du long dos gracile sortit une paire d'ailes. La gamine réprima une exclamation de stupeur. La femelle fit jouer ses muscles et déploya ses amples appendices ailés, dont l'envergure égalait la largeur de la cage. Son plumage blanc brillait d'une lueur douce. Évangéline sentit le sang lui bourdonner aux oreilles et sa respiration s'accélérer. Ces êtres étaient à la fois horribles et magnifiques – de splendides monstres iridescents.

La femelle allait et venait dans la cage, ailes déployées, comme si les trois hommes sous elle n'étaient guère plus que des souris sur lesquelles elle s'apprêtait à fondre pour les dévorer.

— Relâchez-moi, gronda-t-elle d'une voix gutturale, anxieuse et éraillée.

Les extrémités effilées de ses ailes dépassaient entre les barreaux. Le père d'Évangéline se tourna vers son collègue au bloc-notes.

— Qu'allez-vous faire d'eux ? s'enquit-il, comme s'il parlait de papillons rares prisonniers d'un filet.

— Nous ne saurons où envoyer les restes qu'une fois en possession des résultats définitifs de nos analyses.

— Selon toute vraisemblance, nous les acheminerons vers nos labos en Arizona pour dissection, classification et conservation. Ce sont des spécimens d'une singulière beauté.

— Avez-vous pu évaluer leur force ? Avez-vous relevé des symptômes d'amoindrissement ? Des anomalies dans les fluides organiques ?

Évangéline décela une note d'espoir dans les questions de son père et y devina confusément un rapport avec sa mère.

— Si vous nous demandez s'ils sont aussi forts que leurs ancêtres, répondit l'autre, la réponse est non. Ce sont les individus les plus robustes que j'ai vus depuis des années, et pourtant, leur vulnérabilité à nos stimuli est marquée.

— Excellente nouvelle, se réjouit son père.

Il s'approcha des cages et lança avec virulence aux créatures, comme s'il s'adressait à des animaux :

— Démons !

À ces mots, l'un des mâles sortit de sa léthargie. Il empoigna les barreaux de la cage et se redressa de toute sa hauteur.

— Anges et démons... les uns ne sont que le reflet des autres, répliqua-t-il.

— Un jour viendra où vous disparaîtrez de la surface de la terre. Un jour, nous serons débarrassés de vous.

Avant qu'Évangéline ait le temps de se cacher, son père fit volte-face et repartit en direction de l'escalier. Bien qu'elle ait eu soin de se dissimuler dans l'ombre, Évangéline n'avait pas prévu son repli. Elle n'eut d'autre choix que de dévaler les marches et de se ruer dehors. Aveuglée par le soleil éclatant de l'après-midi, elle prit ses jambes à son cou.

Milton Bar & Grill, Milton, État de New York

Verlaine se fraya un chemin à travers le bar bondé, tandis que son mal de tête se noyait dans les accords de musique country. Il était perclus de froid, sa coupure à la main le brûlait et il n'avait rien mangé depuis le petit déjeuner. À New York, il serait allé chercher un plat à emporter à son restaurant thaïlandais préféré ou aurait été prendre un verre avec des amis à Greenwich Village. Sa principale préoccupation aurait été de décider ce qu'il allait regarder à la télévision. Au lieu de quoi, il se retrouvait coincé dans un bouge au milieu de nulle part, sans savoir comment il allait se tirer de là. Enfin... Au moins, il était au chaud et il avait un endroit pour réfléchir. Il frotta ses mains l'une contre l'autre afin de recouvrer quelque sensation dans les doigts. S'il parvenait à se décongeler, il pourrait peut-être déterminer ce qu'il allait faire ensuite.

Il s'installa à la seule table un peu à l'écart, derrière une vitre qui donnait sur la rue, et commanda un hamburger et une bouteille de Corona qu'il vida en quelques gorgées avant d'en réclamer une autre. Il but la seconde plus lentement, pour laisser à l'alcool le temps de le ramener peu à peu à la réalité. Il avait des picotements dans les doigts, mais ses pieds se réchauffaient et sa douleur à la main s'atténuait. Le temps qu'on lui apporte son hamburger, il se sentait plus alerte, mieux à même de résoudre les problèmes auxquels il se trouvait confronté.

Il prit dans sa poche la lettre qu'il avait recopiée, la plaça sur la table en stratifié et la relut. La lumière vacillante, chargée de fumée, éclairait faiblement ses mains gercées, la bouteille de Corona à demi pleine et le papier rose pâle. Le message était bref – quatre phrases directes et sans fioritures –, mais il ouvrait un monde de possibilités. Bien sûr, la nature des relations entre mère Innocenta et Abigail Rockefeller demeurait mystérieuse – elles avaient à l'évidence collaboré à un projet commun, et leurs efforts dans les Rhodopes avaient été couronnés de succès. Verlaine envisageait déjà un long article, voire un livre entier, consacré à ce qu'elles avaient rapporté de là-bas. Mais ce qui l'intriguait presque autant que la découverte elle-même, c'était la mention d'une troisième personne, une certaine Célestine Clochette. Verlaine s'efforça de se rappeler s'il avait déjà rencontré ce nom lors de ses recherches. Cette Célestine était-elle une collaboratrice d'Abigail Rockefeller ? Une marchande européenne d'œuvres d'art ? La perspective d'élucider ce ménage à trois constituait la raison même pour laquelle il adorait l'histoire de l'art : chaque œuvre portait en elle l'énigme de sa création, les aléas de sa transmission et les particularités de sa conservation.

Le tout était d'autant plus déconcertant compte tenu de l'intérêt de Grigori pour le couvent Sainte-Rose. Un homme comme lui ne pouvait être sensible à la beauté ou à la puissance évocatrice de l'art. Ses semblables vivaient leur vie entière sans comprendre que la valeur d'un Van Gogh ne tenait pas à un prix de vente record lors d'une mise aux enchères. L'objet en question devait donc avoir une valeur financière, sinon Grigori ne perdrait pas son temps à essayer de mettre la main dessus. Comment avait-il pu se lier à un individu pareil ? se désola Verlaine. Cela dépassait son entendement.

Il scruta les ténèbres, de l'autre côté de la vitre. La température avait dû encore baisser : sous l'effet de la chaleur de la salle, une pellicule de condensation s'était formée sur le verre froid. Dehors, de temps à autre, une voiture passait et ses feux arrière dessinaient une traînée orange dans le givre. Verlaine les suivait des yeux et se demandait comment il allait rentrer chez lui.

Il pensa un moment à téléphoner au couvent. Peut-être que la jeune et ravissante religieuse avec qui il avait discuté pourrait le conseiller. Puis il songea qu'elle aussi pourrait bien être en danger. Il n'était pas impossible que les hommes de Grigori pénètrent dans le couvent pour le retrouver. Toutefois, il leur était impossible de deviner où Verlaine avait pu s'aventurer exactement, ni avec qui il s'était entretenu. Il se souvint alors qu'Évangéline n'avait guère apprécié son intrusion et qu'ils ne se reverraient sans doute jamais plus. En tout état de cause, il importait d'être pragmatique. Il fallait qu'il déniche une gare ou un bus afin de rentrer à New York, et il avait le sentiment qu'il ne trouverait ni l'un ni l'autre à Milton.

Couvent Sainte-Rose, Milton, État de New York

Évangéline ne connaissait pas très bien sœur Célestine. Âgée de soixante-quinze ans, confinée dans son fauteuil roulant, celle-ci ne fréquentait guère ses cadettes. Même si elle faisait une apparition pour la messe, tous les matins à l'église, où une autre sœur la poussait jusqu'au premier rang, Célestine menait une existence protégée, dans un sacro-saint isolement comparable à celui d'une reine. Elle prenait tous ses repas dans sa cellule et, de temps à autre, Évangéline y montait avec une pile d'ouvrages de poésie et de romans historiques dans les bras. Parfois, il y avait des livres en français obtenus par sœur Philomena, *via* des prêts interbibliothèques. Ces recueils, semble-t-il, ravissaient particulièrement Célestine.

Évangéline traversa le rez-de-chaussée, où ses sœurs, absorbées par le ménage quotidien, s'affairaient à la faible lueur des appliques métalliques en une masse mouvante noir et blanc. Elles se pressaient dans les couloirs, ouvrant les placards, brandissant des balais, des chiffons et des bidons de produits ménagers, prêtes à s'acquitter de leur labeur du soir. Tablier noué autour de la taille, manches chauve-souris retroussées, gantées de latex, elles secouaient les rideaux pour chasser la poussière et ouvraient les fenêtres afin d'empêcher les moisissures ou la mousse, qui proliféraient sous ce climat froid et humide, de s'installer. Elles se targuaient de réaliser elles-mêmes la majorité des travaux d'entretien du couvent. Et l'entrain qui régnait au sein des divers groupes occultait le simple fait qu'elles briquaient, brossaient ou ciraient, et donnait l'impression qu'elles contribuaient à quelque grandiose entreprise, bien plus sublime que la somme de leurs petites besognes individuelles. Ce qui était d'ailleurs vrai, car chaque plancher lessivé, chaque rampe astiquée était une offrande et un hommage à une cause supérieure.

Évangéline rejoignit le troisième étage par l'escalier de la chapelle de l'Adoration. La cellule de Célestine, l'une des plus spacieuses du couvent, était située dans un coin du bâtiment et disposait d'une salle de bains privative dotée d'une grande douche, avec une assise repliable en plastique. Évangéline se demandait souvent si l'infirmité de Célestine, qui la libérait du fardeau de participer quotidiennement aux activités de la communauté, constituait pour elle un agréable répit, ou si, au contraire, sa solitude faisait du couvent une prison. Cette réclusion lui paraissait effroyablement pesante. Elle frappa trois coups hésitants à la porte.

— Oui ? répondit Célestine d'une voix faible.

Elle était née en France et, malgré un demi-siècle de vie aux États-Unis, conservait un fort accent.

— Qui est-ce ?

Évangéline entra et referma derrière elle.

— C'est moi, dit-elle d'un ton doux, craignant de déranger son aînée. Évangéline. De la bibliothèque.

Célestine était confortablement installée dans son fauteuil roulant près de la fenêtre. Elle ne portait plus le voile et ses cheveux blancs coupés court encadraient son visage telle une crinière. D'un côté de la pièce, un humidificateur rejetait de la vapeur dans l'air ; de l'autre, les résistances brûlantes d'un radiateur électrique chauffaient la chambre comme un sauna. Pourtant, malgré une couverture en tricot sur les genoux, Célestine semblait avoir froid. Le lit était couvert d'un jeté lui aussi tricoté, typique des ouvrages confectionnés par les plus jeunes des sœurs pour leurs aînées. Célestine plissa les yeux, tâchant de deviner le motif de la présence d'Évangéline.

— Vous avez d'autres livres pour moi, c'est ça ?

— Non, lâcha Évangéline en s'asseyant à côté du fauteuil de Célestine, près d'une petite table vernie en acajou sur laquelle était posé un tas de livres surmonté d'une loupe. On dirait que vous en avez assez en réserve.

— Oui, oui, concéda Célestine en regardant par les carreaux, on trouve toujours de quoi lire.

— Je suis navrée de vous importuner, ma sœur, mais je désirais vous poser une question.

Évangéline tira de sa poche la lettre d'Abigail Rockefeller à mère Innocenta et la lissa sur son genou. Célestine croisa ses longs doigts blancs dans son giron. Une chevalière en or de la SFAP étincelait à son annulaire. Elle posa un regard vacant, froid et scrutateur, sur Évangéline. Il n'était pas exclu, songea celle-ci, que sœur Célestine ne se souvienne plus de ce qu'elle avait mangé ce midi, et *a fortiori* d'événements qui s'étaient produits des décennies auparavant. Évangéline se racla la gorge.

— Je travaillais aux archives ce matin et je suis tombée sur une lettre où figure votre nom. Je ne sais vraiment pas où la classer – je me demandais si vous pourriez m'aider à comprendre de quoi il s'agit, afin que je puisse la ranger au bon endroit.

— La ranger au bon endroit ? répéta Célestine, sceptique. Je doute d'être une grande aide pour cela. Que dit la lettre ?

Évangéline tendit la lettre à sœur Célestine, qui tourna la mince feuille de papier entre ses mains.

— La loupe, demanda-t-elle en désignant la table.

Évangéline la lui plaça entre les mains et étudia le visage de Célestine, tandis que la lentille grossissante survolait les lignes, transformant la page en une pellicule de lumière ondoyante. Il était clair, d'après son expression, que sœur Célestine se débattait avec ses pensées, mais Évangéline n'aurait su dire si sa confusion était due aux mots qu'elle lisait. Au bout d'un moment, Célestine reposa la loupe sur ses genoux et Évangéline discerna aussitôt que son aînée savait de quoi il retournait.

— C'est une très vieille lettre écrite par une dénommée Abigail Rockefeller, déclara finalement Célestine en repliant la feuille et en la recouvrant de sa main veinée.

— Oui, acquiesça Évangéline, j'ai déchiffré la signature.

— Je suis étonnée que vous l'ayez dénichée dans les archives, poursuivit Célestine en plissant les yeux. Je pensais qu'ils avaient tout emporté.

— J'espérais que vous pourriez m'éclairer sur sa signification.

Célestine émit un profond soupir. Elle détourna ses yeux entourés de rides profondes.

— Cette lettre a été écrite avant que je me présente à Sainte-Rose. Je ne suis arrivée qu'au début de 1944, une semaine environ avant le grand incendie. J'étais très affaiblie par le voyage et je ne parlais pas un mot d'anglais.

— Avez-vous une idée de la raison pour laquelle Abigail Rockefeller aurait envoyé une lettre pareille à mère Innocenta ? insista la jeune sœur.

Célestine se redressa dans son fauteuil et rajusta la couverture sur ses jambes.

— C'est Mme Rockefeller qui m'a amenée ici, exposa-t-elle, sur la défensive, comme si elle craignait de trop en révéler. En Bentley, me semble-t-il, même si je ne m'y connais guère en voitures autres que françaises. C'était en tout cas un véhicule digne de son rang. Abigail Rockefeller était une dame âgée et rondelette, en manteau de fourrure. Nous n'aurions pas pu être plus différentes. J'étais jeune et squelettique. À vrai dire, habillée comme je l'étais, dans mon habit franciscain, comme on en portait encore au Portugal, où j'avais prononcé mes vœux avant de traverser l'Atlantique, je ressemblais davantage aux sœurs rassemblées au bout de l'allée, avec leurs manteaux et leurs écharpes noirs. C'était le mercredi des Cendres. Je me le rappelle, parce que les nonnes avaient des croix de cendres noires sur le front, après la bénédiction qu'elles avaient reçue ce matin-là à la messe.

« Je n'oublierai jamais comment j'ai été accueillie. Les autres sœurs chuchotaient "Bienvenue, bienvenue dans notre communauté" sur mon passage, de leurs voix aussi douces et caressantes qu'un chant.

— Moi aussi, j'ai été accueillie de la sorte, se remémora Évangéline – même si sur le moment, son vœu le plus cher aurait été que son père la ramène chez eux.

— Oui, je m'en souviens. Vous étiez si jeune.

Elle resta un moment silencieuse, comme si elle comparait l'arrivée d'Évangéline à la sienne.

— Mère Innocenta nous a saluées et j'ai compris qu'Abigail Rockefeller et elle se connaissaient déjà. « Ravie de vous rencontrer enfin », a répondu Mme Rockefeller et je me suis soudain demandé si c'était à moi ou à elle que les autres religieuses souhaitaient la bienvenue. J'avais conscience de mon allure. J'étais d'une maigreur maladive et j'avais des cernes noirs sous les yeux. Je ne saurais dire ce qui m'avait le plus fait de mal – les privations en Europe ou la traversée de l'Atlantique.

Évangéline avait peine à se représenter la scène. Il était difficile d'imaginer Célestine jeune. Pourtant celle-ci devait être encore moins âgée qu'elle-même.

— Abigail Rockefeller devait se faire du souci pour votre santé.

— Sornettes ! répliqua Célestine. Mme Rockefeller m'a poussée vers Innocenta pour qu'elle m'examine, telle une mère chaperonnant sa fille à un bal des débutantes. Mais Innocenta s'est contentée d'ouvrir en grand la lourde porte en bois et de la retenir afin de permettre aux sœurs de s'en retourner à leurs activités. Leurs habits sentaient les produits d'entretien – cire, ammoniaque, paraffine –, mais Abigail Rockefeller n'a pas eu l'air de le remarquer. En revanche, une statue en marbre de l'archange Michel écrasant du pied la tête d'un serpent a retenu son attention. Elle a posé une main gantée sur le pied de la sculpture et a délicatement fait glisser un doigt jusqu'au point exact où le crâne du démon aurait dû se fendre. J'ai alors avisé, lové autour de son cou cendreux, un double rang de perles crémeuses qui brillaient dans le jour ténu et, en dépit de mon indifférence habituelle aux biens matériels, j'ai été subjuguée par leur beauté. Je n'ai pas pu m'empêcher de relever cette injustice – que tant d'enfants de Dieu, malades et brisés, souffrent en Europe, tandis que leurs frères et sœurs d'Amérique se paraient de perles et de fourrure.

Évangéline fixa Célestine, dans l'espoir qu'elle continue. Non seulement son aînée était au courant de la relation entre mère Innocenta et Abigail Rockefeller, mais elle paraissait en être le trait d'union. Évangéline brûlait de l'interroger, mais elle redoutait que Célestine se braque sur une question directe.

— Vous devez donc savoir ce que Mme Rockefeller disait à mère Innocenta dans ses lettres, risqua-t-elle finalement.

— Ce sont mes travaux qui nous ont conduits dans les Rhodopes, proclama Célestine, avant de décocher à Évangéline un regard acéré qui la décontenança. Ce sont mes efforts qui nous ont menés à ce que nous avons découvert dans la grotte. Une fois dans les montagnes, nous avons suivi le plan à la lettre. Au grand soulagement du Dr Seraphina Valko, qui dirigeait l'expédition, ils ne nous ont pas pris de vitesse. C'était ce que nous craignions le plus – d'être capturés avant d'atteindre les gorges.

— Les gorges ? répéta Évangéline, confondue.

— Nous avions tout prévu minutieusement, reprit Célestine. Nous disposions de matériel dernier cri pour l'époque et d'appareils photo destinés à immortaliser nos découvertes. Nous avons eu bien soin de protéger les appareils et les pellicules, puis de ranger les échantillons en ordre. Enveloppés dans du tissu et du coton. Bien à l'abri.

Célestine se tourna vers la fenêtre, comme pour jauger le niveau du fleuve.

— Je ne suis pas sûre de saisir, hasarda Évangéline dans l'espoir d'inciter Célestine à s'expliquer. Quelle grotte ? Quels échantillons ?

Sœur Célestine plongea à nouveau son regard dans celui d'Évangéline.

— Nous avons retraversé les Rhodopes et nous sommes rentrés par la Grèce. C'était le seul itinéraire possible durant la guerre. Les Américains et les Britanniques avaient déjà débuté leurs bombardements plus à l'ouest, à Sofia. L'ampleur des raids s'accroissait de semaine en semaine, nous savions qu'il était possible que la caverne soit touchée, même si c'était peu probable, bien sûr – ce n'était qu'une grotte parmi des milliers. Nous avons malgré tout lancé l'opération. Tout s'est enchaîné très vite dès que nous avons eu l'appui d'Abigail Rockefeller. Tous les angéologues disponibles ont été mis à contribution.

— Des angéologues ? murmura Évangéline.

Bien que le terme lui soit familier, elle n'osa pas l'avouer à Célestine. Et si cette dernière le devina, elle n'en laissa rien paraître.

— Nos ennemis ne nous ont pas attaqués aux gorges du Diable, mais ils ont guetté notre retour à Paris, reprit Célestine d'une voix de plus en plus animée, en se tournant vers Évangéline, les yeux écarquillés. Ils ont entrepris de nous traquer aussitôt. Grâce à leur réseau d'espions, ils ont capturé mon mentor. La France était devenue trop dangereuse. Il a fallu que je fuie en Amérique, même si je n'en avais aucune envie. J'ai reçu la mission de mettre notre découverte en sécurité – l'objet avait, voyez-vous, été placé sous ma responsabilité et il n'y avait pas d'autre solution. J'ai encore le sentiment d'avoir trahi notre cause en partant ainsi, mais je n'avais pas le choix. J'ai fait mon devoir. Pendant que les autres se faisaient tuer, j'ai embarqué à bord d'un bateau à destination des États-Unis. Tout avait été préparé à l'avance.

Évangéline avait jusqu'alors eu du mal à dissimuler sa surprise, mais plus elle en entendait, plus il était difficile pour elle de se taire.

— Par Abigail Rockefeller ? bredouilla-t-elle.

— Oui, c'est elle qui a organisé mon exfiltration de l'enfer qu'était devenue l'Europe, confirma Célestine, répondant pour la première fois à l'une des questions d'Évangéline. J'ai clandestinement rejoint le Portugal. Tous les autres n'ont pas eu autant de chance – je savais en partant que ceux que je quittais étaient certainement condamnés. Ces hideux démons tuaient tous ceux dont ils retrouvaient la trace.

C'était leur façon de faire, à ces vicieuses créatures maléfiques et inhumaines ! Elles n'avaient qu'une idée en tête, nous exterminer tous. Elles continuent encore à nous pourchasser à ce jour.

Évangéline, abasourdie, dévisagea Célestine. Ses connaissances sur la Seconde Guerre mondiale étaient restreintes et elle peinait à comprendre la terreur de Célestine, mais elle craignit soudain que cette plongée au cœur des souvenirs ne perturbe son aînée.

— Je vous en prie, ma sœur, tout va bien. Je vous assure que vous êtes en sécurité à présent.

— En sécurité ? s'étrangla Célestine. Nous ne sommes jamais en sécurité, *jamais** !

— Dites-moi alors, la relança Évangéline d'une voix égale pour masquer son désarroi grandissant, à quel danger faites-vous allusion ?

D'une voix à peine plus forte qu'un souffle, Célestine récita :

— « *C'était l'époque où il y avait des Géants sur la terre, après que les fils de Dieu furent venus vers les filles des hommes et qu'elles leur eurent donné des enfants : ce sont là les héros des temps anciens*[1]. »

Évangéline parlait français, parce que c'était la langue de sa mère, celle qu'Angela employait pour s'adresser à elle. Mais elle n'avait plus entendu cette langue depuis longtemps. Célestine réitéra la citation en anglais, d'un ton brusque et rapide, véhément. C'était un passage qu'Évangéline connaissait bien, elle se rappelait clairement son emplacement dans la Bible.

— C'est tiré de la Genèse, s'exclama-t-elle, soulagée de comprendre ne fût-ce qu'une fraction des propos de Célestine. Je connais ce verset. C'est juste avant le Déluge.

— *Pardon* ?* rétorqua Célestine, en toisant Évangéline comme si elle ne l'avait jamais vue auparavant.

— Le passage de la Genèse que vous avez cité, précisa Évangéline. Je le connais bien.

1. Traduction de la Bible, éditions Alliance biblique universelle.

— Non, fit Célestine, en la considérant avec animosité. Vous ne comprenez pas.

Évangéline posa une main sur celles de Célestine pour la calmer, mais il était trop tard – son aînée était en furie.

— Au début, marmotta Célestine, les relations entre l'homme et Dieu étaient équilibrées. L'ordre régnait dans l'univers. La milice des anges était rangée en cohortes régulières ; l'homme et la femme – les favoris de Dieu, faits à Son image – vivaient dans la béatitude, ignorants de la douleur. La souffrance, la mort, le temps n'existaient pas. Ils n'avaient aucune raison d'être. L'univers était parfaitement statique et refusait purement d'évoluer. Mais les anges ne pouvaient trouver le repos dans cet état. Ils se prirent de jalousie pour l'homme. Les anges noirs tentèrent l'humanité – par orgueil, mais aussi pour tourmenter Dieu. Et leur chute coïncida donc avec celle de l'homme.

Se rendant compte qu'encourager Célestine dans son délire ne pourrait que lui porter préjudice, Évangéline reprit résolument la lettre posée sous les doigts tremblotants de la religieuse, la remit dans sa poche et se leva.

— Pardonnez-moi, ma sœur, je ne voulais pas vous troubler de la sorte.

— Sortez, lui ordonna Célestine, qui tremblait violemment. Sortez sur-le-champ et laissez-moi en paix.

Déroutée et quelque peu alarmée, Évangéline referma la porte de la cellule de sœur Célestine et regagna l'escalier en courant presque dans l'étroit couloir.

Comme la plupart des siestes de sœur Philomena tendaient à s'éterniser jusqu'à ce qu'on l'appelle pour le dîner, Évangéline ne fut pas étonnée de découvrir, à son retour, la bibliothèque déserte, le feu éteint et le chariot croulant sous des piles de livres à replacer dans les rayonnages. Dédaignant les ouvrages en désordre, Évangéline entreprit de faire une flambée afin de réchauffer la salle glaciale. Elle empila sur les chenets deux bûches de pin noueuses sous lesquelles elle fourra du papier journal froissé et gratta une allumette. Dès que le feu eut pris, elle se redressa et lissa sa jupe de ses mains gelées, dans l'espoir que ce geste l'aiderait à se concentrer. Une chose était certaine : elle allait avoir besoin de toutes ses facultés pour démêler le récit de Célestine. Elle tira de la poche de sa jupe la lettre de Verlaine, la déplia et la relut : « Au cours de mes recherches pour le compte d'un client privé, j'ai appris que Mme Abigail Aldrich Rockefeller, la bienfaitrice des arts, avait peut-être eu une brève relation épistolaire avec mère Innocenta, abbesse du couvent Sainte-Rose, durant les années 1943-1944... »

Ce n'était qu'un mot innocent sollicitant la permission de venir au couvent, comme en recevait régulièrement n'importe quelle institution possédant une collection bibliographique et iconographique rare, un mot auquel Évangéline aurait dû opposer un refus prompt et lapidaire, avant de l'oublier à jamais. Pourtant, cette simple requête avait tout changé pour elle. Elle était consumée par une intense curiosité à l'égard de sœur Célestine, Abigail Rockefeller, mère Innocenta et l'angéologie – mais une curiosité qu'elle appréhendait. Elle aurait souhaité comprendre la vocation de ses parents, mais elle avait peur de perdre le confort de l'ignorance. Les paroles de Célestine avaient trouvé un écho profond en elle, comme si elle n'était venue à Sainte-Rose que pour les entendre. Néanmoins, la possibilité qu'il existât un rapport entre l'histoire de Célestine et la sienne la plongeait dans un profond émoi.

Sa seule consolation était la tranquillité de la bibliothèque. Évangéline prit place à la table la plus proche de la cheminée, posa ses coudes pointus sur le plateau en bois et appuya sa tête dans ses mains pour tenter de s'éclaircir les idées. Malgré le feu, un filet d'air glacé s'échappait de la cheminée et la conjugaison de l'intense chaleur et du froid mordant provoquait un étrange mélange de sensations sur sa peau. Elle décida de faire de son mieux pour reconstituer le récit décousu de Célestine. Elle prit une feuille et un feutre rouge dans le tiroir de la table et rédigea la liste suivante :

Grotte des gorges du Diable
Massif des Rhodopes

Genèse 6
Angéologues

Privée de repères, Évangéline ressemblait à une tortue, se réfugiant en elle-même, complètement immobile, et attendant que la confusion cesse. Elle fixa ainsi, pendant une demi-heure, les mots qu'elle venait de noter – « Grotte des gorges du Diable, Massif des Rhodopes, Genèse 6, Angéologues ». Si quiconque lui avait dit la veille qu'elle se retrouverait face à ces termes, elle aurait ri. Pourtant, ces quelques expressions sous-tendaient toute l'histoire de Célestine, si bien qu'Évangéline n'avait d'autre choix que de percer à jour le lien qui les unissait.

Plutôt que de céder à son premier élan, qui aurait été d'étudier cette liste jusqu'à ce que sa logique se révèle à elle comme par magie, Évangéline décida de prendre son temps. Elle traversa la bibliothèque, qui s'était réchauffée, et prit un gros atlas sur une étagère. Elle l'ouvrit sur la table, chercha l'entrée « Rhodopes » dans l'index et se rendit à la page correspondante. Les Rhodopes étaient une petite chaîne montagneuse du sud-est de l'Europe, qui s'étendait du nord de la Grèce au sud de la Bulgarie. Évangéline examina la carte, en quête des gorges du Diable, mais la région tout entière n'était qu'un amas de reliefs grisés et de triangles représentant des sommets.

Célestine ayant mentionné que l'endroit était proche de la Grèce, Évangéline fit glisser son doigt en direction du sud, jusqu'au point où les Rhodopes surgissaient des plaines de la Grèce continentale. Les abords du massif étaient coloriés en vert et en gris, ce qui suggérait des terres agricoles peu peuplées. Les principaux axes routiers partaient de Kavala, une cité portuaire de la mer Égée, reliée par un réseau de routes aux petites villes et aux villages plus au nord. Tournant son regard vers le sud de la chaîne montagneuse et le bas de la péninsule, Évangéline avisa les noms plus familiers de Sparte et d'Athènes, fréquemment rencontrés au cours de ses études de lettres classiques – les cités antiques associées dans son esprit à la Grèce. Elle n'avait jamais entendu parler de cet arc montagneux éloigné, à cheval sur la frontière bulgare.

Consciente que les renseignements que l'atlas pouvait lui fournir sur la région étaient limités, Évangéline se reporta à l'entrée « Rhodopes » dans une encyclopédie fatiguée datant des années 1960. Au milieu de la page, figurait une photo en noir et blanc d'une cavité rocheuse béante. La légende était la suivante :

> La grotte des gorges du Diable est une profonde caverne au cœur de la chaîne des Rhodopes. Étroite faille dans l'immensité minérale des montagnes, la grotte s'enfonce dans les profondeurs de la terre, découpant dans le granit massif un gouffre impressionnant, caractérisé par une imposante chute d'eau qui se brise sur la pierre avant de se transformer en rivière souterraine. Une série de cavités naturelles au fond de la grotte a donné naissance à des légendes. Les premiers explorateurs auraient, en effet, observé des lumières étranges et évoqué un sentiment d'euphorie au moment où ils se seraient aventurés dans ces alvéoles, phénomène pouvant s'expliquer par la présence de poches de gaz naturel.

Évangéline apprit aussi que les gorges du Diable avaient été inscrites au patrimoine de l'Unesco dans les années 1950 et étaient reconnues comme un trésor international pour leur vertigineuse beauté, ainsi que pour leur importance historique et mythologique aux yeux des Thraces qui vivaient dans ces contrées aux IVe et Ve siècles avant J.-C. Si ces descriptions n'étaient pas inintéressantes, Évangéline était curieuse d'en découvrir davantage sur la dimension historique et mythologique de la grotte. Elle ouvrit un ouvrage sur la mythologie grecque et thrace et fit l'impasse sur plusieurs chapitres qui relataient des fouilles récentes dans des ruines thraces, avant de s'arrêter sur ce passage :

> Les Grecs de l'Antiquité pensaient que les gorges du Diable étaient l'entrée des Enfers qu'avait empruntée

Orphée, le roi de la tribu thrace des Cicones, pour descendre sauver son épouse Eurydice au royaume d'Hadès. Dans la mythologie grecque, Orphée passait pour avoir transmis à l'humanité la musique, l'écriture et la médecine, mais aussi pour avoir propagé le culte de Dionysos. Apollon lui avait offert une lyre en or et lui avait enseigné comment en jouer pour dompter les animaux, conférer vie à des objets inanimés et charmer toute la création, y compris les habitants des Enfers. De nombreux archéologues et historiens affirment qu'Orphée aurait diffusé diverses pratiques mystiques au sein de la population et on a même avancé que les Thraces se seraient livrés à des sacrifices humains lors de rituels dionysiaques extatiques, à l'issue desquels ils auraient abandonné les corps démembrés dans les parois de karst des gorges du Diable, où ils s'y décomposaient.

Mais, quoique fascinante, l'histoire d'Orphée et la place de celui-ci dans la mythologie antique n'avaient pas grand-chose à voir avec les propos tenus par Célestine, qui n'avait pas fait allusion à Orphée, ni au culte dionysiaque qu'il avait prétendument inspiré. Évangéline fut donc surprise à la lecture du paragraphe suivant :

À l'époque chrétienne, on affirma que la grotte des gorges du Diable était le lieu de la chute des anges rebelles après leur expulsion du Paradis. Les chrétiens des environs pensaient que l'à-pic à l'intérieur de la caverne avait été creusé par le corps en flammes de Lucifer lorsque ce dernier avait été précipité en enfer – d'où le nom de gorges du Diable. On a, en outre, longtemps soutenu que la grotte était non seulement la prison du contingent originel d'anges déchus, mais aussi celle des « Veilleurs », créatures controversées apparaissant dans le *Livre d'Hénoch*, un écrit pseudépigraphique de l'Ancien Testament. Désignés sous le nom de « fils de Dieu » dans la Bible, ces anges renégats se seraient attiré les foudres de Dieu en s'unissant à des humaines pour engendrer une espèce hybride d'ange et d'humain appelée les Nephilim ou « Géants » (*cf.* Genèse 6) et auraient été emprisonnés sous terre à la suite de leur crime (*cf.* Jude 1, 6).

Laissant le livre ouvert, Évangéline se leva et alla jusqu'à la bible disposée sur un lutrin au centre de la bibliothèque. Elle survola la Création, la Chute, le meurtre d'Abel par Caïn et consulta le chapitre 6 de la Genèse :

> 1. Lorsque les hommes eurent commencé à se multiplier à la surface du sol, et que des filles leur furent nées, 2. les fils de Dieu virent que les filles des hommes étaient belles, et ce fut parmi elles qu'ils choisirent leurs femmes. 3. Alors l'Éternel dit : « Mon Esprit ne restera pas toujours dans l'homme, car celui-ci n'est que chair, et ses jours seront de cent vingt ans. » 4. C'était l'époque où il y avait des Géants sur la terre, après que les fils de Dieu furent venus vers les filles des hommes et qu'elles leur eurent donné des enfants : ce sont là les héros des temps anciens. 5. L'Éternel vit que la méchanceté de l'homme était grande sur la terre, et que chaque jour son cœur ne concevait que des pensées mauvaises. 6. L'Éternel regretta d'avoir fait l'homme sur la terre, et son cœur fut affligé. 7. L'Éternel dit : « J'effacerai de la surface du sol l'homme que j'ai créé, depuis l'homme jusqu'au bétail, aux reptiles et aux oiseaux du ciel ; car je regrette de les avoir faits. »

C'était l'intégralité du passage que Célestine avait cité un peu plus tôt. Bien qu'Évangéline l'ait relu des centaines de fois, depuis l'époque où elle était enfant et où sa mère le lui lisait à voix haute – la Genèse était le premier grand récit dont elle se soit entichée, le plus spectaculaire, le plus cataclysmique, le plus grandiose qu'elle connaisse –, elle ne s'était jamais attardée sur ces détails bizarres : la naissance de Géants étranges, les Nephilim, la condamnation de l'homme à ne vivre que cent vingt ans, la déception du Créateur à l'égard de sa création, le caractère punitif du Déluge. Durant ses études, son noviciat ou toutes les heures d'études bibliques auxquelles elle avait pris part avec les autres sœurs de Sainte-Rose, jamais ce passage n'avait été abordé. Elle le parcourut une fois de plus et s'attarda sur le verset : « C'était l'époque où il y avait des Géants sur la terre, après que les fils de Dieu furent venus vers les filles des hommes et qu'elles leur eurent donné des enfants : ce sont là les héros des temps anciens. » Puis elle se reporta à Jude : « Les anges qui n'ont pas gardé la dignité de leur rang, mais qui ont quitté leur propre demeure, il les a gardés dans des chaînes perpétuelles au fond des ténèbres en attendant le grand jour du Jugement. »

Sentant poindre la migraine, Évangéline referma la bible. La voix de son père retentit dans sa tête et elle gravit à nouveau, par la pensée, l'escalier de l'entrepôt froid et poussiéreux, dans ses souliers qui résonnaient doucement sur les marches métalliques. Le contour effilé d'une aile, une silhouette lumineuse, la présence insolite et envoûtante des créatures suspendues dans leurs cages – elle avait longtemps tenu ces visions pour des inventions sorties de son imagination. L'idée que ces êtres étaient réels et qu'ils constituaient la raison pour laquelle son père l'avait amenée à Sainte-Rose était plus qu'elle ne pouvait concevoir.

Elle se dirigea vers le fond de la bibliothèque où une série de volumes du XIXe siècle à reliure en veau s'alignait sur une étagère dans une vitrine fermée à clef. Ces livres, acquis l'année de la fondation du couvent, étaient les plus anciens de la collection, mais demeuraient récents comparés aux textes analysés et évoqués dans leurs pages. Après avoir récupéré la clef accrochée au mur, Évangéline déverrouilla la vitrine et, serrant dans ses bras avec d'infinies précautions l'un des ouvrages, regagna la grande table en chêne près de la cheminée. Elle examina le livre, intitulé *Anatomie des anges noirs*, et, de crainte de l'abîmer, caressa du bout des doigts la couverture en cuir souple afin de tempérer sa hâte.

Après avoir enfilé une paire de fins gants blancs, elle l'ouvrit avec soin et se retrouva devant des centaines de pages consacrées à la face obscure des anges. Chaque paragraphe, chaque diagramme, chaque gravure avait trait, d'une façon ou d'une autre, aux transgressions de ces créatures angéliques qui avaient défié l'ordre naturel. L'ouvrage multipliait les approches, de l'exégèse biblique aux positions franciscaines sur l'exorcisme. Évangéline feuilleta le livre et s'arrêta sur un examen de la place des démons dans l'histoire religieuse. Même si les sœurs n'en discutaient jamais et que la démonologie était, pour Évangéline, une énigme, les démons avaient jadis fait l'objet d'intenses débats théologiques au sein de l'Église. Selon saint Thomas d'Aquin, par exemple, la capacité des démons à produire des tempêtes, des orages ou des pluies de feu était un article de foi. L'effectif démoniaque – 7 405 926 démons, répartis en soixante-douze légions d'après le Talmud – n'était directement comptabilisé dans aucun texte chrétien, de sorte qu'Évangéline soupçonnait ce chiffre de n'être que pure conjecture, mais il lui paraissait des plus incroyable. Les premiers chapitres du livre fournissaient des détails historiques sur la rébellion des anges. Chrétiens, juifs et musulmans débattaient de l'existence de ces anges insoumis depuis des millénaires. C'était dans la Genèse qu'on trouvait la référence la plus concrète, mais de nombreux écrits apocryphes ou pseudépigraphiques avaient circulé sur leur compte, plusieurs siècles après Jésus-Christ, et considérablement influencé la conception judéo-chrétienne des anges. Les récits d'apparitions angéliques abondaient et les idées fausses concernant les anges étaient aussi répandues naguère qu'à l'ère moderne. La confusion entre les Veilleurs – censés avoir été envoyés sur Terre par Dieu, avec la mission expresse de surveiller l'humanité – et les anges rebelles, popularisés par Milton dans *Le Paradis perdu* et bannis des Cieux pour avoir pris parti en faveur de Lucifer, était courante. Or, les Veilleurs appartenaient au dixième ordre des *bene Elohim*, tandis que Lucifer et ses anges déchus – le Diable et ses démons – étaient issus des rangs des Malakim et se situaient plus haut dans la hiérarchie des anges. Alors que le Diable avait été condamné à brûler dans les flammes éternelles, les Veilleurs, eux, avaient seulement été emprisonnés pour une durée indéterminée dans une fosse, un abîme, une grotte ou en Enfer (selon les traductions), où ils attendaient leur libération.

Après avoir lu pendant un moment, Évangéline se rendit compte qu'elle écrasait involontairement le livre sur la table. Son regard erra jusqu'à la porte de la bibliothèque où, quelques heures plus tôt, elle avait posé les yeux sur Verlaine pour la première fois. Cette journée avait été si étrange que son déroulement, de ses ablutions matinales à son état d'anxiété présent, lui semblait plus relever du rêve que de la réalité. Verlaine avait déboulé dans sa vie si soudainement qu'à l'instar des souvenirs qu'elle avait de sa famille, il lui paraissait être une création de son esprit, réelle et irréelle à la fois.

Elle prit dans sa poche la lettre de Verlaine, l'aplatit sur la table et la relut. Quelque chose dans sa manière d'être – son franc-parler ? sa simplicité ? son intelligence ? – avait réussi à briser la coquille dans laquelle elle vivait renfermée depuis des années. Son irruption lui avait rappelé qu'un autre monde existait à l'extérieur. Il lui avait noté son numéro de téléphone sur un bout de papier. En dépit de ses obligations envers ses sœurs et du risque que son initiative soit découverte, elle devait lui parler à nouveau.

Évangéline longea les couloirs fourmillants du rez-de-chaussée en proie à un sentiment d'urgence. Elle passa devant le salon de la Paix perpétuelle, où se tenait une réunion d'information, et le centre artistique Rose-de-Viterbe, où se déroulait un atelier d'artisanat. Elle ne prit pas le temps d'aller chercher sa veste dans le vestiaire communautaire, ni de faire halte au Bureau des missions et du recrutement pour collecter le courrier du jour. Elle ne vérifia même pas si le planning de l'Adoration était à jour. Elle sortit par la porte principale et rejoignit le grand garage en brique au sud du couvent, où elle préleva un trousseau de clefs dans une boîte métallique grise fixée au mur et monta dans la berline marron du couvent. Elle savait par expérience que, exception faite de la tourelle, c'était l'unique endroit où une sœur franciscaine de l'Adoration perpétuelle pouvait être vraiment seule. Elle démarra.

Elle était certaine que nul n'aurait d'objections à ce qu'elle prenne la voiture, car c'était elle qui était chargée de se rendre au bureau de poste – tâche dont elle se faisait d'habitude une joie. Tous les après-midi, elle rassemblait le courrier du couvent dans un sac en coton et s'engageait sur la 9W, une autoroute à deux voies qui serpentait le long de l'Hudson. Quelques sœurs seulement avaient le permis de conduire et Évangéline s'acquittait de bon gré de la plupart des commissions, telles qu'acheter des médicaments, des fournitures de bureau ou des cadeaux pour les anniversaires des sœurs.

Parfois, il lui arrivait de traverser l'Hudson par le pont métallique Kingston-Rhinecliff, jusqu'au comté de Dutchess. Elle ralentissait au-dessus du fleuve, baissait sa vitre et détaillait les propriétés disséminées, tels des champignons géants sur les deux berges – les enceintes de diverses communautés religieuses, les tours de Sainte-Rose et, par-delà un méandre du fleuve, le manoir Vanderbilt, protégé par des hectares de terrain. De cette hauteur, elle voyait à des kilomètres. Elle sentait les légères embardées de la voiture sous l'effet du vent et un frisson de panique la parcourait. Si haut au-dessus de l'eau, lorsqu'elle baissait les yeux, elle percevait, l'espace d'un instant, ce que devait être voler. Elle avait toujours aimé la sensation de liberté qu'elle éprouvait au-dessus de l'eau et qui lui rappelait ses promenades sur le pont de Brooklyn avec son père. Une fois de l'autre côté, elle effectuait un demi-tour et regagnait l'autre rive en regardant du coin de l'œil la ligne de crête bleu-mauve des Catskills se détachant sur le ciel à l'ouest.

Pour Évangéline, ces trajets étaient l'occasion de se changer les idées. D'ordinaire, ses pensées se tournaient invariablement vers l'avenir, qui lui apparaissait comme un sombre couloir s'étirant à l'infini dans lequel elle avançait sans connaître sa destination. Mais ce jour-là, lorsqu'elle s'engagea sur la 9W, elle ne put songer à autre chose qu'au déroutant récit de Célestine et à l'incursion intempestive de Verlaine dans sa vie. Elle aurait aimé que son père soit encore en vie afin de lui demander ce que, selon lui, fort de son expérience et de sa sagesse, elle devait faire dans cette situation.

Elle baissa sa vitre et laissa l'air glacé envahir l'habitacle. Même en plein hiver et sans veste, elle était brûlante. Ses vêtements étaient trempés de sueur et sa peau moite. Elle surprit son reflet dans le rétroviseur intérieur et avisa des plaques d'urticaire informes qui empourpraient son cou pâle. Sa dernière réaction de ce genre remontait à l'année de la mort de sa mère, où elle avait développé une série d'allergies inexplicables, qui avaient toutes cessé à son arrivée à Sainte-Rose. Cette vie contemplative lui avait permis de se ménager une bulle de bien-être et de confort, mais elle ne l'avait aucunement préparée à affronter son passé.

Quittant l'autoroute, Évangéline emprunta l'étroite route sinueuse qui menait à Milton. Les arbres serrés s'espacèrent progressivement et la forêt se scinda en deux, révélant la voûte du ciel saturée de flocons. Les trottoirs de la grand-rue étaient déserts, comme si la neige et le froid avaient chassé tout le monde à l'intérieur. Évangéline s'arrêta à la station-service, fit le plein de sans-plomb et entra afin d'utiliser le téléphone public. Les doigts tremblants, elle inséra une pièce, composa le numéro de Verlaine et attendit, le cœur battant à tout rompre. Elle compta cinq, sept, neuf sonneries avant que le répondeur se déclenche. Elle écouta le message enregistré, mais raccrocha sans rien dire. Verlaine n'était pas chez lui.

Elle remonta en voiture et consulta l'horloge intégrée à côté du compteur de vitesse. Il était presque 19 heures. Elle avait manqué le ménage de l'après-midi et le dîner. Sœur Philomena devait guetter son retour, dans l'attente d'une explication à son absence. Dépitée, Évangéline se demanda quelle mouche l'avait piquée de se rendre en ville pour téléphoner à un inconnu dans le but de discuter d'un sujet qu'il aurait sûrement jugé absurde, voire complètement dément. Elle s'apprêtait à rentrer à Sainte-Rose quand, soudain, elle l'aperçut, de l'autre côté de la rue, derrière une vitre givrée. Verlaine.

Milton Bar & Grill, Milton, État de New York

L'idée qu'Évangéline ait deviné qu'il avait besoin d'elle – qu'il était mal en point, coincé dans ce bar et passablement imbibé de bière mexicaine –, s'imposa à Verlaine comme un miracle d'intuition, un tour de force appris à la faveur d'années de claustration, qui le dépassait complètement. Pourtant, elle était bien là, qui se dirigeait lentement vers la porte du bar, de sa démarche trop parfaite, avec sa coupe au carré, les cheveux glissés derrière les oreilles, dans son habit noir qui, moyennant un peu d'imagination, lui évoquait les tenues des filles qu'il fréquentait à l'université, beautés ténébreuses et mystérieuses au tempérament d'artiste qu'il faisait rire sans jamais parvenir à les persuader de coucher avec lui. Elle traversa la salle et s'installa face à lui, elfe aux grands yeux verts qui n'avait manifestement jamais mis les pieds dans un endroit comme le Milton Bar & Grill.

Elle jeta un coup d'œil derrière elle et inspecta les lieux - le billard, le juke-box, la cible de fléchettes. Elle n'avait pas l'air de se soucier, ni même d'avoir conscience, de ne pas être à sa place. Elle observa Verlaine comme on examine un oiseau blessé, les sourcils froncés, et attendit qu'il lui expose ce qui lui était arrivé depuis leur conversation, quelques heures plus tôt.

— J'ai eu des ennuis de voiture, expliqua Verlaine, minimisant l'étendue de ses problèmes. J'ai dû marcher jusqu'ici.

— Dans cette neige ? s'écria Évangéline, incrédule.

— J'ai suivi l'autoroute pendant la plus grande partie du trajet, mais je me suis un peu perdu.

— Ça fait plus de huit kilomètres, dit-elle avec une pointe de scepticisme. Je suis surprise que vous n'ayez pas attrapé d'engelures.

— On m'a pris en stop à mi-chemin. Heureusement, parce que, sinon, je serais encore en train de me les geler dehors.

Évangéline le dévisagea un peu trop longtemps et il se demanda si c'était parce qu'elle désapprouvait son langage. C'était une religieuse, après tout, il fallait qu'il fasse preuve d'un peu de retenue – mais il n'arrivait pas à lire en elle. Elle était trop différente de l'image, certes stéréotypée, qu'il avait des nonnes. Elle était jeune, pince-sans-rire et trop jolie, rien à voir avec l'idée qu'il se faisait d'une sœur de l'Adoration perpétuelle, sévère et dépourvue d'humour. Il ne savait à quoi ça tenait, mais il y avait quelque chose chez elle qui donnait à Verlaine l'impression de tout pouvoir lui dire.

— Et vous, que faites-vous ici ? reprit-il, dans l'espoir que cette boutade ne serait pas mal perçue. Vous ne devriez pas être en train de prier ou d'accomplir de bonnes œuvres ?

— À vrai dire, répondit-elle avec un sourire, j'étais à Milton pour vous téléphoner.

Ce fut au tour de Verlaine d'être abasourdi. Il ne se serait jamais douté qu'elle fût disposée à lui reparler.

— Vous plaisantez ?

— Pas du tout, répondit Évangéline en écartant de ses yeux une mèche de cheveux noirs, l'air soudain sérieux. L'intimité n'existe pas à Sainte-Rose. Je ne pouvais pas prendre le risque de vous appeler de là-bas. Je voulais vous demander quelque chose qui doit rester entre nous. Il s'agit d'une question assez délicate, une question sur laquelle je souhaitais avoir votre avis. Elle concerne la correspondance que vous avez découverte.

Verlaine but une gorgée de Corona, ému par l'allure vulnérable d'Évangéline, assise au bord de sa chaise, les yeux rougis par l'épaisse fumée de cigarette, les doigts gercés par le froid hivernal.

— Rien ne me ferait plus plaisir.

— Dans ce cas, vous ne verrez pas d'objection à me dire où vous avez déniché ces lettres, dit-elle en se penchant au-dessus de la table.

— Aux archives d'Abigail Rockefeller, parmi ses papiers personnels. Elles n'étaient pas répertoriées. Elles avaient été complètement ignorées.

— Vous les avez volées ? se scandalisa Évangéline.

Verlaine se sentit rougir.

— Empruntées. Je les restituerai une fois que j'aurai compris ce qu'elles cachent.

— Combien y en a-t-il ?

— Cinq, écrites sur une période de cinq semaines en 1943.

— Toutes d'Innocenta ?

— Pas une de Rockefeller dans le lot.

Évangéline soutint le regard de Verlaine, avide de détails. L'acuité de son regard le décontenançait. Peut-être était-ce dû à l'intérêt qu'elle témoignait à son travail – ses recherches avaient toujours été sous-estimées, y compris par Grigori –, peut-être à sa candeur, mais Verlaine avait à cœur de lui être agréable. Son angoisse, ses frustrations ou l'impression de futilité qui l'accablait s'évaporèrent.

— Je désirerais savoir si ces lettres font la moindre allusion aux sœurs de Sainte-Rose, poursuivit-elle, interrompant les rêveries de Verlaine.

— Je ne saurais être catégorique, déclara-t-il en se laissant aller en arrière sur sa chaise, mais je ne crois pas.

— Évoquaient-elles une collaboratrice d'Abigail Rockefeller ? Le couvent, l'église, les sœurs ?

— Je ne connais pas ces lettres mot à mot, mais d'après mes souvenirs, elles ne font aucune allusion aux sœurs de Sainte-Rose, affirma Verlaine, désarçonné par le tour que prenait la conversation.

— Pourtant, dans sa lettre à Innocenta, Abigail Rockefeller cite explicitement sœur Célestine, argua Évangéline, perplexe, en haussant le ton pour couvrir le juke-box. « Célestine Clochette arrivera à New York début février. »

— Célestine Clochette était une nonne ? Je me suis interrogé sur son identité tout l'après-midi.

— Elle est toujours nonne, rectifia Évangéline en baissant la voix, de sorte que ses paroles étaient à peine audibles. Célestine est bien vivante. Je suis allée la trouver après votre départ. Elle est âgée et sa santé n'est pas très bonne, mais elle était au courant de la relation épistolaire d'Innocenta et d'Abigail Rockefeller. Elle avait connaissance de l'expédition mentionnée dans la lettre. Et elle m'a fait un certain nombre de révélations des plus effrayantes sur...

— Sur quoi ? la relança Verlaine, encore plus inquiet. Qu'est-ce qu'elle vous a confié ?

— Je n'ai pas vraiment compris, répondit la jeune sœur. C'était comme si elle s'exprimait par énigmes. Quand j'ai essayé de les décrypter, l'explication m'a paru encore plus invraisemblable.

Verlaine était partagé entre le désir de serrer Évangéline dans ses bras, tant elle était blanche comme un linge, et celui de la secouer. Il commanda plutôt deux Corona et fit glisser vers elle la lettre d'Abigail Rockefeller qu'il avait recopiée.

— Relisez-la. Peut-être que Célestine Clochette a rapporté à Sainte-Rose un objet découvert dans les Rhodopes. Est-ce qu'elle vous a dit quoi que ce soit sur cette expédition ? insista-t-il, avant de poser une main sur celle d'Évangéline, oubliant qu'il la connaissait à peine. Je veux vous aider.

Évangéline retira sa main, lui adressa un regard soupçonneux et consulta sa montre.

— Je ne peux pas m'attarder davantage. Je suis partie depuis trop longtemps déjà. Vous n'en savez guère plus que moi sur cette correspondance.

La serveuse posa deux bières devant eux.

— Il doit y avoir d'autres lettres, hasarda Verlaine. Au moins quatre. Celles d'Innocenta étaient sans aucun doute des réponses à Abigail Rockefeller. Vous pourriez essayer de mettre la main dessus. À moins que Célestine Clochette sache où elles sont.

— Monsieur Verlaine, je respecte vos recherches, ainsi que votre souci de répondre aux attentes de votre client, mais je ne peux y prendre part, répliqua Évangéline sur un ton impérieux qui sembla factice à Verlaine.

— Ça n'a rien à voir avec mon client, se défendit Verlaine après avoir bu une lampée de bière. Son nom est Percival Grigori. Un type odieux – je n'aurais jamais dû accepter de travailler pour lui. D'ailleurs, des hommes à lui viennent de forcer ma voiture et d'embarquer toute ma documentation. Il cherche quelque chose et, si des indices sont dissimulés dans la correspondance que nous avons découverte – et dont, au passage, je ne lui ai jamais parlé –, nous devons récupérer les autres lettres avant lui.

— On a forcé votre voiture ? demanda Évangéline, incrédule. C'est pour ça que vous vous êtes réfugié ici ?

— Peu importe, fit-il, affectant la désinvolture. Enfin, si, ça importe un peu. Je voulais vous demander de me déposer à la gare. Et j'aurais besoin de savoir ce que Célestine Clochette a apporté aux États-Unis. Sainte-Rose est le seul endroit où cet objet peut être. Si vous pouviez le trouver – ou du moins chercher les lettres –, nous serions susceptibles d'éclaircir cette affaire.

L'expression d'Évangéline se radoucit, comme si elle pesait mûrement la requête de Verlaine.

— Je ne peux rien vous promettre, mais je jetterai un coup d'œil.

Verlaine aurait voulu la prendre dans ses bras, lui avouer à quel point il était heureux d'avoir fait sa connaissance, la supplier de venir à New York avec lui afin qu'ils se mettent au travail le soir même. Mais, se rappelant combien ses attentions la gênaient, il se retint.

— Venez, lança Évangéline en ramassant ses clefs de voiture sur la table. Je vais vous conduire à la gare.

Couvent Sainte-Rose, Milton,
État de New York

Évangéline avait manqué le repas collectif dans la cafétéria, de même que le déjeuner, si bien qu'elle était affamée. Elle aurait certes pu dégoter de quoi grignoter dans la cuisine si elle l'avait désiré – les réfrigérateurs de taille industrielle regorgeaient toujours de restes –, mais l'idée même de manger lui donnait la nausée. Bravant la faim, elle ignora l'escalier qui menait à la cafétéria et regagna la bibliothèque.

Lorsqu'elle poussa la porte et alluma, elle constata que la salle avait été rangée en son absence : le registre relié en cuir, abandonné ouvert sur sa table avait été refermé, les livres gisant sur la banquette remis à leur place et la moquette, aspirée avec soin, avait recouvré son moelleux. Manifestement, l'une de ses sœurs s'était chargée de tout cela à sa place. Penaude, Évangéline se jura de faire deux fois plus de ménage le lendemain après-midi, voire de se porter volontaire pour la corvée de lessive qui, compte tenu du nombre d'habits à laver à la main, était une besogne des plus impopulaires. Elle avait eu tort de se défausser de sa tâche sur quelqu'un d'autre. Quand l'une d'entre elles n'était pas là, c'étaient ses sœurs qui devaient endosser la charge supplémentaire.

Évangéline posa son sac sur la banquette et s'accroupit devant la cheminée pour ranimer le feu, dont la lueur diffuse ne tarda pas à s'étendre sur le sol. Évangéline s'affala sur les coussins confortables de la banquette, croisa les jambes et entreprit d'ordonner les fragments épars de sa journée. C'était un tel imbroglio qu'elle eut du mal à classer ses pensées. Le feu était si reposant et la journée avait été si éprouvante qu'elle s'allongea sur la banquette et s'endormit presque aussitôt.

Elle sentit une main se poser sur son épaule et s'éveilla en sursaut. Lorsqu'elle se redressa, elle avisa sœur Philomena debout devant elle, qui la considérait avec une expression quelque peu réprobatrice.

— Sœur Évangéline, la gourmanda son aînée, qu'est-ce que vous fabriquez ?

Évangéline cligna des paupières. Elle s'était si profondément assoupie qu'elle était désorientée. Elle avait l'impression que les livres sur les rayons, l'âtre et toute la bibliothèque ondulaient comme si elle se trouvait sous l'eau. Elle s'empressa de se rasseoir.

— Comme vous le savez certainement, commença Philomena en prenant place à côté d'Évangéline, sœur Célestine est l'une des membres les plus âgées de notre communauté. Je ne sais de quoi vous vous êtes entretenues, cet après-midi, mais elle est toute retournée. J'ai eu du mal à la calmer.

— Je suis navrée, s'excusa Évangéline, retrouvant sa lucidité à la mention du nom de Célestine. Je suis allée la voir pour l'interroger à propos de quelque chose que j'ai trouvé dans les archives.

— Elle était encore dans tous ses états, ce soir. Qu'est-ce que vous lui avez dit au juste ?

— Je n'avais nullement l'intention de la tourmenter, assura Évangéline.

Discuter de ces lettres avec Célestine lui apparaissait soudain comme une folie. Elle avait été naïve de penser qu'elle pourrait tenir secrète une conversation aussi délicate. Sœur Philomena la dévisagea, comme pour jauger sa bonne foi.

— Je suis ici pour vous informer que Célestine aimerait à nouveau discuter avec vous, déclara-t-elle enfin. Et pour vous prier de me rapporter tout ce qui s'échangera entre vous deux.

L'attitude de sœur Philomena déconcerta Évangéline, et ses motivations lui parurent obscures, mais elle acquiesça de la tête.

— Nous ne devons pas la laisser s'échauffer de la sorte. Surveillez vos propos.

— Très bien. Évangéline se leva et chassa de la main les peluches du canapé qu'elle avait sur sa jupe et son col roulé. Je monte tout de suite.

— Donnez-moi votre parole que vous me raconterez tout, exigea Philomena avec sévérité en raccompagnant Évangéline jusqu'à la porte.

— Mais pourquoi ? demanda Évangéline, alarmée par la brusquerie de son aînée.

Philomena marqua un temps d'arrêt, comme gênée.

— Célestine n'est pas aussi forte qu'elle en a l'air, mon enfant. Nous devons la ménager.

Depuis la précédente visite d'Évangéline, quelques heures auparavant, Célestine avait été mise au lit. Elle n'avait pas touché à son dîner – bouillon de poule, crackers et eau –, posé sur un plateau, près de la table de chevet. L'humidificateur plongeait la pièce dans un brouillard humide. Le fauteuil roulant avait été remisé dans un coin, près de la fenêtre. Les rideaux tirés conféraient à la cellule l'aspect d'une chambre d'hôpital propre, mais lugubre, impression qui se renforça encore quand Évangéline referma doucement la porte derrière elle, étouffant la rumeur des autres sœurs dans le couloir.

— Entrez, entrez, commanda Célestine en faisant signe à Évangéline de s'approcher du lit.

Célestine reposa les mains sur sa poitrine et Évangéline ressentit soudain l'élan de protéger les doigts blancs et fragiles de son aînée, même si elle n'aurait su dire de quoi. Philomena avait raison : Célestine était d'une extrême fragilité.

— Vous souhaitiez me voir, ma sœur ?

À grand-peine, Célestine se redressa et s'adossa à son monticule d'oreillers.

— Je dois vous demander de me pardonner pour mon comportement de cet après-midi, dit-elle en plongeant les yeux dans ceux d'Évangéline. Je ne sais comment m'expliquer. Je n'avais pas discuté de tout cela depuis bien des années. J'ai été surprise de constater que, malgré le temps, les événements de ma jeunesse étaient encore si frais et si bouleversants dans mon esprit. Le corps vieillit, mais l'âme reste aussi jeune que Dieu l'a créée.

— Inutile de me présenter des excuses, protesta Évangéline en posant une main sur le bras de Célestine, aussi fluet qu'une brindille sous le tissu de la chemise de nuit. C'est moi qui suis en tort, je vous ai mise en colère.

— À la vérité, rectifia Célestine d'une voix dure, comme si le courroux resurgissait, j'ai surtout été prise au dépourvu. Je n'avais pas repensé à tout cela depuis bien, bien longtemps. Je savais que le moment de vous en parler viendrait. Mais je ne pensais pas qu'il viendrait aussi tôt.

Une fois de plus, Évangéline était confondue. Célestine avait le don de la déstabiliser, de perturber son délicat équilibre de manière troublante.

— Allons, reprit Célestine en parcourant la pièce du regard. Prenez donc cette chaise et asseyez-vous près de moi. J'ai beaucoup à vous dire.

Évangéline approcha une chaise en bois qui se trouvait dans un coin et s'installa au chevet de Célestine pour mieux entendre sa voix ténue.

— J'imagine que vous savez que je suis née et que j'ai fait mes études en France. Je ne suis arrivée à Sainte-Rose que durant la Seconde Guerre mondiale.

— Oui, confirma Évangéline d'un ton enjoué. J'étais au courant.

— Vous savez peut-être aussi, poursuivit la sœur âgée après un silence, cherchant le regard d'Évangéline comme pour y discerner son opinion, que j'ai abandonné mes travaux et mon pays aux mains des nazis.

— J'imagine que la guerre a contraint de nombreuses personnes à se réfugier aux États-Unis.

— Je ne cherchais pas refuge, exposa Célestine en détachant chaque mot. Les privations étaient colossales pendant la guerre, mais j'aurais pu y survivre. Vous l'ignorez peut-être, mais je n'étais pas religieuse en France. (Elle toussa dans son mouchoir.) J'ai prononcé mes vœux au Portugal, sur le chemin des États-Unis. Avant cela, j'étais membre d'un autre ordre, qui partageait bon nombre d'objectifs avec nous. Toutefois, tempéra-t-elle, songeuse, nous avions une approche différente. J'ai coupé tout lien avec ce groupe en décembre 1943.

Évangéline observa Célestine, qui se redressa encore pour boire une gorgée d'eau.

— J'ai quitté cette Société, continua-t-elle, mais les choses ne se sont pas arrêtées là. Avant mon départ, j'ai été chargée d'une ultime mission. On m'a remis une mallette avec instruction de l'emporter en Amérique et de la confier à un contact à New York.

— Abby Rockefeller, devina Évangéline.

— Au début, Mme Rockefeller n'était qu'une riche bienfaitrice qui assistait à nos réunions new-yorkaises. Comme tant d'autres dames de la haute société, elle se cantonnait à un rôle de simple observateur. Je suppose qu'elle s'intéressait aux anges comme les gens fortunés s'intéressent aux orchidées – avec grand enthousiasme, mais sans connaissance approfondie. En toute honnêteté, je ne saurais dire à quel point sa motivation était sérieuse avant la guerre. Pourtant, lorsque le conflit a éclaté, son engagement s'est fait plus sincère. Elle a permis la poursuite de nos activités. Elle nous a fait parvenir du matériel, des véhicules et de l'argent pour nous aider en Europe. Nos chercheurs n'étaient ouvertement affiliés à aucune des parties belligérantes – nous sommes des pacifistes financés par des fonds privés, depuis le commencement.

Célestine cligna des paupières, comme si elle avait une poussière dans l'œil, puis reprit :

— Mme Rockefeller hébergeait nos membres à New York, organisait leur venue d'Europe, allait à leur rencontre sur les docks et leur offrait l'asile. C'est grâce à son soutien que nous avons pu entreprendre la plus importante mission de notre histoire – une expédition dans les profondeurs de la terre, au cœur du mal. C'était une équipée que nous préparions depuis des années, depuis la découverte, en 1919, d'un manuscrit décrivant une expédition antérieure similaire. La nôtre eut lieu en 1943. Il était risqué de se rendre dans ces montagnes alors que les bombes commençaient à tomber sur les Balkans, mais grâce à l'excellent matériel fourni par Mme Rockefeller, nous étions parés. On pourrait dire qu'elle a été notre ange gardien pendant toute la guerre, même si beaucoup auraient refusé d'aller aussi loin.

— Pourtant, vous êtes partie.

— Oui, je suis partie. Je ne souhaitais plus prendre part à notre mission. Je l'ai su avant même de débarquer aux États-Unis.

Une quinte de toux secoua Célestine. Évangéline l'aida à s'adosser aux oreillers et lui tendit un verre d'eau.

— La nuit où nous sommes rentrés des montagnes, poursuivit Célestine, une terrible tragédie est survenue. Seraphina, mon mentor, celle qui m'avait recrutée à l'âge de quinze ans et qui m'avait formée, a été capturée. Je lui étais très attachée. Grâce à elle, j'avais bénéficié de possibilités d'études et d'avancement auxquelles peu de filles de mon âge pouvaient prétendre. Elle était persuadée que j'étais en mesure de devenir l'un de leurs meilleurs éléments. Nos membres sont traditionnellement des moines ou des intellectuels, aussi ma bosse des études – j'étais plutôt précoce à l'école et j'avais une bonne connaissance des langues anciennes – présentait-elle un certain attrait pour la Société. Seraphina m'avait promis qu'à l'issue de l'expédition, j'en deviendrais membre à part entière, ce qui me donnerait accès à un vaste corpus spirituel et scientifique. Mais après cette nuit-là, mes travaux m'ont soudain semblé dénués de sens. Je me sens responsable de ce qui lui est arrivé.

Évangéline voyait bien que Célestine était très affectée, mais elle ignorait comment la réconforter.

— Je suis sûre que vous avez fait tout votre possible…

— Ce n'étaient pas les raisons d'avoir de la peine qui manquaient en ce temps-là. C'est peut-être difficile à concevoir pour vous, mais des millions de personnes mouraient en Europe. À l'époque, j'avais l'impression que notre mission dans les Rhodopes primait sur tout le reste. Je ne saisissais pas la portée de ce qui était en jeu dans le reste du monde. Tout ce qui comptait pour moi, c'était mes travaux, mes objectifs, ma réussite personnelle, ma cause. J'espérais impressionner les membres du conseil qui décidaient du sort des jeunes chercheurs comme moi. Bien entendu, j'avais tort d'être aussi aveugle.

— Pardonnez-moi, ma sœur, intervint Évangéline, mais je ne comprends pas. Quelle mission ? Quel conseil ?

Célestine réfléchit à la question et Évangéline lut une tension croissante sur son visage. Elle caressa de ses doigts desséchés la couverture tricotée de couleurs vives.

— Je vais vous l'exposer sans détour, comme mes maîtres l'ont fait avec moi. Seulement eux avaient l'avantage de pouvoir me présenter d'autres jeunes comme moi et de me montrer les locaux de la Société à Paris. Tandis qu'on m'a mis sous les yeux des preuves tangibles, visibles, irrécusables, vous, vous devrez me croire sur parole. Mes professeurs ont eu le loisir de me guider en douceur dans l'univers que je m'apprête à vous dévoiler, mais cela m'est impossible, mon enfant.

Évangéline voulut parler, mais Célestine l'en empêcha d'un coup d'œil acéré :

— Pour formuler les choses simplement, nous sommes en guerre.

Incapable de réagir, la jeune fille se borna à soutenir le regard de son interlocutrice.

— Il s'agit d'un combat qui se joue dans les coulisses de la civilisation, précisa Célestine. Nous nous inscrivons dans une lutte débutée il y a bien longtemps, avec l'apparition des Géants. Ils vivaient alors sur terre, et ils y vivent encore aujourd'hui. L'humanité se battait déjà contre eux à l'époque, et la bataille continue.

— Vous extrapolez à partir de la Genèse, commenta Évangéline.

— Croyez-vous à la vérité littérale de la Bible, ma sœur ? lui demanda sèchement Célestine.

— C'est le fondement de mes vœux.

Évangéline était troublée par la véhémence de Célestine et par la note de réprimande dans sa voix.

— D'aucuns interprètent le chapitre 6 de la Genèse comme une métaphore, une sorte de parabole. Ce n'est ni mon interprétation, ni le reflet de mon expérience.

— Mais on ne parle jamais de ces créatures, ces Géants. Je n'ai jamais entendu les sœurs de Sainte-Rose y faire allusion.

— Géants, Nephilim, Illustres, tels étaient autrefois les noms des fils des anges. Les premiers Docteurs de l'Église soutenaient que les anges étaient affranchis de la matière. Ils les décrivaient comme lumineux, spectraux, incandescents, évanescents, immatériels, sublimes. Les anges étaient les messagers de Dieu, leur nombre infini, leur tâche consistait à transmettre Sa volonté d'un royaume à l'autre. Les humains, plus imparfaits – créés à l'image de Dieu, mais à partir d'argile – ne pouvaient que contempler avec révérence les anges flamboyants et désincarnés, créatures supérieures qui se distinguaient par leur majesté, leur célérité et leur mission sacrée, et dont la beauté était à la mesure de leur rôle d'intermédiaires entre Dieu et Sa Création. Puis un jour, plusieurs d'entre eux désobéirent et s'unirent à l'humanité. Les Géants sont l'infortuné produit de cette union.

— « S'unirent à l'humanité » ? répéta Évangéline.

— Des femmes eurent des enfants des anges, explicita Célestine, avant de s'interrompre et de fixer Évangéline afin de s'assurer qu'elle suivait bien. Les modalités pratiques de ce croisement ont longtemps fait l'objet d'intenses spéculations. Pendant des siècles, l'Église a nié qu'il y ait eu procréation. Ce passage de la Genèse est embarrassant pour tous ceux d'après qui les anges sont dépourvus d'attributs physiques. Afin d'expliquer le phénomène, l'Église a avancé l'hypothèse d'une reproduction asexuée, une communion spirituelle qui aurait laissé les femmes enceintes – un genre d'antithèse de l'Immaculée Conception, dont le fruit aurait été une progéniture maligne plutôt que divine. Seraphina, mon professeur, dont je vous ai déjà parlé, jugeait tout cela grotesque. En fécondant des humaines, les anges avaient, selon elle, apporté la preuve qu'ils étaient bien des êtres matériels, capables de rapports sexuels. Elle estimait que le corps des anges était plus proche de celui des humains qu'on se le figurait. Au cours de nos recherches, nous avons d'ailleurs pu observer l'appareil génital d'un ange et prendre des photos destinées à prouver, une fois pour toutes, que ces créatures sont – comment dire ? – pourvues du même attirail que les humains.

— Vous avez des photos d'un ange ? s'exclama Évangéline, succombant à la curiosité.

— Un mâle tué au Xe siècle. Les anges qui se sont épris d'humains étaient, d'après toutes les sources, de sexe masculin. Mais cela n'exclut pas la possibilité que la milice céleste comporte des soldats féminins. Il paraît qu'un tiers des Veilleurs aurait résisté à la tentation. Ces serviteurs loyaux auraient regagné leur demeure céleste, où ils résideraient encore à ce jour. Je soupçonne qu'il devait s'agir d'anges de sexe féminin, qui n'étaient pas sensibles aux mêmes tentations que leurs congénères masculins.

Célestine reprit péniblement son souffle et changea de position dans le lit.

— Les anges restés sur terre étaient extraordinaires à bien des égards, médita-t-elle. J'ai toujours été stupéfiée par leur humanité. Leur désobéissance est l'expression de leur libre arbitre – attribut profondément humain, qui renvoie au piètre jugement d'Adam et Ève dans le jardin d'Éden. Ces anges renégats étaient capables d'une forme d'amour des plus humaines – un amour plein et entier, aveugle, fou. Car ils ont renoncé au Paradis par passion – un choix bien difficile à comprendre, surtout pour vous et moi, qui avons abjuré l'amour charnel.

Célestine adressa un sourire à Évangéline, comme si elle compatissait à la vie qui l'attendait.

— Vous ne trouvez pas qu'ils sont fascinants à ce point de vue ? Du fait de leur aptitude à ressentir et à souffrir par amour, leurs errements nous inspirent une certaine sympathie. Dieu ne leur a cependant pas manifesté la même indulgence. Les Veilleurs ont été impitoyablement châtiés. Mais l'union des anges et des femmes a engendré une monstrueuse engeance qui a causé bien des souffrances sur terre.

— Et vous pensez qu'ils sont toujours parmi nous, hasarda Évangéline.

— Je le sais, corrigea Célestine. Mais au fil des siècles, ils ont évolué. De nos jours, ils utilisent des noms différents. Ils se cachent derrière le masque de vénérables familles, de régimes oppressifs ou de multinationales avides. Il est difficile d'imaginer qu'ils vivent parmi nous, mais je vous l'assure : une fois que vous commencez à déceler leur présence, vous vous apercevez qu'ils sont partout.

Célestine scruta Évangéline pour voir comment elle prenait cette révélation.

— Si nous étions à Paris, je serais en mesure de vous soumettre des preuves concrètes et irréfutables – des témoignages, peut-être même des clichés de l'expédition. Je pourrais mettre en lumière les formidables contributions d'angéologues des siècles passés – saint Augustin, Thomas d'Aquin, Milton ou Dante –, jusqu'à ce que notre mission vous apparaisse limpide et resplendissante. Je vous guiderais dans les couloirs dallés de marbre jusqu'à la salle des archives. Nous disposions de diagrammes minutieux et détaillés qui consignaient avec exactitude la place de chaque ange par rapport aux autres. Ce genre de documents permet de mettre de l'ordre dans l'univers. L'esprit français est particulièrement rigoureux – les travaux de Descartes en attestent, mais ce ne sont pas les premiers – et j'ai toujours trouvé ces schémas des plus apaisants. Je me demande s'il en irait de même pour vous.

Ne sachant comment réagir, Évangéline se borna à attendre la suite des explications.

— Mais évidemment, les temps ne sont plus les mêmes, déplora Célestine. L'angéologie était jadis une branche majeure de la théologie. Les rois et les papes sanctionnaient les travaux des théologiens et payaient les plus grands artistes pour représenter les anges. Les plus brillants savants européens débattaient de la hiérarchie et des attributions de la milice céleste. Aujourd'hui, les anges n'ont plus leur place dans notre monde.

Célestine se pencha vers Évangéline, comme si le fait de lui transmettre son savoir lui conférait une vigueur renouvelée.

— Alors que les anges étaient autrefois synonymes de beauté et de bonté, ils sont à présent quantité négligeable. Le matérialisme et la science les ont réduits à l'inexistence, relégués dans un no man's land aussi indéterminé que le purgatoire. Par le passé, l'humanité croyait aux anges implicitement, intuitivement, non pas avec sa tête, mais avec son cœur. Maintenant, nous avons besoin de preuves. Il nous faut des éléments matériels, scientifiques, pour établir la réalité des faits avec certitude. Et pourtant, à quelle crise n'assisterions-nous pas si une telle preuve venait à être fournie ! Que se produirait-il, selon vous, si leur existence éclatait au grand jour ?

Célestine sombra dans le silence. Peut-être était-elle exténuée, ou tout simplement perdue dans ses pensées. Évangéline, elle, commençait à s'effrayer. Le discours de la vieille femme coïncidait de façon inquiétante avec la mythologie à laquelle elle s'était initiée dans l'après-midi. Elle espérait un démenti, non une confirmation de l'existence de ces monstres. Célestine semblait céder à la même agitation que lors de leur première entrevue.

— Dites-moi que vous plaisantez, ma sœur, la relança Évangéline dans l'espoir que son aînée lui avoue que tout cela n'était qu'une illusion, une image traduisant une réalité prosaïque et anodine.

— Il est l'heure de mes médicaments, biaisa Célestine en désignant sa table de nuit. Pouvez-vous me les passer ?

Évangéline se tourna vers la table et se figea. Les livres qui s'y empilaient lors de sa précédente visite avaient été remplacés par d'innombrables flacons de comprimés, suggérant que Célestine souffrait d'une grave maladie chronique. Évangéline prit l'un des flacons en plastique orange et l'examina. L'étiquette indiquait le nom de la malade, la posologie et le nom du médicament – une série de syllabes imprononçables dont Évangéline n'avait jamais entendu parler auparavant. Elle avait toujours été en bonne santé et sa seule expérience de la maladie était les bronchites qui l'accablaient depuis peu. Son père était demeuré solide jusqu'à sa mort et sa mère avait été fauchée dans la fleur de l'âge. Jusqu'à présent, Évangéline n'avait donc pas connu quelqu'un d'aussi atteint par la maladie. Elle n'avait jamais songé aux combinaisons complexes de molécules nécessaires pour préserver la santé d'un corps altéré. Son manque de sensibilité la remplit de honte.

Elle ouvrit le tiroir de la table de nuit et y trouva une notice énumérant les éventuels effets secondaires des traitements contre le cancer, à laquelle étaient attachées, par un trombone, une liste méthodique de médicaments et leur posologie. Évangéline en eut le souffle coupé. Pourquoi n'avait-elle pas été informée que Célestine souffrait d'un cancer ? Avait-elle été si égoïstement absorbée par la curiosité que le mal dont souffrait Célestine lui avait échappé ? Elle s'assit sur le bord du lit de son aînée et lui donna les médicaments prescrits.

— Merci, articula Célestine avant d'avaler ses comprimés avec une gorgée d'eau.

Évangéline se consumait de regret, affligée par son aveuglement. Elle s'était retenue de poser trop de questions, mais brûlait d'en savoir davantage sur tout ce dont son aînée venait de lui parler. Alors même que celle-ci ingurgitait avec peine ses cachets, Évangéline ne pensait qu'à une chose : que Célestine comble les lacunes de son récit. Elle voulait savoir quel était le rapport entre Sainte-Rose, leur riche bienfaitrice et l'étude des anges. Mais par-dessus tout, elle avait besoin de comprendre où elle se situait dans cette étrange nébuleuse.

— Pardonnez-moi de vous presser, s'excusa Évangéline, mais comment Abigail Rockefeller en est-elle venue à vous soutenir ?

— Bien sûr, lâcha Célestine avec un léger sourire, vous êtes toujours intriguée par Mme Rockefeller. Très bien. Mais vous risquez d'être surprise de constater que vous détenez la réponse depuis longtemps.

— Comment ça ? Je ne connais ses liens avec Sainte-Rose que depuis aujourd'hui.

Célestine émit un profond soupir.

— Permettez-moi de commencer par le commencement. Dans les années 1920, l'un des plus éminents chercheurs de la Société, le Dr Raphael Valko – l'époux de mon mentor, le Dr Seraphina Valko...

— Ma grand-mère a elle aussi été mariée à un dénommé Raphael Valko ! s'exclama Évangéline.

Célestine la fixa froidement.

— Oui, je sais, bien que leur mariage ait eu lieu après mon départ de Paris. Mais bien avant cela, Raphael Valko avait mis la main sur des documents attestant que l'un de nos pères fondateurs, un certain père Clematis, avait découvert, dans une caverne, une très ancienne lyre qui, jusqu'alors, avait inspiré des recherches et des conjectures abondantes parmi nos membres. Nous connaissions la légende de cet instrument, mais nous ignorions s'il existait bel et bien. Jusqu'à la découverte de Raphael Valko, cette grotte avait toujours été associée au mythe d'Orphée. Je ne sais si vous êtes au courant, mais Orphée a vraiment vécu, il a gravi les échelons du pouvoir et de la renommée grâce à son charisme et à ses dons artistiques – et notamment à sa musique. À l'image de tant d'autres, sa mort a fait de lui une figure symbolique. Mme Rockefeller a entendu parler de la lyre par l'intermédiaire de ses relations au sein de notre Société et a proposé de financer l'expédition visant à la récupérer.

— Ses préoccupations étaient d'ordre artistique ?

— Elle avait certes un sens artistique très sûr, mais elle appréciait aussi la valeur d'un tel objet. J'ai la conviction qu'elle a fini par adhérer à notre cause, même si son soutien initial était dicté par des considérations financières.

— Il s'agissait d'un investissement ?

— Ses motivations n'en diminuent pas pour autant la portée de cette expédition. Nous la préparions depuis de nombreuses années. L'assistance d'Abigail Rockefeller n'était qu'un moyen de parvenir à nos fins. Nous avons toujours maintenu nos propres objectifs. Mais sans elle, nous n'aurions pas pu réussir. Compte tenu de la guerre, de l'influence et de la sauvagerie de nos ennemis, il est remarquable que nous ayons pu nous rendre jusqu'à la grotte. Je ne saurais attribuer notre succès qu'à l'intervention et à la protection d'une puissance supérieure.

Célestine reprit son souffle avec peine. Évangéline sentait que la vieille religieuse était épuisée, mais qu'elle avait encore des choses à dire.

— Dès mon arrivée à Sainte-Rose, j'ai remis la mallette contenant nos découvertes des Rhodopes à mère Innocenta, qui, à son tour, a confié la lyre à Mme Rockefeller. La famille Rockefeller jouissait d'une fortune si vaste qu'elle en était presque inconcevable pour nous autres qui vivions en Europe, et j'étais profondément soulagée de penser qu'Abigail Rockefeller veillerait sur l'instrument.

Célestine marqua une nouvelle pause, comme si elle songeait au danger que représentait la lyre.

— Mon rôle dans cette saga était terminé – du moins, le croyais-je. Je pensais l'instrument définitivement à l'abri. Je ne me doutais pas qu'Abigail Rockefeller nous trahirait.

— Elle vous a trahis ? s'émut Évangéline, abasourdie. Qu'a-t-elle fait ?

— Elle a accepté de mettre en sûreté nos trouvailles des Rhodopes et elle s'est brillamment acquittée de sa tâche. Elle est morte le 5 avril 1948, quatre ans plus tard. Mais elle n'a jamais divulgué à qui que ce soit l'endroit où elle avait dissimulé l'instrument. Elle a emporté son secret dans sa tombe.

Évangéline avait des fourmis dans les pieds après une si longue immobilité. Elle se leva, se dirigea jusqu'à la fenêtre et écarta les rideaux. Deux jours plus tôt, la lune était pleine, mais cette nuit-là, le ciel était noir de nuages.

— Cette lyre est-elle vraiment si précieuse ?

— Elle est d'une valeur inestimable, affirma Célestine. Nos découvertes dans cette grotte sont l'aboutissement de plus d'un millénaire de recherches. Nos adversaires, qui vivent depuis si longtemps du labeur de l'humanité et prospèrent sur notre dos, faisaient cependant preuve d'une ardeur égale à la nôtre. Ils nous surveillaient, épiaient nos moindres mouvements, introduisaient des espions parmi nous et, de temps à autre, pour nous maintenir dans la terreur, enlevaient et tuaient nos agents.

Évangéline songea aussitôt à sa mère. Elle soupçonnait depuis longtemps que son père ne lui avait pas tout révélé, mais la pensée que les créatures décrites par Célestine puissent être en cause lui était insupportable. Décidée à aller au fond des choses, elle demanda :

— Pourquoi quelques-uns seulement ? S'ils sont si puissants, pourquoi ne pas tous nous exterminer ? Pourquoi ne pas simplement détruire la Société ?

— Il est vrai qu'ils auraient pu nous liquider sans mal. Ils ont en tout cas la force de frappe et les ressources nécessaires. Mais il ne serait pas dans leur intérêt de purger le monde des angéologues.

— Pourquoi donc ?

— Malgré leur puissance, ils ont un point faible colossal : ce sont des êtres sensuels, gouvernés par le plaisir physique. Ils jouissent de la richesse, de la force, de la beauté et sont d'une cruauté à peine croyable. Ils peuvent compter sur de vieilles alliances familiales pour se tirer d'affaire durant les périodes tumultueuses de l'histoire. Ils ont des bastions financiers aux quatre coins du monde ou presque. Ce sont les grands gagnants d'un système qu'ils ont eux-mêmes créé. Mais ce qui leur fait défaut, ce sont nos facultés intellectuelles et notre immense fonds de connaissances historiques et scientifiques. En substance, ils ont besoin de nous afin que nous pensions à leur place.

Célestine laissa échapper un soupir, comme s'il s'agissait d'un sujet douloureux pour elle.

— Cette tactique a bien failli réussir en 1943, reprit-elle avec difficulté. Ils ont tué mon mentor et lorsqu'ils ont appris que j'avais gagné les États-Unis, ils ont détruit notre couvent et des dizaines d'autres afin de me retrouver – moi et l'objet que j'avais emporté dans ma fuite.

— La lyre, murmura Évangéline, rassemblant les pièces du puzzle.

— Oui, confirma Célestine, c'est la lyre qu'ils veulent – non qu'ils aient connaissance de ses propriétés, mais parce qu'ils savent l'importance considérable que nous lui accordons et que nous redoutons qu'ils s'en emparent. Bien sûr, il était hasardeux en soi d'exhumer pareil trésor et nous avons dû trouver quelqu'un qui puisse le protéger. C'est ainsi que nous l'avons placé sous la garde de l'une de nos plus illustres sympathisantes, une New-Yorkaise influente et fortunée qui avait fait vœu de servir notre cause.

Célestine réprima une grimace de douleur.

— Abigail Rockefeller était notre dernier et plus grand espoir. Je ne doute pas qu'elle ait pris son rôle au sérieux. Elle s'y est même tellement bien pris que la lyre n'a jamais été retrouvée. Les Nephilim nous tueraient jusqu'au dernier pour mettre la main dessus.

Évangéline toucha son pendentif en forme de lyre, dont l'or était tiède sous ses doigts, et prit tout à coup conscience du caractère symbolique du cadeau de sa grand-mère. Célestine sourit.

— Je vois que vous comprenez. Ce pendentif vous identifie comme l'une des nôtres. Votre grand-mère a eu raison de vous le donner.

— Vous connaissez ma grand-mère ? s'exclama Évangéline, ébahie et déconcertée que Célestine ait deviné la provenance du collier.

— Je la connaissais, il y a bien des années. (Il y avait une pointe de tristesse dans la voix de Célestine.) Et encore, pas vraiment. Gabriella était mon amie, mais aussi une brillante étudiante et une combattante dévouée à notre cause, mais elle est toujours demeurée un mystère pour moi. Le cœur de Gabriella était impénétrable, même pour sa plus proche amie.

Cela faisait une éternité qu'Évangéline n'avait pas parlé à sa grand-mère. Au fil des ans, elle en était venue à croire que Gabriella était morte.

— Est-elle encore vivante ? s'écria Évangéline.

— On ne peut plus vivante, lui assura Célestine. Elle serait fière de vous.

— Où est-elle ? En France ? À New York ?

— Ça, je ne peux pas vous le dire. Mais si votre grand-mère était là, je sais qu'elle vous expliquerait tout. En son absence, je ne peux qu'essayer, de mon mieux, de vous aider à y voir plus clair.

Célestine se redressa dans son lit et désigna à Évangéline, à l'autre bout de la pièce, dans un coin, un vieux coffre de voyage dont les garnitures en cuir étaient éraflées. Le loquet en laiton brillait dans la lumière et un cadenas pendait du mentonnet tel un fruit. Évangéline alla jusqu'à la malle et prit le cadenas froid dans sa main. Une petite clef en dépassait.

Évangéline vérifia du regard qu'elle avait bien la permission de Célestine, puis ouvrit le cadenas, le posa doucement sur le plancher et souleva le lourd couvercle en bois du coffre. Les charnières en laiton, qui n'avaient pas été huilées depuis des décennies, émirent un miaulement aigu, tandis que s'exhalait une odeur de sueur âcre et de poussière, mêlée aux effluves plus raffinés d'un parfum musqué, atténués par le temps. Le contenu de la malle était recouvert d'une couche de papier de soie jauni et si léger qu'il paraissait flotter. Évangéline le souleva en ayant soin de ne pas le froisser et trouva au-dessous des piles de vêtements pliés. Elle les sortit du coffre et les examina un par un : une blouse noire en coton, un jodhpur marron taché aux genoux, une paire de chaussures montantes en cuir, aux semelles en bois usées. Évangéline déplia un pantalon large en laine qui paraissait mieux convenir à un jeune homme qu'à Célestine. Elle caressa la rude étoffe à laquelle ses ongles s'accrochaient et huma la poussière prisonnière des fibres.

Elle continua à fouiller et ses doigts effleurèrent un matériau doux et lisse au fond de la malle. Une robe en satin rouge gisait en boule dans un coin, mais sitôt qu'elle la prit entre ses mains, elle se déploya en une cascade écarlate de tissu chatoyant. Évangéline la drapa sur son bras et l'étudia de plus près. Elle n'avait jamais touché une matière aussi délicate : la robe glissait sur sa peau comme de l'eau. Elle semblait tout droit sortie d'un film en noir et blanc – coupe dans le biais, décolleté plongeant, taille de guêpe, jupe étroite qui descendait jusqu'au sol. Une rangée de petits boutons couverts de satin courait sur le flanc gauche. La jeune fille avisa, sur une couture, une étiquette Chanel, sur laquelle était imprimée une série de chiffres. Serrant la robe contre elle, elle tâcha de se représenter quel genre de femme pouvait la porter. Que ressentait-on, habillée d'un aussi beau vêtement ?

Comme elle rangeait la robe dans le coffre, elle tomba sur une liasse d'enveloppes vertes, rouges et blanches aux couleurs de Noël, attachées ensemble avec un épais ruban noir en satin qu'Évangéline effleura du doigt.

— Apportez-les-moi, lui enjoignit Célestine dans un souffle, de plus en plus accablée par la fatigue.

Évangéline laissa la malle ouverte et remit les lettres à Célestine. Les doigts tremblants, celle-ci défit le ruban et tendit les enveloppes à Évangéline, qui les passa en revue. D'après les cachets de la poste, elles avaient toutes été postées durant les fêtes entre 1988, l'année où elle était entrée à Sainte-Rose, et 1998. À sa grande stupéfaction, l'expéditeur n'était autre que Gabriella Lévi-Franche Valko. Ces lettres avaient été envoyées à Célestine par la grand-mère d'Évangéline.

— Elles sont pour vous, déclara Célestine d'une voix émue. Je les conserve depuis longtemps – onze ans pour être précise. Le moment est venu de vous les remettre. J'aimerais pouvoir vous en apprendre davantage, mais je crains d'être déjà allée bien au-delà de mes forces ce soir. Évoquer le passé est plus pénible pour moi que vous ne pouvez l'imaginer. Vous raconter les liens compliqués qui nous unissent, Gabriella et moi, le serait encore davantage. Prenez ces lettres. Je pense qu'elles répondront à beaucoup de vos questions. Une fois que vous les aurez lues, revenez me voir. Il y a encore tant de choses dont nous devons discuter.

Évangéline lia avec le plus grand soin les enveloppes au moyen du ruban de satin noir, qu'elle attacha avec un nœud serré. L'allure de Célestine avait spectaculairement changé au fil de leur conversation – elle avait le teint cireux et peinait à garder les yeux ouverts. L'espace d'un instant, Évangéline hésita à appeler de l'aide, mais il était évident que Célestine avait seulement besoin de se reposer. Elle lui remonta la couverture jusqu'aux épaules, la borda et s'assura que Célestine était bien au chaud et à son aise. Puis, la liasse de lettres à la main, elle la laissa dormir.

Cellule de sœur Célestine,
couvent Sainte-Rose, Milton,
État de New York

Célestine croisa les mains sur sa poitrine au-dessous de la couverture en tricot et plissa les paupières pour voir au-delà du jeté de lit bariolé. La pièce baignait dans un brouillard ténébreux. Elle avait beau avoir cette chambre sous les yeux tous les jours depuis plus de cinquante ans et connaître la place de chaque objet, l'indistincte étrangeté de sa cellule la déroutait. Ses sens étaient émoussés. Les tintements métalliques des radiateurs étaient lointains et assourdis. Malgré tous ses efforts, elle ne distinguait pas sa malle à l'autre bout de la pièce. Elle savait cependant qu'elle était là, renfermant son passé tel un musée. Elle avait reconnu chacun des vêtements qu'en avait extraits sœur Évangéline – les chaussures éraflées qu'elle portait lors de l'expédition, la blouse inconfortable qui l'avait tant fait souffrir quand elle était écolière et la merveilleuse robe rouge dans laquelle, l'espace d'une précieuse soirée, elle avait été si belle. Elle discernait même les effluves de parfum, mêlés de poussière, témoignant de la présence du flacon en cristal taillé qu'elle avait rapporté de Paris – l'un des rares trésors qu'elle avait récupérés dans l'affolement qui avait précédé son départ de France –, enfoui, mais encore envoûtant. Si elle en avait eu la force, elle serait allée jusqu'au coffre et aurait pris le flacon froid entre ses mains. Elle aurait doucement ôté le bouchon en cristal et inhalé ce parfum d'un autre temps, sensation si délicieuse et interdite qu'elle osait à peine se la rappeler. Pour la première fois depuis de nombreuses années, elle songea à sa jeunesse et son cœur se serra.

La ressemblance entre sœur Évangéline et Gabriella était si grande qu'à certains moments, affaiblie par l'épuisement et la maladie, Célestine les avait confondues. Les années s'estompèrent et, consternée, elle se rendit compte qu'elle ne se rappelait ni la date ni le lieu, ni le motif de sa claustration. Comme elle oscillait entre la veille et le sommeil, des scènes de son passé remontèrent à travers les strates vaporeuses de son esprit et refirent surface, se fondant les unes dans les autres comme des couleurs sur un écran. L'expédition, la guerre, sa scolarité, les journées de cours et d'étude – tous ces moments de sa jeunesse paraissaient plus clairs et radieux que le présent. Gabriella Lévi-Franche, son amie, sa rivale, celle dont l'amitié avait bouleversé le cours de sa vie, apparut à Célestine. Puis les distinctions temporelles se brouillèrent et elle replongea dans le passé.

LA DEUXIÈME SPHÈRE

Louez-le avec la sonnerie du cor !
Louez-le avec le luth et la harpe !
Louez-le avec le tambourin et avec des danses !
Louez-le avec les instruments à cordes et le chalumeau !
Louez-le avec les cymbales sonores !
Louez-le avec les cymbales éclatantes !

Psaume 150

Académie d'angéologie de Paris, Montparnasse

Automne 1939

Moins d'une semaine après l'invasion de la Pologne, un après-midi durant ma seconde année d'études en angéologie, le Dr Seraphina Valko m'envoya chercher Gabriella, ma camarade de classe dévoyée, pour la ramener à son bureau. Elle était en retard pour notre séance de tutorat, une mauvaise habitude qu'elle avait prise durant l'été et qu'elle avait conservée, à la grande déception de notre professeur, malgré la fin des grosses chaleurs, en septembre. Comme elle n'était nulle part à l'école – ni dans la cour, où elle allait parfois pour être seule lors des pauses, ni dans les salles de classe où elle s'installait d'habitude pour étudier –, j'en déduisis qu'elle devait être au lit, en train de dormir. Ma chambre étant contiguë à la sienne, je savais qu'elle n'était rentrée qu'à 3 heures du matin passées et qu'elle avait écouté un enregistrement de *Manon Lescaut*, son opéra préféré, sur son phonographe jusqu'à l'aube.

J'arpentai les rues étroites longeant le cimetière, passai devant un café rempli d'hommes qui écoutaient un bulletin d'information sur la guerre et coupai par une ruelle pour rejoindre l'appartement que Gabriella et moi partagions, rue Gassendi. Nous habitions au deuxième étage ; nos fenêtres dominaient plusieurs marronniers, de sorte que nous étions préservées du bruit de la rue et que nous ne manquions pas de lumière. Je gravis le large escalier, ouvris la porte et entrai dans le logement tranquille et ensoleillé. Nous avions de l'espace à revendre – deux grandes chambres, une petite salle à manger, une chambre de bonne qui communiquait avec la cuisine et une immense salle de bains pourvue d'une baignoire en porcelaine. L'appartement était bien trop luxueux pour deux étudiantes – je l'avais su dès l'instant où j'avais posé le pied sur le parquet ciré. Mais les relations dont jouissait la famille de Gabriella lui assuraient tout ce que l'école avait à offrir de mieux. Pour ma part, j'ignorais comment j'avais pu me voir attribuer un tel logement, en cohabitation avec Gabriella.

Avant d'arriver à Paris, je n'avais jamais vécu dans un cadre aussi splendide et, au cours des premiers mois, j'avais bu du petit-lait, veillant à ce que notre petit chez-nous fût impeccablement rangé. Gabriella, elle, avait toujours eu la belle vie et nous étions le contraire l'une de l'autre à de nombreux égards, jusque dans notre apparence. J'étais grande et pâle, j'avais de grands yeux noisette, des lèvres fines et un menton fuyant que j'avais toujours mis sur le compte de mes ascendants nordiques. Gabriella, à l'inverse, était brune et pouvait se prévaloir d'une beauté classique. Elle savait se faire prendre au sérieux, en dépit de son faible pour la mode et *Les Aventures de Claudine*. Alors que j'avais décroché une bourse d'études qui couvrait mes frais d'inscription et de logement, Gabriella venait de l'une des plus anciennes et des plus prestigieuses familles d'angéologues de Paris. Alors qu'étudier aux côtés des plus grands esprits de la discipline m'apparaissait comme une chance, Gabriella avait grandi parmi eux et avait assimilé leur savoir comme une plante absorbe la lumière du soleil. Tandis que je parcourais laborieusement chaque texte, le mémorisant, le hiérarchisant avec la diligence d'un bœuf labourant un champ, Gabriella possédait une intelligence éblouissante, agile et sophistiquée. Je structurais chaque détail dans mes cahiers, j'élaborais des graphiques et des tableaux afin de mieux retenir les connaissances, alors que Gabriella semblait ne jamais prendre de notes. Pourtant, elle était capable de répondre à n'importe quelle question de théologie ou de disserter sur un point de mythologie ou d'histoire avec une aisance qui me faisait totalement défaut. Nous étions toutes les deux les meilleures de notre promotion, mais j'avais toujours le sentiment de m'être indûment introduite dans les rangs de l'élite à laquelle Gabriella appartenait de droit.

Je trouvai plus ou moins notre appartement dans l'état où je l'avais laissé dans la matinée. Un épais volume de saint Augustin à reliure de cuir était ouvert sur la table de la salle à manger, à côté de l'assiette contenant les reliefs de mon petit déjeuner – une croûte de pain et des fraises en bocal. J'ai débarrassé la table, rapporté mon livre dans ma chambre, où je l'ai posé sur mon bureau, au milieu du désordre – ouvrages en instance de lecture, encriers, cahiers à moitié remplis... Une photographie jaunie de mes parents – deux robustes paysans hâlés, entourés de coteaux de vigne pentus – en jouxtait une seconde, passée, de ma grand-mère, Baba Slavka, les cheveux cachés sous un foulard, selon la coutume de son village natal des Balkans. J'avais été si absorbée par mes études que je n'étais pas rentrée depuis plus d'un an.

Fille de vignerons, j'étais une jeune paysanne timide et surprotégée, mais douée pour les études, aux convictions religieuses fermes et inébranlables. Ma mère était issue d'une dynastie viticole qui avait tranquillement survécu à force de labeur et de ténacité, récoltant de l'*auxerrois* et du *pinot gris* tout en dissimulant ses économies dans les murs de la ferme, dans l'attente du jour où la guerre reviendrait. Mon père, lui, était un immigré d'Europe de l'Est. Il avait débarqué en France après la Première Guerre mondiale, épousé ma mère et adopté son nom à elle avant de prendre en charge l'exploitation du vignoble.

Si mon père n'était pas un intellectuel, il avait néanmoins su percevoir des prédispositions chez moi. Sitôt que je fus assez vieille pour marcher, il me fourra des livres – de théologie, pour la plupart – entre les mains. Et à mes quatorze ans, il fit en sorte que j'aille étudier à Paris : il m'emmena en train passer des examens, puis, ma bourse obtenue, à ma nouvelle école. Nous avions rangé ensemble toutes mes affaires dans une malle en bois ayant appartenu à sa mère. Par la suite, lorsque j'avais appris qu'à l'origine, ma grand-mère aspirait à étudier à la même école que moi, j'avais compris que ma vocation d'angéologue était l'aboutissement d'une longue histoire. Même si, parfois, je m'interrogeais sur ce qui m'avait poussée à abandonner la vie que je menais au sein de ma famille.

Comme je ressortais de ma chambre, j'entrevis du mouvement dans la salle de bains à l'extrémité du couloir. La porte était fermée et une ombre derrière la vitre dépolie indiquait une présence. Gabriella devait se faire couler un bain, même si l'idée était étrange, dans la mesure où elle aurait dû être à l'Académie. Je distinguais les contours de la grosse baignoire, qui devait être remplie d'eau chaude à ras bord. Des nuages de vapeur s'élevaient dans la pièce, recouvrant le carreau de la porte d'une épaisse buée laiteuse. J'entendis la voix de Gabriella et, même s'il me parut bizarre qu'elle se parle à elle-même, je crus qu'elle était seule. Comme je levais la main pour frapper, une silhouette gigantesque passa derrière la vitre, dans un scintillement doré. Je n'en croyais pas mes yeux. Toute la pièce semblait baigner dans une douce lumière.

Je me rapprochai pour mieux saisir ce que j'avais devant moi et entrebâillai la porte. Le carrelage était parsemé de vêtements – une jupe en lin blanc et un chemisier en soie artificielle décoré de dessins appartenant à Gabriella, mais aussi un pantalon, manifestement retiré à la hâte, gisant là comme un sac à patates. Gabriella n'était pas seule. Pourtant, au lieu de battre en retraite, je m'approchai encore. Je jetai un coup d'œil à l'intérieur et la scène qui s'offrit à moi me choqua tellement que je pus seulement regarder avec horreur et fascination.

À l'autre bout de la salle de bains, enveloppés dans une brume de condensation, Gabriella et un inconnu étaient enlacés. La peau de ce dernier était si pâle que, dans ma stupeur, elle me parut lumineuse. Il plaquait Gabriella contre le mur, comme s'il voulait l'écraser sous son poids, en un acte de domination auquel Gabriella n'essayait même pas de s'opposer ; au contraire, elle nouait ses bras pâles autour de son partenaire, cramponnée à lui.

Je m'éloignai subrepticement de la salle de bains et je fuis l'appartement. Une fois de retour à l'Académie, je déambulai quelque temps dans le labyrinthe des couloirs pour reprendre mes esprits avant de me présenter devant Seraphina Valko. Les bâtiments étaient répartis sur plusieurs pâtés de maisons et reliés par d'étroites galeries ou passages souterrains conférant à l'ensemble un aspect biscornu et impénétrable qui, étonnamment, m'apaisa, comme si l'architecture reflétait mon état d'âme. Nos locaux n'avaient rien de grandiose, mais, même s'ils répondaient souvent bien mal à nos besoins – les amphithéâtres étaient trop petits et les salles de cours mal chauffées –, mon immersion dans le travail tendait à détourner mon attention de ces inconvénients.

Longeant les bureaux assombris d'enseignants qui avaient abandonné la ville, je m'efforçai d'analyser pourquoi la vision de Gabriella avec son amant me bouleversait autant. Les visiteurs masculins étaient certes interdits dans les logements étudiants, mais il y avait surtout quelque chose chez cet homme qui me mettait mal à l'aise, un côté bizarre, anormal, que je ne m'expliquais pas. Du fait de mon incapacité à formuler mes impressions et du mélange confus d'amitié et de concurrence que je ressentais envers ma camarade, il m'était impossible de parler de l'incident à Seraphina Valko, même si, en mon for intérieur, je savais que ça s'imposait. Je réfléchis à l'attitude de Gabriella et au dilemme moral que me posaient ses amours. Il fallait bien que je dise quelque chose à Seraphina Valko, mais quoi ? Je ne pouvais pas trahir Gabriella. Même si c'était ma plus féroce rivale, c'était aussi ma meilleure amie.

En réalité, mes inquiétudes furent inutiles. Le temps que je regagne le bureau de mon professeur, Gabriella était arrivée. Installée dans un fauteuil Louis XIV, elle était aussi calme et pimpante que si elle avait consacré sa matinée à lire du Voltaire dans un parc ombragé. Elle portait une robe en crêpe de Chine vert vif, des bas blancs en soie et sentait Shalimar, son parfum préféré. Elle me salua avec son laconisme habituel et je devinai avec soulagement qu'elle ignorait que je l'avais surprise.

Seraphina Valko m'accueillit avec affabilité et sollicitude, me demandant ce qui m'avait retenue. Sa réputation en tant qu'enseignante reposait autant sur ses propres mérites que sur les résultats de ses étudiants, de sorte que j'étais mortifiée à l'idée que mon retard puisse passer pour de la légèreté. Je ne me faisais aucune illusion sur la précarité de mon statut au sein de l'Académie. Contrairement à Gabriella, dont la famille avait des relations, je n'étais en rien indéboulonnable – même si Seraphina Valko ne l'aurait jamais exprimé aussi ouvertement.

La popularité des Valko auprès des étudiants n'était un mystère pour personne. Seraphina était en effet l'épouse du tout aussi brillant Dr Raphael Valko et ils donnaient souvent des cours magistraux ensemble. Chaque automne, ils faisaient salle comble, et leur auditoire, jeune et passionné, allait bien au-delà des seuls étudiants de première année pour qui la matière était obligatoire. Nos deux plus éminents professeurs se spécialisaient dans la géologie antédiluvienne, branche annexe, mais vivace, de l'archéo-angéologie. Les cours des Valko ne se limitaient cependant pas à leur seule spécialité et ils esquissaient aussi l'histoire de l'angéologie, de ses origines théologiques jusqu'à ses pratiques modernes. Leur enseignement redonnait vie au passé, si bien que la trame des batailles et des alliances passées, ainsi que leur rôle dans les maux du monde contemporain, apparaissait clairement à tous. Seraphina et Raphael Valko démontraient que le passé n'était pas une contrée lointaine peuplée de mythes et de contes de fées, ni même un amalgame d'existences brisées par les guerres, les épidémies et autres malheurs, mais qu'au contraire, l'histoire se survivait dans le présent, que nous la côtoyions chaque jour et qu'elle nous livrait un aperçu du panorama embrumé de l'avenir.

Seraphina Valko consulta sa montre.

— Nous ferions bien de nous mettre en route, déclara-t-elle en achevant de classer quelques papiers sur son bureau. Nous sommes déjà en retard.

D'un pas rapide, au son de ses talons cliquetant sur le carrelage, elle nous guida par d'étroits couloirs obscurs jusqu'à l'Athenaeum. Malgré ce nom renvoyant au temple d'Athéna – lieu de rencontre des rhéteurs et des poètes, évoquant d'imposantes colonnes corinthiennes ou, du moins, de hautes fenêtres ensoleillées – la bibliothèque de l'Académie était sombre comme un cul-de-basse-fosse, ses murs en pierre aveugles et son sol en marbre, quasi indiscernables dans le brumeux crépuscule perpétuel qui y régnait. Bon nombre de salles de cours souffraient d'ailleurs du même problème, dispersées comme elles l'étaient dans des appartements acquis au fil des ans, dans de modestes immeubles de Montparnasse communiquant par des passages de fortune. Dès mon arrivée à Paris, on m'avait expliqué qu'il était essentiel pour notre sécurité que nous demeurions cachés. Mais notre tranquillité, à l'abri de ce repaire labyrinthique où nous pouvions poursuivre nos travaux sans encombre, était menacée par la guerre imminente.

En dépit de son cadre lugubre, l'Athenaeum avait été pour moi un lieu de réconfort lors de ma première année. Il abritait une vaste collection de livres, dont beaucoup se trouvaient sur ces rayons depuis des décennies. Lorsqu'elle nous avait fait visiter la bibliothèque d'angéologie, Seraphina Valko nous avait confié que certains des documents qui y étaient conservés auraient sûrement éveillé la convoitise du Vatican, quelques-uns datant même des premières années qui avaient suivi le Déluge (même si je n'avais jamais eu sous les yeux de textes aussi anciens, car ils étaient enfermés dans une chambre forte à laquelle les étudiants n'avaient pas accès). Il m'arrivait souvent de venir au beau milieu de la nuit, d'allumer une petite lampe à pétrole et de m'asseoir dans un coin, une pile de livres à côté de moi, environnée par cette douce odeur de vieux papier et de poussière. Toutes ces heures d'études n'étaient pas le produit de l'ambition, même si ça pouvait en avoir l'air aux yeux des étudiants qui, à l'aube, me découvraient en pleine lecture. Non, pour moi, cette inépuisable réserve d'ouvrages était le sésame d'une nouvelle vie – chaque fois que je pénétrais dans l'Athenaeum, c'était comme si l'histoire du monde émergeait des brumes du temps ; j'avais le sentiment de ne pas être seule dans mon labeur, d'appartenir à un réseau de grands esprits qui œuvraient dans le même sens depuis des siècles. À mes yeux, la bibliothèque d'angéologie représentait l'apogée de l'ordre et de la civilisation.

Il m'était donc pénible de voir l'Athenaeum sens dessus dessous. Comme Seraphina Valko nous entraînait à l'intérieur, j'avisai une équipe d'assistants chargés de déménager la collection. Ils avaient beau procéder de manière systématique – avec un fonds aussi précieux et étendu, c'était la seule façon de faire –, j'avais le sentiment que la bibliothèque avait sombré dans l'anarchie la plus totale. Les volumes s'empilaient sur les tables et de grosses caisses en bois, déjà pleines pour certaines, étaient disséminées un peu partout. Quelques mois auparavant, des étudiants préparaient leurs examens en silence à ces tables, tout comme les générations précédentes. J'avais le sentiment que, désormais, tout ça était perdu. Que resterait-il de nos textes une fois qu'ils seraient cachés ? Je détournai les yeux, incapable de supporter le spectacle du démembrement de mon sanctuaire.

En réalité, le déménagement n'aurait guère dû me surprendre. La guerre étant désormais déclarée, nos locaux n'offraient plus une protection suffisante. Les cours seraient sous peu remplacés par des leçons privées en petit comité, hors de Paris. Lors des semaines précédentes, la majorité de nos cours magistraux avaient été annulés. Mes deux préférés, « Interprétations de la Création » et « Physiologie angélique », avaient été suspendus *sine die*. Seuls ceux des Valko avaient continué, mais nous étions conscients que ça ne durerait pas. Pourtant, la réalité de la guerre ne s'était pas imposée à moi avant que je voie l'Athenaeum ainsi chambardé.

D'une démarche nerveuse et pressée, Seraphina Valko nous conduisit jusqu'à une salle au fond de la bibliothèque. J'étais moi-même dans un état d'agitation semblable : je ne m'étais toujours pas remise de la scène à laquelle j'avais assisté. Je n'avais de cesse d'épier Gabriella, à l'affût d'indices qui trahiraient ses activités de la matinée, mais elle était aussi détachée que d'habitude. Seraphina Valko marqua une pause, repoussa une mèche de cheveux derrière son oreille et rajusta sa robe, manifestement tendue. J'avais d'abord cru que mon arrivée tardive l'avait contrariée, car elle craignait d'être en retard pour son cours suivant, mais quand nous entrâmes dans cette pièce, je compris que ce n'était pas la seule raison.

Un groupe de prestigieux angéologues en plein débat était réuni autour d'une table. Je connaissais de réputation les membres du conseil – bon nombre avaient été invités à donner des conférences à l'Académie l'année précédente –, mais je n'aurais jamais imaginé les voir rassemblés ainsi dans la même pièce. Les hommes et les femmes du conseil occupaient tous de hautes fonctions à travers l'Europe, en tant que personnalités politiques, diplomates ou grandes figures sociales et leur influence s'étendait bien au-delà de notre école. C'étaient eux, les auteurs des livres qui s'alignaient sur les rayonnages de l'Athenaeum, les scientifiques dont les recherches sur les propriétés physiques ou le métabolisme des anges avaient fait basculer notre discipline dans la modernité. L'oncle de Gabriella, le Dr Lévi-Franche, un vénérable angéologue spécialisé dans l'invocation des anges (art à la fois dangereux et fascinant que je rêvais d'apprendre), était assis à côté d'une religieuse vêtue d'un habit noir en serge, qui partageait son temps entre la théologie et le travail de terrain. Tous les plus grands angéologues de notre époque étaient présents et nous observaient.

Seraphina Valko nous fit signe d'aller nous asseoir au fond de la salle, à quelque distance des membres du conseil. J'étais si curieuse de découvrir de quels sujets il pouvait être question lors d'une réunion aussi extraordinaire que je devais prendre sur moi pour ne pas rester bouche bée devant cette illustre assemblée. En désespoir de cause, je reportai mon attention sur une série de grandes cartes d'Europe affichées au mur. Plusieurs métropoles – Paris, Londres, Berlin, Rome – étaient désignées par des points rouges, mais de nombreuses localités obscures avaient aussi été identifiées, à la frontière entre la Grèce et la Bulgarie, formant une ligne pointillée rouge entre Sofia et Athènes. Une région qui présentait un attrait particulier pour moi, car c'était dans ces lointaines contrées aux confins de l'Europe qu'était né mon père.

Debout devant ces cartes, Raphael Valko attendait son tour de prendre la parole. C'était un homme sérieux, qui faisait partie des rares laïcs ayant réussi à conquérir un siège au conseil tout en conservant son poste de professeur à l'Académie. Seraphina Valko avait un jour mentionné que son mari jouissait du même double statut d'administrateur et de chercheur que Roger Bacon, l'angéologue anglais du XIIIe siècle qui avait enseigné Aristote à Oxford et la théologie franciscaine à Paris. Le mélange de rigueur intellectuelle et d'humilité de Bacon valait à ce dernier un respect considérable au sein de la Société, et je ne pouvais m'empêcher de voir en Raphael Valko son successeur. Seraphina prit place autour de la table et son mari reprit son exposé où il s'était arrêté :

— Comme je le disais, nous n'avons plus beaucoup de temps devant nous. Bientôt, toutes nos ressources documentaires seront dans des caisses entreposées en lieu sûr dans tout le pays. Bien entendu, il n'y a pas d'autre solution – nous devons parer à toute éventualité. Mais ce déménagement survient au pire moment. Nous ne pouvons pas mettre nos activités en sommeil durant la guerre. Nous devons prendre une décision aujourd'hui. J'ai foi en nos dispositions – tout porte à penser que nous sommes prêts pour les batailles qui se profilent – mais nous devons prévoir le pire. Si nous tardons davantage, nous risquons d'être cernés.

— Regardez donc la carte d'Europe, professeur, nous sommes déjà cernés, intervint Vladimir, un jeune chercheur en musicologie céleste dépêché à Paris par l'Académie d'angéologie de Leningrad et dont la réputation était déjà parvenue jusqu'à moi.

Le regard bleu pâle, les traits juvéniles, l'allure féline, beau garçon, il faisait montre d'un calme et d'une assurance qui lui conféraient l'allure d'un homme plus âgé, alors qu'il ne devait pas avoir plus de dix-neuf ans.

— Il existe une différence notable entre les agissements des puissances de l'Axe et ceux de nos ennemis, objecta Lévi-Franche. La menace temporelle n'est rien, comparée à celle de nos ennemis spirituels.

— Nous devons être préparés à affronter les deux, soutint Vladimir.

— Tout à fait, renchérit Seraphina Valko. Et pour ce faire, il faut que nous redoublions d'efforts en vue de retrouver et de détruire la lyre.

Un silence accueillit cette vigoureuse prise de position, comme si les membres du conseil n'étaient pas certains de la réaction à adopter.

— Vous connaissez mon opinion, conclut Raphael Valko. Notre meilleur espoir est d'envoyer une équipe dans ces montagnes.

La religieuse passa en revue les membres du conseil. Son voile jetait une ombre sur ses traits.

— La zone que suggère Raphael est trop vaste pour être entièrement couverte par nos équipes. Il importe de déterminer l'emplacement précis de la grotte avant d'entreprendre une telle expédition.

— Avec des moyens suffisants, tout est possible, avança Seraphina Valko. Notre bienfaitrice américaine a été très généreuse dans son soutien.

— Et le matériel fourni par la famille Curie conviendra parfaitement pour tout le reste, ajouta son mari.

— Considérons donc les faits, préconisa Lévi-Franche, à l'évidence sceptique. De quelle surface parlons-nous ?

— La Thrace faisait partie de l'Empire romain d'Orient, dit byzantin, dont le territoire couvrait la Turquie, la Grèce et la Bulgarie actuelles, exposa Raphael Valko. Le Xe siècle fut une période de grands bouleversements dans la région, mais, d'après le récit du vénérable Clematis, nous pouvons quelque peu réduire la zone à explorer. Clematis est né dans la ville de Smolyan, au cœur de la chaîne des Rhodopes, en Bulgarie, et il indique que l'expédition l'a ramené sur sa terre natale. Nous pouvons donc circonscrire nos recherches au nord de ce secteur.

— Comme le soulignait justement notre consœur, cela représente une région immense, argua le Dr Lévi-Franche. Aurons-nous seulement le temps d'en prospecter une fraction avant de nous faire repérer ? Même avec un budget énorme et un millier d'agents, des années, voire des décennies seraient nécessaires pour quadriller une telle surface, sans parler de sonder le sous-sol. Nous ne disposons pas des ressources financières et humaines que requiert un tel projet.

— Ce ne sont pas les volontaires qui manqueront pour cette mission, riposta Vladimir.

— Il convient de ne pas oublier que la destruction de notre corpus de textes et de nos locaux n'est pas le seul danger que pose la guerre, fit valoir Seraphina Valko. Il serait bien plus préjudiciable pour nous que des détails sur la grotte ou sur le trésor qui y est caché soient divulgués.

— Peut-être, concéda la religieuse. Mais nos ennemis surveillent ces montagnes en permanence.

— Précisément, répliqua Vladimir. Et c'est la raison pour laquelle nous devons passer à l'action sur-le-champ.

— Pourquoi, sur-le-champ ? rétorqua Lévi-Franche en baissant la voix. Nous avons déniché et mis à l'abri divers instruments célestes de moindre importance, tout en laissant le plus dangereux dans la nature. Pourquoi ne pas patienter jusqu'à la fin de la guerre ?

— Les nazis ont déployé plusieurs équipes dans la région, répondit Seraphina Valko. Ils adorent les antiquités – surtout celles dont la portée mythique peut servir le régime –, et les Nephilim ne passeront pas à côté de l'occasion de se procurer une arme aussi puissante.

— Les pouvoirs de la lyre sont bien connus, exposa Vladimir. De tous les instruments célestes, c'est celui qui peut produire les effets les plus désastreux. Son potentiel de destruction est peut-être plus insidieux que ce dont les nazis sont capables. Mais une fois encore, c'est un instrument trop précieux pour qu'on puisse en faire abstraction. Vous savez tous, comme moi, que les Nephilim l'ont toujours convoité.

— Mais il est évident que ces créatures nous suivront à la trace si nous entreprenons quoi que ce soit, s'alarma Lévi-Franche. Et si, par miracle, nous mettions la main dessus, nous ignorons ce qu'il pourrait advenir. Peut-être son contact est-il fatal. Pire encore, elle pourrait nous être dérobée. Nos efforts profiteraient à l'ennemi. Nous serions alors responsables de ses ravages.

— Peut-être n'est-elle pas aussi redoutable que vous le supposez, reprit la religieuse en se raidissant sur sa chaise. Personne n'a jamais vu la lyre. Les craintes qu'elle suscite tirent, en grande partie, leur origine de légendes païennes. Il se peut très bien que les funestes propriétés qu'on lui prête ne soient que pure invention.

— De sorte que nous nous retrouvons face au choix suivant : prendre l'initiative ou ne rien faire, résuma Raphael Valko, pendant que les autres angéologues méditaient sur ce qui venait d'être dit.

— Mieux vaut s'abstenir qu'agir à la légère, assena Lévi-Franche avec une suffisance qui me hérissa, tant elle tranchait avec la sincérité de mes professeurs.

— Dans le cas présent, l'inaction serait plus imprudente encore, se récria Raphael Valko. Notre passivité aurait des conséquences terribles.

— C'est pourquoi nous devons prendre des mesures dès maintenant, acquiesça Vladimir. Nous ne pouvons laisser les Nephilim s'emparer de la lyre.

— Si je puis vous interrompre, j'aimerais formuler une proposition, déclara posément Seraphina Valko, en se dirigeant vers Gabriella et moi. Beaucoup d'entre vous les connaissent déjà, mais je souhaiterais présenter à tous les autres deux de nos plus jeunes et plus talentueuses angéologues. Gabriella et Célestine nous aident à mettre de l'ordre dans notre fonds en cette période de transition. Elles travaillent dur à cataloguer et à transcrire nos textes. Leur contribution a été des plus appréciables. À dire vrai, c'est le souci du détail avec lequel elles se sont attelées à la tâche et les informations qu'elles ont méthodiquement extraites de nos manuscrits qui nous ont montré, à Raphael et moi, la voie à suivre en cette heure décisive.

— Comme la plupart d'entre vous le savent, poursuivit Raphael Valko, en sus de nos obligations à l'Académie, Seraphina et moi menons de front plusieurs projets personnels, dont l'un vise à établir avec plus de précision l'emplacement de la grotte. Ce faisant, nous avons accumulé pléthore de matériaux annexes et de notes qui n'ont pas encore été décortiqués.

J'adressai à Gabriella un regard complice et résigné, mais elle se détourna, bêcheuse comme à l'accoutumée. Soudain, je me demandai si elle n'était pas déjà au courant de ce dont discutaient les membres du conseil. Peut-être avait-elle eu connaissance de renseignements qui m'avaient été cachés. Seraphina Valko ne m'avait jamais parlé d'une quelconque lyre, ni de la nécessité de la soustraire à nos ennemis. Je bouillais de jalousie à la pensée qu'elle ait pu mettre Gabriella dans la confidence.

— Lorsque nous avons compris que la guerre allait entraver nos travaux, reprit Seraphina Valko, nous avons cherché à faire en sorte que toute cette documentation soit préservée, quoi qu'il arrive. Dans ce but, nous avons sollicité l'assistance de Gabriella et Célestine pour tout référencer et classer. Elles ont commencé il y a quelques mois. Cette difficile besogne de récapitulation s'est révélée éprouvante, mais elles font assaut d'ingéniosité et de détermination pour venir à bout de l'entreprise avant le déménagement. Nous sommes ravis de l'avancée du chantier. Leur jeunesse leur confère une certaine patience à l'égard de ce qui pourrait apparaître à la majorité d'entre nous comme un pensum et leur diligence a d'ores et déjà produit d'excellents résultats, nous permettant de recouper une multitude de détails passés à la trappe depuis des décennies.

Elle s'approcha des cartes, tira un stylo de la poche de son cardigan et dessina par-dessus les Rhodopes un triangle chevauchant la Grèce et la Bulgarie.

— Nous savons que le site se situe dans ce périmètre. Nous savons qu'il a déjà été exploré et que de nombreux chercheurs se sont efforcés de décrire la topographie et les paysages des abords de la grotte. S'ils ont fait preuve de rigueur intellectuelle, nos méthodes de recoupement n'ont, elles, peut-être pas été exemptes de tout reproche. Bien que nous ne possédions pas les coordonnées exactes, j'ai la conviction qu'en épluchant tous les textes à notre disposition – et notamment ceux que nous n'avions jusqu'alors pas étudiés dans ce but-là –, nous clarifierons l'emplacement de la grotte.

— Vous croyez sincèrement y parvenir ainsi ? dit la religieuse.

— Notre proposition est la suivante, annonça Raphael Valko, prenant la suite de son épouse. Si nous réussissons à délimiter une zone de recherche de cent kilomètres de rayon, nous voulons votre pleine et entière approbation pour la seconde expédition.

— Et si cela se révèle impossible, nous dissimulerons tous nos documents de notre mieux, nous partirons en exil comme prévu et nous croiserons les doigts pour que ces renseignements ne tombent pas entre les mains de nos ennemis.

Je fus sidérée par l'empressement avec lequel le conseil ratifia cette motion après un débat aussi animé. Peut-être Seraphina Valko avait-elle joué la carte de l'avancement de Gabriella pour emporter le suffrage de Lévi-Franche. En tout état de cause, la stratégie avait fonctionné. Même si la nature de la lyre dont il était question m'échappait, j'étais flattée et folle de joie. Gabriella et moi nous retrouvions sous l'égide des Valko, au cœur de la quête de la grotte des anges emprisonnés.

Le lendemain matin, j'arrivai au bureau de Seraphina Valko avec une heure d'avance sur le rendez-vous convenu, à 9 heures. J'avais très mal dormi cette nuit-là. Dans la chambre voisine, Gabriella n'avait eu de cesse de faire les cent pas et de fumer des cigarettes à la fenêtre en écoutant son enregistrement favori des *Douze Études* de Debussy. Je supposais que sa liaison secrète devait contribuer à son insomnie, comme elle contribuait à la mienne, mais en réalité, les sentiments de Gabriella demeuraient pour moi un mystère. J'étais plus proche d'elle que de quiconque à Paris et pourtant, elle m'était étrangère. J'étais si désemparée après les événements de l'après-midi que je n'avais même pas songé un instant au rôle de premier plan que les Valko nous avaient octroyé dans leur projet. Je ne pensais qu'à Gabriella, serrant dans ses bras cet inconnu, et plus j'y pensais, plus ma méfiance envers mon amie croissait. Pour finir, je me levai avant le lever du soleil, rassemblai mes livres et partis à l'Athenaeum pour étudier dans mon coin habituel.

Lorsque, à 8 heures, je frappai doucement à la porte de Seraphina Valko, j'entendis sa voix et me permis donc d'entrer. À ma surprise, Gabriella et notre professeur étaient toutes deux assises sur un canapé tendu de soie vermillon, un service à café devant elles. Elles étaient en pleine conversation. La Gabriella nerveuse de la nuit précédente avait laissé place à une jeune fille altière, parfumée, poudrée, impeccablement habillée, aux cheveux noirs brossés et brillants. Une fois de plus, elle m'avait coiffée au poteau. Incapable de masquer ma consternation, je demeurai figée sur le pas de la porte, confondue.

J'avais déjà été dans le bureau de Seraphina Valko à plusieurs reprises et je savais que c'était l'un des plus beaux de l'Académie. Situé au dernier étage d'un immeuble haussmannien, il offrait une vue grandiose sur le voisinage, dominé par la place devant l'école, avec sa fontaine et ses pigeons qui tournaient sans fin en rond. Le soleil matinal s'engouffrait par les grandes fenêtres, dont l'une était ouverte, laissant pénétrer l'air vif, emplissant la pièce d'effluves d'eau et de terre, comme si le fleuve avait inondé les rues et abandonné derrière lui un résidu de vase. Le bureau en lui-même, pourvu d'une bibliothèque encastrée, de moulures et d'une table au plateau en marbre, était spacieux et élégant. Celui de Raphael Valko, poussiéreux, jauni par le tabac, encombré de livres, était plus représentatif du reste de nos locaux, aussi n'était-il pas rare de trouver

M. Valko dans le luxueux bureau de sa femme, en train de peaufiner un cours avec elle, nonchalamment installé au soleil dans un coin ou, comme Gabriella ce matin-là, prenant le café dans le service en porcelaine de Sèvres.

J'étais contrariée d'avoir été devancée par Gabriella. J'ignorais quelles étaient ses motivations, mais elle semblait s'être arrangée pour obtenir un entretien particulier, tout en me privant de cette faveur. Elle avait au moins dû en profiter pour aborder avec notre professeur la mission qui allait nous être confiée et, peut-être, pour mettre la main sur les tâches les plus nobles. Or, le fruit de nos efforts était susceptible d'influer sur nos destinées respectives à l'Académie, avec, à la clef, si les Valko étaient satisfaits de nous, une place au sein de l'expédition. Mais pour l'une de nous deux seulement.

La besogne avait été répartie entre nous en fonction de nos points forts, qui étaient aussi antinomiques que notre apparence. Alors que j'adorais les aspects les plus techniques de notre enseignement – la physiologie angélique, le rapport esprit/matière chez les créatures vivantes, la perfection mathématique des premières taxonomies –, Gabriella était plus attirée par la dimension artistique de l'angéologie. Elle aimait à lire les récits épiques de batailles entre angéologues et Nephilim ; elle était capable de déceler des symboles que je n'aurais jamais perçus dans des tableaux religieux ; elle analysait les textes anciens avec un tel soin que vous aviez le sentiment que le sens d'un simple mot avait le pouvoir d'influencer l'avenir. Elle croyait au progrès et, au cours de notre première année d'études, elle était parvenue à me transmettre cette conviction. En conséquence, Seraphina Valko lui avait assigné les textes mythologiques, me déléguant la tâche plus méthodique de confronter les informations empiriques issues des tentatives précédentes en vue de retrouver la grotte, de passer au crible les caractéristiques de diverses époques géologiques et de collationner les cartes anciennes.

Vu la mine réjouie de Gabriella, elles devaient bavarder depuis un petit moment déjà. Au milieu de la pièce étaient ouvertes plusieurs caisses en bois, dont les arêtes grossières s'enfonçaient dans le tapis d'Orient rouge et or. Chacune était remplie de carnets et de papiers en vrac, comme si on les y avait entassés à la hâte.

Ma stupéfaction à la vue de Gabriella, de même que ma curiosité à l'égard de ces caisses ne passèrent pas inaperçues. Seraphina Valko me fit signe d'entrer, puis me pria de fermer la porte.

— Venez, Célestine, dit-elle en désignant un divan près des étagères. Je me demandais quand vous alliez arriver.

Comme en écho à sa remarque, l'horloge comtoise à l'autre bout du bureau sonna 8 heures. J'avais bien une heure d'avance.

— Je croyais que nous commencions à 9 heures, m'étonnai-je.

— Gabriella souhaitait se mettre à l'ouvrage au plus tôt, exposa Seraphina. Nous passions en revue certains des matériaux que vous allez devoir cataloguer. Ces caisses contiennent les notes de Raphael. Il les a apportées de son bureau hier soir.

Elle alla jusqu'à sa table de travail, où elle récupéra une clef, et déverrouilla un placard. Les étagères, rigoureusement ordonnées, étaient chargées de carnets.

— Et voici les miennes. Je les ai classées par sujet et par date : celles datant de mes études sur les rayons du bas, les plus récentes – des citations et des ébauches d'articles – en haut. Cela fait plusieurs années que je diffère un inventaire. Pour des raisons de confidentialité, mais surtout parce que j'attendais de trouver les bons assistants. Vous êtes toutes deux de brillantes étudiantes qui possédez les bases de l'angéologie – téléologie, fréquences transcendantales, théories morphiques de l'angéologie, taxonomie. Et même si vous n'avez eu droit qu'à une introduction dans ces matières, vous avez aussi des notions de géologie antédiluvienne. Vous êtes travailleuses, méticuleuses, cultivées, douées de talents complémentaires, mais vous n'êtes pas des spécialistes. Mon souhait est que vous abordiez les choses d'un œil neuf. Si quoi que ce soit nous a échappé, je suis sûre que vous le relèverez. Je vais aussi vous demander d'assister à mes cours. Je suis consciente que vous les avez déjà suivis l'année dernière, mais ils revêtent une importance particulière pour votre travail.

Elle fit glisser un doigt le long d'une rangée de cahiers, en sélectionna plusieurs et les posa entre nous sur la table basse. Mon premier réflexe fut de me jeter dessus, mais je me retins, m'efforçant d'imiter Gabriella. Je ne voulais pas paraître trop empressée.

— Vous feriez peut-être bien de débuter par ceux-là, avança Seraphina en se rasseyant sur le canapé. Je pense que mettre de l'ordre dans les dossiers de Raphael ne va pas être chose aisée.

— Ça représente un tel volume ! m'exclamai-je, subjuguée par la masse de documents et curieuse d'apprendre comment nous allions nous y prendre pour organiser pareille quantité d'informations.

— J'ai déjà donné à Gabriella des instructions précises sur la marche à suivre, m'assura Seraphina. Elle vous en fera part. La seule mise en garde que je répéterai est celle-ci : souvenez-vous que ces carnets sont exceptionnellement précieux. Ils constituent le gros de notre activité de recherche. Même si nous en avons publié une partie, ils n'ont jamais été recopiés dans leur intégralité. Je vous prierai donc de prendre de grandes précautions pour la manipulation des plus fragiles, notamment ceux qui relatent nos expéditions. Je suis convaincue que vous apprendrez beaucoup, malgré le manque d'ordre. De fait, j'ai bon espoir que nos notes vous aident à mieux cerner l'histoire de notre combat et, avec un peu de chance, nous permettent de découvrir ce que nous cherchons.

Elle prit un petit cahier à reliure de cuir et me le tendit.

— Ce carnet remonte à mes années d'étudiante. Il comprend aussi bien des notes prises en cours que des spéculations sur l'angéologie et son développement. Comme je ne l'ai pas consulté depuis longtemps, je ne peux pas vous dire au juste tout ce que vous trouverez à l'intérieur. Comme vous, Célestine, j'étais une étudiante ambitieuse qui passait de longues heures à la bibliothèque. Face une telle avalanche de faits sur l'histoire de l'angéologie, je n'ai pu m'empêcher de procéder à un petit résumé. Je crains aussi que vous ne tombiez sur des digressions quelque peu naïves. Prenez-les avec les pincettes de rigueur.

J'avais du mal à imaginer Seraphina Valko étudiante, effectuant le même apprentissage que nous. Et encore plus qu'elle ait pu être naïve.

— Les passages ultérieurs seront peut-être un peu plus passionnants. J'ai reformulé sous une forme plus... concise, dirons-nous, tout l'historique de nos travaux. L'un des préceptes que nos chercheurs comme nos agents se sont toujours appliqués à respecter est que l'angéologie remplit avant tout une fonction pratique – nos recherches sont un outil. La théorie ne vaut que par ses applications concrètes et, dans notre cas, l'étude de l'histoire est déterminante pour lutter contre les Nephilim.

« Personnellement, je suis plutôt pragmatique. Je ne suis pas douée pour jongler avec des abstractions. J'ai donc recouru à la narration afin de rendre les théories angéologiques plus tangibles. Je construis mes cours de manière assez similaire. Si le recours au récit est assez commun dans diverses branches de la théologie – sous forme d'allégories et autres –, l'Église s'est toujours abstenue d'une telle approche en angéologie. Comme vous le savez peut-être, les hiérarchies angéliques ont souvent été élaborées par les Pères de l'Église pour servir leurs thèses. De même que Dieu avait créé une hiérarchie des anges, Il avait attribué à chacun un rang sur terre. L'un expliquait l'autre. De même que les Séraphins étaient supérieurs aux Chérubins, l'archevêque de Paris se situait au-dessus du paysan. Vous saisissez le principe : un ordre divin et prière de rester à sa place. Et de payer ses impôts, *bien sûr**. Les hiérarchies angéliques de l'Église légitimaient l'édifice politique et social. Elles inscrivaient l'univers dans un récit, une cosmogonie qui conférait un sens à l'arbitraire apparent du quotidien. Les angéologues se sont, bien entendu, écartés de cette voie. Nous cultivons une organisation horizontale qui favorise la liberté intellectuelle et la promotion au mérite. Un système pour le moins unique.

— Comment un tel système a-t-il pu survivre ? intervint Gabriella. L'Église ne l'aurait jamais autorisé.

Interloquée par l'audace de la question, je baissai les yeux. Je n'aurais jamais osé mettre aussi directement en cause l'Église – mais peut-être ma foi en son infaillibilité était-elle une erreur.

— C'est une question fréquemment posée, répondit notre professeur. Les pères fondateurs de l'angéologie ont élargi le champ de nos activités au Xe siècle lors d'une grande rencontre dont il existe un excellent compte rendu rédigé par l'un des participants.

Elle se dirigea vers le placard et y prit un livre.

— Même si ce n'est pas possible immédiatement, au regard du travail qui vous attend, je vous recommande de le lire quand vous aurez un moment, poursuivit-elle en posant le volume sur la table. Lorsque vous commencerez à en apprendre davantage sur l'histoire de notre Société, vous vous rendrez compte que l'angéologie ne se borne pas à la recherche et au débat. Notre action procède des sages initiatives d'un groupe de vénérables religieux. La première expédition angéologique, première tentative concrète destinée à découvrir la prison des anges, vit le jour lors du concile de Sozopol, organisé par les vénérables pères à l'invitation de leurs frères thraces. Ce fut l'acte fondateur de notre discipline et, d'après le père Bogomil, l'un des principaux pères fondateurs, un grand succès, car cette assemblée qui posa les bases de notre activité réunit les plus grands penseurs religieux de l'époque – un aréopage œcuménique d'une envergure sans pareil depuis le concile de Nicée. Prêtres, diacres, acolytes, rabbins et élus manichéens prirent part à une profusion d'échanges doctrinaux dans la grande salle. Mais une réunion secrète eut lieu ailleurs. Clematis, un vieil évêque d'origine thrace qui vivait à Rome, avait rassemblé un cercle choisi d'ecclésiastiques de confiance qui partageaient sa passion pour la découverte de la grotte où étaient emprisonnés les Veilleurs. Il avait d'ailleurs son idée sur son emplacement, qui, selon lui, devait se situer, comme les vestiges de l'arche de Noé, à proximité de la côte de la mer Noire. Clematis finit même par se rendre dans ces montagnes pour vérifier son hypothèse. Nous avons toujours supposé, Raphael et moi, qu'il avait dû dessiner une carte – mais nous ne disposons d'aucune preuve pour étayer nos conjectures.

— Comment pouvez-vous être aussi certains que cette grotte existe ? lui demanda Gabriella. Qu'est-ce qui le prouve ? Et si ce n'était qu'une légende ?

— Il doit bien y avoir un fond de vérité, affirmai-je, avec le sentiment que Gabriella était trop prompte à contredire notre professeur.

— Clematis a trouvé la grotte, répliqua celle-ci. Le vénérable père et sa troupe sont les seuls à en avoir déterminé la véritable position, les seuls à s'être aventurés à l'intérieur et les seuls à avoir vu les anges renégats depuis des millénaires. Clematis l'a payé de sa vie. Heureusement, il a eu le temps avant sa mort de relater l'expédition de façon succincte. Ce texte nous a servi de source principale pour nos recherches.

— L'emplacement de la grotte doit bien y figurer, hasardai-je, désireuse d'en apprendre davantage sur cette expédition.

— Oui, Clematis cite son nom, acquiesça Seraphina Valko.

Elle attrapa un stylo à plume, une feuille et traça une série de caractères cyrilliques qu'elle nous montra :

Гяурското Бърло

— Clematis l'appelle « Gyaurskoto Burlo », ce qui, en vieux bulgare, signifie « prison des infidèles » ou, approximativement, « repaire des infidèles » – appellation adéquate pour les Veilleurs, que les chrétiens d'alors qualifiaient de « renégats » ou d'« impies ». Au XIVe siècle, la région des Rhodopes a été occupée par les Turcs, jusqu'à ce que, en 1878, les Bulgares les en chassent avec l'aide des Russes, ce qui complique encore de nos jours les investigations, car les musulmans appliquaient, eux, le qualificatif d'« infidèles » aux chrétiens. Nous avons effectué plusieurs expéditions en Grèce et en Bulgarie dans les années 1920, mais, à notre grand regret, nous n'avons jamais entendu parler d'une grotte nommée ainsi. Soit les villageois que nous avons interrogés associaient ce toponyme aux Turcs, soit il ne leur évoquait rien. Malgré de nombreuses années de recherches, nous n'avons jamais repéré ce nom sur la moindre carte de la région. Qu'il s'agisse de négligence ou d'un silence délibéré, il n'existe aucune autre référence écrite à cette grotte.

— Ne serait-il pas plus sensé d'en déduire que Clematis divaguait et qu'il n'y a pas de grotte ? objecta Gabriella.

— Non, c'est vous qui faites erreur, répliqua Seraphina Valko avec une brusquerie qui trahissait sa passion pour la question. La prison des anges renégats est bien réelle. J'ai misé ma carrière là-dessus.

— Dans ce cas, il doit exister un moyen de la trouver, assurai-je, mesurant mieux l'obsession des Valko pour cette énigme. Nous allons devoir éplucher le récit de Clematis.

— Ce sera pour plus tard, dit Seraphina Valko. Une fois que vous aurez fini la tâche qui vous a été attribuée.

J'ouvris le volume qu'elle avait placé devant moi, intriguée par son contenu. Je ne pouvais réprimer ma satisfaction d'être sur la même longueur d'onde que mon professeur, alors que Gabriella, qui forçait souvent l'admiration des Valko, s'était heurtée à elle. Toutefois, Gabriella ne semblait nullement affectée par la désapprobation de Seraphina. En fait, elle avait l'air de penser à tout autre chose. Il était patent qu'elle n'éprouvait pas le même sentiment de rivalité que moi. Elle ne ressentait pas le besoin de faire ses preuves. S'avisant de mon impatience de commencer, Seraphina Valko se leva.

— Je vous laisse vous mettre au travail. Peut-être saurez-vous déceler dans ces documents quelque chose qui m'a échappé. Il est des textes qui vous interpellent profondément et d'autres qui vous laissent indifférent. Cela dépend de la réceptivité de chacun à l'égard du sujet. L'esprit et la pensée mûrissent chacun à leur façon et à leur rythme. Il ne suffit pas d'avoir des oreilles pour apprécier la belle musique.

Dès mon premier jour à l'Académie, j'avais pris l'habitude d'arriver en avance aux cours des Valko afin de m'assurer une place parmi les innombrables étudiants. Même si Gabriella et moi les avions déjà suivis l'année précédente, j'adorais l'atmosphère de curiosité passionnée et l'illusion de fraternité érudite qui y régnaient ; Gabriella, elle, se délectait plutôt de son statut d'étudiante de deuxième année issue d'une famille réputée. Les première année n'avaient de cesse de l'épier pour voir comment elle réagissait aux propos des Valko. Nos professeurs dispensaient leur enseignement dans une petite chapelle en pierre, érigée sur les fondations d'un temple romain aux épais murs en calcaire, de sorte que les deux édifices semblaient nés des carrières abandonnées qui s'étendaient sous Paris. Le plafond croulant en briques était soutenu par des étais en bois si branlants que, lorsque des voitures pétaradaient à l'extérieur, j'avais toujours peur que le bâtiment ne s'effondre sur nous.

Gabriella et moi prîmes place au fond de la chapelle pendant que Seraphina Valko disposait ses notes devant elle.

— Aujourd'hui, je souhaiterais partager avec vous une histoire qui, sous une forme ou une autre, doit être familière à la plupart d'entre vous, annonça-t-elle. En tant que mythe fondateur de notre discipline, sa place centrale dans l'histoire est indiscutable, sa portée poétique inattaquable. Elle commence durant les années précédant le Déluge, lorsque Dieu dépêcha sur terre une cohorte de deux cents anges, les Veilleurs, afin de surveiller la Création. Le chef des Veilleurs se nommait Shemêhaza. Il était beau, altier – l'incarnation de l'idéal angélique. Sa peau était blanche comme de la craie, ses yeux clairs, sa chevelure dorée d'une splendeur divine. Après avoir traversé la voûte céleste, il arriva dans le monde matériel à la tête de ses troupes, secondé par les anges Arataqif, Ramaël, Tamiel, Ramiel, Daniel, Ziqiel, Baraqiel, Azaël, Hermoni, Matariel, Ananiel, Toumiel, Setaouël, Touriel, Yomiel, Kokabiel, Araziel, Shamshiel et Sahriel.

« Les Veilleurs se dispersèrent parmi les enfants d'Adam et Ève, discrètement, allant de région en région, suivant les hommes dans leurs déplacements, et découvrirent ainsi de denses foyers de population sur les bords du Gange, du Nil, du Jourdain et de l'Amazone. Ils vivaient discrètement, à l'écart des hommes, observant comme il se doit les mœurs et les activités humaines.

« Un après-midi, durant l'ère de Yéred, alors que les Veilleurs étaient rassemblés sur le mont Hermon, Shemêhaza aperçut dans un lac une femme qui se baignait, sa chevelure brune s'enroulant autour d'elle. Il appela les autres et, ensemble, les anges contemplèrent ce spectacle. D'après de nombreuses autorités religieuses, ce fut alors que Shemêhaza suggéra aux Veilleurs de se choisir des femmes de race humaine.

« Conscients que semblable union enfreignait toutes les lois du Ciel comme de la Terre, les anges firent le serment d'assumer ensemble tout châtiment éventuel, puis ils descendirent du mont Hermon et se présentèrent devant les femmes humaines, qui les prirent comme époux. Elles ne tardèrent pas à concevoir et, au bout de quelque temps, enfantèrent les Nephilim.

« Les Veilleurs regardèrent leurs enfants grandir et constatèrent qu'ils étaient différents d'eux, mais aussi de leurs mères. Leurs filles étaient plus grandes et plus séduisantes que les femmes humaines, elles avaient de l'intuition et des pouvoirs psychiques, elles possédaient la beauté des anges. Leurs fils étaient plus grands et plus forts que les hommes normaux, ils faisaient preuve de plus d'acuité d'esprit, ils possédaient la clairvoyance des créatures du monde spirituel. En guise de présent, les Veilleurs réunirent leurs fils et leur enseignèrent l'art de la guerre. Ils apprirent aux garçons les secrets du feu – à l'allumer et à l'entretenir, à l'apprivoiser pour cuisiner et se chauffer. Un cadeau si précieux qu'il fut à l'origine de plusieurs légendes humaines, et notamment du mythe de Prométhée. Les Veilleurs apprirent aussi à leurs fils le travail des métaux, qu'ils avaient eux-mêmes inventé, mais dissimulé à l'humanité. Ils leur indiquèrent comment fabriquer des bracelets, des bagues et des colliers en métaux précieux, comment extraire l'or et les gemmes du sol, les polir et en faire des objets auxquels était attribuée une valeur. Les Nephilim accumulaient les richesses, amassant l'or et le grain. Les Veilleurs montrèrent à leurs filles comment teindre les étoffes et se maquiller au moyen de minéraux réduits en poudre, si bien qu'ainsi apprêtées, elles suscitaient l'envie chez les femmes humaines.

« Les Veilleurs apprirent à leurs enfants comment forger des outils qui leur donneraient la supériorité sur les hommes, comment fondre le métal pour confectionner des épées, des couteaux, des boucliers, des cuirasses ou des pointes de flèches. Discernant l'avantage que leur conféraient ces objets, les Nephilim créèrent des réserves d'armes. Ils se mirent à chasser et à entreposer des provisions, protégeant leurs biens par la violence.

« Mais la générosité de Veilleurs ne s'arrêta pas là. Ils firent part à leurs épouses et à leurs filles de secrets encore plus redoutables que le feu ou la métallurgie. Ils regroupèrent toutes les femmes et les emmenèrent dans les montagnes, où ils leur révélèrent comment jeter des sorts et concocter des remèdes à l'aide d'herbes et de racines. Ils leurs enseignèrent l'art de la magie, ainsi qu'un système de symboles afin de noter leurs sortilèges. Des parchemins commencèrent à circuler parmi elles. Les femmes, jusqu'alors à la merci de la force physique des hommes, devinrent puissantes et dangereuses.

« Et les Veilleurs continuèrent à divulguer de plus en plus de mystères divins à leurs épouses et à leurs filles :

« Baraqiel leur apprit l'astrologie ;

« Kokabiel, à lire les présages dans les étoiles ;

« Ziqiel, à interpréter les nuages ;

« Arataqif, les signes de la terre ;

« Shamshiel, les signes du soleil ;

« Sahriel, les signes de la lune ;

« Hermoni, les exorcismes.

« Forts de ces enseignements, les Nephilim se constituèrent en tribu et entreprirent de s'approprier les terres et les ressources naturelles par les armes. Ils perfectionnèrent l'art militaire et acquirent une emprise de plus en plus grande sur l'humanité. Ils s'érigèrent en souverains du monde et accaparèrent de vastes territoires dont ils firent leurs royaumes. Ils se dotèrent d'esclaves et d'étendards pour leurs armées. Ils soumirent la population de leurs pays, faisant des uns des soldats et des autres, des commerçants ou des paysans à leur service. Armés de secrets éternels et assoiffés de pouvoir, les Nephilim asservirent l'humanité.

« Mais les hommes, opprimés, implorèrent alors le Ciel de les aider. Or, Michel, Ouriel, Raphael et Gabriel, les archanges qui surveillaient les Veilleurs depuis leur arrivée sur terre, n'avaient rien perdu des iniquités des Nephilim.

« Sitôt qu'ils en reçurent l'ordre, les archanges fondirent sur les Veilleurs, les emprisonnèrent dans un cercle de feu et les désarmèrent. Vaincus, les Veilleurs furent enchaînés et transportés jusqu'à une grotte lointaine et isolée, haut dans les montagnes, où, ployant sous leurs entraves, ils reçurent l'ordre de plonger dans l'abîme. Et ils se jetèrent dans le gouffre, s'enfonçant de plus en plus profond dans la croûte terrestre, jusqu'à ce que leur chute s'achève dans une prison de ténèbres où, privés d'air et de lumière, ils ne purent que pleurer leur liberté perdue. Coupés de la terre comme des Cieux, réduits à attendre une hypothétique libération, ils supplièrent Dieu de leur pardonner. Ils appelèrent leurs enfants à la rescousse. Mais Dieu ignora leurs supplications. Et les Nephilim ne vinrent pas.

« L'ange Gabriel, messager de la bonne nouvelle, ne put rester indifférent au désespoir des Veilleurs. Dans un moment de pitié, il lança sa lyre à ses frères déchus afin que ceux-ci puissent apaiser leur tourment par la musique. Il regretta aussitôt son geste. La musique de la lyre était ensorcelante. Les Veilleurs risquaient d'en tirer parti.

« Au fil du temps, la prison de granit des Veilleurs en vint à être assimilée aux Enfers, le séjour souterrain des morts où les héros trouvaient la sagesse et la vie éternelle. Tartare, royaume d'Hadès, Annwvyn, Enfer – les légendes se multiplièrent, tandis que les Veilleurs, enchaînés dans les profondeurs, continuaient à crier au secours. Et aujourd'hui encore, quelque part sous terre, leurs appels continuent de résonner.

« On a beaucoup spéculé sur les raisons pour lesquelles les Nephilim n'ont jamais secouru leurs géniteurs. À l'évidence, avec le soutien de ces derniers, les Nephilim seraient encore plus puissants et ils auraient certainement libéré les Veilleurs s'ils en avaient eu les moyens. Mais l'emplacement de leur prison demeure inconnu. Et c'est de ce mystère que notre discipline tire ses origines.

Seraphina Valko était une excellente oratrice, qui avait un don impressionnant pour donner vie à son propos et captiver les étudiants de première année – qualité qui faisait défaut à bon nombre de nos professeurs. Son ardeur avait pour contrepartie qu'elle semblait souvent épuisée au bout d'une heure de cours, et ce jour-là ne fit pas exception à la règle. Levant les yeux de ses notes, elle décréta une courte pause. Gabriella me fit signe de la suivre et, après avoir quitté la chapelle par une porte latérale et parcouru une série d'étroits couloirs, nous débouchâmes dans une cour déserte. La nuit tombait et le soir d'automne était tiède. Des ombres jouaient sur les dalles en ardoise. Un grand hêtre dont l'écorce était comme marbrée par la lèpre nous dominait de toute sa hauteur. Les cours des Valko pouvaient durer des heures et empiétaient souvent sur la soirée, de sorte que j'étais heureuse de prendre l'air. Je brûlais d'envie de demander à Gabriella son avis sur ce que nous venions d'entendre – c'était d'ailleurs ainsi que nous nous étions liées d'amitié –, mais je sentais qu'elle n'était pas d'humeur.

Elle tira un étui à cigarettes de la poche de sa veste et m'en offrit une. Je refusai, comme d'habitude, et elle haussa les épaules. Je connaissais bien cette légère mimique qui exprimait clairement combien elle réprouvait mon inaptitude à savourer la vie. « Célestine, l'ingénue », disait ce haussement d'épaules. « Célestine, la petite provinciale... » Gabriella m'avait beaucoup appris, par ses rebuffades et ses silences. Je l'observais toujours avec le plus grand soin, prêtant attention à ses tenues, à ses lectures ou sa coiffure. Au cours des semaines précédentes, elle s'était mise à porter des vêtements plus jolis, plus décolletés. Son style de maquillage, bien à elle, s'était fait plus voyant et plus sombre. La scène à laquelle j'avais assisté le matin précédent suggérait le motif de ce changement, mais je n'en étais pas moins fascinée. Malgré nos divergences, je la considérais toujours comme une grande sœur. Elle alluma sa cigarette avec un splendide briquet en or et inspira une grande bouffée, comme pour souligner ce à côté de quoi je passais.

— Qu'il est beau ! m'extasiai-je en prenant le briquet.

L'or avait une teinte rosée à la lueur du soir. Je fus tentée de demander à Gabriella comment elle était entrée en possession d'un objet aussi luxueux, mais je me retins. Gabriella avait le don de décourager les questions, même les plus insignifiantes. Nous nous voyions tous les jours depuis plus d'un an, mais nous ne parlions que très peu de nos vies personnelles. Aussi optai-je pour une simple observation :

— Je ne l'avais jamais vu.

— Il appartient à un ami, affirma-t-elle, fuyant mon regard.

Gabriella n'avait pas d'autre ami que moi – elle mangeait avec moi, elle étudiait avec moi et, quand j'étais occupée, elle préférait rester seule plutôt que de se lier avec d'autres –, donc je sus aussitôt qu'il s'agissait du briquet de son amant. Ne se doutait-elle pas que ces faux-semblants ne feraient qu'attiser ma curiosité ? Je ne pus m'empêcher de la mettre sur la sellette.

— Quel genre d'ami ? Si je te pose la question, c'est parce que tu n'as pas l'air d'avoir la tête au travail, ces temps-ci.

— L'angéologie ne se limite pas à potasser de vieux textes, riposta Gabriella avec une expression de reproche, comme si ma vision de notre discipline était complètement faussée. Je suis entièrement dévouée à notre mission.

— Explique-moi, alors ! m'exclamai-je, incapable de dissimuler mes sentiments. Quelque chose d'autre accapare ton attention, Gabriella.

— Tu n'as aucune idée de ce qui me passe par la tête...

Elle s'était efforcée de répondre avec son dédain habituel, mais je discernai une pointe de désarroi chez elle. Mes questions l'avaient surprise et blessée.

— J'en sais plus que tu le crois, déclarai-je, dans l'espoir qu'elle avoue tout si je la mettais au pied du mur.

Je n'avais jamais employé un ton aussi véhément avec elle. Mon erreur m'apparut avant même que j'aie terminé ma phrase. Gabriella me reprit le briquet, le fourra dans la poche de sa veste, puis écrasa sa cigarette sur les dalles et s'éloigna.

À mon retour dans la chapelle, je repris place à côté d'elle. Elle avait posé sa veste sur ma chaise afin de la réserver, mais elle refusa de m'adresser un regard lorsque je m'assis. Je constatai qu'elle avait pleuré – son maquillage avait coulé et elle avait les yeux cerclés de khôl mêlé de larmes. J'aurais eu envie de discuter avec elle. J'aurais tout fait pour qu'elle s'ouvre à moi, pour l'aider à surmonter toute erreur de jugement qu'elle avait pu commettre. Mais je n'en avais pas le temps. Raphael Valko succéda à son épouse sur l'estrade et disposa une liasse de feuilles devant lui. Je plaçai donc une main sur le bras de Gabriella et lui souris afin de lui signifier que j'étais désolée. Mais ma tentative d'apaisement ne rencontra que l'hostilité. Gabriella retira son bras sans m'accorder un regard. Elle se laissa aller contre le dossier en bois de sa chaise et croisa les jambes en attendant que Raphael Valko commence.

Dès mes premiers mois à l'Académie, j'avais découvert qu'il y avait deux écoles, concernant les Valko. La plupart des étudiants les adoraient. Charmés par l'esprit, les connaissances ésotériques et le sens pédagogique de leurs professeurs, ils buvaient leurs moindres paroles. Comme beaucoup, j'appartenais à ce groupe. Une minorité demeurait cependant plus réservée. Elle jugeait douteuses les méthodes des Valko et pédants leurs cours conjoints. Je soupçonnais Gabriella d'en faire partie et d'être critique à leur égard, à l'image de son oncle lors de la réunion du conseil. Les Valko étaient des inconnus qui avaient gravi les échelons de la Société jusqu'au sommet, alors que la filiation de Gabriella lui assurait d'emblée une position élevée. J'avais souvent entendu son opinion sur nos professeurs et je savais que ses idées différaient souvent des leurs.

Raphael Valko tapota le bord du pupitre pour réclamer le silence et débuta :

— Les origines du Premier Cataclysme angélique ont souvent été débattues. Rien que dans notre collection, j'ai compté trente-neuf versions contradictoires des faits. Comme la plupart d'entre vous le savent, la méthodologie historique a bien évolué – d'aucuns diraient « régressé » – pour disséquer des événements de cette nature. Je serai donc franc avec vous : mes méthodes, de même que celles de mon épouse, ont changé au fil du temps afin d'incorporer des perspectives multiples. Notre lecture des textes, ainsi que le récit que nous composons à partir de sources fragmentaires, reflète nos objectifs plus généraux. Bien entendu, en tant que futurs chercheurs, vous ne manquerez pas de parvenir à vos propres conclusions sur le Premier Cataclysme. Si nous atteignons notre but, vous quitterez ce cours avec une étincelle de doute qui vous incitera à entreprendre des recherches personnelles inédites. Ouvrez donc grand vos oreilles. Croyez, doutez, acceptez, rejetez, transcrivez, remaniez tout ce que vous apprendrez aujourd'hui. C'est ainsi que vous assurerez l'avenir de l'angéologie.

Raphael Valko avait entre les mains un carnet à couverture de cuir. Il l'ouvrit et se mit à lire, d'une voix sobre et régulière :

— Les Nephilim se rassemblèrent, haut dans les montagnes, sous une corniche, à l'abri de la pluie, et demandèrent conseil aux filles de Shemêhaza et aux fils d'Azaël, qu'ils avaient pris pour chef après que les Veilleurs eurent été emprisonnés sous terre. Le fils aîné d'Azaël harangua alors la multitude de géants pâles qui emplissait la vallée :

« "Mon père nous a enseigné les secrets de la guerre, dit-il. Il nous a appris à nous servir d'une épée, d'un couteau, à fabriquer des flèches, à attaquer l'ennemi par surprise. Mais il ne nous a pas appris à nous défendre contre le Ciel. Nous serons bientôt cernés de toutes parts par les eaux. Malgré notre force et notre nombre, il nous est impossible de construire une arche comme celle de Noé. Et nous ne pouvons pas non plus l'attaquer pour nous emparer de la sienne : les archanges veillent sur lui et sur sa famille."

« Il était bien connu que Noé avait trois fils, qui l'aidaient à bord de l'arche. Le fils d'Azaël annonça donc qu'il allait se rendre sur la côte, à l'endroit où Noé embarquait plantes et animaux, afin de chercher un moyen de se faufiler sur l'arche. "Restez au sommet de la montagne, mes frères et mes sœurs, conclut-il en emmenant l'aînée de Shemêhaza, leur meilleure enchanteresse. Il se peut que les eaux ne montent pas jusqu'à cette altitude."

« Ensemble, le fils d'Azaël et la fille de Shemêhaza descendirent par un sentier de montagne escarpé, sous la pluie incessante, et gagnèrent la mer Noire en furie. Noé avait essayé d'avertir ses contemporains du Déluge pendant des mois, mais ceux-ci ne l'avaient pas écouté. Malgré le risque d'anéantissement total, ils avaient continué à festoyer, à danser, à dormir et à se réjouir. Ils s'étaient moqués de Noé et certains étaient même venus jusqu'à l'arche pour lui lancer des quolibets tandis qu'il chargeait des vivres et de l'eau à bord.

« Pendant plusieurs jours, le fils d'Azaël et la fille de Shemêhaza épièrent les allées et venues de Sem, Cham et Japhet, les fils de Noé. Ceux-ci étaient très différents les uns des autres. Sem, l'aîné, avait les cheveux noirs et les yeux verts, des mains délicates et de l'éloquence ; Cham avait le teint plus sombre et de grands yeux marron, une force considérable et du bon sens ; Japhet était blond aux yeux bleus et c'était le plus pâle, le plus frêle et le plus mince des trois. Alors que Sem et Cham aidaient sans discontinuer leur père à acheminer à bord les animaux, les sacs de nourriture et les amphores d'eau, Japhet, lui, travaillait plus lentement. Les trois fils de Noé étaient mariés depuis longtemps et, à eux trois, ils avaient donné à Noé de nombreux petits-enfants.

« La fille de Shemêhaza constata que Japhet leur ressemblait et arrêta son choix sur lui. Les Nephilim attendirent, à l'affût, que les derniers animaux soient à bord de l'arche, puis le fils d'Azaël s'approcha furtivement de l'immense embarcation et se tapit dans l'ombre pour appeler Japhet.

« Le benjamin de Noé se pencha par-dessus le bastingage, ses boucles blondes dans les yeux. Le fils d'Azaël enjoignit à Japhet de l'accompagner à l'écart jusqu'à un sentier qui s'enfonçait dans la forêt. Les archanges, qui montaient la garde sur le pont de l'arche, ne firent pas attention à Japhet lorsque celui-ci quitta le navire.

« Japhet s'enfonça à la suite du fils d'Azaël entre les arbres, sous la pluie qui martelait le feuillage dans un bruit de tonnerre. Il était à bout de souffle lorsqu'il rattrapa le majestueux inconnu. “Qu'est-ce que vous voulez de moi ?” demanda-t-il, à peine capable de parler.

« Sans répondre, le fils d'Azaël noua ses doigts autour du cou de Japhet et serra jusqu'à ce que les fragiles cartilages de la gorge cèdent. En cet instant, avant même que le Déluge ait pu éliminer ces êtres malveillants de la planète, le divin dessein de purifier le monde échoua. L'avenir de la race des Nephilim s'affermit et un nouveau monde vit le jour.

« La fille de Shemêhaza apparut et plaça ses mains sur le visage de son compagnon. Elle avait mémorisé tous les sorts que son père lui avait enseignés. Sitôt qu'elle le toucha, le fils d'Azaël se métamorphosa : son éblouissante beauté s'amoindrit et ses traits angéliques s'estompèrent. Elle lui murmura quelques mots à l'oreille et il prit l'aspect de Japhet. Affaibli par la transformation, il s'éloigna de la fille de Shemêhaza en titubant et retourna jusqu'à l'arche.

« L'épouse de Noé sut au premier coup d'œil que son fils était changé. Son visage, son allure étaient les mêmes, mais son attitude était étrange. Elle lui demanda où il avait disparu et ce qui lui était arrivé. Comme il ne parlait pas la langue des humains, le fils d'Azaël ne répondit pas, terrifiant encore plus sa mère. Elle alla trouver l'épouse de son fils, une femme adorable qui connaissait Japhet depuis son enfance. Elle aussi perçut l'altération de Japhet, mais comme il était physiquement identique à l'homme qu'elle avait épousé, elle ne sut comment réagir. Sem et Cham se mirent à éviter leur frère, gênés en sa présence. Mais Japhet était toujours à bord de l'arche quand les eaux submergèrent la terre, le dix-septième jour du deuxième mois. Le Déluge venait de commencer.

« La pluie inonda les villes et les vallées. L'eau s'éleva jusqu'au pied des montagnes, puis jusqu'au sommet. Les Nephilim virent l'eau monter de plus en plus haut, jusqu'à ce qu'ils n'aperçoivent plus la terre. Les guépards et les léopards, terrorisés, grimpaient dans les arbres ; le terrible hurlement des loups à l'agonie retentissait dans l'atmosphère. Une girafe ruisselante demeura plantée au sommet d'une colline isolée, le museau tendu vers le ciel, jusqu'à ce que les eaux l'engloutissent. Des cadavres d'humains, d'animaux et de Nephilim flottaient comme des larves de libellules à la surface, ondoyant au gré des vagues, avant de se putréfier et de sombrer au fond de l'océan. Des amas de cheveux et de membres enchevêtrés cognaient contre la proue de l'arche, sous l'effet des remous agitant cette soupe aqueuse. L'odeur des chairs cuites par le soleil empuantissait l'air.

« L'arche dériva jusqu'au vingt-septième jour du second mois de l'année suivante, soit trois cent soixante-dix jours au total. Pendant tout ce temps, Noé et sa famille n'eurent pour seul horizon que la mort et l'océan infini, un moutonnement gris en perpétuel mouvement, un paysage anarchique de vagues à perte de vue, de l'eau et encore de l'eau, un univers sans rivage ni stabilité. Ils flottèrent à la surface des eaux si longtemps qu'ils épuisèrent leurs réserves de vin et de céréales et survécurent en se nourrissant d'œufs de poule et d'eau.

« Une fois que l'arche eut touché terre et que les eaux se furent retirées, Noé et sa famille libérèrent les animaux parqués dans les entrailles du bateau, empoignèrent leurs sacs de semences et les plantèrent. Très vite, les enfants de Noé commencèrent à repeupler la Terre. Conformément à la volonté de Dieu, les archanges leur vinrent en aide et conférèrent une extraordinaire fertilité au sol, aux animaux et aux femmes. Les récoltes recevaient assez de soleil et de pluie, les animaux trouvaient de la nourriture en quantité suffisante, les femmes ne mouraient pas en couches. Tout croissait. Rien ne dépérissait. Le monde renaissait.

« Les fils de Noé s'approprièrent tout ce qu'ils voyaient. Ils devinrent patriarches à leur tour et engendrèrent chacun une branche de l'humanité. Ils émigrèrent vers de lointaines régions où ils fondèrent des dynasties encore présentes aujourd'hui. Sem, le fils aîné de Noé, chemina jusqu'au Moyen-Orient et donna naissance aux peuples sémites ; Cham, le fils cadet de Noé, fit route à travers l'Afrique jusqu'au sud de l'équateur, où se développèrent les populations hamitiques ; et Japhet – ou plutôt la créature qui avait pris sa place – s'adjugea les terres qui s'étendaient de la Méditerranée à l'Atlantique et posa les fondations de ce qui allait devenir l'Europe. Et depuis, la progéniture de Japhet ne cesse de nous accabler. En tant qu'Européens, il nous revient cependant de garder cette ascendance à l'esprit. N'avons-nous pas la moindre part démoniaque en nous ? Ou sommes-nous, à notre insu, apparentés aux enfants de Japhet ?

Le cours de Raphael Valko s'acheva abruptement. Il se tut, referma son carnet et nous recommanda de bien assister à son prochain cours. Je savais, d'expérience, qu'il s'interrompait délibérément ainsi, afin de laisser ses étudiants sur leur faim. C'était une technique pédagogique dont j'avais pu apprécier l'efficacité, car je n'avais pas raté un seul de ses cours de première année. Un bruit de notes qu'on rangeait et de piétinement emplit la chapelle, tandis que les étudiants se rassemblaient en groupes pour aller manger ou réviser. Comme tout le monde, je ramassai mes affaires. Le récit du professeur Valko m'avait plongée dans une sorte d'état second et j'avais du mal à revenir à moi. Entourée de si nombreuses personnes, dont beaucoup m'étaient complètement étrangères, la présence familière de Gabriella à mes côtés m'apparaissait réconfortante.

Je m'apprêtais à lui demander si elle voulait que nous rentrions à l'appartement à pied pour dîner, mais à peine eus-je posé les yeux sur elle que je me figeai. Elle était décomposée. Elle avait les cheveux collés par la sueur, la peau moite, le teint livide. L'épais khôl noir qu'elle portait autour des yeux avait encore dégouliné – je n'aurais su dire si c'était dû à la transpiration ou à des pleurs. Elle regardait droit devant elle, de ses grands yeux verts perdus dans le vague. Son apparence était effrayante, elle semblait ravagée par la tuberculose. Je remarquai alors des brûlures ensanglantées sur son avant-bras gauche, tandis qu'elle serrait dans sa main droite son magnifique briquet en or. Je voulus parler, lui demander des explications sur son comportement, mais son expression m'en dissuada net. Je lus dans les yeux de Gabriella une force et une détermination que je ne possédais pas. Elle ne se livrerait pas. Quels que soient les horribles et sinistres secrets qu'elle gardait, elle ne me les confierait jamais. Sans que je comprenne pourquoi, cette certitude me rassura et me désespéra à la fois.

À mon retour à l'appartement, Gabriella était dans la cuisine, une paire de ciseaux et des pansements devant elle. Je m'avançai à sa rencontre pour lui proposer de l'aide. À la lueur de la lampe, la plaie était d'une couleur horrible – les chairs étaient noircies par la flamme et un liquide transparent s'en épanchait. J'entrepris de couper des bandelettes pour la panser, mais Gabriella me les prit des mains.

— Merci, mais je peux m'occuper de moi toute seule.

Elle se confectionna un bandage tandis que je l'observai.

— Comment as-tu pu faire une chose pareille ? m'emportai-je. Qu'est-ce qui ne va pas chez toi ?

Gabriella sourit, comme si je l'amusais. Je crus même un instant qu'elle allait me rire au nez. Mais elle continua à bander son bras.

— Tu ne saisirais pas, Célestine, répliqua-t-elle. Tu es trop brave, trop pure pour ça.

Durant les jours qui suivirent, comme je m'ingéniais à essayer de percer le mystère de sa conduite, Gabriella se fit de plus en plus fuyante. Elle se mit à découcher, sans que je sache où elle était ni si elle allait bien. Elle ne revenait chez nous qu'en mon absence et je décelais ses visites d'après les vêtements qu'elle abandonnait derrière elle ou qu'elle prélevait dans sa penderie. Je pénétrais dans une pièce et je repérais un verre taché d'une marque de rouge à lèvres, une mèche de cheveux noirs ou des effluves de Shalimar sur ses habits. Je ne la côtoyais que durant la journée, lorsque nous travaillions ensemble, au milieu des caisses de carnets et de documents – et même à ces moments-là, c'était comme si je n'existais pas pour elle.

Pire, je commençais à la soupçonner de fouiller dans mes affaires en mon absence, d'inspecter mes cahiers, de surveiller où j'en étais par rapport à elle dans les lectures qu'on nous avait préconisées. Gabriella était trop maligne pour semer des traces de son passage, aussi, à défaut de preuves, me mis-je à faire attention à ce que je laissais sur mon bureau. J'étais convaincue qu'elle n'aurait eu aucun scrupule à voler tout ce qui aurait pu lui être utile, même si elle feignait une indifférence insouciante à l'égard de notre tâche commune.

Au fil du temps, je me perdis peu à peu dans notre fastidieuse routine quotidienne. Jusqu'à un après-midi d'octobre où je tirai de l'une des caisses qui nous entouraient un carnet d'aspect inhabituel, compact, assez épais, muni d'une couverture rigide et éraflée, retenue par un fermail doré à l'effigie d'un ange pas plus gros que mon auriculaire. Gracile et élancée, la créature était pourvue d'un visage stylisé, avec deux saphirs à la place des yeux, d'une ample tunique et d'une paire d'ailes en forme de faucilles. Je caressai le métal froid, puis pressai entre mes doigts les ailes qui résistèrent, avant de céder avec un déclic engageant. Le carnet s'ouvrit et je le posai sur mes genoux, aplatissant les pages de la main. J'adressai un coup d'œil à Gabriella, assise en face de moi, pour m'assurer qu'elle ne s'était pas aperçue de ma trouvaille, mais elle était absorbée dans sa lecture et, à mon soulagement, n'avait rien vu.

J'avais immédiatement deviné qu'il s'agissait du carnet tenu par Seraphina durant ses études, de la somme de ses réflexions distillées et condensées. Le mot « Angéologie » était frappé à l'encre dorée sur la première page. Les feuillets étaient couverts d'un mélange de notes, de spéculations et de questions griffonnées en cours ou lors de révisions pour des examens. On y décelait déjà le goût de Seraphina Valko pour la géologie antédiluvienne : les cartes de Grèce, de Macédoine, de Bulgarie et de Turquie se succédaient, méticuleusement reproduites, comme si mon professeur avait décalqué leurs frontières exactes et pris l'empreinte des montagnes et des lacs. Les noms des grottes, des gorges et des cols étaient indiqués en alphabet grec, latin ou cyrillique, selon la région. Les marges étaient pleines d'annotations minuscules et il fut vite évident pour moi que ces plans avaient été réalisés en vue d'un voyage. Seraphina Valko projetait une seconde expédition angéologique depuis qu'elle était étudiante. Cette révélation me stupéfia. En reprenant le travail de mon professeur sur ces cartes, peut-être aurais-je une chance d'élucider le mystère de l'itinéraire de Clematis.

Poursuivant ma lecture, je découvris, enfouis tels des trésors au milieu des paragraphes denses, des dessins d'auréoles, de trompettes, d'ailes, de harpes et de lyres – les gribouillis vieux de trente ans d'une étudiante qui rêvassait en cours... Certaines pages étaient couvertes d'illustrations et de citations tirées d'ouvrages anciens d'angéologie. Au milieu du carnet, je tombai sur une série de carrés magiques. Ils se présentaient comme des grilles de nombres dont la somme pour chaque rangée, colonne et diagonale de cases était égale à une constante « magique ». Bien entendu, je connaissais l'histoire des carrés magiques – je savais qu'on en trouvait jadis en Perse, en Inde ou en Chine et qu'ils avaient fait leur première apparition en Europe dans les gravures d'Albrecht Dürer – artiste dont j'admirais l'œuvre –, mais je n'avais jamais eu l'occasion d'en examiner de près. Au-dessus, à l'encre rouge passée, était écrit :

L'un des carrés les plus célèbres – et le plus fréquemment utilisé par nous – est le carré Sator-Rotas, dont le plus ancien exemplaire a été découvert à Herculanum, ville italienne partiellement détruite par l'éruption du Vésuve en 79 après J.-C. Sator-Rotas est un palindrome latin, un acrostiche que l'on peut lire de diverses façons. Traditionnellement, en angéologie, il signale la présence d'une signification cachée. Le carré n'est pas un code, comme on le croit souvent, mais un symbole destiné à alerter l'angéologue de la proximité d'un détail important. Dans certains cas, il peut signifier que quelque chose est dissimulé non loin – une lettre ou un message, peut-être. Les carrés magiques ont toujours joué un rôle dans des cérémonies religieuses et celui-ci ne fait pas exception. Leur origine est ancienne et la Société n'est pour rien dans leur diffusion. On les trouve d'ailleurs aussi bien en Chine, en Arabie, aux Indes qu'en Europe, et Benjamin Franklin en a même créé plusieurs aux États-Unis au XVIIIe siècle.

S	A	T	O	R
A	R	E	P	O
T	E	N	E	T
O	P	E	R	A
R	O	T	A	S

Sur la page suivante figurait le carré de Mars, dont les nombres attirèrent mon regard avec une force presque magnétique.

11	24	7	20	3
4	12	25	8	16
17	5	13	21	9
10	18	1	14	22
23	6	19	2	15

Au-dessous, Seraphina avait noté :

> Le sceau de Michel. Le mot « sceau » dérive du latin *sigilum*, tandis qu'en hébreu, *segulah* signifie « mot ou action à portée spirituelle ». Chaque sceau représente un être spirituel, bienfaisant ou malfaisant, tel qu'un ange ou un démon de haut rang, susceptible d'être invoqué par un angéologue lors d'une cérémonie. L'invocation s'accomplit au moyen d'incantations, de sceaux et d'une série d'échanges osmotiques entre l'esprit et l'invocateur. *Nota bene*: les invocations par incantation sont des exercices extraordinairement périlleux, qui sont souvent fatals pour le médium, et ne doivent donc être utilisées qu'en dernier recours.

Plus loin, je tombai sur de nombreux croquis d'instruments de musique – un luth, une lyre, une harpe, magnifiquement représentés, à l'instar des dessins précédents –, mais ceux-là m'importaient peu. Je n'avais aucune idée du son de ces instruments – je ne savais même pas lire une partition. Mon point fort avait toujours été les chiffres et j'avais surtout étudié les mathématiques et les sciences. La musicologie céleste me déroutait et, même si j'adorais les cours, je m'embrouillais complètement dans les modes et les échelles.

Lorsque j'émergeai de mes pensées et levai enfin les yeux de ma lecture, Gabriella était à côté de moi sur le canapé, le menton appuyé sur une main, et elle parcourait avec langueur les pages d'un ouvrage relié. Elle portait des vêtements que je ne lui avais jamais vus, un chemisier en twill de soie et un pantalon large qui paraissait taillé sur mesure. Un bandage apparaissait sur son avant-bras gauche, sous la soie diaphane de sa manche, seule trace de la scène dont j'avais été témoin à l'issue du cours de Raphael Valko, quelques semaines plus tôt. Elle semblait très différente de la jeune fille épouvantée qui s'était brûlé le bras.

Je jetai un coup d'œil au livre qu'elle avait dans les mains et aperçus les mots *Livre d'Hénoch* estampés sur le dos. Malgré mon désir de partager ma découverte avec Gabriella, je savais qu'il valait mieux que je m'abstienne de l'interrompre. Je refermai le journal et serrai les délicates ailes jusqu'à ce que le mécanisme s'enclenche avec un déclic. Puis je me résolus à reprendre notre inventaire. Je me fis une tresse pour dompter ma longue chevelure blonde indisciplinée, que j'aurais tant aimé couper en un carré strict, comme Gabriella, et me mis en devoir de trier seule les papiers des Valko.

Seraphina Valko venait nous voir tous les jours à midi avec, en guise de déjeuner, un panier contenant du pain, du fromage et une bouteille d'eau fraîche. D'habitude, j'avais toujours hâte qu'elle arrive, mais ce matin-là, j'étais si concentrée que je ne m'étais pas rendu compte de l'heure quand elle pénétra dans la pièce. J'avais passé la matinée ensevelie sous une montagne d'observations issues du journal de la première expédition des Valko, une éprouvante épopée dans les Pyrénées émaillée d'explorations spéléologiques et de mesures de composition et de densité du granite, qui s'étalait sur dix carnets. Toutefois, sitôt Seraphina Valko assise à côté de nous, je constatai que j'étais affamée. Rassemblant les feuilles volantes et fermant les carnets, je débarrassai la table basse et m'installai de mon mieux en vue du repas, malgré ma jupe en gabardine qui glissait sur la soie vermillon du canapé. Seraphina Valko disposa la nourriture devant nous et se tourna vers Gabriella.

— Comment avancez-vous ?

— Je lis l'histoire des Veilleurs d'après Hénoch, répondit Gabriella.

— Ah, j'aurais dû me douter qu'Hénoch vous intéresserait. C'est l'un des textes les plus passionnants de notre corpus. L'un des plus étranges, aussi.

— Étrange ? m'étonnai-je, en jetant un regard en coin à Gabriella.

Si Hénoch était si instructif que ça, pourquoi ne m'en avait-elle rien dit ?

— C'est un livre fascinant, s'enthousiasma Gabriella avec une expression d'intelligence passionnée. Je ne le connaissais pas.

— De quand date-t-il ? demandai-je, un tantinet irritée que Gabriella ait, une fois encore, une longueur d'avance sur moi. S'agit-il d'un texte moderne ?

— C'est un recueil apocryphe de prophéties écrites par un descendant direct de Noé, m'exposa Gabriella. Hénoch affirme avoir été emmené au Ciel et s'être entretenu avec des anges.

— De nos jours, on présente le *Livre d'Hénoch* comme les élucubrations d'un patriarche dérangé, ajouta Seraphina Valko. Mais c'est notre source principale concernant les Veilleurs.

Cela me rappela un passage de son carnet et je me demandai soudain si je n'avais pas lu ce texte. Comme si elle devinait mes pensées, Seraphina Valko poursuivit :

— J'ai recopié des extraits d'*Hénoch* dans le journal que vous lisez, Célestine. Vous avez déjà dû les parcourir. Mais le texte intégral est si touffu, si riche d'enseignements incroyables que je vous recommande d'en prendre connaissance. D'ailleurs, Raphael exigera que vous le lisiez en troisième année – du moins, si nous faisons encore cours dans un an.

— Il y a un passage qui m'a particulièrement marquée, déclara Gabriella.

— Oui ? Vous vous en souvenez ?

— « Deux hommes m'apparurent, très grands, comme jamais je n'en avais vu sur la Terre », récita Gabriella. « Leur visage était comme le soleil qui luit, leurs yeux étaient comme des lampes qui brûlent, de leur bouche un feu sortait, leurs vêtements étaient de plumes variées, et leurs bras étaient comme des ailes d'or[1]. »

Je sentis le rouge me monter aux joues. Les prouesses de Gabriella, qui m'avaient amenée à l'admirer, avaient désormais l'effet inverse sur moi.

— Excellent, la félicita Seraphina Valko, avec un air à la fois satisfait et circonspect. Et pourquoi ce passage vous a-t-il frappée ?

1. *Le Livre des secrets d'Hénoch*, traduction d'André Vaillant et Marc Philonenko, tirée de *La Bible, Écrits intertestamentaires*, La Pléiade, Gallimard.

— Ces anges n'ont rien d'adorables chérubins ni de figures radieuses, comme dans les tableaux de la Renaissance, expliqua Gabriella. Ce sont des créatures intimidantes, effrayantes. À la lecture du texte, ils m'ont fait l'effet d'êtres horribles, quasi monstrueux. Pour être honnête, ils me terrifient.

Je dévisageai Gabriella avec incrédulité. Elle me rendit mon regard et, l'espace d'une fraction de seconde, j'eus le sentiment qu'elle aurait souhaité me dire quelque chose, mais elle me décocha un regard froid.

Seraphina Valko réfléchit un moment à l'observation de Gabriella et je me demandai si, en fait, elle n'en savait pas plus long que moi sur mon amie. Elle se leva, se dirigea jusqu'à son placard, ouvrit un tiroir et en sortit un cylindre en cuivre bosselé dont, après avoir enfilé une paire de gants blancs, elle dévissa le capuchon. Avec de petites tapes, elle retira du tube un rouleau qu'elle étala sur la table devant nous. Elle cala l'une des extrémités à l'aide d'un presse-papiers en cristal, maintenant l'autre d'une de ses longues mains fines. Je scrutai le manuscrit jauni et froissé. Gabriella se pencha au-dessus et, du doigt, effleura le bord.

— Ce sont les visions d'Hénoch ? murmura-t-elle.

— Une copie, rectifia notre professeur. Des centaines d'exemplaires manuscrits similaires circulaient au IIe siècle avant J.-C. D'après notre archiviste en chef, nous sommes en possession d'un certain nombre d'originaux, tous légèrement différents, comme c'est en général le cas. Nous avons entrepris de les conserver quand le Vatican s'est mis à les détruire. Celui-ci est loin d'être aussi précieux que ceux entreposés dans notre chambre forte.

Le rouleau était en épais parchemin, les rubriques écrites en latin et les mots méticuleusement calligraphiés. Les marges étaient enluminées d'anges élancés, aux tuniques argentées et aux ailes dorées repliées.

— Vous arrivez à lire ? s'informa Seraphina Valko.

J'avais étudié le latin ainsi que le grec et l'araméen, mais la graphie était difficile à déchiffrer et le latin me paraissait bizarre et obscur.

— Quand ce manuscrit a-t-il été recopié ? demanda Gabriella.

— Vers le XVIIe siècle, précisa Seraphina Valko. Il s'agit d'une reproduction moderne d'un texte bien plus ancien, antérieur à ceux qui sont devenus la Bible. L'original est enfermé à l'abri dans notre chambre forte, avec des centaines d'autres. Nous avons toujours récupéré des manuscrits à droite et à gauche. C'est notre plus grande force – nous sommes les détenteurs de la vérité et ce savoir nous protège. En fait, bon nombre des fragments rassemblés dans la Bible – et beaucoup d'autres qui devraient en faire partie – sont en notre possession.

— J'ai du mal à lire, avouai-je. C'est du latin de la Vulgate ?

— Je vais vous le traduire, proposa Seraphina Valko en lissant le parchemin de sa main gantée. « Et ces deux hommes m'emmenèrent et me posèrent dans le deuxième ciel. Et ils me montrèrent des prisonniers, gardés, d'un jugement immense. Et là je vis des anges condamnés qui pleuraient, et je dis aux hommes qui étaient avec moi : "Pourquoi ceux-ci sont-ils tourmentés ?" »

Je tournai et retournai ces mots dans mon esprit. Je lisais des textes anciens depuis des années, mais je n'avais jamais rien entendu de tel.

— Qu'est-ce que... balbutiai-je.

— Oui, Hénoch parle bien du deuxième ciel, confirma Gabriella.

— Le deuxième ? répétai-je, déconcertée.

— Il y en a sept, assura Gabriella avec autorité. Hénoch a rédigé son livre après avoir visité chacun d'entre eux.

Seraphina me désigna la bibliothèque qui couvrait un mur entier de son bureau.

— Les bibles sont sur l'étagère du bout.

Je suivis les indications de mon professeur et optai pour une bible que je trouvais particulièrement jolie, dotée d'une épaisse couverture de cuir et d'une reliure cousue main – quoique assez lourde et peu maniable –, que je rapportai jusqu'à la table et posai devant Seraphina Valko.

— Vous avez choisi ma préférée, me confia-t-elle, comme si cela confirmait sa foi en mon jugement. Elle m'a tapé dans l'œil quand j'étais jeune, le jour où j'ai annoncé au conseil mon intention de devenir angéologue, lors de la célèbre conférence de 1919, après la Première Guerre mondiale. J'éprouvais une attirance instinctive pour notre discipline. Et pourtant, il n'y avait pas d'angéologues dans ma famille, ce qui était plutôt bizarre – l'angéologie est en général une vocation familiale. Je n'avais que seize ans, mais je savais exactement ce que je voulais et je ne m'en cachais pas !

Elle marqua une pause, se reprit et tourna lentement, avec précaution, les pages de la bible.

— Approchez, je veux vous montrer quelque chose. Là. La Genèse, chapitre 6. Lisez.

Nous obéîmes :

— « Quand les enfants des hommes se furent multipliés, il arriva en ces jours que des filles élégantes et belles leur naquirent. Et lorsque les anges, les fils des cieux, les virent, ils les désirèrent et ils se dirent les uns aux autres : "Choisissons-nous des femmes parmi les filles des hommes, et ayons des enfants avec elles." »

— J'ai lu ça cet après-midi ! s'exclama Gabriella.

— Oui, acquiesça notre tutrice. C'est le seul endroit où la version canonique des faits – celle que nos contemporains chrétiens tiennent pour vraie – rejoint celle du *Livre d'Hénoch*. Bien sûr, les sources apocryphes sont plus instructives concernant l'histoire des anges. *Hénoch* était un texte couramment étudié jusqu'à ce que l'Église décide que son contenu était dangereux et le retire du canon.

— Mais pourquoi ? s'indigna Gabriella, atterrée. Il regorge de détails utiles, surtout pour les chercheurs.

— Utiles ? Je ne vois pas en quoi. Il est normal que l'Église ait cherché à dissimuler ces informations, répliqua Seraphina Valko. Le *Livre d'Hénoch* remettait en cause l'histoire officielle. Une histoire, ajouta-t-elle en retirant un autre rouleau du cylindre, rédigée à l'issue de nombreuses années de transmission orale, mais qui tire son origine de la même source. Le *Livre d'Hénoch* date de la même époque que de nombreux textes de l'Ancien Testament – en d'autres termes, de la même période que les écrits talmudiques.

— Mais ça n'explique pas pourquoi l'Église l'a interdit, insista Gabriella.

— Cela va de soi : le récit d'Hénoch fait appel à un vocabulaire extatique – emphase religieuse et visionnaire qui, aux yeux des conservateurs, passait pour des exagérations, voire de la folie. Les réflexions personnelles d'Hénoch sur ceux qu'il nomme « les élus » étaient particulièrement troublantes. Et il s'entretient à plusieurs reprises avec Dieu. Comme vous pouvez l'imaginer, pour beaucoup de théologiens, il s'agissait d'un écrit blasphématoire. À vrai dire, *Hénoch* a toujours été sujet à controverse, même aux premiers temps du christianisme. Néanmoins, c'est le texte central de notre corpus – le seul témoignage écrit de main d'homme et en circulation qui atteste de la véritable origine du mal sur la Terre.

Ma jalousie envers Gabriella s'évanouit, laissant place à une intense curiosité à l'égard des révélations de notre professeur.

— Lorsque des érudits européens commencèrent à s'intéresser au *Livre d'Hénoch*, un explorateur écossais du nom de James Bruce en rapporta un exemplaire d'Éthiopie. Puis une seconde version fut retrouvée à Belgrade. Comme vous vous en doutez, ces découvertes ne faisaient pas les affaires de l'Église, qui s'était efforcée de faire disparaître ce texte. Nous sommes d'ailleurs venus en aide aux autorités ecclésiastiques en retirant de la circulation diverses copies d'*Hénoch*... pour les entreposer dans nos bibliothèques ! L'acharnement du Vatican à prétendre que les Nephilim et les angéologues n'existent pas n'a d'égal que notre désir de rester dans l'ombre. D'un commun accord, nous nous ignorons, l'Église et nous, et, ma foi, tout le monde y trouve son compte.

— C'est étrange que nous ne collaborions pas davantage, m'étonnai-je.

— Pas le moins du monde, fit Seraphina Valko. L'angéologie était jadis au cœur du débat religieux, et l'une des branches les plus respectées de la théologie. Mais rien n'est éternel. Après les croisades, puis les errements de l'Inquisition, nous avons jugé qu'il était temps de prendre nos distances avec l'Église. Mais nous avions déjà commencé à inscrire la majeure partie de nos actions dans la clandestinité, afin de mieux lutter contre les Illustres. Nous avons toujours été des résistants, un groupe de partisans les affrontant à distance. Il est impératif pour nous d'être aussi invisibles que possible, car les Nephilim eux-mêmes sont parvenus à se draper dans un secret presque parfait. Bien sûr, le Vatican est au fait de nos activités, mais l'Église semble décidée à nous laisser en paix, du moins pour l'instant. Quant aux Nephilim, leur succès dans le domaine économique et politique leur garantit l'anonymat. Leur plus grande réussite, au cours des trois siècles passés, a été de vivre cachés sous nos yeux. Ils nous surveillent constamment et ne se manifestent que pour nous attaquer, tirer profit d'un conflit ou effectuer quelques transactions financières douteuses, avant de disparaître avec la plus grande discrétion. Bien sûr, ils se sont aussi merveilleusement débrouillés pour dissocier la vie intellectuelle de la vie religieuse, afin que l'humanité n'engendre plus jamais de Newton ou de Copernic – des intellectuels révérant à la fois Dieu et la science. Mais leur plus grande invention reste l'athéisme. Ce sont eux qui, pour servir leurs intérêts, ont diffusé les travaux de Darwin, passant sous silence l'influence de la religion sur son œuvre. Les Nephilim ont réussi à convaincre l'homme qu'il était incréé, autosuffisant, unique en son genre, affranchi du divin – ce qui nuit grandement à notre action et, pour eux, réduit quasiment à néant le risque d'être démasqués.

Seraphina Valko rangea les deux rouleaux dans le cylindre en cuivre, puis ouvrit le panier en osier contenant le déjeuner et plaça une baguette et du fromage devant nous pour nous encourager à manger. Je mourais de faim. J'arrachais un morceau de pain chaud et croustillant.

— Le premier à avoir établi, en tant qu'instrument pédagogique, une angéologie indépendante est l'un de nos pères fondateurs, le père Bogomil. Celles qui ont suivi se sont vues étoffées de taxonomies des Nephilim. Comme la majorité de nos membres résidait dans des monastères répartis dans toute l'Europe, les angéologies étaient en général recopiées à la main et protégées par la communauté au sein même du monastère. Il s'agit là d'une période fructueuse de notre histoire. Par-delà le cercle restreint des angéologues, qui s'attachaient essentiellement à combattre l'ennemi, les spéculations sur les caractères généraux, les pouvoirs et la mission des anges abondaient. Pour les angéologues, le Moyen Âge fut une époque de grandes avancées. La compréhension des facultés, aussi bien positives que négatives, des anges atteignit un sommet. Autels, statues et tableaux consacraient cette omniprésence aux yeux des masses. En dépit de tous les maux qui accablaient la population, la beauté et l'espoir imprégnaient le quotidien. Malgré les magiciens, les gnostiques, les cathares et d'autres sectes exaltant les anges ou déformant la réalité sur leur compte, nous arrivions à déjouer les machinations des Géants. Bien que capable du pire par ailleurs, l'Église protégeait la civilisation sous l'égide de la foi. Mon mari ne serait pas d'accord, mais honnêtement, c'est sans doute la dernière fois où nous avons eu le dessus sur les Nephilim.

Seraphina marqua un temps d'arrêt pour me regarder finir mon déjeuner – songeant peut-être que l'étude me donnait faim, alors que Gabriella, qui n'avait rien avalé, paraissait avoir complètement perdu l'appétit. Gênée de ma gloutonnerie, je m'essuyai dans la serviette en lin que j'avais sur les genoux.

— Comment les Nephilim s'y sont-ils pris ? m'enquis-je.

— Pour asseoir leur domination, vous voulez dire ? C'est très simple, me répondit Seraphina Valko. Vers la fin du Moyen Âge, l'équilibre des forces s'est rompu. Les Nephilim ont mis la main sur des textes païens – œuvres de philosophes grecs, écrits mythologiques sumériens, ouvrages médicaux et scientifiques persans – et les ont fait circuler dans les grands centres intellectuels européens. Il en a, bien entendu, résulté un désastre pour l'Église. Mais ce n'était qu'un début. Les Nephilim ont fait en sorte de populariser le matérialisme parmi les élites. Les Habsbourg et les Tudors ne sont que deux exemples parmi d'autres de familles infiltrées et phagocytées par les Géants. Même si nous respectons les principes des Lumières, ceux-ci ont constitué une victoire majeure pour les Nephilim. La Révolution française – avec la séparation de l'Église et de l'État et le triomphe de la raison sur le spirituel – en fut une autre. Au fil du temps, les Nephilim ont formulé un véritable programme. Ils ont encouragé l'athéisme, l'humanisme séculier, le darwinisme et le matérialisme le plus extrême. Ils ont mis en avant l'idée de progrès et inventé une nouvelle religion à destination du peuple : la science.

« Depuis le début du XXe siècle, nous n'avons plus pour génies que des athées et des relativistes pour artistes. Les fidèles sont scindés en milliers de confessions antagonistes. Divisés, nous sommes faciles à manipuler. Par malheur, nos ennemis sont parfaitement intégrés à la société humaine et leur influence s'étend aux autorités, à l'industrie, à la presse. Ils vivent du labeur de l'humanité depuis des siècles, sans rien offrir en échange, amassant toujours plus pour accroître leur empire. Leur plus grande réussite demeure cependant de nous avoir persuadés que nous étions libres.

— Parce que ce n'est pas le cas ? m'étonnai-je.

— Regardez autour de vous, Célestine, s'emporta Seraphina Valko, excédée par ma naïveté. L'Académie est contrainte de fermer et acculée à la clandestinité. Nous sommes impuissants face aux machinations des Nephilim. Ils exploitent les moindres faiblesses humaines, s'acoquinent avec les ambitieux assoiffés de pouvoir et les manipulent. Par chance, les Géants sont puissants, mais pas invincibles. Il suffit d'être plus malin.

— Comment pouvez-vous être aussi certaine que ce ne sont pas eux qui auront le dernier mot ? objecta Gabriella.

— C'est tout à fait possible, concéda notre professeur en dévisageant Gabriella. Mais Raphael et moi ferons tout ce qui est en notre pouvoir pour l'empêcher. La première expédition angéologique a marqué le début de la lutte. Le père

Clematis, le courageux érudit à la tête de cette entreprise, avait dicté le récit de sa quête, mais on en a perdu la trace durant des siècles. Or, comme vous le savez, Raphael l'a retrouvé et nous avons l'intention de nous en servir pour déterminer l'emplacement de la grotte.

La découverte retentissante du journal de Clematis était légendaire pour les adeptes des Valko. Raphael Valko l'avait exhumé en 1919, dans un village du nord de la Grèce, où le manuscrit était enseveli sous des monceaux de paperasses depuis des siècles. Raphael Valko n'était alors qu'un jeune et obscur chercheur, et cette découverte l'avait propulsé dans les hautes sphères de l'angéologie, car, outre sa valeur documentaire, ce journal fournissait l'espoir de reconstituer l'itinéraire suivi par Clematis.

— Je croyais que Clematis n'était plus en odeur de sainteté, dit Gabriella.

L'observation, si juste soit-elle, me parut d'une effroyable insolence. Mais Seraphina Valko ne se démonta pas.

— Ce texte a été soumis à une étude approfondie en vue de clarifier le déroulement de l'expédition. Mais vous avez raison, Gabriella. En fin de compte, cette piste s'est révélée une impasse.

— Pourquoi ? demandai-je, surprise qu'un document aussi essentiel puisse être écarté.

— En raison de l'imprécision du récit. La partie la plus importante du texte a été consignée au cours des dernières heures du père Clematis, alors qu'il délirait à moitié après les épreuves endurées dans la grotte. Il se pourrait que le père Deopus, qui s'est chargé de transcrire les paroles de Clematis, ait omis certains détails. Il n'a pas annexé de carte, et celle qui avait permis à Clematis de se rendre sur place ne figurait pas avec le journal. Après d'innombrables tentatives de reconstitution, nous avons dû admettre la triste vérité : Clematis a dû égarer la carte dans la grotte.

— Ce que je ne comprends pas, intervint Gabriella, c'est que Clematis n'en ait pas fait une copie. C'est la plus élémentaire des précautions quand on entreprend une expédition quelle qu'elle soit.

— Il est clair que les choses ont mal tourné. Clematis allait très mal à son retour en Grèce et il a passé les dernières semaines de sa vie dans un état de sérieuse confusion mentale. Le reste de sa troupe avait péri, ses provisions étaient épuisées et ses mules, perdues ou volées. D'après les témoignages de ses contemporains, et notamment le père Deopus, Clematis donnait l'impression d'un homme vivant un rêve éveillé. Il déraisonnait et priait d'horrible manière, comme pris de folie. Donc, pour répondre à votre question, Gabriella, nous savons ce qui s'est produit, mais nous ignorons ce que nous devons en penser.

— Vous devez bien avoir une hypothèse... insista Gabriella.

— Bien sûr. Tout est dans le récit qu'il a fait sur son lit de mort. Mon mari s'est donné beaucoup de mal pour traduire le texte avec rigueur. Selon moi, Clematis a trouvé ce qu'il cherchait dans la grotte. Et c'est la découverte de la prison des anges qui l'a rendu fou.

Je n'aurais su dire pourquoi, mais les paroles de Seraphina Valko me plongèrent dans une profonde agitation. J'avais lu de nombreux comptes rendus indirects de la première expédition angéologique, mais l'image de Clematis pris au piège dans les profondeurs de la terre, cerné par ces créatures d'un autre monde, me terrifiait.

— D'aucuns affirment que l'initiative de Clematis était téméraire et inutile, poursuivit Seraphina Valko. Pour ma part, je pense qu'elle était indispensable. Il en allait de notre devoir de vérifier la véracité des légendes qui entouraient les Veilleurs et la genèse des Nephilim. Le but de la première expédition était avant tout de déterminer la vérité : les Veilleurs étaient-ils retenus dans la grotte d'Orphée et, si oui, détenaient-ils toujours la lyre ?

— Il est d'ailleurs confondant qu'ils aient été emprisonnés de la sorte sous prétexte de simple désobéissance, lâcha Gabriella.

— La désobéissance n'a rien d'anodin, la tança Seraphina Valko. Rappelez-vous, Satan était un noble séraphin, l'un des anges les plus majestueux, avant de désobéir à Dieu.

Non seulement les Veilleurs avaient bafoué leurs ordres, mais ils avaient aussi introduit des techniques divines sur Terre et enseigné l'art de la guerre à leurs enfants, qui ont ensuite transmis le tout à l'humanité. Le mythe grec de Prométhée illustre bien la façon dont les Anciens appréhendaient cette transgression. C'était la faute la plus impardonnable qui soit, car un tel savoir remettait en cause l'équilibre des forces au sein de la société antique. Puisque nous avons le *Livre d'Hénoch* devant nous, laissez-moi vous raconter ce qu'il advint du pauvre Azaël – c'est assez horrible.

Elle emprunta l'exemplaire que Gabriella avait entre les mains et lut :

— « [Le Seigneur] dit à Raphaël : "Enchaîne Azaël par les pieds et les mains, jette-le dans les ténèbres, ouvre le désert qui est à Dadouël et jette-le dedans. Mets sur lui des pierres rugueuses et aiguës, enveloppe-le de ténèbres, et qu'il demeure là à perpétuité. Recouvre son visage, et qu'il ne voie pas la lumière. Le jour du grand Jugement, il sera conduit dans la fournaise[1]." »

— Ils ne peuvent donc pas être libérés ?

— À vrai dire, nous n'en avons pas la moindre idée. L'intérêt que nos chercheurs portent aux Veilleurs se limite surtout à ce qu'ils peuvent nous apprendre sur nos ennemis mortels immédiats. Les Nephilim ne reculeront devant rien pour reconquérir tout ce qu'ils ont perdu lors du Déluge – et c'est cette catastrophe que nous nous efforçons d'empêcher. C'est le vénérable Clematis, le plus intrépide de nos pères fondateurs, qui a, le premier, osé engager le combat contre nos oppresseurs. Si ses méthodes étaient maladroites, son journal n'en est pas moins édifiant. Je le trouve absolument fascinant, malgré le mystère qu'il laisse planer. J'espère que vous pourrez l'étudier un jour.

Gabriella dévisagea notre professeur, les yeux plissés.

— Peut-être êtes-vous passés à côté de quelque chose...

1. *1 Hénoch*, traduction d'André Caquot, tirée de *La Bible, Écrits intertestamentaires*, La Pléiade, Gallimard.

— Découvrir quelque chose de nouveau dans le journal de Clematis ? Un objectif ambitieux, mais peu réaliste, s'amusa Seraphina Valko. Raphael est le principal spécialiste de la première expédition. Lui et moi avons relu le journal de Clematis des milliers de fois.

— Mais ça n'est pas entièrement exclu, soutins-je, refusant de me laisser éclipser par Gabriella. Il se peut que nous décelions des indices inédits sur l'emplacement de la grotte.

— Pour être honnête, votre contribution sera vraisemblablement plus profitable si vous vous attachez aux marges de nos travaux, répliqua notre professeur, balayant nos espoirs d'un revers de la main. Les éléments que vous êtes en train de rassembler et d'organiser représentent notre meilleur espoir de dénicher la grotte. Bien sûr, libre à vous de vous plonger dans Clematis. Toutefois, je me dois de vous avertir : son journal est une formidable énigme. Il vous attire en vous faisant miroiter la réponse aux mystères des Veilleurs, mais demeure étrangement silencieux. C'est le grand sphinx de l'angéologie. Si vous réussissez à en tirer quelque chose de neuf, vous serez la première à m'accompagner pour la seconde expédition angéologique.

Durant le reste du mois d'octobre, Gabriella et moi passâmes nos journées dans le bureau de Seraphina Valko, à cataloguer et à ordonner avec calme et détermination quantité de notes. Notre cadence de travail et la passion avec laquelle je m'ingéniais à saisir les matériaux qui défilaient sous mes yeux étaient telles que j'étais trop épuisée pour songer au comportement étrange de Gabriella. Elle ne faisait plus que de rares apparitions chez nous et n'assistait plus aux cours des Valko. Elle se désintéressait à tel point de nos activités de classement qu'elle s'y adonnait à peine quelques jours par semaine, alors que je m'y consacrais quotidiennement. Mais j'étais soulagée d'être trop occupée pour me soucier du fossé qui s'était creusé entre nous. Pendant plus d'un mois, je reportai sur une carte des relevés sur la profondeur des formations géologiques balkaniques, tâche si fastidieuse que je me pris à douter de son utilité. Néanmoins, malgré le volume d'informations en apparence infini que les Valko avaient emmagasiné, je persévérai sans me plaindre, consciente de la véritable finalité de mes efforts – d'autant que la fermeture potentiellement imminente de l'Académie et la menace de la guerre ajoutaient encore à l'urgence de la situation.

Début novembre, par un après-midi somnolent où le ciel gris pesait derrière les grandes fenêtres du bureau de Seraphina Valko, notre professeur entra et nous annonça qu'elle avait quelque chose d'intéressant à nous montrer. Nous avions encore tant de pain sur la planche et nous étions si noyées sous la paperasse que nous commençâmes par nous opposer à toute interruption.

— Venez, insista-t-elle avec un léger sourire. Vous avez travaillé dur toute la journée. Une courte pause vous fera du bien.

C'était une exhortation étonnante de sa part – elle n'avait de cesse de nous rappeler que le temps nous manquait –, mais néanmoins bienvenue. J'accueillis cette diversion de bonne grâce et Gabriella, qui, pour des raisons que je pouvais seulement imaginer, s'était montrée tendue pendant la majeure partie de la journée, semblait elle aussi avoir besoin d'un répit.

Seraphina Valko nous guida, par un couloir sinueux, jusqu'à un recoin isolé de l'école, où une galerie sombre desservait une série de bureaux depuis longtemps abandonnés. À l'intérieur, à la faible lueur de lampes électriques, des déménageurs rangeaient tableaux, statues et autres objets d'art dans des caisses en bois. Le sol en marbre était tapissé de copeaux de bois et, dans la lumière déclinante de la fin de journée, les lieux avaient l'aspect d'une exposition qui s'achevait. Succombant à son penchant naturel pour les belles choses, Gabriella se mit à déambuler d'œuvre en œuvre, comme pour les fixer dans sa mémoire avant leur départ. Je me retournai vers notre tutrice, dans l'espoir qu'elle nous expose le motif de cette visite, mais elle était absorbée dans la contemplation de Gabriella, dont elle jaugeait les réactions et observait les moindres faits et gestes.

Sur les tables, en instance d'emballage, étaient disposés d'innombrables manuscrits. La vue de tant d'objets précieux rassemblés au même endroit me fit regretter la Gabriella de l'année précédente. Notre amitié reposait alors sur le respect mutuel et l'amour des études. À l'époque, Gabriella et moi nous serions arrêtées pour discuter du bestiaire étrange qui nous épiait depuis les toiles – la manticore, avec sa tête humaine et son corps de lion, les harpies, les amphisbènes, semblables à des dragons, et les centaures. Gabriella m'aurait expliqué en détail que ces créatures n'étaient que des représentations artistiques du mal, illustrant son caractère grotesque. J'étais toujours émerveillée par les connaissances encyclopédiques de Gabriella en angéologie et en démonologie, dont le symbolisme me déroutait si souvent compte tenu de mon esprit mathématique. Mais, même en l'absence de notre tutrice, Gabriella aurait gardé ses pensées pour elle. Elle ne partageait plus rien avec moi et ma nostalgie de ses explications n'était en fait que le regret d'une amitié perdue.

Seraphina Valko ne perdait pas une miette de nos réactions, étudiant avec une attention particulière celles de Gabriella.

— C'est d'ici que partent tous nos trésors encore de ce côté de la ligne Maginot, lâcha finalement notre professeur. Une fois dûment inventoriés et emballés, ils seront disséminés en lieu sûr dans tout le pays. Ma seule inquiétude est que nous manquions de temps pour tout évacuer, conclut-elle, s'immobilisant devant un diptyque en ivoire sculpté, posé sur un lit de velours bleu et de papier de soie.

L'angoisse que suscitait chez elle l'éventualité d'une invasion allemande était manifeste – elle avait considérablement vieilli en quelques mois et sa beauté était ternie par l'épuisement et les soucis.

— Celles-ci, reprit-elle en désignant plusieurs caisses déjà fermées, vont être expédiées dans les Pyrénées. Et ce magnifique tableau de Michel, poursuivit-elle en attrapant un portrait baroque d'un ange en armure romaine, le glaive levé et la cuirasse étincelante, sera acheminé clandestinement en Espagne, avant d'être envoyé à des collectionneurs privés américains, comme un certain nombre d'autres pièces de valeur.

— Vous les avez vendus ? se récria Gabriella.

— En ces temps difficiles, leur propriétaire importe moins que leur sécurité, répliqua Seraphina Valko.

— Vous pensez qu'ils mettraient Paris à sac ? demandai-je, me rendant compte aussitôt de la naïveté de ma question. Sommes-nous à ce point en danger ?

— Ma chère, s'ils l'emportent, il ne restera rien de l'Europe, et *a fortiori* de Paris, m'assura notre tutrice, déconcertée par ma candeur. Venez, il y a d'autres choses que j'aimerais vous montrer. Nous risquons de ne plus les revoir avant longtemps.

Elle s'arrêta devant une caisse à moitié remplie et en retira un parchemin pressé entre deux plaques en verre. Elle balaya les copeaux de bois de la main, posa le manuscrit sur une table et nous fit signe d'approcher.

— Voici une angéologie médiévale, dit-elle. Elle est très complète et très bien documentée, à l'image des meilleurs diagrammes modernes, même si elle présente davantage d'enjolivures, conformément aux usages de l'époque.

Je relevai les diverses particularités médiévales du manuscrit – la hiérarchie stricte et harmonieuse des sphères et des ordres, les ravissantes dorures sur les ailes, les instruments de musique et les auréoles, la calligraphie soigneuse.

— Et ce petit bijou date du début du siècle, déclara notre professeur, en s'arrêtant devant un tableau de la taille d'une main. Je le trouve exquis, dans le style moderne. Il représente uniquement les Trônes – une catégorie d'anges à laquelle les angéologues s'intéressent depuis de nombreux siècles. Comme les Séraphins et les Chérubins, les Trônes appartiennent à la première sphère, dont ils constituent le troisième ordre. Ce sont des intermédiaires entre le monde physique et spirituel et ils sont très mobiles.

— Incroyable, murmurai-je en examinant la toile.

Ma révérence devait être si évidente que Seraphina Valko s'esclaffa.

— Oui, acquiesça-t-elle. Notre fonds est énorme. Nous avons dû construire un réseau de bibliothèques un peu partout dans le monde – Oslo, Budapest, Barcelone – rien que pour l'accueillir. Nous espérons un jour avoir un centre en Asie. Ces œuvres nous rappellent les fondements historiques de notre discipline. Toute notre activité trouve ses racines dans ces textes. Nous sommes des sectateurs du Verbe. Il est la lumière qui a créé l'univers, la lumière qui nous guide. Sans le Verbe, nous ne saurions pas d'où nous venons ni où nous allons.

— Est-ce pour ça que nous préservons si scrupuleusement ces angéologies ? m'enquis-je. Afin qu'elles nous guident, à l'avenir ?

— Sans elles, nous serions perdus. Selon Jean, « au commencement était le Verbe et le Verbe était tourné vers Dieu ». Mais ce qu'il ne dit pas, c'est que pour faire sens, le Verbe se doit d'être interprété. Tel est notre rôle.

— Sommes-nous là pour interpréter nos textes ou pour les protéger ? s'informa innocemment Gabriella.

Seraphina Valko lui jeta un regard froid et scrutateur.

— Et vous, qu'en pensez-vous, Gabriella ?

— J'en pense que si nous ne nous préservons pas de ceux qui aimeraient les détruire, nous n'aurons bientôt plus rien à interpréter.

— Ah, vous êtes donc une belliciste, en déduisit notre professeur, avec un accent de défi. Il y a toujours des gens pour appeler aux armes et partir la fleur au fusil. Mais le véritable génie consiste à s'arranger pour obtenir ce qu'on désire sans y laisser la vie.

— En cette trouble période, on ne choisit pas toujours, riposta Gabriella en s'éloignant.

Nous contemplâmes divers objets en silence, jusqu'à ce que nous parvenions devant un épais volume posé au milieu d'une table. Seraphina Valko pria Gabriella de nous rejoindre sans cesser de la surveiller, comme à l'affût de ses moindres gestes.

— C'est un arbre généalogique ? me renseignai-je en détaillant le schéma. Les cases sont remplies de noms humains.

— Pas tous humains, rectifia Gabriella en se penchant pour lire. Il y a des Tzaphkiel, des Sandalphon et des Raziel.

J'étudiai l'arbre de plus près et constatai qu'elle avait raison : les branches étaient émaillées de noms d'anges.

— Ce diagramme est une construction hypothétique, nous révéla Seraphina Valko d'un ton grave qui me donna à penser qu'il s'agissait là de la véritable raison pour laquelle elle nous avait attirées dans cette caverne aux trésors. Au fil des siècles, nous avons compté dans nos rangs des angéologues juifs, chrétiens et musulmans – trois religions qui accordent une place centrale aux anges dans leur cosmogonie –, mais aussi d'autres, issus de courants religieux moins orthodoxes, tels que des gnostiques, des soufis et un certain nombre de représentants de religions asiatiques. Comme vous vous en doutez, leurs travaux étaient des plus disparates. Ces généalogies spéculatives sont l'œuvre d'un groupe de brillants érudits juifs du XVIIe siècle qui se sont appliqués à établir la filiation des familles de Nephilim.

Je venais d'une famille catholique traditionnelle et, ayant reçu une éducation classique, je ne connaissais guère les autres religions. En revanche, je savais que mes camarades d'études étaient de différentes confessions. Gabriella était juive, par exemple, et Seraphina Valko – sans doute mon professeur le plus rationaliste et le plus sceptique, exception faite de son mari – se disait agnostique, au grand dépit de beaucoup de ses collègues. Mais c'était la première fois que je prenais pleinement la mesure de la diversité religieuse dans l'histoire et dans le canon de notre discipline.

— Nos chercheurs ont épluché de près ces généalogies juives, tenues de manière très rigoureuse par les docteurs en raison des lois de succession, mais aussi parce qu'il leur apparaissait essentiel de connaître leurs racines, pour recouper et vérifier les sources. Quand j'avais votre âge, bien résolue à assimiler toutes les subtilités de l'angéologie, je me suis penchée sur les usages généalogiques juifs. En fait, je recommande, à tous les étudiants sérieux, l'apprentissage de ces méthodes. Elles sont merveilleusement précises.

Elle tourna les pages du livre jusqu'à une splendide planche encadrée de dorures.

— Voici l'arbre généalogique du Christ, dressé par un angéologue du XIIe siècle. Pour le christianisme, Jésus est un descendant direct d'Adam. On voit ici la filiation de Marie, telle qu'elle apparaît dans l'Évangile selon Luc – Adam, Noé, Sem, Abraham, David, énuméra-t-elle en parcourant le schéma du doigt. Et ici, celle de Joseph, figurant dans l'Évangile selon Matthieu : Salomon, Josaphat, Zorobabel et ainsi de suite.

— Cet arbre généalogique n'a rien de bien extraordinaire, commenta Gabriella qui, contrairement à moi, devait déjà en avoir vu des centaines comme celui-ci.

— Bien sûr, il existe de nombreuses généalogies calquées sur les prophéties de l'Ancien Testament – les promesses faites à Adam, Abraham, Juda, Jessé et David. Toutefois, celle-ci est quelque peu à part.

J'éprouvai un grand sentiment d'humilité à la pensée que, derrière chaque nom se cachait une personne avec ses croyances et ses malheurs, qui avait vécu, puis s'était éteinte, sans jamais, peut-être, avoir conscience de sa place dans la trame de l'histoire.

Seraphina posa sur la page un doigt dont l'ongle brillait sous la lumière tombante. Des centaines de noms de différentes couleurs s'épanouissaient sur les multiples rameaux nés de cette fragile tige.

— Après le Déluge, Sem, le fils de Noé, engendra les peuples sémites, dont Jésus est bien sûr issu. Cham fut à l'origine du peuplement de l'Afrique. Et Japhet – ou plutôt, ainsi que vous l'avez appris lors du cours de Raphael, la créature se faisant passer pour lui – donna naissance aux populations européennes, dont les Nephilim. Mais ce que Raphael n'a pas abordé lors de son exposé, et qu'il me semble capital de comprendre pour des étudiants avancés, c'est que la répartition génétique des humains et des Nephilim est bien plus complexe qu'il n'y paraît. Japhet eut de nombreux enfants, qui donnèrent à leur tour le jour à une multitude de descendants. Certains étaient d'authentiques Nephilim, d'autres des hybrides. Quant aux enfants que le véritable Japhet avaient eus avant sa mort, ils étaient pleinement humains. La population européenne est le produit de ce brassage.

— Quelle complexité ! soupirai-je. J'ai du mal à m'y retrouver dans tous ces peuples.

— C'est justement la raison d'être de ces arbres généalogiques, déclara Seraphina Valko. Sans eux, nous serions un brin perdus.

— J'ai lu que, selon certains chercheurs, la descendance de Japhet se serait mélangée à celle de Sem, avança Gabriella en désignant trois noms – Eber, Nathan et Amon – sur l'une des branches. Là, là et là.

Je m'approchai pour mieux voir.

— Comment ces chercheurs peuvent-ils en être sûrs ?

Gabriella eut un sourire presque cruel, comme si elle s'attendait à ma question.

— J'imagine qu'ils sont en possession de documents qui l'attestent, mais à la vérité, il est impossible d'en être tout à fait certain.

— C'est pour cela qu'on parle d'angéologie spéculative, conclut notre professeur.

— Mais de nombreux spécialistes sont de cet avis, insista Gabriella. Il s'agit d'un champ d'investigation légitime et toujours d'actualité.

— Tout de même, aucun angéologue moderne ne peut croire à cela, objectai-je, essayant de tempérer ma réaction.

À l'époque, déjà, j'avais de fortes convictions religieuses et ce genre de spéculations grossières sur le lignage du Christ était impie. Cet arbre qui, quelques instants auparavant, me paraissait si fantastique, me heurtait grandement.

— L'idée que Jésus descende des Veilleurs est absurde, me récriai-je.

— Peut-être, concéda Seraphina Valko, mais il existe toute une branche de l'angéologie consacrée à ce sujet. Cette conception, l'angélomorphisme, se fonde sur l'hypothèse que Jésus n'était pas un être humain, mais un ange. Après tout, l'Immaculée Conception est la conséquence directe de la visite de l'ange Gabriel.

— Je crois que j'ai lu quelque chose à ce propos, se souvint Gabriella. Les gnostiques aussi professaient l'origine angélique de Jésus.

— Il y a, ou plutôt il y avait, des centaines de livres là-dessus dans notre bibliothèque, confirma notre professeur. Personnellement, je n'ai que faire des ancêtres du Christ. C'est à tout autre chose que je m'intéresse. Spéculative ou non, voici une généalogie qui me fascine, annonça-t-elle en nous guidant vers la table voisine, sur laquelle un livre était ouvert. C'est un arbre généalogique nephilim qui part des Veilleurs, s'insinue dans la famille de Noé, puis se ramifie dans toutes les familles régnantes d'Europe. Il figure dans chaque exemplaire du *Livre des générations*.

Je parcourus du regard les chapelets de noms qui se succédaient au fil des alliances. J'avais beau être consciente de l'influence des Nephilim sur l'activité humaine, je fus interloquée de m'apercevoir que cette lignée avait essaimé dans presque toutes les familles royales d'Europe – Capétiens, Habsbourg, Stuarts, Carolingiens... cela revenait à lire l'histoire de l'Europe dynastie par dynastie.

— Il est impossible d'être catégorique, concéda Seraphina Valko, mais il existe assez d'indices concordants pour convaincre la plupart des gens que les grandes familles d'Europe ont été, et sont toujours, noyautées par les Nephilim.

Gabriella était suspendue aux lèvres de notre tutrice, comme si elle mémorisait une chronologie en vue d'un examen ou – plus vraisemblablement – comme si elle cherchait à comprendre pourquoi notre professeur nous avait mises en présence de ce diagramme.

— Mais presque toutes les familles nobles sont citées ici, lâcha-t-elle enfin. Est-ce ce qui explique toutes les horreurs qu'elles ont perpétrées ?

— Tout à fait. Les Nephilim étaient les rois et les reines de l'Europe, leurs caprices façonnaient l'existence de millions d'individus. Ils ont pérennisé leur hégémonie en recourant à l'endogamie, à la primogéniture et à la force brute, accumulant impôts, esclaves, terres, ressources agricoles et minières en tout genre et écrasant toute entité tant soit peu indépendante. Leur domination était si totale qu'ils ne prenaient plus la peine de se cacher. Aux dires de certains angéologues du XIIIe siècle, il existait des sectes contrôlées par les Géants qui adoraient les anges déchus. Bien des crimes attribués aux sorcières – les accusées étaient toujours des femmes – s'inscrivaient en réalité dans des rituels nephilim. Ils pratiquaient le culte des ancêtres et prophétisaient le retour des Veilleurs. Et ces familles se perpétuent encore aujourd'hui. À vrai dire, termina notre tutrice en dardant sur Gabriella un regard étrange, presque accusateur, nous les surveillons de très près. En particulier celles-ci.

Si les divers noms sur la page ne m'évoquaient rien, les paroles de Seraphina Valko eurent un impact impressionnant sur Gabriella. À la lecture des patronymes en question, elle eut un mouvement de recul. Son attitude me rappela son horreur lorsqu'elle avait émergé de sa transe à l'issue du cours de Raphael Valko, si ce n'était qu'elle paraissait plus proche de l'hystérie.

— Vous vous trompez ! s'exclama-t-elle. Ce n'est pas nous qui les surveillons, ce sont eux qui nous surveillent !

Elle se détourna et s'enfuit. Je la suivis des yeux, sans saisir ce qui avait pu susciter cette crise. J'avais le sentiment que Gabriella était folle. Reportant mon attention sur l'arbre généalogique, je ne vis qu'une page couverte de noms pour la plupart inconnus, en dehors de ceux de vénérables et prestigieuses familles. Elle ne différait guère des généalogies représentées dans les innombrables ouvrages d'histoire que nous avions étudiés ensemble et qui n'avaient jamais bouleversé Gabriella de la sorte.

Notre professeur semblait, elle, avoir parfaitement compris le comportement de Gabriella. Vu l'intérêt avec lequel elle l'avait observée, Seraphina Valko semblait non seulement avoir prévu la réaction de Gabriella, mais cherché à la provoquer. Se rendant compte de ma confusion, mon professeur referma le livre et le cala sous son bras.

— Qu'est-ce qui se passe ? m'étonnai-je, tout aussi éberluée par sa conduite que par celle de Gabriella.

— Je suis navrée de vous l'apprendre, mais je crains que notre Gabriella ne soit dans le pétrin.

Mon premier réflexe fut de tout avouer à Seraphina Valko. Le fardeau de la double vie de Gabriella, qui assombrissait mes journées, m'était quasi insupportable. J'étais sur le point de tout raconter quand je sursautai, réduite au silence. Une silhouette sombre venait d'apparaître devant nous, surgie d'un couloir obscur tel un démon vêtu de noir. Je retins mon souffle, déstabilisée. Au bout de quelques secondes, je reconnus la religieuse voilée que j'avais croisée lors de la réunion du conseil. Elle nous barrait le passage.

— Pourrais-je m'entretenir avec vous un moment, Seraphina ? demanda-t-elle à voix basse, avec une sorte de zézaiement qui, à ma grande honte, m'inspira aussitôt de la répulsion. J'aurais quelques questions à vous poser concernant le lot à destination des États-Unis.

Je me rassurai lorsque Seraphina Valko, nullement surprise par cette apparition, répondit avec son autorité habituelle :

— Quelles questions y a-t-il encore à se poser à cette heure avancée ? Tout a été préparé.

— En effet, mais je voulais savoir si les tableaux de la galerie seraient expédiés en même temps que les icônes.

— Oui, bien entendu. Elles seront réceptionnées à New York par notre contact.

Et tandis que Seraphina Valko et la religieuse s'éloignaient dans la vaste galerie remplie de caisses en instance d'expédition, poursuivant leur discussion logistique sur la façon dont elles s'y étaient prises pour garantir l'évacuation des pièces les plus inestimables, en dépit du nombre de plus en plus restreint de navires en partance des ports français, je m'en allai en silence, ravalant les paroles que j'aurais voulu prononcer.

Je suivis de ténébreux couloirs en pierre, longeant des salles de classe et des amphithéâtres vides. Mes pas résonnaient dans le silence qui avait envahi nos locaux depuis des mois. L'Athenaeum était tout aussi silencieux. Les bibliothécaires étaient rentrés chez eux après avoir tout éteint. À la vue de la longue salle plongée dans l'obscurité, je me sentis profondément soulagée d'être seule. Ce n'était pas la première fois que j'étais heureuse de trouver l'endroit désert – j'y venais souvent après minuit, pour travailler –, mais c'était la première fois que je le faisais par désespoir.

Les murs étaient tapissés de rayonnages vides, sur lesquels se trouvaient encore, çà et là, quelques piles d'ouvrages sur le flanc. De toutes parts, des caisses de livres attendaient d'être transportées en lieu sûr – où, je l'ignorais, mais un grand nombre de caves seraient manifestement nécessaires pour dissimuler une aussi vaste collection. Les mains tremblantes, j'entrepris de fouiller les caisses une à une. Les livres étaient dans un tel désordre que j'eus peur de ne pas réussir à dénicher l'ouvrage que je cherchais. Mais au bout de quelques minutes, en proie à un affolement grandissant, je finis par repérer la caisse contenant les manuscrits des textes et des traductions de Raphael Valko. Conformément aux habitudes de ce dernier, ils étaient entassés pêle-mêle. Je tombai sur un cahier renfermant des plans détaillés de diverses gorges et grottes, des esquisses réalisées lors de voyages d'exploration dans les montagnes de toute l'Europe – les Pyrénées en 1923, les Balkans en 1925, l'Oural en 1930 et les Alpes en 1936 –, ainsi que des résumés de l'histoire géologique de chacune. Je passai en revue des feuillets annotés et des liasses de cours, de commentaires et de réflexions pédagogiques, recensai toutes les publications de Raphael Valko – il en avait produit encore plus que je l'imaginais. Je les consultai toutes, et pourtant, je ne parvins pas à mettre la main sur le seul texte que je désirais lire – la traduction du journal de Clematis.

Abandonnant les livres en vrac sur une table, je m'affalai sur une chaise inconfortable et m'efforçai de m'extraire de la déception dans laquelle j'étais plongée. Malgré mes efforts, mes yeux s'emplirent de larmes et la bibliothèque enténébrée céda la place à un brouillard de couleurs délavées. J'étais consumée par la soif de reconnaissance. Mes doutes quant à mes aptitudes, mon rang au sein de l'Académie et mon avenir m'accablaient. J'aurais aimé connaître mon destin – qu'il soit établi, scellé, arrêté afin de n'avoir qu'à l'accomplir diligemment. Plus que tout, je rêvais d'avoir un but, d'être utile. L'idée de ne pas être à la hauteur de ma vocation, d'être renvoyée chez mes parents, à la campagne, ou de ne pas arriver à trouver ma place parmi ces grands esprits me terrifiait.

Je m'appuyai sur la table, enfouis mon visage dans mes mains, fermai les yeux et cédai au désarroi. Je ne sais combien de temps je restai ainsi, mais je finis par deviner un mouvement dans la salle, un changement d'atmosphère. Une fragrance caractéristique – un parfum de vanille et de labdanum – m'avertit de la présence de Gabriella. Je levai la tête et, la vue brouillée par les pleurs, avisai un pan d'étoffe écarlate si rutilant qu'on l'aurait dit serti de rubis.

— Qu'y a-t-il ? s'enquit Gabriella.

Sitôt que j'eus recouvré une vision normale, la pièce de tissu ornée de pierreries se mua en une robe en satin sans manches, coupée dans le biais, si belle et si ondoyante que j'en demeurai bouche bée. Ma stupeur manifeste énerva Gabriella. Elle s'assit sur une chaise en face de moi et posa son sac à main décoré de perles sur la table. Elle portait un collier de gemmes taillées autour du cou et de longs gants vénitiens noirs qui masquaient la cicatrice sur son avant-bras. Le fond de l'air s'était refroidi dans l'Athenaeum, mais Gabriella y semblait indifférente, en dépit de sa fine robe de soirée et de ses bas de soie, alors que moi, je frissonnais.

— Raconte, Célestine. Qu'est-ce qui t'arrive ? Tu es malade ?

— Je vais bien, répliquai-je en m'efforçant de me donner une contenance.

Je n'avais pas l'habitude qu'elle me dévisage de la sorte – elle ne m'avait presque pas accordé la moindre attention au cours des semaines précédentes – et, dans l'espoir de faire diversion, je lâchai :

— Tu sors ?

— Je vais à une soirée…

Elle évita de croiser mon regard, ce qui signifiait clairement qu'elle avait rendez-vous avec son amant.

— Quel genre de soirée ?

— Ça n'a rien à voir avec nos études, ça ne t'intéresserait pas, affirma-t-elle, coupant court à tout questionnement. Dis-moi plutôt ce que tu fabriques ici. Pourquoi es-tu aussi abattue ?

— Je cherchais un texte.

— Lequel ?

— Un texte susceptible de m'aider à compléter mes tableaux de données géologiques, mentis-je, consciente que l'explication n'était guère convaincante.

Gabriella jeta un coup d'œil aux ouvrages étalés sur la table, tous de Raphael Valko, et ne s'y trompa pas.

— Le journal de Clematis n'est pas en libre accès, Célestine.

— Je m'en suis rendu compte, grommelai-je.

Je regrettais de ne pas avoir rangé ces livres dans leur caisse.

— Tu aurais dû te douter qu'ils ne conserveraient pas un texte pareil au grand jour.

— Alors où est-il ? m'emportai-je. Dans le bureau de Seraphina Valko ? Dans la chambre forte ?

— Le récit de la première expédition angéologique de Clematis contient des renseignements capitaux, me répondit Gabriella avec un sourire, réjouie d'avoir une fois de plus le dessus. Très peu de personnes savent où il est conservé.

— Et tu l'as lu ? m'informai-je, envoyant paître toute réserve, jalouse à l'idée que Gabriella ait pu consulter des textes confidentiels. Comment se fait-il que toi, qui sembles si peu te préoccuper de tes études, tu aies eu le droit de compulser Clematis, alors que moi, qui me consacre à notre cause à corps perdu, je ne peux même pas le toucher ?

Je regrettai immédiatement ces paroles. Gabriella se leva, prit son sac et déclara d'une voix d'un calme irréel :

— Tu penses comprendre ce que tu as vu, mais la réalité est plus complexe qu'il n'y paraît.

— Il me semble pourtant évident que tu as une liaison avec un homme plus âgé, ripostai-je. Et je soupçonne Seraphina Valko de penser la même chose.

L'espace d'un instant, je crus que Gabriella allait tourner les talons et s'en aller, comme elle le faisait ces derniers temps quand on la mettait au pied du mur, mais elle se campa devant moi avec défi.

— Je ne parlerais pas de ça à Seraphina Valko ni à qui que ce soit, si j'étais toi.

Me sentant enfin en position de force, j'en profitai :

— Et pourquoi ?

— Si quiconque venait à apprendre ce que tu te figures savoir, nous serions tous en danger.

Je ne saisis pas pleinement le sens de sa menace, mais son ton insistant et son expression de terreur me glacèrent. Nous étions dans l'impasse et ni l'une ni l'autre ne savions comment en sortir. En définitive, ce fut Gabriella qui rompit le silence.

— Il n'est pas impossible d'avoir accès au journal de Clematis. Il suffit de savoir comment s'y prendre.

— Je croyais qu'il n'était pas consultable à loisir.

— En effet. Et je ne devrais pas t'aider, vu que c'est clairement contraire à mon intérêt, mais tu m'as l'air encline à me rendre la pareille.

Je plongeai mon regard dans le sien, me demandant ce qu'elle entendait au juste par là.

— Ma proposition est la suivante, expliqua-t-elle en m'entraînant hors de la bibliothèque, dans le couloir obscur. Je te montre comment trouver ton journal et, en échange, tu te tais. Pas un mot à Seraphina à mon propos, pas de conjectures sur mes activités. Aucune allusion à mes absences de l'appartement. Ce soir, je ne reviendrai pas avant un moment. Si quelqu'un me cherche, tu ne sais pas où je suis.

— Tu attends de moi que je mente à nos professeurs.

— Non, j'attends de toi que tu ne dises rien.

— Mais pourquoi ? Pourquoi fais-tu tout ça ?

Une expression de lassitude apparut sur le visage de Gabriella, une ombre d'accablement qui me fit espérer qu'elle allait enfin se livrer et tout me confesser – espoir de courte durée.

— Je n'ai pas de temps à perdre. Es-tu d'accord ou pas ?

Je n'eus pas besoin d'ouvrir la bouche. Gabriella me cernait parfaitement. J'aurais été prête à tout pour prendre connaissance du récit de Clematis.

Une série de lampes électriques nues nous éclairèrent la voie jusqu'à l'aile médiévale de l'école. Gabriella avançait à toute allure, ses chaussures à semelle compensée marquant le rythme rapide et erratique de ses pas, et lorsqu'elle s'arrêta, sans prévenir, à contretemps, je lui rentrai dedans, haletante.

Bien que, à l'évidence, agacée par ma maladresse, elle ne dit rien et se borna à se tourner vers l'une des centaines de portes identiques du bâtiment – toutes de même taille, de même couleur, dépourvues de numéros ou de plaques pour les identifier.

— Viens, m'exhorta-t-elle, désignant du regard l'arc brisé du linteau en calcaire friable. Tu es plus grande que moi. Tu dois pouvoir atteindre la clef de voûte.

Je me hissai sur la pointe des pieds et effleurai la pierre granuleuse du bout des doigts. À ma surprise, le bloc bougea sous la pression, puis, après quelques tâtonnements, se descella et révéla une cavité. Obéissant aux instructions de Gabriella, je glissai la main à l'intérieur et en retirai un objet en métal froid de la taille d'un canif.

— Une clef, dis-je, en la tenant devant mes yeux, sidérée. Comment savais-tu qu'elle était là ?

— Elle te permettra d'accéder aux souterrains de l'école, m'expliqua Gabriella, avant de me faire signe de remettre en place le bloc de pierre. Derrière cette porte, il y a un escalier. Descends-le et tu arriveras à une seconde porte, qu'ouvre cette clef. C'est l'entrée de la crypte personnelle des Valko. C'est là qu'est conservé le journal de Clematis.

Je tentai de me souvenir si j'avais déjà entendu parler d'un tel endroit, mais non. Il m'apparaissait cependant logique que nous aménagions une cache où entreposer nos trésors et cela répondait à l'énigme du stockage des livres de l'Athenaeum. J'aurais voulu poser d'autres questions, exiger plus de détails sur ce dépôt secret, mais Gabriella leva la main en signe de refus.

— Je suis en retard et je n'ai pas le temps de t'expliquer. Je ne peux pas te mener moi-même jusqu'à la traduction, mais je suis certaine que, curieuse comme tu es, tu la dénicheras sans mal. Rappelle-toi juste de remettre la clef dans sa cachette une fois que tu auras fini, et ne parle jamais de cette soirée à quiconque.

Elle me planta là et s'éloigna dans sa robe de satin rouge qui captait la faible luminosité du couloir. J'eus envie de l'appeler pour qu'elle me guide dans ces souterrains, mais elle avait déjà disparu. Seuls subsistaient de ténus effluves de parfum.

J'ouvris la porte, suivant les consignes de Gabriella, et scrutai les ténèbres. Une lampe à pétrole, dont la cheminée était noircie par la fumée, pendait à un clou. Je l'allumai et la brandis devant moi. Un escalier raide en pierres grossièrement taillées s'enfonçait dans le sol en colimaçon. Les marches étaient couvertes d'une mousse glissante qui rendait la descente périlleuse. Avec l'humidité de l'air et l'odeur de moisi, j'avais l'impression de descendre dans la cave de la ferme familiale, vaste casemate suintante où vieillissaient des milliers de bouteilles de vin.

Au bas de l'escalier, je rencontrai une porte en acier pourvue de barreaux, semblable à celle d'une cellule de prison. De part et d'autre, s'ouvraient deux galeries en brique baignant dans une obscurité presque totale. Je levai la lampe pour voir plus loin. Par endroits, le briquetage s'était effondré, dévoilant des pans blanchâtres de calcaire brut, la roche qui constituait le socle de la ville. La clef tourna aisément dans la serrure, ne laissant d'autre obstacle que mon irrésistible envie de faire demi-tour et de regagner l'univers familier de la surface.

Il ne me fallut pas longtemps pour déboucher dans une enfilade de salles. À la maigre clarté de ma lampe, je constatai que la première était pleine de caisses d'armes – Luger, Colt. 45, M1 Garand –, de fournitures médicales, de couvertures et de vêtements, matériel dont nous ne manquerions pas d'avoir besoin si le conflit se prolongeait. Dans une autre salle, je tombai sur bon nombre de caisses que j'avais vu remplir dans l'Athenaeum quelques semaines plus tôt.

Je poursuivis mon chemin, la lampe au bout du bras, de plus en plus lourde, prenant conscience de l'échelle gigantesque de ce déménagement en sous-sol. Je n'avais jamais envisagé l'éventualité que nous ayons à résister, et encore moins que nous puissions être aussi bien préparés. Nous avions amassé tout le nécessaire pour vivre sous terre. Nous disposions de lits, de sanitaires de fortune, d'eau potable et de petits réchauds à essence. Armes, provisions, médicaments – toutes ces précieuses ressources étaient déjà à l'abri sous le quartier Montparnasse, dans des tunnels et des souterrains creusés dans le calcaire. Je compris alors que, si les combats se propageaient jusqu'à Paris, beaucoup d'entre nous ne fuiraient pas et se réfugieraient en ces lieux.

Après avoir inspecté plusieurs de ces salles, je pénétrai dans un nouvel espace humide taillé dans la roche friable, qui évoquait moins un entrepôt qu'un labyrinthe. J'y reconnus divers objets que j'avais déjà remarqués dans le bureau de Raphael Valko et en déduisis que j'avais enfin découvert la crypte personnelle de mes professeurs. Dans un coin, sous une épaisse bâche en coton, des livres étaient empilés sur une table. À la lumière de la lampe à pétrole, je décelai de la poussière partout.

Je n'eus guère de difficulté à repérer le récit de Clematis qui, à ma stupéfaction, tenait moins du livre que du livret. Cousu à la main et protégé par une couverture unie, ce n'était guère plus qu'un opuscule. Il me parut aussi léger que du crêpe entre mes mains – trop insignifiant pour renfermer quoi ce soit d'important. Lorsque je l'ouvris, je vis que le texte avait été rédigé à la main, sur papier ministre transparent, en caractères baveux et négligés qui mordaient dans les feuillets. Je passai la main sur la page pour chasser la poussière, éprouvant du bout des doigts les accrocs, et lus : *Notes sur la Première Expédition angéologique, conduite en l'an 925 par le vénérable père Clematis de Thrace – traduit du latin et annoté par Raphael Valko.*

Juste au-dessous, estampé dans les fibres du papier, figurait un sceau doré frappé d'une lyre, emblème qui m'était jusqu'alors inconnu, mais qui, appris-je ce jour-là, était au cœur de notre mission.

Serrant le manuscrit contre moi, soudain terrifiée qu'il se désagrège avant que j'aie pu prendre connaissance de son contenu, je posai la lampe sur un coin de sol dégagé et m'assis à côté. La lumière se déversait sur mes doigts et, lorsque je rouvris le livret, l'écriture de Raphael Valko m'apparut avec netteté. Dès le premier mot, je fus happée par le récit de Clematis.

Notes sur la première expédition angéologique conduite en l'an 925 par le vénérable père Clematis de Thrace

traduit du latin et annoté par Raphael Valko

I[1]

Loués soient les serviteurs de la volonté divine sur Terre ! Puisse le Seigneur, qui en a planté le germe, faire en sorte que notre entreprise soit fructueuse !

II

C'est chargés de vivres, mais portés par l'espérance, le cœur léger, que nous avons débuté, avec nos mules, notre voyage à travers la province des Hellènes, au sud de la prospère Mésie, avant de pénétrer en Thrace. Notre entrée dans la chrétienté s'est signalée par une amélioration des routes qui, construites par les Romains, sont bien entretenues et régulières. Toutefois, malgré ce vernis de civilisation, la

1. Bien que le manuscrit du vénérable Clematis ne soit pas divisé en sections distinctes, le traducteur a opté, par souci de clarté, pour un système de chapitres numérotés. Les fragments d'origine – car le texte retrouvé ne peut être décrit que comme un recueil de notes personnelles, de bribes de pensées et de réflexions griffonnées en route, peut-être à des fins mnémotechniques, pour composer par la suite un livre sur cette première quête de la prison des anges déchus – étaient décousus et le présent découpage vise à rétablir la chronologie, ainsi qu'à conférer un semblant de cohésion à l'ensemble. – R.V.

menace du brigandage subsiste. Cela fait de nombreuses années que je n'ai pas remis les pieds sur la terre natale de mon père et du père de son père. Ma langue maternelle me paraîtra sans doute étrange, habitué comme je le suis à celle de Rome. Nous commençons notre ascension dans les montagnes et je crains que ni ma bure, ni les sceaux de l'Église ne soient en mesure de nous protéger, une fois les plus grandes bourgades derrière nous. Je prie pour que nous croisions quelques villageois sur ces sentiers montagneux. Nous n'avons pas d'armes et notre seul recours est de compter sur la bienveillance d'autrui.

III

Comme nous faisions halte au bord de la route dans une côte, frère Francis, un jeune clerc fervent m'a fait part de la détresse que lui cause notre mission. Après m'avoir entraîné à l'écart, il m'a confessé que, selon lui, nous accomplissions les œuvres d'esprits malins et étions sous l'emprise d'un sortilège des anges renégats. Son malaise n'a rien d'isolé. De fait, beaucoup de nos frères ont exprimé des réserves quand à cette expédition. Mais les paroles de Francis m'ont glacé jusqu'au tréfonds de l'âme. Plutôt que de lui reprocher ce sentiment, j'ai prêté l'oreille à ses peurs et saisi que ses inquiétudes n'étaient qu'un autre symptôme de la fatigue croissante. En l'écoutant et en faisant miennes ses préoccupations, je lui ai ôté un poids. C'est là le fardeau et le rôle d'un aîné, mais cette responsabilité est encore plus capitale pour ce voyage, qui sera certainement le plus dur de notre vie. Chassant la tentation de réprimander frère Francis, j'ai passé le reste du jour à cheminer en silence.

Plus tard, une fois seul, je me suis efforcé de comprendre son désarroi et j'ai cherché conseil dans la prière afin d'être en mesure de l'aider à surmonter ses appréhensions. Il est bien connu que toutes les expéditions précédentes ont manqué leur but. Je suis certain que cela changera bientôt. Et pourtant, une expression de Francis empoisonne mes pensées : « Confrérie de rêveurs ». La moindre bourrasque de doute ébranle ma foi indéfectible en notre mission. Sommes-nous trop téméraires ? Comment avoir la certitude que nous servons bien Dieu ? Cette once d'hésitation ne fait cependant pas le poids lorsque je songe à la nécessité de notre entreprise. L'affrontement dure depuis des générations et se poursuivra pendant bien d'autres encore. Il importe d'encourager les plus jeunes, en dépit de nos récents revers. Leur angoisse s'explique. Il est naturel que l'épisode de Roncevaux[1], qu'ils ont tous étudié, les hante. Néanmoins, ma foi exclut tout vacillement : Dieu dirige nos actions, anime nos corps et nos esprits et nous guide de plus en plus haut dans ces montagnes. Je persiste à penser que l'espoir renaîtra bientôt parmi nous. Nous devons continuer à croire au succès final de cette expédition, malgré nos erreurs d'appréciation de ces derniers temps[2].

IV

Le quatrième soir, alors que notre humble troupe était rassemblée autour du feu après le repas, la discussion dériva vers l'histoire de nos ennemis. Un jeune frère demanda comment notre terre s'était retrouvée colonisée, de la pointe de l'Ibérie à l'Oural[3], par la progéniture maléfique des anges et des hommes. Comment nous, simples serviteurs de Dieu, avions-nous hérité de la tâche d'en purger la Création ? Frère Francis, dont la mélancolie m'avait tant affecté, s'interrogea à voix haute : comment Dieu pouvait-Il souffrir que ces êtres maléfiques souillent la terre de leur présence ? Comment le bien à l'état pur pouvait-il coexister avec le mal absolu ? Aussi, tandis que l'air nocturne se refroidissait, sous une lune de glace suspendue dans le ciel nocturne, entrepris-je de raconter à toute la troupe comment la mauvaise graine avait été semée.

Après le Déluge, les enfants de Japhet de souche humaine se séparèrent des fils et des filles du faux Japhet, et la lignée se scinda en deux branches, l'une saine, l'autre corrompue. Les uns et les autres

1. L'incident du col de Roncevaux a eu lieu en 778 apr. J.-C. lors d'une mission d'exploration dans les Pyrénées. On en sait très peu sur cette expédition, hormis que la majorité de la troupe fut perdue à la suite d'une embuscade. Les survivants ont dépeint leurs assaillants comme des géants d'une extraordinaire beauté, doués d'une force surhumaine et dotés d'un armement supérieur – descriptions qui correspondent parfaitement au portrait des Nephilim modernes. Selon un témoin, des figures ailées auraient fondu sur les géants au milieu d'une nuée de flammes, ce qui suggère une contre-attaque de la part des archanges – affirmation qui a fait la fascination des chercheurs, car il s'agirait seulement du troisième exemple d'angélophanie martiale. Les faits ont aussi été rapportés dans *La Chanson de Roland*, même si celle-ci diffère considérablement des comptes rendus angéologiques.

2. La quête de reliques et de trésors à laquelle se livrèrent les vénérables pères dans toute l'Europe est bien retracée par Frederic Bonn dans *Les Missions sacrées des vénérables pères de 925 à 954 apr. J.-C.*, qui comprend des reproductions de cartes, de présages et d'oracles ayant servi lors de ces expéditions.

3. Les toponymes modernes ont été substitués à ceux en usage au xe siècle chaque fois où cela a été possible.

essaimèrent, au nord comme au sud, suivant les voies maritimes de l'époque, et s'enracinèrent le long des riches golfes alluviaux. Ils enjambèrent le massif alpin en cohortes immenses, se fixant telles des chauves-souris sur les plus hauts sommets d'Europe. Ils mouillèrent le long des côtes rocheuses et au milieu des plaines fertiles, s'aventurant dans les terres et remontant les fleuves – le Danube, la Volga, le Rhin, le Dniestr, l'Èbre, la Seine – jusqu'à ce que chaque région soit occupée. Partout où ils s'arrêtaient sortaient de terre de nouvelles agglomérations. En dépit de leur ancêtre commun, une profonde défiance régnait entre les deux populations. Mais la cruauté, la rapacité et la supériorité physique des Nephilim se traduisirent par l'asservissement progressif des véritables fils de Japhet. Aux yeux des Géants, l'Europe leur appartenait de droit.

Les premières générations d'héritiers dénaturés de Japhet jouirent d'une santé et d'une prospérité considérables. Ils régnaient sur les fleuves, les montagnes et les plaines de tout le continent, certains de leur ascendant sur leurs frères inférieurs. Au bout de quelques décennies, pourtant, un vice se fit jour au sein de leur race, aussi net qu'une fissure à la surface d'un miroir scintillant. Un bébé plus faible que les autres naquit – minuscule, pantelant, incapable d'inspirer assez d'air dans ses poumons débiles pour pleurer. En grandissant, il se révéla non seulement moins grand et moins agile que ses pairs, mais surtout vulnérable aux maladies. Cet enfant était humain, à l'image de ses arrière-arrière-grands-mères, les filles des hommes[1]. Il ne tenait en rien des Veilleurs – ni par la beauté, ni par la force, ni par la silhouette. Il fut lapidé dès qu'il atteignit l'âge adulte.

Pendant plusieurs générations, ce bébé demeura une anomalie isolée. Puis Dieu se mit en devoir de repeupler le territoire de Japhet

1. La récente redécouverte et la systématisation des travaux de Gregor Mendel, moine augustin et membre de la faculté angéologique de Vienne entre 1857 et 1866, a grandement concouru à élucider ce qui, pendant un millénaire, est demeuré un mystère pour les historiens du développement des Nephilim et des humains en Europe. On constate en effet que, conformément à la théorie de l'hérédité de Mendel, les filles des hommes ont transmis à la lignée des Nephilim leurs caractères humains récessifs qui ont resurgi des générations plus tard. Si les répercussions génétiques du croisement d'humains et de Nephilim peuvent paraître évidentes pour des chercheurs modernes, la survenue de spécimens humains en leur sein a dû constituer un choc pour les Nephilim et passer pour un châtiment divin. Dans des textes antérieurs, le vénérable Clematis affirme que c'est Dieu Lui-même qui a introduit des enfants humains parmi les descendants de Japhet. Les Nephilim ont, eux, bien sûr, une interprétation fort différente de cette catastrophe génétique.

avec les enfants légitimes de ce dernier. Dépêchant le Saint-Esprit sur cette terre en jachère, Il accabla les Nephilim d'une multitude de nouveau-nés humains. Les premiers moururent dans les langes, mais avec le temps, les Géants apprirent à prendre soin des plus faibles et à les dorloter jusqu'à l'âge de trois ans avant de les autoriser à rejoindre les plus vigoureux[1]. Ceux qui atteignaient l'âge adulte mesuraient quatre têtes de moins que leurs parents. Ils commençaient à vieillir et à décliner dans leur troisième dizaine et succombaient avant la huitième. Les femmes mouraient en couche. Les maladies et les épidémies nécessitèrent la création de remèdes, en dépit desquels les humains vivaient bien moins longtemps que leurs frères nephilim. La pureté de la race des Géants était compromise[2].

Au fil du temps, les humains se marièrent entre eux et l'espèce humaine se multiplia parallèlement à celle des Nephilim. En dépit de leur infériorité physique et de leur oppression par les Nephilim, les véritables enfants de Japhet résistèrent. Si des métissages se produisaient de temps à autre, contribuant encore à la dilution du sang des Veilleurs, les unions mixtes étaient découragées. Lorsque des Nephilim engendraient un enfant humain, il était rejeté hors de l'enceinte de la ville, à la merci des éléments, parmi ses semblables. Quand un bébé nephilim naissait au sein de la société humaine, il était enlevé à ses parents et élevé au sein de la race des seigneurs[3].

Pour finir, les Nephilim se retirèrent dans des châteaux et des manoirs. Ils se firent édifier des forteresses de granit et des nids d'aigle, bastions de luxe et de pouvoir, et se retranchèrent derrière

1. Il existe diverses sources traitant de la supériorité physique des jeunes Nephilim et de l'inéluctable apparition d'individus humains parmi la descendance des Veilleurs, dont l'étude de G. D. Holland sur la démographie des Nephilim dans son *Essai d'anatomie humaine et angélique comparée*, Gallimard, 1926.

2. Au sein de certains clans de Nephilim se développa la pratique du sacrifice d'enfants humains, tant, suppose-t-on, afin de juguler la croissance de la population que comme offrandes propitiatoires à Dieu, pour implorer le pardon des Veilleurs, toujours emprisonnés dans les profondeurs de la terre.

3. Il s'agit sans doute ici de l'une des premières occurrences de l'expression « race des seigneurs » appliquée aux Nephilim. Ironiquement, la notion de race supérieure ou de surhomme, issue, selon toute vraisemblance, de la mythologie personnelle des Nephilim, s'est vue récupérée et remise au goût du jour à l'époque moderne par des sympathisants des Nephilim tels que le comte Arthur de Gobineau, Friedrich Nietzsche ou Arthur Schopenhauer dans le champ de la philosophie humaine qui a, à son tour, été exploitée par les milieux nephilim pour promouvoir certaines théories raciales de plus en plus populaires dans l'Europe contemporaine.

leur richesse et leurs fortifications. Et les êtres humains, livrés à la pauvreté et aux maladies, devinrent les esclaves de maîtres invisibles. Mais, bien qu'ils fussent asservis, ce fut une chance pour les fils des hommes. Leur esprit était vif, leur âme pure, leur caractère bien trempé.

V

Nous nous sommes levés à l'aube et avons suivi durant de longues heures le sentier escarpé menant au sommet, tandis que le soleil s'élevait au-dessus des cimes vertigineuses et illuminait d'or la splendeur de la Création. Forts de mules robustes et d'épaisses sandales en cuir, enhardis par le beau temps, nous avons bien avancé. Vers le milieu de la matinée, un village composé de petites maisons en pierre aux toits en ardoise nous est apparu, perché au bord d'un à-pic. Nous avons consulté notre carte et constaté que nous étions à proximité d'une gorge que les autochtones appellent Gyaurskoto Burlo. Nous avons trouvé gîte chez un villageois et, après nous être lavés, avoir mangé et nous être reposés, nous nous sommes mis à la recherche d'un guide prêt à nous conduire à la grotte. On nous a aussitôt présenté un berger. Trapu, comme le sont les montagnards thraces, la barbe mouchetée de blanc, mais vigoureux, il m'a attentivement écouté lui décrire notre mission. Il m'a donné l'impression d'être intelligent, raisonné et de bonne volonté, même s'il nous a indiqué sans détour qu'il nous emmènerait au fond de la grotte, mais ne s'aventurerait pas au-delà. À l'issue d'une brève discussion, nous nous sommes mis d'accord sur sa rémunération. Il nous a assuré qu'il fournirait tout l'équipement et nous a donné rendez-vous demain matin.

Nous avons discuté de la journée du lendemain en nous sustentant de pain et de viande séchée – dîner simple, mais consistant – afin de prendre des forces. J'ai posé un parchemin sur la table et je l'ai ouvert. Mes frères se sont penchés pour mieux discerner les formes pâles dessinées à l'encre.

— Le site est ici, ai-je dit en faisant courir mon doigt sur la carte jusqu'à une masse montagneuse représentée en bleu. Nous ne devrions pas avoir de mal à traverser.

— Certes, a acquiescé l'un de mes frères, dont la barbe en bataille effleurait la table, mais comment être certain que c'est bien l'endroit exact ?

— Les témoignages concordent, ai-je argumenté.

— Cela s'est déjà produit par le passé, a contesté frère Francis. Mais les paysans ne voient pas les choses avec les mêmes yeux que nous. La plupart du temps, leurs visions ne débouchent sur rien.

— Les villageois affirment qu'ils ont aperçu des créatures.

— Si nous accordons créance à tous les racontars des montagnards, nous sommes bons pour visiter tous les hameaux d'Anatolie.

— À mon humble avis, cette piste-là mérite notre attention, ai-je répliqué. D'après nos frères de Thrace, un abîme s'ouvre juste après l'entrée de la grotte. Au fond coule une rivière souterraine similaire à celle décrite dans les légendes. Les villageois prétendent avoir entendu des sons émaner du gouffre.

— Des sons ?

— De la musique, ai-je précisé, pesant mes mots. Les gens d'ici organisent des festins à l'entrée de la grotte pour écouter les accords ténus qui s'élèvent des profondeurs. Il paraît que cette musique a des vertus étranges. Elle guérit les malades. Elle rend la vue aux aveugles. Les infirmes recouvrent l'usage de leurs membres.

— Voilà qui est des plus miraculeux, a concédé frère Francis.

— La musique de l'abîme nous guidera, ai-je conclu.

En dépit de ma foi en notre mission, mes mains tremblent à la pensée des dangers que recèle ce gouffre. Des années de préparatifs ont affermi ma résolution et pourtant, le spectre de l'échec me tourmente. Mes déconvenues passées me hantent ! Le souvenir de mes frères disparus me revient sans cesse ! Mais ma foi inébranlable me pousse de l'avant et le baume de la grâce divine apaise mon âme troublée[1]. Demain, au lever du soleil, nous partons pour la grotte.

VI

Tel le soleil qui se lève, la lumière de la grâce illumine ce monde corrompu. De même que les étoiles brillent dans le ciel obscur, les enfants de Dieu perceront les ténèbres de l'injustice, libérés enfin de leurs maîtres maléfiques.

1. À partir d'ici, l'écriture de Clematis se mue en pattes de mouche mal assurées. Cette détérioration est, à n'en pas douter, à mettre sur le compte de l'extrême tension engendrée par la mission, mais aussi, peut-être, de la fatigue accumulée. Le vénérable père avait près de soixante ans en 925 apr. J.-C. et l'ascension avait certainement dû entamer ses forces. Le traducteur a fait de son mieux pour déchiffrer le texte afin de le rendre accessible au lecteur moderne.

VII

Dans la noirceur du désespoir, je me tourne vers Boèce comme l'œil se tourne vers la flamme – Seigneur, j'ai livré au Tartare mon bien le plus précieux[1].

VIII[2]

Je suis perdu. C'est par des lèvres brûlées que je m'exprime et ma voix résonne dans ma tête. Mon corps est brisé ; ma chair calcinée suinte par des plaies béantes. L'espoir, cet ange éthéré et immatériel qui m'a conduit à mon triste sort, est mort. Seul le souci de rapporter les horreurs dont j'ai été témoin m'incite à ouvrir ma bouche calcinée et ulcérée. C'est pour vous, futurs lecteurs en quête de liberté, futurs acolytes de la justice, que je raconte mon infortune.

Le jour de notre départ s'est levé sur une matinée froide et dégagée. Comme à mon habitude, je m'étais réveillé plusieurs heures avant le lever du soleil et, laissant les autres dormir, j'ai gagné le foyer de la maisonnette où nous étions hébergés. La maîtresse de maison s'affairait dans ce modeste espace et brisait des branchages pour le feu. Une marmite d'orge bouillonnait au-dessus des flammes. Afin de me rendre utile, je me suis offert pour remuer la mixture et en ai profité pour me réchauffer devant l'âtre. J'ai été assailli de souvenirs d'enfance. Cinquante ans plus tôt, alors que je n'étais qu'un gamin aux bras épais comme des brindilles, j'avais coutume de m'acquitter de cette même tâche pour ma mère, tandis qu'elle rinçait le linge dans une bassine d'eau claire. Ma mère... depuis combien de temps n'avais-je pas songé à sa bonté ? Et mon père – son amour de la Bible et sa piété... comment avais-je pu si longtemps oublier sa gentillesse ?

1. Clematis paraphrase ici un vers célèbre de *La Consolation philosophique*, III, XXIV, qui fait référence au mythe d'Orphée et d'Eurydice : « Des yeux sonder le Tartare, c'est livrer au gouffre avare son bien le plus précieux. »

2. À partir d'ici, tout le reste du récit est écrit de la main du père Deopus, le moine à qui échut la charge de s'occuper de Clematis à la suite de l'expédition. D'après la correspondance de Deopus, lorsqu'il ne prenait pas des notes au chevet de Clematis, sous la dictée de ce dernier, il appliquait des teintures et des compresses sur le corps brûlé du mourant afin d'apaiser ses souffrances. Il est cependant heureux pour les chercheurs que Deopus soit parvenu à recueillir un exposé aussi complet de la déroute de la première expédition angéologique, malgré l'état du père Clematis, dont les blessures devaient indubitablement faire obstacle à toute communication. La découverte de cette transcription, en 1919, a ouvert la voie à un renouveau des recherches sur cette expédition.

Ces pensées se sont dissipées sitôt que mes frères, flairant peut-être que le déjeuner était prêt, m'ont rejoint. Nous avons mangé ensemble, puis, à la lueur du feu, réparti dans nos sacs cordes, marteaux, ciseaux, vélin, encre, couteaux et pansements. Au lever du soleil, nous avons pris congé de nos hôtes et sommes partis retrouver notre guide.

À l'autre bout du village, au pied d'un sentier sinueux qui grimpait entre une série d'escarpements rocheux, notre berger nous attendait, un gros sac en toile sur l'épaule et un bâton de marche poli à la main. Il nous a salués de la tête, puis s'est aussitôt détourné et s'est élancé à l'assaut de la montagne, agile comme un bouquetin. Il semblait si taciturne et renfrogné que j'ai bien cru qu'il allait renoncer et nous abandonner là. Néanmoins, il a continué à monter, lentement, mais sûrement, à la tête de notre troupe, en direction de la grotte.

À cause du beau temps, peut-être, ou de notre bon petit déjeuner, le début du trajet s'est fait dans la bonne humeur. Les frères bavardaient entre eux, étudiaient les fleurs sauvages qui poussaient le long du chemin ou échangeaient des commentaires sur l'étonnante variété des arbres – des bouleaux, des épicéas et d'immenses cyprès. Leur gaieté me soulageait et tempérait mon appréhension. Leurs rires sonores étaient contagieux et nous avons très vite tous eu le cœur léger et joyeux. Nous ne soupçonnions pas que c'était la dernière fois que nous riions.

Nous avons gravi la montagne pendant une demi-heure, puis nous nous sommes engagés dans un bouquet de bouleaux. À travers le feuillage, j'ai distingué l'entrée d'une grotte, pareille à une profonde entaille dans une muraille de granit. À l'intérieur, l'air était frais et humide. Des plaques de champignons colorés s'étalaient sur les parois. Frère Francis a attiré notre attention sur des amphores peintes, au cou fin et à la panse bombée, alignées contre la roche, debout sur un pied, avec élégance, tels des flamants. Les plus grosses contenaient de l'eau et les plus petites de l'huile, ce qui m'a amené à penser que cette caverne servait d'abri de fortune. Le berger a confirmé mon hypothèse, sans toutefois être en mesure de nous dire qui pouvait bien oser s'aventurer aussi loin de la civilisation ni à quelle fin.

Sans tergiverser, notre guide a vidé son sac et disposé par terre deux gros pitons en acier, un maillet et une échelle de corde impressionnante, autour de laquelle tous mes frères se massèrent pour l'examiner. Deux longs cordages en chanvre tressé formaient les montants verticaux et des barreaux métalliques fixés par des boulons servaient d'échelons. Cette échelle avait été confectionnée avec un savoir-faire indiscutable. Elle était à la fois solide et facile à transporter. J'en conçus une grande admiration pour l'ingéniosité de notre berger.

Notre guide a enfoncé les deux pitons dans la roche au moyen de son maillet, puis y a attaché l'échelle par de petits mousquetons, de la taille de pièces de monnaie, destinés à assurer la stabilité. Une fois sa tâche terminée, il a jeté l'échelle dans le vide et s'est écarté du bord. Au-dessous, l'eau s'abattait sur les rochers en rugissant.

Le berger nous a expliqué que la rivière se frayait un passage à travers la roche sous la montagne, alimentée par des sources et des nappes souterraines avant de déboucher dans la grotte avec un puissant débit. En aval de la cascade, elle suivait les circonvolutions de la caverne, puis s'engouffrait à nouveau dans un labyrinthe de galeries souterraines et refaisait surface plus loin. Les villageois, nous a appris notre guide, appelaient cette rivière le Styx et étaient persuadés que le fond de la grotte était jonché de cadavres. Selon eux, ce gouffre était l'entrée de l'enfer et ils l'avaient surnommé « la prison des infidèles ». La crainte avec laquelle notre berger avait prononcé ces mots suggérait qu'il était terrifié à l'idée d'aller plus loin. Je me suis empressé de déclarer qu'il était temps de descendre dans l'abîme[1].

IX

Il est difficile d'imaginer notre ravissement lorsque nous avons entrepris de descendre dans le gouffre. Hormis Jacob assistant en songe aux majestueuses allées et venues des messagers célestes, nul n'avait jamais contemplé échelle aussi grandiose et bienvenue. Poursuivant notre œuvre d'exploration, nous nous sommes hasardés dans la terrible noirceur du précipice, confiants en la protection et la grâce divines.

Les barreaux étaient gelés et le grondement de l'eau m'emplissait les oreilles. Je progressais vite, obéissant à la puissante attraction des profondeurs. Mes mains moites glissaient sur le métal froid, mes genoux cognaient contre le roc. La peur a envahi mon cœur. J'ai murmuré une prière et sollicité force et clairvoyance afin d'affronter l'inconnu. Le tonnerre assourdissant de la chute d'eau a avalé mes paroles.

Le berger a été le dernier à arriver en bas. Il a de nouveau ouvert son sac et en a tiré une réserve de bougies en cire d'abeille, ainsi

1. D'après le père Deopus, Clematis passa plusieurs heures à se tourmenter et à répéter ces mots en délirant, avant d'arracher ses bandages et ses compresses pour labourer de ses ongles ses chairs brûlées. Cet acte d'automutilation a laissé sur les pages du manuscrit des taches de sang encore parfaitement visibles.

qu'un briquet à silex et de l'amadou pour les allumer. Quelques minutes plus tard, nous étions entourés d'un halo de lumière. Malgré la température peu élevée, la sueur me coulait dans les yeux. Nous nous sommes donné la main et nous avons prié, convaincus que même dans les plus obscures profondeurs de l'enfer, nous serions entendus.

J'ai relevé le bas de ma bure et je me suis dirigé vers le bord de la rivière, suivi de mes frères, tandis que notre guide nous attendait au pied de l'échelle. Au loin, la cascade se déversait en incessantes gerbes d'eau glaciale. La rivière, elle, s'écoulait tel le sang d'une grosse artère au milieu de la caverne, comme si le Styx, le Phlégéton, l'Achéron et le Cocyte, les grands fleuves des Enfers, s'étaient fondus en un seul. Frère Francis a alors remarqué une petite embarcation en bois amarrée à la berge, au milieu d'un nuage tourbillonnant de vapeur d'eau. Nous nous sommes campés devant la barque pour réfléchir à la marche à suivre. Derrière nous, une étendue rocheuse nous séparait de l'échelle. Face à nous, de l'autre côté de l'eau, s'ouvrait une myriade de grottes à explorer. Le choix était aisé : nous avons décidé de nous lancer à la découverte de l'autre rive.

Nous étions cinq, et tous bien portants, aussi ma première inquiétude a-t-elle été que nous ne tiendrions pas tous sur cet étroit esquif. Je suis monté à bord et me suis efforcé de tenir debout, en dépit du violent roulis. Il ne faisait pour moi aucun doute que si la barque venait à chavirer, le courant m'emporterait impitoyablement dans le dédale immergé de la rivière. Toutefois, moyennant quelques acrobaties, je suis parvenu à garder l'équilibre et je me suis installé sain et sauf à la barre. Les autres m'ont imité et nous avons appareillé en direction de la berge opposée, poussés par frère Francis qui manœuvrait la godille, sur la rivière nous entraînant de plus en plus loin de l'entrée de la caverne, vers notre perte.

X[1]

Depuis leurs cellules creusées dans la roche, les créatures grondèrent à notre approche, aussi venimeuses que des serpents, nous fixant de leurs yeux bleus ensorcelants, battant de leurs ailes puissantes

1. Il n'est pas impossible que le bond en avant qu'on observe dans ce chapitre résulte d'une omission de la part du père Deopus, mais il est plus vraisemblable que ce soit le reflet de la confusion mentale de Clematis. Il importe de conserver à l'esprit que le vénérable père n'était guère en état de relater avec cohérence ce qu'il avait vécu dans la caverne. Que le père Deopus ait réussi à façonner un récit cohérent à partir des divagations désespérées de Clematis atteste de ses ressources.

contre les barreaux de leur prison – des centaines d'anges déchus impénitents qui griffaient leurs tuniques d'un blanc éclatant, imploraient le salut, nous suppliaient, nous, les émissaires de Dieu, de les libérer.

XI

Mes frères sont tombés à genoux, pétrifiés par ce spectacle horrible. Au cœur de la montagne, ces orgueilleuses créatures étaient emprisonnées dans des cellules, à perte de vue. Je me suis approché, pour essayer de comprendre ce que j'avais sous les yeux. Ces êtres d'un autre monde irradiaient d'une telle lumière que je devais détourner le regard dès que j'essayais de scruter les profondeurs de la grotte. Pourtant, de même que tout un chacun est tenté d'observer le centre de la flamme, d'imprimer sur ses rétines la langue de feu d'un bleu intense, je ne pouvais résister à la vue de toutes ces créatures célestes devant moi. Enfin, j'ai constaté que chaque cellule renfermait un seul ange. Frère Francis s'est cramponné de terreur à mon bras et m'a conjuré de retourner à la barque. Mais, au lieu de l'écouter, entraîné par la ferveur, je me suis tourné vers les autres et leur ai ordonné de me suivre.

Les plaintes des Veilleurs ont cessé dès que nous sommes entrés dans la salle. Ils ont aussitôt braqué sur nous leurs yeux exorbités, épiant nos moindres gestes derrière les épais barreaux. Leur désir de libération n'avait rien de surprenant : ils étaient en cage depuis des millénaires. Cependant, ils avaient fière allure. Ils rayonnaient d'une intense luminosité – une lueur dorée qui sourdait de leur épiderme translucide et créait une aura dorée autour d'eux. Physiquement, ils étaient bien supérieurs à n'importe quel humain – grands, gracieux, pourvus d'ailes qui, repliées, leur allaient des épaules aux chevilles et qu'ils drapaient, telle une cape d'un blanc immaculé, autour de leur silhouette fuselée. Je n'avais jamais rencontré, ni même imaginé que puisse exister pareille beauté. Je comprenais comment ces envoyés célestes avaient pu séduire les filles des hommes et pourquoi les Nephilim étaient si fiers de leur patrimoine. Alors que je m'avançais, de plus en plus excité à chaque pas, j'eus une révélation : nous n'étions pas ici pour les raisons que nous croyions. Je pensais que notre mission était de récupérer le trésor des anges, mais j'entrevoyais la terrible vérité : nous avions en réalité bravé l'abîme pour libérer les anges renégats.

Un ange à l'abondante chevelure d'or s'est levé au fond de sa cellule sordide et s'est approché. Il avait dans les mains une lyre étincelante à la panse arrondie[1]. Il l'a prise dans ses bras, s'est mis à pincer les cordes et une mélodie sublime et irréelle a résonné dans la caverne. Je ne saurais dire si cela tenait à l'acoustique particulière des lieux ou à l'instrument en lui-même, mais cette musique enchanteresse était d'une telle richesse, d'une telle ampleur, elle affolait mes sens à tel point que j'ai redouté de perdre la tête de ravissement. L'ange s'est alors mis à chanter, accordant sa voix au son mélodieux de la lyre. Puis les autres se sont joints à lui en une mélopée céleste, un ensemble évoquant les mille milliers de serviteurs divins décrits par Daniel. Nous sommes restés figés sur place, complètement désarmés face à ce chœur céleste. Cette mélodie est demeurée gravée dans mon esprit. Aujourd'hui encore, je l'entends[2].

Je me suis tourné vers l'ange. Il a levé ses longs bras fins et déployé ses ailes gigantesques avec douceur. Je suis allé jusqu'à sa cellule, j'ai tiré le verrou calcifié et, dans une explosion de violence qui m'a projeté sur le sol, l'ange a poussé la porte et en est sorti. J'ai perçu le plaisir que lui procurait sa liberté. Les autres anges prisonniers ont rugi dans leurs cellules, avides, mauvais, jaloux de la bonne fortune de leur frère, exigeant qu'on les libère eux aussi.

Confondu, je n'avais pas prêté attention à l'effet de la musique sur mes compagnons. Avant que je me rende compte qu'il était victime d'un sortilège démoniaque, frère Francis s'est précipité en direction du chœur angélique et, dans un accès d'égarement, s'est agenouillé, en adoration, devant les Veilleurs. L'ange à la lyre a laissé tomber son instrument, interrompant cette prodigieuse symphonie, et posé une

1. Cette référence à la lyre de l'archange Gabriel constitue à la fois le passage le plus excitant et le plus frustrant du récit de Clematis. D'après une lettre du père Deopus, le vénérable père avait en sa possession un petit disque en métal. À la mort de Clematis, l'objet a été transmis pour examen à des musicologues célestes parisiens qui ont découvert qu'il s'agissait d'un plectre – une sorte de médiator utilisé pour jouer de certains instruments à cordes, en particulier de la lyre. Le plectre étant généralement attaché à celle-ci par un fil de soie, on peut en déduire que Clematis a bel et bien dû entrer en contact avec la lyre ou, du moins, un instrument faisant appel à un plectre. Ce qui laisse libre cours aux conjectures quant à l'endroit où se trouve la lyre. Si Clematis l'a rapportée de la grotte, il a pu la lâcher à l'entrée ou alors qu'il fuyait la montagne. En tout état de cause, le plectre exclut que la lyre ne soit que le produit délirant de l'imagination de Clematis, une invention mythique de son esprit aux abois.

2. On s'accorde à penser que Deopus a sans doute, à la requête du vénérable Clematis, transcrit la mélodie du chœur céleste des anges. Bien qu'on ne l'ait jamais retrouvée, l'espoir est grand que la partition intégrale survive quelque part.

main sur frère Francis, qui s'est retrouvé baigné par une lumière si dense que le malheureux semblait avoir été plongé dans du bronze. Il s'est effondré par terre, suffoquant, et s'est couvert les yeux, tandis que l'intense éclat consumait ses chairs. J'ai vu avec horreur ses vêtements se décomposer et sa peau fondre, révélant ses muscles et ses os carbonisés. Frère Francis, qui, quelques minutes encore auparavant, s'était agrippé à mon bras en m'adjurant de faire demi-tour, avait succombé au rayonnement empoisonné de l'ange[1].

XII

Les minutes qui ont suivi la mort de frère Francis sont confuses dans ma mémoire. Je me rappelle son corps hideux, difforme, noirci devant moi. Mais tout le reste n'est que ténèbres. D'une manière ou d'une autre, je me suis retrouvé en possession de la lyre de l'ange. Je tenais dans mes mains cloquées le trésor même que j'étais venu chercher au fond de l'abîme et, en toute hâte, je l'ai rangé à l'abri dans mon sac.

J'ai pris place dans la barque, la bure déchirée, en lambeaux. J'avais mal partout. La peau de mes bras pelait, se desquamait en lanières sanglantes et noircies. Des touffes de ma barbe avaient brûlé jusqu'à la racine. Je me suis alors rendu compte que, comme frère Francis, j'avais été exposé à l'effroyable feu de l'ange – et qu'il en allait de même de mes frères.

Debout à bord de l'embarcation, deux d'entre eux luttaient contre le courant avec l'énergie du désespoir au moyen de la godille, l'habit roussi, grièvement brûlés. Le dernier membre de notre troupe gisait mort à mes pieds, la figure dans les mains, comme foudroyé de terreur. Nous avons atteint la rive opposée et, après une brève prière pour notre défunt frère, avons débarqué, laissant le bateau partir à la dérive.

XIII

À notre grande consternation, l'ange meurtrier nous attendait sur la berge. Son beau visage était serein, comme s'il venait de s'éveiller

1. À la lueur du récit de la mort de frère Francis, ainsi que des blessures ayant entraîné la mort de Clematis, le consensus parmi les angéologues est que frère Francis est mort des suites d'une irradiation aiguë. Des études sur les propriétés radioactives des anges ont été entreprises à la faveur d'une généreuse donation de la famille de Marie Curie et sont actuellement en cours en Hongrie.

d'un long sommeil reposant. À la vue de la créature, mes deux frères se sont prosternés, littéralement anéantis devant elle, les traits décomposés par la terreur, car l'ange était formé d'or à l'état pur. Leur peur était justifiée. Le Veilleur a dirigé vers eux sa lumière mortifère et ils ont connu le même sort que Francis. Je me suis écroulé, à genoux, et j'ai prié pour leur salut, car ils étaient morts pour une noble cause. J'ai regardé autour de moi, mais il n'y avait pas le moindre secours en vue. Le berger avait déserté son poste, nous abandonnant dans la grotte. Il n'avait laissé derrière lui que son sac de toile et l'échelle de corde, et je lui en voulus amèrement, car il nous avait promis assistance.

L'ange m'a considéré, d'un air absent, tel un messager sans message, puis, d'une voix plus suave que n'importe quelle musique, il s'est adressé à moi dans une langue qui m'était inconnue, mais que je comprenais parfaitement. « Grand aura été le coût de notre liberté, a-t-il déclaré, mais grande aussi sera ta récompense sur terre comme aux cieux. »

Ces paroles sacrilèges m'ont plus affecté que je l'aurais cru. Je ne pouvais admettre que pareil démon puisse me promettre une récompense céleste. Dans un formidable élan de fureur, je me suis rué sur lui. Ma colère l'avait pris au dépourvu, me conférant l'avantage. Malgré sa splendeur, c'était une créature physique composée de matière semblable à la mienne et je l'ai attrapée par la base des ailes, empoignant la chair nue et sensible à la jonction du dos.

Les doigts crispés sur les os tièdes, j'ai projeté l'ange sur la roche froide et dure, pris de frénésie. Je ne me souviens plus au juste par quels moyens je suis parvenu à mes fins. Je sais seulement que, comme je m'efforçais de ne pas lâcher prise, mû par le désir désespéré de ressortir du gouffre, le Seigneur m'a prêté une force surnaturelle. J'ai tordu les ailes avec une férocité dont je n'aurais jamais imaginé mes vieilles mains capables et j'ai senti un craquement sous mes doigts, comme si je venais de briser le verre mince d'une ampoule. Un souffle d'air, un faible chuintement, s'est échappé du corps du Veilleur, laissant la créature sans force à mes pieds.

J'ai examiné l'ange impuissant. J'avais à demi arraché l'une de ses ailes qui pendait de travers, repliée dans son dos. Le Veilleur se tordait de douleur et un liquide bleu clair s'écoulait de la blessure. Un bruit répugnant émanait de sa cage thoracique, comme si le mélange des humeurs qui s'épanchaient de ses vaisseaux internes donnait lieu à quelque alchimie désastreuse. J'ai deviné qu'il étouffait et que son asphyxie résultait de sa blessure à l'aile[1]. Ainsi son souffle s'est-il éteint. Ma sauvagerie envers cette créature céleste me tourmentait cependant plus que de raison et j'ai chu à genoux pour invoquer la clémence et le pardon de Dieu, car j'avais profané l'une de ses plus sublimes créations.

J'ai alors entendu un faible cri – notre guide, caché derrière un rocher, qui m'appelait. Après force gesticulations, j'ai compris qu'il proposait de m'aider à gravir l'échelle. Je me suis traîné jusqu'à celle-ci aussi vite que je pouvais, puis m'en suis remis au berger qui, par la grâce de Dieu, était, lui, toujours robuste et valide et m'a hissé, sur son dos tremblant, hors de l'abîme[2].

1. Les propriétés physiques des ailes des anges sont exposées de façon concluante dans une étude capitale de 1907, *Physiologie angélique du vol*, ouvrage qui, de par sa remarquable analyse de la structure et de la fonction des appendices alaires, s'est imposé comme une référence incontournable lors de tout débat sur les Veilleurs. Alors que, par le passé, on supposait que les ailes étaient des membres rattachés au squelette, on pense aujourd'hui que ces appendices sont des excroissances des poumons qui servent également d'organes du vol. On a déterminé qu'ils tirent leur origine des capillaires du tissu pulmonaire ; ceux-ci se renforcent et prennent peu à peu de la masse jusqu'à ce qu'ils émergent des muscles du dos. Une aile pleinement développée est un système anatomique complexe et délicat de respiration externe, qui absorbe l'oxygène et rejette du gaz carbonique par l'intermédiaire de minuscules poches similaires à des alvéoles situées sur le rachis des plumes. On estime que la bouche et la trachée assurent à peine dix pour cent de la fonction respiratoire, rendant les ailes indispensables à la respiration. Il s'agit peut-être là du seul défaut de l'anatomie des anges, du talon d'Achille d'organismes par ailleurs parfaits – faiblesse que Clematis a su exploiter avec profit.

2. D'après les notes de Deopus, Clematis serait mort avant d'achever son récit, mettant ainsi un point final prématuré à son histoire.

J'aurais été incapable de démêler les sentiments contradictoires qui me submergèrent lorsque je terminai la traduction de Raphael Valko. Mes mains tremblaient d'excitation – à moins que ce ne soit de peur ou de fébrilité. Une chose, cependant, était certaine : l'histoire de la quête du vénérable Clematis m'avait bouleversée. J'étais à la fois admirative devant tant d'audace et terrifiée par l'horreur de son face-à-face avec les Veilleurs. Je n'arrivais pas à me figurer qu'un homme ait pu contempler ces créatures célestes, les toucher, entendre leur musique angélique.

Peut-être l'oxygène était-il trop rare dans les souterrains de l'Académie, car, peu après avoir posé le journal de Clematis, je commençai à manquer de souffle. L'air de la crypte me paraissait plus lourd, plus épais, plus oppressant que l'instant d'auparavant. Les galeries étroites et étouffantes de briques et de calcaire suintants prirent, l'espace d'un moment, l'apparence de la prison enfouie des anges renégats. Je m'attendais presque à entendre le grondement de la cascade ou des bribes de mélodies célestes. J'avais beau être consciente que ce n'était qu'une illusion, je me sentais incapable de rester une minute de plus sous terre. Mais plutôt que de remettre la traduction de Raphael Valko à sa place, je pliai le livret en deux et le fourrai dans la poche de ma jupe, puis quittai ces sous-sols et retrouvai avec délice l'air frais de l'Académie.

Même s'il était minuit passé et si je savais l'école déserte, je ne pouvais courir le risque d'être aperçue. Je m'empressai d'ôter la pierre occupant le centre de la voûte au-dessus de la porte et, sur la pointe des pieds, glissai la clef dans l'étroite cavité. Je remis le claveau en place, puis m'éloignai de quelques pas pour apprécier mon œuvre. La porte était rigoureusement semblable à des centaines d'autres dans l'Académie. Nul n'aurait pu soupçonner ce qui se cachait derrière la clef de voûte.

Je sortis de l'école et m'enfonçai dans la fraîcheur nocturne automnale en direction de notre appartement de la rue Gassendi, dans l'espoir d'y trouver Gabriella et de pouvoir l'interroger. Mais l'appartement était plongé dans l'obscurité et, après avoir frappé plusieurs fois à la porte de ma camarade sans obtenir de réponse, je me retirai dans la solitude de ma chambre pour relire la traduction de Raphael Valko une seconde fois. Le texte me happa et, avant de m'en rendre compte, je relus le récit de Clematis une troisième, puis une quatrième fois. À chaque lecture, j'étais de plus en plus troublée. Mon inconfort prit d'abord la forme d'un sentiment vague, d'une gêne légère et non identifiée, mais persistante, qui, au fil des heures, dégénéra en un affreux malaise. Il y avait quelque chose dans ce manuscrit qui allait à l'encontre de mes idées préconçues sur la première expédition angéologique, qui contredisait les enseignements qui m'avaient été transmis. Malgré l'épuisement dû à l'extraordinaire tension de la veille, au lieu de dormir, j'entrepris de disséquer le récit. Enfin, après avoir passé en revue plusieurs fois encore le calvaire de Clematis, je finis par cerner ce qui me chagrinait : jamais, au cours de mes innombrables heures d'études, ou des mois que j'avais passés à travailler à l'Athenaeum, les Valko n'avaient fait la moindre allusion à l'importance de l'instrument de musique que Clematis avait découvert dans la grotte. La lyre constituait l'objectif principal de l'expédition à venir, ainsi qu'une source d'inquiétude considérable compte tenu de l'avancée des nazis, et pourtant, Seraphina Valko n'en parlait jamais ouvertement.

Or, comme le récit de Clematis l'indiquait clairement, l'instrument était au cœur de la première expédition. Je me souvins du don de la lyre aux Veilleurs par l'archange Gabriel, que ma tutrice avait évoqué en cours. Pour autant, elle ne s'était pas appesantie sur la valeur inestimable de l'instrument. J'étais stupéfiée que les Valko puissent passer cet aspect sous silence. Et ma frustration était d'autant plus grande que Gabriella avait manifestement lu cette traduction depuis belle lurette et était, elle, au fait de l'importance de la lyre. Pourtant, comme les Valko, elle ne m'avait rien dit. Pourquoi n'avais-je pas été mise dans la confidence ? J'en vins à porter un regard soupçonneux sur tout ce que j'avais vécu depuis mon arrivée à Paris. Clematis faisait mention d'une « musique enchanteresse » qui « affolait mes sens à tel point que j'ai redouté de perdre la tête de ravissement » – mais quelles conclusions fallait-il en tirer ? Je ne pouvais m'empêcher de me demander pourquoi les personnes en qui j'avais le plus confiance, qui jouissaient de toute ma loyauté, m'avaient dupée. Car si elles ne m'avaient pas tout révélé sur la lyre, elles m'avaient sans doute aussi dissimulé bien d'autres informations.

Telles étaient mes pensées quand je perçus un bruit de moteur sous ma fenêtre. Lorsque j'écartai le rideau, je fus surprise de constater que le ciel gris pâle s'éclaircissait et offrait un avant-goût de l'aurore. La nuit touchait à sa fin et je n'avais pas fermé l'œil. Mais je n'étais pas la seule. Dans le jour trouble, je vis Gabriella descendre d'une voiture, une Traction avant rouge. Elle était vêtue de la même robe en satin, toujours aussi lustrée et ondoyante, mais son allure avait changé de manière spectaculaire en quelques heures. Sa chevelure était en désordre, ses épaules voûtées par la fatigue, et elle avait ôté ses gants vénitiens, dévoilant ses mains pâles. Elle se tourna vers notre immeuble, comme si elle réfléchissait à la conduite à tenir, puis s'appuya contre la voiture, enfouit sa tête entre ses bras et éclata en sanglots. Le conducteur de la Traction, dont je ne distinguais pas le visage, sortit et j'eus l'impression qu'il avait l'intention de s'en prendre à Gabriella.

En dépit de ma colère à son égard, mon premier réflexe fut de me précipiter à son secours. Je m'élançai hors de l'appartement et dévalai l'escalier en priant pour que Gabriella soit toujours là quand je parviendrais en bas. Dans le hall de l'immeuble, je m'avisai cependant que je m'étais trompée : loin de faire du mal à Gabriella, l'homme la serrait dans ses bras pendant qu'elle pleurait. Plantée dans l'entrée, je contemplai la scène, confuse : l'inconnu caressait les cheveux de Gabriella avec tendresse, la réconfortait avec des attitudes qui, du haut de mes quinze ans, me parurent celles d'un amant, car personne ne m'avait jamais touchée ainsi. J'entrouvris doucement la porte, afin de ne pas me faire remarquer, et tendis l'oreille. Entre deux hoquets, Gabriella répétait, d'une voix désespérée : « Je n'en peux plus, je n'en peux plus, je n'en peux plus… » Si j'avais une idée de ce qui lui inspirait de tels remords – peut-être avait-elle enfin pris conscience de son égarement –, je fus totalement abasourdie par la réaction de son compagnon, qui, resserrant son étreinte, lui répondit : « Tu dois tenir bon. Nous n'avons pas le choix. Il faut continuer. »

Je reconnus sa voix avant même de l'apercevoir. L'homme qui étreignait Gabriella dans la lueur de l'aube n'était autre que Raphael Valko.

De retour dans ma chambre, je guettai les pas de Gabriella dans l'escalier. Ses clefs s'entrechoquèrent lorsqu'elle déverrouilla la porte et entra. Au lieu d'aller dans sa chambre, elle se rendit à la cuisine, où un bruit de casserole m'informa qu'elle préparait du café. Réprimant le désir de la rejoindre, je demeurai dans ma chambre, aux aguets, comme si ces bruits quotidiens étaient susceptibles de m'aider à comprendre ce dont je venais d'être témoin et la nature des relations entre Gabriella et Raphael Valko.

Quelques heures plus tard, je tapai à la porte du bureau de Seraphina Valko. Il était encore tôt – moins de 7 heures du matin –, mais j'étais certaine qu'elle serait déjà au travail comme à l'accoutumée. Elle était assise à son secrétaire, les cheveux rassemblés en un chignon sévère, la plume suspendue au-dessus d'un carnet, comme si je l'avais interrompue au milieu d'une phrase. Même si mes visites relevaient de la routine, dans la mesure où je m'échinais, jour après jour, depuis des semaines, à éplucher les archives des Valko sur le canapé vermillon du bureau, ma lassitude et ma préoccupation devaient sauter aux yeux, car mon professeur devina aussitôt que je n'étais pas là par courtoisie. Elle me rejoignit, prit place à l'autre bout du canapé et me demanda ce qui m'amenait à une heure aussi matinale.

Je posai le journal de Clematis entre nous. Surprise, Seraphina Valko s'empara du livret et feuilleta les fines pages, survolant la traduction de son mari. Tandis qu'elle lisait, j'entrevis, ou crus entrevoir, sur son visage, une étincelle de jeunesse et de bonheur, comme si elle remontait dans le temps, page après page.

— Mon mari a découvert le manuscrit de Clematis il y a près de vingt-cinq ans, lâcha-t-elle enfin. Nous effectuions des recherches en Grèce, au pied des Rhodopes, dans un petit village que Raphael avait identifié d'après une lettre d'un moine du nom de Deopus. Celle-ci avait été envoyée d'une petite ville de montagne de quelques milliers d'habitants seulement, où Clematis était mort peu après l'expédition, et elle laissait entendre que Deopus avait transcrit les dernières paroles de Clematis. C'était une piste bien mince, mais Raphael avait foi en son intuition et il s'est donc lancé dans une équipée en Grèce que beaucoup, à l'époque, ont jugée vaine. Cette expédition s'est révélée capitale pour sa carrière – ainsi que pour la mienne, à vrai dire. Sa découverte a eu des retombées considérables pour nous ; elle nous a apporté la reconnaissance et nous a valu de donner des conférences dans toutes les grandes facultés européennes. La traduction de Raphael a consolidé sa réputation et nous a assuré une place ici à Paris. Je me rappelle comme il était heureux, lorsque nous nous sommes installés, et à quel point nous étions optimistes.

Elle se tut, comme si elle en avait déjà dit plus qu'elle le souhaitait.

— Je suis curieuse de savoir où vous avez déniché ce manuscrit.

— Dans les souterrains de l'école, ai-je répliqué, sans un instant d'hésitation.

Je n'aurais pas été en mesure de lui mentir, même si je l'avais voulu.

— L'accès à ces souterrains est contrôlé. Les portes sont verrouillées. Il faut disposer d'une clef pour entrer.

— Gabriella m'a montré où la trouver. Je l'ai rangée à sa place derrière la clef de voûte.

— Gabriella ? s'écria mon professeur, sidérée. Comment connaît-elle cette cachette ?

— Je pensais que vous étiez au courant. Ou, du moins, que votre mari l'était, ai-je ajouté en pesant mes mots, désireuse de ne pas trop m'exposer.

— Ce n'est nullement le cas en ce qui me concerne et je suis certaine que Raphael n'en sait pas davantage. Dites-moi, Célestine, avez-vous remarqué quelque chose d'étrange dans le comportement de Gabriella ?

— Comment ça ?

Je me laissai aller contre la soie fraîche du canapé et attendis avec impatience que ma tutrice m'aide à percer l'énigme Gabriella.

— Laissez-moi vous indiquer ce que, moi, j'ai remarqué, reprit-elle en se campant devant une fenêtre, dans la lumière pâle du matin. Au cours de ces derniers mois, Gabriella est devenue méconnaissable. Elle a pris du retard dans son travail personnel. Ses deux dernières dissertations étaient bien en deçà de ses capacités – même si elle est tellement douée que seul un professeur la connaissant aussi bien que moi pourrait s'en apercevoir. Elle passe beaucoup de temps en dehors de l'école, notamment la nuit. Et elle a une apparence digne des filles de Pigalle. Mais le pire, peut-être, c'est qu'elle se fait du mal à elle-même.

Elle se retourna vers moi, comme si elle s'attendait à ce que je proteste ; je n'en fis rien et elle poursuivit :

— Je l'ai vue se brûler délibérément pendant le cours de mon mari. Je sais que vous savez de quoi je parle. Cela a été l'expérience la plus dérangeante de ma carrière et, croyez-moi, j'en ai vécu plus d'une. Gabriella a approché la flamme de son poignet nu. Elle savait que je l'observais et elle m'a fixée, impassible, tandis que sa peau se cloquait, comme pour me défier d'intervenir afin de la sauver d'elle-même. Il y avait plus que du désespoir ou qu'un besoin infantile d'attirer l'attention, comme souvent. Elle ne se dominait plus.

J'aurais aimé objecter à ma tutrice qu'elle se trompait, que je n'avais rien relevé de ce qu'elle décrivait et que Gabriella s'était brûlée par accident, mais je ne le pus.

— Inutile de dire que j'ai été choquée, exposa Seraphina Valko. J'ai été tentée de la mettre au pied du mur immédiatement – elle avait besoin de se faire soigner, après tout –, mais je me suis ravisée. Sa conduite suggérait des troubles multiples, tous d'ordre psychologique, et je tenais à ne pas exacerber le problème. Toutefois, je redoutais que cet acte ait une autre cause, une cause sans rapport avec sa santé mentale.

Mon professeur se mordit la lèvre, comme si elle s'interrogeait sur la façon de procéder, mais je la suppliai de continuer. Ma curiosité à l'égard de Gabriella était aussi grande, si ce n'est plus, que la sienne.

— Vous vous souvenez que, hier, j'ai glissé un exemplaire du *Livre des générations* parmi les trésors que nous nous apprêtons à mettre en lieu sûr. En réalité, ce texte est bien trop précieux pour qu'on l'expédie aux États-Unis et il restera sous ma garde ou celle d'un autre chercheur reconnu. Mais je l'ai placé là pour que Gabriella tombe dessus. J'ai laissé le volume ouvert à une page où le patronyme « Grigori » figurait bien en vue. Il était pour moi essentiel de surprendre Gabriella. Il fallait que le nom lui saute aux yeux avant qu'elle ait le temps de masquer ce qu'elle ressentait. Je tenais à étudier sa réaction. L'avez-vous relevée ?

— Bien sûr, répondis-je en me remémorant son accès de colère et son malaise physique à la lecture de ces noms. C'était à la fois effrayant et bizarre.

— Bizarre, mais prévisible.

— Prévisible ? répétai-je, déconcertée, car les actions de Gabriella n'avaient aucun sens pour moi. Je ne comprends pas.

— Dans un premier temps, elle a seulement trahi de l'inquiétude en présence du livre, mais quand elle a repéré le nom Grigori – et peut-être d'autres –, son appréhension s'est muée en hystérie, en pure terreur animale.

— Certes, mais pourquoi ?

— Gabriella montre toutes les caractéristiques de la conjurée dont la conspiration vient d'être percée à jour. Elle a réagi comme si elle était rongée par la culpabilité. J'ai déjà rencontré ce genre d'attitude, mais chez des gens bien plus doués pour masquer leurs remords.

— Vous pensez que Gabriella travaille pour l'ennemi ? m'exclamai-je, révélant ma stupéfaction.

— Il m'est impossible d'en être certaine, nuança ma tutrice. Il est probable qu'elle ait été entraînée dans une liaison malencontreuse et qu'elle se soit laissé influencer. Quoi qu'il en soit, elle s'est compromise. Une fois que l'on commence à mener une double vie, il est très difficile d'arrêter. Il est regrettable que Gabriella doive servir d'exemple, mais en tout état de cause, je vous engage à ne pas l'imiter.

Trop abasourdie pour parler, je me bornai à dévisager mon professeur, dans l'espoir qu'elle ajoute quelque chose afin de me rassurer. Car contrairement à elle, je disposais de preuves qui confirmaient ses soupçons.

— L'accès aux souterrains de l'Académie est absolument prohibé. Les entrées sont scellées pour la sécurité de tous. Vous ne devez divulguer à personne ce que vous avez vu.

Elle alla jusqu'à son secrétaire, ouvrit un tiroir et brandit une clef.

— Il y a que deux clefs du sous-sol. J'en possède une, et Raphael a caché la seconde.

— Peut-être que votre mari lui a fait part de l'emplacement.

Je repensai à la scène de ce matin même, devant l'immeuble, et j'eus la certitude que c'était là l'explication, mais je n'eus pas le courage de m'en ouvrir à Seraphina Valko.

— Impossible. Mon mari ne communiquerait jamais une information d'une telle importance à une étudiante.

J'étais gênée, parce que je soupçonnais Raphael Valko d'avoir une aventure avec Gabriella et que j'ignorais la nature des crimes que mon amie avait pu commettre, mais, à mon grand embarras, j'éprouvais aussi une satisfaction perverse à la pensée d'avoir gagné la confiance de mon professeur. Jamais auparavant Seraphina Valko n'avait fait montre d'une franchise et d'une telle amitié à mon égard – comme si j'étais non pas une subalterne, mais une égale.

C'est pourquoi il m'était d'autant plus pénible de songer aux tromperies de Gabriella. Si mon intuition était la bonne, non seulement Gabriella œuvrait contre notre cause, mais en séduisant Raphael Valko, elle avait personnellement trahi notre tutrice. Alors que j'étais persuadée que Gabriella s'était laissé distraire par un homme extérieur à l'école, il apparaissait que l'affaire était plus compliquée encore. Il se pouvait même que Raphael Valko soit de mèche avec Gabriella et agisse lui aussi contre nous. J'étais consciente que j'aurais dû mettre ma tutrice au courant, mais je ne pus m'y résoudre. J'avais besoin de temps pour faire le point sur mes sentiments. J'abordai donc la question qui m'amenait dans son bureau :

— Pardon de changer de sujet, m'excusai-je avec précaution, jaugeant son expression, mais je tenais à vous demander quelque chose concernant la Première Expédition angéologique.

— N'est-ce pas pour ça que vous êtes venue me trouver ce matin ?

— J'ai passé la majeure partie de la nuit à potasser ce texte. Et chaque lecture m'a un peu plus déroutée. Puis j'ai compris : vous ne m'aviez jamais parlé de la lyre.

Seraphina Valko sourit et retrouva sa sérénité professorale.

— C'est la raison pour laquelle mon mari a renoncé à exploiter le récit de Clematis. Il a consacré près d'une décennie à écumer les bibliothèques et les boutiques d'antiquités de Grèce, à écrire à des spécialistes et à rechercher les descendants de la famille de Deopus, en quête de renseignements sur la lyre. Mais ça n'a débouché sur rien. Si Clematis a bien eu la lyre entre les mains dans la grotte – et nous en sommes convaincus –, soit il l'a perdue, soit elle a été détruite. N'étant pas en mesure de nous rendre sur place pour trancher, nous avons décidé de garder le silence sur la lyre.

— Et si vous en aviez la possibilité ?

— Alors le silence ne serait plus nécessaire. Avec une carte, la situation serait différente.

— Mais vous n'avez pas besoin de carte.

Toutes mes angoisses liées à Gabriella et Raphael Valko, ainsi qu'aux soupçons de ma tutrice, s'évaporèrent, remplacées par la jubilation. Je pris la traduction et l'ouvris à la page qui m'interpellait.

— Tout est là, dans le récit de Clematis.

— Qu'est-ce que vous racontez ? s'exclama Seraphina Valko en me considérant comme si je venais d'avouer un meurtre. Nous avons analysé chaque phrase mot à mot. La situation précise de la cave n'est mentionnée nulle part. Clematis évoque seulement une montagne inexistante proche de la Grèce, mais la Grèce est un grand pays, ma chère.

— Vous avez peut-être analysé chaque phrase mot à mot, mais vous vous êtes laissé induire en erreur. Le manuscrit original existe-t-il encore ?

— La transcription du père Deopus ? Oui, bien sûr. Nous la conservons dans notre chambre forte.

— Si vous me la fournissez, je suis certaine de pouvoir vous indiquer où se situe la grotte.

Grotte des gorges du Diable, massif des Rhodopes, Bulgarie

Novembre 1943

Nous progressions dans la brume, par d'étroites routes de montagnes dans des gorges tortueuses et encaissées. Je m'étais renseignée sur la topographie de la région avant notre départ, mais le paysage des Rhodopes n'avait rien à voir avec ce que je m'étais imaginé. D'après les descriptions de ma grand-mère et les souvenirs d'enfance de mon père, je m'étais représenté des villages en pierre cuits par le soleil, figés dans un perpétuel été et cernés de vergers et de vignes. Dans mon imaginaire d'enfant, les montagnes étaient pareilles à des châteaux de sable face aux assauts de la mer – des blocs de grès pâles et tendres, marqués de stries et de sillons. Mais au fur et à mesure de notre ascension parmi les nappes de brouillard, j'avais découvert une chaîne de sommets granitiques intimidants qui se chevauchaient telles des dents cariées, sur fond de nuages gris. Au loin, des pics coiffés de glace dominaient des vallées enneigées ; des rochers semblables à des moignons s'agrippaient aux rares coins de ciel bleu pâle. Sombres et majestueuses, les Rhodopes se dressaient devant moi.

Raphael Valko était resté à Paris pour préparer notre retour – tâche particulièrement délicate du fait de l'Occupation –, si bien que c'était son épouse qui conduisait l'expédition. À mon grand étonnement, rien ne semblait avoir changé dans leur couple à la suite de ma conversation avec Seraphina Valko – et pourtant, je les avais épiés avec une attention avide jusqu'à ce que la guerre atteigne Paris. J'avais eu beau me préparer à cette éventualité et aux bouleversements qu'elle provoquerait, je ne me doutais pas que ma vie changerait aussi vite. Au début de l'Occupation, à la demande de Raphael Valko, j'étais retournée habiter chez mes parents à la campagne, avec quelques livres à étudier, dans l'attente de nouvelles. Communiquer n'était pas facile et je vivais souvent coupée de l'angéologie pendant plusieurs mois d'affilée. Malgré l'urgence de notre mission, nos projets d'expédition étaient demeurés en suspens jusqu'à la fin 1943.

À l'avant du fourgon, Seraphina Valko discutait dans un mélange de russe et de français avec Vladimir, le jeune angéologue de Leningrad, que j'admirais depuis notre première rencontre. Il conduisait vite, si près du précipice que j'étais terrifiée que nous basculions, à la suite de notre ombre qui glissait à toute allure le long de la route verglacée, et disparaissions à jamais. Au fil de notre ascension, la chaussée rétrécit et se transforma en une piste serpentant tour à tour au milieu d'une forêt dense et entre des parois d'ardoise. De temps à autre, un village apparaissait en contrebas. Des grappes de maisons montagnardes poussaient comme des champignons dans des vallons. Plus loin, les ruines de murs romains en pierre saillaient de la montagne, à demi enneigées. La beauté âpre et farouche de ces paysages m'emplissait de respect pour le pays de ma grand-mère et de mon père.

Régulièrement, nous nous enfoncions dans une ornière neigeuse et il nous fallait décharger pour parvenir à nous dégager. Avec nos épais manteaux de laine et nos solides bottes en peau de mouton, nous aurions pu passer pour des villageois coincés dans une tempête de neige. Seul notre véhicule – un coûteux fourgon radio américain K-51, aux roues pourvues de chaînes, offert par la généreuse bienfaitrice américaine des Valko – et notre précieux chargement, soigneusement arrimé à l'aide de corde et de toile, auraient pu nous trahir.

Le vénérable Clematis aurait sans doute été jaloux de notre progression, même entrecoupée. Lui avait accompli le trajet à pied, transportant ses provisions à dos de mule. J'avais toujours considéré la première expédition angéologique moins périlleuse que la nôtre, car il s'agissait pour nous de pénétrer dans la caverne en plein hiver et en période de guerre. Cependant, Clematis avait dû faire face à d'autres dangers. Les fondateurs de l'angéologie opéraient sous la contrainte permanente de dissimuler leurs activités. Ils vivaient dans une ère de conformisme et leurs actions devaient faire l'objet d'une surveillance constante. Par conséquent, les progrès étaient lents et les grandes percées de l'angéologie moderne inconnues. Mais leurs recherches opiniâtres constituaient la base de tout ce que j'avais appris. Eussent-ils été démasqués, ils auraient été accusés d'hérésie, excommuniés, peut-être même emprisonnés, et ces persécutions se seraient soldées par de graves revers – même si elles n'auraient pas été fatales à leur mission, car comme moi, qui voyais en l'angéologie ma vocation, les pères fondateurs estimaient que leur mandat émanait d'une autorité supérieure, et ils avaient consenti de grands sacrifices au nom de notre cause.

Alors que Clematis et ses compagnons étaient à la merci des brigands ou de l'hostilité des villageois, notre plus grande crainte était d'être interceptés par nos ennemis. À la suite de l'occupation de Paris, en juin 1940, nous avions été forcés d'entrer dans la clandestinité, ce qui avait reporté l'expédition. Nous avions préparé ce voyage en secret pendant des années, amassant matériel et renseignements sur la région, nous reposant sur un étroit réseau de chercheurs de confiance et de membres du conseil dont les nombreuses années de dévouement et de sacrifice garantissaient la loyauté. Nous avions toutefois renforcé nos mesures de sécurité après que Raphael Valko eut déniché un nouveau commanditaire – une riche Américaine qui nous soutenait par respect pour notre travail. En effet, s'ils accéléraient nos préparatifs, l'argent et l'influence de notre bienfaitrice accroissaient aussi le risque d'être découverts. Nous ne pouvions pas être sûrs que les Nephilim ignoraient tout de nos intentions et nous redoutions un guet-apens dans les montagnes.

Je tremblais à l'arrière du fourgon, le cœur au bord des lèvres à cause des violentes embardées sur le chemin gelé et cahoteux. J'aurais dû être frigorifiée, vu la température, mais c'était en fait des picotements d'excitation que je ressentais dans tout le corps. À mes côtés, les autres membres du groupe, trois angéologues aguerris, s'entretenaient de la tâche qui nous attendait avec une assurance qui me parut inouïe. Ces hommes étaient bien plus âgés que moi et ils se connaissaient déjà avant ma naissance, mais c'était moi qui avais permis de déterminer l'emplacement de la grotte, ce qui me conférait un statut particulier à leurs yeux. Gabriella, ma rivale pour une place au sein de l'expédition, avait quitté l'école en 1940 – ou, plutôt, disparu sans un mot d'adieu. Elle avait simplement récupéré toutes ses affaires à l'appartement et elle s'était évaporée. Sur le moment, j'avais cru qu'elle s'était fait réprimander, voire expulser, et qu'elle était partie à la sauvette par honte. J'ignorais si elle s'était exilée ou si elle aussi avait opté pour la clandestinité. J'avais beau savoir pertinemment que j'avais mérité d'être de ce voyage, je ne pouvais m'empêcher de me demander si je n'avais pas été sélectionnée par défaut.

Seraphina Valko et Vladimir planifiaient la descente au fond de la grotte, mais, perdue dans mes pensées, je ne me joignis pas à la discussion. J'étais nerveuse. Il pouvait se produire n'importe quoi et toutes les hypothèses défilaient dans mon esprit. Nous pouvions atteindre notre objectif sans difficulté, mais il était aussi possible que nous ne regagnions jamais la civilisation. Une chose était certaine : notre succès ou notre échec se jouerait au cours des prochaines heures.

Le vent mugissait et un avion bourdonnait au-dessus de nous. Je ne pouvais me retenir de songer à la terrible fin de Clematis. Je repensais à l'appréhension de frère Francis, qui avait qualifié ses compagnons de « confrérie de rêveurs », et, comme nous parvenions au sommet de la montagne et contournions un bloc de granit couvert de glace, je m'interrogeai : bien des siècles plus tard le verdict de Francis n'était-il pas encore valable ? Le trésor que nous recherchions était-il une illusion ? Allions-nous perdre la vie pour une chimère futile ? Notre équipée était peut-être, comme en était convaincue Seraphina Valko, l'aboutissement des efforts de tous les chercheurs qui nous avaient précédés. Mais il se pouvait aussi que ce soit exactement ce que frère Francis craignait : le songe collectif d'une bande de rêveurs égarés.

Dans leur soif d'élucider les moindres détails du récit de Clematis, Raphael et Seraphina Valko avaient omis un fait d'apparence anodine : frère Deopus était un moine bulgare de Thrace qui, bien que maîtrisant la langue de l'Église et parfaitement à même de consigner les propos de Clematis en latin, devait parler la langue locale, une variante du vieux bulgare qui s'écrivait en cyrillique, alphabet créé par des disciples de saint Cyrille au IXe siècle. Or, le vieux bulgare était aussi la langue maternelle du vénérable Clematis, qui était né et avait fait ses études dans les Rhodopes. En lisant et en relisant la traduction de Raphael Valko, en cette nuit fatidique, quatre ans auparavant, il m'était venu à l'esprit que, dans son délire, Clematis avait peut-être employé par moments sa langue maternelle, dans laquelle il était plus à l'aise, pour relater ses épreuves souterraines, si bien que le manuscrit de frère Deopus s'était ainsi retrouvé parsemé de cyrillique. Honteux d'une transcription aussi grossière – car le latin était alors la langue des lettrés –, Deopus avait alors dû recopier son texte sous une forme plus acceptable. Et si tel était le cas, j'espérais qu'en inspectant l'original à partir duquel Raphael Valko avait réalisé sa traduction, je serais en mesure de vérifier qu'il n'y avait pas eu d'erreur lors du passage du latin au français et, le cas échéant, de déchiffrer les expressions en cyrillique qui émaillaient le document. Ma grand-mère, Baba Slavka, femme cultivée qui lisait les romanciers russes dans le texte et avait publié plusieurs recueils de poésie en bulgare, m'avait appris cet alphabet. Avec son aide, il me serait possible de retrouver la traduction exacte du vieux bulgare. Le secret de l'emplacement de la grotte était à portée de main.

Lorsque je lui avais exposé le cheminement de ma pensée, Seraphina Valko s'était peu à peu animée au fil de mes explications et m'avait emmenée directement faire part de ma théorie à son mari. Raphael Valko avait approuvé ma logique, mais précisé qu'il avait fait montre d'une grande méticulosité dans sa traduction et que, d'après ses souvenirs, il n'y avait pas trace de cyrillique dans le manuscrit. Néanmoins, les Valko me conduisirent à la chambre forte de l'Athenaeum, où était conservé l'original. Ils enfilèrent tous deux des gants blancs en coton et m'en tendirent une paire. Raphael Valko prit le manuscrit sur une étagère, le plaça devant moi et le dégagea de l'épais tissu qui l'enveloppait pour que je puisse l'étudier. Comme il s'écartait, nos regards se croisèrent et je ne pus m'abstenir de repenser à son étreinte avec Gabriella ni de m'interroger sur les secrets qu'il dissimulait à tout le monde – y compris son épouse. Mais il était égal à lui-même : charmant, érudit et parfaitement insondable.

Je n'avais pas tardé à m'absorber dans le texte. Le papier était si fragile que j'avais peur de l'abîmer. L'encre était brouillée par des gouttes de sueur et des taches de sang noirci maculaient plusieurs pages. Comme je m'y attendais, le latin de frère Deopus était approximatif – il y avait des fautes d'orthographe et il avait tendance à s'embrouiller dans les déclinaisons –, mais à ma grande déception, Raphael Valko avait raison : il n'y avait pas le moindre caractère cyrillique dans la transcription. Deopus avait en effet rédigé le document entier en latin.

Je désirais tant impressionner mes professeurs et être choisie pour participer à leur prochaine expédition que j'aurais sans doute été anéantie, si Raphael Valko n'avait eu un trait de génie. Alors même que je commençais à désespérer, il avait pris une mine réjouie. Pendant qu'il traduisait la transcription de Deopus, il était, m'apprit-il, tombé sur un certain nombre de mots qui lui étaient étrangers. Il supposait que Deopus, contraint de noter à la hâte les paroles de Clematis, qui devait s'exprimer à un rythme effréné, avait latinisé divers mots issus de sa langue maternelle. Ce qui aurait été bien naturel, car le cyrillique était une invention récente, qui n'était apparue qu'un siècle à peine avant la naissance de Deopus. Raphael Valko se rappelait bien ces mots, ainsi que leur place dans le texte. Il tira de sa poche une feuille, un stylo encre et se mit à les recopier. Il établit une liste d'une quinzaine de termes bulgares latinisés.

Il m'expliqua qu'il avait dû recourir à plusieurs dictionnaires afin de traduire ces mots. Il s'était reporté à divers textes de référence en vieux bulgare et avait constaté qu'il existait effectivement des correspondances phonétiques avec le latin. Il avait donc entrepris de remédier à ces barbarismes en leur substituant ce qui, d'après le contexte, lui paraissait être le mot exact. Cette part d'interprétation, certes malheureuse, était inhérente à la traduction de tout manuscrit ancien, mais avec le recul, il se rendait compte que ce procédé avait pu déboucher sur des erreurs de traduction flagrantes.

Après examen de la liste, nous avons rapidement isolé les termes de vieux bulgare qui avaient été déformés. Comme il s'agissait d'un vocabulaire plutôt simple, j'empruntai à Raphael Valko son stylo à plume et rectifiai ses méprises. Deopus avait translittéré le mot Злото (mal), que Raphael Valko avait confondu avec Злато (or), si bien qu'il avait traduit « car l'ange était formé de mal à l'état pur » par « car l'ange était formé d'or ». De même, Deopus avait latinisé le terme Дъх (âme), que Raphael Valko avait pris pour Дух (souffle), de sorte que « Ainsi son âme s'est-elle éteinte » était devenu « Ainsi son souffle s'est-il éteint ». Compte tenu de notre objectif, la question la plus importante était toutefois de déterminer si Gyaurskoto Burlo, le nom que Clematis avait donné à la grotte, était un toponyme primitif en vieux bulgare ou s'il avait été altéré. À l'aide du stylo, je transcrivis Gyaurskoto Burlo dans mon cyrillique scolaire et l'épelai audessous en caractères latins :

Гяурското Бърло

GYAURSKOTO BURLO

J'avais fixé les lettres comme si j'espérais qu'elles se dissolveraient et distilleraient leur sens sur le papier. En dépit de tous mes efforts, je ne voyais pas comment ces mots pouvaient avoir été mal interprétés. Mais si l'étymologie de ce toponyme dépassait mes compétences, je connaissais quelqu'un qui saurait en discerner l'histoire, par-delà les altérations que lui avaient fait subir ses traducteurs. Raphael Valko avait remballé le manuscrit dans son tissu, l'avait glissé dans un étui en cuir pour le protéger et, à la nuit tombée, nous étions arrivés dans mon village natal pour consulter ma grand-mère.

Être dans la confidence des Valko représentait en soi un privilège que j'avais longtemps convoité. Quelques mois auparavant, je ne comptais pas pour eux – je n'étais qu'une simple étudiante désireuse de faire ses preuves. Et voilà que nous étions tous les trois dans l'entrée de la ferme de mes parents, en train de suspendre nos manteaux et de nous essuyer les pieds, tandis que mon père et ma mère se présentaient. Raphael Valko s'était montré poli et affable, comme à son habitude – la bienséance incarnée – et je m'étais demandé si, somme toute, c'était bien lui que j'avais aperçu avec Gabriella. Je ne réussissais pas à concilier l'image du parfait gentleman que j'avais devant moi et celle du scélérat qui avait enlacé sous mes yeux une étudiante de quinze ans.

Nous avions pris place autour de la table en bois ciré dans la cuisine de mes parents et Baba Slavka avait inspecté le manuscrit. Elle vivait en France depuis de longues années, mais ne ressemblait à aucune autre femme de notre village. Elle portait un foulard de couleur vive sur la tête, de grosses boucles d'oreilles en argent et se maquillait beaucoup les yeux. Des bagues en or et des pierres précieuses étincelaient à ses doigts. Raphael Valko lui fit part de nos interrogations et lui soumit la liste de mots qu'il avait repérés dans la transcription de Deopus. Baba Slavka la lut, puis, après avoir considéré le manuscrit un moment, se rendit dans sa chambre et revint avec un assortiment de cartes. Elle en déplia une qui représentait les Rhodopes. Je déchiffrai le nom en cyrillique de plusieurs villages : Smolyan, Kesten, Zhrebevo, Trigrad… Tous se situaient près du lieu de naissance de ma grand-mère.

Gyaurskoto Burlo, avait-elle expliqué, signifiait bien « le repaire des infidèles » ou « la prison des infidèles », comme l'avait traduit Raphael Valko.

— Il n'est pas étonnant que vous n'ayez jamais trouvé d'endroit de ce nom, car il n'en existe pas, avait-elle poursuivi.

Du doigt, elle avait désigné un point au voisinage de Trigrad.

— Voici une grotte qui correspond à celle que vous recherchez, mais elle ne s'appelle pas Gyaurskoto Burlo. Elle a pour nom Djavolskoto gărlo – la gorge du Diable. Elle n'apparaît ni ici, ni sur aucune autre carte et pourtant, j'ai moi-même été jusqu'à son entrée, au flanc de la montagne. J'ai même entendu la musique qui en émane. C'est la raison pour laquelle je souhaitais que tu poursuives ces études, Célestine.

— Tu y es allée ! m'étais-je écriée, stupéfaite d'apprendre que la réponse à la quête des Valko était à portée de main depuis si longtemps.

Ma grand-mère avait eu un sourire étrange et mystérieux.

— C'est près du vieux village de Trigrad que j'ai rencontré ton grand-père, et c'est là-bas que ton père est né.

Nous y étions presque. Vladimir fit halte devant un vieux panneau de bois sur lequel étaient peints quelques caractères cyrilliques. Sur les instructions de Seraphina Valko, il prit la direction du village, suivant une étroite route enneigée qui s'élevait vers la cime de la montagne. La pente était raide et verglacée. Le fourgon dérapa en arrière et Vladimir rétrograda en faisant grincer la boîte de vitesse. Les roues patinèrent sur la neige tassée, retrouvèrent leur motricité et nous repartîmes en avant dans les ténèbres.

En haut de la côte, notre chauffeur se gara sur une corniche devant laquelle se déployait une vaste étendue neigeuse. Seraphina Valko se retourna pour s'adresser à nous.

— Vous avez tous lu le récit du vénérable Clematis et nous avons déjà abordé ensemble les modalités d'exploration de la grotte. Les dangers que nous allons devoir affronter sont sans commune mesure avec tous ceux auxquels nous nous sommes déjà frottés. La descente dans le gouffre va réclamer toutes vos forces. Nous allons devoir faire preuve de précision et de rapidité. Nous n'avons pas droit à l'erreur. Notre équipement nous sera d'un grand secours, mais les difficultés ne seront pas uniquement d'ordre physique. Une fois au fond de la grotte, nous devons être prêts au cas où nous aurions affaire aux Veilleurs.

— Dont la puissance est phénoménale, ajouta Vladimir.

Seraphina Valko nous dévisagea avec attention, la gravité de ses traits trahissant l'importance de notre mission.

— L'adjectif « phénoménale » est encore en dessous de la vérité, déclara-t-elle. Nous autres, angéologues, rêvons depuis des générations du jour où nous serions en mesure de faire face aux anges emprisonnés. Si notre entreprise est un succès, nous aurons accompli quelque chose dont personne n'a jamais été capable.

— Et si nous échouons ? hasardai-je, osant à peine envisager cette hypothèse.

— Leurs pouvoirs, ainsi que les souffrances et le tort qu'ils pourraient causer à l'humanité, sont inimaginables.

Seraphina Valko boutonna son manteau de laine et enfila une paire de gants militaires en cuir, s'apprêtant à braver le vent glacé des cimes.

— Si j'ai vu juste, la caverne est au sommet de ce col, dit-elle en sortant du fourgon.

Je l'imitai et m'approchai du bord de la corniche pour contempler l'étrange monde cristallin qui m'entourait. Une noire paroi rocheuse qui se dressait vers le ciel projetait son ombre sur notre petit groupe ; devant nous, une vallée enneigée qui descendait en pente abrupte. Sans perdre de temps, Seraphina se mit en marche. Je lui emboîtai le pas et nous nous frayâmes un chemin à travers les congères dans nos lourdes chaussures. Serrant la poignée d'une sacoche remplie de matériel médical, j'essayai de me concentrer.

Outre la périlleuse descente au fond du gouffre, nous allions peut-être devoir nous aventurer par-delà la rivière, dans le réseau de galeries où Clematis avait découvert les anges. Le moindre faux pas pouvait nous être fatal.

Dès que nous eûmes franchi le seuil de la grotte, une profonde obscurité nous enveloppa. Il faisait frais et l'écho sinistre de la cascade souterraine emplissait l'espace désert. Au lieu d'être grêlée de trous et de cavités comme je me l'étais imaginé, d'après mes recherches sur la géologie des Balkans, la roche plane était recouverte d'une couche épaisse et régulière de neige et de glace. Si bien qu'il était impossible de savoir ce qui se cachait dessous.

Seraphina Valko alluma sa lampe torche et la braqua sur les parois taillées à la serpe. De la glace tapissait les murs et des chauves-souris se cramponnaient à la voûte en grappes serrées. Le faisceau illumina des plissements rocheux scintillants, le sol inégal, puis, légèrement plus loin, s'évanouit dans le noir, au-delà du précipice.

Comme je me dirigeai vers le bord de l'abîme, le rugissement de l'eau se fit de plus en plus distinct. Seraphina Valko promenait le faisceau de sa lampe devant elle et un objet brillant de petite taille retint mon attention. Je m'accroupis et, après quelques tâtonnements, sentis sous mes doigts l'acier froid d'un piton qui affleurait à peine de la roche gelée.

— Un vestige de la première expédition, commenta Seraphina Valko en s'agenouillant à côté de moi.

Au contact du métal glacé sous mes doigts, je fus ébahie : tout ce que j'avais étudié, à commencer par l'échelle de corde décrite par Clematis, était vrai.

Cependant je n'eus pas le temps de m'appesantir là-dessus. Seraphina Valko se mit à genoux près du bord et examina l'à-pic. Une noire béance. Ma tutrice sortit une échelle de corde de son sac à dos et mon cœur accéléra à la pensée de quitter la terre ferme et de m'abandonner à l'obscurité et à l'attraction terrestre. Les barreaux étaient rivés à des cordes en fibres synthétiques comme je n'en avais jamais vu, vraisemblablement issues de l'effort de guerre.

Vladimir planta deux pitons dans la roche et fixa l'échelle au moyen de deux mousquetons. Debout à côté de lui, Seraphina Valko observait ses gestes avec attention. Je les rejoignis au moment où elle jetait l'échelle dans le vide, puis tirait dessus d'un coup sec afin d'éprouver son arrimage. Satisfaite, elle ordonna aux quatre hommes de l'expédition, qui transportaient le gros de l'équipement, réparti dans de lourds sacs à dos en toile d'une vingtaine de kilos chacun, de vérifier leur paquetage, puis de nous suivre.

Je tendis l'oreille, tâchant de deviner ce qui nous attendait en contrebas. L'impact de l'eau sur la pierre résonnait dans le gosier de la caverne. Je me penchai, incapable de déterminer si le sol tremblait sous mes pieds ou si mes jambes flageolaient. Je posai une main sur l'épaule de Seraphina Valko pour lutter contre la nausée que m'inspirait l'abîme. Constatant ma détresse, ma tutrice me prit la main.

— Avant que nous continuions, vous devez vous calmer, me raisonna-t-elle. Respirez à fond et ne pensez pas à la distance à couvrir. Je vous guiderai. Gardez une main sur un échelon et déplacez l'autre le long de la corde, puis recommencez en sens inverse. Comme ça, si vous glissez, vous ne lâcherez pas prise complètement. Et si vous veniez à tomber, je serais juste en dessous pour vous rattraper.

Puis, sans ajouter un mot, elle entama sa descente. Empoignant à mains nues le métal glacial, je fis de même. Pour me réconforter, je songeai à l'exaltation de Clematis dans la même situation. Touchée par sa simplicité et son euphorie, j'avais mémorisé ce passage : « Il est difficile d'imaginer notre ravissement lorsque nous avons entrepris de descendre dans le gouffre. Hormis Jacob assistant en songe aux majestueuses allées et venues des messagers célestes, nul n'avait jamais contemplé échelle aussi grandiose et bienvenue. Poursuivant notre œuvre d'exploration, nous nous sommes hasardés dans la terrible noirceur du précipice, confiants en la protection et la grâce divines. »

Nous progressâmes avec lenteur dans les ténèbres, en file indienne sur l'échelle, le long de la face rocheuse, tandis que le fracas de l'eau s'amplifiait et que l'air se faisait de plus en plus froid. Une lourdeur alarmante se répandait dans mes membres, comme si l'on m'avait injecté du mercure dans le sang. J'avais beau cligner des paupières, mes yeux se remplissaient de larmes. Gagnée par la panique, j'avais l'impression que les étroites parois du gouffre étaient sur le point de se resserrer et que j'allais me retrouver prise au piège dans un étau de granit et une obscurité suffocante. Cramponnée à l'acier froid et moite, les oreilles pleines du tumulte de la cascade, j'avais le sentiment d'être aspirée au cœur d'un maelström.

J'accélérai, m'en remettant à la gravité. Je ne distinguai rien, hormis mes phalanges blanchies crispées sur l'échelle. Les semelles en bois de mes chaussures dérapaient sur les barreaux, me déséquilibrant légèrement. Je pressai contre mon flanc la sacoche pour retrouver mon équilibre et ralentis. Je levai les yeux, les oreilles bourdonnantes à la vue de l'échelle qui se dissolvait dans l'ombre au-dessus de moi. Suspendue dans le vide, je n'avais d'autre choix que de m'enfoncer toujours plus profond dans ces ténèbres liquides. Un extrait de la Bible me revint et je ne pus m'empêcher de le murmurer, sachant que le vacarme de la cascade noierait mes paroles : « Alors Dieu dit à Noé : "J'ai décidé de mettre fin à tous les êtres vivants ; car la terre est pleine de violence à cause d'eux ; je vais donc les détruire avec la terre." »

Une fois au fond, dès que mes semelles effleurèrent la roche, je compris que Seraphina Valko avait découvert quelque chose. Les hommes s'empressèrent de prendre des lanternes électriques dans leurs sacs à dos et les disposèrent à intervalles réguliers sur le sol plan de la caverne, ménageant une poche de lumière visqueuse et changeante au cœur de l'obscurité. La rivière qui, d'après le journal de Clematis, marquait l'orée de la prison des anges, s'étirait un peu plus loin, en un ruban noir mouvant et chatoyant. Devant, Seraphina Valko nous criait des ordres, mais la cascade engloutissait sa voix.

Lorsque je parvins à ses côtés, elle se tenait debout près de la dépouille d'un ange. Je succombai aussitôt au magnétisme de cette créature. Le Veilleur était encore plus beau que je me l'étais figuré et, l'espace d'un moment, je ne pus que le détailler, fascinée par sa perfection. Son apparence physique correspondait aux descriptions que j'avais lues dans les ouvrages de l'Athenaeum : le torse allongé, les traits fins, les grands pieds et les grandes mains. Il avait le teint aussi frais que s'il avait été vivant. Sa tunique d'un blanc immaculé était taillée dans un matériau métallique au drapé somptueux, qui épousait son corps.

— La première expédition angéologique remonte au Xe siècle et pourtant on dirait qu'il est encore en vie, s'émerveilla Vladimir.

Il se pencha et froissa la tunique entre ses doigts.

— Attention, le mit en garde Seraphina. Le taux de radioactivité est très élevé.

Vladimir considéra l'ange.

— J'ai toujours cru qu'ils étaient immortels.

— L'immortalité est un présent qui peut être repris comme il a été accordé, déclara Seraphina. C'est parce que Clematis était l'instrument de la vengeance divine qu'il a pu terrasser ce Veilleur.

— C'est ce que vous croyez ? ai-je demandé.

— En tant que génitrice des Nephilim, cette créature démoniaque me semble avoir tout à fait mérité son sort.

— Quelle incommensurable beauté... balbutiai-je, peinant à admettre que le mal et un tel charisme puissent être aussi intimement liés.

— Le véritable mystère, selon moi, c'est que les autres aient eu la vie sauve, dit Vladimir.

Nous nous scindâmes en trois groupes : Vladimir et un autre angéologue partirent en quête de la lyre, Seraphina Valko et moi restâmes auprès de l'ange pour l'étudier et, à quelque distance de nous, les deux derniers membres de notre groupe se mirent en devoir d'inspecter deux squelettes humains à demi enfouis. Les corps des compagnons de Clematis étaient encore à l'endroit exact où ils étaient tombés, un millénaire plus tôt. Nous tirâmes des sacs à dos des appareils photo, des objectifs et l'étui en aluminium contenant le nécessaire d'analyse biologique. Sur l'ordre de mon professeur, j'enfilai des gants de protection et soulevai la tête du Veilleur. Écartant ses cheveux brillants, je frôlai son front comme on caresse celui d'un enfant malade. En dépit de mes gants, qui diminuaient mes sensations, il me sembla que l'ange était encore chaud, vivant. Je lissai l'étoffe métallique, défis les deux boutons en cuivre situés sur la clavicule et retirai en partie la tunique, révélant le torse plat, glabre, dépourvu de mamelons, aux côtes saillantes sous l'épiderme diaphane.

L'ange devait mesurer plus de deux mètres, soit, d'après l'ancien système de mesure utilisé par les pères fondateurs, 4,8 coudées romaines. À l'exception des boucles dorées qui lui tombaient jusqu'aux épaules, il était complètement dépourvu de poils et – à la satisfaction de mon professeur, qui avait misé sa réputation professionnelle sur la question – présentait des organes sexuels bien visibles. Comme tous les Veilleurs emprisonnés, il était de sexe masculin. Conformément au récit de Clematis, l'une de ses ailes, à demi arrachée, formait un angle bizarre avec le corps. Il s'agissait bien de l'ange tué par le vénérable père.

Ensemble, nous avons soulevé la dépouille et l'avons étendue sur le flanc. Nous avons entièrement ôté la tunique, exposant le corps à la lumière crue des lanternes. La peau était élastique, les articulations flexibles. Nous nous sommes mises à photographier l'ange avec méticulosité. Il était primordial d'immortaliser les moindres détails. Les progrès de la photographie, et en particulier la technologie du film couleur à émulsions superposées, nous offraient l'espoir d'une précision accrue, susceptible, peut-être, de rendre justice à la couleur des yeux, d'un bleu irréel, semblable à une vitre ensoleillée peinte avec de la poudre de lapis diluée dans de l'huile. Tous ces attributs seraient certes consignés dans nos notes et dûment transcrits dans nos rapports de mission circonstanciés, mais des clichés photographiques étaient indispensables.

Une fois la première série achevée, Seraphina Valko alla chercher un mètre dans l'un des sacs et s'accroupit auprès du cadavre pour prendre ses mesures, avant de les convertir en coudées pour qu'il soit plus aisé de les comparer à nos documents anciens sur les Géants. Elle me dicta les mesures à voix haute.

Bras : 2,01 coudées
Jambes : 2,88 coudées
Tour de tête : 1,85 coudée
Tour de poitrine : 2,81 coudées
Pieds : 0,76 coudée
Mains : 0,68 coudée

Mes mains tremblaient et mes notes n'étaient qu'une succession de gribouillis illisibles, si bien que je dus les réécrire et les relire à ma tutrice pour vérifier si elles étaient correctes. D'après ces chiffres, la créature était trente pour cent plus grande qu'un être humain moyen. Cette taille de presque deux mètres quinze, déjà impressionnante et imposante à notre époque, devait jadis paraître rien moins que surnaturelle et expliquait aisément la terreur associée aux Géants dans les civilisations antiques, ainsi que l'effroi suscité par des Nephilim comme Goliath, l'un des plus célèbres d'entre eux.

Un son résonna dans la caverne, mais lorsque je me tournai vers Seraphina Valko, elle n'avait apparemment rien entendu. En revanche, elle m'observait, comme si elle craignait que je sois dépassée par les enjeux de la tâche. Mon malaise était de plus en plus manifeste. J'étais secouée de tremblements et j'imaginais la tête que je devais faire. Je commençais à me demander si je n'avais pas contracté quelque maladie en chemin – il avait fait froid et humide pendant tout le trajet dans les Rhodopes et je n'étais peut-être pas assez couverte pour résister au vent glacial de la montagne. Mon crayon tremblotait entre mes doigts et je claquais des dents. De temps à autre, je cessais d'écrire pour sonder du regard l'espace en apparence infini baignant dans les ténèbres. À nouveau, j'entendis quelque chose – un écho terrifiant, surgi des profondeurs.

— Vous allez bien ? s'inquiéta Seraphina Valko, posant les yeux sur mes mains.

— Vous n'entendez rien ?

Mon professeur s'interrompit et fit quelques pas jusqu'au bord de la rivière. Au bout de quelques minutes, elle revint vers moi et m'assura :

— Ce n'est que le bruit de l'eau.

— Il y a autre chose. Ils sont là, ils attendent. Ils espèrent que nous les libérerons.

— Ils attendent depuis des millénaires, Célestine. Et si tout se passe bien, ils attendront bien d'autres millénaires encore.

Elle retourna vers la dépouille et m'enjoignit d'en faire autant. Malgré ma peur, j'étais toujours aussi attirée par la troublante beauté du Veilleur – sa peau translucide, pâle et phosphorescente, la pose sculpturale dans laquelle il gisait. Les conjectures abondaient concernant la luminescence des anges, la principale hypothèse étant que leur corps renfermait une substance radioactive responsable de cette émission lumineuse. Nos vêtements protecteurs minimisaient notre exposition, mais l'effroyable mort de frère Francis et le mal qui avait coûté la vie à Clematis lors de la première expédition angéologique étaient sans doute dus à la radioactivité.

Je savais qu'il importait d'éviter autant que possible tout contact avec le cadavre – c'était l'une des premières consignes qui avaient été définies lors de la préparation de notre entreprise –, mais je ne pus m'empêcher d'enlever mes gants et de placer mes mains sur le front de la créature. L'épiderme, froid et humide sous mes paumes, conservait l'élasticité de tissus vivants. On aurait dit la peau lisse et iridescente d'un serpent. Bien qu'il fût enseveli au fond de cette grotte depuis plus de mille ans, sa chevelure blonde brillait toujours. Ses prodigieux yeux bleus, qui m'avaient tant déroutée dans un premier temps, me procuraient désormais une sensation d'apaisement, de réconfort étrange et hypnotique.

— Essayez, lançai-je à Seraphina Valko. Vite.

Mon professeur ouvrit de grands yeux à la vue de mes mains en contact direct avec la créature – même une angéologue aussi jeune et inexpérimentée que moi aurait dû être consciente que ce geste était contraire à notre protocole de sécurité. Néanmoins, sous l'effet de la même attirance que moi, peut-être, Seraphina Valko s'agenouilla à mes côtés et plaça elle aussi les mains sur le front du Veilleur, l'extrémité des doigts dans ses cheveux. L'expression de ma tutrice changea en un instant. Elle ferma les yeux, visiblement submergée par un sentiment de béatitude. Sa tension se mua en sérénité.

Soudain, un fluide chaud et collant se mit à suinter sous mes mains. Je les soulevai et les examinai. Mes paumes étaient couvertes d'une pellicule dorée translucide, gluante et luisante comme du miel, qui réfractait, comme des millions de cristaux microscopiques, la luminosité émise par la peau de l'ange, projetant un semis de reflets sur le sol de la caverne.

En toute hâte, avant que les autres puissent découvrir ce que nous venions de faire, nous nous essuyâmes sur la paroi rocheuse et renfilâmes nos gants.

— Allez, Célestine, finissons-en avec le corps, se reprit ma tutrice.

J'ouvris la trousse médicale et la disposai à sa portée. Toutes les fournitures – scalpels, lames, écouvillons, flacons en verre – étaient retenues par des élastiques. Je posai le bras de la créature sur ses genoux et le maintins au niveau du coude et du poignet pendant que Seraphina Valko raclait l'un des ongles avec une lame de rasoir. Quelques épais copeaux minéraux s'en détachèrent, pareils à des cristaux de sel, qu'elle recueillit au fond d'un flacon. Inclinant la lame, elle pratiqua deux incisions parallèles sur la face interne de l'avant-bras et tira doucement, prélevant une bande de derme pour révéler le muscle. Pressé entre deux plaques de verre, le ruban de peau scintillait comme de l'or, réfléchissant la faible lumière.

Prise de nausée à la vue du muscle à nu et craignant de vomir, je m'excusai et m'éloignai. À quelque distance, je pris une profonde inspiration et m'efforçai de me dominer. La grotte s'ouvrait devant moi en une interminable série de concavités obscures. Mon mal au cœur se dissipa, remplacé par un sentiment de curiosité. Qu'est-ce qui pouvait bien se dissimuler là-bas, dans ces ténèbres ?

Je tirai une petite lampe électrique de ma poche et la dirigeai vers les profondeurs de la caverne. À mesure que j'avançai, sa lumière faiblit, comme avalée par un brouillard vorace et poisseux. Je ne voyais pas à plus d'un ou deux mètres. Derrière moi, Seraphina Valko s'adressa aux autres d'une voix forte et impérieuse. Devant, une autre voix – douce, insistante, mélodieuse – m'appelait. Je m'arrêtai, laissant les ténèbres se refermer autour de moi. J'étais au bord de la rivière qui me séparait des Veilleurs. Je m'étais aventurée trop loin, je m'étais mise en danger. Pourtant, j'en avais la certitude, quelque chose m'attendait dans le cœur de granit de la gorge. Il ne me restait qu'à découvrir quoi.

Je longeai l'eau noire qui filait à toute allure, comme aspirée par l'obscurité. Une barque similaire à celle utilisée par Clematis ballottait au bord de la berge. L'image du vénérable père, ou peut-être son esprit, m'incita à l'imiter. Comme je prenais appui sur la rive pour pousser l'embarcation, l'ourlet de mon pantalon effleura la surface de l'eau et la laine épaisse fonça. La barque était reliée à une traille par une poulie – preuve que d'autres, des explorateurs locaux, peut-être, s'étaient déjà aventurés de l'autre côté de la rivière – si bien que je fus en mesure de traverser sans rames. Debout dans le bac, j'aperçus en amont la chute d'eau, dont les embruns s'élevaient en un épais nuage, et je compris pourquoi la légende avait fait de ce cours d'eau le Styx, le fleuve des morts : il flottait au-dessus de la rivière une atmosphère mortifère, une aura sombre et oppressante qui me faisait craindre pour ma vie.

Grâce au courant, j'eus tôt fait de gagner la berge opposée. Je débarquai sans me préoccuper d'amarrer le bac, retenu par la poulie. Les formations minérales de la caverne se faisaient de plus en plus spectaculaires à mesure qu'on s'éloignait de l'eau ; des galeries s'ouvraient de toutes parts entre les stalagmites, les concrétions de minéraux et les amas de cristaux. L'appel indéchiffrable qui m'avait entraînée jusque-là était de plus en plus clair. Je distinguais nettement les modulations d'une voix qui semblait réglée sur mon pas. J'étais certaine que si je parvenais jusqu'à la source de ce chant, il me serait donné de voir ces créatures qui hantaient depuis si longtemps mon imagination.

Soudain, le sol se déroba sous mes pieds et, avant que je puisse me rétablir, je m'étalai de tout mon long sur le granit lisse et humide. Quand je braquai ma lampe torche à mes pieds, je constatai que j'avais trébuché sur un petit sac en cuir. Je me relevai, le ramassai et l'ouvris. La peau tannée et usée paraissait sur le point de se désintégrer entre mes doigts. J'éclairai l'intérieur du sac et entrevis un éclat métallique. Écartant le rabat râpé, je saisis la lyre dont le métal brillait comme s'il venait d'être poli. Je venais de découvrir l'objet que nous convoitions.

Ma seule pensée fut que je devais la rapporter à Seraphina Valko. Je me dépêchai de refermer le sac et entrepris de rebrousser chemin dans le noir en faisant attention à ne pas me casser la figure une seconde fois. La rivière était toute proche et je discernais le bac qui tanguait sur l'eau noire quand une lueur vacillante dans une galerie détourna mon attention. Dans un premier temps, je crus qu'il s'agissait des autres membres de l'expédition, dont les lampes balayaient les parois rocheuses. Mais comme je m'approchai pour en avoir le cœur net, je constatai que cette lumière n'était pas aussi crue que celle de nos lampes. À l'entrée de la galerie, je me figeai, face à un chœur d'anges emprisonnés dans des cellules et dont l'épiderme diffusait une clarté opaline tamisée.

Je fus incapable de détacher mes yeux d'eux. Ils étaient entre cinquante et cent, tous aussi majestueux et envoûtants les uns que les autres. Ils paraissaient formés d'or liquide. Leurs ailes étaient pareilles à de l'ivoire sculpté et leurs yeux évoquaient des fragments de verre d'un bleu chatoyant. Ils étaient enveloppés d'un halo lumineux qui auréolait la masse de leurs boucles blondes. En dépit des descriptions que j'avais lues et de ce que je m'étais représenté, je n'aurais jamais imaginé qu'ils m'apparaîtraient aussi séduisants. Malgré ma terreur, ils exerçaient sur moi une attraction quasi magnétique. J'aurais voulu me détourner et fuir, mais j'étais incapable de bouger.

Les Veilleurs chantaient joyeusement, à l'unisson. Et mes craintes s'évaporèrent. Leur chant était divin, ravissant. Je percevais la promesse du paradis dans leurs voix. Ensorcelée par une telle harmonie, je ressentis le besoin de jouer de la lyre.

Calant la base de l'instrument sur mes genoux, je caressai les cordes du bout des doigts. Je n'avais jamais touché une lyre – ma formation musicale se bornait à un chapitre de musicologie céleste – et pourtant le son qui s'en dégagea était riche et mélodieux, comme si l'instrument jouait de lui-même.

Les Veilleurs s'interrompirent et regardèrent autour d'eux. Mon effroi, lorsque leurs regards se posèrent sur moi, fut cependant tempéré par une sorte de déférence – ces anges, radieux, aussi légers que des pétales de fleur, faisaient partie des créatures les plus parfaites créées par Dieu. Paralysée, je serrai la lyre contre moi, comme si je cherchais sa protection.

Les Veilleurs se plaquèrent contre les barreaux de leurs cellules et une lueur aveuglante m'étourdit et me déséquilibra. Une chaleur intense déferla sur moi, dense, brûlante, semblable à de l'huile bouillante. Je hurlai de douleur, d'une voix qui ne me sembla pas être la mienne. Je m'écroulai au sol et me couvris le visage avec le sac à l'instant même où une seconde onde de chaleur ardente me balayait, plus violente encore que la première. J'eus l'impression que mes épais vêtements en laine, censés me préserver du froid, allaient se désagréger comme la bure de frère Francis. Puis les voix des Veilleurs s'élevèrent à nouveau, douces et harmonieuses, et ce fut ainsi que je sombrai dans l'inconscience, la lyre dans les bras.

Quelques minutes s'écoulèrent avant que j'émerge du néant. Seraphina Valko était penchée au-dessus de moi, inquiète. Elle murmura mon nom et, l'espace d'un instant, j'eus l'illusion que j'étais morte et que j'étais passée de l'autre côté, comme si je m'étais endormie dans notre monde et qu'à mon réveil, Charon m'avait fait traverser le Styx. Puis une sensation de souffrance m'envahit et je compris que j'avais été atteinte. Mon corps était raide, cuisant. Je me rappelai ce qui s'était produit. Seraphina Valko me prit la lyre des mains, trop abasourdie pour parler, et l'examina. Puis, l'instrument sous le bras, elle m'aida à me relever et me ramena avec aisance jusqu'à la barque.

Une fois à bord, comme elle nous halait jusqu'à l'autre rive grâce à la traille, elle retira des boules Quies de ses oreilles. Parée, comme à son habitude, elle avait eu soin de se prémunir contre le chant des anges.

— Bon sang, qu'est-ce que vous fabriquiez ? s'exclama-t-elle. Pourquoi êtes-vous partie à l'aventure toute seule ?

— Et les autres ? m'informai-je, redoutant d'avoir mis toute l'expédition en danger. Où sont-ils ?

— Ils sont déjà remontés et ils nous attendent. Ça fait trois heures que je vous cherche. Je vous croyais perdue. Les autres vont vouloir savoir ce qui vous est arrivé. Vous ne devez en aucun cas leur révéler la vérité. Promettez-moi que vous garderez pour vous ce que vous avez vu de l'autre côté de la rivière.

Sur l'autre berge, mon professeur m'aida à descendre du bateau et, se rendant compte de mon état, se radoucit.

— Souvenez-vous, Celestine, nous ne sommes pas ici pour les Veilleurs. Nous avons une responsabilité à l'égard du monde dans lequel nous vivons et vers lequel nous devons retourner. Cela dit, même si je regrette que vous ayez pris sur vous de traverser la rivière, vous avez découvert l'objet qui motivait notre mission. Je vous félicite.

Nous nous dirigeâmes vers l'échelle. Chaque pas était pour moi une torture. Nous dépassâmes le corps de l'ange méthodiquement disséqué, à côté duquel gisait sa tunique. Les restes de la créature émettaient toujours une faible lueur phosphorescente.

À la surface, il faisait nuit. Nous avons retraversé le champ de neige avec nos sacs remplis de précieux échantillons. Après avoir soigneusement rangé notre équipement dans le fourgon, nous avons pris place à l'intérieur et entamé la descente. Nous étions tous épuisés, crottés et mal en point – Vladimir avait une plaie au-dessus de l'œil, une entaille profonde et ensanglantée due à un choc contre une saillie rocheuse à la remontée, et j'avais été exposée à des rayonnements nocifs.

Nous effectuâmes, aussi vite que possible, le trajet en sens inverse. Il neigeait visiblement depuis un bon moment déjà. Les rochers étaient surmontés d'épaisses coiffes de neige et le ciel était saturé de flocons. Le verglas sur la route ralentissait notre progression. Je consultai ma montre. À ma surprise, il était presque 4 heures du matin. Nous étions restés plus de quinze heures au fond des gorges du Diable. Notre retard était tel que nous ne pouvions faire halte pour nous reposer. Nous avions tout juste le temps de nous arrêter pour refaire le plein avec les jerricanes d'essence que nous transportions.

En dépit de tous les efforts de Vladimir, nous atteignîmes l'avion bien plus tard que prévu, au lever du soleil. Notre bimoteur, un Lockheed L-12 Electra Junior, nous attendait sur la piste, à l'endroit où nous l'avions laissé la veille, prêt à décoller. Des stalactites de glace, qui pendaient des ailes, tels des crocs, attestaient du froid glacial. Il n'avait pas été facile d'entrer en Grèce par la voie des airs, mais cela aurait été rigoureusement impossible par la route. Afin de ne pas être repérés, nous avions dû effectuer un détour par la Tunisie, puis un second par la Turquie, et le retour s'annonçait tout aussi difficile. Notre appareil était juste assez grand pour six passagers, plus notre matériel. Nous chargeâmes l'équipement à bord et l'avion ne tarda pas à prendre son envol au milieu des bourrasques de neige dans le vrombissement des moteurs.

Douze heures plus tard, nous atterrîmes clandestinement sur une piste en lointaine banlieue parisienne et j'aperçus, garée au loin, une Panhard-Levassor Dynamic, une luxueuse berline à la calandre polie et aux ailes carénées – véhicule inattendu compte tenu des sévères restrictions en vigueur en ces temps de guerre. J'ignorais comment nous nous étions retrouvés en possession d'une pareille merveille. Je supposai qu'à l'instar de l'avion et du fourgon, nous la devions à nos bienfaiteurs étrangers. C'était grâce à leurs dons que nous avions pu survivre au cours des années qui avaient précédé. J'étais heureuse que cette voiture fût là, mais je ne pus m'empêcher de me demander, sans oser poser la question, comment nous avions réussi à ne pas nous la faire confisquer par les Allemands.

Je demeurai silencieuse pendant que nous nous enfoncions dans la nuit à toute allure. Malgré plusieurs heures de sommeil dans l'avion, j'étais toujours éprouvée par mon expérience dans la grotte. Je fermai les yeux et, aussitôt, m'assoupis. Je percevais les cahots de la berline sur les routes défoncées et les chuchotements des autres, mais le sens de leurs paroles m'échappait. Je revis en rêve un mélange de tout ce que j'avais vécu dans la caverne : Seraphina Valko, Vladimir et les autres membres de l'expédition, l'abîme insondable et terrifiant, et une farandole d'anges luminescents, rayonnant d'une pâleur phosphorescente, qui dansaient devant moi.

À mon réveil, je reconnus les rues pavées et désertes de Montparnasse. Nous longeâmes des immeubles et des cafés sombres, entre des arbres dénudés aux branches givrées. Le chauffeur ralentit et s'arrêta devant la grande grille en acier du cimetière Montparnasse. Il donna un bref coup de klaxon, le portail s'ouvrit avec un bruit de ferraille et nous pénétrâmes lentement à l'intérieur. Le cimetière était gelé et silencieux, pris dans une gangue de glace qui étincelait à la lueur des phares. L'espace d'un instant, j'eus le sentiment que ce lieu scintillant était épargné par la laideur et par l'avilissement de la guerre. Le conducteur coupa le contact devant une sculpture d'ange sur un piédestal – *Le Génie du sommeil éternel* – gardien de bronze qui veillait sur les défunts.

Je descendis de la berline, encore ensommeillée. La nuit était claire et les étoiles brillaient dans le ciel, mais l'air était humide et une légère brume flottait entre les tombes. Un homme caché derrière la statue apparut. Manifestement chargé de nous accueillir, il me fit néanmoins sursauter. Il était vêtu d'une soutane. Je ne l'avais jamais vu à aucune de nos réunions ou de nos assemblées et j'avais appris à me défier de tout le monde. Le mois précédent encore, les Nephilim avaient identifié et éliminé un membre éminent du conseil – le Dr Michael, un professeur de musicologie céleste – et s'étaient emparés de toute sa bibliothèque. Il était rare de pouvoir mettre la main sur des renseignements aussi inestimables et l'ennemi était à l'affût de pareilles occasions.

Seraphina Valko paraissait connaître l'ecclésiastique et lui emboîta le pas sans hésiter. Le prêtre nous conduisit dans un coin du cimetière, jusqu'à un édifice en pierre délabré, vestige d'un monastère depuis longtemps abandonné. Des années auparavant, le bâtiment avait servi de salle de cours aux Valko. Il était désormais désaffecté. Notre guide déverrouilla la porte en bois et nous fit entrer.

Depuis le début de l'Occupation, personne, pas même Seraphina Valko, qui était en contact étroit avec les principaux membres du conseil – Raphael Valko étant l'un des chefs de la Résistance à Paris –, ne savait à l'avance où allaient se dérouler les réunions. Nous n'obéissions à aucun calendrier précis et tous les messages étaient transmis en personne. Les rencontres étaient organisées de manière impromptue dans des gargotes isolées, des petites villes des alentours de Paris ou des églises abandonnées. Mais, malgré ce luxe de précautions, nous devions probablement faire l'objet d'une surveillance de tous les instants.

Le prêtre nous guida dans un couloir qui partait du sanctuaire, s'immobilisa devant une porte et frappa trois coups secs. La porte s'ouvrit sur une pièce éclairée par des ampoules nues – article précieux acheté au marché noir grâce aux dollars que nous recevions d'Amérique. Les étroites fenêtres étaient masquées par des tissus noirs. À notre entrée, les membres du conseil, assis autour d'une table ronde, se levèrent et nous considérèrent avec attention. La séance semblait déjà avoir débuté. Je n'assistais pas d'ordinaire aux réunions du conseil, de sorte que j'ignorais comment se déroulaient les débats, mais manifestement on guettait notre arrivée.

Raphael Valko, qui présidait, faisait face à la porte. Je ne l'avais pas revu depuis son départ de la ferme de mes parents, où il m'avait laissée en exil après l'entrée des Allemands à Paris – abandon que je ne lui avais toujours pas pardonné, même si j'étais consciente qu'il avait mon intérêt à cœur. Il avait grandement changé entre-temps. Il avait les tempes grisonnantes et paraissait plus grave encore. Je ne l'aurais probablement pas reconnu si je l'avais croisé dans la rue.

Il nous salua laconiquement et nous désigna plusieurs chaises vides.

— Vous avez beaucoup de choses à nous raconter. (Il posa les mains sur la table.) Commencez comme bon vous semblera.

Son épouse fournit une description détaillée de la grotte : le gouffre à pic, les gradins rocheux qui s'échelonnaient dans la partie inférieure et le rugissement constant de la cascade. Elle décrivit le corps du Veilleur, énumérant une liste de mesures précises et résumant les principales caractéristiques qu'elle avait relevées dans ses notes – elle rapporta la présence d'organes génitaux avec une fierté évidente. Et les photographies, indiqua-t-elle, livreraient, elles aussi, de nouvelles informations sur l'anatomie des anges. La mission avait été un grand succès.

Pendant que les autres membres de l'expédition prenaient la parole à tour de rôle et relataient le voyage avec minutie, je me repliai sur moi-même. Je fixai mes mains dans le peu de lumière. Elles étaient rougies, rongées par le froid et la glace, brûlées par ce contact avec l'ange. J'éprouvais un sentiment de dissociation. Étions-nous encore dans les montagnes six heures auparavant ? Mes doigts tremblaient tellement que je les dissimulai dans les poches de mon épais manteau. Dans ma tête, l'ange à terre m'observait de ses yeux d'aigue-marine. Je me souvins de la façon dont Seraphina avait soulevé les longs bras et les jambes du Veilleur, soupesant chaque membre comme s'il s'agissait d'un simple bout de bois. L'ange m'avait paru si vivant que j'avais eu l'impression qu'il respirait encore quelques minutes avant notre arrivée. Je me rendis compte qu'en dépit de toutes mes études, je n'avais jamais réellement pensé que la dépouille serait encore là, que je la verrais, que je la toucherais, que je la piquerais avec des aiguilles pour effectuer des prélèvements. Peut-être, en mon for intérieur, espérais-je que nous nous trompions. Quand Seraphina Valko avait coupé la peau du bras et approché l'échantillon de la lumière, j'avais été saisie d'horreur. L'image me revenait sans cesse : la lame de rasoir entaillant la peau, se glissant sous le derme pâle, le soulevant, la membrane scintillant à la lumière. En tant que benjamine du groupe, il m'avait toujours semblé indispensable d'obtenir de bons résultats, d'en faire plus que nécessaire. Je m'étais toujours forcée à travailler et à étudier plus que les autres. J'avais consacré les années qui venaient de s'écouler à prouver que j'étais digne de participer à l'expédition ; j'avais lu des textes, assisté à des cours, je m'étais renseignée en vue du voyage, mais rien de tout ça ne m'avait préparée à ce que j'avais trouvé au fond de la grotte. À mon grand désespoir, j'avais réagi comme une néophyte.

— Célestine ? répéta Raphael Valko, m'arrachant à mes pensées.

Tout le monde me dévisageait, comme dans l'attente d'une réponse. Apparemment, Raphael Valko m'avait posé une question.

— Désolée, m'excusai-je, le visage en feu. Que me demandiez-vous ?

— Seraphina expliquait au conseil que vous aviez fait une découverte capitale, exposa Raphael Valko en me scrutant avec curiosité. Voudriez-vous nous en dire davantage ?

De peur de trahir la promesse que j'avais faite à Seraphina Valko et de dévoiler que j'avais imprudemment traversé la rivière, je me tus.

— Il est clair que Célestine ne se sent pas très bien, intervint Seraphina Valko. Si ça ne vous ennuie pas, je pense qu'il vaut mieux la laisser récupérer. Permettez-moi de répondre à sa place. J'ai découvert Célestine au bord de la rivière, un sac usé dans les bras. D'après l'aspect du cuir, j'ai aussitôt deviné qu'il était très vieux. Si vous vous souvenez bien, le vénérable Clematis mentionne un sac dans son récit.

— Oui, c'est vrai, acquiesça Raphael Valko. Je me rappelle exactement la phrase : « Je tenais dans mes mains cloquées le trésor même que j'étais venu chercher au fond de l'abîme et, en toute hâte, je l'ai rangé à l'abri dans mon sac. »

— Je l'ai ouvert, j'ai inspecté la lyre qu'il contenait et j'ai eu la certitude qu'il s'agissait de celle de l'archange Gabriel. Le vénérable père était sans doute trop atteint pour le ramener jusqu'à la surface. Et c'est ce sac que Célestine a retrouvé.

Les membres du conseil furent sidérés par cette nouvelle. Ils se tournèrent vers moi, dans l'espoir que je leur fasse un exposé plus détaillé, mais j'étais incapable de parler. À vrai dire, j'avais du mal à me convaincre que, de tous les membres de l'expédition, c'était moi l'auteur de cette incroyable trouvaille.

Raphael Valko garda le silence un moment, comme s'il méditait les retombées inespérées de l'expédition. Puis, avec un brusque regain d'énergie, il se leva et annonça :

— Vous pouvez disposer. Il y a de quoi vous restaurer au sous-sol. Seraphina, Célestine, vous voulez bien rester un instant ?

Tandis que les autres sortaient, Seraphina m'adressa un regard bienveillant, comme pour me rassurer. Raphael raccompagna tout le monde jusqu'à la porte, rayonnant d'une confiance et d'une sérénité que j'admirais – je rêvais d'avoir moi aussi la force de caractère nécessaire pour contenir mes émotions.

— Alors, Seraphina, reprit-il, tous les membres du groupe ont-ils répondu à tes vœux ?

— Ils ont, à mon sens, tous été parfaitement à la hauteur, affirma-t-elle.

— Et Célestine ?

Mon estomac se noua : l'expédition représentait-elle une sorte d'examen ?

— Pour une jeune angéologue, elle m'a impressionnée, déclara Seraphina Valko. Sa découverte à elle seule prouve sa valeur.

— Très bien, fit son mari en se tournant vers moi. Et vous, êtes-vous satisfaite de vous ?

Je considérai tour à tour Raphael et Seraphina Valko, ne sachant comment réagir. Dire que j'étais satisfaite aurait été un mensonge, mais en rapportant ce que j'avais fait, j'aurais rompu ma promesse à Seraphina Valko.

— Je regrette de ne pas avoir été mieux préparée, murmurai-je finalement.

— Nous nous préparons notre vie durant pour ce genre de moment, assena Raphael Valko, les bras croisés, avec une expression critique. Tout ce que nous pouvons espérer, l'instant venu, c'est d'en savoir assez pour nous en tirer.

— Vous vous êtes bien débrouillée, ajouta son épouse. Vous avez fait de l'excellent travail.

— Je ne m'explique pas ma réaction au fond de la gorge, dis-je simplement. Cette mission m'a profondément ébranlée. Je ne m'en suis toujours pas remise.

Raphael Valko enlaça son épouse et l'embrassa sur la joue.

— Va donc retrouver les autres, Seraphina. Je souhaite montrer quelque chose à Célestine.

Seraphina Valko se retourna vers moi et me prit la main.

— Vous avez été très courageuse, Célestine, et un jour, vous serez une brillante angéologue.

Elle me déposa une bise sur la joue et sortit. Je ne devais plus jamais la revoir.

Raphael Valko m'entraîna jusqu'à un couloir qui sentait la terre et le moisi.

— Suivez-moi, m'enjoignit-il en descendant une volée de marches qui s'enfonçait dans les ténèbres.

L'escalier aboutissait à un second passage, plus long que le premier. Le sol descendait en pente raide et je dus faire des efforts pour conserver l'équilibre. À mesure que nous avancions, la température se refroidit et l'odeur se fit plus forte. L'air humide traversait l'épais manteau que je portais dans la grotte et me transperçait. J'effleurai les parois suintantes de la main et me rendis compte qu'il ne s'agissait pas de pierres irrégulières, mais d'ossements entassés dans une cavité du mur. Je compris aussitôt où nous étions : au-dessous de Montparnasse dans les catacombes.

Nous empruntâmes un second couloir, gravîmes un autre escalier et débouchâmes dans un bâtiment. Raphael Valko déverrouilla une série de portes, dont la dernière donnait sur une ruelle. Des rats détalèrent en tous sens, laissant derrière eux les reliefs de leur repas – des pelures pourries de pommes de terre et de chicorée, qui tenait alors lieu d'ersatz de café. Raphael Valko me prit par le bras et nous nous engageâmes dans une rue perpendiculaire. À quelques pâtés de maisons du cimetière, la Panhard-Levassor nous attendait, moteur allumé. Comme nous approchions, j'avisai un carré de papier couvert d'inscriptions en allemand. Bien qu'incapable de le déchiffrer, je supposai qu'il devait s'agir d'un laissez-passer grâce auquel nous pourrions franchir les barrages disséminés dans la ville. Je saisis alors comment nous avions réussi à conserver cette voiture et à nous procurer du carburant : la berline appartenait aux Allemands et Raphael Valko, qui supervisait nos opérations d'infiltration dans leurs rangs, était parvenu à obtenir qu'elle fût mise à notre disposition – du moins pour la soirée.

Le chauffeur nous ouvrit la portière et je pris place sur la banquette arrière, au chaud. Raphael Valko s'installa à côté de moi, prit mon visage entre ses mains glacées et me détailla avec un détachement clinique.

— Regardez-moi, m'ordonna-t-il, en me dévisageant, comme à l'affût d'un signe particulier.

Je lui rendis son regard. C'était la première fois que je le voyais d'aussi près. Il avait la cinquantaine passée ; son visage était sillonné de rides et ses cheveux plus gris que je ne l'avais cru. Cette proximité me troubla. Je n'avais jamais été aussi près d'un homme.

— Vous avez les yeux bleus ?

— Noisette, répondis-je, déconcertée par cette question bizarre.

— Ça ira, lâcha-t-il.

Il posa une petite valise de voyage entre nous et en sortit une robe de soirée rouge en satin, des bas de soie, un porte-jarretelles assorti et une paire de chaussures. Aussitôt, je reconnus la robe. C'était la même que celle dans laquelle j'avais vu Gabriella, quatre ans plus tôt.

— Enfilez ça, m'enjoignit Raphael Valko.

Ma stupeur était telle qu'il m'assura :

— Vous verrez bientôt en quoi c'est nécessaire.

— Mais cette robe appartient à Gabriella, objectai-je avant d'avoir le temps de m'en empêcher.

Je répugnai à toucher ces vêtements, compte tenu de ce que je savais sur Gabriella. Je me rappelai Raphael Valko et Gabriella ensemble et je me repentis d'avoir ouvert la bouche.

— Et alors ?

— La nuit où elle portait cette robe, je vous ai aperçus tous les deux, précisai-je, incapable de le regarder dans les yeux. Dans la rue, au bas de notre appartement.

— Êtes-vous sûre d'avoir bien interprété la scène ?

— Comment aurais-je pu me méprendre ? murmurai-je en contemplant les immeubles gris terne et l'alignement de réverbères – le lugubre visage de Paris en hiver. C'était très clair.

— Enfilez cette robe, insista-t-il d'une voix sévère. Ayez foi en Gabriella. Votre amitié devrait être plus forte que ces vagues soupçons. Dans des périodes comme celle-ci, la confiance en autrui est tout ce que nous avons. Il y a beaucoup de choses que vous ignorez. Vous n'allez pas tarder à comprendre les dangers auxquels Gabriella a dû faire face.

Je m'extirpai avec lenteur de mes chauds habits en laine. Je déboutonnai mon pantalon, quittai l'épais pull destiné à me protéger du vent glacial des montagnes et enfilai la robe en veillant à ne pas la déchirer. Elle était trop grande, je le sentis immédiatement. Quatre ans plus tôt, à l'époque où Gabriella la portait, elle aurait été trop petite, mais depuis, j'avais perdu dix kilos et je n'avais plus guère que la peau sur les os.

Raphael Valko changea lui aussi de tenue. Pendant que je m'apprêtais, il sortit de la valise un pantalon et une veste d'uniforme noirs de S.S., ainsi qu'une paire de bottes noires, rigides et cirées, rangées sous le siège. L'uniforme était en parfait état, il n'était pas usé et ne sentait pas mauvais comme ceux de seconde main que l'on trouvait au marché noir. Encore une acquisition utile de la part de l'un de nos agents doubles infiltrés parmi les nazis. J'en eus un frisson – Raphael Valko était métamorphosé dans cet uniforme. Une fois habillé, il appliqua au pinceau un liquide transparent sur sa lèvre supérieure, puis s'affubla d'une fine moustache postiche. Il lissa sa chevelure en arrière avec de la brillantine, puis fixa un insigne S.S. à son revers, avec un souci du détail qui m'emplit de répulsion.

Il examina mon apparence avec soin, les yeux plissés. Je croisai les bras sur ma poitrine, comme pour me dérober à lui. À l'évidence, la transformation n'était pas à son goût ; à ma grande honte, il rajusta ma robe et s'efforça de me recoiffer, comme ma mère avant d'aller à l'église, quand j'étais petite.

La Panhard-Levassor filait à travers les rues et s'arrêta à la Seine. L'un des soldats qui gardaient le pont vint taper à la fenêtre avec la crosse de son Luger. Le chauffeur baissa la vitre et échangea quelques mots avec le militaire, à qui il tendit une liasse de documents. L'Allemand jeta un coup d'œil à l'arrière de la voiture et son regard s'immobilisa sur Raphael Valko.

— *Guten Abend*, le salua ce dernier avec un accent qui me sembla irréprochable.

— *Guten Abend*, maugréa le soldat en reportant son attention sur nos papiers, avant de nous faire signe de passer.

Quelques minutes plus tard, nous grimpions les larges marches en pierre d'un bâtiment municipal dont la façade classique s'ornait d'une colonnade, au milieu d'autres hommes en tenue de soirée qui avaient tous au bras des compagnes magnifiques. Des soldats allemands montaient la garde à l'entrée. Comparée à ces femmes élégantes, je devais paraître malingre – trop maigre, trop pâle. Je m'étais confectionné un chignon et mis sur les joues un peu de rouge trouvé dans la valise de Raphael Valko, mais j'étais bien différente d'elles, avec leur belle coiffure et leur teint frais. Les bains chauds, les parfums, les vêtements neufs n'existaient pas pour moi, ni pour les habitants de la France occupée. Gabriella avait bien oublié à l'appartement un flacon de Shalimar, précieuse relique de temps plus heureux que j'avais conservée après son départ, mais je n'avais jamais osé en utiliser une seule goutte par aversion du gaspillage. Le confort n'était pour moi qu'un lointain souvenir d'enfance, au même titre que les dents de lait – une réalité dont j'avais fait l'expérience une fois, mais que je ne connaîtrais plus jamais. Il était peu vraisemblable qu'on me prenne pour une de ces dames du monde, mais je me cramponnai quand même au bras de Raphael Valko en essayant de garder mon calme. Il marchait d'un pas vif et confiant et, à ma grande surprise, les soldats nous laissèrent entrer sans incident.

À l'intérieur, nous nous retrouvâmes dans une luxueuse salle de banquet, chaude et bruyante. Raphael Valko me guida jusqu'à l'autre bout de la salle, où nous accédâmes par un escalier à une table privée de la galerie. Il me fallut un moment pour m'accoutumer au brouhaha et à l'éclairage, après quoi je constatai que la salle, déjà longue et large, était également haute et que les murs, pourvus de glaces, reflétaient les convives – la nuque d'une femme, là, le scintillement d'une chaîne de montre plus loin… Les tables étaient garnies de nappes en lin, de vaisselle en porcelaine et de bouquets de fleurs – des roses en plein hiver, en temps de guerre, un petit miracle en soi. À la lueur des chandelles, le champagne, les bijoux et les gens bien portants abondaient. Les lustres en cristal projetaient sur le carrelage sombre une lumière vacillante qui faisait chatoyer les souliers en satin. Des verres se levaient un peu partout dans la salle, accompagnés de « *Zum Wohl ! Zum Wohl !* ». La quantité de vin servie me stupéfia. S'il était, en règle générale, difficile de se procurer de la nourriture, dénicher un bon cru était quasi impossible pour ceux qui n'avaient pas de contacts au sein des forces d'occupation. J'avais entendu dire que les Allemands réquisitionnaient les bouteilles de champagne par milliers, et la cave de mes parents avait été vidée. À mes yeux, une simple bouteille relevait du plus grand luxe. Et pourtant, là, il coulait à flots. Je compris à quel point vainqueurs et vaincus vivaient différemment.

Depuis la galerie, j'étudiai plus attentivement les noceurs. À première vue, l'assistance ressemblait à ce qu'on pouvait imaginer. Mais après plus ample observation, je découvris qu'un certain nombre d'invités avaient des traits similaires – visage fin, anguleux, pommettes hautes et larges, yeux félins... ils paraissaient coulés dans le même moule. Leur chevelure blonde, leur peau opaline et leur taille peu commune les désignaient comme des Nephilim.

Des éclats de voix parvenaient jusqu'à la galerie tandis que des serveurs se faufilaient entre les tables, proposant des coupes de champagne.

— Voici ce que je désirais vous faire voir, déclara Raphael Valko.

Il indiqua d'un grand geste les centaines de convives. Je parcourus une fois encore l'assemblée du regard, nauséeuse.

— De telles agapes alors que la France meurt de faim...

— La France et le reste de l'Europe, rectifia Raphael Valko.

— D'où viennent tous ces mets ? Tout ce vin, tous ces beaux vêtements, toutes ces chaussures ?

— Maintenant, vous saisissez, commenta-t-il avec un léger sourire. Je tenais à ce que vous touchiez du doigt le pourquoi de notre lutte. Vous êtes jeune. Vous avez peut-être du mal à vous représenter ce qui est en jeu.

Je m'accoudai à la balustrade en laiton, les bras brûlants au contact du métal froid.

— L'angéologie n'est pas qu'un jeu d'esprit abstrait, reprit Raphael Valko. Je sais que, durant les premières années d'étude, quand on baigne dans Bonaventure et saint Augustin, on peut avoir cette impression. Mais votre tâche ne se limite pas à débattre sur l'hylémorphisme ou à établir des taxonomies d'anges gardiens. C'est ici, dans le monde réel, que s'inscrit votre action.

Je remarquai la passion avec laquelle il s'exprimait. Ses paroles faisaient écho à celles de son épouse au fond de la grotte. « Nous avons une responsabilité à l'égard du monde dans lequel nous vivons et vers lequel nous devons retourner. »

— Vous devez avoir conscience qu'il ne s'agit pas d'une simple guérilla entre une poignée de résistants et une armée d'occupation, mais d'une guerre d'usure, continua Raphael Valko. Un conflit qui se perpétue depuis les origines. D'après saint Thomas d'Aquin, la chute des Anges est survenue moins de vingt secondes après la Création – leur rébellion a presque instantanément brisé la perfection de l'univers, ouvrant un terrible abîme entre le bien et le mal. L'univers n'est resté pur, parfait, intact que vingt secondes. Imaginez ce que pouvait être l'existence pendant ces vingt secondes – une vie sans peur de la mort, sans souffrance, sans doute. Imaginez.

Je fermai les yeux et m'efforçai de me figurer la chose. J'en fus incapable.

— Vingt secondes de perfection, répéta Raphael Valko en prenant une coupe de champagne que lui proposait un serveur, et une seconde pour moi. À nous le reste.

J'avalai une gorgée de champagne glacé. Son goût sec était si merveilleux que ma langue se rétracta, comme sous l'effet de la douleur.

— Aujourd'hui, le mal triomphe, mais la lutte se poursuit. Nous sommes des milliers de par le monde, contre des milliers – voire des centaines de milliers – d'entre eux.

— Ils sont si puissants ! m'exclamai-je en passant en revue les richesses qui s'étalaient dans la salle en contrebas. Je ne peux pas croire qu'il en ait toujours été ainsi.

— Les pères fondateurs de l'angéologie se complaisaient à projeter l'extermination de l'ennemi, mais il est bien connu qu'ils avaient sous-estimé l'ampleur de la besogne. Ils étaient persuadés que l'affrontement serait rapide. Ils ne soupçonnaient pas à quel point les Veilleurs et leur progéniture étaient virulents et cultivaient tant la ruse que la violence. Si les Veilleurs étaient des créatures angéliques qui conservaient leur céleste beauté, leurs descendants corrompus par le péché, eux, gâtent tout ce qu'ils touchent.

Il marqua une pause comme s'il réfléchissait à une énigme.

— Songez au désespoir du Créateur, me suggéra-t-il enfin, lorsqu'Il a dû nous anéantir, au chagrin d'un père tuant ses enfants, acculé à une mesure aussi extrême ; aux millions d'êtres vivants noyés, aux civilisations disparues – et malgré tout, les Nephilim ont survécu. La cupidité, les inégalités sociales, la guerre – telles sont les manifestations du mal dans le monde. Visiblement, l'annihilation quasi totale de la vie à la surface de la planète n'en a pas eu raison. Malgré leur sagesse, les vénérables pères n'avaient jamais envisagé cela. Ils n'étaient pas assez bien préparés à un tel combat. Leur échec prouve que même les angéologues les plus zélés peuvent se fourvoyer quand ils ignorent l'histoire.

« Nos activités ont piétiné durant l'Inquisition, mais nous avons rattrapé notre retard par la suite. Le XIXe siècle, qui a vu la subversion des théories de Spencer, Darwin ou Marx, transformées en instruments de manipulation sociale, s'est révélé tout aussi inquiétant. Mais par le passé, nous avons toujours reconquis le terrain perdu. Aujourd'hui, cependant, je commence à me faire du souci. Nos forces diminuent. Les camps de concentration sont pleins des nôtres. Les Nephilim ont remporté une victoire majeure en noyautant les Allemands. Cela faisait longtemps qu'ils attendaient de pouvoir mettre en œuvre un tel programme.

Ce fut pour moi l'occasion de poser une question que j'avais à l'esprit depuis quelque temps :

— Vous pensez que les nazis sont issus des Nephilim ?

— Pas exactement, nuança Raphael Valko. Les Nephilim sont des parasites qui vivent aux dépens de l'humanité. Ils sont, après tout, des sang-mêlé – mi-anges, mi-hommes –, ce qui leur confère une certaine aisance pour se fondre dans les sociétés humaines. À travers l'histoire, ils se sont reposés sur divers groupes tels que les nazis, dont ils ont ourdi et favorisé le succès par leur soutien financier et militaire. C'est une vieille stratégie des plus efficaces. Une fois la victoire acquise, les Nephilim raflent la mise, ils se répartissent discrètement le butin, puis ils se retirent.

— Mais on les surnomme « les Illustres ».

— Oui, et bon nombre d'entre eux sont célèbres. Mais leur richesse leur garantit la sécurité et l'anonymat. Il y en a plusieurs ici. D'ailleurs, je tenais à vous présenter à l'un de ces influents messieurs.

Il se leva et serra la main d'un homme blond de haute taille, qui portait un magnifique smoking en soie et qui, même si je n'aurais su dire pourquoi, m'était familier. Peut-être nous étions-nous déjà croisés, car il me détailla avec un égal intérêt, s'attardant sur ma robe.

— Herr Reimer ! s'écria-t-il.

Sa bonhomie et le fait qu'il appelle Raphael Valko par son nom d'emprunt me rassurèrent : il n'avait aucune idée de notre identité réelle. Il s'adressait à mon professeur comme s'ils étaient collègues.

— Je ne vous ai guère vu ce mois-ci, déplora-t-il. La guerre empiéterait-elle sur vos loisirs ?

Raphael Valko s'esclaffa.

— Non, répondit-il d'une voix mesurée, je passe simplement mon temps avec cette ravissante demoiselle, ma nièce Christina. Christina, je te présente Percival Grigori.

Je me levai et tendis la main à Grigori, qui pressa ses lèvres froides sur ma peau tiède.

— Ravissante jeune femme, me complimenta-t-il, bien qu'il m'ait à peine jeté un coup d'œil, tant il était fasciné par ma robe.

Il tira un étui à cigarettes de sa poche, en offrit une à Raphael Valko et, à ma grande surprise, lui tendit le briquet que j'avais déjà vu entre les mains de Gabriella, quatre ans auparavant. En cet horrible instant, je compris qui j'avais devant moi. Percival Grigori était l'amant de Gabriella, celui avec qui je l'avais entrevue Je le fixai, éberluée, pendant que Raphael Valko et lui discutaient avec désinvolture théâtre et politique, évoquant les péripéties les plus marquantes de la guerre. Puis, après un signe de tête, Percival Grigori s'éloigna.

Je demeurai pétrifiée sur ma chaise, incapable de comprendre comment Raphael Valko pouvait connaître cet homme ou comment Gabriella en était venue à avoir une liaison avec lui. Désorientée, je m'en tins à la conduite la plus prudente : je me tus.

— Vous vous sentez mieux ? s'enquit Raphael Valko.

— Mieux ?

— Vous avez été malade pendant le voyage.

— Oui, acquiesçai-je, en considérant mes bras, plus rouges que jamais, comme si j'avais été victime d'un coup de soleil au troisième degré. Je pense que ça ira. J'ai la peau claire. Dans quelques jours, ce sera passé, affirmai-je pour changer de sujet. Mais vous n'avez pas terminé de me parler des nazis. Sont-ils complètement sous l'emprise des Nephilim ? Si oui, quel espoir avons-nous ?

— Les Nephilim sont puissants, mais une fois vaincus – et jusqu'à présent, ils ont toujours fini par l'être –, ils se hâtent de disparaître, laissant leurs fantoches face au châtiment, comme si ces crimes étaient exclusivement les leurs. Le parti nazi fourmille de Nephilim, mais ceux qui tiennent les rênes sont d'authentiques humains. C'est pour cela qu'il est si difficile de se débarrasser des Géants. Non seulement l'humanité perçoit le mal, mais elle l'affectionne. Une part de nous est attirée. Nous nous laissons aisément séduire.

— Manipuler.

— Peut-être, en effet, le mot « manipuler » convient-il mieux. Il est plus indulgent, en tout cas.

Je m'affaissai sur ma chaise tapissée de velours, et son doux contact contre mon dos m'apaisa. J'avais l'impression de ne pas avoir eu aussi chaud depuis des années. De la musique emplit la salle et des couples se mirent à danser sur la piste.

— Monsieur Valko, puis-je vous demander quelque chose ? hasardai-je, enhardie par le champagne.

— Bien sûr.

— Pourquoi m'avez-vous demandé si j'avais les yeux bleus ?

Il me dévisagea et, l'espace d'un instant, je crus qu'il allait me faire une confidence, me livrer quelque détail dont il n'avait jamais fait part à aucun étudiant. D'une voix douce, il me glissa :

— C'est quelque chose que vous avez dû voir en cours, ma chère. L'aspect physique des Géants ? Leurs caractères génétiques ?

Je me souvins de ses conférences et rougis, gênée. Évidemment. Les Nephilim ont des yeux d'un bleu limpide, des cheveux blonds et ils sont d'une taille supérieure à la moyenne.

— Oui, je me rappelle, balbutiai-je.

— Vous êtes plutôt grande, me fit-il observer. Et mince. Je me disais qu'il me serait plus facile de vous faire entrer si vous aviez en plus les yeux bleus.

Je bus le fond de champagne d'un trait. Je détestais me tromper, surtout devant Raphael Valko.

— Dites-moi, reprit-il, savez-vous pourquoi nous vous avons envoyée dans cette grotte ?

— Pour des raisons scientifiques. Pour étudier l'ange et récolter des échantillons. Pour retrouver le trésor découvert par Clematis.

— Bien entendu, la lyre était au cœur de nos préoccupations. Mais vous êtes-vous demandé pourquoi une angéologue aussi inexpérimentée que vous avait été choisie pour une mission de cette envergure ? Pourquoi l'expédition était-elle conduite par Seraphina, qui n'a que quarante ans, et non par un membre du conseil plus âgé ?

Je secouai la tête. J'étais au courant que Seraphina Valko avait ses propres ambitions professionnelles, mais il m'avait paru étrange que Raphael Valko ne se rende pas sur place, étant donné tous ses travaux de jeunesse sur Clematis. Quant au fait que j'aie été sélectionnée, c'était, à mes yeux, ma récompense pour avoir découvert l'emplacement de la caverne, mais peut-être n'était-ce pas tout.

— Seraphina et moi souhaitions que de jeunes angéologues soient présents au sein de l'équipe afin que vous ne soyez pas encore trop familiarisés avec nos procédures, exposa Raphael Valko en plongeant son regard dans le mien. De façon que votre vision ne soit pas faussée par des *a priori*.

— Je ne suis pas certaine de vous suivre, avouai-je en reposant la coupe en cristal, vide, sur la table.

— Si j'avais été là-bas, j'aurais uniquement prêté attention à ce que je m'attendais à voir. Vous, vous avez vu ce qui s'y trouvait vraiment. Vous avez même remarqué quelque chose qui avait échappé aux autres. Racontez-moi la vérité : comment avez-vous découvert la lyre ? Que s'est-il passé dans la grotte ?

— Votre épouse vous a fait notre rapport, me semble-t-il. Je m'interrogeais soudain sur les motifs pour lesquels Raphael Valko m'avait amenée ici.

— Elle nous a fait part de détails concrets, elle nous a indiqué le nombre de clichés que vous avez pris, le temps que vous avez mis pour descendre. Elle a été très complète concernant la logistique. Mais il y a plus, n'est-ce pas ? Quelque chose vous a terrifiée.

— Navrée, j'ignore où vous voulez en venir.

Raphael Valko alluma une cigarette et se laissa aller contre le dossier de sa chaise, le visage illuminé par un sourire. De nouveau, je fus troublée de le trouver aussi beau.

— Même ici, en sécurité à Paris, vous êtes toujours terrifiée.

— Je ne me l'explique pas avec exactitude, confessai-je en rajustant ma robe. La grotte en elle-même avait quelque chose d'effroyable. À mesure que nous nous enfoncions, les ténèbres… s'épaississaient.

— Ça paraît plutôt normal. La grotte est située dans les profondeurs de la montagne…

— Il ne s'agissait pas tant d'une absence de lumière que de noirceur, précisai-je, craignant de trop en dévoiler. Une noirceur absolue, comme celle qui vous oppresse, au milieu de la nuit, quand vous vous réveillez après un cauchemar dans une chambre vide et glacée, et que des bombes tombent au loin. Le genre de noirceur qui atteste de la déchéance du monde.

Raphael Valko me détaillait, attendant que je continue.

— Nous n'étions pas seuls au fond des gorges du Diable. Les Veilleurs nous attendaient.

Raphael Valko me jaugeait toujours, avec une expression dont je n'aurais su dire si elle trahissait la stupéfaction, l'effroi ou – ce que j'espérais secrètement – l'admiration.

— Allons, les autres l'auraient signalé…

— J'étais seule, déclarai-je, manquant à ma promesse à Seraphina Valko. J'ai quitté le reste du groupe et j'ai traversé la rivière. J'étais désorientée et je ne me rappelle plus tout en détail. La seule chose dont je sois sûre, c'est de les avoir aperçus. Ils étaient enfermés dans des cellules obscures, comme dans le récit de Clematis. L'un d'entre eux m'a regardée. J'ai ressenti son désir d'être libéré, de côtoyer les humains, d'être révéré. Il était là depuis des millénaires, à guetter notre venue.

Raphael Valko et moi arrivâmes à la réunion d'urgence du conseil après minuit. Le lieu de rendez-vous avait été décidé en toute hâte et nous nous retrouvâmes tous à l'Athenaeum, dans nos locaux de Montparnasse. Notre imposante et majestueuse bibliothèque était désaffectée depuis le début de l'Occupation. Alors qu'elle foisonnait jadis de livres et d'étudiants et résonnait du bruissement des pages et du murmure des bibliothécaires, les étagères étaient nues et des araignées avaient tissé leurs toiles dans tous les coins. Je n'y avais pas mis les pieds depuis plusieurs années et, à la vue de ces changements, je me pris à regretter cette époque où mon principal souci était mes études.

Le changement de lieu de réunion était une mesure de sécurité, mais cette précaution nous avait coûté du temps. À la sortie du bal, un jeune militaire à vélo avait remis à Raphael Valko un message l'informant que sa présence était requise immédiatement. Sitôt parvenus à l'endroit convenu, un second billet nous avait fourni une série d'instructions destinées à nous permettre d'atteindre notre destination sans être repérés. Il était près de 2 heures du matin lorsque nous prîmes place dans l'Athenaeum.

Deux petites lampes au milieu de l'étroite table dispensaient une lumière pâle et ténue sur l'assemblée assise de part et d'autre sur des chaises à haut dossier. Il flottait dans l'air une tension, une électricité presque palpables qui me donnèrent l'impression qu'il s'était produit quelque chose de grave – intuition confirmée par la solennité avec laquelle les membres du conseil nous saluèrent. J'avais le sentiment que nous interrompions une veillée funèbre.

Raphael Valko s'installa en bout de table et me désigna un banc près de lui. À ma grande surprise, Gabriella Lévi-Franche se tenait à l'autre bout de la table. Je ne l'avais pas revue depuis trois ans. Elle n'avait guère changé. Ses cheveux noirs étaient toujours coupés court, au carré, elle portait du rouge à lèvres et arborait un air de vigilance placide. Alors que la plupart d'entre nous semblaient anémiques et épuisés, Gabriella avait l'apparence d'une femme choyée et préservée. Elle était mieux nourrie et mieux vêtue que n'importe quel autre angéologue présent.

Gabriella tiqua en me voyant arriver en compagnie de Raphael Valko et m'adressa un regard accusateur. Manifestement, notre rivalité était encore vivace. Gabriella était aussi méfiante envers moi que je l'étais envers elle.

— Dites-moi tout, ordonna Raphael Valko d'une voix brisée par l'émotion. Je veux savoir exactement ce qui s'est passé.

— La voiture a été interceptée sur le pont Saint-Michel, répondit une angéologue déjà âgée.

C'était la religieuse que j'avais croisée quelques années auparavant. Dans la pénombre, avec son grand voile noir, elle apparaissait comme un prolongement des ombres qui emplissaient la salle. Je ne distinguais d'elle que ses doigts noueux repliés sur la table vernie.

— Les soldats les ont fait descendre de voiture et les ont fouillés, avant de les emmener.

— Les emmener ? rétorqua Raphael Valko. Où ?

— Nous n'avons aucun moyen de le savoir, intervint le Dr Lévi-Franche, l'oncle de Gabriella, retranché derrière ses lunettes rondes en équilibre sur le bout de son nez. Nous avons alerté nos cellules dans tous les arrondissements de la ville. Personne ne les a aperçus. Je suis désolé, mais ils peuvent être n'importe où.

— Et leur chargement ? s'enquit Raphael Valko.

Gabriella se leva et posa une lourde mallette en cuir marron sur la table.

— J'avais la lyre avec moi, annonça-t-elle. J'étais dans la voiture qui suivait celle de Seraphina. Dès que j'ai compris que les autres allaient être arrêtés, j'ai ordonné au chauffeur de faire demi-tour et de retourner à Montparnasse.

Raphael Valko se détendit, à l'évidence soulagé.

— Nos découvertes sont à l'abri, mais ils retiennent nos agents, résuma-t-il.

— Bien sûr, fit la religieuse. Ils ne libéreraient jamais des prisonniers aussi précieux sans demander quelque chose d'égale valeur en échange.

— Quelles sont leurs exigences ?

— Ils proposent un échange – trésors contre angéologues, lui apprit la religieuse.

— Qu'entendent-ils au juste par « trésors » ? s'informa calmement Raphael Valko.

— Ils n'ont rien mentionné de précis. Mais ils sont apparemment au courant que nous avons rapporté un butin de choix des Rhodopes. Je préconise que nous obtempérions.

— Impossible, s'insurgea Lévi-Franche. C'est tout bonnement hors de question.

— À mon avis, ils ignorent ce que l'expédition a déniché dans les montagnes, ils soupçonnent seulement qu'il s'agit d'un objet de valeur, dit Gabriella en se redressant sur sa chaise.

— Il se peut que nos agents capturés aient avoué, suggéra la religieuse. Compte tenu des circonstances, ce n'est pas exclu.

— Je suis convaincu que les nôtres respecteront le code, répliqua Raphael Valko, avec un peu de colère dans la voix. Seraphina veillera à ce que personne ne parle.

Il se détourna. De la sueur perlait sur son front.

— Elle supportera leurs interrogatoires, même si nous savons tous combien leurs méthodes peuvent être inhumaines.

L'atmosphère autour de la table se tendit. Nous connaissions tous la brutalité dont les Nephilim étaient capables, surtout quand ils cherchaient à obtenir quelque chose. J'avais entendu des rumeurs sur leurs pratiques et je ne pouvais qu'imaginer ce qu'il ferait endurer à mes collègues pour leur arracher des renseignements. Je fermai les yeux et chuchotai une prière. J'étais consciente du caractère décisif de cette nuit : si nous renoncions à nos découvertes, tous nos efforts auraient été réduits à néant. Mais étions-nous prêts à sacrifier plusieurs vies pour elles ?

— Une chose est certaine, reprit la religieuse en consultant sa montre. Ils sont encore en vie. Nous avons reçu le coup de téléphone il y a vingt minutes environ et j'ai moi-même eu Seraphina au bout du fil.

— S'exprimait-elle librement ? s'inquiéta Raphael Valko.

— Elle nous a exhortés à procéder à l'échange, assura la religieuse. Elle en a personnellement appelé à vous, Raphael.

Il croisa les mains devant lui. Il paraissait examiner quelque détail minuscule à la surface de la table.

— Qu'en pense le conseil ? lâcha-t-il finalement.

— En l'espèce, nous n'avons guère le choix, avança Lévi-Franche. Ce genre de marché est contraire à notre politique. Nous n'avons jamais cédé, et à mon sens, indépendamment de toute mon estime pour Seraphina, il n'y a pas lieu de faire d'exception. Nous ne pouvons pas leur remettre les échantillons récoltés dans la grotte. Cette expédition a nécessité des siècles de préparation.

J'étais horrifiée de l'indifférence de l'oncle de Gabriella à l'égard du sort de Seraphina. Mon indignation fut cependant quelque peu tempérée lorsque je surpris Gabriella qui le foudroyait d'un regard courroucé identique à ceux qu'elle me réservait autrefois.

— Néanmoins, c'est grâce à Seraphina que nous avons retrouvé ces trésors, souligna la religieuse. Sans elle, que deviendrons-nous ?

— Une telle transaction est inenvisageable, insista Lévi-Franche. Nous n'avons pas encore eu le loisir d'étudier les notes écrites ni de développer les clichés. L'expédition aurait été complètement inutile.

— Et la lyre, ajouta Vladimir. Si elle se retrouvait entre leurs mains, je n'ose songer aux conséquences que cela aurait pour nous – et pour le reste du monde, d'ailleurs.

— Je suis d'accord, le soutint Raphael Valko. Nous devons l'empêcher à tout prix. Il doit bien y avoir une autre solution.

— Je conçois que vous n'adhériez pas à mes vues, concéda la religieuse, mais cet instrument ne vaut pas une vie humaine. Nous devons absolument procéder à l'échange.

— La lyre représente l'aboutissement de grands efforts, martela Vladimir avec son accent russe à couper au couteau. Vous ne préconisez quand même pas de détruire un objet que nous avons eu tant de mal à récupérer ?

— Précisément, si, riposta la religieuse. Vient un moment où il faut savoir admettre son impuissance. Nous sommes désarmés. Nous devons nous en remettre à Dieu.

— Ridicule, protesta Vladimir.

Tandis que des altercations éclataient autour de la table, j'observai Raphael Valko. J'étais si proche que je discernais encore l'arôme doux-acide du champagne que nous avions bu quelques heures plus tôt. Je sentais qu'il réfléchissait tranquillement, attendant que les débats s'essoufflent. Enfin, il se leva et, d'un geste, réclama le silence.

— Du calme, tonna-t-il avec une véhémence que je ne lui connaissais pas.

Tous les membres du conseil se tournèrent vers lui, surpris par le ton abrupt de sa voix. Même s'il était le président du conseil et l'un de nos plus prestigieux chercheurs, il faisait rarement étalage de son autorité.

— En début de soirée, j'ai emmené cette jeune angéologue à une réception – un bal organisé par nos ennemis. Je dois dire que c'était une fête absolument somptueuse, n'est-ce pas, Célestine ?

Incapable d'ouvrir la bouche, je me bornai à hocher la tête.

— Mes motivations étaient d'ordre pragmatique, continua Raphael Valko. Je souhaitais qu'elle voie nos adversaires de près. Qu'elle saisisse que ceux que nous affrontons vivent à nos côtés, dans nos villes, qu'ils volent, qu'ils tuent et qu'ils pillent pendant que nous regardons faire, impuissants. Je crois que la leçon a eu son petit effet sur elle. Mais je me rends compte que la démonstration aurait aussi été profitable à bon nombre d'entre vous. Manifestement, vous avez oublié quelle est notre mission.

Il désigna la mallette en cuir près de Gabriella.

— Ce combat n'est pas seulement le nôtre. Les vénérables pères ont risqué l'excommunication pour fonder notre discipline, préservé notre corpus durant les purges de l'Église et recopié les prophéties d'Hénoch au péril de leur vie, afin de nous transmettre leurs connaissances et leurs sources – c'est leur combat que nous poursuivons. Celui de Bonaventure, dont le *Commentaire sur les quatre Livres du Maître des sentences* a si éloquemment établi le fondement de notre métaphysique, en affirmant que les anges étaient à la fois des créatures matérielles et spirituelles. Celui des scolastiques. De Duns Scot. Des centaines de milliers de personnes qui se sont efforcées de déjouer les machinations des Géants. Combien ont offert leur existence pour notre cause ? Combien recommenceraient sans hésiter ? C'est aussi leur combat. Ce sont des siècles de lutte qui nous ont amenés à cet instant crucial. Le sort a voulu que ce fardeau repose sur nos épaules. C'est à nous qu'il incombe de déterminer l'avenir. Soit nous continuons à nous battre, soit nous renonçons. Mais nous devons choisir immédiatement, conclut-il en se levant pour aller prendre la mallette.

Raphael Valko appela au vote à mains levées. À ma grande stupeur, Gabriella, qui n'avait, comme moi, été autorisée à assister qu'à une seule réunion – et encore, en tant que spectatrice –, avait, semble-t-il, obtenu le droit de vote, alors que moi, qui avais consacré des années à la préparation de l'expédition et risqué ma vie au fond de la grotte, on ne me demandait pas mon avis. Gabriella était une angéologue à part entière, alors que j'étais encore une novice. Mes yeux s'emplirent de larmes de rage et de dépit et la pièce se brouilla, de sorte que je pus tout juste suivre les opérations. Gabriella se prononça en faveur de l'échange, de même que Raphael Valko et la religieuse. Bien d'autres, en revanche, estimèrent que notre mission primait. À l'issue du vote, il apparut que, si beaucoup étaient en faveur de l'échange, un nombre égal s'y opposait.

— Les voix sont également réparties, annonça Raphael Valko.

Les membres du conseil échangèrent des regards, se demandant qui parmi eux allait modifier son vote pour trancher.

— Je suggère que nous laissions Célestine prendre part au suffrage, lança Gabriella en me décochant un regard qui me parut plein d'espoir. Elle faisait partie de l'expédition. N'a-t-elle pas mérité d'être consultée ?

Tout le monde se tourna vers moi, assise en silence derrière Raphael Valko. Le conseil acquiesça. Ma voix ferait la différence. Je méditai le choix qui s'offrait à moi, consciente que cette décision ferait enfin de moi une angéologue à part entière.

Tout le monde était suspendu à mes lèvres.

Dès que j'eus voté, je m'excusai et sortis en courant dans les couloirs déserts. Je dévalai une volée de larges marches en pierre, franchis une porte et m'enfonçai dans la nuit, tandis que mes souliers martelaient les dalles au rythme des battements de mon cœur. Je savais que je pouvais trouver la solitude dans la cour de derrière, celle-là même où Gabriella et moi allions souvent et où je l'avais vue utiliser pour la première fois le briquet en or du Nephilim croisé plus tôt dans la soirée. La cour était toujours vide, même en plein jour, et j'avais besoin d'être seule. Mes larmes troublaient ma vision – la grille en acier qui fermait cette vénérable enceinte fondait, le majestueux hêtre dont l'écorce était semblable à la peau d'un éléphant se dissolvait et même la faucille affûtée du croissant de lune suspendu dans le ciel disparaissait dans un halo indistinct.

Après m'être assurée que je n'avais pas été suivie, je m'affaissai contre le mur du bâtiment que je venais de fuir, j'enfouis mon visage entre mes mains et j'éclatai en sanglots. Je pleurai pour Seraphina Valko et les autres membres de l'expédition que j'avais trahis. Mon vote pesait sur ma conscience. J'étais certaine que ma décision était la bonne, mais le sacrifice qu'elle représentait se prolongeait dans tout mon être, réduisant à néant ma confiance en moi, en mes collègues et en notre œuvre. J'avais failli à mon professeur, mon mentor. J'avais fait fi de cette femme que j'aimais comme une mère. Je m'étais vu octroyer le privilège de voter, mais quand j'en avais fait usage, j'avais perdu toute foi en l'angéologie.

J'avais sur les épaules l'épais manteau que je portais dans les Rhodopes, mais rien d'autre en dessous que la fine robe en satin qui m'avait été prêtée par Raphael Valko pour la réception. Je m'essuyai les yeux du dos de la main et frissonnai. La nuit était figée et silencieuse, glaciale, bien plus froide que quelques heures auparavant. Ayant retrouvé la maîtrise de mes émotions, je pris une grande inspiration et je m'apprêtai à regagner la bibliothèque quand j'entendis des chuchotements en provenance de l'entrée de service du bâtiment.

Je m'abritai dans les ténèbres, à l'affût. Qui pouvait bien quitter l'immeuble par ici au lieu d'emprunter le portail principal ? Quelques secondes plus tard, Gabriella fit son entrée dans la cour en s'entretenant à voix basse avec Vladimir, qui l'écoutait comme si elle lui faisait quelque révélation capitale.

Je tentai de trouver un endroit où je pourrais mieux les distinguer. Gabriella était saisissante à la clarté de la lune – ses cheveux bruns luisaient et ses lèvres dessinées en rouge ressortaient de manière spectaculaire sur son teint pâle. Elle était vêtue d'un luxueux pardessus caramel ajusté à merveille et resserré à la taille par une ceinture, visiblement taillé sur mesure. J'ignorai où elle avait pu dénicher une telle tenue et, *a fortiori*, comment elle avait pu se la payer. Elle était toujours habillée de manière sensationnelle, mais pour moi, des vêtements comme les siens n'existaient que dans les films.

Même après plusieurs années de séparation, ses expressions m'étaient encore familières. Elle plissait le front, ce qui indiquait qu'elle réfléchissait à une question que Vladimir venait de lui poser. Puis un brusque éclair dans son regard, accompagné d'un vague sourire, m'apprit qu'elle avait dû lui répondre avec son aplomb habituel par un mot d'esprit ou un aphorisme mordant. Vladimir l'écoutait avec attention. Il ne la quittait pas des yeux.

Je retins mon souffle pendant toute leur discussion. Compte tenu des événements de cette nuit, Gabriella aurait dû être aussi effondrée que moi. L'enlèvement de quatre angéologues et la menace de perdre les découvertes de l'expédition auraient dû suffire à couper court à toute réjouissance, même si Gabriella et notre professeur n'avaient eu qu'une relation superficielle. Or je savais qu'elles avaient été très proches et que Gabriella aimait jadis sincèrement notre tutrice. Mais – bien qu'il me soit pénible d'employer ce mot – Gabriella me paraissait joyeuse. Elle arborait un air triomphant, comme après une victoire remportée de haute lutte.

Une automobile s'arrêta et un faisceau de lumière balaya la cour à travers la grille, illuminant le grand hêtre dont les branches s'étiraient comme des tentacules dans l'air humide. Un homme descendit de voiture. Gabriella jeta un coup d'œil derrière elle. Le nouvel arrivant avait de la prestance, il était grand et il portait une magnifique veste croisée, ainsi que des chaussures cirées qui brillaient. Il dégageait une impression d'extraordinaire raffinement. Un tel étalage de richesse était pour le moins insolite pendant la guerre, et j'en avais été témoin deux fois cette nuit-là. Il s'approcha et je reconnus alors Percival Grigori, le Nephilim rencontré au bal. Gabriella lui fit signe de l'attendre près de son véhicule, embrassa rapidement Vladimir sur les deux joues, puis se dirigea vers son amant.

Je me tapis dans l'ombre, Gabriella n'était qu'à quelques mètres de moi, si près que j'aurais pu l'appeler à voix basse.

Ce fut alors que je vis dans ses mains la mallette qui contenait notre découverte. Gabriella allait la remettre à Percival Grigori.

Je fus si affectée que je perdis contenance et sortis de l'obscurité. Gabriella se figea, surprise de me trouver là. Nos regards se croisèrent et je compris que le vote du conseil importait peu : Gabriella avait toujours eu l'intention de remettre cette valise à son amant. En cet instant, le comportement étrange de Gabriella depuis des années s'expliqua pour moi – ses disparitions, son inexplicable ascension dans la hiérarchie de l'angéologie, sa brouille avec Seraphina Valko, son aisance financière... Seraphina Valko avait raison. Gabriella collaborait avec nos ennemis.

— Qu'est-ce que tu fabriques ? l'apostrophai-je d'une voix blanche.

— Retourne à l'intérieur ! chuchota Gabriella, clairement désarçonnée par mon apparition, comme si elle craignait qu'on nous entende.

— Tu ne peux pas faire ça. Pas après toutes les souffrances que nous avons endurées.

— Je suis précisément en train de t'en épargner d'autres, répliqua-t-elle.

Elle se hâta de gagner la voiture, et prit place à l'arrière, bientôt imitée par Percival Grigori.

En état de choc, je demeurai un instant paralysée, mais dès que l'automobile se fut éloignée dans l'enchevêtrement des ruelles enténébrées, j'émergeai de ma transe. Je retraversai la cour à toutes jambes et m'élançai dans les interminables couloirs glacés de l'Académie, aiguillonnée par la peur. Soudain, à l'autre bout d'un corridor, quelqu'un m'interpella :

— Célestine ! s'exclama Raphael Valko en s'avançant vers moi. Dieu merci, vous n'êtes pas blessée.

— Non, mais Gabriella a pris la clef des champs, haletai-je. Je reviens de la cour de derrière. Elle a volé la mallette.

— Suivez-moi, m'ordonna Raphael Valko.

Sans plus d'explications, il m'entraîna jusqu'à l'Athenaeum. Vladimir s'y trouvait déjà. Il m'adressa un signe de tête avec une expression grave. Derrière lui, à l'autre extrémité de la salle, les fenêtres étaient brisées et un courant d'air âpre soufflait sur les corps des membres du conseil, qui gisaient dans leur sang sur le sol.

Ce spectacle produisit sur moi un effet tel que ma seule réaction fut l'incrédulité. Je m'appuyai sur la table autour de laquelle nous avions voté la mort de ma tutrice, incapable de déterminer si la scène que j'avais sous les yeux était réelle ou si j'étais en proie à quelque horrible cauchemar. La nonne avait été abattue d'une balle dans la tête à bout portant et son habit était imbibé de sang. L'oncle de Gabriella était étalé sur le sol en marbre, ses lunettes brisées. Deux autres membres du conseil étaient affalés sur la table.

Je fermai les yeux et me détournai de cette scène atroce. Raphael Valko passa un bras autour de mes épaules pour me soutenir. Je me laissai aller contre lui et m'abandonnai au réconfort doux-amer de son odeur. Je m'imaginai que, quand je rouvrirais les yeux, tout serait exactement comme quatre ans auparavant – la bibliothèque serait pleine de caisses, de livres et d'assistants débordés préparant le déménagement de nos textes. Les membres du conseil seraient réunis autour de la table, en train d'étudier les cartes d'Europe des Valko. L'école n'aurait pas encore été évacuée. Mais lorsque j'ouvris les yeux, je fus de nouveau assaillie par la même vision. Impossible d'échapper à la réalité du massacre.

— Allons, respirez, m'encouragea Raphael Valko en m'attirant hors de la pièce pour me guider jusqu'à l'entrée principale. Vous êtes sous le coup de l'émotion.

— Que s'est-il passé ? Je ne comprends pas. C'est Gabriella qui a fait ça ?

— Gabriella ? répéta Vladimir en nous rejoignant. Non, bien sûr que non.

— Gabriella n'a rien à voir avec tout ça, m'exposa Raphael Valko. C'étaient tous des espions. Nous savions depuis quelque temps déjà qu'ils avaient infiltré le conseil. Nous avions prévu de les éliminer à cette occasion.

— C'est vous qui les avez tués ? m'écriai-je. Comment avez-vous pu ?

Raphael Valko me dévisagea et je relevai une ombre de tristesse sur son visage, comme s'il déplorait d'être témoin de ma désillusion.

— C'était mon devoir, Célestine, m'affirma-t-il en me prenant par le bras. Un jour, vous comprendrez. Venez, il vous faut partir.

Soutenue par Raphael Valko, je débouchai dans l'air froid de la nuit. L'apathie dans laquelle m'avait plongée la tuerie commençait à se dissiper, remplacée par la nausée. La Panhard-Levassor nous attendait au bas du large escalier en pierre. Raphael Valko me remit une mallette, identique à celle que Gabriella avait à la main dans la cour – même cuir marron, même fermoirs étincelants.

— Tenez, me commanda Raphael Valko. Tout est prêt. Le chauffeur va vous emmener sur-le-champ jusqu'à la frontière. Après quoi, nous devrons compter sur nos amis en Espagne et au Portugal pour organiser votre voyage.

— Quel voyage ?

— Jusqu'en Amérique. Vous emporterez cette mallette avec vous. Notre découverte des Rhodopes et vous serez à l'abri là-bas.

— Mais j'ai vu Gabriella s'en aller, balbutiai-je en inspectant ce qu'il m'avait donné comme s'il s'agissait d'une illusion. C'est elle qui a l'instrument. Elle l'a emporté.

— Il s'agissait d'une réplique, ma chère Célestine, d'un leurre, me révéla Raphael Valko. Gabriella fait diversion afin que vous puissiez vous échapper et que nous obtenions la libération de Seraphina. Vous lui devez beaucoup – jusqu'à votre participation à l'expédition. La lyre est à présent sous votre garde. Gabriella et vous avez suivi des trajectoires différentes, mais souvenez-vous toujours que vous œuvrez pour la même cause. Elle, ici, et vous, aux États-Unis.

LA TROISIÈME SPHÈRE

Deux hommes m'apparurent, très grands,
comme jamais je n'en avais vu sur la Terre :
leur visage était comme le soleil qui luit,
leurs yeux étaient comme des lampes qui brûlent,
de leur bouche sortait un feu, leurs vêtements étaient
de plumes variées, et leurs bras étaient comme
des ailes d'or au chevet de mon lit.

Le Livre d'Hénoch

Cellule de sœur Évangéline, couvent Sainte-Rose, Milton, État de New York

24 décembre 1999, 00 h 01

Évangéline alla jusqu'à sa fenêtre, écarta les lourds rideaux et scruta l'obscurité. De son troisième étage, elle distinguait la rive opposée du fleuve. À heure fixe, chaque soir, un train de passagers fendait les ténèbres et promenait son pointillé lumineux d'un bout à l'autre du paysage. La ponctualité de ce train de nuit était un réconfort pour Évangéline – il était aussi régulier que le fonctionnement du couvent. Le train passait, les sœurs allaient prier, les radiateurs diffusaient leur chaleur, le vent ébranlait les carreaux. L'univers obéissait à des cycles récurrents. Dans quelques heures, le soleil se lèverait et Évangéline entamerait une nouvelle journée, régie par son emploi du temps quotidien : prière, petit déjeuner, messe, matinée à la bibliothèque, déjeuner, prière, ménage, après-midi à la bibliothèque, messe, dîner. Sa vie était aussi répétitive que la séquence des grains d'un chapelet.

Parfois, Évangéline imaginait la silhouette sombre d'un voyageur qui se déplaçait à l'intérieur du train. Les voitures défilaient en un éclair, dans un tumulte de métal et d'éclairage fluorescent, vers une destination inconnue. Évangéline se prit à rêver d'apercevoir le train transportant Verlaine.

Sa cellule était de la taille d'une buanderie et sentait, d'ailleurs, le linge frais. Évangéline avait récemment ciré le plancher en pin, enlevé les toiles d'araignées et épousseté la pièce du sol au plafond. Les draps blancs de son lit semblaient l'inviter à ôter ses chaussures et à se coucher. Elle empoigna le pichet sur son bureau et se servit un verre d'eau, puis ouvrit la fenêtre et prit une grande inspiration. L'air froid et épais lui emplit les poumons, apaisant comme de la glace sur une blessure. Elle était si épuisée qu'elle parvenait à peine à réfléchir. Le cadran à cristaux liquides du réveil indiquait qu'il était minuit tout juste passé. Un nouveau jour commençait.

Évangéline s'assit sur son lit, ferma les yeux et médita les événements de la journée. Elle ramassa la liasse de lettres que sœur Célestine lui avait remise et les compta. Il y avait onze enveloppes, une par an ; l'adresse de l'expéditeur à New York, qu'elle ne reconnaissait pas, était identique pour toutes. Sa grand-mère lui avait adressé ces lettres avec une régularité remarquable, tous les 21 décembre entre 1988 et 1998, d'après les cachets de la poste. Celle de cette année ne figurait pas parmi elles.

Veillant à ne pas déchirer les enveloppes, Évangéline sortit les cartes et les examina une à une, avant de les répartir par ordre chronologique sur son lit. Elles étaient décorées de motifs à la plume – de gros traits bleus qui ne paraissaient pas figuratifs. Les dessins avaient été réalisés à la main, mais Évangéline discernait mal leur raison d'être ou leur signification. Sur l'une des cartes figurait un angelot qui gravissait un escalier, interprétation moderne et élégante du sujet qui n'avait rien de la surcharge de ceux de Marie-des-Anges.

Même si bon nombre de sœurs auraient été d'un autre avis, Évangéline préférait nettement les représentations artistiques des anges à leurs descriptions dans la Bible, qui avaient parfois un caractère dérangeant. Les « roues » d'Ézéchiel étaient circulaires, elles étincelaient comme de la chrysolithe et leur pourtour était garni de centaines d'yeux ; les chérubins avaient quatre faces – une d'homme, une de bœuf, une de lion et une d'aigle. Cette vision ancienne des messagers de Dieu était déroutante, presque grotesque, comparée aux œuvres des peintres de la Renaissance, qui avaient transformé à jamais la représentation des émissaires célestes. Ces anges qui soufflaient dans des trompettes, jouaient de la harpe ou se cachaient derrière leurs ailes délicates – tels étaient ceux qu'Évangéline chérissait, si éloignés soient-ils de la Bible.

Évangéline passa à nouveau en revue les cartes. La première, datée de décembre 1988, était ornée d'un ange qui soufflait dans une trompette en or et dont la tunique était esquissée à l'encre dorée. Lorsque Évangéline l'ouvrit, elle découvrit, fixée à l'intérieur, une feuille de papier couleur crème sur laquelle, de sa belle écriture, sa grand-mère lui adressait, à l'encre rouge vif, le message suivant :

> *Sache cependant, ma chère Évangéline, que le cheminement pour parvenir à cette conclusion s'est révélé ardu. Tant de mythes entourent Orphée qu'il est impossible de cerner les contours exacts de son existence réelle. On ignore sa date de naissance, sa véritable ascendance ou l'étendue de ses talents à la lyre. Il était prétendument le fils de la muse Calliope et du dieu-fleuve Œagre, mais tout ça n'est, bien sûr, que mythologie et notre travail consiste à distinguer les faits de la légende, la vérité de la magie. Est-ce lui qui a offert la poésie à l'humanité ? Qui a découvert la lyre lors de sa légendaire descente aux enfers ? A-t-il été aussi influent de son vivant qu'on l'affirme ? Dès le VIe siècle avant J.-C., il passait, dans tout le monde grec, pour un maître du chant et de la musique, mais la façon dont il serait entré en possession de l'instrument des anges fait l'objet d'un large débat parmi les historiens. Les travaux de ta mère n'ont fait que confirmer les principales théories établies sur l'importance de la lyre.*

Évangéline retourna la feuille, dans l'espoir que le texte continue au verso, car le passage s'inscrivait manifestement dans un ensemble plus long, mais elle ne vit rien.

Elle jeta un coup d'œil autour d'elle, à sa chambre aux formes de plus en plus floues à mesure que sa fatigue grandissait. Elle ouvrit une seconde carte, puis une troisième. À l'intérieur de chacune était fixée une feuille de papier crème couverte d'un texte qui débutait et s'achevait sans logique perceptible. Sur les onze cartes, seule la première avait un début et une fin précises. Les pages n'étaient pas numérotées et il n'existait aucun lien entre leur contenu et l'ordre dans lequel elles avaient été postées. Aux yeux d'Évangéline, elles apparaissaient seulement comme d'interminables successions de mots. Et pour aggraver le tout, l'écriture était si petite qu'Évangéline devait se fatiguer les yeux pour lire.

Après les avoir étudiées un moment, Évangéline rangea chaque carte dans son enveloppe, sans en changer l'ordre. L'effort requis pour déchiffrer les pattes de mouche indistinctes de sa grand-mère lui avait donné mal à la tête. Elle n'était plus capable de penser clairement et la douleur lui vrillait les tempes. Elle aurait dû être couchée depuis des heures. Elle rassembla les cartes et les plaça sous son oreiller, dans leur enveloppe, en veillant à ne pas les froisser ni les plier. Elle ne pourrait rien faire de plus tant qu'elle n'aurait pas dormi un peu.

Sans prendre le temps d'enfiler sa chemise de nuit, elle se déshabilla et se coula dans son lit. Les draps étaient frais sur sa peau. Elle remonta la couverture jusqu'à son menton et, remuant les orteils, s'abandonna au sommeil.

Ligne Metro-North, entre Poughkeepsie et Harlem, État de New York

Verlaine avait réussi à attraper le dernier train en direction du sud. À sa droite, l'Hudson s'écoulait le long des voies ; à sa gauche, les collines enneigées s'élevaient à la rencontre du ciel nocturne. Le wagon était chaud, bien éclairé et désert. À défaut de lui redonner le sourire, les Corona qu'il avait ingurgitées au Milton Bar & Grill et le lent roulis du train l'avaient réduit à un état de résignation apaisée.

S'il regrettait d'avoir été contraint d'abandonner sa Renault, il était plus préoccupé encore par la perte de sa documentation. Outre les matériaux méticuleusement classés qu'il avait accumulés, alors qu'il travaillait à sa thèse de doctorat, dans un classeur réunissant planches en couleurs, commentaires et informations générales sur le rôle d'Abigail Rockefeller dans la création du MoMA, Verlaine avait aussi dans sa voiture des centaines de photocopies et de notes rédigées au cours de l'année précédente dans le cadre de son travail pour Percival Grigori. Tout était sur sa banquette arrière, dans le sac que les hommes de Grigori avaient dérobé. Verlaine avait réalisé des copies d'une bonne partie de ces documents, mais avec Grigori sur le dos, il n'avait pas fait montre de la même rigueur que d'habitude. Il ne se rappelait pas quelles pièces du dossier Abigail Rockefeller/Sainte-Rose il avait copiées, ni ce qu'il avait jeté dans son sac et ce qu'il avait laissé de côté. Il faudrait qu'il fasse halte à son bureau à l'université pour s'en assurer. Pour l'heure, il ne pouvait qu'espérer avoir été assez prévoyant pour archiver les éléments les plus importants. Mais en dépit de ses mésaventures des dernières heures, il pouvait se raccrocher à deux certitudes : d'une part, les lettres originales d'Innocenta à Abigail Rockefeller étaient sous clef dans son bureau, et d'autre part, il avait sur lui les dessins architecturaux de Sainte-Rose.

Il enfonça sa main blessée dans la poche intérieure de son manteau et en retira les plans. Vu le dédain ostensible de Grigori à leur égard, lors de leur entretien dans Central Park, Verlaine en avait déduit qu'ils étaient sans intérêt pour lui – mais si tel était le cas, pourquoi son commanditaire avait-il envoyé des hommes de main fouiller sa voiture ?

Verlaine déplia les feuilles sur ses genoux et son regard se posa sur le sceau frappé d'une lyre. Il était impatient d'éclaircir l'étrange lien entre ce symbole et le pendentif d'Évangéline. Cette image de la lyre – de sa présence sur une pièce thrace à sa place de choix dans l'iconographie de Sainte-Rose – avait quelque chose d'incroyable, presque fantastique. C'était comme si sa vie personnelle se parait soudain du symbolisme et de la pluralité de significations qu'il s'attachait d'ordinaire à dégager lors de ses recherches en histoire de l'art. Peut-être appliquait-il aveuglément ses réflexes d'universitaire à la situation et établissait-il des liens qui n'existaient pas pour enjoliver son travail, au risque d'exagérer la gravité de la situation. Assis dans le train, l'esprit en paix, Verlaine se demanda s'il ne s'était pas quelque peu emballé à la vue du pendentif en forme de lyre d'Évangéline. Peut-être les hommes qui s'en étaient pris à sa Renault n'avaient-ils rien à voir avec Grigori. Ou y avait-il une autre explication tout à fait logique aux événements de cette journée bizarre.

Verlaine lissa par-dessus les dessins architecturaux les feuilles de papier à lettres de Sainte-Rose. L'en-tête comportait un entrelacs complexe d'anges et de roses, exécuté dans un style victorien chargé, mais qui, à la surprise de Verlaine, lui plaisait assez, malgré sa prédilection pour le modernisme. Il ne l'avait pas dit sur le moment, mais Évangéline se trompait quand elle affirmait que c'était la fondatrice du couvent qui avait créé le papier à lettres, deux siècles plus tôt : l'invention du procédé chimique nécessaire à la fabrication de papier à partir de pâte de bois – révolution technologique à l'origine de l'essor des services postaux qui avait permis l'apparition de papier personnalisé – n'était survenue que vers le milieu des années 1850. Celui de Sainte-Rose datait vraisemblablement de la fin du XIXe siècle, même si l'en-tête réutilisait les dessins de mère Antonia. La pratique était d'ailleurs devenue extraordinairement populaire durant l'Âge doré. Les sommités telles qu'Abigail Rockefeller accordaient alors un grand soin à la confection de menus, de cartes de visite, d'invitations et d'enveloppes sur mesure, dans un papier de la meilleure qualité disponible, arborant les armes ou l'emblème de la famille. Verlaine avait lui-même vendu aux enchères plusieurs rames inutilisées de papier à lettres personnalisé au fil des ans.

Il n'avait pas rectifié l'erreur d'Évangéline, car, il s'en rendait compte *a posteriori*, il avait été désarçonné. S'il était tombé sur un vieux dragon hargneux qui couvait ses archives, il aurait parfaitement su comment la prendre. Après des années de recherches à supplier des bibliothécaires, il avait appris à se les mettre dans la poche ou, du moins, à s'attirer leur sympathie. Mais il avait perdu ses moyens face à Évangéline. Elle était belle, intelligente, étonnamment chaleureuse et, en tant que religieuse, tout à fait inaccessible. Il n'était pas exclu qu'elle aussi eût éprouvé un petit faible pour lui. Même lorsqu'elle l'avait chassé du couvent, il avait perçu une singulière complicité entre eux. Il ferma les yeux et tâcha de se souvenir avec précision de ses traits, lorsqu'elle était assise dans le Milton Bar & Grill. En dehors de son désarmant habit noir, elle ressemblait à une personne lambda. Il aurait du mal à oublier son très léger sourire quand il lui avait effleuré la main.

Verlaine sombra dans la rêverie, bercé par le ballottement du train, quand un choc contre la vitre le fit sursauter. Une énorme main blanche aux doigts écartés comme les branches d'une étoile de mer était plaquée contre la fenêtre. Alarmé,

Verlaine recula pour essayer de l'observer sous un angle différent. Une autre main surgit, cherchant à enfoncer l'épais rectangle en verre. Une plume rouge fibreuse frotta fugacement contre la fenêtre. Verlaine cligna des yeux, s'efforçant de déterminer s'il ne s'était pas endormi à son insu et si ce spectacle incompréhensible n'était pas un rêve. Mais ce qu'il aperçut alors, à mieux y regarder, lui glaça le sang : à l'extérieur du train, deux formidables créatures, portées par des ailes immenses grâce auxquelles elles se maintenaient à sa hauteur, le fixaient de leurs grands yeux rouges. Verlaine les détailla avec effroi, incapable de détourner le regard. Perdait-il la boule, ou ces êtres bizarres ressemblaient-ils aux brutes qui avaient fracturé sa voiture ? Non. Stupéfait et consterné, il constata que c'était bien eux.

Verlaine se redressa, attrapa son manteau et se précipita vers les toilettes, un petit réduit sans fenêtres qui sentait les produits chimiques. Il respira à fond et entreprit de se calmer. Ses vêtements étaient trempés de sueur et il avait une boule au creux de l'estomac, comme s'il était sur le point de tourner de l'œil. Il n'avait pas été dans un pareil état depuis le lycée, lorsqu'il avait trop bu lors du bal de fin d'année.

Tandis que le train entrait dans la banlieue de New York, Verlaine fourra les plans et le papier à lettres dans la poche de son manteau, puis quitta les toilettes et se dirigea d'un pas vif vers les voitures de tête. Quelques passagers seulement s'arrêtèrent à Harlem, si bien que Verlaine eut la sinistre impression, lorsqu'il se retrouva sur le quai désert, d'avoir raté son arrêt ou, pis, pris le mauvais train. Il longea la voie et descendit une volée de marches en acier jusqu'à la rue froide et obscure. Il avait le sentiment que New York avait été frappé par un cataclysme en son absence et que, par un caprice du destin, il allait retrouver la ville ravagée et dépeuplée.

Upper East Side, New York

Bien que Sneja lui ait ordonné de rester enfermé chez lui, au bout de plusieurs heures à faire les cent pas dans la salle de billard, en attendant des nouvelles d'Otterley, la solitude avait eu raison de Percival. Dès qu'il fut certain que les invités de sa mère étaient repartis et que celle-ci dormait, il avait enfilé un smoking et un manteau noir élégants, comme s'il revenait d'un gala, et pris l'ascenseur pour rejoindre la 5e Avenue.

Naguère, le monde extérieur le laissait indifférent. Dans sa jeunesse, à Paris, il avait appris à ignorer complètement les humains et à faire abstraction de leurs relents. Il n'avait que faire de leur perpétuel déploiement d'activité – de leur labeur incessant, de leurs fêtes, de leurs distractions. Tout cela l'ennuyait. Mais son mal l'avait transformé. Depuis quelque temps, il observait les humains et leurs curieuses habitudes avec intérêt. Il éprouvait pour eux de la compassion.

Ce n'était là que le symptôme de changements plus vastes dont on l'avait prévenu et qu'il acceptait. Il savait qu'il allait être assailli par des sentiments inédits et perturbants et, en effet, il avait constaté que les souffrances de ces pitoyables créatures le mettaient mal à l'aise. Au début, il avait été incommodé par des accès de sensiblerie absurde. Les humains étaient des êtres inférieurs et leur sort était à la mesure de leur place dans la hiérarchie de l'univers – c'est-à-dire à peine plus enviable que celui des animaux. Pourtant, Percival discernait depuis peu une certaine beauté dans leurs usages, leur sens de la famille, leur dévotion ou leur orgueil malgré leur déficience physique. En dépit de son mépris à leur égard, il saisissait la tragédie de leur condition : ils vivaient et mouraient comme si leur existence importait. S'il avait fait part de semblables pensées à Otterley ou Sneja, elles l'auraient impitoyablement tourné en ridicule.

À grand-peine, Percival Grigori s'engagea, haletant, sur le trottoir verglacé, longeant avec l'aide de sa canne les majestueux immeubles du voisinage. Le vent froid ne le gênait pas – il ne sentait rien d'autre que le harnais grinçant qui lui enserrait les côtes, la brûlure dans sa cage thoracique à chaque inspiration et le crissement des os de ses hanches et de ses genoux qui se désagrégeaient. Il aurait souhaité retirer sa veste, se libérer de son corset afin que l'air froid apaise les inflammations de sa peau. Ses moignons d'ailes en décomposition saillaient sous ses vêtements et lui donnaient l'aspect d'un bossu, d'un monstre, d'une créature difforme rejetée par le reste du monde. Lors de promenades nocturnes comme celle-là, il avait souvent envie de troquer sa place contre celle des badauds insouciants et en bonne santé qu'il croisait. Il aurait presque consenti à devenir humain pour ne plus souffrir.

Au bout d'un moment, la marche étant trop pénible, Percival fit halte dans un bar à vin cossu, décoré de cuivre poli et de velours rouge. L'établissement était plein à craquer et il y faisait chaud. Percival commanda un verre de Macallan et choisit une table à l'écart, dans un coin d'où il pourrait contempler les réjouissances des clients.

Il venait de terminer son premier whisky lorsqu'il avisa une jeune femme à l'autre bout de la salle. L'inconnue avait des cheveux noirs et soyeux, coupés selon la mode des années 1930. Elle était assise avec un groupe d'amis qui faisaient cercle autour d'elle. Malgré sa tenue moderne et dépenaillée – jean serré et chemisier vaporeux décolleté –, sa beauté possédait une pureté classique que Percival associait aux femmes d'une autre époque. Elle était le sosie de Gabriella Lévi-Franche.

Pendant une heure, Percival ne la quitta pas des yeux, relevant chacun de ses gestes et expressions. La ressemblance avec Gabriella ne se limitait pas à l'apparence physique. Peut-être, songea Percival, désirait-il trop ardemment retrouver Gabriella en elle : dans les silences de la jeune femme, il devinait l'esprit analytique de Gabriella, dans ses regards impassibles, un penchant pour les secrets. La jeune femme affectait, à l'égard de ses amis, une réserve similaire à celle de Gabriella en société. Percival en déduisit que sa proie préférait écouter et laisser ses compagnons s'enthousiasmer pour des futilités, tandis qu'en son for intérieur, elle décortiquait leurs manies et pesait implacablement leurs qualités et leurs défauts. Il résolut d'attendre qu'elle soit seule pour lui adresser la parole.

Après qu'il eut commandé de nombreux autres Macallan, la jeune femme ramassa enfin son manteau et se dirigea vers la sortie. Percival lui bloqua le passage avec sa canne en ébène poli.

— Pardonnez-moi de vous aborder de façon aussi cavalière, s'excusa-t-il en se levant pour la dominer de toute sa taille, mais j'insiste pour vous offrir un verre.

La jeune femme leva les yeux vers lui, décontenancée. Percival n'aurait su dire ce qui la surprenait le plus : la canne tendue qui lui frôlait la jambe ou la formulation inhabituelle de la requête.

— Vous êtes sur votre trente et un, dites donc ! s'exclama-t-elle en lorgnant son smoking.

Sa voix aiguë et exaltée – tout le contraire du ton froid et monocorde de Gabriella – anéantit les espoirs de Percival. Il avait voulu croire qu'il avait découvert une seconde Gabriella, mais il était clair que l'inconnue n'était pas aussi semblable à l'original qu'il se l'était figuré. Néanmoins, il brûlait de lui parler et de la dévorer des yeux pour revivre le passé.

Il lui fit signe de s'installer en face de lui. Elle hésita, un bref instant, le temps de jeter un nouveau coup d'œil aux luxueux habits de Percival, puis obtempéra. Au désarroi de ce dernier, les ressemblances avec Gabriella s'estompèrent encore quand il la vit de plus près. Elle avait la peau parsemée de taches de rousseur, tandis que celle de Gabriella était laiteuse et immaculée ; elle avait les yeux marron, alors que ceux de Gabriella étaient d'un vert resplendissant. Toutefois, la ligne de ses épaules et la façon dont sa chevelure noire au carré lui frôlait les joues se révélèrent assez ressemblantes pour entretenir la fascination de Percival. Il commanda une bouteille de champagne – la plus chère de la carte – et entreprit de régaler sa compagne de ses aventures en Europe, adaptant ses anecdotes afin de masquer son âge – ou plutôt, son intemporalité. Il prétendit qu'il avait vécu à Paris dans les années 1980 au lieu des années 1930 et qu'il y dirigeait sa propre entreprise, alors que c'était en réalité son père qui gérait leurs intérêts financiers. Son interlocutrice ne prêtait guère attention à ces détails. Elle se contentait de boire du champagne et de l'écouter, inconsciente du supplice qu'elle lui faisait subir. Percival se moquait qu'elle soit aussi muette qu'une poupée de cire, tant qu'il lui était permis de la garder devant lui, silencieuse et ébaubie, mi-amusée mi-admirative, et de préserver temporairement l'image de Gabriella, ainsi que l'illusion d'être revenu dans le passé.

Ce mirage lui remémora la fureur aveugle qui s'était emparée de lui quand il avait appris la trahison de Gabriella. Ils avaient échafaudé ensemble le vol du butin des Rhodopes. Leur plan était précisément orchestré et, aux yeux de Percival, magistral. Car sa liaison avec Gabriella reposait sur la passion, mais aussi l'intérêt bien compris. Gabriella lui avait transmis des renseignements sur les angéologues – inventaire détaillé de leurs collections, adresses – et Percival lui avait en retour fourni des informations qui avaient aidé Gabriella à s'élever facilement dans la hiérarchie de la Société. Leur commerce – il n'y avait pas d'autres mots pour ces viles transactions – n'avait fait qu'accroître son admiration pour la jeune femme et son insatiable appétit de réussite.

C'était par le truchement de Gabriella que les Grigori avaient eu vent de la seconde expédition angéologique. Percival et Gabriella avaient planifié ensemble l'enlèvement de Seraphina Valko. Ils avaient établi le trajet du convoi et veillé à ce que la mallette reste entre les mains de Gabriella. Ils avaient fait le pari que l'échange des angéologues contre la valise serait instantanément approuvé, dans la mesure où Seraphina Valko était non seulement une angéologue de renommée mondiale, mais aussi l'épouse du président du conseil. Il était impossible que les angéologues la sacrifient, si précieuse que fût la découverte des Rhodopes. Gabriella lui avait affirmé que leur stratagème fonctionnerait. Il l'avait crue. Mais tout avait dégénéré. Dès qu'il avait appris que l'échange n'aurait pas lieu, Percival avait tué Seraphina Valko lui-même. Elle avait conservé le silence jusqu'au bout, bien que Percival ait tout fait pour la contraindre à parler. Mais le pire était que Gabriella l'avait trahi.

Cette nuit-là, lorsqu'elle lui avait apporté la mallette, Percival avait décidé de l'épouser, de la faire entrer dans leur cercle, en dépit des objections de ses parents qui la soupçonnaient depuis longtemps, à juste titre, d'être une espionne visant à s'insinuer dans la famille Grigori. Percival avait défendu Gabriella, mais Sneja avait fait examiner la lyre par un spécialiste allemand auquel les nazis faisaient souvent appel pour évaluer leurs trésors archéologiques. Il en était ressorti que la lyre n'était qu'une bonne imitation – un instrument syrien en corne. Gabriella lui avait menti. Percival lui avait fait confiance, contre l'avis de sa mère, et Gabriella l'avait humilié et ridiculisé.

Après cette débâcle, il s'était désintéressé du sort de Gabriella et avait laissé à d'autres le soin de s'en occuper. Elle avait eu droit à un châtiment d'une exceptionnelle sévérité. Elle n'aurait pas dû en réchapper, mais grâce à une opération extraordinairement bien montée et à la chance, ses collègues angéologues l'avaient sauvée. Elle s'était rétablie et avait en définitive épousé Raphael Valko, union qui n'avait en rien nui à son avancement... Percival aurait par ailleurs été le premier à admettre qu'elle faisait partie des meilleures dans son domaine, car les angéologues qui avaient réussi à infiltrer leurs rangs étaient rares.

Il n'avait pas parlé à Gabriella depuis plus de cinquante ans. Comme tous les principaux angéologues, elle était sous surveillance permanente. Percival avait appris que Gabriella se trouvait à New York, où elle continuait à comploter contre sa famille et lui, mais il n'en savait pas plus. Depuis ses déconvenues parisiennes, ses parents veillaient à lui dissimuler tout renseignement ayant trait à Gabriella Lévi-Franche Valko.

Aux dernières nouvelles, elle luttait toujours contre le déclin de l'angéologie, bien que la cause soit désespérée. Elle devait avoir vieilli et son visage, encore beau, était sans doute décati. Elle ne ressemblait en tout cas pas à la jeune écervelée frivole qu'il avait en face de lui. Percival s'appuya contre le dossier de sa chaise et observa son interlocutrice – son chemisier au décolleté extravagant, ses colifichets piteux... L'alcool lui était monté à la tête – elle était vraisemblablement ivre avant de se joindre à lui. Elle n'avait rien à voir avec Gabriella.

— Venez, lui dit-il en jetant une liasse de billets sur la table.

Il enfila son pardessus, empoigna sa canne et sortit dans la nuit, un bras autour de la taille de la jeune femme. Elle était grande et mince, mais plus massive que Gabriella. Percival sentait entre eux une attirance sexuelle primitive – depuis les origines, il en était ainsi avec les humaines qui succombaient au charme des anges.

Celle-là ne faisait pas exception à la règle. Elle suivit Percival de sa propre volonté et ils marchèrent un moment en silence, jusqu'à ce que Percival l'entraîne dans une ruelle sombre et déserte. Le désir incoercible, quasi animal, qu'il éprouvait pour elle alimentait sa colère. Il l'embrassa, la posséda, puis au paroxysme de la rage, entoura de ses longs doigts froids le cou chaud et fragile de la jeune femme et serra. Sa victime émit une plainte et essaya de le repousser pour se dégager, mais il était trop tard : Percival, en pleine extase, se délectait de la douleur et des efforts désespérés de sa proie, parcouru de frissons de jouissance encore accrus par le fantasme de tenir Gabriella entre ses mains.

Couvent Sainte-Rose, Milton,
État de New York

Évangéline se réveilla à 3 heures du matin, prise de panique. Après des années d'obéissance scrupuleuse à la même routine, elle était toute déboussolée quand elle en déviait. Balayant sa cellule du regard, les sens émoussés par le sommeil, elle décréta que cette petite pièce ordonnée, aux carreaux propres et aux étagères dépoussiérées, n'était qu'un rêve, et elle se rendormit.

Son père et sa mère lui apparurent, ensemble, dans l'appartement de Paris où ils habitaient quand elle était petite. Son père était jeune et beau, plus heureux qu'il l'avait jamais été depuis la mort de son épouse. Celle-ci – que, même en songe, Évangéline avait du mal à distinguer – se tenait en retrait, vague silhouette indistincte, dont le visage était dissimulé dans l'ombre d'un chapeau d'été. Évangéline tendit la main, comme pour saisir celle de sa mère. Du plus profond de son rêve, elle appela Angela. Mais plus elle s'efforçait de la rejoindre, plus sa mère perdait consistance et elle finit par se volatiliser dans un nuage de vapeur diaphane.

Évangéline s'éveilla à nouveau, troublée par l'acuité de ce songe. Les chiffres lumineux de son réveil indiquaient 4 h 55. Elle tressaillit, comme sous l'effet d'une décharge électrique : elle allait être en retard pour l'Adoration. Elle cligna des yeux, regarda autour d'elle et constata qu'elle n'avait pas fermé les rideaux, si bien que le ciel matinal teintait ses draps blancs de gris pourpre, comme s'ils étaient couverts de cendres. Évangéline se leva, sauta dans sa jupe noire, boutonna son chemisier et ajusta son voile.

Elle se remémora son rêve et une vague de nostalgie la submergea. En dépit du temps qui passait, l'absence de ses parents était toujours aussi douloureuse que durant son enfance. Son père était décédé brusquement, trois ans plus tôt, d'un arrêt cardiaque dans son sommeil. Si Évangéline honorait chaque année sa mémoire en accomplissant une neuvaine en son honneur, elle avait néanmoins de la peine à admettre qu'il ne pourrait jamais voir combien elle avait mûri et changé depuis qu'elle avait prononcé ses vœux, mais surtout à quel point elle était devenue semblable à lui – plus semblable qu'ils auraient pu l'imaginer, l'un comme l'autre. Il lui avait répété à d'innombrables reprises qu'elle avait le caractère de sa mère – toutes deux étaient ambitieuses, résolues et plus attentives à la fin qu'aux moyens. Mais à la vérité, c'était de sa personnalité à lui qu'avait hérité Évangéline.

Elle s'apprêtait à sortir quand elle se souvint des cartes de sa grand-mère, qui l'avaient tant ébranlée avant qu'elle s'endorme. Elle les récupéra sous son oreiller et, bien que déjà en retard pour l'Adoration, décida de tenter une seconde fois de voir clair dans le fouillis des mots que Gabriella lui avait adressés.

Elle retira chaque carte de son enveloppe et les posa sur son lit. L'une des images attira son attention. Trop fatiguée la veille, elle ne l'avait pas remarquée. Il s'agissait d'un croquis d'un ange qui descendait une marche, un parchemin entre les mains. Elle était certaine de l'avoir déjà aperçu, mais elle ne se rappelait pas où, ni pourquoi il lui était aussi familier. Cette révélation l'incita à poser une autre carte à côté et un déclic se produisit alors dans son esprit : ces différentes figures appartenaient à une même scène.

Évangéline entreprit d'ordonner les carrés de carton selon diverses configurations, les appariant bord à bord en fonction des couleurs et des formes comme si elle reconstituait un puzzle, jusqu'à ce qu'un tableau finisse par apparaître :

des hommes, des femmes, des enfants et des anges qui gravissaient et descendaient un escalier en colimaçon qui s'élevait jusqu'à une ouverture lumineuse dans le ciel. Une œuvre qu'Évangéline connaissait bien. C'était une reproduction de *L'Échelle de Jacob*, de William Blake, une aquarelle que son père l'avait emmenée voir au British Museum quand elle était petite. Angela adorait William Blake – elle collectionnait les recueils de poésie et les illustrations du peintre – et Luca lui avait acheté une reproduction de *L'Échelle de Jacob* comme cadeau. Il l'avait emportée dans ses bagages quand ils avaient déménagé aux États-Unis après la mort d'Angela. C'était l'un des seuls éléments décoratifs de leur appartement de Brooklyn.

Évangéline ouvrit la carte qui occupait le coin supérieur gauche et en retira la feuille qu'elle renfermait, puis fit de même avec celle de droite et plaça les deux fragments côte à côte. Le message était découpé de la même manière que le tableau. Le texte avait dû être écrit en une fois, découpé et réparti dans les cartes que sa grand-mère lui envoyait une à une, chaque année. Une fois les feuilles de papier crème correctement juxtaposées, le méli-mélo de mots se muait en une série de phrases compréhensibles. Évangéline pouvait presque entendre la voix calme et autoritaire de Gabriella.

> *Lorsque tu liras ces lignes, tu seras une femme de vingt-cinq ans et – si tout s'est déroulé conformément aux souhaits de ton père – tu vivras une existence paisible et contemplative parmi les sœurs de l'Adoration perpétuelle du couvent Sainte-Rose. Je t'écris ces mots en 1988. Tu as douze ans. Tu te demandes sans doute comment il se fait que tu reçoives cette lettre seulement maintenant, si longtemps après sa rédaction. Peut-être que je suis morte entretemps. Peut-être que ton père aussi. Il est impossible de prédire l'avenir. C'est du passé et du présent qu'il importe de se soucier, et je t'invite à le faire.*
>
> *Tu te demandes sans doute aussi pourquoi je suis restée si longtemps absente de ta vie. Il se peut que tu m'en*

veuilles de ne pas t'avoir donné de nouvelles depuis ton entrée à Sainte-Rose. Je t'assure pourtant que les moments que nous avons passés ensemble à New York, au cours des années qui ont précédé, me soutiennent dans mes heures de désarroi. De même que nos promenades à Paris, quand tu n'étais qu'un bébé. Peut-être t'en souviens-tu, même si j'en doute fort. Je t'emmenais au jardin du Luxembourg, avec ta mère. Des après-midi heureux que je chéris encore à ce jour. Tu étais si petite quand Angela a été assassinée. C'est un crime qu'on te l'ait enlevée alors que tu étais si jeune. Je me demande souvent si tu te rappelles combien elle pétillait de vie, combien elle t'aimait. Je suis certaine que ton père, qui était fou d'elle, t'a beaucoup parlé de ta mère.

Il a aussi dû t'expliquer que c'était lui qui avait insisté pour quitter Paris aussitôt après le drame, persuadé que tu serais plus en sécurité aux États-Unis. Je ne lui reproche pas de t'avoir emmenée aussi loin – il était tout à fait en droit de chercher à te protéger, surtout après ce qui était arrivé à ta mère.

Ce sera peut-être difficile à comprendre pour toi, mais même si je meurs d'envie de te voir, il m'est impossible d'avoir le moindre contact direct avec toi. Ma présence vous mettrait en danger, toi, ton père et, si tu es demeurée fidèle à ses vœux, les bonnes sœurs de Sainte-Rose. Après le sort qu'a connu ta mère, il ne m'appartient plus de prendre de tels risques. Je peux seulement espérer qu'à vingt-cinq ans, tu seras assez mûre pour comprendre à quel point tu dois être prudente et pour apprendre la vérité sur ton héritage et sur ta destinée, qui, dans notre famille, se rejoignent.

J'ignore ce que tu sais sur la profession de tes parents. Pour autant que je connaisse ton père, il ne t'aura rien dit sur l'angéologie et aura tout fait pour te préserver de toute exposition à notre discipline. Luca est un brave homme et ses intentions sont bonnes, mais je t'aurais élevée différemment. Tu n'es peut-être pas au courant de l'implication de ta famille dans l'une des plus grandes batailles secrètes qui aient fait trembler la terre et les cieux ; mais les enfants les plus vifs voient tout, entendent tout et je soupçonne que c'est ton cas. Peut-être as-tu percé ton père à jour par tes propres moyens. Et peut-être as-tu découvert que ta place t'avait été réservée à Sainte-Rose par sœur Perpetua avant même ta première communion, conformément aux règles des institutions angéologiques. En tant que fille et petite-fille d'angéologues, tu es notre espoir, notre avenir. Si tu ne savais rien de tout cela, il se peut que ma lettre te fasse un choc. Pourtant, je t'en conjure, ma chère Évangéline, lis-la jusqu'au bout, quelle que soit la souffrance qu'elle te cause.

Ta mère a fait ses débuts dans l'angéologie en tant que chimiste. C'était une mathématicienne brillante et une scientifique plus brillante encore. Elle était d'une intelligence exceptionnelle, à la fois stricte et fantasque. Dans son premier livre, elle présentait l'extinction des Nephilim comme inéluctable d'un point de vue darwinien – l'aboutissement logique de leurs croisements avec des humains causant la dilution de leurs caractères angéliques. Je ne saisissais pas toutes les subtilités de son propos – ma formation et mes centres d'intérêt me portent plutôt vers le domaine socio-mythologique –, mais j'étais sensible à la notion d'entropie et à l'éternelle vérité selon laquelle l'esprit outrepasse toujours la chair. Le second livre d'Angela, sur l'hybridation des Nephilim et des humains – qui se fondait sur les recherches génétiques de Watson et Crick – éblouit le conseil. Angela s'éleva rapidement au sein de la communauté. Elle se vit décerner une chaire d'enseignement à vingt-cinq ans – honneur sans précédent – et accorder accès aux dernières technologies, aux meilleurs laboratoires et à des crédits de recherche illimités.

Mais avec la reconnaissance vint le danger et Angela fut prise pour cible. Sa vie fut plusieurs fois menacée. Son laboratoire était sous haute surveillance – j'y avais personnellement veillé. Mais ce fut tout de même là-bas qu'on l'enleva.

J'imagine que ton père ne t'a pas fait part des détails de l'enlèvement. C'est un sujet pénible et je n'ai, pour ma part, jamais pu en discuter avec quiconque. Des agents des Nephilim ont retenu ta mère pendant plusieurs semaines dans une propriété en Suisse, selon leur tactique habituelle, consistant à kidnapper des figures importantes de l'angéologie en vue de nous imposer un échange. Notre politique a toujours été de ne pas négocier, mais quand la vie d'Angela s'est retrouvée en jeu, j'ai perdu la tête. J'aurais été prête à toutes les compromissions pour la récupérer saine et sauve.

Pour une fois, ton père et moi sommes tombés d'accord. Il était en possession de plusieurs carnets de recherche de ta mère et nous avons décidé de les échanger contre la vie d'Angela. Même si je n'avais qu'une compréhension limitée de ses travaux en génétique, je savais que les Nephilim étaient frappés par la maladie, que leur nombre diminuait et qu'ils cherchaient un remède. J'ai donc indiqué aux ravisseurs d'Angela que ses notes recelaient des informations secrètes susceptibles de sauver leur espèce et, à mon soulagement, ils ont accepté le marché.

Sans doute étais-je naïve de croire qu'ils tiendraient leurs engagements. Lorsque je suis arrivée en Suisse avec les carnets d'Angela, on m'a remis un grossier cercueil contenant la dépouille de ma fille. Elle était morte depuis plusieurs jours. Son corps était couvert de bleus, ses cheveux collés par le sang. J'ai embrassé son front glacé, consciente que je venais de perdre ce que j'avais de plus précieux. Je crains que les derniers jours de ta mère n'aient été un supplice. Le spectre de ses dernières heures n'est jamais très loin de mes pensées.

Pardonne-moi de te relater cette horrible histoire. J'ai été tentée de garder le silence, de t'épargner les aspects les plus sordides, mais tu es une femme à présent et, en tant qu'adulte, il importe d'affronter la réalité, de se mesurer aux versants les plus sombres de l'existence, de se confronter au mal afin d'éprouver sa force, son omniprésence, son emprise persistante sur l'humanité et notre propension à le servir. Je doute que cela te réconforte, mais sache que tu n'es pas seule dans ton désespoir. La mort d'Angela est pour moi une zone sombre. Mes cauchemars résonnent de sa voix et de celle de son meurtrier.

Ton père ne pouvait plus vivre en Europe après cela. Sa fuite vers les États-Unis a été soudaine et définitive – il a coupé tout contact avec ses amis et ses connaissances, dont moi, afin de pouvoir t'élever seul, en paix. Il t'a offert une enfance normale, un luxe dont peu de familles d'angéologues peuvent se prévaloir. Mais ce n'était pas le seul motif de son exil.

Les travaux inestimables que j'avais si stupidement cédés aux Nephilim ne les avaient pas satisfaits. Peu après la transaction, ils avaient mis à sac mon appartement parisien et s'étaient emparés d'objets de grande valeur pour moi comme pour notre cause. Heureusement, ils n'avaient pu mettre la main sur le dernier cahier de ta mère, que je gardais toujours sur moi. C'était un curieux assortiment de considérations théoriques qu'Angela compilait en vue de son troisième livre. Elle n'en était qu'à la phase initiale et sa réflexion était parcellaire, mais dès que j'avais feuilleté ce carnet, j'avais discerné à quel point il était inspiré, précieux – et dangereux.

La mort dans l'âme, j'ai donc décidé de le détruire, même si j'avais une consolation : je l'avais recopié *in extenso* dans un carnet qui doit t'être familier, celui que m'avait offert mon mentor, Seraphina Valko, et que je t'avais remis peu après l'enterrement de ta mère. Ce carnet était jadis celui de mon professeur. Il est aujourd'hui sous ta responsabilité.

Il renferme les théories d'Angela concernant les effets physiques de la musique sur les structures moléculaires. Elle avait commencé par des expériences sur des formes de vie simples – plantes, insectes, vers de terre –, puis s'était attaquée à des organismes plus complexes. Luca appréhendait ses travaux mieux que quiconque et, même si les méthodes scientifiques d'Angela étaient trop complexes pour moi, ton père m'a assuré qu'elle avait mis en évidence que les vibrations sonores pouvaient avoir une action incroyable sur les cellules. Certaines combinaisons d'accords, certaines progressions se traduisent par de profondes modifications physiques de la matière. Le piano entraîne des changements de pigmentation sur les orchidées – les *Études* de Chopin produisent un semis rose sur celles qui ont des pétales blancs, et Beethoven fait virer au marron celles qui ont des pétales jaunes. Le violon provoque une multiplication des anneaux chez les lombrics. Le tintement incessant d'un triangle peut engendrer des mouches dépourvues d'ailes. Et ainsi de suite.

Tu concevras donc ma fascination quand, il y a quelque temps, de nombreuses années après la mort de ta mère, j'ai constaté qu'un scientifique japonais du nom de Masaru Emoto avait réalisé des expériences similaires sur les vibrations sonores en milieu aqueux. Grâce à des techniques photographiques de pointe, Emoto avait réussi à observer les transformations radicales que subissait l'eau à l'échelle moléculaire lorsqu'elle était soumise à certaines sonorités. D'après lui, il existait même des accords capables de créer des formes nouvelles. Dans l'ensemble, ses résultats corroboraient ceux de ta mère.

Ces expérimentations, en apparence futiles, sont particulièrement intéressantes à la lumière des recherches biologiques d'Angela sur les Nephilim. Elle avait étudié les effets de divers instruments célestes en notre possession sur des échantillons génétiques de l'ennemi, notamment des plumes. Elle avait découvert que la musique de ces instruments avait la faculté de modifier le matériau génétique des tissus. Certaines successions d'accords de ces instruments avaient la propriété d'affaiblir les Nephilim, tandis que d'autres, au contraire, accroissaient leur force. Je suis certaine que c'est cette découverte qu'Angela a payée de sa vie. Toujours est-il que la mise à sac de mon logement a convaincu ton père que tu étais toi aussi en danger en Europe – les Nephilim en savaient trop.

Mais cette lettre trouve sa source dans une hypothèse d'Angela enfouie parmi de nombreuses autres, une hypothèse qui porte sur la lyre d'Orphée. Ta mère savait que l'instrument avait été remis en 1943 à Abigail Rockefeller, qui l'avait caché aux États-Unis, et, sur la base de ses conclusions scientifiques sur les instruments célestes, elle avait avancé la théorie que la lyre était plus puissante que tous les autres instruments réunis. Jusqu'alors, les Nephilim cernaient mal les propriétés de la lyre, mais en s'emparant des travaux de ta mère, ils prirent conscience que cet instrument était susceptible de leur restituer un patrimoine génétique d'une pureté sans précédent depuis les Veilleurs. Angela avait peut-être trouvé le remède à leur dégénérescence.

Sache cependant, ma chère Évangéline, que le cheminement pour parvenir à cette conclusion s'est révélé ardu. Tant de mythes entourent Orphée qu'il est impossible de cerner les contours exacts de son existence réelle. On ignore sa date de naissance, sa véritable ascendance ou l'étendue de ses talents musicaux. Il était prétendument le fils de la muse Calliope et du dieu-fleuve Œagre, mais tout ça n'est, bien sûr, que mythologie et notre travail consiste à distinguer les faits de la légende, la vérité de la magie. Est-ce lui qui a offert la poésie à l'humanité ? Qui a découvert la lyre lors de sa légendaire descente aux enfers ? A-t-il été aussi influent de son vivant qu'on l'affirme ? Dès le VIe siècle avant J.-C., il passait, dans tout le monde grec, pour un maître du chant et de la musique, mais la façon dont il serait entré en possession de l'instrument des anges fait l'objet d'un large débat parmi les historiens. Les travaux de ta mère n'ont fait que confirmer les principales théories établies sur l'importance de la lyre. Ses hypothèses, si capitales dans notre lutte contre les Nephilim, lui ont valu la mort. À présent, tu le sais. Ce que tu ignores, *c'est qu'elle était loin d'avoir achevé ses recherches. J'ai consacré ma vie à essayer de les mener à leur terme. Et, un jour, Évangéline, tu prendras ma relève.*

Il se peut que ton père t'ait fait part de la contribution d'Angela à notre cause et des percées qu'elle a accomplies. Je ne puis le deviner. Il a coupé les ponts avec moi depuis bien des années et je n'ai guère d'espoir de regagner sa confiance. Il n'en va pas de même avec toi. Si tu exiges des détails sur les recherches de ta mère, il te dira tout. Tu es vouée à poursuivre la tradition familiale. Tels sont ton héritage et ta destinée. Luca te guidera quand cela me sera impossible, j'en suis sûre. Il te suffira de le lui demander. Persévère, ma chère. Je t'y encourage de tout mon cœur. Mais garde à l'esprit ta responsabilité envers notre précieuse discipline et les graves dangers qui te guettent. Beaucoup aimeraient voir notre œuvre réduite à néant et sont prêts à tuer pour y parvenir. Ta mère est morte entre les mains des Grigori, qui, par leurs actions, assurent la continuité du conflit entre Nephilim et angéologues. Je t'en conjure, méfie-toi des dangers qui te guettent et de ceux qui te veulent du mal.

Évangéline faillit pleurer de frustration lorsque la missive se termina de façon aussi abrupte. La lettre tronquée ne lui fournissait aucune explication sur la conduite à tenir. Elle passa à nouveau en revue les cartes et relut fiévreusement le texte, pour vérifier que rien ne lui avait échappé.

Le récit de la mort de sa mère l'émut tellement qu'elle dut prendre sur elle pour continuer à lire. Les circonstances de son décès étaient sordides et il y avait quelque chose de cruel, presque inhumain, dans la façon dont Gabriella rapportait ces événements affreux. Évangéline essaya de se représenter le corps de sa mère, meurtri, brisé, son beau visage abîmé. Elle s'essuya les yeux du revers de la main, comprenant enfin pourquoi son père avait quitté la terre où elle était née.

À la troisième lecture, Évangéline s'arrêta sur ces mots : « Beaucoup aimeraient voir notre œuvre réduite à néant et sont prêts à tuer pour y parvenir. Ta mère est morte entre les mains des Grigori, qui, par leurs actions, assurent la continuité du conflit entre Nephilim et angéologues. » Évangéline avait déjà entendu ce nom… Soudain, elle se souvint : Verlaine travaillait pour un certain Percival Grigori. Même s'il était manifestement de bonne foi, il était à la solde de son ennemi.

Évangéline demeura un instant anéantie par cette horrible révélation. Comment allait-elle pouvoir lui venir en aide s'il ne se rendait pas compte du danger qu'il courait ? Et s'il tentait de prendre contact avec Percival Grigori pour lui relater ce qu'il avait appris ? Ce qui était apparu à Évangéline comme la meilleure solution – renvoyer Verlaine à New York et reprendre sa vie à Sainte-Rose comme si de rien n'était – les mettait tous deux en péril.

Évangéline entreprit de ranger les cartes et, ce faisant, avisa une phrase qui la fit sourciller : « Lorsque tu liras ces lignes, tu seras une femme de vingt-cinq ans. » La lettre avait été écrite plus de dix ans auparavant, alors qu'Évangéline avait douze ans, et les fragments adressés dans le désordre, à raison d'un chaque année. Évangéline avait vingt-trois ans, ce qui signifiait qu'il manquait certainement deux cartes – les deux dernières pièces du puzzle imaginé par sa grand-mère.

Évangéline classa les enveloppes selon les années et vérifia les dates d'oblitération des timbres. Le cachet de la dernière datait du 21 décembre 1998. Il en allait à peu près de même pour les précédentes – elles avaient toutes été postées quelques jours avant Noël. Si celle de cette année ne faisait pas exception à la règle, elle était peut-être déjà arrivée et se trouvait parmi le courrier de l'après-midi de la veille. Évangéline rassembla les cartes et sortit de sa cellule.

Columbia University, Morningside Heights, New York

Le trajet jusqu'à son bureau, depuis la station de la 125e Rue, à Harlem, était long et pénible, mais Verlaine avait boutonné son manteau et bravé le vent glacial. Le campus de la Columbia University était complètement désert. Verlaine ne l'avait jamais connu aussi sombre et silencieux. En cette période de vacances, tout le monde, y compris les étudiants les plus zélés, était rentré chez soi. Au loin, les phares des véhicules sur Broadway éclairaient les bâtiments à leur passage. L'imposant clocher de Riverside Church, dont les vitraux étaient illuminés de l'intérieur, dominait même les plus hauts édifices du campus.

Sa coupure à la main s'était rouverte en chemin et une nouvelle tache de sang s'épanouissait à travers sa cravate fleurdelisée. Après quelques recherches, il dégotta ses clefs et pénétra dans Schermerhorn Hall, une massive construction en briques qui abritait la faculté d'histoire de l'art et d'archéologie et avait jadis accueilli la faculté de sciences naturelles. Verlaine avait même entendu dire que c'était là qu'avaient débuté les premières recherches dans le cadre du projet Manhattan. Bien que se sachant seul, il craignait de prendre l'ascenseur, de peur de se retrouver pris au piège à l'intérieur et il gravit quatre à quatre les escaliers menant aux bureaux des chargés de cours.

Parvenu dans le sien, il verrouilla la porte derrière lui et récupéra sur sa table de travail la chemise qui renfermait les lettres d'Innocenta, veillant à ne pas toucher les feuilles fragiles et desséchées avec sa main ensanglantée. Il s'installa sur sa chaise, alluma sa lampe de travail et examina les missives sous le halo de lumière pâle. Il les avait lues d'innombrables fois, à l'affût du moindre sous-entendu, d'une tournure potentiellement allusive et, après les avoir relues pendant des heures, dans la solitude sinistre de son bureau, il eut à nouveau le même sentiment : ces lettres étaient d'une étrange banalité. Ses récentes mésaventures avaient beau l'inciter à porter un œil neuf sur cette histoire, rien, ou presque, ne suggérait une quelconque intention cachée. Les lettres d'Innocenta ne paraissaient guère plus que d'inoffensifs laïus sur le quotidien du couvent.

Verlaine se leva et entreprit de ranger sa documentation dans la sacoche qu'il gardait dans un coin de son bureau. Il était sur le point de repartir quand il se figea. Ces lettres avaient quelque chose d'irréel. Verlaine n'y discernait aucune logique – elles semblaient presque délibérément confuses. Mais des compliments sur le bon goût d'Abigail Rockefeller revenaient à la fin de plusieurs missives. Lorsque Verlaine avait survolé ces passages, ils lui étaient apparus comme de bien fades conclusions. Il ressortit les lettres de sa sacoche et les relut en accordant une attention particulière à ces lignes.

Elles devaient tourner autour d'un tableau ou d'un motif. Dans une de ses missives, Innocenta écrivait : « Sachez que je prends bonne note et que j'approuve tant la perfection de votre vision artistique que son exécution. » Dans une seconde, Verlaine lut : « Mon admirable amie, je ne peux que m'émerveiller devant une représentation aussi fine et vous répondre par d'humbles remerciements, avec reconnaissance et compréhension. » Et dans une troisième : « Comme toujours, votre main ne manque pas d'exprimer tout ce que l'œil aspire le plus à contempler. »

Verlaine s'interrogea un moment sur ce dont il était question. De quelles réalisations artistiques parlait donc Innocenta ? Abigail Rockefeller lui avait-elle soumis des dessins ou des clichés ? Même si Évangéline n'avait, apparemment, rien trouvé de tel aux archives, les réponses d'Innocenta le laissaient supposer. Si Abigail avait inclus des dessins de sa main et que Verlaine les découvrait, sa carrière connaîtrait un tournant. Il se sentait si euphorique qu'il peinait à réfléchir.

Afin de comprendre exactement ce à quoi Innocenta faisait référence, il lui faudrait retrouver le reste de la correspondance. Évangéline possédait l'une des lettres d'Abigail Rockefeller. Les autres devaient être cachées quelque part au couvent, vraisemblablement aux archives. Se pouvait-il qu'Évangéline ait omis de regarder partout lorsqu'elle était tombée sur la lettre d'Abigail Rockefeller ? Y avait-il une enveloppe avec ? Évangéline lui avait bien promis de chercher d'autres missives, mais elle n'avait aucune raison de le faire. Si seulement Verlaine avait eu sa voiture, il serait retourné à Sainte-Rose pour aider Évangéline dans ses recherches. Il fouilla dans son bureau, en quête du numéro de téléphone du couvent. Si Évangéline ne réussissait pas à dénicher ces lettres, selon toute probabilité, elles seraient perdues à jamais. Une perte terrible, tant pour l'histoire de l'art que pour l'avenir professionnel de Verlaine... Il eut soudain honte d'avoir eu aussi peur de rentrer chez lui. Il fallait qu'il se ressaisisse et qu'il retourne à Sainte-Rose – par n'importe quel moyen.

Troisième étage du couvent Sainte-Rose, Milton, État de New York

La veille encore, Évangéline croyait tout ce qu'on lui avait raconté sur son passé. Elle avait foi en ce que lui avaient dit son père et les sœurs. Mais la lettre de Gabriella avait tout remis en cause. Elle n'avait plus confiance en qui que ce soit.

Elle rassembla ses forces et s'engagea dans le couloir désert et immaculé, les enveloppes sous le bras. Elle se sentait faible, hébétée, comme au sortir d'un rêve horrible. Comment se faisait-il qu'elle n'ait jamais eu pleinement conscience de l'importance des travaux de sa mère, ni, plus étonnant encore, des circonstances de son décès ? Qu'est-ce que sa grand-mère pouvait avoir d'autre à lui apprendre ? Comment patienter jusqu'à l'arrivée des deux lettres suivantes pour tout comprendre ? Résistant à l'envie de courir, Évangéline descendit l'escalier et se dirigea vers le seul endroit où elle avait une chance d'obtenir quelques réponses.

Le Bureau des missions et du recrutement se situait dans le coin sud-ouest du couvent, dans une suite de pièces rénovées pourvues d'une moquette rose, de plusieurs lignes téléphoniques, de bureaux en chêne et de classeurs métalliques qui contenaient les documents personnels de chaque sœur : extrait de naissance, dossier médical, dossier scolaire, actes juridiques, et, pour celles qui n'étaient plus de ce monde, acte de décès. Le centre de recrutement qui, en raison de la crise des vocations, cohabitait avec le bureau de la maîtresse des novices, occupait les salles de gauche, tandis que le Bureau des missions occupait celles de droite. Ensemble, ils représentaient les deux bras administratifs de Sainte-Rose, grâce auxquels le couvent embrassait le monde extérieur.

Le nombre de dossiers traités par le Bureau des missions avait récemment augmenté, tandis que les admissions avaient connu un vif déclin. Jadis, la jeunesse se pressait aux portes de Sainte-Rose en raison de l'équité, de l'éducation et de l'indépendance que la vie conventuelle garantissait aux jeunes femmes réticentes au mariage. Mais avec le temps, les couvents s'étaient faits plus rigoureux sur le recrutement et avaient exigé que les candidates choisissent de prononcer leurs vœux de leur propre gré, affranchies de toute pression familiale, après mûre réflexion.

Et tandis que les nouvelles recrues se raréfiaient, le Bureau des missions était devenu le service le plus actif de Sainte-Rose. Au mur était suspendue une grande mappemonde plastifiée sur laquelle de petits drapeaux rouges identifiaient les pays où l'ordre était présent : Brésil, Zimbabwe, Chine, Inde, Mexique, Guatemala. Le planisphère s'accompagnait de photographies de sœurs en sari ou en poncho, des bébés dans les bras, administrant des médicaments ou chantant dans des chorales locales. Au cours de la décennie précédente, les sœurs avaient mis en place un programme d'échange international avec des églises étrangères, afin d'accueillir à Sainte-Rose des religieuses du monde entier désirant participer à l'Adoration perpétuelle, étudier l'anglais ou recherchant leur épanouissement spirituel personnel. Cette initiative avait rencontré un succès considérable et, depuis sa création, les sœurs de Sainte-Rose avaient hébergé des religieuses issues de douze pays différents, dont les portraits s'alignaient au-dessus de la carte, tout sourire, le visage encadré par le même voile noir.

Évangéline s'attendait à trouver les locaux déserts, aussi tôt dans la journée, mais sœur Ludovica, la doyenne de la communauté, était déjà là, dans sa chaise roulante, avec, dans son giron, un poste de radio diffusant une émission matinale de la National Public Radio. Frêle, le teint rosé, quelques mèches de cheveux blancs dépassant du bandeau de son voile, sœur Ludovica leva vers Évangéline ses yeux sombres qui brillaient d'une lueur confirmant l'hypothèse, de plus en plus répandue parmi ses cadettes, selon laquelle leur aînée perdait la tête et se désintéressait un peu plus de la réalité chaque année. L'été précédent, un policier de Milton avait découvert sœur Ludovica aux environs de minuit, longeant l'autoroute 9W dans son fauteuil. Et dernièrement, elle s'était prise de passion pour la botanique. Elle allait et venait dans le couvent, un arrosoir rouge accroché sur le côté de sa chaise, taillant et abreuvant la verdure, déclamant *Le Paradis perdu* de sa voix de stentor : « Neuf fois l'espace qui mesure le jour et la nuit aux hommes mortels, lui avec son horrible bande fut étendu vaincu, roulant dans le gouffre ardent, confondu, quoique immortel. »

Bien qu'elles soient malheureusement le symptôme d'une détérioration de l'état de sœur Ludovica, ces attentions ne laissaient de toute évidence pas indifférents les chlorophytums du Bureau des missions qui s'étaient développés de manière démesurée. Ils étaient si prolifiques que les sœurs en étaient réduites à couper les jeunes pousses pour les placer dans l'eau et les replanter un peu partout dans le couvent, dont les trois étages foisonnaient de chlorophytums luxuriants.

— Bonjour, ma sœur, lança Évangéline en espérant que Ludovica la reconnaîtrait.

— Oh ! s'exclama son aînée en sursautant. Vous m'avez surprise !

— Je suis navrée de vous déranger, mais je n'ai pas pu récupérer le courrier hier après-midi. Le sac est-il dans le Bureau des missions ?

— Le courrier ? dit Ludovica en plissant les sourcils. Il me semble que c'est sœur Évangéline qui s'en occupe.

— Oui, ma sœur – c'est moi, Évangéline. Mais je n'ai pas pu venir le chercher hier. Il doit être quelque part ici. Vous l'avez vu ?

— Tout à fait, assura Ludovica en poussant son fauteuil jusqu'au placard derrière son bureau, où le sac de courrier, rempli à ras bord, comme d'habitude, pendait à un crochet.

Évangéline emporta le sac jusqu'à un recoin sombre, à l'autre bout de la pièce, pour être plus tranquille. Elle renversa son contenu sur un bureau et constata que le courrier se composait de l'assortiment habituel de lettres, de publicités, de catalogues et de factures. Il ne lui fallut que quelques secondes pour repérer la carte de Gabriella, dans son enveloppe verte, adressée à Célestine Clochette. L'adresse de l'expéditeur était la même que les autres – une rue de New York qui n'évoquait rien à Évangéline.

Cette dernière fourra la carte avec les autres dans sa poche, puis se dirigea vers l'un des classeurs métalliques. Le meuble était quasiment enseveli sous l'un des chlorophytums de sœur Ludovica, si bien qu'Évangéline dut en écarter les pousses pour accéder au tiroir contenant son dossier.

Elle n'avait jamais songé à le consulter auparavant. Elle n'avait eu besoin d'établir son identité qu'à quelques reprises, pour obtenir son permis de conduire ou pour s'inscrire à Bard College – et même à cette occasion, elle s'était servie de la carte que lui avait fournie l'évêché. Elle fut frappée de se rendre compte, en feuilletant ces documents, qu'elle avait, toute sa vie durant, accepté les histoires que d'autres – son père, les sœurs de Sainte-Rose, sa grand-mère – lui avaient racontées, sans prendre la peine de vérifier leur véracité.

À son grand étonnement, son dossier faisait près de trois centimètres d'épaisseur, beaucoup plus qu'elle ne l'aurait pensé. À l'intérieur, elle s'attendait à trouver son extrait de naissance français, son certificat de naturalisation et son diplôme – elle n'était pas assez âgée pour avoir accumulé davantage de documents administratifs, mais lorsqu'elle ouvrit la chemise, elle trouva une grosse liasse de feuilles retenues par un élastique, qu'elle entreprit de parcourir. À première vue, certaines pages ressemblaient à des résultats d'analyse – des tests sanguins peut-être. D'autres étaient couvertes de paragraphes manuscrits, peut-être des notes prises par un médecin lors de visites médicales, même si Évangéline n'en avait aucun souvenir. Son père, réticent à toute consultation médicale, avait toujours pris soin qu'elle ne tombe pas malade ou ne se blesse pas. Il y avait aussi des rectangles de plastique noir translucide, des radiographies. Au sommet de chaque épreuve figurait son nom : Évangéline Angelina Cacciatore.

Rien n'interdisait de consulter son dossier personnel et pourtant, Évangéline eut le sentiment d'enfreindre la règle de l'ordre. Elle mit momentanément de côté sa curiosité concernant son dossier médical et consulta les pièces relatives à son noviciat, une série de formulaires que son père avait complétés lorsqu'il l'avait amenée au couvent. À la vue de son écriture, une vague de douleur submergea Évangéline. Sa dernière conversation avec son père remontait à des années. Elle passa un doigt sur la feuille en se remémorant son rire, l'odeur de son bureau, son habitude de lire tous les soirs pour s'endormir. Comme c'était étrange, songea-t-elle en tirant ces pages de la chemise. Ces quelques signes laissés derrière lui suffisaient à le ressusciter, brièvement.

Ces fiches contenaient diverses informations : l'adresse de l'appartement où son père et elle vivaient à Brooklyn, leur ancien numéro de téléphone, son lieu de naissance et le nom de jeune fille de sa mère. Enfin, tout en bas, à la ligne « en cas d'urgence », elle avisa ce qu'elle cherchait : l'adresse et le numéro téléphonique de sa grand-mère à New York. L'adresse correspondait à celle indiquée sur les cartes de Noël.

Sans réfléchir aux conséquences de ses actions, Évangéline empoigna le téléphone et composa le numéro de Gabriella. Si quelqu'un pouvait la conseiller, c'était bien sa grand-mère. Évangéline attendit le temps de deux tonalités, puis une voix brusque et autoritaire lâcha :

— Allô ?

Appartement de Verlaine, Greenwich Village, New York

Les vingt-quatre heures qui venaient de s'écouler lui paraissaient avoir duré une vie. La veille encore, il avait ramassé son dossier, enfilé ses chaussettes préférées et dévalé les quatre étages dans ses richelieus qui dérapaient sur les marches humides. Ses principales préoccupations étaient alors d'éviter toute invitation à un réveillon de Noël et d'arrêter ses plans pour le jour de l'an. Il ne saisissait toujours pas comment les renseignements qu'il avait réunis avaient pu le placer en aussi fâcheuse posture.

Il avait rangé les originaux des lettres d'Innocenta et la majeure partie de ses notes dans sa sacoche, verrouillé son bureau et pris la direction du centre-ville. La lumière matinale s'était distillée progressivement sur Manhattan, le jaune et l'orange diffus cédant la place à la blanche lumière crue de l'hiver à mesure que le soleil se levait, tandis que Verlaine marchait dans le froid. Aux environs de la 85ᵉ Rue, il avait craqué et terminé le trajet en métro. Lorsqu'il avait enfin poussé la porte d'entrée de son immeuble, il avait presque réussi à se convaincre que les événements de la nuit précédente n'étaient qu'une illusion. Peut-être avait-il tout imaginé.

Verlaine entra chez lui, referma la porte du talon et posa sa sacoche sur le canapé. Il retira ses chaussures, irrécupérables, ôta ses chaussettes humides et fit le tour de sa modeste demeure. Il redoutait presque de trouver les lieux saccagés, mais tout semblait être tel qu'il l'avait laissé à son départ. Un lacis d'ombres courait sur les parois de briques nues, sa table en Formica des années 1950, ses banquettes en cuir turquoise, sa table basse en forme de haricot – tout son mobilier miteux et dépareillé était bien là.

Les ouvrages d'art de Verlaine occupaient un mur entier : des beaux livres des éditions Phaidon, des essais critiques pointus et des in-folio contenant des reproductions sur papier glacé de ses artistes préférés – Kandinsky, Sonia Delaunay, Picasso, Braque. Il possédait une bibliothèque bien trop importante pour un si petit appartement, mais il se refusait à s'en séparer, même s'il était parvenu, depuis bien des années déjà, à la conclusion qu'un studio n'était pas le logement idéal pour un collectionneur.

Debout devant sa fenêtre du quatrième étage, il dénoua la cravate Hermès dont il s'était servi comme pansement, décollant avec précaution l'étoffe de la plaie. La cravate était fichue. Il la plia et la posa sur le rebord de la fenêtre. Dehors, la neige s'accrochait aux branches des arbres, débordait des gouttières, s'étirait en pointes de glace. Des châteaux d'eau émaillaient les toits. Bien que locataire, il avait l'impression que la vue lui appartenait. Contempler ce lopin de ville pouvait absorber toute son attention. Ce matin-là, cependant, il désirait juste s'éclaircir les idées avant de réfléchir à la meilleure manière de gérer la situation.

Un café, décréta-t-il, serait un bon début. Il alla jusqu'à la kitchenette, alluma la machine à café, tassa les grains finement moulus dans le filtre et, après avoir fait chauffer du lait à la vapeur, se fit un cappuccino dans une tasse de collection Fiestaware, l'une des rares qu'il n'avait pas cassées. Comme il buvait une gorgée de café, il remarqua que son répondeur clignotait. Il appuya sur un bouton et écouta. Il avait reçu des appels sans message toute la nuit – dix, compta-t-il. Chaque fois, le correspondant gardait le silence, comme dans l'attente que Verlaine réponde. Enfin, il tomba sur un véritable message. Il reconnut aussitôt la voix d'Évangéline : « Si vous avez pris le train de minuit, vous devriez déjà être rentré. Je ne peux m'empêcher de me demander où vous êtes et si vous allez bien. Appelez-moi dès que possible. »

Verlaine alla jusqu'à son placard, dont il tira un vieux sac polochon en cuir. Il l'ouvrit, jeta dedans un jean Hugo Boss, un boxer Calvin Klein, un sweat-shirt de Brown University (où il avait fait ses études) et deux paires de chaussettes, puis exhuma une paire de Converse All Stars et une paire de chaussettes propres qu'il enfila. Il n'avait pas le temps de s'interroger sur ce dont il pourrait avoir besoin en plus. Il allait louer une voiture et retourner immédiatement à Milton, par la même route que la veille. Il emprunterait le pont Tappan Zee et les petites routes le long du fleuve. S'il se dépêchait, il pouvait être là-bas avant le déjeuner.

Soudain, la sonnerie stridente de son téléphone le fit sursauter, au point qu'il lâcha sa tasse de café. Elle se brisa avec fracas contre le rebord de la fenêtre, aspergeant le sol. Impatient de parler à Évangéline, Verlaine abandonna sa tasse et bondit sur l'appareil.

— Évangéline ?

— Monsieur Verlaine ? répliqua une voix douce et féminine, d'une déconcertante familiarité.

L'accent de son interlocutrice – français ou italien, Verlaine n'aurait su dire –, combiné à un léger éraillement, lui laissait penser qu'il s'agissait d'une femme d'âge mûr.

— Oui, c'est moi, confirma-t-il, déçu, en louchant vers sa tasse cassée, conscient qu'il venait encore de réduire d'une pièce son service. Que puis-je pour vous ?

— Bien des choses, je l'espère.

L'espace d'un instant, Verlaine crut qu'il s'agissait de démarchage téléphonique. Mais son numéro n'était pas dans l'annuaire et il n'avait d'ordinaire qu'assez peu d'appels indésirables. En outre, cette voix n'était pas celle d'une personne qui vendait des abonnements.

— Sacré programme, ironisa Verlaine en se mettant au diapason de sa correspondante. Pourquoi ne pas commencer par vous présenter ?

— Pourrais-je d'abord vous poser une question ?

— Allez-y, concéda Verlaine, qui commençait à se lasser du ton calme et insistant, quasi hypnotique, de cette inconnue.

— Croyez-vous aux anges ?

— Pardon ?

— Croyez-vous à la présence d'anges parmi nous ?

— Écoutez, si vous appartenez à une secte évangélique, vous vous êtes trompée de numéro, objecta Verlaine en empilant les uns dans les autres les fragments de sa tasse. Je suis un buveur de lait de soja libertaire, agnostique, gauchisant et surdiplômé à tendances métrosexuelles. Je crois à peu près autant aux anges qu'au lapin de Pâques.

— Voilà qui est étonnant, railla sa correspondante. J'avais le sentiment que ces créatures fictives en voulaient à votre vie.

Verlaine se figea.

— Qui est à l'appareil ?

— Je m'appelle Gabriella Lévi-Franche Valko. Je cherche depuis bien longtemps à mettre la main sur les lettres en votre possession.

— Comment avez-vous obtenu mon numéro ? bégaya Verlaine, de plus en plus dérouté.

— Je sais beaucoup de choses. Comme, par exemple, que les créatures auxquelles vous avez échappé hier sont au pied de votre immeuble. (Elle marqua une pause.) Si vous ne me croyez pas, jetez un coup d'œil par la fenêtre.

Verlaine se pencha vers la vitre, une mèche de cheveux bouclés dans les yeux. Tout était comme quelques minutes auparavant.

— Je ne vois pas de quoi vous parlez.

— Regardez à votre gauche. Vous devriez apercevoir un 4 × 4 noir qui vous est familier.

Il suivit ces instructions et, en effet, avisa, au coin de Hudson Street, le 4 × 4 Mercedes noir. Un homme de grande taille, vêtu de noir – celui-là même que Verlaine avait vu briser la vitre de sa Renault et, s'il n'avait pas halluciné, flotter à la hauteur du train –, descendit du 4 × 4 et fit quelques pas sur le trottoir.

— Maintenant, si vous vous tournez vers votre droite, vous remarquerez une camionnette blanche. Je me trouve à l'intérieur. Je vous attends depuis le début de la matinée. Je suis ici pour vous aider, à la demande de ma petite-fille.

— Et qui est votre petite-fille ?

— Évangéline, bien sûr, s'exclama Gabriella. Qui d'autre ?

Verlaine se tordit le cou et identifia le véhicule en question, tapi dans une étroite ruelle perpendiculaire de l'autre côté de la rue. Il ne distinguait pas grand-chose. Comme si son interlocutrice devinait sa perplexité, la vitre se baissa et une fine main gantée lui adressa un signe péremptoire.

— Qu'est-ce que c'est que cette histoire ? s'interrogea Verlaine, désarçonné, en se dirigeant vers sa porte pour tourner le verrou et mettre la chaîne. Ça vous dérangerait de m'expliquer pourquoi vous surveillez mon appartement ?

— Évangéline était persuadée que vous étiez en danger. Elle avait raison. Maintenant, récupérez toutes les lettres d'Innocenta et descendez sur-le-champ, lui ordonna-t-elle avec calme. Mais je vous déconseille de sortir par la porte de devant.

— Il n'y a pas d'autre issue.

— Une échelle de secours, peut-être ?

— Elle est visible depuis la rue. Ils me repéreront dès que je l'emprunterai, avança-t-il en lorgnant l'ossature métallique arrimée à la façade. Pourriez-vous m'expliquer pourquoi...

— Faites preuve d'imagination, mon cher, l'interrompit Gabriella d'une voix chaude, presque maternelle. Pour ma part, je vous invite à déguerpir. Au plus vite. Ils ne vont pas tarder à monter vous cueillir. Même si, à vrai dire, ils n'ont que faire de vous. Ce sont les lettres qu'ils veulent. Et comme vous le savez sans doute, ils ne sont pas du genre à demander poliment.

Comme en écho aux paroles de Gabriella, un deuxième homme, aussi grand et pâle que le premier, descendit du 4×4 et rejoignit son acolyte. Ils traversèrent la rue et s'avancèrent vers l'immeuble de Verlaine.

— Vous avez raison, ils arrivent, murmura Verlaine.

Il se détourna de la fenêtre, prit dans sa sacoche la chemise contenant les lettres originales d'Innocenta, qu'il mit à l'abri dans un livre de reproductions de Rothko et fourra, avec son portefeuille, ses clefs et son ordinateur portable, dans son sac polochon.

— Que dois-je faire ?

— Patientez un peu. Je les ai en vue. Contentez-vous de m'obéir et tout ira pour le mieux.

— Peut-être que je devrais appeler la police...

— Ne faites rien pour l'instant. Ils sont encore devant l'entrée. Ils vous remarqueront si vous sortez tout de suite, affirma Gabriella avec un calme qui contrastait avec le bourdonnement emplissant les oreilles de Verlaine. Écoutez-moi bien, monsieur Verlaine. Il est capital que vous ne bougiez pas avant que je vous en donne le signal.

Verlaine déverrouilla la fenêtre à guillotine et souleva le châssis. Il se pencha et discerna les deux hommes en contrebas. Ceux-ci échangèrent quelques mots à voix basse, insérèrent quelque chose dans la serrure et pénétrèrent dans le bâtiment avec une facilité impressionnante. La lourde porte claqua derrière eux.

— Vous avez les lettres ? demanda Gabriella.

— Oui.

— Alors, allez-y. Passez par l'échelle de secours. Je vous réceptionnerai.

Verlaine raccrocha, prit le sac polochon sur son épaule et se glissa par la fenêtre dans le vent glacial. Le métal était gelé sous ses mains tièdes lorsqu'il agrippa l'échelle rouillée. Il tira de toutes ses forces et le bas de l'échelle coulissa bruyamment jusqu'au trottoir. Une douleur lui vrilla la main lorsque sa peau se tendit, rouvrant sa plaie. Verlaine serra les dents et fit de son mieux pour se dépêcher, malgré ses chaussures qui dérapaient sur les barreaux verglacés. Il était presque en bas lorsqu'il entendit un craquement au-dessus de lui. Les deux inconnus venaient de défoncer la porte de son appartement.

Verlaine se laissa tomber à terre, le sac au creux des bras. La camionnette blanche freina à sa hauteur, la porte latérale coulissa et une femme aux airs de lutin, aux lèvres maquillées d'un rouge écarlate et aux cheveux coupés à la Jeanne d'Arc, fit signe à Verlaine de monter.

— Grimpez, lui ordonna-t-elle en se décalant sur la banquette arrière. Vite.

Le jeune homme s'exécuta. Sans perdre un instant, le conducteur redémarra, tourna au coin et accéléra.

— Qu'est-ce que c'est que ce cirque ? s'écria Verlaine en jetant un regard derrière lui, redoutant que le 4 × 4 noir les ait pris en chasse.

Gabriella posa sa main gainée de cuir sur celle de Verlaine, gelée, qui tremblait.

— Je suis là pour vous tirer d'affaire.

— Quelle affaire ?

— Mon cher, vous n'avez pas idée du remue-ménage que vous venez de déclencher.

Upper East Side, New York

Percival exigea qu'on tire les rideaux pour protéger ses yeux de la lumière. Il était rentré à l'aube et la pâle lueur du ciel matinal avait suffi à lui provoquer une migraine. Une fois la pièce plongée dans la pénombre, il se dévêtit, jetant sa veste de smoking, sa chemise blanche souillée et son pantalon par terre, puis s'affala sur un divan en cuir. Sans un mot, sa servante anakim défit son harnais, opération laborieuse que Percival endura avec patience. Elle appliqua ensuite de l'huile sur ses jambes, puis le massa des chevilles aux cuisses, lui enfonçant les doigts dans la chair jusqu'à ce qu'il ait les muscles en feu. La jeune domestique était jolie et silencieuse, qualités qui allaient idéalement de pair chez les femelles anakim, que Percival avait toujours trouvées des plus stupides. Il l'observa, tandis qu'elle déplaçait ses doigts courts et boudinés le long de ses jambes. Son violent mal de tête faisait écho à la chaleur dans ses membres inférieurs. Délirant de fatigue, il ferma les yeux et essaya de dormir.

L'origine exacte de son affection était un mystère, même pour les meilleurs médecins au service de sa famille. Percival avait consulté les plus grands spécialistes, qu'il avait fait venir de Suisse, d'Allemagne, de Suède ou du Japon à ses frais, mais ils n'avaient rien pu lui apprendre de plus que ce qu'il savait déjà : il était victime d'une infection virale aiguë qui sévissait depuis une génération déjà chez les Nephilim européens et s'attaquait au système nerveux et respiratoire. Ils avaient préconisé diverses thérapies destinées à favoriser la guérison de ses ailes et à détendre ses muscles, afin qu'il ait moins de mal à respirer et à se déplacer. Ces massages quotidiens étaient l'une des facettes les plus agréables de son traitement, et Percival avait si souvent recours à son Anakim pour ses soins – ainsi que pour son ravitaillement en whisky et en sédatifs – qu'il requérait la présence quasi permanente de sa servante.

Dans son état normal, il n'aurait jamais toléré la présence d'une aussi méprisable créature dans ses appartements privés, mais depuis un an, la souffrance était devenue si insupportable et ses crampes si violentes que ses jambes prenaient des positions étranges. Sa servante les lui étirait jusqu'à ce que la tension se résorbe, puis lui malaxait les muscles, cessant quand il cillait. Il contempla les mains de l'Anakim qui pétrissait sa peau pâle. Elle le soulageait et il lui était au moins reconnaissant de cela. Sa mère, elle, l'avait abandonné et le traitait comme un invalide, tandis qu'Otterley se chargeait des missions qui lui revenaient de droit. Il ne pouvait plus compter que sur cette domestique pour s'occuper de lui.

Plus décontracté, il commença à somnoler. L'espace d'un bref, mais euphorique instant, il se remémora avec délice sa virée tardive. Une fois sa victime décédée, il lui avait fermé les paupières et l'avait détaillée en lui caressant la joue. La peau de la jeune femme avait pris une blancheur d'albâtre. À son ravissement, il avait retrouvé en elle Gabriella Lévi-Franche – sa chevelure noire, son teint opalin. L'espace d'un instant, elle avait à nouveau été sienne.

Alors qu'il oscillait entre la veille et le sommeil, Gabriella lui apparut, tel un messager nimbé de lumière. Elle le suppliait de revenir, tout était pardonné, ils reprendraient là où ils en étaient restés, elle jurait qu'elle l'aimait – personne, ni humain, ni Nephilim, n'avait jamais fait un tel serment à Percival. Il avait dû parler en dormant, car, lorsqu'il s'éveilla en sursaut, l'Anakim le fixait avec attention, de ses grands yeux jaunes luisant de larmes. Elle réduisit sa pression et émit quelques paroles de réconfort. Il comprit qu'elle le plaignait et cette familiarité le mit hors de lui – il ordonna à la servante de se retirer immédiatement. Elle hocha la tête avec soumission, reboucha le flacon d'huile, ramassa les vêtements sales et disparut, laissant Percival dans son cocon d'obscurité et de désespoir, pleinement éveillé, les jambes encore douloureuses. Elle revint presque aussitôt, avec un verre de scotch sur un plateau laqué et annonça :

— Votre sœur est là, monsieur. Je peux lui dire que vous dormez, si vous le souhaitez.

— Inutile de mentir, je vois bien qu'il est réveillé, la coupa Otterley en contournant la domestique pour s'asseoir à côté de Percival.

D'un geste de la main, elle congédia l'Anakim, déboucha le flacon d'huile et en versa un peu dans sa paume.

— Tourne-toi, intima-t-elle à son frère.

Percival obéit et s'allongea sur le ventre. Pendant que sa sœur lui massait le dos, il se demanda ce qu'il adviendrait d'elle et de leur famille une fois que la maladie l'aurait emporté. Percival était leur grand espoir – avec ses ailes dorées, majestueuses et viriles, il semblait promis aux plus hautes destinées, appelé à surpasser tant les ancêtres avides de son père que les aïeux de sang bleu de sa mère. Mais il n'était plus pour sa famille qu'un invalide repoussant dépourvu d'ailes. Il s'imaginait, patriarche, père d'une multitude de jeunes Nephilim. Ses fils auraient eu les ailes chamarrées de Sneja et leur plumage exquis aurait fait l'honneur des Grigori. Ses filles, brillantes, prescientes et adeptes de la magie, auraient été douées de tous les attributs des anges. Au lieu de quoi, dans son déclin, il se retrouvait sans rien. Il mesurait seulement combien il avait été idiot de gaspiller des siècles à la recherche du plaisir.

Le fait qu'Otterley ait, elle aussi, déçu les attentes de la famille rendait plus pénible encore la déchéance de Percival. Otterley n'avait jamais donné d'héritier aux Grigori, de même que Percival n'était jamais devenu la créature angélique dont rêvait sa mère.

— J'espère que tu as de bonnes nouvelles, soupira Percival, en tressaillant lorsque sa sœur effleura la chair à vif au voisinage de ses moignons d'ailes. Dis-moi que tu as récupéré les dessins et éliminé Verlaine, que nous n'avons plus à nous faire de souci.

— Mon cher frère, répliqua Otterley, se penchant vers lui tandis qu'elle lui massait les épaules, tu as vraiment fichu une belle pagaille. Pour commencer, tu as engagé un angéologue.

— Pas du tout ! s'insurgea Percival. Ce n'est qu'un simple historien de l'art.

— Ensuite, tu lui as laissé les plans.

— Les dessins architecturaux, rectifia Percival.

— Et enfin, tu sors au milieu de la nuit et tu te mets dans un état pitoyable…

Otterley caressa la base nécrosée des ailes de Percival, sensation délicieuse, qui lui fit paradoxalement souhaiter que sa sœur arrête.

— Je ne vois pas de quoi tu parles.

— Mère est au courant de ton escapade. Elle m'a priée de te surveiller de près. Que se passerait-il si tu t'écroulais en pleine rue ? Comment expliquerions-nous ton état aux médecins du Lenox Hill Hospital ?

— Dis à Sneja qu'il n'y a pas de quoi s'inquiéter.

— Oh, que si, le contredit Otterley en s'essuyant les mains sur une serviette. Verlaine est toujours vivant.

— Je croyais que tu avais envoyé les Gibborim chez lui…

— Je l'ai fait. Mais les choses ont pris un tour inattendu. Hier, nous redoutions simplement que Verlaine s'évapore avec ses renseignements, aujourd'hui il représente un danger bien plus grand.

Percival se redressa pour faire face à sa sœur.

— En quoi quelqu'un comme Verlaine peut-il être dangereux ? Nos Anakim sont une menace plus sérieuse qu'un humain comme lui.

— Il est de mèche avec Gabriella Lévi-Franche Valko, exposa Otterley avec complaisance. Il est manifestement des leurs. Tous nos efforts pour nous prémunir des angéologues auront donc été vains. Debout, commanda-t-elle à Percival, en lui lançant son harnais. Habille-toi. Tu m'accompagnes.

Église Marie-des-Anges,
Milton, État de New York

Évangéline trempa un doigt dans le bénitier et se signa avant de s'engager au pas de course dans la large allée centrale de l'église. Lorsqu'elle pénétra dans l'enceinte de la chapelle de l'Adoration, elle haletait. Elle n'avait jamais manqué son heure de prière matinale et n'aurait jamais pensé se rendre un jour coupable d'une telle transgression. Elle avait du mal à croire à sa métamorphose. La veille déjà, elle avait menti à sœur Philomena, et voilà qu'elle négligeait l'Adoration perpétuelle. Sœur Philomena avait dû être alarmée par son absence. Évangéline s'installa sur un banc, non loin des sœurs Mercedes et Magdalena qui priaient ensemble tous les jours, de 7 à 8 heures du matin, en espérant que sa présence ne les dérangerait pas. Elle ferma les yeux pour se recueillir, le visage brûlant de honte.

Incapable de se concentrer, elle rouvrit les yeux et parcourut du regard la chapelle – l'ostensoir, l'autel, les grains du chapelet entre les doigts de sœur Magdalena. Soudain, les vitraux représentant les sphères célestes lui firent un drôle d'effet, comme s'il s'agissait d'éléments ajoutés récemment – de par leur taille, leurs détails ou les couleurs radieuses et splendides des anges en verre massés les uns contre les autres. Les examinant plus attentivement, Évangéline constata qu'ils étaient éclairés par de minuscules projecteurs halogènes. Elle plissa les yeux pour étudier le petit peuple des anges. Harpes, flûtes, trompettes – leurs instruments parsemaient, telles des pièces d'or, les panneaux à dominante bleu et rouge. Le sceau que Verlaine lui avait montré sur les plans désignait exactement cet endroit. Elle songea aux cartes de Gabriella et aux magnifiques dessins d'anges qui les décoraient. Comment Évangéline avait-elle pu observer si souvent ces vitraux sans rien soupçonner ?

Sous l'un des panneaux, une citation était gravée dans la pierre :

Mais s'il se trouve pour lui un ange intercesseur,
Un seul entre mille,
Qui annonce à l'homme son devoir,
Alors il lui fera grâce et dira :
« Délivre-le, afin qu'il ne descende pas dans le gouffre ;
J'ai trouvé une rançon ! »

Job 33, 23-24

Évangéline avait lu ce passage à d'innombrables reprises et, chaque fois, cet extrait lui était apparu comme une énigme insoluble. La phrase s'insinuait dans ses pensées, lui tournait dans la tête, fuyante, insaisissable. Mais les mots « intercesseur », « gouffre » et « rançon » commençaient soudain à faire sens. Sœur Célestine avait raison : une fois qu'on avait ouvert les yeux, on s'apercevait que l'angéologie était partout.

Elle repensa à la voix de Gabriella à l'autre bout du fil et se demanda s'il n'aurait pas mieux valu qu'elle fasse ses bagages et parte pour New York. Peut-être que sa grand-mère pourrait l'aider à voir plus clair. Elle ne se sentait plus vraiment chez elle au couvent, après tout ce qu'elle avait appris depuis la veille.

Une main se posa sur son épaule, la tirant de ses réflexions. Sœur Philomena lui fit signe de la suivre hors de la chapelle et Évangéline obtempéra.

— Venez, ma sœur, lui enjoignit Philomena, une fois dehors.

Quels que soient ses griefs à l'encontre d'Évangéline, son attitude ne trahissait pas la moindre réprobation. Au contraire, son attitude était inexplicablement bienveillante et résignée. Pourtant, la conduite de sœur Philomena sonnait faux. Elle emprunta le couloir central du couvent, longea les portraits d'abbesses et de religieuses, passa devant le tableau de Rose de Viterbe et s'arrêta devant la porte familière de la bibliothèque, afin, sans doute, de pouvoir discuter en privé. Elle ouvrit et Évangéline la suivit dans la salle.

— Asseyez-vous, mon petit.

Évangéline prit place sur le canapé en velours face à l'âtre. La bibliothèque était glaciale, à cause du conduit de cheminée qui fermait mal. Sœur Philomena alla jusqu'à une table près de son bureau et alluma la bouilloire électrique. Lorsque l'eau fut chaude, elle la versa dans une théière en porcelaine, attendit puis remplit deux tasses et rapporta le tout sur un plateau jusqu'à la table basse située près du canapé. Elle s'assit sur une chaise face à Évangéline, ouvrit une boîte en métal et brandit sous le nez de sa cadette un assortiment de biscuits au beurre confectionnés, cuits, glacés et conditionnés par les sœurs de l'Adoration perpétuelle afin de recueillir des fonds lors des fêtes de Noël. Le parfum du thé, fumé avec une pointe d'abricot séché, écœura Évangéline.

— Je ne me sens pas très bien, s'excusa-t-elle.

— Votre absence n'est pas passée inaperçue hier soir au dîner, ni ce matin pour l'Adoration, déclara Philomena, avant de choisir un biscuit en forme de sapin de Noël recouvert de glaçage vert. Mais je ne suis guère étonnée. L'entretien avec Célestine a été éprouvant, n'est-ce pas ?

Philomena, bien droite, tenait avec raideur sa tasse de thé au-dessus de sa soucoupe. Évangéline devina qu'elle était sur le point d'entrer dans le vif du sujet.

— En effet, reconnut Évangéline, à l'affût d'un éventuel revirement d'attitude de son aînée.

— Je savais que, tôt ou tard, vous apprendriez la vérité sur vos origines. J'ignorais comment, mais je pressentais avec limpidité qu'il était impossible d'enfouir complètement le passé, même au sein d'une communauté aussi fermée que la nôtre. À mon humble avis, garder le silence a été un lourd fardeau pour Célestine, avança-t-elle en finissant son gâteau, avant d'en reprendre un autre. Il nous a été pénible à toutes de demeurer passives face à la menace qui nous entourait.

— Vous étiez au courant que Célestine pratiquait cette... cette discipline ? balbutia Évangéline, soudain assaillie par le soupçon malvenu d'être la seule religieuse de l'ordre qu'on avait tenue dans l'ignorance.

— Oh, oui, bien entendu, lui assura sœur Philomena. Toutes les aînées le savent. Nous autres, les sœurs de ma génération, nous avons baigné dans l'étude des anges – Genèse 28, 12-17 ; Ézéchiel 1, 1-14 ; Luc 1, 26-38. Il n'y en avait que pour ces créatures à longueur de journée !

Philomena changea de position sur sa chaise, dont le bois gémit, et poursuivit :

— Et puis, du jour au lendemain, alors que je révisais mon programme établi par les angéologues européens, nos tuteurs de toujours, le couvent a failli être détruit. Nos recherches et nos efforts pour débarrasser le monde du fléau des Nephilim ont été réduits à néant. Tout à coup, nous sommes devenues de simples nonnes consacrant leur vie à la prière. Croyez-moi, j'ai tout fait pour que nous reprenions la lutte, pour que nous nous déclarions en tant que partie belligérante. Celles parmi nous qui jugent cela trop dangereux ne sont que des idiotes et des lâches.

— Dangereux ? répéta Évangéline.

— L'incendie de 1944 n'avait rien d'un accident, exposa Philomena en plissant les yeux. C'était un assaut frontal. Il se peut que nous ayons été imprudentes, que nous ayons sous-estimé le caractère sanguinaire des Nephilim américains. Ils avaient percé à jour bon nombre de réseaux d'angéologues en Europe, si ce n'est tous. Nous avons commis l'erreur de croire que nous étions autant à l'abri que par le passé aux États-Unis, alors que la venue de sœur Célestine mettait le couvent en grand péril. C'est peu après son arrivée qu'ont eu lieu les attaques. Sainte-Rose n'est pas le seul couvent à avoir été touché. Plus d'une centaine, aux États-Unis, ont été frappés cette année-là, dans le cadre d'une action concertée visant à déterminer lequel abritait ce que les Nephilim cherchaient.

— Mais pourquoi ?

— Pour mettre la main sur Célestine, bien sûr. L'ennemi la connaissait, même s'il ignorait son nom. Quand elle s'est présentée ici, je me suis tout de suite aperçue qu'elle était malade, affaiblie et traumatisée. Manifestement, sa fuite l'avait harassée. De surcroît, elle apportait une valise à mère Innocenta contenant un objet de valeur qu'il fallait cacher ici, parmi nous. Et c'était ça que les Nephilim voulaient. Ils savaient que Célestine avait trouvé refuge aux États-Unis, mais ignoraient où exactement.

— Et mère Innocenta était au fait de tout ça ?

— Évidemment, lâcha Philomena en levant les yeux au ciel, sans qu'Évangéline sache s'il s'agissait d'une réaction à sa question ou au nom de l'ancienne abbesse. Mère Innocenta était la meilleure angéologue à l'époque aux États-Unis. Elle avait été formée par mère Antonia, l'élève de notre bien-aimée mère Clara, qui avait elle-même été initiée par mère Francesca – cette dernière ayant, pour le plus grand bien de notre pays, élu domicile à Milton afin d'implanter sur le sol américain la Société d'angéologie, dont elle était issue en Europe. Sainte-Rose était le foyer du grand projet angéologique américain, une vaste entreprise plus ambitieuse encore que tout ce à quoi Célestine Clochette avait pu prendre part avant d'être sélectionnée pour la seconde expédition.

Philomena, qui s'exprimait à toute allure, se tut un moment pour reprendre son souffle, avant de conclure :

— Mère Innocenta n'aurait jamais au grand jamais, rendu les armes si elle n'avait pas été tuée par les Nephilim.

— Je croyais qu'elle était morte dans l'incendie.

— C'est ce que nous avons raconté, mais ça n'est pas la vérité.

Philomena rougit, puis blêmit, comme si l'évocation de ces événements lui faisait revivre la chaleur du brasier.

— J'étais dans la tribune de Marie-des-Anges quand le feu s'est déclenché. Je nettoyais l'orgue, corvée pour le moins fastidieuse, car mère Innocenta m'avait non seulement confié la tâche de dépoussiérer ses mille quatre cent vingt-deux tuyaux, mais aussi de les polir deux fois par an ! Imaginez ! Ce devait être pour me punir, mais je ne me rappelle absolument plus ce que j'avais pu faire pour la mécontenter.

— Je suis certaine que ce n'était rien, hasarda Évangéline.

— J'ai entendu un brouhaha inhabituel, poursuivit Philomena, impassible, et je me suis dirigée vers la grande rosace à l'arrière du triforium. Si vous avez déjà nettoyé l'orgue ou chanté dans le chœur, vous savez que cette rosace donne sur la cour centrale. Ce matin-là, elle était remplie de centaines de sœurs. J'ai alors remarqué la fumée et les flammes qui enveloppaient le troisième étage. Perchée en hauteur comme je l'étais, je n'avais pas idée de ce qui se passait au-dessous, aux étages inférieurs du couvent. J'appris par la suite que les dégâts étaient considérables. Nous avons tout perdu.

— C'est affreux, acquiesça Évangéline, réprimant l'envie de lui demander en quoi tout cela pouvait être interprété comme une attaque des Nephilim.

— Terrible, en effet, convint Philomena. Mais je ne vous ai pas tout dit. Mère Perpetua m'a demandé de me taire, mais je refuse de continuer à garder le silence sur le sujet. Mère Innocenta a, je vous l'affirme, été assassinée. Assassinée.

— Comment ça ? s'inquiéta Évangéline, s'efforçant de comprendre Philomena.

Après avoir découvert, quelques heures plus tôt, que sa mère était morte sous la torture entre les mains de ces créatures, elle apprenait qu'Innocenta était elle aussi du nombre de leurs victimes. Évangéline eut soudain le sentiment que Sainte-Rose était l'endroit le plus dangereux où son père aurait pu la cacher.

— Depuis mon poste d'observation, j'ai entendu une porte claquer et, quelques secondes plus tard, mère Innocenta est apparue en contrebas. Elle marchait d'un pas vif dans l'allée centrale, suivie de près par deux novices et deux professes. Elles semblaient se rendre à la chapelle de l'Adoration – pour prier, peut-être. Innocenta était ainsi : pour elle, prier était plus qu'une dévotion ou qu'un rite, c'était le remède à toutes les difficultés. Elle était si fermement convaincue du pouvoir de la prière qu'elle devait penser pouvoir éteindre le feu par ce moyen.

Philomena soupira, ôta ses lunettes et les essuya avec un mouchoir blanc, puis les replaça sur son nez et regarda Évangéline, comme pour s'assurer qu'elle était prête à entendre la suite de son récit.

— Tout à coup, deux imposantes silhouettes se sont détachées des collatéraux, deux hommes extraordinairement grands et décharnés, aux mains blanches, dont le visage semblait illuminé par un feu intérieur. Même de loin, leur chevelure et leur peau rayonnaient d'une douce clarté blanchâtre. Ils avaient de grands yeux bleus, de hautes pommettes et des lèvres roses et charnues. Des boucles de cheveux encadraient leur visage. Toutefois, ils étaient larges d'épaules et vêtus de pantalons et d'imperméables, tels des messieurs distingués – des banquiers ou des avocats. Si cette tenue excluait qu'il s'agisse de frères de l'ordre de la Sainte-Croix qui, à cette époque, portaient la bure et la tonsure, j'ignorais qui pouvaient bien être ces inconnus.

« Je sais aujourd'hui que ces êtres étaient des Gibborim, des représentants de la caste guerrière des Nephilim – des créatures brutales, impitoyables et assoiffées de sang dont les ascendants remontent, soi-disant, à l'archange Michel. Un lignage trop noble pour des monstres aussi ignobles, mais qui expliquerait leur étrange beauté. Avec le recul et la pleine conscience de leur nature, je me rends compte que leur apparence n'était qu'une horrible manifestation de leur malfaisance – un artifice diabolique destiné à causer plus aisément la perte d'autrui. Ils étaient physiquement parfaits, mais leur perfection était coupée de celle de Dieu, vide, sans âme. J'imagine qu'Ève a dû percevoir une beauté similaire dans le serpent. Leur présence dans l'église me plongea dans un état singulier. Je l'avoue, je fus complètement désemparée.

Philomena déplia son mouchoir et tamponna son front moite.

— J'ai tout vu clairement. Les Gibborim ont émergé de l'ombre et se sont avancés dans la nef illuminée. Le soleil de la mi-journée frappait les vitraux, projetant des taches de couleurs diaphanes sur le sol de marbre blanc et sur la peau pâle des créatures. Mère Innocenta a réprimé un cri d'effroi. Elle a pris appui sur un banc pour ne pas défaillir et leur a demandé ce qu'ils voulaient. À sa voix, j'ai eu l'impression qu'elle avait deviné à qui elle avait affaire. Peut-être s'attendait-elle même à les trouver là.

— C'est impossible ! se récria Évangéline, abasourdie par la façon dont Philomena relatait cette funeste catastrophe comme s'il s'agissait d'un événement annoncé. Elle aurait averti les autres !

— Qui sait ? rétorqua Philomena, qui s'épongea à nouveau le front, puis froissa le carré de coton dans sa main. Avant que j'aie le temps de comprendre ce qui se produisait, les Géants s'en sont pris à mes chères sœurs. Ils ont braqué leurs yeux sur elles, et ce fut comme s'ils leur avaient jeté un sort. Elles fixaient toutes les six les monstres, comme hypnotisées. L'un des deux Gibborim a posé les mains sur mère Innocenta et elle s'est raidie, comme traversée par une décharge électrique, puis elle s'est affaissée à terre, sans vie. La créature avait paru prendre plaisir à ce meurtre. Son forfait l'avait apparemment rendue plus forte, plus vaillante, alors que le corps de mère Innocenta s'était complètement racorni.

— Comment cela se peut-il ? s'émut Évangéline, le cœur serré à l'idée que sa mère avait peut-être subi le même sort.

— Je n'en sais pas plus, répondit Philomena. J'ai enfoui mon visage dans mes mains. Quand j'ai fini par risquer un coup d'œil par-dessus la balustrade, mes six sœurs gisaient mortes sur le sol de l'église. Le temps que je descende de la galerie, leurs agresseurs avaient fui, abandonnant les dépouilles profanées de leurs victimes. Mes sœurs étaient desséchées jusqu'à l'os, comme vidées de leurs fluides corporels et de leur essence même. Leurs cadavres étaient ratatinés, leur chevelure brûlée, leur peau fripée. Ainsi s'est déroulée l'attaque des Nephilim sur Sainte-Rose. Et notre seule réaction a été de renoncer à lutter contre eux. Je ne comprendrai jamais cela. Mère Innocenta, paix à son âme, n'aurait pas laissé impuni un tel crime contre les nôtres.

— Pourquoi, dans ce cas, avons-nous renoncé ?

— Pour faire croire aux Nephilim que nous étions une simple abbaye. Dans l'espoir qu'ils cesseraient de chercher l'objet qu'ils croyaient en notre possession.

— Mais il n'y a rien ici, objecta Évangéline. C'est Abigail Rockefeller qui en a reçu la garde et elle n'a pas révélé où elle l'avait caché avant de mourir.

— Vous le croyez vraiment, ma chère Évangéline ? Après tout ce qu'on vous a tu ? Après tout ce qu'on m'a dissimulé ? Célestine Clochette a persuadé mère Perpetua d'adopter une position pacifique. Célestine n'a aucun intérêt à ce que la lyre d'Orphée refasse surface. Mais je serais prête à miser ma vie, et même mon âme, qu'elle détient des renseignements sur sa cachette. Aidez-moi à la retrouver et ensemble, nous débarrasserons le monde de ses monstrueuses créatures.

La lumière du soleil se déversait par les fenêtres de la bibliothèque et formait devant la cheminée une tache qui baignait les jambes d'Évangéline. Elle ferma les yeux et réfléchit à l'histoire qu'elle venait d'entendre à la lueur de tout ce qu'elle avait appris depuis vingt-quatre heures.

— Je viens de découvrir que ma mère a été tuée par les Nephilim, murmura-t-elle.

Elle tira de sa poche les cartes de Gabriella, soigneusement classées, et avant qu'elle puisse les tendre à Philomena, celle-ci les lui arracha des mains et les lut avec avidité, l'une après l'autre.

— Il manque la fin, lâcha-t-elle après avoir regardé le dernier fragment. Où est-elle ?

Évangéline sortit la carte de Noël qu'elle avait récupérée le matin même au courrier. Elle l'ouvrit et entreprit de lire à voix haute le texte de sa grand-mère :

Je t'ai beaucoup parlé des horreurs du passé, un peu moins des dangers que te réserve le présent, mais pas encore de ton rôle à venir dans notre mission. J'ignore quand ces informations pourront se révéler utiles pour toi – il se peut que tu mènes jusqu'à la fin de tes jours une vie paisible et contemplative à Sainte-Rose, fidèle à tes vœux. Mais il se peut aussi que tu sois amenée à servir une cause plus vaste. Ce n'est pas par hasard que ton père a choisi ce couvent, ni que tu as été élevée dans la tradition angéologique qui constitue le terreau de notre œuvre depuis plus d'un millénaire.

C'est à force de foi et de dur labeur que mère Francesca a fondé le couvent dans lequel tu as grandi depuis treize ans. Elle a dessiné chaque pièce, chaque escalier en fonction des besoins des futurs angéologues américains. La chapelle de l'Adoration est un chef-d'œuvre d'imagination, un éblouissant hommage aux anges que nous étudions. Chaque dorure est en leur honneur, chaque vitrail à leur gloire. Mais ce que tu ne sais peut-être pas, c'est que cette chapelle recèle en son cœur un objet petit, mais d'une valeur spirituelle et historique inestimable.

— C'est tout, conclut Évangéline en rangeant la lettre dans son enveloppe. Le fragment s'achève ici.

— J'en étais sûre ! La lyre est ici. Venez, mon enfant, nous devons partager cette formidable nouvelle avec mère Perpetua.

— Mais la lyre a été remise à Abigail Rockefeller en 1944, répéta Évangéline, qui peinait à suivre le raisonnement de son aînée. Cette lettre ne nous dit rien de précis.

— Ça reste à voir, lui opposa Philomena en se levant. Vite, nous devons nous entretenir avec mère Perpetua. Il y a quelque chose de caché dans la chapelle de l'Adoration. Cet objet pourrait nous être utile.

— Un instant, lança Évangéline d'une voix tremblante de nervosité. J'ai encore une confession à vous faire, ma sœur.

— Allez-y, mon petit, l'encouragea Philomena.

— Malgré vos avertissements, j'ai laissé un étranger pénétrer dans la bibliothèque hier après-midi. Il désirait des renseignements sur mère Innocenta. Au lieu de l'éconduire, comme vous m'en aviez donné l'instruction, je lui ai fait lire une lettre d'Abigail Rockefeller que j'ai dénichée.

— Une lettre d'Abigail Rockefeller ? Je les cherche depuis cinquante ans ! Vous l'avez sur vous ?

Évangéline la lui présenta et, à nouveau, sœur Philomena la lui arracha des doigts et la dévora, avec une déception toutefois patente.

— Il n'y a pas le moindre détail utile là-dedans, pesta-t-elle en rendant la lettre à Évangéline.

— Ce n'était pas l'avis de ce monsieur venu consulter nos archives, argua Évangéline, en se demandant si son intérêt pour Verlaine était évident aux yeux de Philomena.

— Comment a-t-il réagi ?

— Avec beaucoup d'intérêt et d'excitation. Il est convaincu que cette lettre renferme la clef d'un grand mystère, que son employeur l'a chargé d'élucider.

Philomena ouvrit de grands yeux.

— Avez-vous une idée de ce qui motive son intérêt ?

— Je suis certaine que ses motivations sont pures, mais – et c'est ce que je devais vous confesser – je viens d'apprendre que son commanditaire est l'un de ceux qui veulent notre perte, exposa Évangéline en se mordant la lèvre, réticente à prononcer son nom. Verlaine travaille pour Percival Grigori.

Philomena chancela et fit tomber sa tasse de thé.

— Bon sang ! s'alarma-t-elle. Pourquoi ne nous avez-vous pas prévenues ?

— Pardonnez-moi, je ne savais pas...

— Avez-vous idée du danger que nous courons ? Nous devons immédiatement avertir mère Perpetua. Il est clair que nous avons commis une terrible erreur. L'ennemi est plus puissant que jamais. Désirer la paix est une chose, faire comme si la guerre n'existait pas en est une autre.

Serrant les cartes et les lettres entre ses mains, Philomena planta Évangéline dans le couloir et s'éloigna en toute hâte. Manifestement, se venger des événements de 1944 était une obsession malsaine chez elle. Sa réaction ressemblait à celle d'une fanatique à l'affût de ce genre d'informations depuis des années. Évangéline prit conscience qu'elle n'aurait jamais dû montrer à Philomena la lettre personnelle de sa grand-mère, ni discuter de sujets aussi graves avec une femme qui lui avait toujours paru un peu instable. Désemparée, elle s'efforça de déterminer la conduite à tenir. Soudain, elle se rappela la consigne de Célestine concernant les cartes : « Une fois que vous les aurez lues, revenez me voir. » Évangéline se dirigea vers la cellule de son aînée.

Times Square, New York

Le chauffeur se fraya un chemin à travers les embouteillages et s'immobilisa au coin de la 42e Rue et de Broadway. La circulation était quasiment à l'arrêt à la hauteur du commissariat central, où la police s'activait en vue de la cérémonie pour le passage à l'an 2000. Au milieu des employés de bureau se rendant au travail, Verlaine aperçut des policiers qui scellaient les plaques d'égout et établissaient des postes de contrôle. Si Noël attirait déjà des hordes de touristes, songea-t-il, le réveillon du jour de l'an promettait d'être un véritable cauchemar.

Gabriella intima à Verlaine l'ordre de descendre de la camionnette. Se faufilant entre les groupes de passants, ils se fondirent dans le tourbillon de lumières et le flot incessant des piétons. Il cala son sac polochon sur son épaule, de peur de perdre son précieux contenu. Après ce qui était arrivé chez lui, il ne parvenait pas à se débarrasser du sentiment qu'on l'épiait et que les hommes de Percival Grigori étaient à chaque coin de rue. Toutes les personnes qu'il croisait lui semblaient suspectes et il n'avait de cesse de se retourner pour sonder la marée humaine.

Gabriella ouvrait la voie, zigzaguant entre les passants à un train que Verlaine avait peine à suivre. Son ange gardien avait de l'allure. Elle était petite – à peine plus d'un mètre cinquante –, extraordinairement mince et avait des traits anguleux. Elle était vêtue d'une jaquette noire sur mesure de style Belle Époque, ajustée et élégante, fermée par une rangée de petits boutons d'obsidienne. La veste était si étroite qu'elle paraissait faite pour être portée sur un corset. Gabriella avait le visage pâle et poudré, sillonné de rides – la peau d'une femme âgée. Pourtant, bien qu'elle ait sans doute plus de soixante-dix ans, elle arborait un air juvénile. Sa chevelure noire était parfaitement coiffée, son dos droit, sa démarche gracieuse. Elle semblait défier Verlaine de soutenir son rythme.

— Vous devez vous demander pourquoi je vous ai entraîné ici, au milieu de ce cirque, dit Gabriella en désignant la foule. Times Square n'est pas le meilleur endroit pour une balade pendant les fêtes.

Sa voix était aussi flegmatique et sereine qu'au téléphone, ce que Verlaine jugeait à la fois étrange et réconfortant.

— En général, j'évite le coin, acquiesça-t-il en considérant les vitrines bardées de néons et l'enseigne lumineuse sur laquelle défilaient en continu des dépêches de presse. Ça fait presque un an que je ne suis pas venu ici.

— En cas de danger, mieux vaut chercher refuge dans la foule. Ça évite d'attirer l'attention. On n'est jamais trop prudent.

Une fois qu'ils eurent dépassé Bryant Park, qui croulait sous les décorations, Gabriella ralentit. Dans la clarté matinale, sous la neige, la scène évoquait à Verlaine le cliché du Noël new-yorkais idéal, le genre de tableau à la Norman Rockwell qui l'agaçait. Comme ils approchaient de l'imposant bâtiment de la bibliothèque municipale, Gabriella fit halte, jeta un coup d'œil derrière elle et traversa la rue.

— Venez, chuchota-t-elle en se dirigeant vers une Lincoln Town Car noire en stationnement interdit devant l'une des statues de lion à l'entrée de la bibliothèque.

Le véhicule était immatriculé ANGEL27. À l'approche de Verlaine et Gabriella, le conducteur mit le contact.

— Voici notre voiture, indiqua Gabriella.

Ils empruntèrent la 39e Rue, puis la 6e Avenue. À un feu, Verlaine se retourna, redoutant d'apercevoir le 4×4 noir derrière eux. Mais personne ne les suivait. À côté de lui, Gabriella regardait par la fenêtre, comme si le fait d'être poursuivie dans Manhattan à 9 heures du matin était pour elle parfaitement normal. Verlaine était décontenancé de se sentir aussi à l'aise avec elle, alors qu'il la connaissait depuis trois quarts d'heure à peine.

Lorsqu'ils atteignirent Columbus Circle, le chauffeur se gara et Verlaine et Gabriella sortirent dans le vent glacial qui soufflait de Central Park. Gabriella se remit en marche d'un pas rapide, scrutant la circulation par-delà le rond-point.

— Où sont-ils ? maugréa-t-elle, à deux doigts de perdre son indéfectible calme.

Longeant les arbres, elle s'engagea dans Central Park West et dépassa plusieurs blocs, avant de tourner dans une sombre ruelle transversale. Elle balaya les alentours du regard et grommela :

— Ils sont en retard.

Au même instant, une vieille Porsche franchit le coin de la rue et s'immobilisa près d'eux dans un crissement de pneus. Sa peinture coquille d'œuf brillait dans la lueur pâle du matin. Verlaine constata avec amusement que l'immatriculation de la voiture était ANGEL1. Une jeune femme bondit du siège conducteur.

— Mes excuses, madame, articula-t-elle, avant de remettre les clefs à Gabriella et de s'éloigner.

— Montez, ordonna Gabriella en s'installant derrière le volant.

Verlaine prit place dans l'habitacle exigu et claqua la portière. Le tableau de bord était en érable verni et le volant gainé de cuir. Verlaine se tortilla sur le siège étroit et déplaça son sac pour atteindre la ceinture de sécurité, mais il n'y en avait pas.

— Jolie voiture, commenta-t-il.

Gabriella lui décocha un regard acéré et démarra le moteur.

— C'est une Porsche 356, le premier modèle de la marque. Abigail Rockefeller en avait acheté plusieurs pour la Société. C'est incroyable – après tant d'années, nous vivons encore de ses miettes.

— Des miettes de luxe, souligna Verlaine en caressant le cuir caramel des sièges. Je n'aurais jamais imaginé qu'Abigail aimât les voitures de sport.

— Il y a bien des choses que nul n'imagine à son sujet, affirma Gabriella.

Elle s'inséra dans la circulation, effectua un demi-tour et prit la direction du nord, le long de Central Park. Elle finit par se garer dans une rue tranquille bordée d'arbres, entre la 80e et la 90e Rue. La maison en grès brun vers laquelle elle entraîna Verlaine paraissait avoir jailli en hauteur sous la pression des deux autres habitations identiques qui la prenaient en sandwich. Gabriella déverrouilla la porte et fit signe à Verlaine d'entrer avec une telle assurance qu'il eut à peine le temps de reprendre ses esprits avant qu'elle referme derrière lui. Gabriella actionna le verrou, puis s'adossa au battant, les paupières closes, et poussa un soupir. Dans la pénombre du hall, Verlaine se rendit compte qu'elle était épuisée. Ses doigts tremblaient lorsqu'elle écarta une mèche de cheveux de ses yeux, puis porta une main à son cœur.

— Décidément, je me fais trop vieille pour tout ça, murmura-t-elle.

— Pardonnez-moi de vous poser cette question, mais quel âge avez-vous ? demanda Verlaine, succombant à la curiosité.

— Un âge assez avancé pour éveiller les soupçons, répliqua-t-elle, avant d'allumer une lampe.

— Quels soupçons ?

— Concernant mon humanité, précisa Gabriella en plissant ses yeux d'un sublime vert océan, rehaussés de fard à paupière gris. Certains au sein de la Société me suspectent d'être l'une d'entre « eux ». Je devrais vraiment prendre ma retraite. J'ai dû endurer ce type de médisances toute ma vie.

Verlaine la détailla des pieds à la tête. Il brûlait de lui demander des explications sur les événements de la veille ou sur les raisons pour lesquelles elle surveillait son appartement.

— Venez, pas le temps de se plaindre, déclara Gabriella en s'avançant vers un étroit escalier en bois. Montons au premier.

Verlaine gravit les marches grinçantes à sa suite. À l'étage, elle poussa une porte et invita Verlaine à entrer dans une pièce obscure. À mesure que ses yeux s'accoutumaient à la pénombre, il découvrit une pièce toute en longueur meublée de fauteuils rembourrés, tapissée d'étagères de livres du sol au plafond et parsemée de lampes Tiffany aux abat-jour en vitrail, perchées en équilibre précaire sur des tables basses, tels des oiseaux au plumage éclatant. Sur un mur, étaient suspendues, dans de larges cadres dorés, quelques huiles dont le sujet était impossible à identifier dans l'obscurité. La pièce était mansardée et le plafond présentait des taches d'humidité.

Gabriella écarta les rideaux, dévoilant une série de hautes fenêtres qui laissèrent passer la lumière, et fit signe à Verlaine de s'asseoir. Il opta pour une chaise néogothique près de la fenêtre et posa délicatement son sac à côté de lui puis se laissa tomber sur le siège dur comme de la pierre, dont les pieds gémirent sous son poids.

— Je vais être claire, monsieur Verlaine, dit Gabriella en s'installant sur une chaise similaire à côté de lui. Vous avez de la chance d'être en vie.

— Qui étaient ces hommes ? Que voulaient-ils ?

— Et même indemne, continua Gabriella, indifférente aux questions et à l'effarement grandissant de son hôte. Enfin, presque, concéda-t-elle en jetant un coup d'œil à la blessure de Verlaine, dont le sang commençait à sécher. Vous êtes verni. D'autant que vous leur avez échappé avec quelque chose qu'ils recherchent.

— Vous deviez monter la garde depuis des heures. Sinon, comment auriez-vous su qu'ils m'espionnaient ? Et comment avez-vous deviné qu'ils allaient pénétrer chez moi par la force ?

— Je ne suis pas voyante, lui assura Gabriella. Il suffit de patienter et ces démons finissent toujours par pointer le bout de leur nez.

— Vous savez ce qu'ils comptaient faire de moi s'ils m'avaient mis la main dessus ?

— Ils vous auraient pris les lettres, bien sûr, et ensuite, ils vous auraient tué, affirma calmement Gabriella.

Verlaine réfléchit un moment. Il ne voyait pas comment ces lettres pouvaient avoir une pareille importance.

— Vous avez une idée de leurs motivations ?

— J'ai mon idée sur tout, monsieur Verlaine, répliqua Gabriella avec un sourire – le premier depuis qu'ils s'étaient rencontrés. Comme moi, ils sont persuadés qu'elles recèlent des renseignements précieux et ils sont résolus à s'en emparer.

— Suffisamment pour tuer ?

— Bien sûr. Ils assassinent pour moins que ça.

— Je ne comprends pas, avoua Verlaine en hissant son sac sur ses genoux, dans une attitude protectrice qui n'échappa pas à son interlocutrice. Ils ignorent le contenu des lettres d'Innocenta.

Gabriella sembla s'interroger.

— En êtes-vous certain ?

— Je ne les ai pas montrées à Grigori, poursuivit Verlaine. Je ne savais pas quoi en penser quand je les ai trouvées et je tenais à m'assurer de leur authenticité avant d'en discuter avec lui. Dans mon domaine, il est essentiel de tout vérifier au préalable.

Gabriella ouvrit le tiroir d'un secrétaire et tira d'un étui une cigarette qu'elle introduisit dans un fume-cigarette laqué puis alluma avec un petit briquet en or. Une odeur de tabac corsé emplit la pièce. Gabriella tendit l'étui à Verlaine, qui accepta une cigarette. Il fut tenté de demander un remontant pour l'accompagner.

— Pour être franc, reprit-il enfin, je ne saisis pas comment je me suis retrouvé mêlé à tout ça. Je ne sais pas ce que ces hommes – si ce sont bien des hommes – venaient faire chez moi. J'admets que j'ai appris des détails bizarres sur Grigori pendant que je travaillais pour lui, mais il a une réputation d'excentrique. Honnêtement, je me demande si je ne suis pas simplement en train de perdre la tête. Pourriez-vous m'expliquer ce que je fais là ?

Gabriella le jaugea, comme pour décider de la réaction la plus adaptée.

— Si je vous ai conduit ici, monsieur Verlaine, c'est parce que nous avons besoin de vous.

— Nous ?

— Nous aimerions que vous nous aidiez à récupérer un objet de grande valeur.

— La découverte des Rhodopes ?

À ces mots, Gabriella pâlit. Verlaine fut content de lui – pour une fois, il avait réussi à la surprendre.

— Vous avez entendu parler de l'expédition des Rhodopes ? le sonda-t-elle, reprenant contenance.

— Il en est question dans une lettre d'Abigail Rockefeller qu'Évangéline m'a fait lire hier. J'en ai retenu qu'Innocenta et elle projetaient de rechercher des antiquités – des poteries grecques ou des œuvres d'art thraces. Mais je me rends compte à présent qu'il devait s'agir d'un trésor plus important que de simples pots en terre.

— Un tantinet plus important, lui confirma Gabriella en écrasant sa cigarette dans un cendrier. Mais sa valeur ne se mesure pas, comme vous le pensez, en terme d'argent, même si, au cours des deux derniers millénaires, des quantités d'or ont été dépensées pour le récupérer. Formulons les choses ainsi : sa valeur est immémoriale.

— Il s'agit d'un objet historique ?

— On pourrait dire ça, acquiesça Gabriella en croisant les bras sur sa poitrine. Il est très vieux, mais ce n'est pas une pièce de musée. Il présente autant d'enjeu aujourd'hui que par le passé. Il pourrait influer sur la vie de millions de personnes et même transformer le cours de l'histoire.

— On dirait une devinette, ironisa Verlaine en éteignant sa cigarette.

— Je ne vais pas tourner autour du pot. Nous n'en avons pas le temps. La situation est bien plus compliquée que vous vous le figurez. Ce qui vous est arrivé ce matin trouve sa source dans un passé lointain. J'ignore comment vous vous êtes trouvé mêlé à cette affaire, mais les lettres que vous possédez vous placent au centre de l'intrigue.

— Je ne comprends pas.

— Vous allez devoir me faire confiance. Je vous raconterai tout, mais cela implique une contrepartie. Une fois au courant des faits, vous ne serez plus libre. Soit vous vous joindrez à nous, soit vous deviendrez un fugitif. Dans un cas comme dans l'autre, vous passerez le restant de votre vie aux aguets. Quand vous serez au fait de notre mission et du rôle d'Abigail Rockefeller – somme toute anecdotique dans cette vaste et complexe épopée –, vous ferez partie intégrante d'un drame terrible auquel il est impossible de se soustraire complètement. Cela peut vous paraître exagéré, mais une fois que vous connaîtrez la vérité, votre vie en sera irrévocablement transformée. Il n'est pas possible de revenir en arrière.

Verlaine contempla ses mains en méditant les paroles de Gabriella. Il avait le sentiment qu'on venait de lui demander de se lancer dans le vide – ou plutôt de lui ordonner de sauter –, ce que, de toute manière, il aurait fait de son plein gré.

— Vous pensez que les lettres révèlent ce qui a été découvert lors de l'expédition.

— Non, je pense qu'elles révèlent le lieu où le trésor a été caché. Le but de l'expédition dans les Rhodopes était de rapporter une lyre. Heptacorde, pour être exacte. Nous l'avons eue en notre possession une fois, brièvement, par le passé. Puis elle a à nouveau été dissimulée. Et nos ennemis – des individus extrêmement riches et influents – sont tout aussi désireux que nous de se la procurer.

— C'était eux, chez moi ?

— Des hommes à leur solde, oui.

— Et Percival Grigori est l'un de ces individus ?

— Oui, et pas le moindre.

— Donc, en travaillant pour lui, j'œuvrais contre vous.

— Comme je vous l'ai déjà dit, personne ne compte à leurs yeux. Il serait risqué et préjudiciable pour lui d'intervenir au grand jour, de sorte qu'il fait appel à des intermédiaires interchangeables pour ses recherches. Une fois que ceux-ci ont accompli leur tâche, il les élimine. C'est une mesure de sécurité des plus efficaces.

Gabriella alluma une autre cigarette. Un brouillard de fumée se formait dans la pièce.

— Abigail Rockefeller était-elle des leurs ?

— Non, bien au contraire. Elle réfléchissait avec mère Innocenta à une cachette appropriée pour la lyre, mais pour des raisons inconnues, Abigail Rockefeller a rompu toute communication avec nous après la guerre. Notre réseau a été fortement ébranlé. Nous n'avons aucune idée de ce qu'elle a fait de l'instrument. Certains pensent qu'il a été mis à l'abri ici à New York. D'autres, qu'elle l'a réexpédié en Europe. Nous essayons encore de le déterminer.

— J'ai lu les lettres d'Innocenta, fit Verlaine, sceptique. Je doute qu'elles vous apprendront ce que vous espérez. Autant les remettre à Grigori.

Gabriella soupira.

— Laissez-moi vous montrer quelque chose. Peut-être qu'ensuite vous comprendrez mieux à quel genre de créatures vous avez affaire.

Elle se leva, enleva sa veste et entreprit de déboutonner sa chemise noire en soie. Elle retira la manche gauche, puis la droite, et pivota lentement sur elle-même.

— Voici ce qui arrive quand vous vous faites capturer.

Dans la lumière, son buste apparut couvert de larges cicatrices qui lui barraient le dos, la poitrine, le ventre et les épaules. D'après la largeur du tissu cicatriciel et son relief irrégulier, les blessures avaient dû être suturées à la va-vite. Elles suggéraient que Gabriella avait été fouettée – ou pire, tailladée au rasoir.

— Bon sang ! s'insurgea Verlaine, bouleversé à la vue des chairs lacérées, du rose horrible et pourtant étrangement délicat des cicatrices. Comment est-ce arrivé ?

— J'ai cru pouvoir les berner. Je m'estimais plus maligne, plus forte, plus habile qu'eux. J'étais la meilleure angéologue de tout Paris durant la guerre. Malgré ma jeunesse, j'avais gravi les échelons plus vite que n'importe qui. C'est un fait. J'ai toujours été très, très douée dans mon travail.

— Vous avez subi ça pendant la guerre ? demanda Verlaine, qui s'efforçait d'imaginer une telle brutalité.

— Dans ma jeunesse, j'ai été agent double. Je suis devenue l'amante de l'héritier de la plus puissante famille de nos ennemis. Si ma mission a, dans un premier temps, été un succès, j'ai fini par être démasquée. Si quiconque avait une chance de réussir cette opération d'infiltration, c'était moi. Maintenant, regardez ce qu'ils m'ont fait, monsieur Verlaine, et imaginez ce qu'ils vous infligeront. Votre conviction naïve que le bien triomphe toujours du mal ne vous sauvera pas. Je vous le garantis : vous n'en réchapperiez pas.

Verlaine ne supportait plus le spectacle de ces balafres, mais il ne parvenait pas à s'en détourner. Il suivit du regard le tracé sinueux des cicatrices de la clavicule à la hanche, notant la pâleur de l'épiderme de Gabriella. Il eut l'impression qu'il allait vomir.

— Comment espérez-vous les vaincre ?

— Ça, je vous l'expliquerai une fois que vous m'aurez remis les lettres, répliqua Gabriella en reboutonnant sa chemise.

Verlaine posa son ordinateur portable sur le bureau de Gabriella et l'alluma. Le disque dur se mit en marche et l'écran s'anima. Tous ses fichiers – dont sa documentation et les lettres numérisées – ne tardèrent pas à apparaître sous forme d'icônes, pareilles à des ballons colorés flottant dans un ciel bleu pixellisé. Verlaine cliqua sur le dossier « Rockefeller/Innocenta » et s'écarta afin de laisser la place à Gabriella. Depuis la fenêtre poussiéreuse, il considéra l'enceinte froide et tranquille de Central Park. Il savait que par-delà les arbres, l'obscurité recélait plusieurs bassins gelés, une patinoire déserte, des trottoirs enneigés et un manège calfeutré pour l'hiver. Des cohortes de taxis filaient sur Central Park West, emmenant leurs passagers vers le nord de New York. La ville demeurait fidèle à son rythme frénétique habituel.

Verlaine jeta un coup d'œil à Gabriella par-dessus son épaule. Elle parcourait les lettres à toute allure, absorbée, comme si les mots étaient susceptibles de disparaître à tout instant. L'écran projetait une lueur d'un vert blafard sur son visage, accentuant les rides de sa bouche et de ses yeux et conférant à sa chevelure noire une teinte qui se rapprochait du violet. Elle préleva une feuille de papier d'un tiroir du bureau et se mit à prendre des notes en poursuivant sa lecture, sans un regard pour le jeune homme ni pour le flot de mots qui s'écoulait de son stylo. Elle était si concentrée sur les boucles et les arabesques pincées de l'écriture de mère Innocenta, les plis du papier reproduits avec une exactitude numérique parfaite, qu'elle remarqua seulement Verlaine quand il se pencha par-dessus son épaule pour évaluer sa progression.

— Il y a une chaise dans le coin, indiqua-t-elle sans quitter le texte des yeux. Vous serez mieux.

Il attrapa une antique banquette de piano, la déposa en douceur près de Gabriella et s'assit. Son hôtesse leva une main, comme dans l'attente d'un baiser.

— Cigarette, *s'il vous plaît**, lui demanda-t-elle.

Verlaine en prit une dans l'étui et l'ajusta sur le fume-cigarette laqué, qu'il glissa entre les doigts de Gabriella. Sans détacher les yeux de l'écran elle porta le tout à ses lèvres et inspira tandis qu'il allumait la cigarette avec un briquet.

— *Merci**.

Pour finir, Verlaine extirpa la chemise cartonnée de son sac polochon et se hasarda à déranger son hôtesse.

— J'aurais peut-être dû commencer par vous donner ça.

Gabriella tourna enfin la tête et prit la chemise pour examiner les lettres.

— Les originaux ?

— Cent pour cent authentiques, directement volés aux archives de la famille Rockefeller, lui assura Verlaine.

— Merci. Je me demandais ce qu'il était advenu d'elles et je vous soupçonnais de les avoir. Dites-moi, existe-t-il d'autres copies de ces lettres ?

— Non, affirma-t-il, avant de désigner l'ordinateur. Il n'y a que les images numérisées.

— Très bien, commenta Gabriella d'une voix détachée.

Verlaine eut le sentiment qu'elle en avait davantage à dire. Mais elle se borna à se lever pour aller préparer du café sur une plaque chauffante. Une fois la cafetière pleine, Gabriella la rapporta jusqu'au bureau et, sans prévenir, déversa son contenu sur l'ordinateur. Le liquide bouillant se répandit sur le clavier, l'écran vira au blanc, puis s'éteignit. La machine émit un horrible bruit avant de se taire définitivement. Verlaine, impuissant, tendit les mains vers le clavier inondé de café, tâchant de se contenir – en vain.

— Qu'est-ce que vous avez fait ? s'exclama-t-il.

— Nous ne pouvons pas nous permettre de conserver plus de copies que le strict nécessaire.

Elle essuya le café en poudre qu'elle avait sur les doigts.

— Mais vous avez bousillé mon ordinateur ! protesta Verlaine, en tapotant le bouton d'alimentation, dans l'espoir que la machine revienne miraculeusement à la vie.

— Les gadgets technologiques sont aisément remplaçables, répondit Gabriella, sans la moindre nuance d'excuse dans la voix.

Elle alla jusqu'à la fenêtre et s'appuya contre la vitre, les bras croisés, l'air serein.

— Nous ne pouvons pas laisser qui que ce soit accéder à ces lettres. Elles sont trop importantes.

Elle les disposa, les unes à côté des autres, sur une table basse, jusqu'à ce que le plateau soit couvert de feuilles jaunies. Il y avait cinq lettres au total, comptant chacune plusieurs pages. Verlaine rejoignit Gabriella et ramassa l'une des feuilles pour essayer de déchiffrer l'écriture élégante et extraordinairement illisible, qui déferlait en vagues bleu clair. C'était quasi impossible, compte tenu du peu de lumière.

— Vous arrivez à lire ? s'informa Gabriella, avant de se pencher au-dessus de la table pour changer l'orientation d'une des pages, comme si l'aborder sous un angle nouveau était susceptible de clarifier l'enchevêtrement de lettres. Moi, j'ai vraiment du mal.

— Ça requiert un peu d'habitude, reconnut Verlaine, mais je m'en sors.

— Dans ce cas, vous allez pouvoir m'aider. Nous devons établir si cette correspondance peut nous être d'une quelconque utilité.

— Je veux bien, mais il faut que vous me disiez quoi chercher.

— Des références à des lieux précis, spécifia Gabriella. Des endroits auxquels Abigail Rockefeller avait librement accès. Peut-être dans un établissement au sein duquel elle jouissait de l'autorité nécessaire pour aller et venir à sa guise. Des allusions apparemment anodines à des adresses, des rues, des hôtels. Des lieux sûrs, bien entendu, mais pas trop.

— Ça correspond à la moitié de New York. Si vous voulez que je trouve, il me faut plus de détails sur ce que vous recherchez.

Gabriella se tourna vers la fenêtre.

— Jadis, un contingent d'anges renégats appelés les Veilleurs fut condamné à être emprisonné dans une grotte au fin fond de l'Europe. Chargés d'exécuter la sentence, les archanges Michel, Ouriel, Raphael et Gabriel capturèrent les Veilleurs et les précipitèrent dans les profondeurs de la terre. Mais les cris de désespoir de leurs frères leur fendirent le cœur et, dans un accès de pitié, Gabriel lança aux malheureuses créatures sa lyre en or – un instrument d'une perfection divine, dont la musique était si miraculeuse que ses mélodies réconforteraient et apaiseraient les captifs pour des siècles. Cette erreur eut de graves répercussions. Car les Veilleurs ne se contentèrent pas de se distraire avec la lyre. Leurs désirs et leur ambition s'accrurent lorsqu'ils constatèrent que la musique produite grâce à l'instrument les dotait d'un pouvoir extraordinaire.

— Quel genre de pouvoir ?

— Le pouvoir de jouer à Dieu, répondit Gabriella, avant d'allumer une autre cigarette. Il s'agit d'un phénomène exclusivement enseigné aux étudiants avancés en musicologie céleste dans les Académies d'angéologie. De même que l'univers a été créé par la vibration de la voix de Dieu

– la musique du Verbe –, le monde peut être modifié, en bien comme en mal, par la musique de ses messagers, les anges. La lyre, ainsi que divers autres instruments célestes fabriqués par les anges, dont beaucoup sont passés entre nos mains au fil des siècles, ont la faculté d'engendrer de tels changements – du moins, le supposons-nous. La puissance respective de chaque instrument varie. D'après nos musicologues, à une fréquence donnée, toutes sortes de transformations cosmiques pourraient se produire. Le ciel deviendrait rouge, la mer violette et l'herbe orange ; le soleil refroidirait l'atmosphère au lieu de la réchauffer ; des démons se répandraient sur tous les continents. Mais il se pourrait aussi que la lyre soit capable de rendre la santé aux malades.

Verlaine la dévisagea, sidéré par un tel discours de la part de cette femme par ailleurs raisonnable.

— Tout ça n'a, pour l'instant, guère de sens pour vous, mais lisez-moi ces lettres, le pria-t-elle en lui désignant les originaux. J'aimerais les entendre. Ça m'aidera à réfléchir.

Verlaine parcourut les pages du regard, repéra la date du début de la correspondance – le 5 juin 1943 – et s'exécuta. Le style de mère Innocenta était ardu, chaque phrase grandiloquente, chaque idée martelée, mais Verlaine ne tarda pas à prendre le rythme de sa prose.

La première lettre n'était guère plus qu'un échange de politesses formelles, aux cadences hésitantes, timides, comme si Innocenta s'avançait vers Abigail Rockefeller à tâtons, dans un couloir obscur. Toutefois, même cette première missive faisait étrangement allusion au sens artistique de sa destinataire – « Sachez que je prends bonne note et que j'approuve tant la perfection de votre vision artistique que son exécution » –, phrase qui réveilla instantanément les rêves de Verlaine. Dans la deuxième lettre, plus longue et sur un ton légèrement plus intime, Innocenta faisait part à Abigail Rockefeller de sa gratitude, insistant sur le rôle décisif de sa bienfaitrice pour l'avenir de leur mission et – nota Verlaine avec une satisfaction particulière – évoquant un dessin que sa correspondante avait dû joindre à son envoi : « Mon admirable amie, je ne peux que m'émerveiller devant une représentation aussi fine et vous répondre par d'humbles remerciements, avec reconnaissance et compréhension. » La tonalité de la lettre suggérait que les deux femmes étaient parvenues à un accord, même s'il n'était fait mention d'aucun détail concret indiquant qu'elles aient élaboré un projet commun. La quatrième missive renvoyait, elle aussi, à un support visuel : « Comme toujours, votre main ne manque pas d'exprimer tout ce que l'œil aspire le plus à contempler. »

Verlaine voulut confier à Gabriella sa théorie sur l'existence des dessins d'Abigail Rockefeller, mais son hôtesse l'exhorta à poursuivre sa lecture, manifestement contrariée par cette interruption.

— Lisez-moi la dernière lettre, exigea-t-elle. Celle en date du 15 décembre 1943.

Verlaine obtempéra.

15 décembre 1943

Très chère Madame Rockefeller,

Votre dernière lettre est arrivée au moment opportun, car, après nous être affairées à préparer les fêtes de Noël, nous sommes à présent parées pour célébrer la naissance de Notre Seigneur. La collecte annuelle des sœurs a rencontré plus de succès que prévu et j'ai bon espoir que nous continuions à recevoir de nombreux dons. Votre assistance nous fait aussi très plaisir. Nous rendons grâce à Dieu de votre générosité et ne vous oublions pas dans nos prières. Votre nom restera longtemps sur les lèvres des sœurs de Sainte-Rose.

La fête de bienfaisance que vous décrivez dans votre lettre de novembre a recueilli tous les suffrages au sein du couvent et je suis certaine qu'elle contribuera grandement à apporter du sang frais parmi nous. Après nos épreuves et nos récentes batailles, après les grandes privations et le déclin de ces dernières années, un jour nouveau semble se lever.

Si un œil avisé est semblable à la musique des anges – précise, mesurée et mystérieuse par-delà l'entendement –, sa force réside dans le jeu de la lumière. Très chère bienfaitrice, vous avez choisi les sujets de vos œuvres avec sagacité. J'attends avec impatience vos lumières et vous invite à m'écrire au plus vite afin que vos bonnes nouvelles continuent à nous remonter le moral.

Votre compagne dans cette quête,
Innocenta Maria Magdalena

Une phrase en particulier retint l'attention de Gabriella. Elle demanda à Verlaine de la relire :

— « Si un œil avisé est semblable à la musique des anges – précise, mesurée et mystérieuse par-delà l'entendement –, sa force réside dans le jeu de la lumière. »

Il reposa la liasse de feuilles jaunies sur ses genoux.

— Vous avez entendu quelque chose d'intéressant ? s'informa-t-il, désireux de soumettre son hypothèse à son hôtesse.

Gabriella semblait perdue dans ses pensées et fixait la fenêtre, derrière lui, le menton appuyé sur la main.

— Elle est à moitié là, déclara-t-elle finalement.

— Quoi ? Qu'est-ce qui est à moitié là ?

— La solution du mystère, précisa Gabriella. Les lettres de mère Innocenta confirment ce que je soupçonnais depuis longtemps, à savoir qu'Abigail Rockefeller et elle travaillaient main dans la main. J'aurai besoin de lire l'autre moitié de la correspondance pour en être certaine, mais je suis persuadée qu'Innocenta et Abigail Rockefeller passaient en revue des cachettes. Plusieurs mois avant que Célestine apporte la lyre – avant même sa récupération dans les Rhodopes –, elles prenaient des dispositions pour mettre l'instrument en lieu sûr. Et il est heureux qu'elles aient eu l'intelligence et la prévoyance de le faire. Maintenant, il ne nous reste plus qu'à comprendre leur logique pour retrouver l'emplacement de la lyre.

Verlaine haussa un sourcil.

— Et comment allons-nous nous y prendre ?

— Je le saurai une fois que j'aurai lu les lettres d'Abigail Rockefeller. Clairement, Innocenta était une brillante angéologue, bien plus perspicace qu'on le croit. C'est elle qui a convaincu Abigail Rockefeller d'assurer l'avenir de l'angéologie. Ce n'est qu'après mûre réflexion qu'elle a dû décider de placer la lyre sous la protection de sa bienfaitrice.

Gabriella traversa la pièce, comme si le fait de se déplacer l'aidait à ordonner ses pensées, puis s'arrêta net.

— La lyre doit être ici à New York.

— Vous en êtes certaine ?

— Non, mais je le pense. Abigail Rockefeller devait avoir envie de la conserver à portée de main.

— Vous devez discerner des choses qui m'échappent dans ces lettres, se désola Verlaine. Pour moi, ce n'est qu'une suite d'échanges amicaux entre deux vieilles dames. Le seul élément potentiellement intéressant en est absent, bien qu'il y soit fait allusion à plusieurs reprises.

— Que voulez-vous dire ?

— Vous n'avez pas remarqué qu'Innocenta fait sans cesse des commentaires sur des illustrations ? Les lettres d'Abigail Rockefeller devaient être accompagnées de dessins ou de croquis. Ils doivent être avec le reste de la correspondance. À moins qu'ils n'aient été perdus.

— Vous avez tout à fait raison, admit Gabriella. Ses lettres cachent quelque chose et je suis sûre que celles d'Abigail Rockefeller le confirmeront. Les propositions d'Innocenta doivent sans doute y être développées, peut-être assorties de suggestions nouvelles. Ce n'est qu'une fois les deux pans de cette correspondance côte à côte que nous aurons une vue d'ensemble.

Elle reprit les lettres à Verlaine et les relut une dernière fois, comme pour mémoriser chaque ligne, avant de les glisser dans une de ses poches.

— Nous devons être très prudents, ajouta-t-elle. Il est capital que nous préservions ces lettres – et les secrets qu'elles ébauchent – de la voracité des Nephilim. Vous êtes catégorique, Percival ne les a pas vues ?

— En dehors de moi, Évangéline et vous, êtes les deux seules à en avoir pris connaissance, lui certifia Verlaine. Mais je lui ai montré autre chose et je m'en mords les doigts.

Il tira les dessins architecturaux de son sac et les tendit à Gabriella, qui les examina avec soin et se rembrunit.

— Voilà qui est des plus fâcheux, déplora-t-elle. Ces plans dévoilent le pot aux roses. Quand il les a consultés, a-t-il saisi leur importance ?

— Non, il n'a pas eu l'air très intéressé.

— Tant mieux, se félicita Gabriella avec un léger sourire. Mais il a eu tort. Nous devons nous mettre en route immédiatement, avant qu'il se pose des questions sur ce que vous avez déniché.

— Et qu'est-ce que j'ai déniché, au juste ?

Gabriella posa les dessins sur la table et les lissa de la main.

— Il s'agit d'une série d'instructions. Le sceau désigne un emplacement précis. Vous noterez qu'il est apposé en plein centre de la chapelle de l'Adoration.

— Mais pourquoi ? se récria Verlaine en étudiant le sceau pour la énième fois.

Gabriella enfila sa veste de soie noire et se dirigea vers la porte.

— Accompagnez-moi à Sainte-Rose et je vous expliquerai tout...

5e Avenue, Upper East Side, New York

Abrité derrière des lunettes noires pour se protéger de l'aveuglante clarté matinale, Percival patientait dans le hall de son immeuble, méditant le tour de plus en plus déconcertant que prenait la situation depuis l'entrée en scène de Gabriella Lévi-Franche Valko. La présence de celle-ci chez Verlaine indiquait qu'ils avaient mis le doigt sur quelque chose d'important. Mais il fallait passer à l'action sur-le-champ, avant de perdre leur trace.

Un 4 × 4 Mercedes noir s'immobilisa devant le bâtiment. Percival reconnut les Gibborim qu'Otterley avait chargés d'éliminer Verlaine ce matin-là. Ils étaient assis à l'avant de la voiture, obtus, dociles, dépourvus de la lucidité ou de la curiosité nécessaires pour apprécier la supériorité de Percival et d'Otterley. Il éprouva une réaction de dégoût à la pensée de voyager dans le même véhicule que ces créatures – Otterley n'espérait tout de même pas qu'il consentirait à cela. Il y avait des limites qu'il n'était pas prêt à dépasser dans son commerce avec des formes de vie inférieures…

Otterley, elle, n'avait pas ce genre de scrupule. Elle descendit de la banquette arrière, aussi imperturbable qu'à l'accoutumée, ses longs cheveux blonds noués en chignon, la fermeture Éclair de sa veste de ski fourrée remontée jusqu'au menton, les joues rosies par le froid. Elle adressa quelques mots aux Gibborim, et le véhicule repartit sur les chapeaux de roues. Ce fut seulement à ce moment-là que Percival sortit pour aller à la rencontre de sa sœur.

— Nous allons devoir prendre ma voiture, lui annonça Otterley. Gabriella Lévi-Franche Valko a déjà repéré cette voiture devant l'immeuble de Verlaine.

Le simple nom de Gabriella fit vaciller la résolution de Percival.

— Tu l'as vue ?

— Elle a probablement transmis le numéro d'immatriculation à tous les angéologues de New York, poursuivit Otterley, ignorant la question. On va prendre la Jag. Je préfère ne rien laisser au hasard.

— Et les Gibborim ?

Otterley sourit – elle non plus n'aimait pas être en contact avec eux, mais elle ne l'aurait jamais laissé paraître.

— Je les ai envoyés en éclaireurs. Ils ont pour ordre de surveiller la zone et de capturer Gabriella s'ils tombent sur elle.

— Je doute fort qu'ils en soient capables, commenta Percival.

Otterley lança ses clefs au voiturier, qui s'éloigna pour aller récupérer la Jaguar dans le garage, au coin de la rue. Debout sur le trottoir de la 5e Avenue, Percival peinait à respirer, de sorte qu'il fut soulagé lorsque la Jaguar blanche s'arrêta devant eux, pot d'échappement fumant. Otterley se glissa derrière le volant et attendit que Percival, pour qui le moindre mouvement était un supplice, prenne place sur le siège passager, en haletant, la respiration sifflante. Le harnais se déplaça et appuya sur ses moignons d'ailes à vif. Percival réprima un cri de souffrance lorsque Otterley démarra en trombe.

Tandis qu'elle se faufilait dans la circulation en direction de West Side Highway, Percival mit le chauffage au maximum, dans l'espoir que l'air chaud l'aide à respirer. À un feu, sa sœur se tourna vers lui et plissa les yeux pour l'observer. Elle ne dit pas un mot, mais il était clair qu'elle ne savait pas que faire de cet être faible et mal en point, qui représentait jadis l'avenir des Grigori.

Percival prit un pistolet dans la boîte à gants, s'assura qu'il était chargé et le fourra dans la poche intérieure de son par-dessus. L'arme était lourde et froide. Il la caressa du bout des doigts et se demanda ce qu'il ressentirait en la pointant sur la tête de Gabriella, en pressant le canon contre sa tempe pour l'effrayer. Malgré le passé, malgré ses rêves récurrents, il ne la laisserait pas se mettre en travers de sa route. Cette fois, il la tuerait lui-même.

Pont Tappan Zee, autoroute I-87, État de New York

Avec son moteur vétuste et son châssis bas, la Porsche était inconfortable et bruyante. Pourtant, malgré le vacarme, le trajet eut un effet profondément apaisant sur Verlaine. Il considéra Gabriella, assise à la place du conducteur, un bras contre la portière. Concentrée, sérieuse, minutieuse, elle avait l'air de quelqu'un qui projetait de braquer une banque.

Sur les instances de Verlaine, ils avaient longuement discuté de l'angéologie – son histoire, son objet, ses liens avec Abigail Rockefeller –, ainsi que de la vie de Gabriella, entièrement consacrée à cette discipline, jusqu'à ce que Verlaine prenne la mesure des enjeux de leur équipée.

Depuis le pont, au-dessus de la large étendue du fleuve, Verlaine aperçut des plaques de glace qui se cramponnaient aux berges neigeuses. L'Hudson ressemblait à une gigantesque entaille fendant la terre en deux. Le soleil dorait la surface de l'eau, rayonnante de chaleur, chatoyante, liquide et incandescente comme une nappe de feu.

L'autoroute était déserte, comparée aux rues embouteillées de Manhattan. Une fois sur l'autre rive, Gabriella accéléra, profitant des voies dégagées. La Porsche semblait aussi épuisée que lui : son moteur vibrait comme s'il était sur le point d'exploser. Verlaine avait des crampes d'estomac tant il avait faim et les yeux lui brûlaient sous l'effet de la fatigue. Il jeta un regard à son reflet dans le rétroviseur. On aurait dit qu'il s'était battu. Ses yeux étaient injectés de sang et ses cheveux en bataille. Gabriella l'avait aidé à panser sa plaie correctement et lui avait bandé la main jusqu'à ce qu'elle ressemble à un gant de boxe. En l'espace de vingt-quatre heures, il s'était transformé en un homme fourbu, meurtri, endolori.

Pourtant, en présence d'une aussi extraordinaire beauté – le fleuve, le ciel d'azur, le blanc luisant de la Porsche –, Verlaine se réjouissait que ses yeux soient enfin dessillés. Il se rendait compte qu'il menait, depuis des années, une vie étriquée. Son univers se résumait à un étroit circuit reliant entre eux son appartement, son bureau et quelques restaurants ou cafés, un itinéraire dont il ne s'écartait que rarement. Il ne se souvenait plus de la dernière fois où il avait vraiment prêté attention au monde ou aux gens qui l'entouraient. Il s'était perdu dans un labyrinthe. Mais cette vie-là était derrière lui désormais, ce qui avait à la fois quelque chose de grisant et de terrifiant.

Gabriella quitta l'autoroute et s'engagea sur une petite route de campagne. Elle s'étira, cambrant le dos comme un chat.

— Nous avons besoin d'essence, déclara-t-elle, scrutant les bas-côtés.

À la sortie d'un virage, Verlaine repéra une station-service ouverte vingt-quatre heures sur vingt-quatre. Gabriella se gara devant une pompe et n'émit pas d'objection lorsqu'il proposa de faire le plein, se bornant à lui recommander d'utiliser du super.

Comme il attendait pour payer, Verlaine contempla les rangées de produits dans les rayons de la boutique – les bouteilles de soda, les paquets de biscuits, les magazines alignés sur leur présentoir – et songea que la vie pouvait être simple. La veille encore, il n'aurait guère réfléchi au confort matériel que proposait une supérette de station-service. Il aurait été bien trop agacé par la file d'attente ou la lumière des néons pour regarder autour de lui. Il éprouvait une affection perverse pour toutes ces choses d'une rassurante familiarité. Il demanda un paquet de cigarettes en plus de l'essence, régla le tout et regagna la voiture.

Gabriella l'attendait au volant. Verlaine se réinstalla à côté d'elle. Elle accepta les cigarettes avec tout juste un sourire, mais il sentit que le geste lui faisait plaisir. Sans perdre de temps, elle démarra et rejoignit la route.

Verlaine ouvrit le paquet de cigarettes, en sortit une et l'alluma pour Gabriella. Celle-ci entrouvrit sa vitre et l'air frais dissipa la fumée.

— Vous ne paraissez guère ébranlé, mais je sais que mes révélations ont dû vous affecter, dit-elle.

— Je suis encore en train d'essayer de digérer tout ça, confirma Verlaine.

C'était là un euphémisme. En réalité, il était confondu par ce qu'il venait d'apprendre. Il ne saisissait pas comment Gabriella pouvait rester aussi calme.

— Comment faites-vous ? lâcha-t-il.

— Comment je fais quoi ? répliqua-t-elle, sans détacher les yeux de la route.

— Pour vivre ainsi. Comme si tout était normal.

— Je lutte depuis si longtemps que je suis aguerrie. Je ne me rappelle même plus ce qu'est la vie quand on ignore tout des anges. Découvrir leur existence, c'est comme s'entendre dire que la terre est ronde – cela va à l'encontre de tout ce qu'on tient pour vrai. Et pourtant, c'est la stricte vérité. Je ne peux imaginer ce que c'est de vivre sans qu'ils hantent vos pensées, de se réveiller le matin en croyant à un monde juste et libre. Je suppose que j'ai adapté ma vision de l'univers à cette réalité. Pour moi, tout est manichéen, noir ou blanc, bon ou mauvais. Nous sommes bons, ils sont mauvais. Pour que nous puissions vivre, ils doivent mourir. Certains d'entre nous prônent l'apaisement, la coexistence, mais beaucoup d'autres estiment aussi que nous ne saurions avoir de repos tant qu'ils n'auront pas été exterminés.

— J'aurais tendance à penser que les choses sont plus complexes que ça, tempéra Verlaine, surpris par le ton péremptoire de Gabriella.

— Bien entendu, et elles les sont. Si j'ai des idées aussi arrêtées, j'ai mes raisons. Je suis angéologue depuis l'adolescence, mais je n'ai pas toujours détesté les Nephilim, confessa Gabriella d'une voix ténue, presque vulnérable. Je vais vous raconter une histoire que très peu connaissent. Peut-être qu'ainsi, vous comprendrez mieux mon extrémisme et pourquoi il est si important pour moi de les éliminer jusqu'au dernier.

Gabriella jeta son mégot par la fenêtre et alluma une autre cigarette, les yeux braqués sur la route sinueuse.

— Durant ma deuxième année à l'Académie d'angéologie de Paris, j'ai rencontré l'amour de ma vie. Ce n'est pas quelque chose que j'aurais admis sur le moment, ni même une ou deux décennies plus tard. Mais je suis vieille à présent – plus que j'en ai l'air – et je peux affirmer avec la plus grande certitude que je n'aimerai plus jamais comme j'ai aimé lors de cet été 1939. J'avais quinze ans et j'étais sans doute trop jeune pour tomber amoureuse. Ou peut-être est-ce uniquement possible à cet âge-là, au sortir de l'enfance. Je ne le saurai, bien entendu, jamais.

Elle fit une pause, comme si elle pesait ses mots, puis poursuivit :

— Le moins qu'on puisse dire, c'est que j'étais une adolescente à part. J'étais obsédée par les études, comme certains le sont par la fortune, l'amour ou la célébrité. J'étais issue d'une famille d'angéologues aisés – bon nombre de mes proches avaient étudié à l'Académie. Et j'avais aussi un esprit de compétition exacerbé. Fréquenter mes camarades ne m'intéressait pas et travailler nuit et jour pour réussir ne me faisait pas peur. Je voulais être la meilleure de ma promotion à tous les égards et c'était fréquemment le cas. Dès le début de ma première année, il apparut cependant que nous étions deux à nous distinguer du lot : moi et une certaine Célestine – une jeune fille remarquable, qui devint par la suite une amie chère.

Verlaine s'étrangla.

— Célestine ? La Célestine Clochette qui est arrivée à Sainte-Rose en 1943 ?

— En 1944, rectifia Gabriella. Mais c'est une autre histoire. La mienne débute par un après-midi froid et pluvieux d'avril 1939. Chaque printemps, la pluie inondait littéralement les rues pavées, les rues, les jardins et la Seine. Je m'en souviens avec exactitude. Il était 13 heures, le 7 avril, un vendredi. Je venais de terminer ma matinée de cours et, comme à mon habitude, je m'étais aventurée dehors pour déjeuner. Pour une fois, en revanche, j'avais oublié mon parapluie. J'étais prévoyante à l'excès et il était rare que je me fasse surprendre par une averse de printemps. Pourtant c'est ce qui se produisit. Dès que j'étais sortie de la bibliothèque, j'avais compris que j'allais me faire tremper comme une soupe et que les livres et les cahiers que j'avais sous le bras seraient fichus. J'en étais donc réduite à regarder l'eau tomber sous le grand portique de l'Académie.

« Un monsieur muni d'un énorme parapluie violet – un choix étrange pour un homme, ai-je pensé – a alors émergé du déluge. Je l'ai observé tandis qu'il traversait nonchalamment la cour de l'école, droit, élégant, attirant. Envieuse de son abri, j'ai fixé l'inconnu dans l'espoir qu'il s'approche de moi, comme si j'avais le pouvoir de l'ensorceler.

« L'époque était bien différente. S'il était inconvenant pour une femme de dévorer des yeux un bel homme, il était tout aussi malséant pour celui-ci d'ignorer une demoiselle en détresse. Seul un misérable rustre aurait abandonné une femme sous la pluie. S'avisant que je l'épiais, il s'est arrêté au milieu de la cour, puis s'est dirigé vers moi pour me porter secours.

« Il a redressé son chapeau et ses grands yeux bleus ont croisé les miens.

« "Puis-je vous soustraire à ces trombes d'eau ?" m'a-t-il proposé.

« Sa voix laissait transparaître une vive confiance en lui, attrayante, mais presque cruelle. Ce simple regard, cette simple phrase suffirent à me subjuguer.

« "Emmenez-moi où vous voulez", ai-je répondu, avant d'ajouter, consciente de ma bévue, "je serais prête à tout pour échapper à cette maudite pluie."

« Il m'a demandé mon nom et je le lui ai donné. Mon prénom a paru lui plaire.

« "Gabriella, comme l'ange ?"

« "Le messager de la bonne nouvelle", ai-je acquiescé.

« Il m'a regardée dans les yeux et m'a souri, ravi par ma prompte repartie. Ses yeux étaient d'un bleu froid et translucide comme je n'en avais jamais vu. Il avait un sourire doux et délicieux, comme s'il sentait l'emprise qu'il avait sur moi. Quelques années plus tard, quand on a su que mon oncle, Victor Lévi-Franche, avait déshonoré notre famille en espionnant pour le compte de cet homme, je me suis demandé si ce n'était pas mon nom de famille qui l'avait amusé, plutôt que l'étymologie de mon prénom.

« Il m'a tendu la main et il m'a lancé : "Venez, ma messagère des bonnes nouvelles." Je lui ai pris la main et en cet instant, tandis que nos deux peaux se touchaient pour la première fois, la vie que je menais jusqu'alors s'est volatilisée et une nouvelle a débuté.

« Il s'appelait Percival Grigori, troisième du nom.

Gabriella jeta un coup d'œil à Verlaine pour jauger sa réaction.

— Le même que… balbutia-t-il.

— Le seul et l'unique, confirma Gabriella. Je n'avais alors aucune idée de qui il était ni de ce que représentait son nom de famille. Si j'avais été plus âgée et à l'Académie depuis plus longtemps, j'aurais fui. Mais dans mon ignorance, j'étais sous le charme.

« Nous sommes partis sous son grand parapluie violet. Il m'a pris par le bras et m'a guidée à travers les ruelles détrempées jusqu'à son automobile, un roadster Mercedes 500 K, un fantastique bolide argenté qui brillait même sous la pluie. Je ne sais pas si vous aimez les voitures, mais c'était un engin sublime, pourvu de tous les raffinements imaginables à l'époque – essuie-glaces et serrures électriques, carrosserie somptueuse. Ma famille possédait une automobile, ce qui était déjà un luxe, mais je n'en avais jamais vu de semblable. Ces voitures étaient excessivement rares. Une 500 K de l'entre-deux-guerres a été vendue aux enchères à

Londres, il y a quelques années. Je m'y suis rendue pour la voir. Elle a été adjugée à sept cent mille livres.

« Percival a ouvert la portière avec une révérence, comme pour m'inviter à prendre place à bord d'un carrosse. Je me suis enfoncée dans le siège en cuir moelleux, auquel ma peau humide collait, et j'ai pris une grande inspiration : l'habitacle sentait l'eau de Cologne mêlée à une touche de fumée de cigarette. Le tableau de bord luisant, en écaille, était hérissé de boutons et une paire de gants de conduite, posée sur le volant, attendait que leur propriétaire les enfile. Je me suis blottie sur le siège, consumée de plaisir.

« Je me souviens assez nettement de mon sentiment, lorsque nous avons emprunté le boulevard Saint-Michel, puis traversé l'île de la Cité sous la pluie de plus en plus forte. Et ce sentiment, je crois que c'était de la peur, même si, sur le moment, j'ai pensé que c'était de l'amour. Je ne percevais pas le danger que représentait Percival. À mes yeux, ce n'était qu'un jeune homme qui conduisait à tombeau ouvert. Je suis aujourd'hui convaincue que, d'instinct, je le craignais. Pourtant, il avait volé mon cœur sans effort. Je le détaillais, m'attardant sur sa fascinante peau pâle et ses longs doigts délicats sur le levier de vitesse. J'étais incapable de parler. Nous avons franchi les ponts à toute allure et tourné dans la rue de Rivoli. Les essuie-glaces balayaient le pare-brise, y découpant une lucarne.

« "Naturellement, je vous emmène déjeuner, a annoncé Percival en s'arrêtant devant un grand hôtel à deux pas de la place de la Concorde. Je vois que vous avez faim."

« "Comment peut-on voir la faim ?" ai-je répliqué, avec un air défi, bien qu'il ait raison : je n'avais pas pris de petit déjeuner et j'étais affamée.

« "J'ai un don, a-t-il prétendu en tirant le frein à main, avant de retirer ses gants, doigt après doigt. Je devine le moindre de vos désirs avant que vous en ayez conscience."

« "Dans ce cas, dites-moi : qu'est-ce que je souhaite pardessus tout ?" ai-je rétorqué, dans l'intention de paraître plus hardie et expérimentée que je l'étais.

« Il m'a scrutée un moment et, comme lors des premières secondes de notre rencontre, j'ai lu fugacement dans ses yeux bleus une envoûtante cruauté.

« "Une belle mort", a-t-il chuchoté d'une voix si douce que je crus avoir mal entendu.

« Puis il est descendu de voiture. Avant que j'aie le temps de l'interroger sur cette étrange réponse, il a ouvert ma portière, m'a aidée à sortir et nous avons pénétré dans le restaurant bras dessus, bras dessous. Il s'est arrêté devant une glace à dorure, a quitté son chapeau et son manteau et dardé des regards réprobateurs à l'armée de serveurs qui se précipitait vers nous, comme s'ils étaient trop lents à son goût. J'ai étudié son reflet dans le miroir – son profil, la magnifique coupe de son costume de gabardine gris clair, presque bleu dans la clarté crue, assorti à ses yeux. Sa peau était mortellement pâle, presque transparente, et pourtant, cela le rendait encore plus attirant, à l'instar d'un objet précieux conservé à l'abri du soleil.

Verlaine avait du mal à concilier la description de Gabriella avec l'image de l'homme qu'il avait vu la veille. Mais au lieu de la questionner comme il l'aurait souhaité, il se contenta d'écouter.

— En quelques secondes, on nous a débarrassés de nos manteaux et un serveur nous a escortés dans une salle de bal reconvertie en restaurant, qui donnait sur un jardin. Je sentais que Percival Grigori me surveillait du coin de l'œil et guettait mes réactions avec un intense intérêt.

« Nous n'avons pas consulté de menus ni même commandé. On nous a servi du vin et nos assiettes sont arrivées comme si tout avait été arrangé à l'avance. Ce qui n'a pas manqué de produire l'effet escompté. Même si je faisais mine de le dissimuler, j'étais ébahie. J'avais beau avoir fréquenté les meilleures écoles et grandi au sein de la bourgeoisie parisienne, je m'apercevais bien que cet homme était d'un rang social nettement plus élevé. Baissant les yeux vers mes habits, j'ai pris conscience avec horreur que je portais l'uniforme de l'Académie – détail que j'avais négligé, électrisée par notre escapade. En outre, mes chaussures étaient éraflées et j'avais omis de me parfumer.

« "Vous rougissez, a-t-il constaté. Pourquoi ?"

« Je me suis bornée à considérer ma jupe plissée en laine, ainsi que mon chemisier blanc, et il a compris mon embarras.

« "Vous êtes la plus jolie créature ici présente, m'a-t-il assuré sans la moindre ironie. Vous avez l'air d'un ange."

« "J'ai l'air de ce que je suis, ai-je riposté, la fierté reprenant le dessus. D'une écolière déjeunant avec un homme riche plus âgé."

« "Je ne suis pas beaucoup plus vieux que vous", a-t-il répondu, facétieux.

« "C'est-à-dire ?" ai-je demandé.

« S'il ne semblait pas avoir plus de la vingtaine – ce qui, en effet, n'était guère plus âgé que moi –, ses manières et son assurance étaient celles d'un homme bien plus mûr.

« "Cela n'a guère d'intérêt, a-t-il affirmé, éludant ma question. Dites-moi : est-ce que vous aimez ce que vous étudiez ? Sûrement. Je suis propriétaire d'un appartement près de votre école et je vous ai repérée. Vous avez toujours l'apparence de quelqu'un qui passe trop de temps à la bibliothèque."

« Alors que j'aurais dû m'inquiéter de cet aveu, j'ai été parcourue par une onde de joie.

« "Vous m'avez remarquée ?" me suis-je récriée, flattée d'avoir attiré son attention.

« "Bien sûr, m'a-t-il dit, en prenant une gorgée de vin. Je ne peux pas traverser la cour sans espérer vous croiser. C'en est même plutôt ennuyeux, surtout quand vous n'êtes pas là. Vous devez bien vous rendre compte de votre beauté."

« J'ai pris le temps de manger une bouchée de canard rôti, appréhendant d'ouvrir la bouche.

« "Vous avez raison, ai-je enfin lâché. J'aime énormément ce que j'étudie."

« "Si ça vous passionne tellement, vous devez absolument m'en parler."

« Et l'après-midi s'est poursuivi ainsi, en une succession de plats délicieux, de verres de vin et d'échanges à bâtons rompus. De toute ma vie, je n'ai eu que deux confidents – trois peut-être, avec vous. Je ne suis pas le genre de femme qui apprécie les bavardages inutiles. Pourtant, il n'y avait pas un seul instant de silence entre nous. C'était comme si nous avions délibérément emmagasiné des anecdotes à nous raconter. À mesure que nous discutions, je me sentais de plus en plus attirée. J'étais sous le charme de son éloquence. Si j'ai fini par m'enticher de son physique avec un égal abandon, c'est d'abord son intelligence qui m'a séduite.

« Au fil des semaines, je me suis attachée de plus en plus à lui, au point qu'il m'est devenu insupportable de rester une journée sans le voir. En dépit de ma passion pour mes études et de ma dévotion à l'angéologie, je ne pouvais me passer de lui. Nous nous retrouvions dans un appartement qu'il possédait non loin de l'Académie d'angéologie, où nous nous cloîtrions durant les chauds après-midi de l'été 1939. Et finalement, ces heures alanguies dans la chambre de Percival, toutes fenêtres ouvertes, en sont venues à prendre le pas sur mes cours. Je me suis mise à en vouloir à ma colocataire, qui me posait des questions, et à mes professeurs, qui m'empêchaient d'être en permanence avec Percival.

« Dès notre rencontre, j'avais pressenti qu'il avait quelque chose d'étrange, mais j'ai choisi d'ignorer mon instinct et de continuer à le fréquenter. Dès notre première nuit, j'ai su que j'étais tombée dans un piège, même si je n'aurais su formuler la nature du danger et si je ne me figurais pas combien j'allais en pâtir. C'est seulement au bout de quelques semaines qu'il s'est dévoilé. Jusqu'alors, il avait toujours conservé ses ailes rétractées – supercherie que j'aurais dû percer à jour, mais qui m'avait bernée. Un après-midi, alors que nous faisions l'amour, il les a simplement déployées et m'a enveloppé dans une étreinte dorée. J'aurais dû rompre à ce moment-là, mais il était trop tard. J'étais complètement sous son empire. À ce que l'on dit, ainsi en était-il jadis entre les anges renégats et les femmes de leur temps, dont la passion avait chamboulé la Terre et le Ciel. Je n'étais qu'une gamine. J'aurais vendu mon âme par amour.

« Et à bien des égards, c'est ce que j'ai fait. À mesure que notre relation évoluait, j'ai commencé à lui transmettre divers secrets sur la Société d'angéologie. En retour, il m'a fourni les moyens de progresser rapidement dans la hiérarchie, d'acquérir du prestige et de l'influence. Au début, il s'est contenté des renseignements mineurs – l'adresse de nos locaux à Paris, les dates de réunion du conseil. Je lui en ai volontiers fait part. Puis, quand ses exigences se sont accrues, j'y ai cédé. Et, lorsque j'ai enfin saisi à quel point Percival était dangereux et que je devais me soustraire à son ascendant, il était trop tard : il a menacé de dévoiler notre liaison à mes professeurs. J'étais terrifiée par la perspective d'être démasquée, car cela se serait traduit par mon exclusion de la communauté au sein de laquelle j'avais toujours vécu.

« Pourtant, il m'était de plus en plus difficile de garder cette aventure secrète. Lorsqu'il est apparu que j'étais sur le point d'être découverte, j'ai tout confessé à l'un de mes enseignants, Raphael Valko, qui a décidé que j'étais bien placée pour servir l'angéologie. Je suis devenue un agent double. Alors que Percival était persuadé que j'œuvrais pour lui, je faisais tout mon possible pour contrecarrer l'action de sa famille. L'affaire s'est encore compliquée avec l'entrée en guerre. En dépit de mon abattement, je remplissais mon rôle. Je fourguais aux Nephilim de fausses informations sur les activités de la Société et je rapportais les secrets que j'avais glanés sur le monde fermé des Nephilim à Raphael Valko, qui en faisait profiter ses étudiants. Et c'est moi qui ai orchestré ce qui devait être notre plus grande victoire – un plan visant à remettre aux Nephilim une réplique de la lyre et à conserver l'original.

« L'idée était simple. Seraphina et Raphael Valko savaient que nos ennemis étaient au courant de notre expédition dans les Rhodopes et qu'ils nous harcèleraient jusqu'à ce que l'instrument soit en leur possession. Mes professeurs ont donc suggéré une diversion. Ils ont fait confectionner une lyre similaire à celles de la Thrace antique, avec des bras recourbés et une lourde caisse de résonance. L'instrument avait été fabriqué par notre meilleur musicologue, Josephat Michael, qui s'était attaché aux moindres détails et avait filé des cordes en soie autour desquelles il avait enroulé des crins de cheval blancs. Quand nous avons récupéré la véritable lyre, nous avons constaté qu'elle était de facture bien meilleure que sa copie – son corps était fait d'un matériau métallique proche du platine, mais inconnu sur terre. Michael a baptisé ce métal valkine, en l'honneur des Valko. Les cordes étaient constituées de filaments torsadés luisants et dorés, que Josephat Michael a identifiés comme des cheveux de l'archange Gabriel.

« En dépit de ces différences manifestes, les Valko ont estimé que la seule solution était de nous en tenir à ce qui était prévu. J'ai averti Percival que le convoi transportant la lyre traverserait Paris vers minuit et il a organisé une embuscade. Si tout s'était déroulé comme nous l'envisagions, après qu'il eut capturé Seraphina Valko et exigé la lyre en échange de sa libération, le conseil aurait accepté la transaction, Seraphina Valko aurait été relâchée et les Nephilim auraient cru avoir triomphé. Mais les choses ont mal tourné.

« Il était convenu que Raphael Valko et moi voterions en faveur de l'échange et nous pensions que la majorité du conseil nous emboîterait le pas. Mais, pour des raisons qui nous échappent, ça n'a pas été le cas. Il y a eu égalité parfaite des voix et c'est à Célestine Clochette, qui avait participé à l'expédition, qu'il est revenu de trancher. Elle n'était pas au fait de notre plan, de sorte qu'elle a agi selon ce qu'elle croyait son devoir d'angéologue et s'est prononcée contre l'échange. J'ai tenté de remédier à ce revers en apportant à Percival la fausse lyre, que j'ai prétendu avoir volée pour lui. Mais il était trop tard. Percival avait déjà tué Seraphina Valko.

« Je ne me suis jamais pardonné la mort de mon professeur. Mais mes tribulations n'ont pas pris fin avec cette terrible nuit. Voyez-vous, envers et contre tout, j'aimais Percival Grigori – du moins, j'adorais ce qu'il me faisait ressentir. Ça me paraît incroyable aujourd'hui, mais, même après ma capture, après qu'il m'eut laissé me faire torturer, je n'étais toujours pas parvenue à renoncer à lui. Je l'ai revu une dernière fois, en 1944, après le Débarquement. Je savais qu'il voulait fuir avant de se faire prendre et j'avais besoin de lui dire adieu. Nous avons passé une dernière nuit ensemble et, quelques semaines plus tard, horrifiée, je me suis rendu compte que je portais son enfant. Désespérée, je me suis adressée à la seule personne qui connaissait la nature de ma relation avec Percival. Raphael Valko, mon ancien professeur, qui était au courant de ce que j'avais subi pour notre cause, a compris qu'il fallait les empêcher de mettre la main sur mon bébé. Notre mariage a fait scandale, car beaucoup d'angéologues étaient encore sous le coup de la mort de Seraphina Valko, mais il m'a permis de préserver mon secret. Ma fille, Angela, est née en 1945. Et bien des années plus tard, elle aussi a eu une fille : Évangéline.

Verlaine tressaillit.

— Percival Grigori est le grand-père d'Évangéline ? s'exclama-t-il, incapable de masquer son incrédulité.

— Oui. C'est la petite-fille de Percival Grigori qui vous a sauvé la vie ce matin.

Salle Rose, couvent Sainte-Rose, Milton, État de New York

Évangéline poussa le fauteuil roulant de Célestine jusqu'à la longue table de conférence en bois de la salle Rose, autour de laquelle étaient déjà réunies les neuf doyennes voûtées et ridées du couvent, des mèches de cheveux blancs dépassant de leurs voiles. Parmi elles se trouvait mère Perpetua, une religieuse austère et corpulente arborant la même tenue moderne qu'Évangéline. Leur attention à toutes était rivée sur Évangéline et Célestine, preuve que sœur Philomena les avait prévenues des événements de la veille. Debout en bout de table, celle-ci s'exprimait d'ailleurs avec passion sur le sujet quand Évangéline s'installa et aperçut la lettre de Gabriella étalée devant les sœurs.

— Les informations que vous avez sous les yeux, conclut Philomena, nous apporteront la victoire dont nous rêvons depuis si longtemps. Si la lyre est cachée parmi nous, nous devons la trouver le plus vite possible. Après quoi, nous serons prêtes à passer à l'action.

— Et dites-moi, sœur Philomena, quel genre d'action avez-vous en tête ? rétorqua mère Perpetua avec une expression dubitative.

— Je ne pense pas qu'Abigail Rockefeller soit morte sans laisser d'indications sur la cachette de la lyre. Il est temps que nous apprenions la vérité. Que nous avez-vous dissimulé, Célestine ?

Évangéline considéra Célestine, inquiète pour la santé de

son aînée. Celle-ci avait considérablement décliné en l'espace de vingt-quatre heures. Elle avait le teint cireux, les mains croisées dans son giron, et elle était si tassée dans son fauteuil qu'elle paraissait à deux doigts d'en tomber. Évangéline avait hésité à l'amener à cette réunion, mais dès que Célestine avait été informée de tout ce qui s'était produit, de la visite de Verlaine aux lettres de Gabriella, elle avait insisté. D'une voix chevrotante, elle répondit :

— Je n'en sais pas plus sur la lyre que vous, Philomena. Pendant toutes ces années, je me suis, comme vous, interrogée sur l'endroit où elle se trouvait. Mais contrairement à vous, j'ai appris à tempérer mon désir de vengeance.

— Ma volonté de retrouver la lyre n'est pas uniquement dictée par la vengeance, lui objecta Philomena. Allons ! Le moment est venu. Si nous ne la récupérons pas, les Nephilim s'en empareront.

— Ils ont perdu sa piste, riposta mère Perpetua.

— Vous avez cinquante ans, Perpetua, vous êtes trop jeune pour comprendre pourquoi je m'oppose à ce que nous restions passives. Vous n'avez pas été témoin des ravages de ces créatures. Vous n'avez pas vu votre demeure bien-aimée détruite par les flammes. Vous n'avez pas porté le deuil de plusieurs de vos sœurs. Vous n'avez pas vécu chaque jour dans la peur qu'ils reviennent.

Célestine et Perpetua échangèrent un regard où se mêlaient inquiétude et lassitude, comme si elles avaient déjà entendu Philomena discourir sur la question à maintes reprises.

— Nous avons conscience que les événements auxquels vous avez assisté lors de l'attaque de 1944 alimentent votre envie d'en découdre, reprit mère Perpetua. Vous avez vu les pires atrocités dont sont capables les Nephilim. Il est certes difficile de sanctionner l'inaction face à de telles abominations. Mais il y a bien longtemps, nous nous sommes prononcées en faveur de la paix. Du pacifisme. De la neutralité. Du secret. Tels sont les principes de notre communauté.

— Tant que personne ne sait où est la lyre, les Nephilim ne trouveront rien, affirma Célestine.

— Mais nous, nous le pouvons, fit valoir Philomena. Nous sommes si près du but.

Sœur Célestine leva la main et passa en revue les religieuses rassemblées autour de la table, d'une voix si basse que sœur Boniface, assise à l'autre bout de la pièce, dut ajuster son appareil auditif. Célestine se cramponnait aux accoudoirs de son fauteuil, les phalanges blanchies par l'effort, pour ne pas tomber.

— C'est vrai, l'heure de l'affrontement approche. Mais je ne suis pas d'accord avec Philomena. Notre position de résistance pacifique est sacrée. Nous ne devons pas craindre la tournure des événements. L'ascension et la chute des Nephilim sont dans l'ordre des choses. Notre devoir est de résister, et il nous faut nous préparer à cela. Mais le plus important est de ne pas succomber à la bassesse et à la traîtrise comme nos ennemis. Nous devons préserver notre héritage pacifique de dignité et d'humanisme. Mes sœurs, n'oublions pas les idéaux de nos fondatrices. Si nous restons fidèles à nos traditions, le temps nous donnera raison.

— Le temps est un luxe que nous n'avons pas ! clama Philomena, les traits déformés par l'exaltation. Les Nephilim ne tarderont pas à fondre sur nous comme il y a un demi-siècle. Avez-vous oublié le préjudice que nous avons subi ? L'odieuse folie meurtrière de ces créatures sanguinaires ? Ne vous souvenez-vous pas du sort horrible de mère Innocenta ? Nous serons anéanties si nous n'agissons pas.

— Notre mission est trop importante pour que nous prenions des initiatives irréfléchies, riposta Célestine.

Elle avait repris des couleurs et, l'espace d'un instant, Évangéline entrevit la jeune femme passionnée qui était arrivée à Sainte-Rose cinquante-cinq ans auparavant. Mais l'effort qu'elle avait fourni pour parler l'avait épuisée. Elle porta une main tremblante à sa bouche et eut une quinte de toux. Elle s'avisa de sa faiblesse physique avec détachement, comme si elle constatait que si son esprit était toujours aussi ardent, son corps n'était plus que cendres.

— Votre santé vous empêche de penser clairement, lança Philomena. Vous n'êtes pas en état de prendre des décisions aussi capitales.

— Innocenta avait sensiblement les mêmes vues, argua mère Perpetua. Bon nombre d'entre nous se rappellent son attachement à la résistance pacifique.

— Et voyez le résultat ! tempêta Philomena. Ils l'ont éliminée sans merci. (Elle se tourna vers Célestine.) Vous n'avez pas le droit de garder pour vous la cachette de la lyre, Célestine. Tout ce qu'il faut pour la retrouver est là, je le sais.

— Vous ne savez rien sur la lyre, ni sur les dangers dont elle s'accompagne, laissa tomber Célestine mais d'une voix si ténue qu'Évangéline l'entendit à peine.

Elle se tourna vers sa cadette, lui posa une main sur le bras et murmura :

— Venez, inutile d'ergoter plus longtemps. J'ai quelque chose à vous montrer.

Évangéline quitta la salle Rose en poussant Célestine à travers le couloir jusqu'à un ascenseur vétuste à l'autre bout du couvent. Elle manœuvra la chaise roulante à l'intérieur de la cabine et les portes se refermèrent avec un soupir métallique. Comme Évangéline allait appuyer sur le bouton du troisième étage, Célestine la retint. D'un doigt tremblotant, elle pressa un bouton sans chiffre. L'ascenseur commença à descendre par à-coups. Il s'arrêta au sous-sol et les portes s'écartèrent en grinçant.

Évangéline agrippa les poignées du fauteuil et avança dans les ténèbres. Célestine actionna un interrupteur et une série de lampes de faible intensité s'allumèrent. Une fois accoutumée à la lumière, Évangéline constata qu'elles étaient dans la cave du couvent. Elle devina, au ronronnement des lave-vaisselle industriels et aux gargouillements d'eau dans les canalisations, qu'elles devaient se trouver juste en dessous de la cafétéria. Elle poussa la chaise roulante jusqu'à l'autre bout du sous-sol. Célestine jeta un coup d'œil derrière elle pour s'assurer qu'elles étaient seules, puis indiqua une porte en bois si ordinaire qu'Évangéline l'aurait prise pour un placard à balais.

Célestine sortit une clef de sa poche et la remit à sa cadette, qui, après quelques essais infructueux, réussit à la faire tourner dans la serrure.

Évangéline tira sur un cordon qui pendait dans l'embrasure et une ampoule éclaira un passage en brique étroit et pentu. Retenant le fauteuil de Célestine, la jeune sœur descendit à pas mesurés. La lumière diminua progressivement, jusqu'à ce que la galerie débouche dans une salle qui sentait le renfermé. Évangéline tira sur un second cordon, qui lui aurait complètement échappé s'il ne lui avait pas effleuré la joue avec la douceur d'un fil d'araignée. Une vieille lampe s'éclaira en grésillant, comme sur le point de griller à tout instant. Les murs étaient couverts de moisissures et des bancs d'église renversés jonchaient le sol. Des fragments de vitraux fendillés et quelques dalles de marbre du même blanc laiteux et du même type que celles de l'autel, reliquats de la construction de Marie-des-Anges, étaient appuyés contre la paroi. Au milieu de la pièce trônait un chauffe-eau rouillé revêtu d'une épaisse couche de poussière et de toiles d'araignées pareille à de la peau morte. La pièce n'avait pas dû être nettoyée depuis des décennies.

Derrière le chauffe-eau, Évangéline aperçut une nouvelle porte, tout aussi anodine que la première. Elle y conduisit Célestine, mais, cette fois, prit ses propres clefs et fit une tentative avec son passe-partout. Comme par miracle, la porte s'ouvrit. De l'autre côté, Évangéline distingua une vaste salle remplie de meubles. Elle abaissa un commutateur au mur et son impression se vit confirmée. Ce long espace étroit, dont le plafond bas était soutenu par des poutres en bois sombre, avait quasiment les mêmes dimensions que la nef de l'église. Le sol était garni de tapis d'Orient de toutes les couleurs – pourpre, émeraude, bleu roi – et les murs ornés de tapisseries tissées de fil d'or représentant des anges, qui parurent assez anciennes à Évangéline – du Moyen Âge, peut-être. Une grande table encombrée de manuscrits occupait le centre de la pièce.

— Une bibliothèque secrète, ne put s'empêcher de murmurer Évangéline.

— Oui, acquiesça Célestine. Au XIXe siècle, les chercheurs et les dignitaires en visite chez nous y passaient des heures. Innocenta y tenait les assemblées générales. L'endroit est à l'abandon depuis de nombreuses années. Mais c'est le lieu le plus sûr de tout le couvent.

— Y a-t-il d'autres personnes au courant de son existence ?

— Peu, répondit Célestine. Quand l'incendie s'est déclaré en 1944, la plupart des sœurs se sont précipitées vers la cour. Mère Innocenta, elle, s'est dirigée vers l'église pour détourner l'attention des Nephilim du couvent. Mais avant cela, elle m'avait donné l'instruction d'aller mettre des documents à l'abri ici. J'avais encore du mal à m'orienter et Innocenta n'avait pas eu le temps de me fournir des indications détaillées, mais j'ai fini par découvrir cette salle. J'ai mis en sécurité tout ce qu'Innocenta m'avait confié et je me suis hâtée de gagner la cour, mais à mon grand désespoir, le feu s'était déjà propagé partout. Les Nephilim étaient repartis et Innocenta était morte.

Célestine posa une main sur celle d'Évangéline.

— Venez, reprit-elle. J'ai quelque chose pour vous.

Elle désigna une magnifique tapisserie de l'Annonciation qui figurait Gabriel, les ailes repliées dans le dos et la tête baissée, apprenant à la Vierge qu'elle allait mettre au monde le Christ.

— Le messager de la bonne nouvelle, commenta Célestine. Bien sûr, le message est plus ou moins sacré selon le destinataire. Mais vous, ma chère, en êtes digne. Écartez donc la tenture du mur.

Évangéline s'exécuta et révéla un coffre-fort en cuivre qui affleurait de la paroi.

— Trois-trois-trois-neuf, énonça Célestine en montrant le cadran numéroté. Le nombre d'ordres au sein de chaque sphère, suivi de leur total au sein du chœur céleste.

Évangéline fronça les sourcils pour discerner les chiffres du cadran et composa la combinaison sous la dictée de

Célestine, en prêtant l'oreille aux disques métalliques qui coulissaient. Enfin le coffre-fort émit un déclic, elle tourna la poignée et la porte s'ouvrit. Le coffre contenait une mallette en cuir qu'Évangéline déposa sur la table, les mains tremblantes, avant de rapprocher le fauteuil de Célestine.

— C'est la valise que j'ai apportée de Paris, l'informa Célestine avec un soupir, comme si ce moment constituait l'aboutissement de tous ses efforts. Elle est là, à l'abri, depuis 1944.

Évangéline caressa le cuir frais et luisant. Les fermoirs en laiton brillaient comme des sous neufs. Célestine ferma les yeux et serra les accoudoirs de son fauteuil.

Évangéline se souvint de la gravité de la maladie de son aînée. Leur expédition dans les profondeurs de Sainte-Rose devait avoir exténué Célestine.

— Vous êtes fatiguée, lui dit-elle. Il est terriblement inconsidéré de ma part de vous avoir emmenée jusqu'ici. Je crois qu'il est temps que je vous reconduise à votre chambre.

— Chut, mon enfant, répliqua Célestine, coupant court à ses excuses d'un geste de la main. J'ai une dernière chose à vous transmettre.

Elle fouilla dans la poche de son habit et plaça dans la main d'Évangéline un morceau de papier.

— Mémorisez cette adresse, recommanda-t-elle. C'est là que réside votre grand-mère, en tant que présidente de la Société d'angéologie. Elle vous accueillera à bras ouverts et poursuivra mes explications là où je me suis arrêtée.

— Ce sont les coordonnées que j'ai trouvées dans mon dossier au Bureau des missions ce matin ! s'exclama Évangéline. Celles qui figuraient sur les lettres de Gabriella.

— Tout à fait. Il est temps. Sous peu, vous découvrirez votre destinée, mais pour l'heure, vous devez emporter cette mallette loin d'ici. Percival Grigori n'est pas le seul à avoir des vues sur les lettres d'Abigail Rockefeller.

— Les lettres d'Abigail Rockefeller ? s'étonna Évangéline. Cette valise ne contient pas la lyre ?

— Les lettres vous y mèneront. Notre chère Philomena les cherche depuis des lustres. Elles ne sont plus en sécurité ici. Vous devez partir avec sur-le-champ.

— Si je m'en vais, pourrai-je revenir ?

— Vous mettriez toutes les autres en danger. L'angéologie est un sacerdoce. Une fois lancé dans cette voie, on ne peut plus la quitter. Et vous, Évangéline, vous y êtes déjà engagée.

— Mais vous, vous avez bien tourné le dos à l'angéologie, objecta Évangéline.

— Et voyez le gâchis qui en a résulté, déplora Célestine en palpant le chapelet à sa ceinture. On pourrait dire que ma retraite à Sainte-Rose est partiellement responsable de la menace qui plane sur votre jeune visiteur.

Célestine fit une pause, comme pour permettre à ses paroles de faire effet.

— N'ayez pas peur, continua-t-elle en saisissant la main d'Évangéline. Chaque chose en son temps. Vous renoncez à cette vie, mais vous héritez d'une autre. Vous vous inscrivez dans une longue et honorable lignée : Christine de Pizan, Claire d'Assise, Isaac Newton ou même saint Thomas d'Aquin n'ont pas hésité à s'investir dans notre discipline. L'angéologie est une noble vocation – peut-être la plus haute qui soit. Il n'est pas facile de faire partie des élus. Vous devrez être courageuse.

Au cours de leur échange, une transformation s'était produite en Célestine – le mal avait, semble-t-il, reculé, et un éclat de fierté s'était ranimé dans ses yeux noisette. D'une voix forte et assurée, elle professa :

— Gabriella sera fière de vous. Mais je le serai encore plus. Dès votre arrivée ici, j'ai su que vous feriez une angéologue hors pair. Quand votre grand-mère et moi étudiions à Paris, nous étions capables de deviner à coup sûr lesquels de nos camarades réussiraient et lesquels échoueraient. Cette aptitude à identifier de nouveaux talents est une sorte de sixième sens.

— Dans ce cas, j'espère que je ne vous décevrai pas, ma sœur.

— Vous lui ressemblez tellement que ça en est troublant. Vos yeux, votre bouche, votre démarche... C'est inouï. Vous pourriez être sa sœur jumelle. Je prie pour que l'angéologie vous convienne aussi bien qu'à Gabriella.

Évangéline aurait voulu questionner Célestine à propos de leur différend, mais avant qu'elle ait pu exprimer sa pensée, Célestine lui demanda d'une voix brisée par l'émotion :

— Dites-moi, qui est votre grand-père ? Êtes-vous la petite-fille de Raphael Valko ?

— Je l'ignore, avoua Évangéline. Mon père refusait d'aborder la question.

Une ombre passa sur le visage de Célestine, mais se dissipa aussitôt, remplacée par une profonde sollicitude.

— Il est temps d'y aller, chuchota-t-elle. Vous allez devoir faire preuve de finesse pour vous éclipser.

Évangéline s'apprêta à repasser derrière le fauteuil, quand, à sa grande surprise, Célestine l'attira vers elle et l'étreignit.

— Dites à Gabriella que je lui pardonne, lui murmura-t-elle à l'oreille. Dites-lui que je comprends qu'il n'y avait pas de solutions simples. Nous avons tous fait ce que nous devions pour survivre. Dites-lui que ce qui est arrivé à Seraphina Valko n'était pas sa faute et surtout, que tout ça est derrière nous.

Évangéline rendit à Célestine son étreinte et perçut la maigreur et la fragilité de la vieille femme sous son ample habit. Elle empoigna la mallette, la soupesa, la passa en bandoulière et refit en sens inverse le trajet depuis l'ascenseur en poussant Célestine. Une fois au troisième étage, il lui faudrait être rapide et discrète. Elle prenait déjà ses distances avec le couvent, s'en détachait peu à peu. Jamais plus elle ne parcourrait les couloirs sombres de Sainte-Rose à cinq heures moins le quart du matin pour aller prier. Évangéline doutait qu'elle pût un jour aimer autant un autre endroit, mais son départ n'en était pas moins inévitable.

Couvent Sainte-Rose, Milton, État de New York

Otterley gara la Jaguar en marche arrière au milieu des pins, dans un renfoncement à l'extérieur de l'enceinte du couvent, hors de vue. Elle coupa le moteur et descendit dans la neige, laissant les clefs sur le contact. Ils avaient décidé d'un commun accord qu'il valait mieux que Percival – qui n'aurait pas été d'une grande aide en cas d'affrontement physique – se tienne à distance. Sans un mot à son frère, Otterley referma la portière et, d'un pas vif, se dirigea vers le couvent par un sentier verglacé.

Percival connaissait Gabriella et il savait qu'une action coordonnée serait nécessaire pour la capturer. Il avait insisté pour qu'Otterley téléphone aux Gibborim et avait appris que ces derniers patrouillaient sur les petites routes aux abords du pont Tappan Zee, quelques kilomètres plus au sud. Percival doutait que ces créatures fussent efficaces face à Gabriella et il souhaitait être prêt à intervenir en cas d'échec. Il était impératif de l'intercepter avant qu'elle atteigne Sainte-Rose.

Il étendit les jambes, à l'étroit dans la voiture, et considéra, à travers le pare-brise poussiéreux, la silhouette du couvent à peine visible entre les arbres. Si les Gibborim que leur avait envoyés Sneja – une centaine au moins – étaient ponctuels, ils devaient déjà se trouver dans les parages, attendant qu'Otterley donne le signal de l'attaque. Percival tira son téléphone de sa poche et composa le numéro de sa mère, mais n'obtint aucune réponse. Il avait essayé de la joindre toute la matinée, sans résultat. Il avait laissé plusieurs messages à la servante Anakim, chaque fois que celle-ci avait pris la peine de décrocher, mais elle avait manifestement omis de les transmettre à Sneja.

Percival ouvrit la portière et se redressa, frustré de son impuissance. C'est lui qui aurait dû organiser toute cette opération. Lui qui aurait dû entrer dans le couvent à la tête des Gibborim. Au lieu de quoi, c'était sa sœur qui s'en chargeait, tandis qu'il s'évertuait à contacter sa génitrice vraisemblablement en train de barboter dans son jacuzzi sans une pensée pour son fils.

Il marcha jusqu'au bord de la route, à l'affût de Gabriella, puis recomposa le numéro de Sneja. Contre toute attente, on répondit à la première sonnerie.

— Oui ? s'enquit une voix rauque et autoritaire.

— Nous sommes sur place, mère.

Percival entendait de la musique et des voix en arrière-fond et en déduisit que Sneja devait être au milieu de l'une de ses réceptions.

— Et les Gibborim ? s'informa sa mère. Ils sont prêts ?

— Otterley s'occupe des préparatifs avec eux.

— Seule ? s'émut Sneja, avec un ton de reproche. Comment veux-tu que ta sœur s'en sorte, sans aide ? Il y a presque une centaine de créatures à commander.

Percival eut le sentiment que sa mère venait de le gifler. Elle devait bien se rendre compte que sa maladie l'empêchait de participer à l'assaut. Céder le commandement à Otterley était humiliant et constituait un acte de renoncement auquel il espérait que Sneja serait sensible.

— Otterley est plus qu'apte à faire face, affirma Percival, contenant sa colère. Je surveille l'entrée du couvent pour parer à toute intervention intempestive.

— L'aptitude d'Otterley importe peu, riposta Sneja.

Percival perçut une inflexion dans la voix de sa mère, mais ne comprit pas ce qu'elle sous-entendait.

— A-t-elle déjà fait preuve d'incompétence ?

— Mon chéri, Otterley n'est pas en mesure de prouver quoi que ce soit. Malgré ses fanfaronnades, elle est en fâcheuse posture.

— De quoi veux-tu parler ? s'inquiéta Percival.

Au loin, une mince colonne de fumée montait du couvent, indiquant que l'attaque avait débuté. Sa sœur semblait très bien se débrouiller sans lui.

— Quand as-tu vu les ailes de ta sœur pour la dernière fois ?

— Je ne sais pas. Pas depuis une éternité.

— Je vais te dire quand. En 1848, à Paris, pour le bal célébrant leur apparition.

Percival s'en souvenait clairement. Otterley n'avait ses ailes que depuis peu et, comme n'importe quelle jeune Nephilim, elle les arborait avec orgueil. Elles étaient aussi colorées que celles de Sneja, bien qu'assez petites, même s'il allait de soi qu'elles grandiraient avec le temps.

— Si tu te demandes pourquoi cela fait aussi longtemps qu'Otterley n'a pas exhibé ses ailes, c'est parce qu'elles ne se sont jamais développées, continua Sneja. Elles sont petites et inutiles – des ailes d'enfant. Elle est incapable de voler et ne peut se montrer ainsi. Tu imagines à quel point elle serait ridicule si elle déployait des appendices aussi grotesques ?

— Je n'en avais aucune idée, balbutia Percival, interloqué.

En dépit de son ressentiment à l'égard de sa sœur, il était très protecteur envers elle.

— Ça ne m'étonne guère, ironisa Sneja. Tu ne te préoccupes que de ton plaisir et de tes souffrances personnelles. Ta sœur fait de son mieux pour cacher sa triste condition depuis plus d'un siècle. Mais la vérité, c'est qu'elle n'est pas comme toi ou moi. Tes ailes étaient naguère splendides. Et les miennes sont sans pareilles. Otterley est de race inférieure.

— Tu penses qu'elle n'est pas à même de mener les Gibborim, conclut Percival, saisissant pourquoi sa mère venait de lui confier un tel secret. Tu crains qu'elle perde le contrôle lors de l'assaut.

— Si seulement tu avais pu assumer ton rôle, mon fils, soupira Sneja d'une voix résignée. Si seulement tu avais pu être le champion de notre cause. Peut-être que…

Incapable de supporter un mot de plus, Percival raccrocha. Il scruta la route, dont le ruban noir s'étirait entre les arbres et disparaissait au détour d'un virage. Il n'était pas en état de venir en aide à Otterley. Il ne pouvait rien faire pour redorer le blason de sa famille.

Route 9W, Milton, État de New York

Le temps qu'ils parviennent aux environs de Milton, Gabriella et Verlaine avaient fumé la moitié du paquet de cigarettes et une dense odeur de fumée âcre emplissait la Porsche. Verlaine entrouvrit la fenêtre pour laisser pénétrer un filet d'air froid. Il aurait aimé que Gabriella poursuive son histoire, mais il ne voulait pas insister. Elle paraissait frêle et fatiguée, comme si l'évocation du passé l'avait vidée – des cernes noirs étaient apparus sous ses yeux et elle s'était légèrement tassée. L'abondante fumée qui tourbillonnait dans l'habitacle piquait les yeux du jeune homme, mais ne semblait guère gêner Gabriella. Elle accéléra, pressée de rejoindre le couvent.

Verlaine contempla par la vitre la forêt enneigée qui défilait. Les bouleaux, les érables à sucre et les chênes, dénudés par l'hiver, s'échelonnaient en rangs serrés à perte de vue de part et d'autre de la route. Il scruta les alentours en quête de signes indiquant qu'ils touchaient au but – un panneau en bois marquant l'entrée du couvent ou le clocher au-dessus des arbres. Il avait étudié l'itinéraire jusqu'à Sainte-Rose et repéré les ponts et les routes à emprunter. Le couvent n'était qu'à quelques kilomètres au nord de Milton. Ils n'allaient plus tarder à arriver.

— Jetez un coup d'œil dans le rétroviseur, ordonna Gabriella avec un calme déroutant.

Verlaine s'exécuta. Un 4 × 4 Mercedes noir les suivait de loin.

— Ils sont derrière nous depuis quelques kilomètres, précisa Gabriella. On dirait qu'ils n'ont pas renoncé à vous capturer.

— Vous êtes sûre que ce sont eux ? demanda-t-il en se retournant. Qu'est-ce qu'on fait ?

— Si j'essaie de fuir, ils nous pourchasseront. Si je continue tout droit, ils arriveront à Sainte-Rose en même temps que nous et nous devrons les affronter là-bas.

— Et qu'est-ce qui se passera ?

— Ils ne nous laisseront pas leur filer entre les doigts... pas cette fois.

Gabriella freina, donna un brusque coup de volant et s'engagea sur un chemin gravillonné. La Porsche dérapa, ses pneus dessinèrent un arc de cercle sur la route enneigée et les roues de droite décollèrent. L'espace d'un instant, le véhicule parut s'affranchir de la gravité, telle une boîte métallique chassant de droite et de gauche sur la glace, en quête d'adhérence. Gabriella ralentit, cramponnée au volant, tentant de conserver le contrôle. La Porsche se stabilisa et la conductrice accéléra, propulsant la voiture à l'assaut d'une colline, dans un rugissement de moteur assourdissant. Des gravillons crépitaient sur le pare-brise avec des impacts secs.

Verlaine regarda par-dessus son épaule. Le tout-terrain noir était toujours derrière eux.

— Ils se rapprochent, annonça-t-il.

Gabriella écrasa l'accélérateur. Au sommet de la montée, les bouquets d'arbres cédaient la place aux coteaux blanchis d'un vallon au fond duquel se détachait, le long de la route, une grange rouge délabrée semblable à une tache de sang sur la neige.

— J'aime beaucoup cette voiture, mais elle n'est pas assez rapide, dit Gabriella. Nous n'allons pas pouvoir les distancer. Nous devons trouver un moyen de les semer ou de nous cacher.

Verlaine parcourut le vallon du regard. Il n'y avait, jusqu'à la grange, que des champs gelés à perte de vue, après quoi le chemin gravissait en sinuant une seconde colline et se perdait dans un boqueteau de conifères.

— Allons-nous pouvoir atteindre le sommet ? s'inquiéta Verlaine.

— On dirait que nous n'allons pas avoir le choix.

Gabriella dépassa la grange et entama l'ascension de la seconde côte. Lorsqu'ils pénétrèrent dans le boqueteau, la Mercedes noire avait gagné tellement de terrain que Verlaine discernait les traits de leurs poursuivants. Celui qui occupait la place passager se pencha par la fenêtre avec une arme et ouvrit le feu sur eux, mais les manqua.

— Je ne peux pas aller plus vite, s'énerva Gabriella.

Gardant une main sur le volant, elle jeta son sac à main à Verlaine.

— Mon pistolet est à l'intérieur. Prenez-le.

Verlaine ouvrit la fermeture Éclair et farfouilla jusqu'à ce que ses doigts effleurent une masse de métal froid. Il extirpa un petit revolver argenté du fond du sac.

— Vous êtes vous déjà servi d'un pistolet ?

— Jamais.

— Retirez le cran de sûreté. Maintenant, baissez la vitre. Accrochez-vous. Bien, tendez le bras.

Verlaine obéit, tandis que le passager du 4 × 4 les visait à nouveau.

— Encore un instant… commanda Gabriella.

Elle se déporta dans la voie opposée et ralentit afin que Verlaine ait le pare-brise de la Mercedes en ligne de mire.

— Allez-y, ordonna Gabriella. Feu !

Verlaine pressa la détente. Le pare-brise du 4 × 4 s'étoila. Gabriella pila tandis que la Mercedes percutait la glissière de sécurité, basculait par-dessus et partait en tonneau dans un fracas de métal. Verlaine contempla le véhicule renversé dont les roues tournaient encore.

— Excellent, le félicita Gabriella, avant de s'arrêter sur le bas-côté et de couper le moteur.

Elle lui adressa un regard empli de fierté, à l'évidence agréablement surprise par son adresse au tir.

— Donnez-moi le pistolet. Je dois m'assurer qu'ils sont morts.

— Vous êtes certaine que c'est une bonne idée ?

— Évidemment, répliqua-t-elle, cinglante, avant de lui reprendre l'arme et d'enjamber la glissière. Venez, vous apprendrez peut-être quelque chose.

Verlaine descendit le flanc de la colline enneigée en mettant les pieds dans les traces de Gabriella. Au-dessus d'eux, il avisa une masse de nuages noirs anormalement bas, qui semblaient prêts à fondre sur le vallon à tout moment. Arrivée au 4 × 4, Gabriella demanda à Verlaine d'enfoncer du pied le pare-brise. Il le fit et Gabriella s'accroupit pour inspecter l'intérieur.

— Vous avez eu le conducteur, déclara-t-elle.

Verlaine considéra le cadavre.

— La chance du débutant.

— Vous pouvez le dire, acquiesça Gabriella, désignant le passager qui gisait dans la neige à plusieurs mètres de là, sur le ventre. D'une pierre deux coups. Le deuxième a été éjecté quand la voiture s'est retournée.

Verlaine avait peine à croire au spectacle qu'il avait sous les yeux. Le cadavre était celui de l'être qu'il avait entrevu par la fenêtre du train la nuit précédente. Deux ailes écarlates se déployaient dans son dos, étalées sur la neige. Une bourrasque glacée assaillit Verlaine qui frissonna, sans savoir si c'était de froid ou d'effroi.

Gabriella était parvenue à forcer une portière et fouillait le véhicule. Elle en ressortit avec le sac de sport que Verlaine avait laissé dans sa Renault 5 la veille.

— C'est à moi ! s'exclama-t-il. Ils l'ont emporté quand ils ont fracturé ma voiture hier.

Gabriella ouvrit le sac et en sortit une chemise dont elle étudia le contenu.

— Qu'est-ce que vous cherchez ?

— Des indices susceptibles de me révéler ce que sait Percival. Il a vu ces documents ?

— Non, répondit Verlaine, après avoir jeté un coup d'œil par-dessus l'épaule de Gabriella. Je ne les lui ai pas remis – mais peut-être que ces types l'ont fait.

Gabriella se détourna de l'épave et entreprit de remonter jusqu'à la Porsche.

— Nous ferions mieux de nous dépêcher, préconisa-t-elle. Le danger que courent les bonnes sœurs de Sainte-Rose est plus pressant que je le redoutais.

Verlaine s'installa au volant, décidé à conduire pour la fin du trajet. Il fit demi-tour et reprit la direction de la voie rapide. Devant lui, tout était paisible et silencieux. Les collines ondoyantes semblaient assoupies sous leur couverture de neige. La grange à l'abandon ployait sous le ciel lourd de nuages. Malgré quelques éraflures et un moteur qui hoquetait, la vieille Porsche témoignait d'une admirable vaillance. Rien ne paraissait avoir changé au cours des dix minutes qui venaient de s'écouler, hormis Verlaine. Ses mains étaient moites sur le cuir du volant et son cœur battait à tout rompre. Il revoyait dans sa tête les deux hommes qu'il avait tués.

— Vous avez fait ce qu'il fallait, lui assura Gabriella, devinant ses pensées.

— Je n'avais jamais tenu une arme jusqu'à aujourd'hui.

— Il s'agissait de meurtriers, d'êtres cruels. (Gabriella parlait d'une voix posée, comme si elle avait l'habitude de liquider des inconnus.) Dans un monde où le bien et le mal coexistent, on ne peut se permettre d'ignorer ni l'un ni l'autre.

— Ce n'était pas une distinction à laquelle j'avais beaucoup réfléchi jusqu'à présent.

— Ça viendra si vous vous joignez à nous, dit Gabriella.

Verlaine ralentit et s'arrêta à un stop, avant de reprendre la voie rapide.

— Évangéline est-elle des vôtres ?

— Évangéline ne sait que peu de choses sur l'angéologie. Nous ne lui en avons jamais parlé quand elle était enfant. Elle est jeune et docile – deux qualités qui auraient pu causer sa perte si elle n'avait pas été aussi intelligente. La placer entre les mains des sœurs de Sainte-Rose était une idée de son père – il était catholique et très attaché à l'idée romanesque selon laquelle il n'est d'endroit plus sûr pour une jeune femme qu'un cloître. Il n'y pouvait rien. C'était un Italien. Il avait ça dans le sang.

— Et elle l'a écouté ?

— Pardon ?

— Votre petite-fille a-t-elle renoncé à tout ce qui rend la vie digne d'être vécue simplement parce que son père l'avait décrété ?

— Ce qui rend la vie digne ou non d'être vécue est sujet à débat, relativisa Gabriella. Mais oui, Évangéline a fait exactement ce qu'on lui disait. Luca est venu vivre avec elle aux États-Unis à la suite du meurtre de son épouse, ma fille Angela. J'imagine qu'Évangéline a dû recevoir une éducation religieuse stricte. Luca l'avait sans doute préparée dès son plus jeune âge à entrer au couvent. Sinon, par les temps qui courent, pourquoi une jeune fille aussi douée aurait-elle accepté ?

— Le procédé me semble passablement moyenâgeux, grommela Verlaine.

— Mais vous ne connaissiez pas Luca, lui fit remarquer Gabriella. Et vous ne connaissez pas Évangéline. Leur amour l'un pour l'autre faisait plaisir à voir. Ils étaient inséparables. Évangéline aurait fait n'importe quoi pour faire plaisir à son père – y compris don de sa vie à l'Église.

Ils continuèrent à rouler en silence, prêtant l'oreille aux ratés du moteur, au milieu de la forêt qui s'élevait des deux côtés de la chaussée. Alors qu'une heure plus tôt, cette équipée lui paraissait étrangement reposante, désormais pour Verlaine, chaque bosquet, chaque virage, chaque chemin débouchant sur la route dissimulaient potentiellement une embuscade. Il enfonça l'accélérateur, poussant la Porsche toujours plus vite. Il consultait le rétroviseur à chaque seconde, comme s'il craignait que les assassins aient ressuscité et que le 4 × 4 réapparaisse.

Couvent Sainte-Rose, Milton,
État de New York

Lorsque les portes de l'ascenseur s'ouvrirent, au troisième étage, la bandoulière de la valise mordait déjà dans l'épaule d'Évangéline.

— Allez-y, lui recommanda Célestine en lui prenant la main. Je vais détourner l'attention afin que vous puissiez partir sans qu'on s'en aperçoive.

Évangéline l'embrassa sur la joue et sortit de la cabine. Célestine appuya sur un bouton et les portes se refermèrent. La jeune fille se retrouva seule.

Sitôt dans sa cellule, elle fourragea dans tous ses tiroirs à la recherche de quelques objets ayant de la valeur à ses yeux – un chapelet, le peu d'argent qu'elle avait économisé au fil des ans –, avant de jeter le tout dans la mallette. Son cœur se serra lorsqu'elle parcourut du regard cette pièce que, peu de temps auparavant, elle pensait encore ne jamais quitter. Elle envisageait sa vie comme une infinie succession d'observances et de gestes quotidiennement répétés. Elle se serait levée tous les matins pour aller prier et se serait endormie tous les soirs en sentant la sombre présence du fleuve derrière sa fenêtre. Mais du jour au lendemain, ces certitudes s'étaient dissoutes comme de la glace dans le courant de l'Hudson.

Les pensées d'Évangéline furent interrompues par une cacophonie de moteurs dans la cour. Elle se rua hors de sa chambre, ouvrit une fenêtre et vit une colonne de camionnettes noires remonter l'allée menant au parvis de Marie-des-Anges. Leurs portes latérales coulissèrent et des grappes de silhouettes étranges bondirent sur les pelouses du couvent. Évangéline plissa les yeux pour mieux voir. Les intrus portaient des imperméables noirs identiques qui frôlaient la neige quand ils marchaient, des gants en cuir noir et des rangers. À mesure qu'ils approchaient du couvent, ils semblaient se multiplier, de plus en plus nombreux, comme s'ils apparaissaient *ex nihilo*. Mais en observant les alentours, Évangéline se rendit compte que les créatures émergeaient aussi des ténèbres de la forêt, escaladant le mur d'enceinte en pierre ou s'engouffrant par le large portail en acier. Sainte-Rose était complètement cerné par les Gibborim.

Évangéline serra la valise contre elle, terrifiée, se détourna de la fenêtre et se mit à frapper à toutes les portes du couloir, arrachant ses sœurs à leurs études ou à leurs prières. Elle alluma toutes les lampes, dont la clarté crue dépouilla le troisième étage de son aspect douillet, révélant la moquette en lambeaux, la peinture qui s'écaillait et la morne uniformité de leurs existences recluses. S'il y avait une leçon à retenir de l'attaque précédente, c'était qu'il fallait évacuer sur-le-champ.

Le tapage d'Évangéline tira de leurs chambres les sœurs aînées, qui passèrent la tête dans le couloir, déconcertées et échevelées, sans voile. Au loin, Évangéline entendit Philomena exhorter ses sœurs à se défendre.

— Descendez au rez-de-chaussée par l'escalier de secours et suivez les ordres de mère Perpetua, lança Évangéline. Allez ! Faites-moi confiance, vous allez comprendre.

Résistant à la tentation d'ouvrir la voie elle-même, Évangéline se fraya un passage parmi les sœurs pour rejoindre, à l'autre bout du couloir, la porte de l'escalier conduisant à la tourelle. Elle gravit les marches quatre à quatre et déboucha sur la plate-forme sombre et glaciale au sommet. Elle s'agenouilla devant le mur et retira la brique descellée, puis extirpa de la cavité la boîte métallique contenant le carnet de Seraphina Valko. Elle feuilleta les dernières pages. Les notes scientifiques de sa mère étaient bien là, recopiées de l'écriture nette et précise de Gabriella. Angela était morte pour ces suites de chiffres. Évangéline n'avait pas le droit de les laisser.

Le givre dessinait des ramifications bleues et blanches sur les fenêtres de la tourelle. Évangéline souffla dessus, puis les frotta de la main pour dégager un coin de vitre, mais le verre demeurait trouble. Pressée par la panique, elle ôta une chaussure et brisa un carreau avec le talon. Elle déblaya à la hâte les débris pour observer la cour.

L'air âpre du dehors s'engouffrait dans la tourelle. Évangéline distinguait le fleuve et les bois qui délimitaient la cour sur trois de ses côtés. Les assaillants, rassemblés en son centre, formaient une forêt de silhouettes noires. Malgré la hauteur, qui atténuait leur taille, Évangéline eut un frisson à la vue de la cinquantaine, voire de la centaine de Gibborim qui se massaient en rangs dans la cour.

Soudain, comme en réponse à un ordre, ils se débarrassèrent tous de leur grand imperméable. Ils étaient nus sous leurs manteaux et leur peau diffusait un halo de lumière sur la neige. Leur taille imposante leur conférait l'apparence de statues grecques dans un centre commercial désolé. Ils déplièrent leurs grandes ailes rouges effilées, dont les plumes striées luisaient comme du sang sous le soleil terne. En un instant, Évangéline reconnut ces créatures – elles étaient semblables à celles qu'elle avait aperçues dans l'entrepôt où elle avait suivi son père quand elle était enfant. Toutefois, elle était devenue une femme depuis, changement qui l'exposait à un magnétisme dont elle n'avait jamais fait l'expérience. Les Gibborim avaient un physique exquis, si attirant qu'Évangéline fut traversée par une décharge de désir, quand bien même, de leur gabarit à leur envergure, elle trouvait tout chez eux monstrueux.

Elle prit une grande inspiration pour se calmer et sentit une odeur caractéristique, tourbeuse, charbonneuse – une odeur de fumée. Elle scruta les environs et repéra, au pied du couvent, un groupe de Gibborim qui attisaient un feu avec leurs ailes. Les flammes, d'abord vacillantes, s'élevaient de plus en plus haut. Les démons avaient débuté leur assaut.

Évangéline rangea le carnet de Seraphina Valko dans la mallette en cuir et dévala l'escalier de la tourelle en direction de la chapelle de l'Adoration. D'épaisses nuées de fumée montaient dans les étages. Évangéline n'avait aucun moyen d'évaluer la progression de l'incendie et, à l'idée de se retrouver prisonnière, elle hâta le pas. L'air, de plus en plus dense au fil de la descente, lui confirma que le feu restait circonscrit aux étages inférieurs – pour l'instant du moins. C'était néanmoins incroyable que les flammes aient pu se propager si vite et avec une telle violence. Évangéline revit les Gibborim réunis autour du brasier, agitant leurs ailes puissantes, avivant le feu. Elle frémit. Les monstres ne s'arrêteraient pas avant que le couvent soit réduit en cendres.

Couvent Sainte-Rose, Milton,
État de New York

Verlaine discernait à peine les mots « Sainte-Rose » en fer forgé, au-dessus du portail, tant la fumée qui se dégageait du couvent était épaisse. Sa Renault 5 abîmée était toujours là, le long de l'épais mur en pierre, la vitre brisée. Elle avait vraisemblablement dû se remplir de neige et de glace pendant la nuit, mais elle était toujours au même endroit. La grille du couvent était ouverte et une file de camionnettes noires à l'arrêt s'étirait jusqu'à l'église. Verlaine manœuvra pour se garer.

— Vous voyez cette voiture ? (Gabriella désignait une Jaguar blanche dissimulée au milieu des frondaisons.) Elle appartient à Otterley Grigori.

— Une parente de Percival ?

— Sa sœur. J'ai eu l'immense plaisir de faire sa connaissance en France, lui apprit Gabriella en descendant de la Porsche, revolver à la main. Si elle est ici, on peut supposer que Percival aussi et que ce sont eux les responsables de cet incendie.

Verlaine regarda le couvent, derrière Gabriella. La fumée masquait le haut du bâtiment et, même s'il percevait du mouvement au sol, il était trop loin pour distinguer ce qui se passait. Il sortit de la voiture et emboîta le pas à Gabriella.

— Qu'est-ce que vous fabriquez ? l'apostropha-t-elle, réprobatrice.

— Je viens avec vous.

— J'ai besoin que vous gardiez la voiture. Une fois que j'aurais retrouvé Évangéline, nous devrons fuir au plus vite. Je compte sur vous. Promettez-moi que vous ne bougerez pas d'ici.

Sans attendre la réponse de Verlaine, elle se remit en marche vers le couvent, fourrant son arme dans une poche de sa longue jaquette noire.

Verlaine observa Gabriella qui disparaissait derrière le mur du couvent. Il fut tenté de la suivre malgré ses consignes – au lieu de quoi, il se dirigea vers la Jaguar. Il jeta un coup d'œil à l'intérieur de la voiture. Sur le siège en cuir se trouvait une chemise contenant ses recherches, sur laquelle était posée une photocopie de la pièce thrace. Verlaine essaya d'ouvrir la portière, mais elle était verrouillée. Comme il cherchait autour de lui de quoi briser la vitre, il vit Percival Grigori qui revenait vers la voiture.

Verlaine se replia précipitamment dans l'enceinte de Sainte-Rose. Il se rapprocha du couvent, dans la neige verglacée qui crissait sous ses semelles, et fit halte à proximité d'une trouée qui donnait sur la pelouse principale. Le spectacle qu'il découvrit le sidéra. Une dense fumée noire s'échappait d'un brasier déchaîné ; des gerbes de flammes enveloppaient l'édifice. Une armée d'êtres identiques à ceux qu'il avait tués avec Gabriella tournoyait autour du bâtiment – une centaine de monstres ailés, reptiliens, rassemblés pour une offensive conjointe.

Verlaine tâcha de comprendre la scène. Les créatures étaient de monstrueux hybrides d'homme et d'oiseau. Leurs ailes rouges et fournies saillaient de leur dos comme celles d'animaux préhistoriques. Ils étaient nimbés d'une lumière si intense qu'ils paraissaient voilés de clarté. Bien que Gabriella ait discuté avec lui en détail des Gibborim, il prit conscience qu'il n'avait jamais, jusqu'alors, vraiment cru qu'il puisse en exister autant.

À travers les flammes et la fumée, il distinguait des essaims de créatures. Les unes après les autres, elles fondaient sur le couvent, battant des ailes avec violence et fureur, puis remontaient, portées par le vent, avec la légèreté de cerfs-volants flottant au-dessus du bâtiment. Elles paraissaient incroyablement légères, immatérielles. Leurs mouvements étaient si coordonnés, si puissants que Verlaine se sentit désemparé. Les Gibborim attaquaient avec une sauvagerie élégamment orchestrée, se croisant en un ballet complexe qui activait les flammes.

L'un des monstres se tenait à l'écart des autres, à la lisière des arbres. Verlaine décida d'aller l'observer de plus près et franchit le mur avant de s'avancer discrètement vers la créature. Tapi dans des buissons à environ trois mètres du Gibborim, Verlaine fut bien obligé de constater la beauté de son nez aquilin, de ses boucles dorées et de ses terrifiants yeux rouges. Il prit une profonde inspiration et inhala les doux effluves de la créature – d'après Gabriella, tous ceux qui avaient eu la chance (ou la malchance) de sentir ce parfum le qualifiaient de divin. Verlaine perçut tout de suite l'attrait dangereux que pouvaient exercer ces monstres. Il se les était représentés comme le résultat hideux et dégénéré d'une monumentale erreur de l'Histoire, une alliance difforme du sacré et du profane. Il n'avait pas songé qu'il pourrait les trouver beaux.

Tout à coup, le Gibborim se retourna et balaya les bois du regard, comme s'il avait décelé la présence de Verlaine. Le brusque mouvement de la créature révéla son cou, un bras long et mince et les contours de son corps. Le géant s'approcha, les ailes frémissantes, et Verlaine en oublia même les raisons de sa présence. Il savait qu'il aurait dû avoir peur, mais il était au contraire submergé par un calme insolite. La vive lueur de l'incendie baignait la créature et se mélangeait au rayonnement naturel de sa peau sur le sol. Verlaine était hypnotisé. Au lieu de fuir comme il l'aurait dû, il fut tenté de s'approcher du Gibborim, de toucher son corps pâle et vigoureux. Quittant le refuge de la forêt, il se campa devant la créature comme s'il se rendait et sonda les yeux ternes du monstre, en quête, peut-être, d'une réponse à l'énigme obscure et cruelle que celui-ci incarnait.

Ce que Verlaine y lut l'ébranla plus que tout ce à quoi il aurait pu s'attendre. Le regard du Gibborim était non pas malveillant, mais empreint d'une effrayante vacuité animale – comme si ce dernier n'avait aucune compréhension de ce qu'il avait devant lui. Ses yeux étaient deux fenêtres sur le néant. Il ne remarqua même pas Verlaine. Son regard le survola comme s'il n'était qu'un élément du décor – une souche ou une branche – et Verlaine sut qu'il avait face à lui une créature dépourvue d'âme.

Puis, en un éclair, le Gibborim déploya ses ailes, les fit jouer l'une après l'autre à la lueur du feu, se ramassa et, avec la grâce aérienne d'un papillon, bondit du sol pour se joindre à la curée.

Chapelle de l'Adoration, couvent Sainte-Rose, Milton, État de New York

La chapelle de l'Adoration était envahie de fumée quand Évangéline y arriva. L'air, âcre et toxique, lui brûlait la peau et lui piquait les yeux, si bien qu'en quelques secondes, sa vue fut brouillée par les larmes. À travers les fumées, elle discerna les silhouettes des sœurs réparties dans la chapelle – leurs habits semblaient se fondre les uns dans les autres en une forme noire ininterrompue. Une douce lumière régnait dans l'église enfumée et tombait sur l'autel. Évangéline ne comprenait pas pourquoi les autres nonnes restaient au milieu de l'incendie. Si elles ne sortaient pas de là, elles allaient suffoquer.

Désorientée, elle se détourna pour fuir par Marie-des-Anges, quand elle trébucha et s'étala lourdement, se cognant le menton sur le marbre. La mallette lui échappa et disparut dans la purée de pois. Au milieu de la fumée, sœur Ludovica levait les yeux vers Évangéline, le visage figé en une expression de peur. Évangéline s'était pris les pieds dans le cadavre de son aînée, dont le fauteuil roulant gisait, renversé, à côté d'elle. L'une des roues tournait encore. Évangéline se pencha vers Ludovica, posa les mains sur ses joues encore chaudes, murmura une prière – un dernier adieu à la plus âgée des sœurs aînées –, puis lui referma doucement les paupières.

Elle se mit à quatre pattes et fit de son mieux pour apprécier la situation. Le sol de la chapelle était jonché de corps. Évangéline compta quatre religieuses étendues çà et là entre les rangées de bancs, asphyxiées. Elle eut un accès de désespoir. Les Gibborim avaient percé de grands trous dans les vitraux représentant la hiérarchie des anges et des débris de verre coloré, semblables à des bonbons acidulés, parsemaient le sol de marbre blanc d'un bout à l'autre de la chapelle. Les bancs avaient été brisés, la fragile pendule dorée broyée et les statues d'anges jetées à terre. La pelouse enneigée du couvent était visible par une brèche béante dans l'une des verrières. Les créatures grouillaient partout. Des rafales glacées s'engouffraient dans la chapelle dévastée. Pire encore, les prie-dieu devant l'ostensoir étaient vides. Leur chaîne de prière perpétuelle était rompue.

L'air au ras du sol étant légèrement plus frais et la fumée moins épaisse, Évangéline se mit à plat ventre à la recherche de la valise. Ses bras lui faisaient mal et la fumée, qui lui irritait les yeux, transformait la chapelle familière en un lieu semé d'embûches. Si les vapeurs continuaient de descendre, Évangéline risquait de s'évanouir comme les autres. Mais si elle rampait directement jusqu'à Marie-des-Anges, il se pouvait qu'elle ne récupère jamais le précieux contenu de la mallette.

Elle perçut un reflet métallique – les fermoirs en laiton de la mallette étincelaient à la lueur des flammes. Elle attrapa la poignée et constata, en la tirant à elle, que le cuir était brûlé. Elle se redressa, se couvrant le nez et la bouche avec sa manche, et se remémora les questions que Verlaine lui avait posées à la bibliothèque, ainsi que son intense curiosité au sujet du sceau sur les dessins de mère Francesca. La dernière carte qu'Évangéline avait reçue de sa grand-mère confirmait l'hypothèse de Verlaine : ces plans indiquaient l'emplacement d'un mystérieux objet que mère Francesca avait caché et que les membres de l'ordre gardaient depuis près de deux siècles. La précision des croquis de la chapelle ne laissait pratiquement aucun doute. Mère Francesca avait dissimulé quelque chose dans le tabernacle.

Évangéline gravit les marches de l'autel. Le tabernacle, richement décoré, était juché sur un pied en marbre. Ses portes étaient ornées des lettres dorées alpha et oméga – le commencement et la fin –, et il avait les dimensions d'un petit placard, suffisamment grand pour camoufler un objet de valeur. Évangéline coinça la mallette en cuir sous son bras et s'efforça d'ouvrir les portes. Elles étaient verrouillées.

Soudain, un bruit attira son attention. À l'instant où elle se retournait, deux Gibborim traversèrent l'une des verrières, fracassant le lumineux vitrail de la première sphère, de sorte que des fragments rouges, bleus et dorés tombèrent en pluie sur les religieuses. Évangéline s'accroupit derrière l'autel et ses cheveux se hérissèrent sur sa nuque lorsqu'elle jeta un coup d'œil aux deux monstres. Grands et maigres, avec d'énormes yeux rouges et d'amples ailes carmin qui se refermaient sur leurs épaules comme une cape, ils étaient encore plus imposants qu'il lui avait semblé depuis la tourelle.

D'autres Gibborim, venus de l'église, s'attaquèrent aux prie-Dieu, les culbutant avant de les piétiner ; un autre décapita un ange en marbre d'un violent revers de la main, pendant qu'à l'autre bout de la chapelle, un de ses congénères empoignait un candélabre en or par la base et le propulsait avec une force extraordinaire à travers un vitrail figurant l'archange Michel. La verrière vola en éclats, emplissant l'air d'un fracas semblable au chant d'un millier de cigales.

Derrière l'autel, Évangéline serra la valise contre sa poitrine. Elle devait mesurer chaque geste avec soin. Le moindre bruit pouvait alerter les monstres. Elle scrutait la chapelle afin de déterminer le meilleur itinéraire de fuite quand elle repéra Philomena tapie dans un coin. Cette dernière lui fit signe de se tenir coite et de surveiller les alentours, puis se glissa jusqu'au pied de l'autel.

Avec une vivacité et une adresse déconcertantes, Philomena saisit au-dessus d'elle l'ostensoir en or massif, de la taille d'un chandelier, qui devait pourtant être extrêmement lourd. Puis elle le souleva et le cogna par terre. L'ostensoir en lui-même n'en souffrit pas, mais le petit œil de cristal en son centre, le réceptacle de l'hostie, se cassa.

L'acte de Philomena était un tel sacrilège, une telle transgression de toutes les prières et de toutes les croyances des sœurs qu'Évangéline en resta pétrifiée de stupeur. Au milieu d'un tel chaos, ce surcroît de vandalisme ne paraissait guère nécessaire. Pourtant Philomena continuait à s'acharner sur l'encensoir et à ôter des morceaux de verre. Évangéline quitta sa cachette, se demandant quelle mouche avait piqué son aînée.

Le comportement de Philomena attira l'attention des créatures, qui s'avancèrent vers elle. Leurs ailes vermillon oscillaient au gré de leur respiration. Soudain l'une d'elles se rua vers Philomena. Habitée par la ferveur de ses convictions et une énergie dont Évangéline ne l'aurait jamais crue capable, Philomena esquiva le monstre d'une élégante pirouette, lui agrippa les ailes et les arracha en pivotant sur elle-même. Le Gibborim s'effondra au sol avec des spasmes et d'affreux cris de souffrance, ponctués de gargouillements, tandis qu'un épais liquide bleu s'épanchait de la plaie et qu'une flaque se formait autour de lui. Évangéline avait le sentiment d'être en enfer. Leur sainte chapelle, le sanctuaire de leur prière quotidienne, avait été profanée.

Philomena revint aussitôt vers l'ostensoir. Elle retira la lunule en miettes et brandit triomphalement un objet – une petite clef. Elle s'était coupée avec les éclats de verre et des filets de sang dégoulinaient le long de ses poignets et ses bras. Contrairement à Évangéline, révulsée par ce carnage – c'était tout juste si elle supportait la vue du corps mutilé de la créature –, Philomena ne paraissait pas émue outre mesure.

Elle appela Évangéline, mais celle-ci n'eut pas le temps de réagir : les autres Gibborim s'abattirent sur Philomena tels des aigles sur leur proie, et l'étoffe noire de son habit disparut sous un grouillement d'ailes rouges et huileuses. Mais, soudain, Philomena se dégagea de la mêlée et, rassemblant ses dernières forces, lança la clef en direction d'Évangéline, qui se dépêcha de la ramasser, avant de se replier immédiatement derrière une colonne.

Lorsqu'elle hasarda un nouveau coup d'œil, une lueur froide éclairait le corps ratatiné et carbonisé de sœur Philomena et les odieuses créatures s'avançaient, ailes déployées, comme sur le point de prendre leur envol.

Évangéline avisa alors, à l'entrée de la chapelle, un groupe de sœurs rassemblées sous l'arche. Elle voulut les mettre en garde, mais avant qu'elle en ait le temps, la masse de religieuses en habit se scinda en deux pour laisser le passage à Célestine, dont la chaise roulante était poussée par deux sœurs. Célestine n'avait pas de voile et ses cheveux d'un blanc immaculé accentuaient les rides tristes de son visage. Les religieuses la poussèrent jusqu'au pied de l'autel, tandis que la mer d'habits noirs et de scapulaires blancs se refermait dans son sillage.

Les Gibborim s'interrompirent pour observer la scène. Les compagnes de Célestine allumèrent des bougies et, au moyen de morceaux de bois calciné, se mirent à tracer sur le sol des sceaux ésotériques qu'Évangéline se souvint avoir vus dans le carnet de Seraphina Valko. Elle avait contemplé ses symboles à de nombreuses reprises, sans comprendre leur signification.

Soudain, Évangéline sentit une main sur son bras et, lorsqu'elle fit volte-face, se retrouva dans les bras de sa grand-mère. L'espace d'un instant, sa terreur s'estompa et elle redevint une simple jeune femme enlaçant un parent cher. Gabriella embrassa Évangéline, puis se tourna vers Célestine et examina la scène d'un œil sagace. Évangéline, elle, le cœur au bord des lèvres, dévisageait sa grand-mère. Même si cette dernière avait vieilli et était plus fluette que dans ses souvenirs de petite fille, le contact de Gabriella était toujours d'une rassurante familiarité.

— Que se passe-t-il ? demanda-t-elle en épiant les Gibborim, tout à coup étrangement calmes.

— Célestine a fait dessiner un carré magique au centre d'un cercle sacré en vue d'une cérémonie d'invocation.

Les auxiliaires présentèrent une couronne de lys à Célestine et la lui placèrent sur la tête.

— Cette coiffure de fleurs traduit la pureté virginale de l'invocatrice, commenta Gabriella. Je connais très bien ce rite, même si je n'y ai jamais assisté. Invoquer un ange peut être d'un précieux secours, cette action permet d'éliminer d'innombrables ennemis en un instant. Mais c'est une opération très risquée, notamment pour une personne de l'âge de Célestine. En général, le jeu n'en vaut pas la chandelle, surtout dans le cas d'une invocation à des fins guerrières.

Évangéline se tourna vers sa grand-mère. Un pendentif en or identique au sien brillait au cou de Gabriella.

— Et Célestine est bien résolue à en finir, lâcha Gabriella.

— Les Gibborim sont apathiques, s'étonna Évangéline.

— Célestine les a hypnotisés, lui expliqua-t-elle. C'est un sortilège que nous avons appris dans notre jeunesse. Tu vois ses mains ?

Évangéline se tordit le cou pour apercevoir Célestine dans son fauteuil, qui avait les mains jointes sur la poitrine, les deux index pointés vers le cœur.

— Ça étourdit temporairement les Gibborim, exposa Gabriella. Mais l'effet va bientôt se dissiper. Elle va devoir faire vite.

Célestine leva brusquement les bras en l'air, libérant les Gibborim de son emprise. Mais avant qu'ils aient le temps de repartir à l'assaut, d'une voix qui résonnait sous la voûte de la chapelle, elle se mit à psalmodier :

— *Angele Dei, qui custos es mei, me tibi commissum pietate superna, illumina, custodi, rege, et guberna.*

Évangéline reconnut une incantation en latin et, à sa stupéfaction, le sort commença à faire effet. Il se manifesta d'abord sous la forme d'un courant d'air, une douce brise qui, en quelques secondes, se mua en une violente bourrasque et se propagea dans toute la nef. Dans une aveuglante explosion de lumière, une silhouette resplendissante apparut au milieu d'un tourbillon au-dessus de Célestine. Évangéline oublia tout, du danger de l'invocation à celui que représentaient les créatures qui les entouraient de toutes parts, et se borna à fixer cette apparition. L'ange était immense. Ses ailes dorées faisaient toute la largeur de la haute coupole centrale et ses bras ouverts semblaient inviter toutes les créatures présentes à s'approcher.

Sa tunique chatoyait comme des flammes et il dégageait lui-même une intense clarté qui déferlait sur les nonnes et se répandait dans toute l'église, aussi fluide et flamboyante que de la lave. Le corps de l'ange paraissait à la fois tangible et immatériel – il flottait au-dessus de l'assemblée et pourtant, Évangéline avait l'impression de voir à travers lui. Puis, peu à peu, l'apparence physique de l'ange se modifia et prit les traits de Célestine dans sa jeunesse, jusqu'à ce qu'il devienne la réplique exacte de l'invocatrice, sa jumelle dorée, et qu'Évangéline découvre la jeune fille que son aînée avait été.

D'une voix douce et mélodieuse, à la beauté et à la sérénité surnaturelles, qui résonna dans tout l'édifice, l'apparition demanda :

— M'appelez-vous pour faire le bien ?

Célestine se leva de sa chaise roulante avec une aisance déconcertante et s'agenouilla au milieu du cercle de bougies, dans sa robe blanche qui s'étalait autour d'elle.

— Je vous appelle en tant que servante de Dieu, pour accomplir Son œuvre.

— Au nom du Seigneur, répondez-moi : vos intentions sont-elles pures ?

— Aussi pure que l'est la sainte Parole, affirma Célestine, d'une voix plus puissante, plus sonore, comme si la présence de l'ange la revigorait.

— N'ayez crainte, car je suis un messager du Seigneur et je chante Ses louanges, répondit l'ange d'une voix musicale.

Un ouragan se déchaîna et un chœur céleste retentit dans l'église.

— Ô Gardien, reprit Célestine, notre sanctuaire a été profané par le dragon. Nos bâtiments ont été incendiés, nos sœurs tuées. À l'image de l'archange Michel écrasant le serpent, je vous en conjure, écrasez ces ignobles envahisseurs.

— Indiquez-moi où se cachent ces démons, commanda l'ange en battant des ailes et en pivotant dans les airs.

— Ce sont ceux, autour de nous, qui saccagent ce lieu saint.

En un instant, avant qu'Évangéline ait le temps de réagir, l'ange se transforma en une onde de feu qui se divisa en centaines de langues de flammes, qui chacune prit la forme d'un ange. Évangéline se cramponna au bras de Gabriella pour résister au souffle. Épée levée, les guerriers célestes se dispersèrent à travers la chapelle, effrayant les nonnes qui s'enfuirent en tous sens. Leur panique tira Évangéline de la transe dans laquelle l'avait plongée l'invocation. Foudroyés par les anges, les Gibborim s'écroulèrent sur l'autel et ceux qui volaient s'écrasèrent au sol.

Gabriella se précipita jusqu'à son amie, suivie de près par Évangéline. Célestine gisait sur le marbre, dans son ample robe blanche, la couronne de lys de travers. Lorsqu'elle posa une main sur la joue de Célestine, Évangéline se rendit compte que la peau de son aînée était brûlante, comme si l'invocation l'avait enfiévrée. Il était incompréhensible qu'une vieille religieuse aussi frêle et pacifique que Célestine ait pu terrasser de tels monstres.

Les bougies étaient restées allumées malgré la violente tempête provoquée par l'ange, comme si son action n'avait eu aucune conséquence sur le monde physique. Leur lueur vacillante conférait une illusion de vie au visage de Célestine. Évangéline rajusta avec douceur la robe de son aînée. Les mains de celle-ci, qui, quelques secondes plus tôt, étaient encore tièdes, s'étaient refroidies. En l'espace d'une seule journée, sœur Célestine s'était affirmée comme le véritable ange gardien d'Évangéline et avait su la guider, la mettre sur la bonne voie. Évangéline crut voir des larmes dans les yeux de sa grand-mère.

— Magnifique invocation, chuchota Gabriella, avant de baiser le front de Célestine. Tout bonnement magnifique.

Évangéline repensa alors à Philomena et tendit à sa grand-mère la clef qu'elle avait récupérée.

— Où as-tu déniché ça ? s'exalta Gabriella.

— L'ostensoir. (Évangéline désignait les éclats de verre par terre.) Derrière la lunule.

— Alors, elle était là, murmura Gabriella, retournant la clef dans sa main.

Elle alla jusqu'au tabernacle, introduisit la clef dans la serrure, ouvrit la porte et trouva une petite bourse en cuir.

— Nous n'avons plus rien à faire ici, déclara-t-elle. Viens, nous devons partir tout de suite. Nous ne sommes pas encore tirées d'affaire.

Couvent Sainte-Rose, Milton, État de New York

Verlaine traversa la pelouse en s'enfonçant dans la neige. Quelques secondes plus tôt, le couvent en flammes était littéralement pris d'assaut, la cour envahie d'ignobles créatures. Puis, à sa grande stupeur, l'offensive s'était arrêtée. En un instant, le feu s'était volatilisé, ne laissant derrière lui que les briques noircies, le métal grésillant et une âcre odeur de brûlé. Les Gibborim avaient cessé de battre des ailes en plein vol et étaient tombés, comme frappés par une décharge électrique, s'amoncelant en tas de cadavres désarticulés. La cour était silencieuse. Les dernières volutes de fumée se dispersaient dans le soleil de l'après-midi.

Verlaine s'agenouilla près d'un corps. La créature avait un aspect bizarre. Non seulement elle avait perdu sa luminescence, mais son physique même avait changé. Son épiderme était constellé d'imperfections – taches de rousseur, grains de beauté, cicatrices, touffes de poils sombres. Ses ongles translucides avaient foncé et, quand Verlaine retourna la dépouille face contre terre, il constata que les ailes s'étaient désintégrées, réduites à l'état de poudre rouge. Ces êtres, mi-anges mi-humains de leur vivant, avaient été ramenés à leur simple humanité dans la mort.

Des voix aux abords de l'église détournèrent son attention. Toute la communauté de Sainte-Rose arriva en file indienne dans la cour et se mit en devoir de traîner les corps des Gibborim jusqu'au fleuve. Verlaine chercha Gabriella parmi les religieuses, mais ne la trouva pas. Les sœurs, en lourds manteaux et en bottes, s'attelèrent à cette tâche ingrate avec détermination. Elles se divisèrent en petits groupes et se mirent à l'œuvre sans tergiverser. Chaque dépouille requérait les efforts conjugués de quatre nonnes. Elles tirèrent lentement les Gibborim à travers la cour, formant dans la neige un couloir damé qui se verglaça peu à peu. Après avoir empilé les cadavres les uns sur les autres sous un bouleau, elles les firent rouler dans le fleuve, où ils coulèrent comme s'ils étaient lestés de plomb.

Tandis que les religieuses s'activaient, Gabriella sortit de l'église avec une jeune femme. Toutes deux avaient le visage noir de fumée, mais Verlaine reconnut Évangéline.

— Venez, lança Gabriella à Verlaine, une mallette en cuir marron sous le bras. Nous n'avons pas de temps à perdre.

— Mais la Porsche n'a que deux places, objecta Verlaine.

Gabriella se figea, comme vexée d'avoir omis ce détail.

— Un problème ? s'informa Évangéline. Une fois de plus, Verlaine se sentit attiré par sa voix mélodieuse, sa sérénité et ses traits qui rappelaient ceux de Gabriella – même nez, mêmes pommettes hautes.

— Notre voiture est très petite, expliqua-t-il, en se demandant ce qu'Évangéline pouvait penser.

Elle le dévisagea un rien trop longtemps, comme pour s'assurer qu'il était bien le même que lors de leur rencontre, la veille. Puis elle sourit et Verlaine sut qu'il ne s'était pas trompé. Un lien avait commencé à se former entre eux.

— Suivez-moi, déclara Évangéline avant de s'éloigner d'un pas vif et résolu.

Verlaine l'aurait suivie n'importe où.

La jeune fille se glissa entre deux camionnettes et les mena jusqu'à l'entrée latérale d'un garage aux murs de briques. À l'intérieur, l'air était stagnant, mais ne sentait pas la fumée. Évangéline récupéra un trousseau de clefs suspendu à un crochet et les montra à Gabriella et Verlaine.

— Montez, leur dit-elle en désignant une berline marron. Je conduis.

LE CHŒUR CÉLESTE

L'ange a alors commencé à chanter,
modulant sa voix à l'unisson de la lyre.
Comme en réponse à cette divine progression,
les autres se sont joints à lui en chœur et leurs voix
se sont conjuguées pour produire une mélopée céleste,
en un ensemble évoquant les mille milliers
de serviteurs divins décrits par Daniel.

Clematis de Thrace,
Notes sur la première expédition angéologique,
traduction de Raphael Valko

Appartement des Grigori,
Upper East Side, New York

24 décembre 1999, 12 h 41

Percival pénétra dans la chambre de sa mère, une pièce spartiate d'un blanc uniforme au sommet de l'immeuble. Une paroi en verre donnait sur la ville, semblable à un mirage gris dont les bâtiments jalonnaient le ciel bleu. Le soleil de l'après-midi glissait sur des gravures de Gustave Doré exposées sur le mur du fond. Les planches, offertes, bien des années plus tôt, à Sneja par le père de Percival, représentaient des cohortes d'anges placés en cercles et baignés de lumière, dont la prestance était encore rehaussée par la clarté irréelle de la chambre. Percival qui, naguère, s'identifiait à ces figures, ne supportait presque plus de les regarder, du fait de sa déchéance.

Sneja dormait, étalée dans son lit. Les ailes repliées, elle ressemblait à un enfant innocent et replet. Sitôt que Percival lui posa une main sur l'épaule et prononça son nom, elle ouvrit les yeux et le dévisagea. L'aura de paix qui l'entourait s'évapora. Elle se redressa, déploya ses ailes et les replia le long de ses épaules. Ses plumes colorées, lustrées avec méticulosité, s'échelonnaient parfaitement, comme si elle les avait fait toiletter avant de se coucher.

— Qu'est-ce que tu veux ? lança-t-elle à Percival en le détaillant des pieds à la tête, comme pour prendre la pleine mesure de sa triste apparence. Qu'est-ce qui se passe ? Tu as une mine affreuse.

— Je dois te parler, répondit Percival en s'efforçant de conserver son calme.

Sa mère se leva non sans effort et se dirigea jusqu'à la fenêtre. Dans la lumière pâle du début d'après-midi, ses ailes paraissaient nacrées.

— Tu ne vois pas que je faisais la sieste ?

— Je ne te dérangerais pas si ce n'était pas urgent, fit valoir Percival.

— Où est Otterley ? s'informa Sneja lui en jetant un coup d'œil par-dessus son épaule. Elle n'est pas encore rentrée ? J'ai hâte d'entendre le récit de l'opération. Ça fait si longtemps que nous n'avons pas eu recours aux Gibborim.

Elle se tourna vers Percival et il vit aussitôt combien elle était inquiète.

— J'aurais dû y aller moi-même, reprit-elle, les yeux humides. Le rougeoiement des feux, les bruissements d'ailes, les cris de surprise... comme autrefois.

Percival se mordit la lèvre, ne sachant comment réagir.

— Ton père est arrivé de Londres, lui apprit Sneja en s'enveloppant dans un ample kimono de soie.

Ses ailes immatérielles, en pleine santé, comme celles de Percival, jadis, traversèrent sans difficulté le tissu.

— Viens, rejoignons-le pour le déjeuner.

Percival descendit avec sa mère jusqu'à la salle à manger, où était attablé Percival Grigori II, un Nephilim qui accusait une ressemblance frappante avec son fils et qui, à plus de quatre cents ans, était dans la force de l'âge. Il avait retiré sa veste et ses ailes dépassaient de sa chemise en oxford sur mesure. Du temps où il n'était encore qu'un écolier indiscipliné, Percival s'était plus d'une fois retrouvé dans le bureau de son père, face à son géniteur aux ailes nerveusement dressées dans la même attitude. M. Grigori père était un être strict et revêche dont les ailes reflétaient le tempérament : ses appendices austères et étriqués, aux plumes argentées et ternes, semblables à des écailles de poisson, n'avaient rien d'impressionnant, ni par leur largeur, ni par leur envergure. En fait, les ailes de son père étaient l'exact opposé de celles de Sneja. Aux yeux de Percival, cette disparité physique était d'ailleurs tout à fait appropriée. Ses parents ne vivaient plus ensemble depuis près d'un siècle.

M. Grigori père tapota la table avec son stylo à plume Meisterstück datant de la Seconde Guerre mondiale, geste d'impatience et d'irritation qui rappela à nouveau à Percival son enfance.

— Où étais-tu ? le gronda son père. Nous avons attendu de tes nouvelles toute la journée.

Sneja ajusta la position de ses ailes et s'assit.

— Oui, mon chéri, insista-t-elle. Raconte-nous – comment se sont déroulées les choses au couvent ?

Percival s'écroula sur une chaise au bout de la table, posa sa canne à côté de lui et reprit péniblement son souffle. Ses mains tremblaient. Il frissonnait de fièvre. Ses vêtements étaient trempés de sueur. Ses poumons le brûlaient quand il inspirait, comme si chaque bouffée d'air attisait un brasier dans sa poitrine. Il suffoquait.

— Calme-toi, mon fils, lui ordonna son père avec une expression méprisante.

— Il est malade, intervint Sneja en posant une main potelée sur le bras de son fils. Prends ton temps, mon petit. Dis-nous ce qui te met dans cet état.

Percival avait conscience de la contrariété de son père et du désarroi de sa mère. Il ne savait comment trouver la force de leur annoncer le désastre dont ils venaient d'être victimes. Sneja n'avait pas répondu à ses appels de la matinée. Il avait essayé de la joindre à de nombreuses reprises lors de son long retour solitaire à New York, mais elle n'avait pas daigné décrocher. Il aurait de loin préféré lui faire part de la débâcle par téléphone.

— La mission a échoué, lâcha-t-il enfin.

Sneja se figea, devinant au ton de son fils que les mauvaises nouvelles ne s'arrêtaient pas là.

— Mais c'est impossible, balbutia-t-elle.

— Je reviens du couvent, poursuivit Percival. J'ai moi-même assisté au drame. Nous avons subi une défaite cuisante.

— Et les Gibborim ? s'enquit son père.

— Vaincus.
— Repoussés ? se récria Sneja.
— Anéantis, précisa Percival.
— Impossible, s'emporta M. Grigori père. C'étaient nos plus valeureux guerriers et ils étaient près d'une centaine.
— Et ils ont tous été foudroyés, poursuivit Percival. En un instant. J'ai parcouru le champ de bataille et j'ai pu inspecter leurs dépouilles. Pas un seul n'a survécu.
— C'est inconcevable, s'indigna le père. Nous n'avons jamais essuyé pareil revers de toute ma vie.
— Ce n'était pas une débâcle due à des causes naturelles, expliqua Percival.
— Tu veux dire qu'il y a eu invocation ? demanda Sneja, incrédule.
Percival croisa les mains sur la table, soulagé que son tremblement ait cessé.
— Je n'aurais pas cru la chose possible, avoua Percival. Il ne reste plus beaucoup d'angéologues initiés à cette pratique, surtout aux États-Unis, où les instructeurs sont rares. Mais c'est la seule explication.
— Et qu'en pense Otterley ? demanda Sneja qui repoussait sa chaise pour se lever. Elle ne saurait cautionner une thèse pareille. La technique de l'invocation s'est quasiment perdue.
— Mère, tous ceux qui participaient à l'attaque sont morts, bredouilla Percival d'une voix chargée d'émotion.
Sneja se tourna vers son mari, comme si seule la réaction de ce dernier pouvait corroborer les paroles de son fils.
— J'étais à proximité du couvent au moment du drame, mais j'ai été témoin de la terrible ronde des anges, exposa Percival, la gorge nouée par le désespoir et la honte. Ils ont fondu sur les Gibborim. Otterley était parmi eux.
— Tu as identifié son corps ? s'enquit Sneja, qui faisait les cent pas d'un bout à l'autre de la pièce. Ses ailes s'étaient serrées contre son corps en une réaction involontaire. Tu en es certain ?
— Cela ne fait aucun doute, affirma Percival. J'ai observé les humains qui se débarrassaient des cadavres.

— Et le trésor ? s'emporta Sneja. Ton fidèle employé ? Gabriella Lévi-Franche Valko ? Dis-moi au moins que nos pertes n'ont pas été vaines ?

— Le temps que j'évalue la situation, ils avaient déjà fui. Ils ont récupéré ce qu'ils étaient venus chercher et ils sont repartis. C'est sans espoir.

— Est-ce que je comprends bien… articula son père.

Il adorait Otterley et son chagrin devait être indicible, mais il arborait toujours le calme glacial qui intimidait tant Percival quand il était enfant.

— Tu as laissé ta sœur partir à l'assaut seule, récapitula-t-il. Tu as permis aux angéologues qui l'ont tuée de s'enfuir et manqué l'occasion de mettre la main sur un objet que nous recherchons depuis un millénaire. Et tu te figures en avoir fini ?

Percival considéra son père avec haine et envie à la fois. Pourquoi son géniteur conservait-il toutes ses forces malgré son âge, alors que lui, qui aurait dû être à l'apogée de sa puissance, était si diminué ?

— Tu vas te lancer à leur poursuite, continua son père en se mettant debout et en étendant ses ailes argentées. Tu vas les retrouver et récupérer l'instrument. Et tu me tiendras informé de tes progrès. Nous allons tout mettre en œuvre pour remporter la victoire.

Upper West Side, New York

Évangéline s'engagea dans la 79e Rue Ouest derrière un bus. S'arrêtant à un feu rouge, elle parcourut Broadway du regard et sentit affluer les souvenirs. Elle avait passé de nombreux week-ends à arpenter ces artères avec son père, avant d'aller prendre le petit déjeuner dans des cafés exigus nichés le long des avenues. Le flot désordonné des passants piétinant dans la neige fondue, les bâtiments entassés les uns sur les autres, la circulation incessante – même après des années d'absence, New York avait toujours quelque chose de profondément familier.

Le domicile de Gabriella n'était qu'à quelques blocs de là. Bien qu'Évangéline ne soit pas retournée chez sa grand-mère depuis son enfance, elle se souvenait bien de la maison – sa façade sobre en grès brun, son élégante barrière en fer forgé, sa vue en biais sur Central Park. Elle s'était longtemps remémorée ces détails avec tendresse, mais cette fois, c'était Sainte-Rose qui emplissait ses pensées. En dépit de ses efforts, elle ne parvenait pas à oublier les regards que lui avaient décochés les sœurs lorsqu'elle était sortie de l'église, comme si c'était elle la responsable de l'attaque, elle qui avait attiré les Gibborim. Évangéline avait fait de son mieux pour garder les yeux rivés à terre. Elle avait eu du mal à aller jusqu'au garage sans se retourner.

Finalement, au mépris de son instinct, Évangéline avait jeté un dernier coup d'œil dans le rétroviseur et aperçu les sœurs formant un groupe sinistre au bord du fleuve. Le couvent évoquait un château en ruine et la pelouse enneigée était couverte de cendres. Mais elle aussi avait changé. En l'espace de quelques minutes, elle avait délaissé son état de sœur franciscaine de l'Adoration perpétuelle pour embrasser celui d'Évangéline Angelina Cacciatore, angéologue. Et tandis que la voiture s'éloignait entre les bouleaux qui se dressaient tels des centaines de colonnes en marbre, elle avait cru entrevoir au loin la forme d'un ange de feu étincelant qui lui faisait signe de le suivre.

Verlaine avait effectué le trajet jusqu'à New York à côté d'Évangéline, car Gabriella avait insisté pour s'installer à l'arrière afin de pouvoir étaler le contenu de la mallette sur la banquette. Peut-être à cause du silence dans lequel la jeune fille avait vécu à Sainte-Rose, elle avait, pendant tout le trajet, discuté à bâtons rompus avec Verlaine de sa vie, du couvent et même, étonnamment, de ses parents. Elle lui avait parlé de son enfance à Brooklyn, ponctuée de balades avec son père à Manhattan, de l'autre côté de l'East River. Elle avait toujours ressenti un ravissement et une insouciance sans bornes sur les voies piétonnes du pont de Brooklyn, qui était sans doute encore son endroit préféré au monde. Verlaine lui avait posé bien d'autres questions et, à son grand étonnement, Évangéline lui avait répondu de bonne grâce et avec franchise, comme s'ils se connaissaient de longue date. Cela faisait des années qu'elle n'avait pas conversé avec quelqu'un comme Verlaine – beau, intelligent et attentif à ses moindres propos. En réalité, elle n'avait pas éprouvé quoi que ce soit pour un homme depuis des années. Ses idées sur le sexe opposé lui apparaissaient d'ailleurs puériles et superficielles. Son comportement devait sembler bien naïf au jeune homme.

Une fois la voiture garée, Verlaine et elle suivirent Gabriella jusque chez elle. La rue était lugubre. Des bourrasques de neige balayaient le trottoir et les voitures garées étaient givrées. Les fenêtres de l'appartement de Gabriella, en revanche, étaient éclairées. Évangéline repéra du mouvement derrière les vitres, comme si un groupe d'amis guettait leur arrivée. Elle se représenta les pages du *Times* étalées sur les épais tapis d'Orient, des tasses de thé sur les tables basses, une flambée dans la cheminée, comme les dimanches après-midi de son enfance chez sa grand-mère. Bien entendu, ces souvenirs étaient teintés de nostalgie et embellis. Elle ne savait pas vraiment à quoi s'attendre.

Comme Gabriella tournait la clef dans la serrure, quelqu'un tira le verrou, actionna le gros bouton de porte en laiton et ouvrit. Ils se retrouvèrent face à un homme bourru aux cheveux noirs, vêtu d'un sweat-shirt à capuche et arborant une barbe de trois jours. Évangéline ne l'avait jamais vu auparavant. Toutefois, Gabriella semblait le connaître intimement.

— Bruno, roucoula-t-elle en l'enlaçant chaleureusement avec une effusion inhabituelle.

L'inconnu devait avoir la cinquantaine. Évangéline se demanda si, malgré leur différence d'âge, sa grand-mère s'était remariée. Gabriella relâcha son étreinte.

— Dieu merci, tu es là, se réjouit-elle.

— Bien sûr que je suis là, répliqua-t-il, tout aussi soulagé de la voir. Le reste du conseil est au complet.

Il adressa un sourire à Évangéline et Verlaine, debout côte à côte sur le porche, et leur fit signe d'entrer. L'odeur de l'appartement de Gabriella – une odeur de livres et de meubles anciens encaustiqués – était accueillante, et l'anxiété d'Évangéline se dissipa peu à peu. Les bibliothèques surchargées, les portraits d'angéologues célèbres au mur, l'atmosphère sérieuse qui imprégnait toutes les pièces… la maison de Gabriella était exactement telle qu'Évangéline se la rappelait.

Alors qu'elle retirait son manteau dans le couloir, elle sursauta à la vue de son reflet dans une glace. Elle avait des cernes noirs autour des yeux et des traces de fumée sur la figure. Elle n'avait jamais eu le sentiment d'être aussi triste et déplacée que là, dans le cadre de vie raffiné de sa grand-mère. Verlaine, qui passait derrière elle, lui posa une main sur l'épaule, geste qui, la veille encore, l'aurait emplie d'effroi et de gêne. Cette fois, pourtant, elle ne ressentit que du regret lorsque le contact se rompit.

Après tout ce qui venait de se produire, il était quasi incompréhensible que Verlaine accapare ainsi ses pensées. Il n'était qu'à quelques centimètres d'elle, mais en croisant son regard dans le miroir, elle regretta qu'il ne soit pas plus proche encore. Elle aurait aimé savoir ce qu'il éprouvait, se voir confirmer que les regards qu'ils échangeaient leur procuraient le même plaisir.

Évangéline se détourna de son reflet, honteuse de son aspect débraillé. Verlaine devait la trouver ridicule, dans son austère habit noir. Les usages du couvent étaient gravés en elle.

— Vous devez vous demander comment vous en êtes arrivé là, hasarda-t-elle, s'efforçant de se mettre à la place de Verlaine. Vous vous êtes retrouvé embringué dans tout ça par accident.

— J'admets que ce Noël aura été pour le moins surprenant, répondit-il, rougissant. Mais si Gabriella n'était pas venue à ma rescousse et si je n'avais pas été mêlé à cette histoire, je ne vous aurais jamais rencontrée.

— Peut-être aurait-il mieux valu.

— Votre grand-mère m'a beaucoup parlé de vous. Je sais que les choses ne sont pas aussi simples qu'il y paraît et que vous avez été envoyée à Sainte-Rose par mesure de précaution.

— Ce n'est pas la seule raison, objecta Évangéline.

Les motifs pour lesquels elle était restée au couvent étaient complexes, difficiles à expliquer.

— Avez-vous l'intention d'y retourner ?

Verlaine avait une expression d'appréhension, comme si la réponse était capitale à ses yeux. Évangéline se mordit la lèvre, tentée de lui confier combien cette question était pénible pour elle.

— Non, déclara-t-elle enfin. Jamais.

Verlaine se pencha vers elle et lui prit la main. Sa grand-mère, la tâche qui les attendait – tout s'estompa instantanément. Il l'entraîna vers la salle à manger, où se trouvaient déjà Gabriella et Bruno.

Quelque chose mijotait à la cuisine – la pièce fleurait bon la viande et la tomate. Bruno leur désigna la table, sur laquelle étaient disposées de la vaisselle en porcelaine et des serviettes en tissu.

— Ce qu'il vous faut, c'est un bon repas, affirma-t-il.

— Nous n'avons pas le temps, répliqua Gabriella d'un air distrait. Où sont les autres ?

— Assis ! leur ordonna Bruno en montrant les chaises. Il faut que vous mangiez.

Il tira une chaise et patienta jusqu'à ce que Gabriella y prenne place.

— Un instant, lâcha-t-il, avant de disparaître dans la cuisine.

Évangéline s'installa à côté de Verlaine. Les verres en cristal scintillaient malgré la faible lumière. Au milieu de la table était posée une carafe d'eau dans laquelle flottaient des rondelles de citron. Évangéline remplit un verre, puis le tendit à Verlaine, lui effleurant la main, et un frisson la parcourut. Elle plongea son regard dans le sien et se fit la réflexion qu'elle avait fait sa connaissance seulement la veille. Sa vie à Sainte-Rose lui paraissait de plus en plus semblable à un rêve lointain.

Bruno ne tarda pas à revenir avec une grande marmite fumante de chili con carne. Évangéline n'avait pas songé à se restaurer de la journée – elle avait fini par s'habituer aux gargouillements de son estomac et à ses étourdissements dus à la déshydratation –, mais sitôt son assiette pleine, elle se rendit compte qu'elle était affamée. Elle remua la nourriture avec sa cuillère, pour la faire refroidir et commença à manger. Le plat était épicé et elle eut aussitôt la bouche en feu. À Sainte-Rose, le régime alimentaire se limitait à des légumes, du pain et de la viande sans assaisonnement. Elle n'avait rien avalé de plus corsé que du plum-pudding, pour Noël, depuis des années. Elle ne put s'empêcher de tousser dans sa serviette, submergée par une sensation de chaleur. Verlaine s'empressa de lui servir un verre d'eau.

— Buvez, lui dit-il.

Évangéline s'exécuta, un peu gênée.

— Merci, dit-elle, une fois la quinte passée. Ça faisait longtemps que je n'avais rien avalé de pareil.

— Ça te fera du bien, déclara Gabriella. On dirait que tu ne t'es rien mis sous la dent depuis des mois. Et un brin de toilette ne te ferait pas de mal non plus, ajouta-t-elle en se levant. J'ai des affaires qui devraient t'aller.

Elle conduisit Évangéline jusqu'à la salle de bains au bout du couloir, où elle enjoignit à sa petite-fille d'ôter sa jupe en laine tachée de suie et sa chemise qui empestait la fumée. Gabriella ramassa ces guenilles, les jeta à la poubelle, puis lui apporta du savon et des serviettes, ainsi qu'un jean et un pull en cachemire qui lui allaient parfaitement – ce qui lui confirma que sa petite-fille avait le même gabarit qu'elle. Une fois Évangéline lavée, Gabriella la regarda se rhabiller avec une expression approbatrice. Quand la jeune fille regagna la salle à manger, Verlaine la regarda avec émerveillement, comme s'il ne s'agissait plus de la même personne.

Dès qu'ils eurent terminé de déjeuner, Bruno leur ouvrit la voie dans un étroit escalier en bois. Le cœur d'Évangéline accéléra à la pensée de ce qui les attendait. Par le passé, ses rares rencontres avec des angéologues, en compagnie de sa grand-mère ou de son père, avaient toujours été fortuites et fugaces, si bien qu'elle n'avait jamais eu pleinement conscience de ce qui se passait. Les aperçus qu'elle avait eus du monde de sa mère l'intriguaient et l'effrayaient à la fois. Mais la perspective de se retrouver face aux membres du conseil de la Société d'angéologie la terrifiait. Ils ne manqueraient pas de l'interroger sur les événements survenus dans la matinée à Sainte-Rose. Ils seraient vraisemblablement très intéressés par les actions de Célestine. Évangéline ignorait comment elle réagirait à leurs questions.

Devinant peut-être son émoi, Verlaine frôla du bout des doigts la main d'Évangéline – démonstration de soutien et de sollicitude qui, à nouveau, généra en elle une décharge d'électricité. Elle se tourna et plongea son regard dans les yeux de Verlaine, marron foncé – presque noirs – et expressifs. Savait-il l'effet qu'il lui faisait quand il la dévisageait ?

Qu'elle avait le souffle coupé quand il la touchait ? Elle avait des fourmis dans tout le corps lorsqu'elle parvint au sommet des marches derrière sa grand-mère. Ils pénétrèrent dans une pièce verrouillée en permanence quand Évangéline était petite – elle se souvenait de l'épaisse porte en bois sculpté, de l'énorme poignée en laiton, du trou de la serrure par lequel elle avait essayé de jeter un coup d'œil, mais d'où elle n'avait entrevu que des bribes de ciel. En réalité, la salle était percée d'étroites fenêtres qui ouvraient l'espace à la morne lueur violette du crépuscule. Évangéline n'avait jamais soupçonné que sa grand-mère puisse lui cacher une pièce pareille.

Elle en était abasourdie. Des tableaux de couleurs vives d'anges aux ailes déployées, tenant des harpes ou des flûtes et vêtus de tuniques chatoyantes, pendaient aux murs du bureau. Outre des étagères chargées de livres, la pièce comportait un secrétaire ancien et plusieurs divans et fauteuils confortables. Pourtant, malgré le mobilier somptueux, les lieux avaient un aspect miteux - la peinture du plafond s'écaillait et les arêtes de l'imposant radiateur étaient piquetées de rouille.

À l'autre bout de la pièce, installés sur des chaises anciennes, les membres du conseil patientaient autour d'une table basse pourvue d'un plateau en marbre. Évangéline en reconnut immédiatement certains, qu'elle avait déjà croisés bien des années auparavant, sans saisir qui ils étaient, quand elle accompagnait son père.

Gabriella présenta Évangéline et Verlaine au conseil, composé de Vladimir Ivanov, un émigré russe vieillissant mais encore bel homme, qui appartenait à la Société depuis les années 1930 ; Michiko Saitou, une brillante jeune femme à la fois directrice stratégique et coordinatrice internationale, qui gérait aussi les affaires financières du groupe ; et Bruno Bechstein, l'homme qui les avait accueillis, un chercheur issu de l'Académie de Tel-Aviv et établi à New York.

Vladimir était celui dont elle se souvenait le mieux, même s'il avait beaucoup vieilli depuis la dernière fois où elle l'avait vu. Son visage était marqué de rides profondes et il lui parut encore plus sérieux que dans ses souvenirs. L'après-midi où son père l'avait laissée avec Vladimir, celui-ci avait été extrêmement gentil à son égard – et elle s'était enfuie. Elle se demanda ce qui avait bien pu le convaincre de reprendre du service, alors qu'il avait si catégoriquement renoncé à l'angéologie. Gabriella déposa la mallette en cuir sur la table basse.

— Bienvenue, mes amis. Quand êtes-vous arrivés ?

— Ce matin, indiqua Saitou. Même si nous regrettons de ne pas avoir été là plus tôt.

— Nous sommes venus dès que nous avons eu connaissance de la situation, renchérit Bruno.

— Asseyez-vous, suggéra Gabriella à Verlaine et Évangéline. Vous devez être épuisés.

Évangéline s'affala sur un canapé moelleux, Verlaine à ses côtés. Gabriella se jucha sur l'accoudoir finement ouvragé, mais éraflé et terni, d'un fauteuil, la valise sur les genoux. Les membres du conseil la fixaient attentivement.

— Bonjour, Évangéline, la salua Vladimir avec gravité. Ça fait bien des années. Je n'aurais jamais imaginé que nous nous reverrions en pareilles circonstances.

Gabriella pressa les fermoirs de la mallette, qui s'ouvrirent avec un déclic. Tout était là : le carnet, les enveloppes scellées contenant la correspondance d'Abigail Rockefeller et la bourse en cuir que Gabriella avait récupérée dans le tabernacle.

— Voici le carnet personnel de Seraphina Valko, annonça Gabriella en le tirant de la valise. Célestine et moi avions surnommé ce cahier « le grimoire de Seraphina », et nous ne plaisantions qu'à moitié. Il est rempli de notes, de sorts, de secrets et de réflexions d'angéologues d'antan.

— Je croyais qu'il avait été perdu, s'exclama Saitou-san.

— Non, en fait, il était très bien caché, rectifia Gabriella. Je l'avais emporté aux États-Unis et confié à Évangéline, au couvent Sainte-Rose, en sécurité.

— Bien joué, la félicita Bruno.

Il prit le carnet, le soupesa et décocha à Évangéline un clin d'œil qui la fit sourire.

— Et qu'avez-vous découvert d'autre ? s'enquit Vladimir, en désignant la mallette du regard.

Gabriella en extirpa la bourse en cuir, dont elle défit lentement le lien. Un objet métallique bizarre se nichait à l'intérieur. De la taille d'une aile de papillon, en métal martelé, il brillait entre les doigts de Gabriella. Il paraissait fin et fragile, mais quand elle le tendit à Évangéline, il se révéla rigide.

— C'est le plectre de la lyre, commenta Bruno. Quelle brillante idée de l'avoir séparé de l'instrument !

— Vous vous souvenez que le vénérable Clematis l'avait arraché à la lyre lors de la première expédition angéologique. L'objet avait été envoyé à Paris, où il est demeuré sous la garde des angéologues européens jusqu'à ce que, au XIXe siècle, mère Francesca l'emporte aux États-Unis pour le mettre à l'abri.

— Et bâtisse autour la chapelle de l'Adoration, termina Verlaine. D'où ses dessins architecturaux si détaillés.

Vladimir semblait incapable de détacher ses yeux de cette lamelle métallique.

— Pourrais-je...

Évangéline lui remit le plectre et Vladimir le déposa au creux de sa main, avant de le caresser du bout du doigt, comme s'il lisait du braille, avec une douceur qui l'attendrit.

— Magnifique, s'émut-il. Absolument magnifique.

— Du valkine à l'état pur, précisa Gabriella.

— Mais comment a-t-il été possible de le cacher aussi longtemps au couvent ?

— Évangéline est mieux placée que moi pour répondre, déclara Gabriella. C'est elle qui l'a trouvé.

— Il était dissimulé dans le tabernacle, précisa la jeune fille. La porte était verrouillée et la clef camouflée dans l'ostensoir. Je ne sais pas au juste qui l'y avait placée, mais elle était en sûreté.

— C'était une judicieuse idée d'avoir choisi la chapelle comme cachette, ajouta Gabriella.

— Pourquoi donc ? s'étonna Bruno.

— Elle sert de cadre à l'Adoration perpétuelle, exposa Gabriella. Savez-vous en quoi consiste cette dévotion ?

— Les religieuses de la communauté se relaient toutes les heures pour prier devant l'autel par groupe de deux, avança Vladimir, songeur. C'est bien ça ?

— Tout à fait, acquiesça Évangéline.

— Je présume qu'elles doivent être attentives, intervint Gabriella.

— Bien sûr, confirma Évangéline. C'est un moment d'intense concentration.

— Et sur quoi concentrent-elles leur regard ?

— Sur l'hostie.

— Qui se trouve où ?

Évangéline comprit où sa grand-mère voulait en venir.

— Mais oui ! s'exclama-t-elle. Les sœurs focalisent leur attention sur l'hostie exposée dans l'ostensoir, sur l'autel, devant le tabernacle. Elles surveillaient donc le plectre à leur insu pendant leurs prières. L'Adoration perpétuelle n'était autre qu'un système de sécurité sophistiqué.

— Exactement, poursuivit Gabriella. Mère Francesca avait élaboré cette astucieuse méthode afin de veiller sur le plectre vingt-quatre heures sur vingt-quatre et sept jours sur sept. Aucun risque qu'il soit découvert ou volé, sous les yeux de sentinelles aussi zélées et inamovibles.

— Hormis, souligna Évangéline, lors de l'attaque de 1944, où mère Innocenta fut assassinée alors qu'elle se rendait à la chapelle. Les Gibborim l'ont tuée avant qu'elle puisse y parvenir.

— C'est incroyable ! s'écria Verlaine. Les sœurs de Sainte-Rose s'adonnent à une mascarade depuis près de deux siècles ?

— Ça n'a jamais été une mascarade pour elles, objecta Évangéline. Il s'agissait plutôt de l'accomplissement simultané d'une double mission de prière et de surveillance. Aucune d'entre nous ne savait ce qu'abritait le tabernacle. J'ignorais que l'Adoration perpétuelle avait une fonction secrète.

— Le son doit être extraordinaire, supputa Vladimir en tapotant le plectre dans sa paume. J'ai essayé d'imaginer quel timbre pourrait bien avoir la lyre avec ce plectre pendant un demi-siècle.

— Et tenter l'expérience serait une grave erreur, le sermonna Gabriella. Tu sais aussi bien que moi ce qui pourrait se produire si quiconque en jouait.

— Et quoi donc, au juste ? rétorqua Vladimir, même s'il était clair qu'il connaissait déjà la réponse à sa question.

— Cette lyre a été fabriquée par un ange, énonça Bruno. Elle doit avoir un son inouï, à la fois sublime et dévastateur, qui n'est sans doute pas dépourvu de conséquences fâcheuses, voire funestes.

— Joliment formulé, le congratula Vladimir avec un sourire.

— Je ne fais que citer votre œuvre maîtresse, répliqua Bruno.

Gabriella alluma une cigarette.

— Il est impossible de prédire ce qui se passerait, et Vladimir le sait bien, affirma-t-elle. Tout ce que nous avons, ce sont des hypothèses – dont beaucoup sont les siennes. L'instrument n'a jamais été étudié comme il se doit. Nous ne l'avons jamais eu à disposition assez longtemps pour cela – mais nous savons, d'après le récit de Clematis, ainsi que les comptes rendus de Seraphina Valko et Célestine Clochette, que la lyre exerce une puissante attirance sur tous ceux qui entrent en contact avec elle. C'est ce qui la rend si dangereuse : même les personnes les mieux intentionnées sont tentées d'en jouer. Et les effets de sa musique pourraient être pire encore que tout ce que nous nous figurons.

— En un seul accord, le monde tel que nous le connaissons pourrait s'effondrer sur lui-même et disparaître, dit Vladimir.

— Il pourrait aussi bien devenir un paradis qu'un enfer, ajouta Bruno. D'après la légende, Orphée serait tombé sur cet instrument lors de sa descente au royaume d'Hadès et une nouvelle ère dans l'histoire de l'humanité aurait vu le jour – l'agriculture et le savoir auraient prospéré et l'art serait devenu un pilier de la vie humaine. C'est l'une des raisons pour lesquelles Orphée est aussi admiré, et un bon exemple des vertus potentielles de la lyre.

— Ce genre d'élucubrations romantiques est trop pernicieux, le fustigea Gabriella. Il est avéré que la musique de la lyre est destructrice. De telles chimères ne peuvent que nous conduire à notre perte.

— Allons, allons, les réprimanda Vladimir, en posant le plectre sur la table, nous avons ici un élément de la lyre qui attend d'être étudié.

Tous les regards convergèrent vers la lamelle métallique et Évangéline s'interrogea sur ses propriétés et son attrait, le désir et la tentation qu'il inspirait.

— Il y a quelque chose que je ne comprends pas, hasarda-t-elle. Quel parti les Veilleurs pouvaient-ils espérer tirer de la lyre ? Ce sont des créatures condamnées, exilées des cieux. Comment un simple instrument pourrait-il les sauver ?

— À la fin de son récit, Clematis avait recopié de sa main le psaume 150, répondit Vladimir.

— Celui sur la musique des anges, murmura Évangéline, qui l'appréciait particulièrement.

— Oui, confirma Saitou-san, une forme de louange.

— Il est vraisemblable que les Veilleurs cherchaient à se racheter aux yeux de leur créateur en le louant. Le psaume 150 conseille ceux qui souhaitent se concilier les bonnes grâces du Ciel. Si leurs tentatives avaient réussi, les anges prisonniers auraient réintégré la milice céleste. Peut-être étaient-ils en quête de leur propre salut.

— C'est une façon de voir les choses, ironisa Saitou-san. Peut-être aussi s'efforçaient-ils d'anéantir l'univers dont ils avaient été bannis.

— Objectif qu'ils n'ont manifestement pas réussi à atteindre, conclut Gabriella en écrasant sa cigarette. Venons-en au but de notre rencontre, décréta-t-elle avec une pointe d'irritation. Au cours de la dernière décennie, tous les instruments célestes en notre possession ont été dérobés dans nos caches européennes. Nous supposons qu'ils ont été volés par les Nephilim.

— D'aucuns pensent qu'une telle symphonie pourrait libérer les Veilleurs, conjectura Vladimir.

— Mais tous ceux qui ont lu les textes savent que les Nephilim se fichent des Veilleurs, argua Gabriella. Avant que Clematis pénètre dans la grotte, les Veilleurs jouaient depuis longtemps de la lyre dans l'espoir que les Nephilim leur viennent en aide – sans résultat. Non, si les Nephilim s'intéressent à ces instruments, c'est uniquement pour leur propre compte.

— Ils veulent régénérer leur espèce, intervint Bruno. Leur ambition est de recouvrer leur vitalité originelle afin d'asservir davantage encore l'humanité.

— Et ils sont trop près d'y parvenir pour que nous restions les bras ballants, continua Gabriella. Je suis persuadée qu'ils se sont approprié les autres instruments célestes afin de se prémunir contre nous. Mais ils convoitent la lyre pour une tout autre raison. Ils aspirent à renouer avec une pureté génétique perdue depuis des siècles. Si déconcertant qu'ait pu nous sembler le silence... irrévocable – si je puis m'exprimer ainsi – d'Abigail Rockefeller quant à la cachette de la lyre, nous n'avons pas eu à nous inquiéter de sa découverte jusqu'à présent. Mais les choses ont changé. Les Nephilim sont sur sa piste et nous devons nous tenir prêts.

— Finalement, Abigail Rockefeller était restée fidèle à notre cause, nota Évangéline.

— Ce n'était qu'une dilettante, commenta Gabriella avec dédain. Elle se passionnait pour les anges comme ses riches amies se passionnaient pour les bals de charité.

— Et heureusement qu'elle était là, fit Vladimir. D'après toi, qui était à l'origine du soutien décisif que nous avons reçu pendant la guerre ? Qui a financé l'expédition de 1943 ? C'était une femme pieuse qui estimait qu'une grande fortune devait être utilisée à de grandes fins.

Il se laissa aller contre le dossier de sa chaise et croisa les jambes.

— Une fin de non-recevoir, oui... marmonna Bruno.

— Peut-être pas, annonça Gabriella.

Elle rangea le plectre dans sa bourse en cuir et tira de la mallette une enveloppe grise sur laquelle était dessiné un carré divisé en cases, chacune occupée par un caractère romain. Si Célestine avait dit vrai, ce pli contenait les lettres d'Abigail Rockefeller. Gabriella le posa sur la table basse.

— Célestine Clochette a donné pour instruction à Évangéline de nous remettre ceci.

La curiosité des angéologues se fit palpable lorsqu'ils découvrirent le motif tamponné sur l'enveloppe. Leur réaction suscita l'étonnement d'Évangéline.

— Qu'est-ce que cela signifie ? demanda-t-elle.

— C'est un sceau utilisé par les angéologues, un carré Sator-Rotas, dit Vladimir. Nous l'employons depuis de nombreux siècles. Il signale l'importance des documents sur lesquels il est apposé et atteste qu'ils émanent bien de l'un des nôtres.

Gabriella croisa les bras sur sa poitrine, comme si elle avait froid.

— Cet après-midi, j'ai eu l'occasion de consulter les lettres d'Innocenta à Abigail Rockefeller et il m'est apparu que toutes les deux discutaient de la cachette de la lyre à mots couverts, expliqua-t-elle. Toutefois, ni Verlaine ni moi n'avons réussi à comprendre de quoi il retournait.

Évangéline contemplait la scène, assise au bord du canapé, le dos bien droit, sous le coup d'une étrange impression de déjà vu. Vladimir prit l'enveloppe avec calme et détermination, ferma les yeux, chuchota une série de paroles incompréhensibles – une incantation ou une prière, Évangéline n'aurait su dire – et ouvrit le pli.

Il renfermait plusieurs autres enveloppes fanées par le temps, de la taille de la main d'Évangéline. Vladimir ajusta ses lunettes et approcha les lettres pour mieux lire.

— Elles sont adressées à mère Innocenta, déclara-t-il en reposant les enveloppes entre eux sur la table.

Il y avait six plis, renfermant six missives – une de plus qu'Innocenta. Évangéline observa les enveloppes. Chacune était affranchie de deux timbres : un rouge de deux cents et un vert d'un cent.

Évangéline en ramassa une et la retourna. Le mot Rockefeller était gravé au dos, au-dessus d'une adresse dans la 54e Rue Ouest, à moins de deux kilomètres de là.

Vladimir ouvrit chaque enveloppe et disposa sur la table six petites cartes. Le carton blanc crème était épais et liseré d'or. Un sujet identique était imprimé au verso de chacune – une déesse grecque couronnée de lauriers, qui dansait, entourée d'une nuée de chérubins. Deux d'entre eux, des angelots dodus et poupins, aux ailes arrondies comme celles d'un papillon, avaient une lyre dans les mains.

— L'iconographie est caractéristique des années 1920 et du style Art déco. (Verlaine attrapa une carte pour l'inspecter.) La police de caractères est la même que celle de la couverture du *New Yorker*. Et la composition symétrique est typique. Les deux chérubins avec leur lyre sont le pendant l'un de l'autre – un détail Art déco par excellence.

Il se pencha vers le carton et ses cheveux lui tombèrent dans les yeux.

— Et c'est incontestablement l'écriture d'Abigail Rockefeller, certifia-t-il. J'ai épluché ses journaux personnels et sa correspondance en long, en large et en travers. Ça ne fait aucun doute.

Vladimir rassembla les six cartes et les parcourut. Puis, avec l'air d'un homme qui fait preuve de patience depuis de trop longues années, il les reposa sur la table et se leva.

— Elles n'indiquent rien, assena-t-il. Les cinq premières sont aussi évocatrices qu'une liste de courses. La sixième est vierge, à l'exception d'un nom : « Alistair Carroll, administrateur, Museum of Modern Art ».

— Elles doivent pourtant bien fournir des renseignements sur la lyre, bougonna Saitou-san, qui s'en empara.

Vladimir considéra Gabriella un instant, comme pour s'assurer que rien ne lui avait échappé.

— Je t'en prie, dit-il. Lis-les. Dis-moi que je fais erreur.

Gabriella les étudia une à une, les passant au fur et à mesure à Verlaine, qui les balaya du regard si rapidement qu'Évangéline se demanda comment il avait eu le temps de les déchiffrer. Gabriella soupira :

— Leur ton et leur contenu sont similaires à ceux des lettres d'Innocenta.

— C'est-à-dire ? s'informa Saitou-san.

— C'est-à-dire qu'il est question de la météo, d'œuvres de bienfaisance, de réceptions et de la vague contribution artistique d'Abigail Rockefeller à la collecte de fonds annuelle des sœurs pour Noël. Elles ne livrent aucune information pour découvrir la lyre.

— Nous avons placé tous nos espoirs en Abigail Rockefeller, rumina Bruno. Et si nous avions eu tort ?

— Je ne tirerais pas un trait sur cette correspondance trop rapidement, répliqua Gabriella, en adressant un coup d'œil à Verlaine. Mère Innocenta était une femme d'une remarquable subtilité et elle avait le don d'en inspirer autant chez les autres.

Verlaine, qui examinait les cartes en silence, se leva, prit une chemise cartonnée dans son sac polochon et posa les cinq lettres d'Innocenta sur la table à côté des cartes.

— Voici les réponses d'Innocenta, indiqua-t-il, avec un sourire penaud en direction d'Évangéline, comme s'il craignait toujours qu'elle lui reproche de les avoir volées aux archives Rockefeller.

Il classa les cartes d'Abigail Rockefeller et les lettres de mère Innocenta par ordre chronologique, côte à côte. Puis il préleva quatre des cartons et scruta leur illustration. Déjà décontenancée par ce que faisait Verlaine, Évangéline fut désarçonnée de le voir sourire comme si quelque chose l'amusait.

— Je crois qu'Abigail Rockefeller était encore plus maligne que nous le soupçonnions, lâcha-t-il enfin.

— Je suis navrée, mais je ne comprends pas ce que sont censées nous apprendre ces lettres, intervint Saitou-san.

— Laissez-moi vous montrer, répondit Verlaine. Tout est dans ces cartes. Voici la correspondance dans l'ordre. Du fait de l'absence de toute indication concernant la lyre, nous pouvons en déduire que les messages d'Abigail Rockefeller sont insignifiants – une sorte de fond blanc sur lequel les réponses d'Innocenta projettent leur sens. Comme je l'ai signalé à Gabriella ce matin, on constate un élément récurrent dans les lettres d'Innocenta : dans quatre d'entre elles, elle émet des commentaires sur quelque composition présente dans l'envoi de sa correspondante. Or, termina-t-il en reposant les cartons sur la table, je m'aperçois qu'Innocenta faisait spécifiquement référence à ces quatre bristols.

— Lisez-nous ces remarques, Verlaine, lui enjoignit Gabriella.

Verlaine ramassa les lettres d'Innocenta et lut des passages louant le bon goût d'Abigail Rockefeller, sur lesquels il avait attiré l'attention de Gabriella ce matin-là.

— Dans un premier temps, j'ai cru qu'Innocenta faisait allusion à des croquis, voire des œuvres originales de sa correspondante, ce qui aurait constitué la trouvaille du siècle pour un spécialiste de l'art moderne comme moi. Mais avec le recul, cette hypothèse était peu plausible : Abigail était une collectionneuse et un amateur d'art, pas une artiste.

Verlaine répartit les quatre cartes entre les angéologues.

— Voici donc ce qui faisait les délices d'Innocenta, poursuivit-il.

Évangéline détailla le bristol que lui avait tendu Verlaine. Les deux lyres magnifiquement représentées entre les mains des chérubins jumeaux avaient été appliquées avec un tampon. Les cartes étaient agréables à l'œil et conformes au goût d'une femme comme Abigaïl Rockefeller, mais Évangéline ne releva rien qui soit susceptible d'élucider l'énigme qui s'offrait à eux.

— Regardez de plus près les chérubins symétriques, préconisa Verlaine. Comparez les deux lyres.

Les angéologues obéirent, échangeant les cartons entre eux afin de tous les voir. Enfin, après examen, Vladimir déclara :

— Il y a des anomalies dans l'illustration. Les lyres sont différentes sur chaque carte.

— Oui, acquiesça Bruno. Et le nombre de cordes sur celle de gauche n'est pas le même que sur celle de droite.

Gabriella inspecta son carton et sourit, comme si elle commençait à voir où Verlaine voulait en venir.

— Évangéline, lança-t-elle. Combien de cordes comptes-tu sur chacune des lyres ?

Évangéline observa l'image de plus près et s'avisa que Vladimir et Bruno avaient raison – même si ce défaut lui semblait une broutille et non un détail significatif.

— Deux et huit, annonça-t-elle. Qu'est-ce que ça veut dire ?

Verlaine tira un crayon de sa poche et nota les chiffres sous les lyres en appuyant à peine, avant de passer le crayon à la ronde, en priant les autres de l'imiter.

— Il me semble que c'est faire grand cas d'une reproduction hautement fantaisiste d'un instrument de musique, maugréa Vladimir.

— Le nombre de cordes de chaque lyre doit correspondre à un code, lui opposa Gabriella.

Verlaine récupéra les cartes.

— Et voilà ce qu'on obtient, reprit-il : 28, 38, 30 et 39. Dans cet ordre. Si j'ai vu juste, pris ensemble, ces nombres dévoilent l'emplacement de la lyre.

Évangéline dévisagea Verlaine en se demandant si quelque chose lui avait échappé. À ses yeux, ces chiffres n'avaient aucun sens.

— Vous pensez qu'une adresse se dissimule derrière ces nombres ?

— Pas tels quels, nuança Verlaine. Mais peut-être sous forme chiffrée.

— À moins qu'il ne s'agisse des coordonnées sur un plan, suggéra Saitou-san.

— Mais lequel ? (Vladimir fronça les sourcils à l'idée de toutes les éventualités envisageables.) Il y a des centaines de milliers d'adresses à New York.

— C'est là que je sèche, admit Verlaine. Manifestement, ces nombres étaient importants aux yeux d'Abigail Rockefeller, mais j'ignore pourquoi.

— Quel genre d'information peut-on transmettre avec huit chiffres ? s'interrogea Saitou-san, comme si elle passait intérieurement en revue les possibilités.

— Ou quatre nombres à deux chiffres, rappela Bruno, apparemment amusé par la futilité de l'exercice.

— Tous ces nombres sont entre vingt et quarante, fit remarquer Vladimir.

— Les cartes doivent recéler d'autres indications, avança Saitou-san. Ces nombres sont trop aléatoires.

— C'est ce que se dirait la plupart des gens, concéda Gabriella. Mais pour Abigail Rockefeller, ils devaient avoir une logique.

— Où habitaient les Rockefeller ? demanda Évangéline à Verlaine, sachant que c'était son domaine de prédilection. Peut-être ces chiffres ont-ils un rapport avec leur adresse.

— Ils avaient plusieurs résidences à New York. Mais la plus connue est celle de la 54ᵉ Rue Ouest. Abigail Rockefeller a fini par faire don du site au Museum of Modern Art

— Il n'y a pas de 54 parmi ces nombres, fit valoir Bruno.

— Un instant ! s'exclama Verlaine. Je ne sais pas pourquoi je n'ai pas fait le rapprochement plus tôt. Le MoMA est l'une des plus grandes réalisations d'Abigail Rockefeller, et c'est aussi le premier d'une série de musées et de monuments publics qu'elle et son mari ont financés. Le musée a ouvert en 1928.

— 28, c'est le premier nombre figurant sur ces cartons.

— Exactement, confirma Verlaine avec enthousiasme. Le nombre de cordes des deux lyres sur la carte renvoie peut-être à ce lieu.

— Dans ce cas, intervint Évangéline, les trois autres cartes doivent correspondre à trois autres endroits.

— Quels sont les chiffres, déjà ? se renseigna Bruno.

— 3 et 8, 3 et 0, 3 et 9, précisa Saitou-san.

Gabriella se pencha vers Verlaine.

— Se peut-il qu'il existe une correspondance ? le relança-t-elle.

Verlaine arborait une expression d'intense concentration.

— Eh bien, lâcha-t-il finalement, les Cloisters, le projet fétiche de John D. Rockefeller Junior, a ouvert en 1938.

— Et en 1930 ? le pressa Vladimir.

— Riverside Church, une église que, pour être honnête, je n'ai jamais trouvée très intéressante, a été achevée aux environs de cette date.

— Ce qui laisse 1939, acheva Évangéline, la gorge nouée par l'exaltation. Les Rockefeller ont-ils fait bâtir quelque chose, cette année-là ?

Verlaine demeura silencieux, les sourcils froncés, passant en revue la multitude d'adresses et de dates emmagasinées dans sa mémoire.

— Mais oui ! s'exclama-t-il. Le Rockefeller Center, leur pièce maîtresse dans le style Art déco, a ouvert ses portes en 1939.

— Les nombres communiqués à mère Innocenta devaient faire allusion à ces édifices, déduisit Vladimir.

— Bien joué, Verlaine, le félicita Saitou-san en lui ébouriffant les cheveux.

L'atmosphère s'était soudain transformée et la pièce bruissait d'excitation. Évangéline, elle, se bornait à fixer, éberluée, ces cartes qui étaient demeurées plus d'un demi-siècle dans un coffre-fort, sous ses pieds et ceux de ses compagnes, sans qu'elles se doutent de quoi que ce soit.

— Cela étant, la lyre ne peut être que dans un seul de ces quatre lieux, dit Gabriella.

— Le plus efficace serait de nous répartir en plusieurs groupes afin de tous les passer au peigne fin, suggéra Vladimir. Verlaine et Gabriella iront aux Cloisters. L'endroit sera bondé de touristes, donc il sera délicat d'y trouver quoi que ce soit. Je crois qu'une personne habituée à ce genre d'environnement s'en sortira mieux. Saitou-san et moi nous rendrons à Riverside Church. Évangéline et Bruno se chargeront du MoMA.

— Et le Rockefeller Center ? demanda Verlaine.

— Il sera impossible de faire quoi que ce soit là-bas aujourd'hui, fit remarquer Saitou-san. C'est la veille de Noël. Ça va être la folie.

— J'imagine que c'est la raison pour laquelle Abigail Rockefeller a choisi ce site, intervint Gabriella. À cause de sa fréquentation.

Elle rangea le plectre et le journal de Seraphina Valko dans la mallette, puis distribua à chaque groupe le carton correspondant à chaque lieu.

— Nous devons espérer que ces cartes nous aideront à découvrir la lyre, expliqua-t-elle.

— Et si nous y arrivons ? s'informa Bruno.

— Dans ce cas, nous aurons à faire face à un grand dilemme, répondit Vladimir en passant une main dans sa chevelure argentée. Préserver la lyre ou la détruire.

— La détruire ? s'écria Verlaine. D'après tout ce que vous avez dit, cet instrument m'a l'air à la fois inconcevablement beau et précieux.

— La lyre n'est pas une antiquité comme les autres, répondit Bruno. Il est hors de question de l'exposer au Metropolitan Museum of Art. Le danger qu'elle représente dépasse de loin sa valeur historique. Il n'y a pas d'autre solution que de la détruire.

— Ou de la cacher à nouveau, le contra Vladimir. Il existe divers endroits où elle serait en sécurité.

— Nous avons déjà essayé en 1943, Vladimir, dit Gabriella. Il est clair que cette approche a échoué. Par sa simple existence, même en lieu sûr, cet instrument menace les générations futures. Il faut le détruire. La véritable question, c'est comment ?

— Qu'est-ce que tu veux dire ? s'étonna Évangéline.

— L'une des caractéristiques premières des instruments célestes est qu'ils ne peuvent être détruits que par des créatures célestes.

— Je ne saisis pas, confessa Verlaine.

— Seuls des êtres célestes ou des créatures ayant du sang angélique sont à même de détruire la matière céleste, précisa Bruno.

— Ce qui inclut les Nephilim, ajouta Gabriella.

— Donc, si nous souhaitons détruire la lyre, nous devons la placer entre les mains de ceux à qui nous voulons la soustraire, résuma Saitou-san.

— Soit un sacré casse-tête, commenta Bruno.

— Alors pourquoi se lancer à sa recherche ? demanda Verlaine, confondu. Pourquoi arracher cet instrument redoutable à la sûreté de sa cachette uniquement pour le détruire ?

— Il n'y a pas d'autre solution, affirma Gabriella. Nous avons une occasion inespérée de rentrer en possession de la lyre. Nous trouverons une façon de nous en débarrasser une fois que nous aurons mis la main dessus.

— Si nous mettons la main dessus, rectifia Bruno.

— Nous perdons du temps, lâcha Saitou-san en se levant. Nous déciderons du sort de la lyre une fois que nous l'aurons. Nous ne pouvons pas courir le risque de nous faire doubler par les Nephilim.

Vladimir consulta sa montre.

— Il est presque 15 heures. Nous nous retrouverons au Rockefeller Center à 18 heures précises. Ça nous laisse trois heures pour aller sur place, fouiller les lieux et nous rejoindre. Nous n'avons pas le droit à l'erreur. Déterminez l'itinéraire le plus court. La vitesse et la précision sont primordiales.

Tous enfilèrent leurs manteaux et leurs écharpes en prévision du froid crépuscule hivernal. En quelques secondes, ils furent prêts. Comme ils se dirigeaient vers l'escalier, Gabriella se tourna vers Évangéline :

— Attention à ne pas perdre de vue les dangers de notre activité dans notre hâte. Fais très attention. Les Nephilim nous surveilleront. Ils attendent ce moment depuis bien longtemps. Les instructions d'Abigail Rockefeller sont les documents les plus précieux que tu aies jamais eus entre les mains. Une fois que les Nephilim auront compris qu'ils sont en notre possession, ils seront sans pitié.

— Comment l'apprendraient-ils ? s'inquiéta Verlaine, revenu vers Évangéline.

Gabriella eut un sourire triste et éloquent.

— Mon pauvre garçon, ils savent exactement où nous sommes. Ils ont des informateurs dans toute la ville. Ils sont toujours à l'affût, partout. En ce moment même, ils sont tout près et ils nous espionnent. Je vous en prie, faites très attention, répéta-t-elle, avec un regard appuyé à l'intention d'Évangéline.

Museum of Modern Art, New York

Évangéline s'appuya contre le mur de briques, le long de la 54e Rue Ouest. Le vent glacial lui brûlait la peau. Au-dessus d'elle, le jardin des sculptures se reflétait dans des baies vitrées qui révélaient simultanément les rouages complexes du musée. À l'intérieur, les lumières étaient tamisées. En périphérie de son champ de vision, des visiteurs et des employés déambulaient à travers les salles. L'image assombrie du jardin, capturée dans le verre, était distordue, déformée, irréelle.

— On dirait que ça ne va pas tarder à fermer, fit observer Bruno, en fourrant les mains dans les poches de son blouson, avant de s'avancer vers l'entrée. Nous ferions bien de nous dépêcher.

Bruno se faufila entre les hordes de visiteurs qui se pressaient à l'entrée et s'arrêta devant la billetterie, où un homme grand et mince avec un bouc et des lunettes à montures d'écaille lisait un roman de Wilkie Collins. Il jeta un bref regard à Évangéline et Bruno, puis annonça :

— Nous fermons dans une demi-heure. Nous serons également fermés demain pour Noël, mais nous rouvrons le 26.

Il se replongea dans son livre, comme si les visiteurs n'étaient plus là. Bruno s'accouda au comptoir.

— Nous sommes à la recherche de quelqu'un qui travaille peut-être ici, exposa-t-il.

— Nous ne divulguons aucun renseignement concernant les membres du personnel, répliqua l'autre, sans lever les yeux du roman.

Bruno posa deux billets de cent dollars devant lui.

— Nous n'avons que faire de détails privés. Nous voulons simplement savoir où le trouver.

Son interlocuteur lui adressa un coup d'œil par-dessus la monture de ses lunettes et fit main basse sur les billets.

— Quel nom ?

— Alistair Carroll, répondit Bruno, en lui montrant le carton qui se trouvait dans la sixième lettre d'Abigail Rockefeller. Ça vous dit quelque chose ?

— M. Carroll ne fait pas partie du personnel.

— Mais vous le connaissez, le pressa Évangéline, soulagée et quelque peu surprise que ce nom soit celui d'une personne réelle.

— Tout le monde connaît M. Carroll, déclara le guichetier en quittant le comptoir pour les entraîner vers la rue. Il habite juste en face du musée.

Il désigna un élégant immeuble d'avant-guerre, légèrement tassé par le poids des ans. Un toit vert-de-gris à comble brisé, percé d'une rangée de grosses fenêtres rondes, couronnait le bâtiment.

— Il est toujours dans le coin, ajouta le guichetier. Il fait partie de la vieille garde.

Bruno et Évangéline s'empressèrent de traverser la rue. Dans le hall de l'immeuble, ils avisèrent le nom de Carroll sur la boîte aux lettres de l'appartement 9, au quatrième étage. Ils appelèrent l'ascenseur vétuste, dont la cabine en bois embaumait les fleurs séchées, comme si de vieilles dames se rendant à l'église venaient de l'emprunter. Évangéline pressa le bouton noir du quatrième étage. La porte se referma avec un grincement et l'ascenseur s'ébranla laborieusement. Bruno tira de sa poche la carte d'Abigail Rockefeller. Le quatrième étage était occupé par deux appartements tout aussi silencieux l'un que l'autre. Bruno se dirigea vers la porte sur laquelle était vissé un 9 en laiton, puis frappa.

La porte s'entrouvrit et un vieil homme les détailla de ses grands yeux bleus pétillant de curiosité.

— Oui ? s'enquit-il d'une voix à peine audible. Qui est-ce ?

— Monsieur Carroll ? demanda Bruno d'une voix cordiale et polie, comme s'il s'était déjà présenté ainsi à des centaines de portes. Navré de vous déranger, mais votre nom et votre adresse nous ont été communiqués par…

— Abby, le coupa son interlocuteur, les yeux fixés sur la carte dans la main de Bruno.

Il ouvrit la porte en grand et leur fit signe d'entrer.

— Je vous en prie, entrez. Je vous attendais.

À peine Évangéline et Bruno eurent-ils posé un pied dans l'appartement que deux yorkshires avec des rubans rouges sur la tête sautèrent d'un canapé et se précipitèrent vers eux en aboyant, comme pour repousser les intrus.

— Oh, vilaines filles ! les gronda Alistair Carroll.

Il attrapa un animal sous chaque bras et s'engagea dans le couloir. L'appartement était vaste, le mobilier ancien et simple. Chaque objet paraissait à la fois chéri et négligé, comme si toute la décoration avait été choisie avec minutie afin de mieux être ignorée. Évangéline prit place sur le canapé qu'avaient chauffé les chiennes. Une petite flambée dans une cheminée de marbre blanc diffusait une intense chaleur dans toute la pièce. Devant Évangéline, un saladier en cristal rempli de bonbons acidulés trônait au centre d'une table basse vernie Chippendale. Exception faite d'un exemplaire de l'édition du dimanche du *Times*, discrètement pliée sur une table au bout du canapé, l'intérieur semblait ne pas avoir changé depuis cinquante ans. Sur la cheminée était posée une lithographie encadrée en couleurs représentant une femme trapue, rosée, aux traits aviaires circonspects. Évangéline n'avait jamais eu ni la curiosité ni l'envie de chercher à quoi Abigail Rockefeller pouvait bien ressembler, mais elle devina instantanément qu'il s'agissait de son portrait.

Alistair Carroll revint sans ses chiennes. Il avait les cheveux courts et bien coupés. Il portait un pantalon en velours côtelé marron, une veste en tweed et avait des manières douces qui mettaient Évangéline à l'aise.

— Pardonnez mes fifilles, elles ne sont pas habituées à voir du monde, dit-il en s'installant dans un fauteuil près du feu. Nous ne recevons que très peu de visiteurs. Elles étaient folles de joie de vous voir. Mais laissons ça, conclut-il, en serrant les mains entre ses cuisses. Vous n'êtes pas ici pour échanger des civilités.

— Peut-être pourriez-vous commencer par nous dire pourquoi nous sommes là, suggéra Bruno, qui s'assit à côté d'Évangéline sur le canapé et plaça le carton sur la table. La carte ne comportait aucune explication – rien que votre nom et votre titre.

Alistair Carroll déplia une paire de lunettes et les chaussa. Il prit le carton et l'examina de plus près.

— Abby a rédigé cette carte en ma présence, se souvint-il. Mais vous n'en avez qu'une ? Où sont les autres ?

— Nous sommes six, indiqua Évangéline. Nous nous sommes divisés en plusieurs groupes pour gagner du temps. Ma grand-mère a deux des enveloppes.

— Dites-moi, lâcha Alistair, votre grand-mère ne s'appellerait-elle pas Célestine Clochette ?

Évangéline fut stupéfaite d'entendre le nom de Célestine, surtout dans la bouche d'un homme qui ne pouvait l'avoir connue.

— Non, Célestine Clochette est morte, lui apprit-elle.

— Je suis désolé de l'entendre, déclara Alistair en secouant la tête, consterné. De même que je suis désolé de voir la récupération conduite de façon aussi anarchique. Abby avait bien spécifié qu'une seule personne devrait s'en charger – soit mère Innocenta, soit, au cas où il s'écoulerait trop de temps, comme cela a en effet été le cas, une dénommée Célestine Clochette. Je me souviens très bien de ces dispositions : j'étais l'assistant de Mme Rockefeller à ce sujet et c'est moi qui ai apporté cette carte en main propre au couvent Sainte-Rose.

— Je croyais que Mme Rockefeller avait assumé la garde de la lyre à titre permanent, fit valoir Bruno.

— Oh, que nenni. Mme Rockefeller et mère Innocenta avaient convenu du moment de la restitution des objets sous notre responsabilité – Abby n'entendait pas veiller sur eux *ad vitam æternam*. Elle avait prévu de les rétrocéder dès que les circonstances le permettraient – en l'occurrence, à la fin de la guerre. Il était prévu qu'Innocenta ou, le cas échéant, Célestine Clochette, conserverait ces enveloppes et, le moment venu, suivrait les instructions qu'elles fournissaient, dans un ordre précis. Ce protocole avait été établi tant pour garantir la sécurité des pièces que celle de la personne qui les collecterait.

Bruno et Évangéline échangèrent un regard. Évangéline était certaine que Célestine ignorait tout de ces consignes.

— On ne nous a fait aucune recommandation particulière, affirma Bruno. C'est ce carton qui nous a menés jusqu'ici.

— Peut-être qu'Innocenta n'a pas transmis l'information avant de mourir, avança Évangéline. Sinon, je suis sûre que Célestine aurait tout fait pour respecter la volonté de Mme Rockefeller.

— Ah, on dirait qu'il y a un malentendu, reprit Alistair. Mme Rockefeller avait cru comprendre que Célestine ne tarderait pas à quitter le couvent pour regagner l'Europe. D'après mes souvenirs, Mlle Clochette n'était qu'une hôte temporaire.

— Il y a eu un changement de programme, dit Évangéline, repensant à l'apparence frêle et maladive de Célestine aux derniers jours de sa vie.

Alistair Carroll ferma les yeux, comme s'il méditait la conduite à tenir afin de s'acquitter au mieux de sa mission.

— Eh bien, il n'y a d'autre solution que de continuer, annonça-t-il en se levant brusquement. Venez avec moi, que je vous montre la vue extraordinaire dont je jouis.

Ils le suivirent jusqu'à un mur percé de fenêtres rondes qu'Évangéline avait remarquées depuis la rue. Elle s'appuya au châssis en laiton d'un de ces grands hublots et contempla le MoMA qui se déployait devant eux. En contrebas, au centre du rectangle ordonné et bien délimité du célèbre jardin des sculptures, un étroit bassin d'une noirceur d'obsidienne scintillait au milieu des dalles de marbre gris qui tiraient sur le mauve entre les volutes de neige.

— D'ici, je peux surveiller le jardin jour et nuit, exposa Alistair Carroll. C'est pour cette raison que Mme Rockefeller a acheté cet appartement. Je suis le gardien du jardin.

J'ai été témoin de bien des changements depuis sa mort. Le jardin a été éventré et redessiné. La collection de statues s'est étoffée.

Il se tourna vers ses visiteurs.

— Nous n'avions pas envisagé que les administrateurs jugeraient nécessaire de tout chambouler aussi radicalement au fil des ans. En 1953, le jardin moderne emblématique de Philip Johnson, celui auquel on pense quand on fait allusion au jardin des sculptures, avait déjà effacé toute trace de celui que connaissait Abby. Puis, pour quelque motif saugrenu, les administrateurs ont décidé de le moderniser – une tragédie, une terrible erreur de jugement. Ils ont commencé par remplacer le magnifique dallage en marbre du Vermont, d'une teinte gris-bleu unique, par une variété de qualité inférieure. Lorsqu'ils s'en sont rendu compte, ils ont bouleversé à nouveau tout le jardin pour remplacer ces dalles par d'autres, semblables aux originales. Un remue-ménage qui aurait pu être beaucoup plus grave si je n'étais pas intervenu. Car, voyez-vous, conclut-il en croisant les bras en travers de sa poitrine avec une expression de satisfaction, le trésor était caché dans le jardin.

— Et il n'y est plus ? s'exclama Évangéline, pantoise.

— Abby l'avait mis à l'abri sous l'une des statues – *La Méditerranée*, d'Aristide Maillol, dont la base est creuse. Elle pensait qu'Innocenta ou Célestine Clochette se manifesteraient au bout de quelques mois, un an tout au plus. L'objet aurait été en sûreté pour une courte durée. Mais à la mort d'Abby, en 1948, Célestine Clochette ne s'était toujours pas présentée. Peu après, la modernisation du jardin des sculptures a été confiée à Philip Johnson et j'ai pris l'initiative de déplacer le trésor.

— La procédure n'a pas dû être simple, commenta Bruno. Surtout compte tenu des mesures de sécurité en vigueur au MoMA.

— Je suis administrateur à vie et, même si mes prérogatives ne sont pas aussi étendues que celles d'Abby, elles demeurent considérables. Je n'ai pas eu de mal à prendre des dispositions. Il m'a suffi de faire enlever la statue pour qu'on procède à son entretien afin de récupérer l'objet. Heureusement que j'ai été prévoyant, d'ailleurs, sans quoi le trésor aurait pu être découvert ou endommagé. Célestine Clochette ne venant pas, j'ai décidé de le conserver et de patienter.

— Il devait bien y avoir un endroit plus sûr pour protéger un objet aussi précieux, fit valoir Bruno.

— Abby pensait qu'il serait plus en sécurité dans un lieu fréquenté. Elle et son mari ont créé des espaces publics grandioses. Mme Rockefeller, toujours pragmatique, désirait qu'ils servent. Bien sûr, vu les œuvres d'art inestimables qu'ils abritent, les musées étaient sans doute les édifices publics les mieux gardés de l'île de Manhattan. Le jardin des sculptures et les Cloisters sont sous surveillance constante. Le choix de Riverside Church était plus d'ordre sentimental : la famille Rockefeller l'a fait bâtir sur le site de l'ancienne école de M. Rockefeller. Quant au Rockefeller Center, c'était un clin d'œil à leur influence et à leur rang au sein de la société new-yorkaise. J'imagine que Mme Rockefeller aurait pu se borner à louer un compartiment dans une chambre forte, mais ce n'était pas son genre. Tous ces lieux sont symboliques : deux musées, une église et un centre commercial. Deux mesures d'art, une de religion et une d'affaires – les proportions exactes dans lesquelles Mme Rockefeller souhaitait qu'on se souvienne d'elle.

Bruno décocha à Évangéline un regard amusé, mais ne dit rien. Alistair Carroll quitta la pièce et revint au bout de quelques instants avec un long coffret rectangulaire, qu'il remit à Évangéline avant de lui tendre une petite clef.

— Ouvrez-le.

Évangéline inséra la clef dans la minuscule serrure et tourna. Le mécanisme métallique résista, grippé par la rouille, puis un déclic se produisit. Elle souleva le couvercle et se trouva face à deux longues et fines baguettes dorées sur un lit de velours noir.

— Qu'est-ce que c'est ? demanda Bruno, manifestement déconcerté.

— Les barres du cordier, allons, répliqua Alistair. À quoi vous attendiez-vous ?

— Nous croyions que vous étiez en possession de la lyre, avoua Évangéline.

— La lyre ? Non, non, nous ne l'avons pas cachée au musée, se récria Alistair, avant de sourire. Du moins, pas dans sa totalité.

— Vous avez pris la liberté de la démonter ? s'étonna Bruno.

— Il aurait été trop risqué de la cacher en un seul morceau, expliqua Alistair, en secouant la tête. Nous l'avons donc désassemblée en quatre parties.

Évangéline dévisagea Alistair, incrédule.

— Elle est vieille de plusieurs milliers d'années. Elle doit être d'une extraordinaire fragilité.

— C'est un instrument étonnamment solide, assura le vieil homme. Et nous avons eu recours aux meilleurs spécialistes. À présent, si cela ne vous dérange pas, poursuivit-il en les raccompagnant vers la cheminée, avant de se rasseoir dans son fauteuil, j'ai diverses informations à vous confier. Comme je l'ai signalé, Mme Rockefeller était partie du principe que tous les morceaux seraient réunis par une seule et même personne, dans un certain ordre. Elle avait tout combiné avec méticulosité. Le Museum of Modern Art n'était que la première étape – c'est pourquoi elle avait joint une carte avec mon nom à votre intention. Les suivantes étaient Riverside Church, les Cloisters et Prométhée.

— Prométhée ? répéta Évangéline.

— La statue de Prométhée du Rockefeller Center, précisa Alistair en se redressant sur son siège, adoptant une allure presque aristocratique. Cet ordre avait été arrêté afin que je puisse fournir à mère Innocenta ou à Célestine Clochette diverses recommandations, ainsi que quelques conseils et mises en garde. À Riverside Church vous attend un certain M. Gray, lui aussi employé par la famille Rockefeller. Franchement, j'ignore pourquoi Abby lui a attribué ce poste. Je ne sais s'il est encore fidèle aux vœux de Mme Rockefeller, après tant d'années – il est venu me voir à plusieurs reprises pour réclamer de l'argent. D'après mon expérience, l'impé-

curiosité n'est jamais bon signe, donc si vous en avez le temps, je suggère que vous évitiez tout contact avec lui.

Alistair Carroll tira un rouleau de papier de la poche intérieure de sa veste et l'étala sur la table basse.

— Voilà qui vous indiquera la cachette exacte de la caisse de résonance.

Alistair Carroll donna le rouleau à Évangéline, afin qu'elle puisse examiner le plan.

— Le labyrinthe du chœur de Riverside Church est semblable à celui de la cathédrale de Chartres, en France, expliqua Alistair. Les labyrinthes étaient traditionnellement des chemins de méditation. Pour servir nos desseins, une cavité superficielle a été aménagée au-dessous de la dalle centrale, conçue pour pouvoir être retirée et remise en place sans endommager le sol. C'est là qu'Abby a dissimulé la caisse de résonance. Suivez ces instructions.

« Les cordes de la lyre, c'est une autre paire de manches. Elles sont aux Cloisters et ne peuvent être récupérées qu'avec la coopération de la directrice, qui est au fait de la situation et saura agir au mieux compte tenu des circonstances. Le musée sera encore ouvert pendant une demi-heure. La conservatrice a pour ordre de vous garantir le plein accès aux lieux. Un simple coup de fil de ma part et ce sera fait. Ce sera la pagaille, mais il est tout bonnement impossible de procéder autrement. Vous disiez que vos compagnons étaient sur place en ce moment même ?

— Ma grand-mère, confirma Évangéline.

— C'est fâcheux. Dans une telle confusion, qui sait quels dangers peuvent la guetter là-bas ? Nous devons tenter d'intervenir. S'il vous plaît, donnez-moi le nom de votre grand-mère. Je vais téléphoner immédiatement.

Il se dirigea jusqu'à un téléphone à cadran, empoigna le combiné et composa un numéro. Quelques secondes plus tard, il rapportait le problème à sa correspondante. D'après le ton familier d'Alistair, Évangéline eut l'impression qu'il avait déjà évoqué une telle éventualité avec la directrice auparavant.

— Je suis soulagé, annonça-t-il une fois qu'il eut raccroché. Il n'est rien survenu d'inhabituel aux Cloisters cet après-midi. Votre grand-mère est peut-être déjà sur place, mais elle ne s'est pas approchée de la cachette. Dieu merci, il reste encore un peu de temps. Mon interlocutrice va tout faire pour localiser votre grand-mère et lui venir en aide.

Il ouvrit un placard et enfila un épais manteau en laine, avant de nouer une écharpe en soie autour de son cou. Évangéline et Bruno se levèrent à leur tour.

— Nous devons nous mettre en route, déclara Alistair en les entraînant jusqu'à la porte. Les membres de votre groupe sont en danger – nous le sommes tous, maintenant que la récupération de l'instrument a débuté.

— Nous sommes censés nous rejoindre au Rockefeller Center à 18 heures, exposa Bruno.

— C'est à quatre rues d'ici, répondit Alistair Carroll. Je vous accompagne. Je pense être en mesure de vous assister.

Les Cloisters, Metropolitan Museum of Art, Fort Tryon Park, New York

Verlaine et Gabriella descendirent du taxi et s'élancèrent dans l'allée du musée. Un groupe de bâtiments en pierre s'élevait devant eux, pareil à des remparts au-dessus de l'Hudson. Verlaine avait déjà visité les Cloisters à plusieurs reprises. Cette réplique parfaite d'un monastère médiéval était pour lui une source de réconfort et un refuge face à l'agitation de la ville. Il était rassurant d'être en présence de l'Histoire, même si celle-ci avait un air de contrefaçon. Il se demanda ce que Gabriella penserait de ce musée, elle qui en avait connu le modèle parisien – car les Cloisters, avec leur collection de fresques anciennes, de crucifix et de statues médiévales, s'inspirait du Musée national du Moyen Âge, dont Verlaine n'avait connaissance qu'à travers les livres.

En cette période de fêtes, le musée allait être bondé. S'ils étaient suivis, comme Gabriella le soupçonnait, la foule les protégerait. Verlaine contempla la façade en calcaire, l'imposante tour centrale, l'épais mur d'enceinte, se demandant si les Nephilim les avaient précédés et les épiaient.

Comme ils se dépêchaient de gravir les marches de pierre, il songea à leur mission. Il avait encore peine à croire à l'aventure dans laquelle il s'était embarqué. Ils s'étaient mis en route pour le musée sans savoir comment ils procéderaient une fois sur place. Certes, Gabriella était douée et il lui faisait confiance pour trouver un moyen de s'acquitter de leur tâche, mais il y avait de quoi se décourager. Il avait beau aimer les jeux de piste intellectuels, la difficulté de l'entreprise lui donnait envie de faire demi-tour et de rentrer chez lui.

Sous l'arche de l'entrée, une femme menue à la chevelure roux flamboyant s'avança vers eux. Elle était vêtue d'un chemisier en soie ondoyant et portait un collier de perles qui étincelait au gré de la lumière. Verlaine eut l'impression qu'elle les attendait – même si c'était impossible.

— Dr Gabriella Valko ? lança-t-elle. Verlaine reconnut cet accent semblable à celui de Gabriella, et en déduisit qu'elle était française. Je m'appelle Sabine Clémentine et je suis la directrice adjointe des restaurations aux Cloisters. On m'envoie pour vous prêter assistance.

— On vous envoie ? répéta Gabriella en dévisageant son interlocutrice avec méfiance. Qui ça, « on » ?

— Alistair Carroll, qui était au service de la défunte Abigail Rockefeller, chuchota-t-elle. Suivez-moi, s'il vous plaît, je vous expliquerai en chemin.

Comme le pressentait Verlaine, le hall d'entrée était rempli de visiteurs armés d'appareils photo et de guides. Tous trois se fondirent dans la cohue. Dans la librairie du musée, les clients faisaient la queue à la caisse entre des tables sur lesquelles s'empilaient des ouvrages d'histoire du Moyen Âge, des livres d'art et des études sur l'architecture gothique ou romane. Par une étroite fenêtre, Verlaine entrevit l'Hudson qui s'écoulait en contrebas, imperturbable et ténébreux. Malgré le danger, tout son être se détendit : les musées avaient toujours un effet apaisant sur lui, ce qui n'était peut-être pas sans lien avec son choix professionnel. L'atmosphère de recueillement du bâtiment, cet amalgame de monastères médiévaux démantelés – façades, fresques, arcades issues d'édifices français, espagnols ou italiens délabrés, et rassemblées en une masse de ruines remises à neuf –, le détendait, de même que les touristes prenant des photos, les jeunes couples main dans la main ou les retraités qui examinaient les délicates couleurs passées d'une fresque. Son dédain pour tous ces dilettantes, si vif encore la veille, avait cédé place à la gratitude.

Ils pénétrèrent dans le musée proprement dit, longeant les galeries, de salle en salle. Ils n'avaient pas le temps de s'arrêter, mais Verlaine scruta néanmoins les œuvres d'art sur leur passage, à l'affût d'indices. Il n'était pas exclu que les cartes d'Abigail Rockefeller renvoient à un tableau ou à une sculpture, même s'il en doutait : l'illustration était trop moderne et s'inscrivait clairement dans le style Art déco new-yorkais. Mais Verlaine n'en observa pas moins un passage voûté anglo-saxon, un crucifix sculpté, une mosaïque en verre et une série de colonnes polies décorées de feuilles d'acanthe, restaurées et nettoyées. N'importe lequel de ces chefs-d'œuvre aurait pu dissimuler l'instrument.

Sabine Clémentine les conduisit jusqu'à une vaste salle où une rangée de fenêtres déversait une intense lumière sur les larges lames du parquet vitrifié. Des tapisseries étaient suspendues aux murs. Verlaine les reconnut aussitôt. Il les avait étudiées dans le cadre d'un cours intitulé « Chefs-d'œuvre de l'art mondial » lors de sa première année de troisième cycle et était tombé sur d'innombrables reproductions dans des magazines ou sous forme de posters, même s'il n'avait pas revu les originaux depuis quelque temps. Sabine Clémentine les avait emmenés jusqu'à la célèbre série de *La Chasse à la licorne.*

— Splendide, articula Verlaine, savourant les rouges profonds et le vert éclatant de la flore tissée.

— Et violent, ajouta Gabriella, en désignant la mise à mort de la licorne, où une moitié des chasseurs considérait d'un œil placide et indifférent l'autre moitié qui pointait ses lances vers le cou de la créature sans défense.

— Ce devait être la différence majeure entre Abigail Rockefeller et son mari, commenta Verlaine, en indiquant les scènes devant eux. Alors qu'Abigail Rockefeller a fondé le MoMA et achetait des Picasso, des Van Gogh et des Kandinsky, son mari était, lui, collectionneur d'art médiéval. Il détestait le modernisme et refusait de financer la passion de son épouse. Il tenait ces œuvres pour vulgaires. Il est amusant de relever qu'on sacralise toujours le passé, alors qu'on se défie du monde moderne.

— Il y a souvent de bonnes raisons de se méfier de la modernité, répliqua Gabriella, en jetant un coup d'œil à une grappe de touristes, comme pour s'assurer qu'ils n'avaient pas été suivis.

— Mais sans les bienfaits du progrès, nous vivrions encore à l'âge des ténèbres, professa Verlaine.

— Mon cher Verlaine, qu'est-ce qui vous fait croire que nous en sommes sortis ? ironisa Gabriella en lui prenant le bras.

— Bien, lâcha Sabine Clémentine, qui s'était rapprochée d'eux pour ne pas avoir à parler trop fort, mon prédécesseur m'avait donné pour instruction de mémoriser un message, même si je n'avais jusqu'à présent jamais su pourquoi. Écoutez bien, je vous prie.

Gabriella se tourna, surprise, vers la directrice adjointe et obtempéra avec une légère expression de condescendance.

— « L'allégorie de la chasse relate une histoire dans l'histoire, chuchota Sabine. Suivez le parcours de la créature, de la liberté à la captivité. Désavouez les chiens, feignez la pudeur devant la damoiselle, rejetez la brutalité de l'hallali et cherchez la musique là où revit la créature. De même qu'une main sur un métier a tramé ce mystère, une autre devra le démêler. *Ex Angelis* – l'instrument se révèle. »

— « *Ex Angelis* » ? demanda Verlaine, comme si c'était la seule tournure de l'énigme qui le déconcertait.

— C'est du latin, exposa Gabriella. Ça signifie « des anges ». Manifestement, Abigail Rockefeller fait allusion à la lyre, qui a été fabriquée par les anges, mais c'est une formule bizarre.

Elle s'interrompit et adressa un regard reconnaissant à Sabine Clémentine, comme pour admettre la légitimité de sa présence à leur côté.

— Les initiales E A figuraient souvent sur le sceau des missives qu'échangeaient les angéologues au Moyen Âge, mais c'était l'abréviation d'*Epistula Angelorum*, soit « lettre des anges » – aucun rapport. Mme Rockefeller ne pouvait pas être au courant.

— Il n'y a pas d'autres éléments d'explication ? interrogea Verlaine en se penchant au-dessus de l'épaule de Gabriella, qui tira de la mallette la carte d'Abigail Rockefeller.

— Il y a une espèce de dessin.

Elle inclina la carte pour l'inspecter sous un angle différent. Il n'y avait qu'une succession de lignes à peine esquissées arrangées par ordre de longueur, chacune à côté d'un nombre.

— Qui n'explique absolument rien, soupira-t-elle.

— Nous avons donc un plan, mais pas la clef, résuma Verlaine.

— Peut-être.

Gabriella pria Sabine de répéter et celle-ci s'exécuta :

— « L'allégorie de la chasse relate une histoire dans l'histoire. Suivez le parcours de la créature, de la liberté à la captivité. Désavouez les chiens, feignez la pudeur devant la damoiselle, rejetez la brutalité de l'hallali et cherchez la musique là où revit la créature. De même qu'une main sur un métier a tramé ce mystère, une autre devra le démêler. *Ex Angelis* – l'instrument se révèle. »

— De toute évidence, elle nous invite à suivre la progression de la chasse, qui débute à la première tapisserie, dit Verlaine, qui se faufila jusqu'à celle-ci entre plusieurs groupes de visiteurs. Une troupe de chasseurs s'enfonce dans la forêt, où ils découvrent une licorne, la pourchassent avec ardeur, puis la tuent. Les chiens, que Mme Rockefeller nous recommande d'ignorer, accompagnent la troupe de chasseurs, et la damoiselle, sur laquelle nous ne devons pas nous arrêter non plus, doit être l'une des femmes contemplant la scène. Nous sommes ensuite censés nous intéresser au spectacle de la créature ressuscitée, acheva Verlaine en guidant Gabriella par le bras jusqu'à la dernière tapisserie. Ce doit être celle-là.

Ils se tenaient devant la plus célèbre de la série, une clairière luxuriante pleine de fleurs sauvages, où la licorne, soumise, était couchée, dans un enclos circulaire.

— C'est donc dans cette scène que nous devons « chercher la musique », observa Gabriella.

— Même s'il ne semble pas y avoir la moindre référence à la musique, se lamenta Verlaine.

— *Ex Angelis*, marmonna Gabriella, comme si elle ruminait l'expression.

— Abigail Rockefeller n'emploie jamais de locution latine dans ses lettres à Innocenta, déclara Verlaine. Celle-ci est, selon toute vraisemblance, destinée à attirer notre attention.

— On trouve des anges dans presque toutes les œuvres exposées dans ce musée, mais pas un seul ici, s'impatienta Gabriella, contrariée.

— En effet, convint Verlaine en détaillant la scène. Ces tapisseries constituent une anomalie. Bien que *La Chasse à la licorne* puisse être interprétée comme une allégorie, ainsi que le signale Abigail Rockefeller, notamment une réinterprétation de la crucifixion et de la résurrection du Christ, c'est l'une des rares pièces ici qui soit dépourvue de figures ou d'images chrétiennes explicites. Pas de représentation du Christ, ni de sujet de l'Ancien Testament, pas d'anges.

— Regardez, les lettres A et E reviennent partout dans ces tapisseries, souligna Gabriella, le doigt tendu vers l'un des coins. On les retrouve dans chaque scène, toujours par paire. Ce devait être les initiales du mécène qui les a commandées.

— Peut-être, acquiesça Verlaine, avant de scruter les lettres brodées au fil doré. Mais la lettre E est chaque fois tournée vers l'arrière. Les lettres sont inversées.

— Et dans l'autre sens, on obtient E A, renchérit Gabriella.

— *Ex Angelis*, acheva Verlaine.

Il s'approcha si près de la tapisserie qu'il discernait l'entrelacs des fils qui composaient la scène. La tenture sentait la terre, tant la poussière était incrustée dans l'étoffe après des siècles d'exposition à l'air. Sabine Clémentine, qui attendait discrètement à l'écart, au cas où ils auraient besoin d'elle, les rejoignit.

— Venez, leur glissa-t-elle. Ces tapisseries sont ma spécialité.

Sans leur laisser le temps de répondre, elle se dirigea vers la première de la série.

— Les tapisseries en laine et en soie qui composent *La Chasse à la licorne* sont des prodiges de l'art médiéval. Ces sept scènes représentent une troupe d'aristocrates à la chasse – vous pouvez voir les chiens, les chevaliers, les dames et les châteaux, autour d'une fontaine ou au milieu de la forêt. La provenance exacte de ces tentures demeure un mystère, même après des décennies de recherches, mais les historiens de l'art s'accordent à penser, eu égard à leur style, qu'elles ont été tissées à Bruxelles aux alentours de l'an 1500. Le premier document écrit qui les mentionne date du XVIIe siècle, où elles sont recensées parmi les biens d'une famille de nobles français. Elles ont été redécouvertes et restaurées vers le milieu du XIXe siècle. John D. Rockefeller les a achetées un million de dollars en 1920 et, à mon avis, c'était une affaire. Aux yeux de nombreux historiens, elles font partie des plus beaux exemples d'art médiéval au monde.

Verlaine considéra à nouveau la tapisserie, fasciné par ses couleurs radieuses et la licorne sur le flanc, blanche comme du lait, la corne dressée, au milieu de la clairière.

— Dites-moi, *mademoiselle**, lança Gabriella avec un accent de défi, êtes-vous là pour nous aider ou pour nous offrir une visite guidée ?

— Oh, vous allez avoir besoin d'un guide, riposta Sabine. Vous voyez ces points de couture entre les lettres ? demanda-t-elle en désignant les initiales E A au-dessus de la licorne.

— On dirait qu'un travail de restauration assez important a été nécessaire, intervint Verlaine, comme si la réponse était évidente. Les tentures ont été endommagées ?

— Gravement, oui, confirma Sabine Clémentine. Elles ont été dérobées durant la Révolution et ont servi pendant des décennies à abriter du givre des arbres fruitiers appartenant à des paysans. Même si elles ont été raccommodées avec soin et minutie, les dommages sont visibles de près.

Tandis que Gabriella examinait la tapisserie, ses pensées parurent prendre un tour différent.

— Abigail Rockefeller s'est vu confier la lourde tâche de dissimuler la lyre et, selon les indications qu'elle a laissées, elle l'a cachée ici, aux Cloisters.

— C'est ce qu'on dirait, acquiesça Verlaine, avec un regard chargé d'attente.

— Il lui fallait donc trouver un endroit bien gardé mais en vue, sûr mais accessible, afin que l'instrument puisse, le moment venu, être récupéré.

Gabriella prit une grande inspiration et balaya du regard la salle où des groupes de visiteurs s'agglutinaient devant chacune des tentures. Elle baissa la voix.

— Comme nous pouvons nous en rendre compte, camoufler un objet aussi encombrant qu'une lyre dans un cadre aussi intime que ce musée est quasi impossible. Et pourtant, elle y est parvenue.

— Vous sous-entendez que la lyre n'est pas ici ? avança Verlaine.

— Pas du tout, lui assura Gabriella. Bien au contraire. Je ne pense pas qu'Abigail Rockefeller nous aurait fait venir ici pour rien. J'ai bien réfléchi aux énigmes des quatre lieux pour un seul instrument et je suis arrivée à la conclusion qu'Abigail Rockefeller avait fait preuve de beaucoup de jugeote. Elle a non seulement cherché des cachettes ingénieuses, mais elle a aussi veillé à ce que la lyre soit sous une forme moins… dangereuse.

— Je ne vous suis pas, avoua Verlaine.

— Comme le sait n'importe quel angéologue ayant consacré un semestre à la musicologie céleste, l'histoire des chœurs angéliques ou tout autre cours portant sur la fabrication et le fonctionnement des instruments célestes, l'élément essentiel de la lyre, ce sont les cordes, lui signala Sabine. Bien d'autres instruments sont aussi façonnés en valkine, un métal céleste précieux, mais la résonance unique de la lyre tient à ses cordes. Elles sont constituées d'un matériau non identifié, que les angéologues soupçonnent être un mélange de fils de soie et de cheveux d'anges. Quoi qu'il en soit, c'est la nature des cordes et la façon dont elles sont tendues qui leur confèrent un son aussi extraordinaire. Le châssis est plus ou moins interchangeable.

— Vous avez étudié à l'Académie de Paris, fit Gabriella, impressionnée.

— *Bien sûr**, répondit Sabine avec un léger sourire. Comment aurais-je obtenu un poste pareil, sinon ? Vous ne vous en souvenez peut-être pas, mais je suivais vos cours en « Introduction à l'art de la guerre spirituelle ».

— En quelle année ? s'informa Gabriella, qui dévisageait Sabine pour essayer de la reconnaître.

— En 1987, au premier semestre.

— Ma dernière année à l'Académie.

— C'était mon cours préféré.

— Ravie de l'apprendre. Si vous voulez me remercier, aidez-moi à résoudre cette énigme : « De même qu'une main sur un métier a tramé ce mystère, une autre devra le démêler. »

Gabriella fixa Sabine, à l'affût d'un signe qui montrerait que tout cela faisait sens pour elle.

— Voilà pourquoi je suis là ! s'exclama celle-ci. Non pas pour démêler le mystère, mais pour le démailler.

— Mme Rockefeller a cousu les cordes dans cette tenture ? se récria Verlaine.

— En fait, elle a vraisemblablement fait appel à un expert, rectifia Sabine. Mais oui, elles doivent être là, dans la scène de la licorne en captivité.

Verlaine lorgna l'étoffe, sceptique.

— Et comment allons-nous les en retirer ? s'inquiéta-t-il.

— Si, comme je le crois, la procédure a été effectuée habilement, leur retrait ne devrait pas laisser la moindre trace.

— Il est étonnant qu'Abigail Rockefeller ait choisi une œuvre d'art si fragile comme leurre, fit observer Gabriella.

— Rappelez-vous que ces tapisseries ont, un temps, été la propriété personnelle des Rockefeller, fit valoir Sabine. Elles ont décoré leur salon de 1922 à la fin des années 1930, jusqu'à ce qu'elles soient exposées ici. Mme Rockefeller connaissait très bien ces tentures – y compris leurs défauts.

Elle désigna une zone fortement réparée.

— Vous voyez cet accroc ? Un coup de ciseaux et le trou se rouvrirait.

Elle adressa un signe à un gardien en faction à l'autre bout de la pièce qui approcha nonchalamment.

— À nous de jouer, mademoiselle Clémentine ?

— Oui, merci, répondit-elle laconiquement, d'un ton très professionnel. Mais il va d'abord falloir évacuer la salle. Prévenez le reste du personnel.

Elle se retourna vers Gabriella et Verlaine.

— J'ai fait en sorte de libérer les environs pendant l'opération, expliqua-t-elle. Nous aurons ainsi toute latitude pour travailler sur la tapisserie.

— Vous en avez le droit ? s'étonna Verlaine en contemplant la salle bondée.

— Bien entendu, répliqua Sabine. Je suis la directrice adjointe des restaurations. Je peux décider de procéder à l'entretien des œuvres quand bon me semble.

— Et ça ? s'inquiéta Verlaine en indiquant une caméra de sécurité.

— Je me suis occupée de tout, le rassura-t-elle.

Verlaine jeta un coup d'œil à la tapisserie, préoccupé par le peu de temps dont ils disposaient pour repérer les cordes et les récupérer. Le plus gros défaut se situait juste au-dessus de la corne de la licorne, dans le tiers supérieur de la tenture, à plus d'un mètre quatre-vingts du sol. Il faudrait grimper sur une chaise ou un tabouret pour l'atteindre. Il était même possible que les coutures soient trop difficiles à défaire et qu'il soit nécessaire de décrocher la tapisserie et l'étaler au sol pour intervenir.

Plusieurs gardiens firent leur entrée et guidèrent les visiteurs vers la sortie, puis, une fois la salle vide, se postèrent à l'entrée. Sabine revint avec un petit homme dégarni, qui déposa une valisette au pied de la tapisserie et déplia un escabeau. Sans même un regard pour Gabriella ou Verlaine, il gravit quelques marches et entreprit d'inspecter la réparation.

— Mademoiselle Clémentine, la loupe, demanda-t-il.

Sabine ouvrit la valisette, révélant une série de scalpels, de bobines et de ciseaux, ainsi qu'une imposante loupe qui concentrait toute la lumière de la pièce en une boule de feu.

Verlaine observa le restaurateur à l'œuvre, fasciné par sa dextérité. Il s'était souvent interrogé sur les qualités requises pour ce métier et avait même visité une exposition sur les procédés employés pour nettoyer des étoffes comme celle-ci. La loupe dans une main et un scalpel dans l'autre, le restaurateur glissa le bout de la lame sous une rangée de points nets et resserrés et, d'une légère pression, les trancha. Il poursuivit la besogne avec la même application qu'un chirurgien, les décousant ainsi un à un, jusqu'à ce qu'il ait ouvert un trou de la taille d'une pomme dans la tapisserie.

Verlaine se dressa sur la pointe des pieds pour mieux voir. Il n'aperçut qu'une frange de fils colorés, fins comme des cheveux. Le restaurateur réclama un autre outil et Sabine lui tendit un long crochet fin, qu'il introduisit dans l'ouverture. Il enfila un bras directement entre le A et le E, tira puis Verlaine entrevit un trait lumineux : un filament opalescent pendait au bout du crochet.

L'homme le lui tendit, puis se remit à l'ouvrage. La corde était aussi mince qu'un vaisseau capillaire et si lisse qu'elle glissait entre les doigts de Verlaine comme si elle était cirée. Il en déposa ainsi, l'une après l'autre, cinq, puis six, puis sept sur son avant-bras, jusqu'à ce que le restaurateur descende de son escabeau.

— C'est tout, annonça-t-il avec une mine grave, comme s'il venait de profaner une sépulture.

Sabine prit les cordes, les enroula autour de sa main et les serra dans un sac en tissu qu'elle fourra entre les mains de Verlaine.

— *Madame, Monsieur**, suivez-moi, lança-t-elle en les raccompagnant jusqu'à l'entrée de la salle. Vous saurez les rattacher ?

— Je suis sûr que je m'en sortirai, répondit Gabriella.

— Oui, bien entendu, acquiesça Sabine, avant de claquer des doigts à l'adresse des gardiens pour qu'ils approchent.

Prenez garde, ajouta-t-elle en gratifiant Gabriella d'une bise sur chaque joue. Bonne chance.

Et, comme les deux visiteurs retraversaient le musée sous l'escorte des gardiens, se frayant un passage parmi la foule, Verlaine eut le sentiment que toutes ses années d'études, toutes les déconvenues qu'il avait essuyées et les recherches universitaires stériles qu'il avait entreprises, n'avaient été que le prélude à ce moment de triomphe, au côté de Gabriella, la femme qui l'avait aidé à prendre conscience de sa vocation d'angéologue et, se prenait-il à espérer, de son avenir avec Évangéline.

Riverside Church, Morningside Heights, New York

Les bottes à talons hauts de Sitou-san crissèrent sur la glace saupoudrée de sel lorsque Vladimir et elle montèrent l'escalier de l'imposante cathédrale néogothique de Riverside Church, qui dominait la Columbia University.

À l'intérieur régnait une pâle lueur couleur miel. Vladimir cligna des paupières et attendit que ses yeux s'habituent à la pénombre. L'église était déserte. Rajustant sa cravate, il passa devant une alcôve où se trouvait l'accueil, vide, et gravit une volée de marches débouchant dans une vaste antichambre. Les murs en pierre d'un blanc crème se rejoignaient en magnifiques croisées d'ogives, évoquant des voiles gonflées par le vent. Vladimir franchit une large porte à deux battants et pénétra dans la nef.

Son premier réflexe fut de fouiller les lieux, mais il se retint. Au mur, deux plaques de cuivre attirèrent son attention. La première rendait hommage à la générosité de John D. Rockefeller Jr, qui avait financé la construction de l'édifice, la seconde à Laura Celestia Spelman Rockefeller.

— Laura Celestia Spelman Rockefeller était la belle-mère d'Abigail Rockefeller, chuchota Saitou-san en lisant la plaque.

— Il me semble que les Rockefeller étaient très croyants, notamment ceux de cette génération-là. C'est John D. Rockefeller Jr qui a payé la construction de cette église.

— Ce qui expliquerait qu'Abigail Rockefeller ait pu y avoir accès, compléta Saitou-san. Il aurait été impossible de cacher quoi que ce soit ici sans aide.

— De l'aide et beaucoup d'argent, ajouta une voix plaintive de fausset.

Vladimir se retourna et vit dans le couloir un vieil homme aux airs de crapaud, aux cheveux gris impeccablement coiffés, habillé d'un élégant costume, gris lui aussi. Il avait à l'œil gauche un monocle, dont la chaîne en or lui tombait sur la joue. D'instinct, Vladimir eut un mouvement de recul.

— Excusez-moi si je vous ai surpris, reprit son interlocuteur. Mon nom est Gray et je n'ai pu m'empêcher de remarquer votre présence.

Il paraissait à moitié malade d'anxiété et jetait des regards à la ronde, les yeux exorbités.

— Je vous demanderais bien qui vous êtes, mais je le sais déjà, exposa-t-il en désignant la carte d'Abigail Rockefeller que Vladimir tenait à la main. Vous permettez ?

Il prit la carte et l'examina avec soin.

— Ça me rappelle des souvenirs, déclara-t-il. C'est moi qui ai fait imprimer ces cartes, quand j'étais le garçon de courses de Mme Rockefeller. J'avais à peine quatorze ans. Je me rappelle l'avoir entendue dire qu'elle affectionnait mon obséquiosité – j'ai pris ça comme un compliment. Elle m'envoyait à droite, à gauche, chercher du papier, l'amener chez l'imprimeur, payer l'illustrateur.

— Dans ce cas, vous allez peut-être pouvoir nous dire ce que cette carte signifie, intervint Saitou-san.

Mais Gray l'ignora.

— Elle était persuadée que des angéologues se présenteraient.

— Et nous voilà, confirma Vladimir. Pourriez-vous nous dire comment nous sommes censés procéder ?

— Je répondrai sans détour. Mais passons d'abord dans mon bureau, nous serons plus à l'aise pour discuter.

Ils regagnèrent l'antichambre et empruntèrent un escalier. Gray semblait si pressé qu'il sautait des marches. Quand ils furent arrivés en bas, il les entraîna dans un couloir sombre et poussa la porte d'un bureau exigu croulant sous les papiers. Des piles de courrier en souffrance vacillaient au bord d'un bureau métallique. Des copeaux de crayons jonchaient le sol. Un calendrier mural de 1978, déplié à la page du mois de décembre, était suspendu à côté d'un classeur. Dès qu'ils furent à l'intérieur, Gray se laissa aller à l'indignation :

— Eh bien, vous avez mis le temps ! Je commençais à croire qu'il y avait eu un malentendu. Mme Rockefeller aurait été furieuse – elle se serait retournée dans sa tombe, si j'étais mort sans avoir pu accomplir ma mission. Une femme exigeante, Mme Rockefeller. Mais d'une grande générosité. Mes enfants et petits-enfants profiteront des bienfaits de mon arrangement avec elle, même si moi, qui ai passé la moitié de ma vie à guetter votre venue, je n'en aurai pas le loisir ! Je n'étais qu'un jeune homme quand elle m'a embauché pour veiller sur cette église – je débarquais d'Angleterre et je n'avais pas de situation. Mme Rockefeller m'a offert une place ici, dans ce bureau, avec pour instruction d'attendre votre arrivée – ce que j'ai fait, sans faillir. Bien sûr, des dispositions avaient été prises au cas où j'aurais expiré avant – ce qui aurait pu se produire n'importe quand, car il est clair que je ne rajeunis pas –, mais pas de pensées morbides ! En cet instant mémorable, seuls comptent les souhaits de notre bienfaitrice, dont toutes les pensées tendaient vers un unique et solennel espoir : l'avenir ! (Gray cligna des yeux et rajusta son monocle.) Allons, passons aux choses sérieuses.

— Excellente idée, acquiesça Vladimir.

Gray alla jusqu'au classeur, tira de sa poche un trousseau de clefs et en essaya plusieurs avant de trouver la bonne. Le tiroir s'ouvrit.

— Voyons voir, marmonna-t-il en s'efforçant de discerner l'intitulé des intercalaires. Ah, là ! Les documents dont nous avons besoin.

Il passa les pages en revue jusqu'à une longue liste de noms.

— Ce n'est qu'une formalité, bien entendu, mais Mme Rockefeller a été très explicite : seules les personnes sur cette liste ou leurs descendants sont autorisées à retirer le colis. Votre nom ou celui d'un de vos parents, grands-parents ou arrière-grands-parents en fait-il partie ?

Vladimir survola la liste et y reconnut les noms de tous les plus grands angéologues du XXe siècle. Le sien y figurait au milieu de la dernière ligne, à côté de celui de Célestine Clochette.

— Veuillez signer ici et ici, si vous le voulez bien. Et une fois de plus là, tout en bas.

Vladimir examina d'un rapide coup d'œil la feuille, un long document juridique qui établissait que Gray s'était acquitté de la remise de l'objet.

— Vous comprenez, se défendit Gray, je ne recevrai ma rémunération qu'une fois la transaction accomplie et attestée par votre signature. Le contrat est très explicite et les avocats intransigeants – comme vous pouvez vous en douter, il est ingrat de vivre sans être récompensé de ses efforts. Je tire le diable par la queue depuis des années, dans l'attente du jour où je pourrai quitter ce misérable bureau. Et vous voilà, conclut-il en tendant un stylo à Vladimir. Simple formalité, je vous assure.

— Avant de signer, objecta Vladimir en écartant le document, j'aimerais que vous me donniez l'objet en question.

Les traits de Gray se durcirent imperceptiblement.

— Naturellement. (Il glissa le contrat sous son bras et remit son stylo dans sa veste.) Par ici.

Ils le suivirent hors du bureau et remontèrent l'escalier. Vladimir s'attarda en retrait dans l'ombre de l'antichambre. L'étude de la musicologie céleste avait englouti sa jeunesse, l'entraînant toujours plus avant dans le monde fermé de l'angéologie. Mais à l'issue de la guerre, il avait renoncé à cette discipline pour ouvrir une boulangerie, se consacrant à la confection de gâteaux et de pâtisseries, activité simple, mais réconfortante. Il avait en effet acquis la conviction que l'angéologie était futile et que l'humanité ne pouvait rien contre les Nephilim. C'était seulement lorsque Gabriella était venue le trouver en personne, en affirmant que la Société avait besoin de lui, qu'il avait accepté de reprendre du service. Sur le moment, il avait douté, mais elle savait se montrer persuasive, et lui-même pressentait que des événements graves se profilaient. Il n'aurait su expliquer comment – peut-être était-ce dû à la formation qu'il avait reçue dans sa jeunesse, ou une simple intuition –, mais il était certain que Gray n'était pas digne de confiance.

Celui-ci longea l'allée centrale de la nef, s'assurant que Vladimir et Saitou-san le suivaient bien dans l'église sombre et glaciale. L'odeur d'encens qui flottait dans l'air était familière à Vladimir. Malgré les innombrables vitraux, l'obscurité était presque impénétrable. Au-dessus d'eux, des lustres en acier rouillé, semblables à des roues finement ajourées, étaient suspendus au plafond par d'épaisses cordes. Des sculptures en bas-relief escaladaient l'impressionnante chaire gothique qui s'élevait devant l'autel. L'église était parsemée de poinsettias dans des pots décorés de rubans rouges. Séparée de la nef par un gros cordon bordeaux, l'abside baignait dans l'ombre.

Gray défit le cordon en velours et le laissa tomber par terre, de sorte que le cliquetis du mousqueton se répercuta dans tout l'édifice. Le dallage figurait un labyrinthe. Gray tapota le sol avec nervosité du bout du pied.

— Mme Rockefeller a dissimulé le colis ici, au centre du labyrinthe, annonça-t-il en indiquant l'endroit de la pointe de sa chaussure.

Vladimir parcourut le dédale pour observer la façon dont les dalles étaient assemblées – il paraissait inconcevable que quoi que ce soit puisse être caché dessous. Il aurait fallu briser le dallage et il imaginait mal Abigail Rockefeller – ou toute autre personne ayant à cœur la préservation des œuvres d'art – cautionner cela.

— Mais comment ? s'étonna Vladimir. Le sol semble parfaitement lisse.

— Certes, concéda Gray en le rejoignant, mais ce n'est qu'une illusion. Regardez de plus près.

Vladimir s'accroupit et inspecta le marbre. Un fin sillon courait le long de la pierre centrale.

— Pratiquement invisible, commenta Vladimir.

— Poussez-vous, dit Gray.

Il se campa au-dessus de la dalle et exerça une pression en son centre. Elle se souleva, comme montée sur ressort.

— Incroyable ! s'émerveilla Saitou-san, debout derrière Gray.

— Il n'y a rien qu'on ne puisse faire avec un bon tailleur de pierre et de l'argent en abondance, déclara Gray.

— Connaissiez-vous feu Mme Rockefeller ?

— Non, pas personnellement, répondit Vladimir.

— Ah, quel dommage ! Elle avait un sens très développé de la justice sociale, allié à l'inconséquence d'un tempérament poétique – une association très rare chez une femme de son envergure. Bref. Je vais à présent devoir vous demander une série de numéros. Mme Rockefeller m'a assuré que ceux qui viendraient les connaîtraient. Bien sûr, je les ai moi-même mémorisés.

— Des numéros ? répéta Vladimir, pris au dépourvu par cette épreuve inattendue.

— Des numéros, confirma Gray, avant de faire rouler la dalle, révélant la porte d'un coffre-fort pourvue de quatre cadrans. Il va vous falloir la combinaison pour l'ouvrir. Vous pouvez vous considérer comme le Minotaure dans le labyrinthe.

Il sourit, satisfait de la perplexité dans laquelle il venait de plonger ses visiteurs. Vladimir considéra le coffre encastré. Saitou-san se pencha au-dessus de la porte.

— Combien de numéros comporte la combinaison ? s'informa-t-elle.

— Ça, je ne peux pas vous le dire.

Saitou-san tourna chaque cadran à tour de rôle.

— Abigail Rockefeller avait créé ces cartes afin qu'Innocenta les déchiffre, récapitula-t-elle lentement, comme pour rassembler ses pensées. Les réponses d'Innocenta lui confirmaient que cette dernière avait bien compté les cordes des lyres sur les cartes.

— La séquence était 28, 30, 38 et 39, indiqua Vladimir.

Saitou-san aligna chacun des cadrans sur le chiffre correspondant et tira la poignée, sans résultat.

— C'est la seule suite de nombres que nous ayons. Peut-être que ce n'est pas le bon ordre.

— Quatre nombres, quatre cadrans – ça nous donne vingt-quatre combinaisons possibles, calcula Vladimir. Nous n'avons pas le temps de les essayer toutes.

— À moins que… Vous vous souvenez de la chronologie d'arrivée des cartes ? reprit Saitou-san. Verlaine nous avait énuméré les nombres dans cet ordre.

Vladimir réfléchit un instant.

— 28, 38, 30 et enfin 39.

Saitou-san entra la combinaison, alignant les cadrans avec soin, puis tira à nouveau la poignée. Le coffre s'ouvrit sans résistance. Saitou-san plongea la main à l'intérieur et en ressortit un lourd ballot en velours vert, qu'elle défit. La caisse de résonance de la lyre répandit des reflets dorés sur le sol en marbre.

— Elle est magnifique, s'extasia Saitou-san.

Elle la tourna et la retourna pour la détailler sous tous les angles. La base était arrondie, les deux bras courbes comme les cornes d'un taureau. Ses surfaces, lisses et dorées, brillaient.

— Mais il manque les cordes, s'émut Saitou-san.

— Et le joug, ajouta Vladimir, avant de s'agenouiller à côté de sa collègue pour étudier l'instrument. Ce n'est qu'un élément de la lyre. Certes important, mais inutilisable seul. C'est pour ça qu'il y avait quatre endroits. Les morceaux ont été dispersés.

— Nous devons prévenir les autres, déclara Saitou-san en replaçant avec soin le corps de la lyre dans le sac en velours. Il faut qu'ils sachent ce qu'ils cherchent.

Vladimir fit face à Gray, qui tremblait à côté d'eux.

— Vous ignoriez la combinaison. Vous espériez que nous vous la fournirions. Si vous en aviez eu connaissance, la lyre ne serait plus ici.

— Peu importe que je la connaisse ou non, riposta Gray, cramoisi et en nage. Ce trésor n'est ni à vous, ni à moi.

— Comment ça ? rétorqua Saitou-san.

— Ce qu'il veut dire, c'est que la partie est déjà jouée depuis des années, et que les angéologues ont perdu, lança, à l'autre bout de l'abside, une voix qui suscita un frisson de terreur chez Vladimir.

Gray en perdit son monocle d'effroi et détala aussitôt par l'un des collatéraux, apparaissant et disparaissant au gré des zones d'ombre et de lumière. Comme il suivait Gray du regard, Vladimir discerna dans le jour terne les cheveux blonds et les ailes rouges de groupes de Gibborim disséminés dans l'église, qui se tournaient vers Gray avec avidité, tels des tournesols vers le soleil. Avant que le malheureux ait pu s'enfuir, l'une des créatures s'empara de lui. Vladimir n'avait plus aucun doute : ils étaient tombés dans un piège. Percival Grigori les attendait.

Vladimir n'avait pas croisé Grigori depuis l'époque où, plusieurs décennies auparavant, il était le jeune protégé de Raphael Valko. Il avait vu de ses propres yeux les atrocités que les Grigori avaient perpétrées durant la guerre. Il avait aussi été témoin de leur implacabilité envers les angéologues – Seraphina Valko avait trouvé la mort à cause de leurs machinations et Gabriella avait bien failli subir le même sort. Percival Grigori était alors un adversaire majestueux et effrayant. Il n'était plus qu'une misérable créature hybride maladive.

Grigori claqua des doigts et les Gibborim lui amenèrent Gray. Sans prévenir, il fit pivoter le pommeau en ivoire de sa canne, révélant une dague en acier. La lame étincela l'espace d'une seconde dans la faible clarté, puis, en un éclair, Grigori la plongea dans le corps de Gray. L'expression de ce dernier passa de la surprise à l'incrédulité, avant de se muer en un masque de douleur désespéré. Percival retira la dague et Gray s'écroula au sol avec un geignement sourd, tandis qu'une flaque de sang se répandait autour de lui. Enfin son regard, vitreux, s'éteignit. Aussi promptement qu'il avait tiré l'arme de son fourreau, Percival l'essuya dans un carré de soie blanc et la rengaina dans le manche de sa canne.

Vladimir remarqua que Saitou-san en avait profité pour s'esquiver en silence, la caisse de résonance dans les bras. Le temps que Percival s'en aperçoive, elle était toute proche de la porte. Percival leva une main pour ordonner aux Gibborim de la rattraper et la moitié d'entre eux s'élança à la poursuite de la fugitive, tandis que les autres encerclaient l'abside dans leurs imperméables qui balayaient les dalles. D'un autre geste, Percival commanda aux créatures de se saisir de Vladimir.

Complètement immobilisé, ce dernier sentit le parfum des Gibborim, la tension dans leurs corps derrière lui. Un courant d'air caressait son cou au rythme des battements d'ailes des créatures.

— Elle réussira quand même à apporter la lyre à Gabriella ! cria Vladimir en se débattant.

Percival lui adressa un regard de mépris.

— J'espérais justement tomber sur elle. Je sais qu'elle est derrière cette petite opération. Elle est si difficile à joindre depuis quelques années.

Vladimir ferma les yeux. L'infiltration de la famille Grigori par Gabriella avait fait sensation dans le milieu de l'angéologie, au cours des années 1940. Son action avait ouvert la voie aux méthodes de surveillance moderne des Nephilim et permis de glaner bien des renseignements utiles. Mais elle avait aussi eu de lourdes conséquences : des décennies plus tard, Percival Grigori avait toujours soif de vengeance. Prenant appui sur sa canne, il se dirigea vers Vladimir en boitant.

— Dites-moi où elle est, exigea-t-il.

Grigori se pencha vers Vladimir, qui nota, sous ses yeux, des poches violettes gonflées comme des hématomes. Ses dents étaient parfaites, si blanches qu'elles paraissaient en nacre. Pourtant il avait vieilli – un réseau de fines rides autour de sa bouche indiquait qu'il devait avoir au moins trois cents ans.

— Je me souviens de vous, lâcha Percival, les yeux plissés. Nous nous sommes rencontrés à Paris. Votre visage m'est familier, même si vous êtes quasi méconnaissable, avec l'âge. Vous avez aidé Gabriella à me berner.

— Et vous avez trahi tout ce en quoi vous croyiez, riposta Vladimir, recouvrant ses moyens. Jusqu'à votre famille et vos ancêtres. Aujourd'hui encore, vous n'avez toujours pas réussi à l'oublier. Jusqu'où seriez-vous prêt à aller pour elle ?

— Où est-elle ? répéta Grigori, les yeux dans ceux de Vladimir.

— Je ne vous le révélerai jamais, hoqueta Vladimir, conscient que, par ces mots, il signait son arrêt de mort.

Percival Grigori lâcha sa canne et le bruit sec du pommeau en ivoire contre le marbre retentit dans l'église. Grigori posa ses longs doigts froids sur la poitrine de Vladimir et une décharge électrique traversa son corps de part en part. En ses derniers instants, privé d'oxygène, les poumons en feu, Vladimir sombra dans l'abîme translucide des yeux de son meurtrier, délavés et cernés de rouge, qui brûlaient du même éclat intense qu'un incendie chimique figé dans le vide.

Et comme il perdait conscience, Vladimir se remémora la délicieuse sensation du métal froid entre ses mains et la pesanteur de la lyre, dont il aurait tant voulu entendre la céleste mélodie.

Patinoire du Rockefeller Center, 5e Avenue, New York

Évangéline contempla la lente ronde des patineurs. Des taches de lumière colorées dansaient sur la patinoire scintillante et louvoyaient entre les lames des patins avant de disparaître dans les zones d'ombre. Au loin, un gigantesque sapin de Noël constellé d'ampoules rouges et argentées, évoquant un million de lucioles enfermées dans des bulles en verre, se découpait sur un immeuble gris. Plusieurs rangées de majestueux anges illuminés, au corps en fil de fer et aux ailes blanches et délicates comme des pétales de lis, entouraient l'arbre telle une cohorte de sentinelles, pointant leurs longues trompettes en cuivre vers le ciel pour le louer en chœur. Les boutiques qui bordaient la patinoire en contrebas – librairies, magasins de vêtements, papeteries, chocolateries – commençaient à fermer et leurs clients s'éloignaient dans la nuit, chargés de cadeaux et de sacs de courses.

Évangéline s'emmitoufla dans son manteau, petit cocon de chaleur. Elle serrait entre ses mains le coffret métallique glacé abritant les barres du cordier de la lyre. À côté d'elle, Bruno et Alistair Carroll scrutaient la foule. Des centaines de personnes déambulaient sur Rockefeller Plaza. Un petit haut-parleur au-dessus d'eux diffusait la chanson *Noël blanc*, dont la mélodie était ponctuée par des rires en provenance de la glace. Il ne restait plus que quinze minutes avant l'heure du rendez-vous et aucune trace des autres. L'air était vif et sentait la neige. Évangéline prit une grande inspiration et fut prise d'une quinte de toux. Elle avait la poitrine tellement oppressée qu'elle parvenait à peine à respirer. Ce qui n'avait d'abord été qu'une simple gêne respiratoire était devenu au cours des heures précédentes une virulente toux sèche. Chaque bouffée était un calvaire et elle suffoquait.

Alistair Carroll retira son écharpe et la passa autour du cou d'Évangéline.

— Vous allez attraper la mort, s'émut-il. Protégez-vous.

— Je n'avais même pas remarqué le froid, affirma Évangéline en enroulant la soie autour de sa gorge. Je suis si inquiète que je ne sens rien. Les autres devraient déjà être là.

— C'est à cette époque de l'année que nous avons apporté le quatrième morceau de la lyre ici, lui confia Alistair. Noël 1944. J'ai conduit Abby ici en pleine nuit, au milieu d'une terrible tempête. Heureusement, elle avait prévenu le personnel de sécurité que nous arrivions. Leur aide s'est révélée des plus utiles.

— Alors vous savez quel élément est caché ici ? s'enquit Bruno. Vous l'avez vu ?

— Oh, oui, j'ai placé les chevilles de la lyre dans leur étui moi-même. Il n'a pas été de tout repos d'en dénicher un qui ferait l'affaire, mais Abby était persuadée que c'était le meilleur endroit. J'ai eu l'étui entre les mains et j'ai aidé Mme Rockefeller à le dissimuler. Comme les chevilles sont petites, il ne pèse guère plus qu'une montre de gousset. Il est si compact qu'on ne soupçonnerait jamais que son contenu est essentiel au bon fonctionnement de l'instrument. Et pourtant, c'est le cas.

Évangéline essaya d'imaginer les petites pièces et la façon dont elles s'emboîtaient dans le cordier.

— Vous savez comment la réassembler ? s'inquiéta-t-elle.

— Comme pour tout, il y a un ordre à suivre, répondit Alistair. Une fois le cordier en place entre les bras, il faut fixer les cordes à la caisse de résonance, puis les enrouler autour des chevilles pour les tendre. Je crois que le plus difficile est d'accorder la lyre, cela requiert une oreille experte.

Il indiqua de la tête les anges devant l'arbre de Noël.

— Je vous garantis que la lyre n'a rien à voir avec ces instruments stéréotypés. Les anges en fil de fer au pied du sapin du Rockefeller Center ont été introduits en 1954, un an après que Philip Johnson eut achevé le jardin des sculptures et dix ans après que nous eûmes dissimulé l'étui ici. Même si la présence ici de ces délicieuses créatures n'est que pure coïncidence – Mme Rockefeller était déjà décédée et personne, en dehors de moi, ne savait ce qui était caché ici –, je trouve le symbolisme particulièrement savoureux. Cet assortiment de hérauts est parfaitement approprié, non ? On s'en rend compte dès qu'on met les pieds sur la Plaza durant les fêtes : le trésor des anges est là, il attend seulement d'être découvert.

— L'étui ne se trouve pas à côté du sapin ? s'étonna Évangéline.

— Pas du tout, la détrompa Alistair, avant de désigner l'autre extrémité de la patinoire. L'étui est dans la sculpture de Prométhée, enfermé dans sa prison dorée.

Évangéline étudia la statue baignée de lumière, qui s'élevait au-dessus de la glace, comme figée dans les airs en plein essor. Le feu, dérobé au foyer des dieux, brûlait entre ses doigts effilés et un anneau en bronze orné des signes du zodiaque lévitait au-dessous de lui. Évangéline connaissait bien le mythe de Prométhée. Pour avoir donné le feu aux humains, le Titan avait été puni par Zeus, qui l'avait enchaîné à un rocher et avait envoyé un aigle lui dévorer le foie. Un châtiment à la hauteur de la faute, car le don du feu avait marqué les débuts du progrès et de la technologie, hâtant la chute des dieux.

— Je n'avais jamais vu cette sculpture d'aussi près, déclara Évangéline.

Sous l'éclairage de la patinoire, la statue semblait incandescente, Prométhée et le feu volé réunis en une même entité incendiaire.

— Ce n'est pas un chef-d'œuvre, dit Alistair, mais elle cadre bien avec le Rockefeller Center. Paul Manship était un ami des Rockefeller – ils connaissaient bien son travail et se sont adressés à lui pour cette sculpture. Il existe de grandes similitudes entre le mythe de Prométhée et mes anciens employeurs – leur ingéniosité, leur inflexibilité, leur roublardise, leur autoritarisme. Manship savait que John D. Rockefeller, qui avait usé de toute son influence pour faire bâtir le Rockefeller Center pendant la Grande Dépression, ne manquerait pas de percevoir ces allusions.

— Et nous non plus, lança Gabriella, qui fit son apparition accompagnée de Verlaine. Prométhée tient le feu dans sa main, mais grâce à Mme Rockefeller, il détient plus important encore.

— Gabriella ! haleta Évangéline, surprise.

Elle embrassa sa grand-mère, submergée de soulagement.

— Vous avez les autres éléments de la lyre ? s'informa Gabriella, avec impatience. Montrez-les-moi.

Évangéline posa le coffret contenant le cordier sur le ciment froid et l'ouvrit. Gabriella déverrouilla la mallette en cuir, dans laquelle elle avait rangé le sac en tissu renfermant les cordes de la lyre, ainsi que le plectre et le carnet de Seraphina Valko, et rangea le coffret avec les autres objets. Une fois tous les morceaux de l'instrument dans la mallette et celle-ci bien fermée, elle avisa Alistair Carroll, non loin du groupe. Elle le dévisagea avec méfiance, mais Évangéline fit les présentations et expliqua à sa grand-mère que Carroll avait été l'assistant d'Abigail Rockefeller et leur avait proposé son aide.

— Savez-vous comment trouver les chevilles de la lyre ? se renseigna Gabriella avec un air farouchement résolu, comme si toute une vie d'expérience se cristallisait en cet instant. Où sont-elles cachées ?

— L'emplacement précis est gravé dans mon esprit depuis plus d'un demi-siècle, madame, lui certifia Alistair.

— Où sont Vladimir et Saitou-san ? demanda soudain Bruno, s'apercevant que deux d'entre eux manquaient à l'appel.

Verlaine consulta sa montre. Il était si proche d'Évangéline qu'elle pouvait lire l'heure sur le cadran. 18 h 13.

— Ils devraient être là, s'inquiéta Évangéline.

Bruno considéra la statue de Prométhée, rutilante, à l'autre bout de la patinoire.

— Nous n'allons pas pouvoir attendre beaucoup plus longtemps, annonça-t-il.

— Nous ne pouvons pas perdre une seconde de plus, corrigea Gabriella. Il est trop dangereux de rester exposés ainsi.

— Avez-vous été suivis ? s'alarma Alistair, contaminé par l'inquiétude de Gabriella.

— Gabriella le pense, intervint Verlaine, même si nous avons pu mener à bien notre mission aux Cloisters sans encombre.

— Ça faisait partie de leur plan, exposa Gabriella en balayant la foule du regard, comme si elle s'attendait à découvrir l'ennemi tapi dans la masse des badauds. Si nous avons pu quitter les Cloisters indemnes, c'est parce qu'ils l'ont bien voulu. Nous ne pouvons pas tergiverser davantage. Vladimir et Saitou-san finiront bien par arriver.

— Dans ce cas, allons-y, acquiesça Alistair, avec un calme qu'Évangéline jugea admirable et qui lui rappela les vaillantes sœurs de Sainte-Rose.

Alistair les entraîna vers un escalier en béton qui descendait jusqu'à la patinoire, puis ils longèrent le parapet en plastique en direction de la statue. Devant eux, la façade de l'immeuble General Electric s'élançait vers le ciel, derrière une rangée de drapeaux – américain, britannique, français, portugais, allemand, néerlandais, espagnol, japonais, italien, chinois, grec, brésilien et coréen. Peut-être plus sensible au spectacle de la foule en raison de ses nombreuses années d'isolement à Sainte-Rose, Évangéline se prit à détailler les patineurs qui glissaient et tournoyaient sur la glace – adolescents en jean serré et anorak, parents avec leurs enfants en bas âge, couples jeunes et moins jeunes…

Soudain, à moins de deux mètres d'elle, elle repéra une silhouette drapée dans un manteau sombre. Élancé, pâle, le Gibborim la fixait de ses grands yeux rouges avec une expression menaçante. Évangéline se mit à jeter des regards de tous côtés, prise de panique. Un peu partout, des créatures identiques dépassaient de la foule, immobiles, silencieuses, comme au garde-à-vous. Évangéline agrippa la main de Verlaine et l'attira vers elle.

— Regardez, murmura-t-elle. Ils sont là.

— Faites demi-tour, lui dit-il en plongeant ses yeux dans ceux d'Évangéline. Vite, avant que nous ne soyons pris au piège.

Évangéline inspecta à nouveau les alentours, de plus en plus effrayée. Les Gibborim s'étaient encore multipliés.

— Je crois que c'est trop tard, balbutia-t-elle. Ils sont partout.

— Venez, commanda Verlaine en la tirant à l'écart du reste des angéologues. Nous pouvons fuir ensemble.

— Non, chuchota Évangéline, si près du jeune homme que lui seul pouvait l'entendre. Nous devons aider Gabriella.

— Mais si nous échouons ? S'il vous arrive quelque chose ?

— Vous savez, répliqua-t-elle avec un léger sourire, vous êtes le seul à connaître mon endroit préféré au monde. Un jour, j'aimerais y aller avec vous.

On appela Évangéline et ils se retournèrent. Gabriella leur faisait signe. Ils rejoignirent les autres. Le visage d'Alistair se figea en un masque d'horreur. Évangéline suivit son regard jusqu'à l'extrémité de la patinoire, où une troupe de créatures pâles aux ailes soigneusement cachées sous de longs manteaux noirs était rassemblée au pied de la statue de Prométhée, autour d'un homme élégant et de grande taille, qui s'appuyait sur une canne.

— Qui est-ce ? s'enquit Évangéline en le désignant.

— Je te présente Percival Grigori, lui répondit Gabriella.

Évangéline reconnut aussitôt ce nom. Celui de l'employeur de Verlaine, mais aussi de l'assassin de sa mère. Elle l'observa, de loin, pétrifiée. Elle ne l'avait jamais rencontré auparavant, mais cet être avait détruit sa famille.

— Ta mère lui ressemblait beaucoup de par sa taille, sa couleur de cheveux, ses grands yeux bleus, lui confia Gabriella. J'ai toujours eu peur qu'elle soit trop semblable à lui, ajouta-t-elle à voix si basse qu'Évangéline l'entendit à peine. Ça me terrifiait. Ma plus grande crainte était qu'elle devienne comme lui avec le temps.

Avant qu'Évangéline ait le temps d'interroger sa grand-mère sur ces révélations énigmatiques et sur les effroyables implications qu'elles laissaient présager, Percival Grigori leva la main et les Gibborim camouflés dans la foule s'avancèrent. Ils étaient plus nombreux que l'avait cru Évangéline – des bataillons de hautes silhouettes noires et squelettiques apparaissaient de nulle part, se matérialisant dans l'air froid et sec du soir. Frappée de stupeur, Évangéline les vit se frayer un passage vers elle et ses compagnons. Une nuée de créatures ne tarda pas à noircir le pourtour de la patinoire. Lorsque les Gibborim commencèrent à empiéter sur la glace, la consternation s'abattit sur les patineurs. Ils cessèrent leur rotation hypnotique et adressèrent des regards en coin aux intrus toujours plus nombreux, s'arrêtant pour les contempler avec plus de curiosité que de méfiance. Les enfants les montraient du doigt, bouche bée, tandis que les adultes, plus blasés peut-être par les scènes quotidiennes de la vie urbaine, ignoraient délibérément cette étrange situation – jusqu'à ce que, brusquement, d'autres Gibborim fassent leur apparition le long des rambardes, au-dessus de la patinoire, rompant la transe collective. La foule effrayée se rendit soudain compte qu'elle était cernée de toutes parts. Les angéologues étaient pris dans une nasse inextricable.

Évangéline entendit quelqu'un crier le nom de sa grand-mère et avisa Saitou-san qui fendait la cohue. Évangéline devina aussitôt que quelque chose de terrible s'était produit à Riverside Church. Elle était blessée ; son visage était couvert de griffures, sa veste déchirée. Pire encore, elle était seule.

— Où est Vladimir ? s'inquiéta Gabriella en se tournant vers Saitou-san avec appréhension.

— Il n'est pas encore là ? haleta Saitou-san, à bout de souffle. Nous avons été séparés à Riverside Church. Grigori était là-bas, accompagné de Gibborim. Je ne sais pas comment ils ont deviné que nous avions rendez-vous ici, à moins que Vladimir ait parlé.

— Vous l'avez laissé là-bas ? frémit Gabriella.

— J'ai fui. Je n'avais pas le choix. C'était le seul moyen de rapporter cela.

Saitou-san révéla un sac en velours dissimulé à l'intérieur de sa veste, qu'elle serrait contre elle comme un nourrisson.

— La caisse de résonance de la lyre, souffla Gabriella en soulageant Saitou-san de son précieux fardeau. Vous l'avez trouvée.

— Oui, répondit Saitou-san. Vous avez les autres pièces ?

— Non, pas les chevilles, déplora Évangéline. Elles sont là-bas, derrière les Gibborim.

La patinoire était remplie de créatures. Gabriella héla Bruno et lui donna des instructions à voix basse. Évangéline ne put discerner ce que disait sa grand-mère, mais perçut son ton pressant. Puis elle prit sa petite-fille par le bras.

— Va avec Bruno, lui ordonna-t-elle, en lui remettant la mallette qui contenait les pièces de l'instrument. Fais tout ce qu'il te dira. Emporte la lyre aussi loin d'ici que tu le pourras. Si tout se passe bien, je vous retrouverai bientôt.

Les yeux d'Évangéline s'emplirent de larmes et les contours de la patinoire se brouillèrent – malgré les propos rassurants de sa grand-mère, Évangéline pressentait qu'elle ne la reverrait plus jamais. Peut-être Gabriella lut-elle dans ses pensées. Elle ouvrit les bras et étreignit Évangéline, puis l'embrassa sur la joue avant de lui chuchoter :

— L'angéologie n'est pas une simple occupation, c'est une vocation. Ton initiation ne fait que commencer, ma petite Évangéline. Mais tu es déjà à la hauteur de tous mes espoirs.

Sans ajouter un mot, elle emboîta le pas à Alistair, qui s'enfonça dans la foule, le long de la glace, et ils disparurent au milieu de la bousculade et du brouhaha.

Bruno empoigna Verlaine et Évangéline par le bras et, suivi par Saitou-san, gravit l'escalier qui remontait de la patinoire jusqu'au niveau de la rue. Ils ne s'arrêtèrent qu'une fois arrivés aux drapeaux, derrière la statue de Prométhée. De ce poste d'observation, Évangéline prit conscience du mauvais pas dans lequel se trouvaient Gabriella et Alistair : la patinoire grouillait de créatures.

— Qu'est-ce qu'ils fabriquent ? s'affola Verlaine.

— Ils se dirigent en plein vers les Gibborim, renchérit Saitou-san.

— Nous devons leur venir en aide, déclara Évangéline.

— Gabriella a été très claire sur la conduite à tenir, précisa Bruno, même si l'inquiétude perçait dans sa voix. Elle sait ce qu'elle fait.

— Peut-être, concéda Verlaine, mais comment va-t-elle faire pour s'échapper ?

En contrebas, les Nephilim s'écartèrent, dégageant pour Gabriella et Alistair un passage jusqu'à Percival Grigori, campé à côté de la statue de Prométhée. Gabriella semblait plus petite, plus frêle dans l'ombre de ces créatures et, à la vue de cette scène, Évangéline accusa le coup de plein fouet : la force qui poussait Gabriella à affronter Percival Grigori était identique à la passion et à l'abnégation qui avaient amené le vénérable père Clematis à descendre dans les profondeurs de la caverne pour faire face à l'inconnu ou encore à la soif de connaissance qui avait scellé le sort d'Angela.

Évangéline avait deviné le plan élaboré par sa grand-mère – Gabriella apostrophant Percival Grigori, détournant son attention, tandis qu'Alistair Carroll s'élançait vers la sculpture de Prométhée. Il mit avec précaution un pied dans le bassin qui entourait la statue et pataugea jusqu'à la base de la sculpture, avant de se hisser jusqu'à l'anneau doré au-dessous de Prométhée. Il glissa une main le long de la face intérieure et parut s'agripper à quelque chose. De là où elle était, Évangéline distinguait mal comment Alistair procédait, mais il détachait apparemment une pièce de la sculpture.

— Évangéline, attrapez ! s'écria-t-il.

Évangéline l'entendit à peine, car la fontaine noyait sa voix.

Alistair lança l'objet, qui passa au-dessus de la statue et atterrit sur le trottoir aux pieds d'Évangéline. Elle le ramassa et l'examina. C'était une petite boîte rectangulaire en bronze, aussi lourde qu'un œuf en or.

Elle pressa l'étui contre sa poitrine et reporta son attention sur la place en contrebas. L'accès à la patinoire était bloqué par des patineurs qui se déchaussaient avec une nonchalance étudiée, et les Gibborim avaient entrepris d'encercler Alistair. Comparé aux créatures, il avait l'air fragile et vulnérable et, lorsqu'elles se ruèrent vers lui, Évangéline porta la main à la douce écharpe en soie qu'il lui avait donnée. Elle aurait voulu lui porter assistance pour lui permettre de s'échapper, mais elle n'avait aucun moyen d'arriver à temps. D'un instant à l'autre, les Gibborim en auraient fini avec lui et se lanceraient à leur poursuite.

Conscient du tour désespéré des événements, Bruno scruta les alentours à la recherche d'une issue.

— Venez, dit-il à Évangéline et Verlaine en leur faisant signe de le suivre.

Percival Grigori aboya quelque chose dans leur direction, tira un pistolet de sa poche et le braqua sur la tête de Gabriella.

— Évangéline ! insista Bruno. Dépêchez-vous.

Mais Évangéline ne put se résigner à le suivre. Son regard passa de Bruno à Gabriella, prisonnière au milieu de la glace. Il lui fallait agir vite. Elle savait que sa grand-mère aurait voulu qu'elle fuie avec Bruno – pour elle, la mallette contenant les éléments de la lyre était plus précieuse que l'existence de n'importe lequel d'entre eux –, mais Évangéline était incapable d'abandonner Gabriella.

Elle serra la main de Verlaine, puis la lâcha et se précipita en direction de sa grand-mère. Alors même qu'elle dévalait les marches, elle se rendait compte qu'elle mettait en danger leurs vies à tous, et bien plus encore. Mais elle ne pouvait renoncer à Gabriella. Elle avait perdu toute sa famille. Sa grand-mère était la seule parente qui lui restait.

Sur la glace, à côté de Percival Grigori, deux Gibborim tenaient chacun Gabriella par un bras. Le reste de leurs congénères se reforma en une masse compacte derrière Évangéline, lui coupant toute retraite.

— Approchez, ordonna Percival Grigori en désignant Évangéline du bout de sa canne, les yeux rivés sur l'étui en bronze qu'Alistair lui avait envoyé. Apportez-moi ça.

Évangéline s'approcha de Grigori et s'immobilisa devant lui. Elle le détailla, choquée par son apparence. Il n'avait rien à voir avec ce qu'elle se figurait. Il était grêle, voûté, décharné. Il tendit une main desséchée et Évangéline y déposa la boîte. Percival la leva vers la lumière et l'inspecta, comme s'il s'interrogeait sur son contenu. Puis, avec un sourire, il la fourra dans une de ses poches et, d'un geste, arracha la mallette à Évangéline.

Patinoire du Rockefeller Center, 5e Avenue, New York

Verlaine connaissait les ravages dont les Gibborim étaient capables lorsqu'ils déployaient leurs ailes, mais aux yeux des badauds, les créatures n'étaient guère plus qu'une bande de farfelus en manteau noir qui accomplissaient quelque rite bizarre au milieu de la patinoire. Sur les ordres de Grigori, les Gibborim se rassemblèrent autour de lui, formant une muraille impénétrable, l'isolant, lui et ses prisonnières, des trois autres angéologues. Si Évangéline n'avait pas été cernée par cette horde de monstres, Verlaine aurait aisément pu être fasciné par le ballet des Gibborim.

— Restez là, lui commanda Bruno. Saitou-san, prenez les escaliers. Je vais faire le tour de la patinoire pour essayer de distraire Grigori.

— Ça ne sert à rien, fit remarquer Saitou-san. Ils sont trop nombreux.

Bruno se figea et regarda en direction de la glace.

— Nous ne pouvons pas rester les bras croisés, se récria-t-il avec désarroi. Nous devons tenter quelque chose.

Bruno et Saitou-san partirent en courant, plantant Verlaine derrière la statue. Il peinait à se retenir de sauter. Il se sentait mal à la vue d'Évangéline en danger et pourtant, il n'y avait rien qu'il puisse faire pour la sauver. Il ne la connaissait que depuis une journée, mais la possibilité d'être privé de tout avenir avec elle l'horrifiait. Il se mit à l'appeler et Évangéline leva les yeux vers lui, tandis que Grigori les poussait, Gabriella et elle, vers la sortie de la patinoire.

L'espace d'une seconde, Verlaine eut le sentiment de se voir de l'extérieur, avec détachement. L'ironie de la situation ne lui échappait pas : il était le personnage principal masculin tragicomique et fauché, qui assistait impuissant à l'enlèvement de celle qu'il aimait par l'ignoble scélérat de service. L'amour lui procurait l'impression incroyable d'être à la fois un stéréotype hollywoodien et un parfait original. Une chose était certaine : il aimait Évangéline. Il était prêt à tout pour elle.

De l'autre côté de la patinoire, Bruno observait les créatures. Il était évident qu'elles avaient l'avantage du nombre et qu'il serait submergé s'il se jetait seul dans la mêlée – même à trois, ils n'auraient eu aucune chance d'atteindre Gabriella et Évangéline. Au bas des escaliers, Saitou-san guettait elle aussi le signal de passer à l'action. Mais, comme Verlaine, Bruno s'apercevait bien que la situation était sans espoir. Ils ne pouvaient rien faire d'autre que regarder.

S'éleva alors par-dessus la rumeur de la ville un vrombissement dont Verlaine eut d'abord du mal à situer la source et qui était le bruit d'un moteur. Verlaine scruta les alentours et constata qu'une camionnette noire, identique à celles qu'il avait vues à Sainte-Rose, se frayait un passage à travers la foule.

À l'approche du véhicule, Grigori poussa les deux femmes de son arme pour leur intimer de gravir les marches. Verlaine chercha à entrevoir Évangéline, mais des Gibborim les entouraient de toutes parts et les dérobaient à son regard. Comme Grigori et son escorte dépassaient Saitou-san, Verlaine perçut un instant de flottement chez l'angéologue, comme si elle était sur le point de se ruer sur Grigori, au mépris de la garde personnelle de ce dernier, mais consciente qu'elle n'était pas de taille, elle n'esquissa pas un geste.

Grigori força Évangéline et Gabriella à grimper dans la camionnette sous la menace de son arme, les imita et referma aussitôt la porte coulissante derrière lui. Ils démarrèrent et Verlaine, éperdu, hurla le nom d'Évangéline, frustré de ne pouvoir intervenir. Il s'élança derrière le véhicule. Celui-ci s'éloigna sous le regard des anges qui pointaient leurs trompettes dorées vers le ciel obscur, devant l'immense sapin, et disparut bientôt au milieu de la circulation.

Les Gibborim se dispersèrent et se fondirent dans la foule comme si de rien n'était. Sitôt la patinoire dégagée, Verlaine descendit les escaliers et, s'efforçant de conserver son équilibre, en baskets, sur la surface glissante, rejoignit l'endroit où s'était tenue Évangéline. Les projecteurs illuminaient la glace d'or, de bleu et d'orange tourbillonnants qui évoquaient une opale de feu. Au centre de la patinoire, un éclat attira son regard. Verlaine s'accroupit et examina la surface gelée. Un pendentif en forme de lyre et sa chaîne dorée étaient incrustés dans la glace.

Carrefour de la 48e Rue Est et de Park Avenue, New York

Percival Grigori ordonna au chauffeur de prendre Park Avenue en direction du nord afin de regagner son appartement, où Sneja et son père l'attendaient. La large artère était embouteillée. Les guirlandes de lampes colorées suspendues d'un arbre à l'autre rappelaient à Percival que certaines sectes humaines célébraient encore les fêtes de fin d'année. Il caressa le vieux cuir éraflé de la mallette, rêche sous ses doigts. Sneja serait contente. Il imaginait déjà sa satisfaction lorsqu'il déposerait la lyre et Gabriella Lévi-Franche Valko à ses pieds. Otterley était morte et sa mère n'avait plus que lui. Cela le rachèterait sûrement à ses yeux.

Face à lui, Gabriella le fixait avec mépris. Leur dernière rencontre remontait à plus de cinquante ans et pourtant, les émotions qu'elle lui inspirait étaient toujours aussi intenses et contradictoires que le jour où il avait ordonné sa capture. Désormais, elle le détestait – ça, au moins, c'était clair –, mais il avait toujours admiré la force de ses sentiments : que ce soit l'amour, la haine ou la peur, elle ressentait chaque émotion de tout son être. Il pensait s'être affranchi de l'emprise qu'elle avait sur lui, mais il se sentait vaciller en sa présence. Elle n'avait plus ni la jeunesse ni la beauté, mais elle conservait un magnétisme dangereux. Bien qu'il ait le pouvoir de lui ôter la vie en un instant, elle semblait s'en moquer. Mais cela ne durerait pas quand elle comparaîtrait devant sa mère. Sneja n'avait jamais été intimidée par Gabriella.

La camionnette s'arrêta à un feu rouge et Percival étudia la jeune fille assise à côté de Gabriella. Sa ressemblance avec la femme qu'il avait connue un demi-siècle plus tôt – de sa peau blanche crémeuse à la forme de ses yeux verts – était troublante. C'était comme si la Gabriella dont il rêvait avait pris forme devant lui. La jeune femme portait en pendentif autour du cou une lyre en or identique à celle que Gabriella avait à Paris.

Soudain, avant qu'il ait le temps de réagir, Gabriella fit coulisser la porte de la camionnette, attrapa la mallette sur les genoux de Percival et bondit dans la rue, suivie de près par la jeune fille.

Percival cria au conducteur de les suivre et, grillant le feu, le véhicule s'engagea à contresens dans la 51e. Mais alors qu'ils rattrapaient les fugitives, celles-ci traversèrent Lexington Avenue et s'engouffrèrent dans une bouche de métro. Percival empoigna sa canne, sauta par la porte ouverte, et se mit à boiter au milieu des passants aussi vite qu'il en était capable, chaque pas étant un véritable supplice.

Il n'était jamais entré dans une station de métro new-yorkaise et les distributeurs de billets MetroCard, les plans et les tourniquets lui parurent étranges et incompréhensibles. Il n'avait aucune idée de la façon dont tout cela fonctionnait. Il n'avait guère emprunté que le métro parisien. L'inauguration, en 1900, l'avait convaincu de descendre sous terre et il avait utilisé ce moyen de transport plus d'une fois, à l'époque où c'était en vogue, mais la chose avait vite perdu de son attrait. Et à New York, elle était tout bonnement exclue. L'idée de se retrouver debout au milieu de tant d'humains entassés les uns sur les autres lui donnait la nausée.

Il marqua une pause pour reprendre son souffle devant les tourniquets, puis poussa la barre métallique. Elle était bloquée. Il exerça une nouvelle poussée et, de nouveau, la barre résista. Il abattit sa canne sur le portillon et jura de fureur. Les gens autour de lui le dévisageaient comme s'il était fou.

Jadis, il aurait escaladé cette barrière métallique avec facilité. Cinquante ans plus tôt, il aurait rattrapé en quelques secondes Gabriella – qui, elle non plus, ne courait plus aussi vite que par le passé – et sa compagne. Mais en l'occurrence, il était impuissant. Il allait devoir contourner ces grotesques barrières.

Un jeune homme en survêtement pénétra dans la station et tira une carte en plastique de sa poche. Percival patienta jusqu'à ce qu'il atteigne le tourniquet, puis dégaina la dague dissimulée dans sa canne et l'enfonça de toutes ses forces dans le dos de l'inconnu, qui bascula en avant, rebondit sur le tourniquet et retomba à ses pieds. Percival ramassa la carte entre les doigts de sa victime qui gémissait de douleur, la passa dans le lecteur magnétique et franchit le portillon. Au loin, il entendit le grondement d'un métro qui se rapprochait.

Station de la 51ᵉ Rue et de Lexington Avenue, ligne 6 du métro, New York

Lorsque la rame entra dans la station, un souffle tiède déferla sur Évangéline. Elle prit une grande inspiration et sentit une odeur d'air stagnant et de métal chaud. Les portes s'écartèrent et un flot de passagers se déversa sur le quai. Sa grand-mère et elle avaient parcouru moins d'un bloc pour atteindre la bouche de métro, mais Gabriella était à bout de souffle. Tout en l'aidant à prendre place sur l'une des banquettes en synthétique, elle mesura combien sa grand-mère était diminuée. Gabriella se laissa aller contre le dossier pour récupérer et Évangéline se demanda combien de temps elles pourraient continuer à fuir si Percival Grigori les avait suivies.

La voiture était vide, à l'exception d'un ivrogne allongé sur une rangée de banquettes à l'autre bout, et Évangéline ne tarda pas à comprendre pourquoi : l'homme avait vomi sur les sièges et sur lui-même et il régnait dans la rame une effroyable puanteur. L'odeur la suffoquait, mais il aurait été trop risqué de ressortir sur le quai. Elle s'efforça plutôt de déterminer où elles étaient à l'aide d'un plan. Elle en déduisit qu'elles se trouvaient sur la ligne 6, en direction du sud, dont le terminus était la station Brooklyn Bridge-City Hall. Or, les rues aux abords du pont lui étaient familières. Si elles réussissaient à arriver là-bas, elle n'aurait aucun mal à dénicher un endroit où se cacher. Mais les portes du métro ne se refermaient toujours pas...

Une voix discordante résonna dans les haut-parleurs de la rame, débitant à toute allure une suite de mots enchevêtrés qui, supposa Évangéline, devait expliquer les raisons du contretemps. Elle fut submergée de panique à l'idée d'être prise au piège : tant que les portes ne seraient pas fermées, elles seraient en danger. Mais la soudaine agitation de Gabriella l'arracha à ces sombres pensées.

— Qu'y a-t-il ? demanda Évangéline.

— Je ne l'ai plus, s'alarma Gabriella, en portant la main à son cou. Mon amulette est tombée.

D'instinct, Évangéline imita sa grand-mère et palpa le métal froid de la lyre en or. Elle commença à défaire le fermoir de son collier pour le donner à Gabriella, mais celle-ci l'en empêcha.

— Tu vas en avoir besoin plus que jamais, affirma-t-elle.

Avec ou sans pendentif, il était trop dangereux de s'attarder là. Évangéline jeta un coup d'œil au quai afin d'apprécier la distance qui les séparait de la sortie. Elle était sur le point de prendre sa grand-mère par le bras pour descendre du métro quand, par la fenêtre constellée de graffitis, elle aperçut la silhouette de leur poursuivant, qui inspectait la rame depuis le quai en claudiquant. Évangéline se baissa, entraînant Gabriella avec elle, dans l'espoir que Percival Grigori ne les ait pas repérées. À son grand soulagement, le signal retentit et les portes se fermèrent. Le métro quitta la station et prit de la vitesse dans un concert de crissements métalliques.

Évangéline leva les yeux. Son cœur se serra. Une canne ensanglantée emplissait son champ de vision. Percival Grigori la toisait, le visage déformé par la rage et l'épuisement. Il avait tant de difficulté à respirer qu'Évangéline se dit que Gabriella et elle n'auraient aucun mal à le distancer au prochain arrêt. Il était sans doute incapable de gravir la moindre volée de marches. Mais Percival tira un pistolet de sa poche et leur intima de se lever. Évangéline s'agrippa à une barre métallique et attira sa grand-mère à elle.

— Nous y revoilà, se gargarisa Percival d'une voix qui n'était guère plus qu'un murmure, en reprenant la mallette en cuir à Gabriella. Espérons que, cette fois-ci, il ne s'agisse pas d'une réplique.

Tandis que la rame s'enfonçait dans l'obscurité, en oscillant, Percival posa la mallette sur la banquette et l'ouvrit. Le métro fit halte dans une station et plusieurs passagers grimpèrent à bord, mais dès qu'ils reniflèrent les relents de l'ivrogne, ils changèrent de voiture. Percival, lui, semblait ne rien remarquer. Il sortit le corps de la lyre de son sac en velours vert, le plectre de sa bourse en cuir, le cordier de son coffret et déroula les cordes. Il extirpa de sa poche la petite boîte de bronze qu'Alistair Carroll avait récupérée au Rockefeller Center, souleva le couvercle et considéra les sept chevilles en valkine. Les pièces de la lyre, étalées sur la banquette, devant lui, ballottées au rythme du train, n'avaient plus qu'à être assemblées.

Percival s'intéressa au carnet de Seraphina Valko au fond de la mallette, avec sa couverture en cuir et son fermail doré en forme d'ange qu'éclairait par intermittence la lumière vacillante. Il le feuilleta, survola les passages historiques, les carrés magiques et les sceaux, avant de s'arrêter à la page où commençaient les formules mathématiques d'Angela.

— Qu'est-ce que c'est que ces chiffres ? les interrogea-t-il en examinant le carnet avec soin.

— Regarde de plus près, répliqua Gabriella. Tu sais parfaitement de quoi il s'agit.

Il parcourut les pages et sa consternation se mua en allégresse.

— Les notes d'Angela que tu ne nous avais pas livrées ! s'exclama-t-il.

— Les notes pour lesquelles tu as tué notre fille, tu veux dire, riposta Gabriella.

Évangéline, bouche bée, saisit alors le sens des propos énigmatiques de sa grand-mère au Rockefeller Center. Percival Grigori était son grand-père. Cette prise de conscience l'emplit d'horreur. Percival Grigori parut tout aussi estomaqué. Il tenta de parler, mais fut pris d'une quinte de toux. Il peina à recouvrer son souffle, puis lâcha finalement :

— Je ne te crois pas.

— Angela n'a jamais su qui était son père. Je lui ai épargné la vérité. Mais Évangéline, elle, n'a pas été préservée de la sorte. Elle a été personnellement témoin de la cruauté de son grand-père.

Le regard de Percival passa de Gabriella à Évangéline et ses traits défaits se durcirent.

— Je suis certaine, poursuivit Gabriella, que Sneja sera ravie de découvrir que tu lui as donné une héritière.

— Une héritière humaine n'a aucune valeur, répondit hargneusement Percival. Sneja ne s'intéresse qu'à ses descendants angéliques.

La rame pénétra à la station suivante et l'éclairage blanc d'Union Square envahit l'intérieur. Le métro s'arrêta dans un soubresaut et un groupe de passagers d'humeur festive monta, sans prêter attention à Percival ni aux relents nauséabonds. Ils s'installèrent non loin, bavardant et s'esclaffant bruyamment. Gabriella s'interposa pour dissimuler la mallette.

— N'expose pas ainsi l'instrument, s'emporta Gabriella. C'est trop imprudent.

De son arme, Percival fit signe à Évangéline de ranger les pièces de la lyre. Elle prit le temps de les étudier une à une et lorsque ses doigts effleurèrent la caisse de résonance en métal, elle éprouva une sensation étrange. Dans un premier temps, elle l'ignora, l'attribuant à la peur et à l'affolement que lui inspirait Percival Grigori. Puis elle entendit une musique irréelle – une mélodie douce, parfaite, dont les notes, montant et descendant tour à tour, la faisaient frissonner. Leur sonorité était si délicieuse, si grisante, qu'Évangéline tendit l'oreille pour mieux les discerner. Elle jeta un coup d'œil à sa grand-mère, qui se disputait avec Grigori. Les paroles de Gabriella étaient couvertes par la musique. Évangéline avait l'impression qu'une épaisse cloche en verre la séparait du reste du monde. Rien n'avait d'importance, hormis l'instrument devant elle. Et même si elle seule était affectée par ce vertige, elle savait que cette mélodie n'était pas un simple produit de son imagination. La lyre l'appelait.

Sans prévenir, Percival referma le couvercle de la mallette et arracha celle-ci à Évangéline, rompant le sortilège. Un violent accès de désespoir s'empara d'elle et, sans réfléchir, elle se rua sur Percival et lui reprit la valise. Surprise, elle y parvint facilement. Elle débordait d'une force nouvelle, d'une vitalité qui lui était inconnue quelques instants auparavant. Sa vision était plus claire, plus nette. Elle serra la mallette contre elle, parée pour la défendre.

La rame s'arrêta dans une autre station et le groupe de passagers s'éloigna d'un pas nonchalant, indifférent à la scène. Le signal sonna, les portes se refermèrent et ils se retrouvèrent à nouveau seuls avec l'ivrogne malodorant à l'autre extrémité de la voiture.

Évangéline tourna le dos à Gabriella et Percival et ouvrit la mallette. Toutes les pièces étaient là, prêtes à être assemblées. Avec des gestes rapides, Évangéline fixa le cordier à la base de la lyre et vissa les chevilles, autour desquelles elle enroula les cordes après les avoir attachées à la caisse de résonance. Alors qu'elle craignait que l'opération soit compliquée, elle n'eut aucun mal à ajuster les éléments entre eux. Elle tendit les cordes et sentit des vibrations sous ses doigts.

Elle caressa la lyre d'une main. Le métal était froid et lisse. D'un doigt, elle gratta l'une des cordes fermes et soyeuses et écouta la note changer de registre tandis qu'elle tournait la cheville. Elle prit le plectre, dont la surface étincelait dans la lumière crue de la voiture, et le passa sur les cordes. En un instant, la texture du monde se transforma. Le vacarme du métro, la menace que représentait Grigori, les battements incontrôlables de son cœur – tout s'assourdit et une onde douce et harmonieuse, bien plus puissante que précédemment, satura ses sens. Évangéline se sentait à la fois éveillée et endormie. Elle avait une conscience aiguë et détaillée de la réalité qui l'entourait – des oscillations du métro au pommeau en ivoire de la canne de Percival –, mais elle avait le sentiment de rêver. Le son était si pur, si envoûtant qu'elle était complètement désarmée.

— Arrête ! l'implora Gabriella.

Sa grand-mère n'était qu'à quelques centimètres d'elle, mais sa voix semblait étouffée, lointaine.

— Évangéline, tu ne sais pas ce que tu fais.

Évangéline voyait Gabriella comme à travers un prisme. Bien que toute proche, sa grand-mère était reléguée à la périphérie de son champ de vision.

— On ignore comment jouer de cet instrument, ajouta Gabriella. Tu pourrais provoquer un désastre. Je t'en conjure, arrête.

Percival fixa Évangéline avec une expression de gratitude et de contentement. Le son de la lyre commençait à produire ses effets sur lui. Il ébaucha un pas en avant, les doigts tremblant de désir, et frôla l'instrument. Soudain, son expression se modifia et il fixa Évangéline avec horreur et révérence, terreur et admiration. Gabriella avait les larmes aux yeux.

— Ma pauvre Évangéline, que t'arrive-t-il ?

Évangéline ne comprit pas ce que voulait dire sa grand-mère. Elle baissa les yeux et ne remarqua aucun changement. Puis, comme elle se tournait, elle avisa son reflet dans le verre sombre de la vitre et réprima une exclamation. Repliées sur ses épaules, nimbées d'une scintillante lueur dorée, deux ailes lumineuses et immatérielles, d'une beauté si fascinante qu'Évangéline ne pouvait en détacher son regard, saillaient de son dos. D'une légère contraction de ses muscles, elle les déploya. Elles ne pesaient rien et l'espace d'un instant, Évangéline se demanda si elle n'était pas victime d'une illusion d'optique. Elle pivota à demi afin de mieux les observer. Leurs plumes étaient d'un violet diaphane, veiné d'argent. Elle prit une profonde inspiration et ses ailes frémirent, avant de se mettre à battre au rythme de sa respiration.

— Qui suis-je ? cria Évangéline, prenant conscience de la réalité de sa métamorphose. Que se passe-t-il ?

Percival Grigori se rapprocha d'elle. Sous l'effet de la lyre, ou de son intérêt renouvelé pour Évangéline, l'être voûté et racorni qu'il était avait muté en une imposante créature qui écrasait Gabriella de toute sa taille. Sa peau semblait illuminée par quelque feu intérieur, ses yeux bleus brillaient et son dos s'était redressé. Il jeta sa canne au sol.

— Tes ailes sont semblables à celles de ton arrière-arrière-grand-mère Grigori. Je n'en ai entendu parler que par mon père, mais elles dénotent un sang des plus purs. Tu es l'une des nôtres à présent. Tu es une Grigori.

Il posa une main sur le bras d'Évangéline et ses doigts gelés lui causèrent des frissons, accompagnés d'une sensation de plaisir et de vigueur. C'était comme si elle avait toujours vécu emprisonnée dans une coquille trop étroite dont elle venait de s'échapper.

— Viens avec moi, la persuada Percival d'une voix suave. Viens rencontrer Sneja. Viens parmi les tiens. Nous t'offrirons tout ce dont tu as besoin, tout ce que tu as toujours souhaité, tout ce dont tu auras envie. Tu ne manqueras jamais de quoi que ce soit. Ton existence se prolongera par-delà la fin du monde. Je te montrerai comment faire. Je t'enseignerai tout ce que je sais. Nous seuls pouvons garantir ton avenir.

Évangéline le regarda dans les yeux et perçut tout ce que Percival pouvait lui apporter. Elle retrouverait tout ce qu'elle avait perdu : un foyer, une famille. Gabriella ne pouvait rien lui promettre de tel.

Elle se retourna vers sa grand-mère et constata avec stupeur qu'elle aussi était méconnaissable. Elle ne lui apparaissait soudain plus que comme une faible femme insignifiante, une frêle humaine larmoyante.

— Tu connaissais la vérité me concernant.

— Ton père et moi t'avons fait passer des examens quand tu étais enfant, confessa Gabriella. Nous avons découvert que tes poumons étaient formés comme ceux d'un enfant nephilim, mais d'après nos recherches et les travaux d'Angela sur la dégénérescence des Nephilim, nous savions que les ailes d'un fort pourcentage de Nephilim ne se développent jamais. La génétique n'est pas tout. Il existe bien d'autres facteurs.

Comme subjuguée par leur splendeur et leur luminescence, Gabriella toucha les ailes d'Évangéline, qui se déroba, rebutée.

— Tu as cherché à me manipuler, lança Évangéline. Tu espérais que je détruirais la lyre. Tu savais ce qu'il allait advenir.

— J'ai toujours redouté que ça arrive à Angela – elle ressemblait tellement à Percival. Mais j'étais persuadée que, même si le pire survenait et si elle devenait physiquement semblable à lui, elle transcenderait sa nature grâce son esprit.

— Mais ma mère n'était pas comme moi, assena Évangéline. Elle était humaine.

Gabriella devina le conflit qui faisait rage en Évangéline.

— Oui, ta mère était humaine en tout point, riposta-t-elle. Elle était gentille et pleine de compassion. Son amour pour ton père était humain. Peut-être n'était-ce qu'aveuglement maternel, mais j'étais convaincue qu'elle saurait triompher de ses origines. Ses thèses indiquaient que les Nephilim étaient en voie d'extinction. Nous espérions qu'une nouvelle espèce de créatures prenne le dessus, au sein de laquelle les traits humains seraient dominants. Je voulais croire que, si son organisme était celui d'un Nephilim, sa destinée était d'être la première représentante de cette nouvelle espèce. Mais ce n'était pas le destin d'Angela. C'est le tien.

Le métro s'arrêta avec quelques secousses, les portes s'ouvrirent et Gabriella tira sa petite-fille à elle. Évangéline entendit à peine ce que lui chuchota sa grand-mère :

— File, Évangéline. Emporte la lyre et détruis-la. Ne succombe pas à la tentation. Il te revient de faire ce qui est juste. Fuis, ma petite, et ne te retourne pas.

Évangéline s'attarda un moment encore dans les bras de sa grand-mère, dont le chaud contact lui rappelait le sentiment de sécurité qu'elle éprouvait jadis en présence de sa mère. Gabriella lui pressa une dernière fois le bras, puis, avec une légère poussée, la relâcha.

Station Brooklyn Bridge-City Hall, New York

Percival empoigna Gabriella par les bras et la tira hors du métro. Elle ne pesait rien entre ses mains, ses poignets étaient aussi fins et fragiles que des brindilles. Elle n'avait jamais été de taille à l'affronter physiquement, mais à Paris, elle était encore assez vigoureuse pour lui opposer une certaine résistance. Désormais, elle était si faible, si impuissante, qu'il la maîtrisait sans effort. Il regrettait presque qu'elle ne soit pas plus vaillante. Il aurait aimé la voir lutter pendant qu'il la tuait.

Il lui faudrait se contenter de la terreur dans ses yeux tandis qu'il la traînait sur le quai. Il agrippa Gabriella par le col et les minuscules boutons de sa veste noire sautèrent et s'égaillèrent sur le sol, tels des coléoptères fuyant la lumière. Son épiderme à nu était pâle et ridé, hormis au sommet de son sternum, le long duquel courait une épaisse cicatrice rose. Percival atteignit une cage d'escalier obscure au bout du quai, précipita Gabriella au bas des marches et les dévala à sa suite, jusqu'à ce que son ombre chevauche celle de son ancienne amante. Elle tenta de se dérober en roulant, mais il l'immobilisa du genou sur le sol en béton. Pas question de la laisser s'échapper. Il plaqua ses mains sur le cœur de Gabriella, qui battait violemment sous ses paumes, aussi vite que celui d'un petit animal.

— Gabriella, mon chérubin, articula-t-il.

Mais elle se refusa à le regarder ou à lui répondre Pourtant, lorsqu'il fit glisser ses mains sur la cage thoracique de Gabriella, il sentit sa peur – elle était couverte de sueur. Il ferma les yeux. Il avait rêvé d'elle pendant des décennies. À sa grande satisfaction, elle se tordit, se tortilla, se contorsionna, mais c'était inutile. Sa vie appartenait à Percival.

Lorsqu'il posa à nouveau les yeux sur Gabriella, elle était morte. Ses yeux verts grands ouverts étaient fixes, aussi beaux et limpides que le jour où ils s'étaient rencontrés. Percival n'aurait su expliquer pourquoi, mais il fut pris d'une poussée de tendresse. Il caressa la joue de Gabriella, sa chevelure noire, ses petites mains moulées dans des gants en cuir. Cela avait été une mise à mort glorieuse et pourtant, il avait le cœur lourd.

Un bruit attira son attention vers le quai. Évangéline était debout au sommet de l'escalier, ailes déployées. Il n'avait jamais vu d'appendices aussi spectaculaires – elles étaient parfaitement symétriques et ondoyaient au gré de sa respiration. Même au zénith de sa jeunesse, les ailes de Percival n'avaient jamais été aussi majestueuses. Toutefois, il était en passe de recouvrer sa superbe. La musique de la lyre lui avait conféré une vitalité renouvelée. Et une fois que l'instrument serait entre ses mains, sa puissance serait plus impressionnante que jamais.

Percival remonta les marches jusqu'à Évangéline. Ses muscles ne l'élançaient pas, son harnais ne l'entravait plus. La lyre étincelait. Percival résista à l'envie d'arracher l'instrument à Évangéline, surveillant ses gestes. Il devait conserver son calme pour ne pas l'effaroucher.

— Tu m'as attendu, fit-il, en baissant les yeux vers elle avec un sourire.

Malgré le pouvoir que lui octroyaient ses ailes, il y avait quelque chose d'enfantin chez elle. Elle était réticente à croiser le regard de Percival.

— Je ne pouvais pas partir, lâcha-t-elle. Il fallait que je voie par moi-même…

— Ce que c'est d'être l'un d'entre nous ? suggéra-t-il. Ah, tu as beaucoup à apprendre. Et j'ai beaucoup à t'enseigner.

Percival se redressa de toute sa hauteur et passa une main dans le dos d'Évangéline, puis glissa les doigts jusqu'à la base de ses ailes. Il appuya à la jointure entre les deux appendices et la colonne vertébrale. Évangéline se sentit soudain vulnérable, comme s'il venait de toucher un point faible.

— Rétracte tes ailes, lui ordonna Percival. On pourrait te remarquer. Tu ne dois les déployer qu'en privé.

Évangéline suivit les instructions de Percival et la substance vaporeuse dont ses ailes étaient formées se résorba dans son dos.

— Bien, la complimenta-t-il en la guidant vers la sortie. Très bien. Tu ne tarderas pas à tout comprendre.

Ensemble Percival et Évangéline gravirent l'escalier jusqu'à la surface. Quittant la lumière des néons, ils s'aventurèrent dans la nuit froide et claire. Les imposants piliers du pont de Brooklyn, illuminés par des projecteurs, se dressaient devant eux. Percival chercha un taxi, mais les rues étaient désertes. Il allait falloir qu'ils trouvent un autre moyen pour rejoindre l'appartement. Sneja devait certainement les attendre. Incapable de se contenir davantage, Percival prit avec douceur la lyre à Évangéline. Il serra l'instrument sur sa poitrine, savourant sa victoire. Sa petite-fille la lui avait livrée. Sous peu, il retrouverait toutes ses forces. Il avait hâte de partager avec Sneja la consécration des Grigori, pour que son triomphe soit complet.

Station Brooklyn Bridge-City Hall, New York

Sans la lyre entre les mains, Évangéline reprit ses esprits et comprit qu'elle s'était laissé ensorceler par l'instrument. Elle était tombée sous son emprise, prisonnière d'un magnétisme qu'elle avait seulement mesuré quand la lyre lui avait été retirée. Horrifiée, elle songea qu'elle était restée sans rien faire pendant que Percival tuait sa grand-mère. Gabriella s'était débattue et Évangéline, qui était assez proche pour l'entendre rendre son dernier souffle, s'était bornée à observer ses souffrances sans rien ressentir, hormis un froid intérêt quasi scientifique – elle avait remarqué que Percival avait posé ses mains sur la poitrine de Gabriella, qui s'était alors débattue de plus belle, avant de cesser, brusquement, comme si sa vie avait été aspirée. En étudiant Percival, Évangéline avait deviné qu'il avait pris plaisir à ce meurtre et, force était de l'admettre, elle avait eu envie de faire l'expérience de cette sensation.

Elle en eut les larmes aux yeux. Angela était-elle morte de la même manière que Gabriella ? Sa mère avait-elle lutté et souffert de la même façon entre les mains de Percival ? Prise de dégoût, Évangéline se palpa les épaules et les omoplates. Plus aucune trace de ses ailes. Elle avait beau se rappeler avec clarté Percival lui enseigner comment les rétracter, ainsi que ses impressions lorsqu'elles s'étaient repliées en douceur sous ses vêtements, elle doutait presque de leur existence. Peut-être n'était-ce qu'un terrible cauchemar. Mais la lyre entre les mains de Percival prouvait que tout était bien réel.

— Viens m'aider, lui ordonna Percival.

Il déboutonna son pardessus, puis sa chemise en soie, révélant un harnais compliqué en cuir noir.

— Défais les sangles, reprit Percival. Je veux me rendre compte par moi-même.

Les boucles étaient petites et difficiles à manipuler, mais Évangéline eut tôt fait de les ouvrir. Elle crut qu'elle allait vomir lorsque ses doigts effleurèrent la peau livide et glacée de son grand-père. Percival ôta complètement sa chemise et se débarrassa du corset. Il avait les côtes zébrées de brûlures et d'hématomes dus au frottement du cuir. Il était si proche d'Évangéline qu'elle sentait son odeur. Cette proximité la révulsait.

— Regarde ! s'exclama Percival avec jubilation.

Il se retourna et exhiba deux moignons rosés couverts de plumes dorées.

— Elles repoussent, comme je le pressentais, s'enthousiasma-t-il. Tout sera différent, maintenant que tu es des nôtres.

Évangéline le dévisagea et digéra ses paroles, réfléchissant au choix qui s'offrait à elle. Il aurait été aisé de suivre Grigori, de rejoindre sa famille et de devenir l'une des leurs. Peut-être avait-il raison quand il avait affirmé qu'elle était une Grigori. Toutefois, les exhortations de sa grand-mère retentissaient encore à ses oreilles : « Ne succombe pas à la tentation. Il te revient de faire ce qui est juste. » Évangéline aperçut, derrière Grigori, le pont de Brooklyn qui se découpait sur le ciel nocturne. Elle pensa à Verlaine, à la confiance qu'elle avait en lui.

— Vous vous trompez, répliqua-t-elle, incapable de contenir sa colère. Je ne suis pas des vôtres. Je ne vous rejoindrai jamais, ni vous, ni votre famille de meurtriers.

Évangéline bondit sur lui et, se souvenant de l'intense sentiment de malaise qu'elle avait éprouvé quand Percival lui avait touché la base des ailes, elle empoigna à tâtons les embryons d'ailes qu'il lui avait montrés avec tant de fierté et le projeta au sol. Elle fut surprise par sa propre force – Percival heurta violemment le béton, avec un cri rageur. Comme il se tordait de douleur à ses pieds, Évangéline profita de son avantage pour retourner Percival sur le ventre, exposant les deux moignons, dont l'un était cassé. Un épais liquide bleu s'épanchait des chairs déchirées. Par la plaie béante, Évangéline vit les poumons de Percival se vider pour la dernière fois.

Une fois Grigori mort, son corps se mit à changer. La pâleur surnaturelle de sa peau se ternit, sa chevelure blonde se désagrégea, deux cavités noires apparurent à la place de ses yeux et ses minuscules ailes s'effritèrent en une fine poussière métallique. Évangéline se pencha, en ramassa une poignée et contempla les grains brillants dans sa paume, puis souffla dessus pour les disperser dans le vent glacial.

La lyre gisait sous l'un des bras de Percival. Évangéline la récupéra, soulagée de la soustraire aux Grigori, même si le pouvoir hypnotique de l'instrument la terrifiait. Submergée de dégoût à la vue de la dépouille de Percival, elle prit ses jambes à son cou, comme si elle craignait d'être contaminée. Les câbles du pont de Brooklyn s'entrecroisaient devant elle. Des projecteurs éclairaient les piliers de granit qui s'élevaient dans le ciel nocturne gelé. Si seulement son père avait pu l'attendre de l'autre côté, prêt à la ramener chez eux…

Évangéline gravit la rampe en béton du pont et déboucha sur la plate-forme en bois qui donnait accès à la passerelle piétonne. Elle se mit à courir, la lyre contre elle. Une rafale la frappa de plein fouet et la déséquilibra, mais elle s'obstina à avancer, les yeux rivés sur les lumières de Brooklyn. La passerelle était déserte. De part et d'autre, en contrebas, filait un flot de voitures dont les phares filtraient entre les planches et le garde-corps.

Lorsqu'elle atteignit le premier pilier, Évangéline s'arrêta. Il commençait à neiger. De gros flocons mouillés voltigeaient entre les câbles et atterrissaient sur la lyre, la passerelle et le fleuve sombre au-dessous d'elle. La ville, dont les lumières se reflétaient dans la surface d'obsidienne de l'East River, entourait Évangéline tel un îlot de vie solitaire au milieu d'un vide infini. Elle parcourut le pont du regard et sentit son cœur se briser. Personne ne l'attendait. Son père était mort. Sa mère, Gabriella, les sœurs de Sainte-Rose – elle n'avait plus personne. Elle était complètement seule.

Elle contracta les muscles de son dos et déploya ses ailes en grand. L'aisance avec laquelle elle les commandait la surprit : c'était comme si elle les avait eues toute sa vie. Elle grimpa sur la rambarde de la passerelle, arc-boutée contre le vent. Elle se concentra sur les étoiles qui scintillaient à l'horizon. Une bourrasque la déstabilisa, mais elle se rattrapa d'un gracieux mouvement d'ailes. Puis elle les étendit et se détacha du monde tangible. Le vent la souleva dans les airs, par-delà les épais câbles métalliques, vers la voûte céleste.

Évangéline plana jusqu'au sommet du pilier. Loin audessous d'elle, une couche de neige d'un blanc pur recouvrait la chaussée. Elle se sentait étrangement indifférente à l'air glacial, comme anesthésiée. Elle ne ressentait presque plus rien. Le regard fixé sur le fleuve, elle fit retraite en elle-même et, en un instant, sut ce qu'il lui fallait faire.

Elle prit la lyre entre ses mains et pressa ses paumes contre la surface froide de la caisse de résonance, jusqu'à ce que le métal ramollisse et s'échauffe. À mesure qu'Évangéline accroissait sa pression, la lyre opposait de moins en moins de résistance, comme si la valkine réagissait au contact de sa peau et fondait lentement. L'instrument ne fut bientôt plus qu'une masse lumineuse de matière en fusion. Entre les mains d'Évangéline, il s'était transformé en une boule de feu plus éblouissante que n'importe quelle lumière alentour. Un bref moment, Évangéline fut tentée de ne pas détruire la lyre. Puis, se remémorant les paroles de Gabriella, elle propulsa au loin la boule de feu, qui tomba telle une étoile filante dans l'East River et disparut dans le noir d'encre.

Domicile de Gabriella Lévi-Franche Valko, Upper West Side, New York

Même si Verlaine aurait aimé venir en aide aux angéologues, il n'avait, clairement, ni le savoir-faire ni l'expérience requis, de sorte qu'il dut se contenter d'observer leurs efforts désespérés pour retrouver Gabriella et Évangéline. Il n'avait de cesse de revivre leur enlèvement – les Gibborim envahissant la patinoire, Gabriella et Alistair s'avançant sur la glace, le départ de Percival. Il se replia en lui-même, incapable de penser. Les faits qui venaient de se succéder l'avaient assommé. Peut-être était-il en état de choc. Il ne parvenait pas à réconcilier le monde dans lequel il vivait la veille encore et celui dans lequel il venait d'entrer. Il s'affala sur un canapé et considéra l'obscurité par la fenêtre. Quelques heures plus tôt, Évangéline était assise à côté de lui sur ce même canapé, si proche qu'il percevait le moindre de ses mouvements. L'intensité de ses sentiments pour elle le déroutait. Se pouvait-il qu'ils se soient seulement rencontrés la veille, alors qu'elle monopolisait déjà toutes ses pensées ? Il devait à tout prix la sauver. Mais pour cela, il fallait dénicher le repaire des Nephilim. Or, leurs ennemis étaient aussi insaisissables que des ombres. Au Rockefeller Center, les créatures s'étaient quasiment volatilisées, se dispersant dans la foule sitôt Grigori parti. C'était là leur plus grande force : elles surgissaient de nulle part et s'évaporaient dans la nuit, invisibles, meurtrières, intangibles.

Après le repli des Gibborim, Verlaine avait rejoint Bruno et Saitou-san à côté de la patinoire et ils étaient rentrés ensemble. Bruno avaient hélé un taxi, qui les avait conduits chez Gabriella, où une équipe d'intervention les attendait à bord d'une camionnette. Bruno avait pris la direction des opérations et mis à la disposition des nouveaux venus les pièces du dernier étage. Verlaine avait cependant noté que le regard de Bruno s'égarait par intermittence vers les fenêtres, comme s'il guettait le retour de Gabriella.

Peu après minuit, ils apprirent le double meurtre de Vladimir et de Gray. Verlaine accueillit la nouvelle, rapportée par un angéologue dépêché à Riverside Church, avec une singulière sérénité, comme si la cruauté des Nephilim avait cessé de le toucher. L'état du cadavre de Vladimir, carbonisé et méconnaissable, à l'instar de celui d'Alistair Carroll, semblait être la marque caractéristique des Nephilim et serait sûrement évoqué dans tous les médias dès le lendemain matin. Un angéologue mort, deux autres enlevés : la mission était un désastre.

La détermination de Bruno redoubla à l'annonce de la mort de Vladimir. Il se mit à aboyer des ordres aux autres, tandis que Saitou-san, installée à un secrétaire, passait des coups de fil afin de solliciter l'assistance de leurs divers agents. Bruno suspendit une carte au centre de la pièce, divisa la ville en secteurs et affecta une équipe à chacun, multipliant les démarches pour repérer la piste de Grigori. Des centaines, voire des milliers de Nephilim vivaient à Manhattan. Grigori pouvait se cacher n'importe où. Même si son appartement de la 5e Avenue était déjà sous surveillance, Bruno avait posté des renforts à proximité, dans Central Park. Mais il apparut que Percival n'était toujours pas revenu, et Bruno s'en retourna à ses cartes et à ses recherches infructueuses.

Saitou-san et lui émettaient constamment de nouvelles hypothèses, chacune plus invraisemblable que les précédentes. En dépit de leur opiniâtreté, Verlaine voyait bien qu'ils piétinaient. Soudain, leurs efforts pour débusquer Grigori lui semblèrent vains. Il savait que l'enjeu était immense et que les conséquences seraient considérables s'ils ne retrouvaient pas la lyre, mais les angéologues se souciaient uniquement de l'instrument. Évangéline n'entrait pas en ligne de compte, pour eux. Assis sur le canapé qu'ils avaient partagé l'après-midi précédent, cette vérité le frappa. S'il tenait à retrouver Évangéline vivante, il allait devoir prendre l'initiative.

Sans un mot, il enfila son manteau, dévala l'escalier quatre à quatre et sortit. Il inspira l'air glacial de la nuit et consulta sa montre : il était 2 heures passées, le matin de Noël. La rue était déserte, la ville entière endormie. Il enfonça les mains dans ses poches et entreprit de longer Central Park West, plongé dans ses réflexions, sans prêter attention au froid mordant. Évangéline était là, quelque part, dans cette cité labyrinthique et désolée.

Le temps qu'il atteigne les quartiers sud de Manhattan et prenne la direction de l'East River, il bouillait de colère. Il accéléra le pas, dépassant des rangées de vitrines obscures, tournant et retournant d'innombrables plans dans son esprit. Il avait beau s'y efforcer, il ne réussissait pas à admettre qu'il ait perdu Évangéline. Il passa en revue tous les moyens envisageables pour repérer Évangéline et Gabriella, mais n'obtint pas davantage de résultat que Bruno et Saitou-san. Bien sûr, il était utopique de croire qu'il pouvait réussir là où ils avaient échoué. Dans ce brouillard de confusion, il songea aux cicatrices qui striaient la peau de Gabriella et frissonna. L'idée qu'Évangéline puisse souffrir lui était insupportable.

Au loin, il aperçut le pont de Brooklyn, illuminé. Il se rappela l'attachement d'Évangéline pour cet ouvrage d'art. Il se remémora son profil lorsque, tout en conduisant, lors de leur retour de Sainte-Rose, elle lui avait fait part de ses souvenirs d'enfance liés à ce pont. La pureté de ses sentiments et la tristesse dans sa voix lui avaient fendu le cœur. Il avait, évidemment, contemplé ce pont des centaines de fois, mais celui-ci se voyait tout à coup investi d'une charge sentimentale inédite.

Verlaine jeta un coup d'œil à sa montre. Il était presque 5 heures du matin et une faible clarté colorait l'horizon de l'autre côté du fleuve. La ville baignait dans un silence inquiétant. De temps à autre, les feux d'un taxi brillaient entre les poutrelles, rompant le voile des ténèbres. Le pont se découpait, brut et imposant, devant les immeubles de l'autre rive et Verlaine s'autorisa à considérer un moment cet édifice d'acier, de béton et de granit.

Comme s'il était, sans le vouloir, parvenu à la destination recherchée, Verlaine s'apprêtait à se détourner et à regagner la maison de Gabriella quand il discerna un mouvement dans les hauteurs. Il leva les yeux. Au sommet du pilier ouest, ailes déployées, se dressait un Nephilim. Dans le demi-jour de l'aube, Verlaine distinguait nettement ses élégantes ailes effilées. Debout au bord du vide, la créature paraissait scruter la ville. Comme Verlaine la détaillait plus attentivement, dans toute sa magnificence éthérée, il s'avisa de quelque chose d'inhabituel. Alors que toutes celles qu'il avait jusqu'alors rencontrées étaient colossales, plus grandes et plus robustes que n'importe quel humain, celle-ci était menue. Elle paraissait même fragile par rapport à ses ailes énormes. Verlaine observa, avec un émerveillement mêlé de crainte, la créature qui se préparait à prendre son envol. À l'instant où elle s'élança dans les airs, son cœur se serra. Cet être surnaturel n'était autre que son Évangéline.

Le premier réflexe de Verlaine fut de l'appeler, mais sa voix lui fit défaut. Il se sentit submergé d'horreur, assailli par un terrible sentiment de trahison. Évangéline l'avait berné, elle leur avait menti à tous. Anéanti, il se détourna et s'enfuit en courant, les oreilles bourdonnantes, le cœur battant à tout rompre. L'air gelé lui brûlait les poumons à chaque inspiration. Mais il n'aurait su dire si c'était cette brûlure ou la perte d'Évangéline qui lui causait une telle douleur dans la poitrine.

Ses sentiments n'importaient pas. Il devait avertir les angéologues. Gabriella l'avait prévenu – était-ce la veille, seulement ? – que, s'il devenait l'un d'eux, il ne pourrait plus jamais revenir en arrière. En cet instant, il comprit combien c'était vrai.

Pilier ouest, pont de Brooklyn, New York

Évangéline s'éveilla avant le lever du soleil, la tête confortablement nichée au creux d'une de ses ailes. L'esprit encore embrumé par le sommeil, elle fut presque surprise de ne pas découvrir le cadre familier de sa cellule de Sainte-Rose – ses draps blancs amidonnés, sa petite commode en bois et l'Hudson qui s'écoulait derrière la fenêtre. Mais quand elle se leva et, drapée dans ses ailes comme dans une ample cape mauve, considéra la ville encore assombrie, la réalité de tout ce qu'elle venait de vivre s'imposa à elle. Tout ce qu'elle était, tous ses projets d'avenir s'étaient évanouis à jamais.

Elle lança un regard à la ronde, afin de s'assurer que personne ne l'épiait et se campa au bord du pilier de granit. Le vent gonfla ses ailes en sifflant, assurant leur portance. À cette hauteur fabuleuse, avec le monde à ses pieds, Évangéline fut soudain saisie d'appréhension. Voler était une nouveauté pour elle et la chute éventuelle, presque sans fin. Mais sitôt qu'elle s'élança de la tour, après une grande inspiration, le cœur au bord des lèvres sous l'effet du vertige, elle sut que ses ailes ne la trahiraient pas. Portée par les courants ascendants glacés, elle s'éleva, légère comme l'air.

FLEUVE NOIR
12, avenue d'Italie
75627 Paris Cedex 13

Composition par Nord Compo Multimédia
7, rue de Fives, 59650 Villeneuve-d'Ascq

Imprimé en France par

CPI
BUSSIÈRE

à Saint-Amand-Montrond (Cher)
en avril 2010

N° d'impression : 101297/1
Dépôt légal : mai 2010